白羽

白羽落青丝

㊤

青司——著

中国海洋大学出版社
·青岛·

目录 Contents

01
网瘾少女成系花

2025 年初秋。

S 大，新生入校才一个月，也不知道哪个闲人，在学校贴吧里发起了一个系花、校花的评选，还引得一帮更闲的人去看热闹。什么热闹呢？

自然是看新旧校花、新旧系花的粉丝的互掐。其热闹程度，只消看一眼那一天回复就 100 多页的留言就明白。还是新生的白雨樱从军训起，就被大家公认成系花的人选。

为什么是系花呢？因为 S 学院选校花历年来的规矩，长相自然不用说了，还要外加一条身高 165cm 起，你才有参加的资格，在他们看来，校花可是“女神”级别的，都是“神”了，身高怎么可以矮呢？

论长相，白雨樱自然是轻松过关，鹅蛋脸上未经修饰、不画自黑的细版剑眉，略带英气；弯而浓密的睫毛下，眼睛虽然不是特别大，却是能将人吸进黑洞里去般的迷人；精致小巧的鼻子，微微向上翘起的樱花般小嘴，看得出她是有自己个性的。

更何况白雨樱气质清纯过人，笑起来居然还有两个酒窝分分钟就是初恋的感觉，就算是女生，也讨厌不起来。可是若论身高，就有一种悲摧的感觉了，164cm！看到这个数字的时候，以孟晓梅为首的狂热分子，一个个的眼神都恨不得把白雨樱给拉伸出一厘米来。

白雨樱心有余悸地看着那些人，心里却是松了一口气，终于不用被全校的人当成猴看了！那种自己做点什么都被人说三道四的感觉，她并不想再重新来一次。

性格有些内向的白雨樱并不关心这件事情，倒是宿舍里那三个疯丫头很是乐在其中，每天到处拉票。虽然白雨樱内心是不想当什么系花的，那种到哪儿都被人说的感觉，她可不想再来一次。可见她们如此热心，又不忍心打击她们的积极性。心一横，随她们去吧！她的脑细胞可是用来通关游戏和学习的，现在全民都复兴汉文化，她绝不能掉队。

这不，评选结果出来的时候，她还在打着 XXX 剑，一个人在那里时而皱眉，时而叹气，时而又一脸认真！随着她一笑，孟晓梅知道，自己可以上前去告诉她了。

“樱樱，来，关了你的游戏，打开学校贴吧。”晓梅又恢复那一脸的激动，说实话刚进门看到白雨樱打游戏的时候，她是不爽的。

因为宿舍里的人都知道，只要白雨樱打起游戏来，那是六亲不认的。谁要是这个时候去打扰她，那么等于是自找苦吃。所以孟晓梅强忍着内心的激动，等白雨樱打完游戏才找她说这事，真的是很辛苦！可是现在学校为了学生的主动社交能力，设置了信号屏蔽时间，手机间歇性有信号，她哪敢去上前抢小樱樱的命根子？

看到评选结果的白雨樱不像孟晓梅那么激动，反而是一脸平静，好像这种结果并不意外。孟晓梅看到她这种表情，很是不悦，嘟起的嘴正想开口说话，白雨樱却一把抱住了她，轻声说:“梅子，谢谢你们，对我的事情如此费心，我请你们吃饭吧！”

孟晓梅的嘴此时都可以塞进去一个大鸡蛋，“网瘾少女”居然要请她们吃饭？她不敢相信地看着白雨樱，好像在试试自己是不是做梦，要知道白雨樱是最讨厌什么聚会吃饭的事情了。在白雨樱心里，聚会吃饭多在晚上，这样的话，晚上吃的多，不利于身体健康。

其实舍友们很想问一句，那么你晚上不睡觉通宵打游戏，就有利于身体健康了吗？

再者她觉得在那里待着，还没有自己打个单机游戏来得有意思，所以这种场合，她是从来不去的。

白雨樱见孟晓梅一脸不可置信的表情，笑了笑，转身从自己床上拿起包包背在身上说:“梅子，你再不走我可反悔了！那几个人呢，快叫上，去晚了，星罗可不一定能找到地方哦！”

星罗是家茶餐厅，和学校就隔了一条马路。味道相当不错，价格自然就不便宜，就算是这样，这家餐厅一到晚上，经常不到五点半就没位子了。要知道，在学校周边的餐厅，能吃的很多，可是好吃的就太少了。宿舍里这群馋猫，自然对这个地方早就口水不止了。

一行人到达餐厅的时候，居然还有一个靠落地窗的位子。几人正准备坐下的时候，服务员却挡在了白雨樱一行人的前面，很礼貌地说:“几位客人对不起，这个位子，已经有人预订了。你们看下，其他位子还有没有喜欢的？”

白雨樱一扬眉，做出个无奈的动作，看着那几位大神。其他人都不表态，孟晓梅不乐意了，很不客气地说道："我就喜欢这个位置，再说了，我们来得这么早，说不定我们吃完了，预定的人还没来呢，就坐这了！"说着就要坐下去。

"这位客人，真的不好意思，这样的话，我会很难做的。"服务员一脸无奈。

可是孟晓梅却不为所动，说："我也很难做的，我实在是喜欢这里，来一次也不容易是吧！坐不上我们喜欢的位子，我们可吃不下东西呢。"

服务员听到这话，当下就快急哭了，这可怎么是好？难道非要她得罪一桌人吗？

白雨樱正想劝下这个疯梅子，就听到背后一个话音响起："我订的位子这么受美女欢迎吗？那么，美女们介不介意我们同桌呢？"声音听起来慵懒魅惑，听的人不自觉地被吸引住。

02 请客请出洛校草

几个人还沉醉在声音里，那个人已走进她们的视线——188cm的身高，修长笔直的双腿。剪裁修身且绣着复古花纹的黑色衬衣下，肌肉的纹理明显，让人感觉到他瘦而有型的好身材。脸上戴着茶色的墨镜，虽看不到眼睛，但是光看脸的轮廓、如墨的长眉毛、高挺的鼻梁，还有让女人都自叹不如的浅浅胭脂唇，就足够让女人沉沦了。

白雨樱一看，对面的几个人都已经呈现了花痴状，估计这会儿自己走了，也没人会注意到。哎，这些人天天说自己是吃货，可看到美男，就成了这副样子……

一群见色忘吃的女人啊！要不是在校外吃饭，她这会儿真的想上去拍醒这几个人！

来人见此时无人说话，微微扬起一边的嘴角，也不说话，太阳镜下的眼睛，也不知道是什么神情。

就在所有人都很安静的时候，服务员如遇救星一般，欢快地说道："你们认识就好了，我就不打扰了，等一下点菜叫下我就好。"说完就直接小步快速"走"掉了。

那几个呆掉的花痴终于回神了，孟晓梅忙问："帅哥，真的要和我们一桌吗？这里可以坐下六个人都没有问题的，快请坐！"说完忙往里挪了一个位子。

没想到那人居然点点头，走了过来。

白雨樱当下就急了，以这几位花痴的状态，那是没三个小时不能吃完的架势啊！保不准吃完了还要拉着这位帅哥去 K 歌！想到这，白雨樱再也沉不住气了，忙说道："梅子，这里只能坐开四个人，那么和他一起吃饭的人来了，坐哪儿呢？要不，你们在这吃，我先回去啦！"

"我没有约人，一起吧。"那人说着竟真的坐了下来。

这……白雨樱直接在原地"石化"，原本想着自己说走了，孟晓梅她们肯定不要自己花钱在这里吃。可是她千算万算，没算到这个人居然坐下来了！

那么这个饭还是要她请吗？想到这，白雨樱的心就揪了起来，就因为他长得帅，她就得买单吗？凭什么呀，她的钱又不是天上掉下来的。果然还是自己在寝室打游戏好啊！

见她还杵在那里不动，孟晓梅还以为她不好意思，笑着说："樱樱，又没人罚你站，你干吗呢？难不成你想给我们倒茶分菜？"说完还不忘拿起茶杯，做出个让她倒水的动作。

白雨樱没好气地狠狠"剜"了她一眼，如果这会儿自己手里有东西，一定会丢向她。环视一周，其他人都坐下了，只剩下这个靠着他的位子，白雨樱有点别扭，坐也不是，不坐也不是。还在想要和谁换下位子的时候，她被人一拉，重重地坐在了椅子上。

"你不敢坐下，是怕我吗？我有那么可怕吗？还是，你对我一见钟情，不好意思了？"

说话的那人真是自恋到了极点。

白雨樱被他说得很尴尬，却又不知道回什么好，只好岔开话题说：“服务员，点菜！”

服务员还是刚才那个，很快地走了过来，拿出菜单递给她。

白雨樱刚要翻开菜单，却被抢走了，抬头一看，又是那个人，也太没礼貌了！于是凶巴巴地说：“我说墨镜男，你能看清字吗？还不说一声就拿走！”

“墨镜男”抬起头来看着她，脸上的表情很是无所谓：“樱樱同学，你不知道谁点菜，谁就要买单吗？作为一个绅士，怎么能让女生来买单？还有，我不叫墨镜男，太难听，我的名字可是很好听的，洛青司！洛是洛阳的洛，青是青云的青，司是大司马的司，记住了哦！下次再让我听到你叫我墨镜男，我可是会惩罚你的！”说完，他得意地一笑，开始点餐了。

洛青司？除了白雨樱之外的几个人不淡定了，那不是这个学校的两大校草之一吗？只要不是上课的时间，根本看不到他人。就是来了也是帽子口罩，根本看不清脸！

“哇，不是吧，今天居然和校草同桌吃饭！”

“今天走大运了！”

“校草哎，今天看到活的了哈哈……”

“洛美男，你可有女朋友了？你看我……”

“你真的是洛青司？”

洛青司才说完话，这些花痴们就已然处于疯狂状态乱成一团。

白雨樱本就让这个“墨镜男”，不对，是洛青司，给堵得说不出话。现在自己的盟友却直接全投了敌，她心里很是不爽，望向窗外时，眼睛余光不经意地扫过他，看着这个吃饭点菜都不肯摘下眼镜的人，心里不由地想到一件好笑的事——瞎子看书，虽尽力地压制内心的狂笑，嘴角却还是不自觉地上扬。

“樱樱，你看着我偷笑，不会是对我有什么非分之想吧？我可是良家美男，不过若是你的话，我倒是可以将就一下的！”洛青司冷不丁地说了这么一句，对着白雨樱的脸依旧是迷人的样子。

白雨樱的肺都要气炸了，原本粉粉的小脸这会儿涨得更红了。

这个人说话，为什么这么自恋呢？真有种想掐死他的冲动，不行，要冷静，要冷静，这可是公共场合啊！

“您好，这是你们点的菜，腊味荷兰豆，请慢用！”服务员很适时地来上菜，放下菜还做了个请慢用的手势。

洛青司拿公筷夹起两片腊肠放到白雨樱的盘里，笑眯眯地说："这个很衬你,尝一下。那几位美女你们自己吃,太远了,我够不着,没法给你们分菜，多多见谅。”

听了这话，白羽樱的脸红得好像是盘中的腊肠。那些人马上一脸好像明白什么似的，相互看了看，点了点头，像是达成了什么共识。

孟晓梅忍不了，用一种娇嗔的怪音说：“青司学长，我明明就离你这么近好吗？一起认识的,你不能只偏心樱樱一个人,是吧！”

偏心？如果可以转送的话，她会毫不犹豫地全塞给孟晓梅！不是自己请客，又被气成这样，白雨樱这会儿只想着这饭快点结束，打开游戏砍几场，好好出出今天晚上的恶气！

“樱樱学妹，我都告诉你我的名字了，那么你是否也应该礼尚往来一下呢？”

洛青司好死不死地又来戳白雨樱这个马蜂窝。对，就是马蜂窝！要是打人不用付医药费，估计洛青司要起好几个大包了！

白雨樱本来不想理会他，可又一想，与其让他这么肉麻地叫自己，还不如告诉他名好了，至少听起来正常些。“白雨樱，白云的白，风雨的雨，樱花的樱。”她没好气地学着他报名字的方式。

“云白似雪风雨无觉，樱花落尽，空留花泥对清月，好意境啊！”洛青司一本正经地吟道。

白雨樱诧异地看着他，如此温文尔雅，真的是同一个人吗？她都怀疑是不是自己产生了幻觉，原本对他的厌烦少了几分。忽然想到，他摘下眼镜的眼睛，是否如自己想的一般……

03
再遇洛青司

两个月后。

时间飞快，白雨樱“不小心”和洛青司错开两个月。

又是一个暴雨天，望着窗外大朵大朵的乌云，白雨樱懒懒地伸了下腰。打了一个通宵的游戏，她确实困困的，再看到这种天气，更是想美美地睡一觉。

由于是周末，宿舍里就剩下了她自己，至于别的人，都名花有约了，大家都懂得。

正要走向床倒头大睡，门“砰”的一声被人给撞开了，被这声音一震，白雨樱一下子就清醒了。皱眉一看，还真是孟晓梅这个冒失鬼，只见她满脸堆笑地冲床边走来。

“樱樱，告诉你个好消息，你之前关注的那个 3D 视觉的网络游戏，叫什么情缘来着？”

孟晓梅说话一向这样颠三倒四的，一下忽然又想到了接着说：“对对，《完美情缘》，现在，在校门口的网咖里搞了个什么公测活动，今天去的玩家，发新手号送装备，还上网免费呢！”

送装备？还免费上网？有这么好的事？

忘了自己一夜未睡，白雨樱两眼放光，恨不得马上飞过去。

白雨樱才要换衣服，孟小梅一把拉住她，接着说：“我说你行不行啊？怎么也先睡一觉再去吧，看你那两只熊猫眼，你就不怕你这系花被人抢去啊！我可告诉你，那个贾悦可是想拉你下马很久了，你就长点心吧！”

白雨樱听她这么说，无奈地翻了个白眼，叹了一口气说：“是，我会努力占着这个位子的，这样也不枉费你们的一番苦心，本花现在要去保持容颜了，麻烦让让，谢谢！”

一番梳洗后，白雨樱懒懒地躺到床上，却发现根本没有睡意了，脑子特别兴奋。她看向孟晓梅，说：“我睡不着，我想……可以吗？孟太后！”

白雨樱一脸期待地望着孟晓梅，孟晓梅看着她那双无辜到极点的眼睛，摇摇头，说：“我就知道会这样，那么你好歹化下妆再出门好吧？哪怕只是个淡妆，遮一下你的熊猫眼吧？”

白雨樱听孟晓梅这么说，直接一个鱼跃，从床上跳坐起来。“就知道你最好啦，来亲亲。”她一脸谄媚，朝着孟晓梅脸上就是实在的一亲。也不管她什么反应，直接去化妆了，孟晓梅倒是也习惯了，宿舍里都被白雨樱亲了好几轮了。

10分钟后，白雨樱已从更衣室内出来了。

孟晓梅不由得皱了下眉毛，窝火地说：“我说你这么快的速度是化的哪门子妆啊？比刚才强不了太多好吗？真是浪费了身上这么好看的裙子了！”

白雨樱幽怨地走到化妆台前，打量了一下镜子中的自己，不服气地说：“淡妆啊，你说的化淡妆也可以的呀！哪里不对吗？”

孟晓梅要疯了，这个熊孩子！居然拿刚才说她的话来压自己，不想斗嘴，还是简单粗暴来得直接点，想到这，孟晓梅一把将白雨樱按在椅子上。拿过那大全套的彩妆盒对着白雨樱的小脸就是一通的扫、描、拍……

白雨樱倒是很配合，也不再发表任何意见，她怎么会有意见？孟晓梅可是从高中起，就专门跟她身为彩妆大师的舅舅学习，好多艺术系的女生花钱来请她化个妆，那可是都要看她心情的。现在她免费给自己化，怎么会有意见呢？

孟晓梅想给这个“网瘾少女”化妆很久了，可白雨樱却一直游戏为大,从不肯让她靠近。想想自己今天接的这个“特殊任务”，呵呵，真是一举两得，好处大大的有啊！

20分钟后过，孟晓梅看着镜子里出现了一个清丽绝美的脸，这才满意地收起自己的工具。“这才是绝色美人啊，可惜就是有人暴殄天物！给你,新手VIP卡,快去吧！我得重新给自己化妆了，晚上还有个约会呢！”

刚才还沉浸在自己容颜里的白雨樱，听到新手卡的一刻，马上恢复了“网瘾少女”的本质。“谢谢啦，梅子！对你的感激之情我无以言表，要不我让你亲一下吧！”说着脸就靠向孟晓梅。

“停，我不要你的感激，只要你下次约洛青司吃饭就好了！”孟晓梅推开那靠向自己的人，显然是被那位校草给迷晕了，边说边陶醉。

白雨樱一听这个，全身鸡皮疙瘩都起来了。虽然那天吃饭到最后时，对洛青司的反感少了几分，可这不代表她会主动约他吃饭啊！想想那天那个校草总是调戏自己，心中更坚定了先跑为上。

“啊？约他吗？有时间一定，一定，我先走啦……”说着，就一溜烟地跑了。

望着白雨樱逃跑的身影，孟晓梅扑哧一笑。这样看来，“某人”的情路，真是坎坷啊！要是有这么个大帅哥迷恋自己，别说拒绝了，她不等对方表示，早就下手了！

网咖里人还真是多，外面的位子早已坐满了人，好像没看到一个空的位子。虽说这家网咖消费不低，但也顶不住玩游戏就免费呀！免费，还有新手卡送，大学就是这样，只要不是大四，周末没什么事做的。

白雨樱有点沮丧了，难道要回宿舍睡觉吗？不行，她折腾了这么久，好不甘心啊！

“是白雨樱同学吗？这边有人帮你订好了 VIP 包间，环境比较好一些，跟我来吧！”网咖的服务人员微笑着做了个请的手势。

听完这句话，白雨樱心里就犯嘀咕了，VIP 包间？谁帮自己定的呢？孟晓梅吗？不对啊！她可是只钱蝎子，怎么会无缘无故地请自己上网呢？外面大厅里今天是免费的，因为游戏商包场了，可是包间里还是收费的。

已经跟到了包间门口，她举手拨开珠帘，一个熟悉的戴着墨镜的脸进入她的视线，那人歪头看着她扬起一边的嘴角说：“好巧啊！我的雨樱师妹，看来我们真的心有灵犀啊！”

04
网吧被强抱!

看到美得如此动人心神的白雨樱，洛青司不由地看呆了。她不化妆也很美，那天他只是看一张照片，她的浅笑嫣然的样子已经烙在他的心头。

许多人都问，爱上一个人要用多久，其实真的喜欢，只要几秒的时间，就是看一眼的时间……

“今天变这么美，是专门为我吗？其实你不用这样的，如果爱慕者是你，我想，我是很乐意接受的！”洛青司回了下神，一脸满意的神情。

见白雨樱依然呆站在那里，接着说:“怎么？你是在忏悔吗？也对啊！自从上次饭后一别，我可是整整两个月没看到你的人影。所以，你是来补偿我的？”说完还不忘一脸委屈地看着她。

白雨樱暗叫不妙，怎么会是这个人？她想过很多可能，唯独没想过是他，可又不好发作，万一只是碰巧呢？上次在“孟太后”和室友的胁迫下，答应了约这位校草吃饭的……

小小的包间里只有她和他两个人，一时间，静得只能听到外面敲键盘的啪啪声。

突然，洛青司站了起来，绝对的身高优势直接给白雨樱一种压迫感。白雨樱还来不及想他要做什么，整个人已给被洛青司打横抱起来。

“洛青司你放我下来，快点，这里人这么多！”她惊呼一声，气急败坏，恨不得咬他的手。可想想以他的身高，要是把自己丢在地上，那么不骨折，也得受伤。

洛青司看着她涨红的小脸，和第一次见她时一样，一瞬间看得失神，居然忘了自己其实只是想把她放到沙发上去的。

可现在，他不想那么痛快地放她下去。

“放你下去可以啊！那你补偿我什么呢？我可是等了两个月，也没见你回请我啊！先说好，现在你回请我吃饭只是利息，别想着再次糊弄我！”洛青司说完心里很愉悦，他是不会这么轻易放过她的。

生平第一次被人放鸽子，居然放了两个月，要不是他有“卧底”，他想要坐下来好好地见她一面，只怕是等到毕业也难吧！

“网瘾少女”！为了她，他可是踏足了平生都不会来的地方。

白雨樱头皮发麻，这个人实在是不好对付，想和他绕弯子，好像是有点自寻死路的意思。那么只吃饭还不行，还得怎么着？赔钱？可看他好像也不少钱用，那应该怎么办呢？只是失约而已……

白雨樱脑子里乱七八糟，想不出一个法子！心一横，视死如归地说：“那好，你说吧！怎么样你才能快点把我放下来，失约之事你想我怎么赔偿你？”

听她这么说，洛青司倒是更得意了，轻笑一声，说：“雨樱学妹，我可不是什么坏人，你不要想什么不好的事情哟！我呢，要求也不高，你除了请我吃饭外，还要答应我一件事情，至于是什么，等我想到再说吧！”

说罢，洛青司眯起墨镜下的眼睛盯着白雨樱的脸，看她怎么回答自己，暗暗觉得更有意思了。

“好！一言为定，你可不要反悔，现在是不是应该放我下来了？”白雨樱也懒得去想他会要求做些什么，只想此刻不要这么尴尬就好！

没想到白雨樱居然爽快地答应了，是不是自己今天运气太好了呢？

洛青司将她轻轻放在沙发上，眼底浮起一抹阴谋得逞的笑意，显然他是真的没有想到她答应得这么快，居然还让他不要反悔！他反悔？只怕反悔的会是她吧！

“《完美情缘》公测时间马上就要到了，注册好账号的玩家准备登陆。没有注册好账号的玩家，请抓紧时间。”外头的广播响起来。

白雨樱终于松了一口气，她实在是不想和这种校草级的人物有什么瓜葛。要知道S大的校草洛青司家族有多强大不说，光是他自己开了好几次画展，每幅画都有人愿意花重金收藏这点，就足以让所有女生倾心。

一不小心和他纠缠上，可是要成为众矢之的的！到时候怎么死的都不知道！虽然自己也是公选出来的系花，可是在大家眼里，只有同是背景的校花吴依妍和他在一起，才是理所当然的吧！

白雨樱已经用VIP卡注册好了账号，点开客户端，就等12点时间一到，她就可以进入游戏，彻底放轻松了。

旁边的洛青司看着她如释重负的样子，刚才的好心情一下就没了。这个白雨樱开玩游戏以后,居然对自己这个校草视若无睹!他生气了，很生气，后果很严重的那种!

再看到白雨樱又带上了耳机，就更生气了！一向被美女环绕的他居然也会有今天?

雨樱学妹，你想和我划清界限?那也得看我答不答应!

05
青司变身易容师

十二点终于到了。

白雨樱点了开始，进入选择界面，她第一次感觉到有些选择困难，第一次感觉无从下手！

游戏还可以这么玩？

《完美情缘》里有三大种族，六大职业。除了还没有开启的第六职业，每个职业都有自己擅长的技术，实在是让人各种心痒。虽然职业很多，但她还是很快地选择了羽人！

羽人：辅战职业，法系远程攻击。强法系防御，弱物系防御。擅长使用各种符咒和结界，更是有五色符，使人进入睡眠状态，修为越高时间越久。还魂咒，让人起死回生，最高级的还魂咒可以使人野外被杀不掉经验值。两大撒手锏，很适合新人。

不过，最要命的是，除了妖族的兽王外，不论是男是女，不管是什么职业，都可以照着自己的样子去设计角色长相。无论是身材的高矮胖瘦，还是脸形尖圆长短，抑或是发型，都是随你愿意。

白雨樱的美感，从来都是不怎么样的，又怎么会在电脑上调整人的长相？这可不只考验人的审美，还要技术！

游戏刚刚公测，很难找到高手来帮忙，白雨樱呆呆地望着屏幕，不知道怎么办才好。虽说她最喜欢的是游戏里的厮杀带来的酣畅淋漓，可自己毕竟是女孩子，又怎么会对美无感呢？

“雨樱学妹，是不是不会玩了？不对啊！你不是游戏高手吗？怎么在这个角色界面里待着？”

洛青司终于找到机会开口，可白雨樱没理会他。

“我和你说话呢，你这么快就冷落我？”

可白雨樱还是没理会他……

洛青司恼火地站了起来直接走到她面前。

白雨樱不解地看着他，心想，他又想干吗？

洛青司不说话，直接摘了她的耳机。

“你干吗啊，我又哪里得罪你了？”白雨樱不悦地问。

看到白雨樱终于开口说话，那让他日思夜想的面容。洛青司的火气瞬间就没了。

“我想问你，不玩你的游戏，发什么呆啊？怎么，难不成这游戏太高深了，连你这个游戏高手都搞不定了？”洛青司一脸坏笑。

白雨樱听他这么一说，倒是放松了不少，郁闷地说：“这个游戏是可以照自己样子做出角色的脸的，可是，我试了几次都好丑！”

“哈哈……”

洛青司大笑，接着说：“就为了这个吗？我还以为你对这些东西是没有感觉的。游戏里天天打打杀杀的学妹，不应该是不拘小节的吗？居然也会为这事发呆！”

白雨樱听到他的嘲笑，恨不得掐自己一下，心想：“真是傻！洛青司的嘴皮子功夫，自己又不是不知道！居然告诉他，被嘲笑了吧！活该！”

接着，她说道：“你不想帮我就算了！不用在这里冷嘲热讽！”白雨樱压住心中的怒火，冷冷地说完就戴上了耳机。

洛青司见她又冷冷的，知道惹毛了这个本就不想理自己的女孩。于是他不请自来的，不，是不请自坐，直接坐在了白雨樱的沙发上。

虽然沙发能坐的地方不大，好在这两个人够瘦也算挤开了。

白雨樱见他直接坐在了自己的沙发上，两个人的胳膊和腿几乎贴在一起，脸唰的一下就红了，下意识地往里挪了挪。

洛青司笑笑，不知道这个游戏迷到底是个怎样的人，动不动就脾气火爆，动不动就脸红……

想到这里，洛青司摆出一个大大的笑脸说：“让我来试试吧！要是我给你做好了，你可要陪我吃七天晚餐！不过，是我请你。”

白雨樱一听他要帮自己来调整，也不管他是什么条件，反正自己的钱包又不吃亏，去不去，还不是自己说了算？

白雨樱连忙和捣蒜一样点头。

虽然并不知道洛青司是什么水准，可还是很开心，不过却是又下意识地往里挪了一下。

记得之前听孟晓梅她们聊起洛青司，说他画得一手好画。想必这些对他来说也不难吧！白雨樱有点兴奋，还有点期待。

只见洛青司在游戏界面上一项一项地调来调去，游戏人物的脸也跟着变来变去，很是有意思。

“我去给你买瓶水吧！一下就回来！”白雨樱见他调来调去的，忽然发现，刚才兴奋得忘了自己和他同坐一个沙发。这距离也太近了，脸上又不由得飞上一抹绯红。忙起来，不如走动一下，顺便也可以远离他迫人的气息。

“哦对了，你喝什么？”白雨樱才想到不知道给他买什么，便又问了一句。

“不用了，我自己桌上有水的，你若觉得无聊，就去我的位子上看点什么吧！”

洛青司又怎么会给她机会逃离他的视线。

听到他的回答，白雨樱反倒不好意思再说出去了，不情愿地说：“那我把你的水拿过来吧！”

拿过了洛青司的水杯，白雨樱双手捧杯递给他。可洛青司并不接手，叹了一口气说：“你看我两只手都在用着，还是你喂我喝吧！”

白雨樱原本平静的心情又被他的卖乖给搅乱了，心想，这个人真是的，怎么一有机会就要戏弄自己？

白雨樱并不情愿，却还是双手捧杯，小心地把水端到洛青司的嘴边。洛青司象征性地喝了两口，手却一直没停下来。

若不是白雨樱收回手后便不再好意思看洛青司，她便不会错过他摄人心神的一笑！

06
羽人——白羽

大约过了十几分钟，只见洛青司伸了个懒腰，转了转脖子。

“好了，你过来看看吧！是否满意？”

斜倚在沙发上的洛青司，此时慵懒得像只猫，表情完全是一副邀功的得意之相。

白雨樱走了过去，靠在了沙发的边缘，看着人物的脸，像！太像了！居然可以达到百分之九十五的相像！那百分之五是因为不如真人有生气，如果不是亲眼所见，还以为是扫描出来的呢！

对一个国产游戏来说，做到这样，绝对是很不容易。白雨樱不是很兴奋，她一直知道，只有中国人自己才能做出中国味儿十足的游戏。

现在，就差给这个角色取一个好听的名字，取个什么名字好呢？白雨樱的两个小手放在了太阳穴的两侧，闭上眼睛，长而浓密的睫毛让双眼充满神秘。

一边的洛青司看着白雨樱闭上眼睛，莫名有想去吻她的冲动，不自觉地向她靠近。就在这个时候 ，洛青司的电话响起来，打断了他的想入非非。他不回避白雨樱，接起来。

也不知道电话里的人说了什么，只见他的神情一直下沉。

“好的我知道了，我马上来。”洛青司起身，原本一脸沉重的他，却在起身后，神秘一笑，像是预谋了什么一样。他向白雨樱说：“记着，你还欠我七顿晚餐，我会来找你的。”

说完，洛青司以迅雷不及掩耳之势，拉起白雨樱，对着她的额头就是一吻！

洛青司看着白雨樱完全发蒙的脸，一脸得逞的笑，边走边挥手说：“樱宝宝，记得明天的晚餐哟！千万不要再想着怎么失约！”

白雨樱整个人都不好了，发生了什么？她和他又不是恋人，他居然吻自己，自己也不过见了他两面，连很熟都算不上这就被他给吻了？还宝宝，宝个鬼！

回了回神的白雨樱才想起，她要找洛青司算账，必须给个说法，至少，也要暴打他一顿！

不过，能不能打过那个高了自己一头多的人，还真是个问题。

站在门口的白雨樱恨恨地喊：“洛青司！你给我回来！”

可向外看去，哪还有人？有的只是被她这一嗓子引来的无数吃瓜群众的好奇加八卦的眼神。

白雨樱气得想原地爆炸，找不到始作俑者，她要马上进入游戏，马上找点怪物出出气，不然她会气炸的！

点了进入游戏，却没进去，一看名字还没有取呢。

白雨樱揉了揉被气得发疼的太阳穴，她选择的是羽人，这个职业有一双洁白的翅膀，而且可以无须任何条件就能飞向天空，她很是喜欢。可以上天入海走在陆。叫什么好呢？

白雨樱想着想着，忽然来了灵感，羽人，白色翅膀，自己叫白雨樱，那么这个名字最合适不过了。

想到这里，她在名称一栏上写下——白羽!

嗯，这名字实在是不错，终于觉得高兴些了。

这游戏不一般，居然可以随意切换操作模式，玩家再也不必被键盘锁定坐在设备前。可以用语音，可以用小巧的手握控制器。

今天是公测第一天，有双倍经验，升级自然是很快。

游戏的场景美轮美奂，可为了这双倍经验，她还没时间到处闲逛呢。

白雨樱从高中起就玩单机游戏，网络对战游戏，还以化名“网瘾少女”去参加过比赛，得了第一名，她的“网瘾少女”的称号也就这么得来了。

单机游戏升级打怪，倒不是很难，想玩通关的话打怪升级是必须的。

有外挂可用，想通关也并不会太难，但是白雨樱觉得，玩游戏重要的是过程，而不是结果，因为结果是可以通过一次次的失败之中总结出经验而改变的!

外挂就是一种辅助玩游戏的小程序，用它可以直接将人物调到顶级的状态，简单来说，就是游戏遇神杀神，遇魔杀魔，而且都是一招秒杀!

若是那样子去玩一个游戏，会丧失游戏本身的意义。就如同自己动动手指去选择角色的命运，然后去看一部自己知道结局的电影一样无趣。

外面的天色渐渐变黑，却影响不到网咖内玩家的热情。

在包间内打游戏的白雨樱，在双倍的助力下，升到29级了，她觉得有点累。

切到桌面，一看，居然都晚上九点了!

宿舍楼可是晚上十点就关门，可是自己还没有玩够，明天又不用上课，是回去呢？回去呢？还是回去呢？

正在纠结的时候，白雨樱听到吱吱两声，于是切回到游戏界面去。

一看，是今天加的好友——妞妞，也是一名羽人，级别也一样。妞妞正叫她一起去下副本。

副本就是从一个入口进去，进入另一个独立的不同空间，里头的小怪都相当不好对付，终极 BOSS 自然是难上加难！

“小羽，过修真吧？队伍都组织好了。”妞妞发来语音。

她本也不想这会儿回去，心想，这么近的距离，留出来 30 分钟足够了，这低级别的修真想来也用不了太久的。

所谓修真，就是在到达一定的等级之后去做指定的主线任务来提高自己的修真级别，过了修真才可以学习更高层次的技能。

白雨樱发了个笑脸，语音说：“好的，组上我一起去吧，那我们在兰若寺集合，我马上就到哦。”

白雨樱从城西的传送师那里直接传了过去。通过传送师可以瞬间到达另一座城，无须步行，节省时间。

没有太长时间，人就全到了，一起集结向英雄塔飞去。

这会儿白雨樱才发现，不是所有角色都可以飞！还有这么多在地上跑着的角色，还是自己这个职业好，不需要任何条件就可以飞。

07
青王冢初遇易非

“小羽，你一会儿看好法师的血量，千万别让他挂了，不然那个 BOSS 可是直接来灭我们了！绝对秒杀！”妞妞在队伍里很认真地说了一句。

白雨樱下意识地看了下队中的法师，45 级！这怎么可能，升级这么快，怎么做到的？顿时白雨樱无限崇拜地接着研究这个法师——易非，45 级，1200 血量，2100 的灵力攻击值！

嗯，以后就跟着他混了，这样超过自己水准的人，她白雨樱一定不能放过！

法师，主战职业，法系远程攻击。强法系防御，强物系防御。暴击概率相当高，擅长凝结水、火、土三系群体攻击法阵。基本就是攻防无敌神一般存在的职业，对个人操作技术要求颇高。

不费什么力气，白雨樱已经跟着大部队跑到了 BOSS 的老窝——青王冢 。跟着大神就是痛快，根本不用自己小心那些喽啰小怪！

走近之后，大家看了看那个长得又像猴子又像老虎，通身发青，却没有毛，好像中毒的小丑一般的 BOSS。

讨论声直接炸开了！

“青王？这是在搞笑吗？！”

“这货一定是走错地方了！这明明就是王的奴才！”

“丑！太难看了，为什么把BOSS搞这么丑呢？”

“那么把BOSS弄得那么美，我们还能下去手？不要对容貌丑陋有歧视！”

“说得有道理，太美了，小哥哥们就天天来光顾BOSS了！”

……

都是什么逻辑？白雨樱不禁一笑，觉得这种人与人一起有交流的玩游戏的感觉比无交流的游戏强太多！

“聊完了？”易非很不悦地在队里说了一句，他实在是不想开口，但这些人好像没有停下来的念头。

妞妞一看这法师很不友好，赶紧说：“小羽，你专心为法师加血，千万不能大意。”

“开始！”说完，易非就丢给了BOSS一个千金压顶。BOSS直接就被晕住不动了。

话说这个法师是强大，可好像也很冷，都不舍得多说一个字，简直就是惜字如金！

而白雨樱却只忙着加血，也没理会这法师是否冷，反正和她也没有一毛钱关系。

白雨樱手里忙着，眼也没忘了学习，果然像易非说的，这BOSS实在是不好对付，它居然也有晕人的技能，虽然只有一秒，可是大家的技能却被打断了。

很多时候，羽人的加血量技能只是断一下，也是会出人命的，比如没有给顶雷的法师加上重要的那一下血量，即便BOSS的攻击力并不是特别高，只要是自己技能中断加不上血，法师的血量掉得还是很快的。

而易非，技术确实高，在白雨樱加血的技能被打断后，自己直接加了一下。虽然法师的加血技能有点弱，加的也不多。可是，在紧急关头，这一下可是能大大避免灭团的悲剧！

一切还算顺利，BOSS 还有百分之十的血就打完了。可就在这个时候，忽然有人蒙住了白雨樱的眼睛。

“都这么晚了，你居然还在打游戏，眼睛不想要了吗？就算你不要，我还舍不得呢。”洛青司用温柔的语调和她说话，轻轻拿开了挡在白雨樱眼上的手，大剌剌地坐在了她边上的沙发扶手上。

可是就这几秒的时间，游戏里的易非血差点见底，要不是下副本打 BOSS 必须两个羽人来加血，只怕他的小命早就没了。

“白羽！你在做什么？加个血都不认真，难以想象你玩别的职业会怎么样！”

惜字如金的大法师易非居然说这么多话！

易非一般不怎么爱说话，尤其是和女人说话，那是他觉得没必要。可眼前的羽人，明明之前表现得很好，水准很高。在他原本觉得这个羽人还不错，可以拉进自己帮会的时候，她居然断片了！

在看走眼高估了这个小羽人之后，易非心中还是存了一丝侥幸，因此才说了这么长的一通话。

白雨樱原本就想发火，这眼睛被蒙上是个什么情况，再一看队里易非说的话，直接就炸了。她又不能解释说自己被人挡了眼睛，再说，没加血也是事实。可是，他也不能这么过分吧，什么叫“玩别的职业会怎么样？”虽然说他操作能力确实在自己之上，但是，被人当众这样数落和嘲笑，白雨樱还是很生气的！

可洛青司在这里，她又不想当着他的面发火，否则他肯定要笑死自己的。

“我渴了，我想喝点冰的矿泉水，可以帮我去拿一瓶吗？”白雨樱微笑着说。

为什么拿冰的呢？因为桌子上有常温的啊！洛青司又不傻。她才不要和洛青司玩文字游戏，这会儿她可没这个心情。

“易非大法师，我知道我这个时候走神不应该，可我也不是故意的，朋友并不知道我在很专心地给你加血。你至于这样吗？你怎么就知道我玩别的职业不行了！”白雨樱气呼呼地回他。

“有我在的队伍，你自动退队就好！”说完他又给自己加了一下血。

白雨樱直接就被气蒙了，猛地起身，只听“啪”的一声，杯子居然倒了。白雨樱急了，插线板在桌上呢！直接从手边拿过手帕纸擦水，可是，哪里还来得及，只觉得一阵电流袭来，就不省人事了。

08
穿越？这不科学！

英雄冢内，一群人看着倒在地上的女子。

“快起来啊！白羽，你怎么了啊？又没有怪物打你，你为什么趴在地上不肯起来呢？”妞妞看着并没有死亡，却倒在地上的白羽着急地喊着。

是谁在叫自己？这声音感觉很近亦不陌生，倒在地上的白羽慢慢地睁开眼睛。

看着熟悉的场景，身边并不陌生的人，心情直沉到底。

这……这不可能是真的吧？自己怎么会在游戏里？一定是在做梦！开玩笑！自己肯定又做了梦中梦。

梦中梦，她从小就做，每次都是以为自己醒了，可其实只是在梦里醒过来了。现实中的自己却并没有真的醒过来！

见倒在地上的白羽并不起来，妞妞有些着急，心中十分不解。白羽明明没有被怪物攻击，也没有被人攻击，血量和各种护体状态也早就加好了，怎么就是不起来呢？这不科学啊！妞妞今天也救了几个人，只要接受了复活，人是自动站起来的。可眼前这人好好的，根本无法对她使用复活咒啊！

终于，妞妞有点忍不了了，大声吼道："白羽，你快点起来！你不是说宿舍马上要熄灯了！你再不起来，我可不管你了，你就留在这里喂怪物吧！"

河东狮吼如雷贯耳……

真要命了，还能不能让人好好睡觉了？

白羽幽幽地睁开眼睛，如雷达般到处扫描身边的一切。最后眼睛定格在一袭紫色精灵装的妞妞身上，浑身一个激灵！

白羽知道，这次自己是真的醒了，可是依旧在游戏里。想想之前的事，她不是应该在网吧吗？那个洛青司给自己买水去了，然后自己和易非吵架，然后水倒了，之后的记忆就没有了……

妞妞见白羽起来了，长长舒了一口气。"小羽你起来就好了，我还以为游戏出了 BUG 了呢！"救了一天的人，没见过接受了复活的人还能躺在地上不起来的！更没有见过，没有死，却倒在地上不起来的人！

"晚安了，明天见！"妞妞说完就下线了。

白羽看着妞妞消失的地方，怔了怔，难道自己是穿越了？还是传说中的"梦穿"？

她苦笑了一下，别人都穿越到古代做王妃、皇后，最不济也能穿越到正常人类居住的地方，怎么轮到自己就穿越到了游戏里？嗯，此事太不靠谱了！这不是人应该待的地方，以往都是自己控制游戏，现在会不会被游戏控制了自己？还有，自己穿越到这里，那么现实中的自己还好吗？怎么办！怎么办？对了，洛青司之前和自己在一起，那么，他会发现自己出事吗？他会帮自己的吧！哎，怎么这最不靠谱的事，让自己给摊上了！以往看穿越文感觉很不错，但那是小说，轮到自己真的开心不起来！

白羽看着前面的传送光圈，庆幸自己虽不是什么过目不忘的神人，还好也算记性不差。之前为了开传送点，她把地图记得差不多了，只是有些细枝末节的东西，还没有弄得太明白。哪里有什么怪物，哪里有什么副本，里面住着什么大BOSS，她都知道得差不多了。唯一的遗憾，是才玩了半天的时间，根本没来得及看后边高等级的修仙入魔的任务应该怎么做，也没有看高级副本的顶级大BOSS应该怎么打！这个游戏才开始，大家都不怎么明白！那么，以后只能多问着点了。

完成任务后，白羽被传送回了兰若寺。

她呆呆地看着这一切，想到妞妞睡觉去了，她现在一个朋友也没有，自己一个人在游戏的世界里，第一次感觉到如此孤单。

文科生的脑洞一般都是比较大的，白羽这会儿竟在想：在这里是不是也要睡觉、吃饭？怪物打自己会痛吗？如果是再次被怪物给杀了，没人救的话会一直趴在地上吗？会冷吗？别人会看得出来自己和他们不一样吗？看看自己只穿着单薄的苹果绿色精灵装，她心里感觉冷飕飕的，虽然并不冷。

胡思乱想了一通，白羽心一横，想这么多做什么？直接去试试不就知道了！就算是梦，也要好好地放纵自己一回，好好地做一下这个特别的梦！

白羽飞到了龙城之内，毕竟在城外面还是有点危险系数！先去交了已经完成的任务，提高修真层次，多学点技能，应该会给出城后的历练增加点安全系数！

网咖VIP包间里。

触电的白雨樱倒在了地上，还好边上是沙发，头并没有摔伤。

而买完冰矿泉水的洛青司回来看到这一幕，眼神瞬间变冷，丢下水，就要去抱起白雨樱。却忘记了，触电者有可能会成为下一个倒地的人。

就在洛青司快要抱到白雨樱之前，网咖的店长迅速切断了所有的电源。整个网咖内只留下了应急照明灯……

“小秋，帮我打电话，叫救护车！快！”洛青司几乎是咆哮着吼出来，他从未在小秋面前如此失态，毕竟这是自己多年的老友。

在等救护车的时间里，每一秒都是漫长的。

洛青司紧紧地抱着白雨樱，他害怕，很害怕！还好救护车几分钟就来了,他的目光落在电脑上,停顿了一下,又马上追了出去。

09
最不想遇到的人

龙城的天空，永远都是那么高。

游戏里的时间与现实不同，一天一夜只有两个小时，虽然自己是晚上进到这游戏里被困住的，可这会儿游戏里却还是白天，太阳很大。

城西的人依旧那么多，有买卖货品的，有在这里聊天的，还有很多在切磋武技的。自然，也少不了跑来跑去做任务的。

白羽之前一直在升级，从未静下来好好欣赏过这个游戏的亭台楼阁、花草山水。

现实之中，她极为恐高，可现在，她想试下飞到高点，看看这座排名第一的古城。和现实中不同，这里也是够高的，以游戏人物的身高来说，飞了这么高往下看也是眼晕的。

大概知道这是假的，白雨樱居然飞了一会儿就适应了，不再害怕。

偌大的一个龙城，呈长方形分布，规规矩矩地分成四个区域。

龙城的中心，有一座四龙戏珠浮莲桥，还分成了上下两层。桥下的睡莲，开得正盛。

看到河中的睡莲，白羽心想，不会游泳的自己，跳下去的话，会怎么样呢？要不要试试？正想着，她看到下面有几个人不知道为什么在往水里跳。

不如趁着有人，跳一下试试，就算出了什么糗，也不是自己一个人出！若是有什么事，也有人搭救呀！

白羽收起翅膀，直直地落入河中，意外的是自己居然可以随心所欲地游，而且可以闻到花香！这怎么可能呢？还是自己最喜欢的花香——莲花香！现在的科技，把游戏做到各种仿真并不难，可也不至于把花香的味道都编程进来吧？这个，也不太科学了……

忽然，白羽被一种满足感包围，其实也不用着急找办法，不用着急醒来。不如好好地在这里，好好地感受一番。就算不是真的穿越了，就算只是个梦，那这也是个美梦。

“小羽，能来青王副本救一下我吗？”之前一起打青王的小伙伴青芒果，忽然哭丧着说道。

“好的，发给我坐标。”白羽一个机灵，她正觉得无聊，便来了事情去做，正合心意。

英雄塔内，一个羽人倒在地上。

“谢谢白羽！既然来了，那就打完了再走，帮我朋友一下好吗？”青芒果一脸认真。

白羽看了下周边的人，他居然也在！瞬间火气冲到了脑门，又是他！要不是这个大毒舌说自己，自己也不会……

“原来易非法师也在啊！不知道我这个技术不佳的羽人，影不影响你发挥？对了，上次你说只要你在的地方我自动退队是吧？

那我还是走了，免得在这里招人嫌！”白羽嘴里恨恨地说着，手里却也没停下。

“随便。”易非淡淡地说道，那表情，根本不受白羽言语讽刺的影响。

“易非！你……”白羽说了一通，却被易非两个字给秒杀了！

“以后最好再也遇不见你！”白羽被易非那句话给噎得难受死了，说不过他，只求以后再也不要遇见他。

易非这次倒是真的什么也没说，只是回了白羽一个淡淡的笑。

可在白羽眼中，那笑明明是不屑！这个笑好欠，特别欠！她很想上去抽他几巴掌解解气。他在嘲笑她，肯定是的，她不会感觉错了！白羽暗暗决定：“易非，总有一天你也会失手！到那天我肯定会还回去的！”

“气量太小，不好！”易非冷不丁又来了一句。

白羽沉默了，这个易非，简直是她的克星！说不过他就算了，他却还能不停地神补刀！实在是太可恨了。她先忍了，君子报仇都十年不晚，她一女子，更不急。

随即，白羽感叹自己最近是怎么了？先是现实中被洛青司那根破校草戏弄，居然还吻了她！后是遇到易非这个大毒舌，对她各种嘲笑和讽刺，害得她进入游戏里，到现在还分不清是梦是真……她到底惹了哪尊大神？才会遇到两个气得她吐血的人？

不过，进入游戏里头，倒是可以不用天天想办法远离那个洛青司的纠缠了。

见白羽不再回话，而那纤细的双手却并未停下加血、凝结符咒，易非摇了摇头，嘴角扬起一丝不易让人觉察的笑意。

随着最后一个大招的放出，青王大 BOSS 又跪地倒下，藏在身上的宝贝全部掉落下来。

“哇，黄金哎！我们人品大爆发了呀。”

“极星剑啊！极品啊！可以缩短施法时间，增加致命概率！”

“我们是随机的组队，看下谁的运气这么好啦！”

“先捡了再说，是几个孔的？要是两孔，就可以镶上两颗宝石了！”

看到地上有极品黄金，这一队的人都兴奋极了。除了白羽和易非，一个是气到想要原地爆炸，一个是淡定得像什么也没发生。

“哇，易非，黄金进到你包里了，可是我发现，你用的就是极星剑！这个可不可以卖给我啊？我想送人。”青芒果两眼已发光。

“不卖,分钱。”易非说着便拿出钱丢在地上,然后又捡了起来，而每个人包里都得到了相同的 10 万游戏币。

白羽见青王已经打完了，便离开了队伍，被易非一气，她的好心情都没了。不行，她得找点怪物打打，消消火。

10
宝剑送美人

黄沙漫漫，大雨从不停的望乡海岸。怪物成群结队地霸占了这里，最北边还有人首马身的秦岭将军，这可是个不好惹的大BOSS！

秦岭将军属于英雄任务里的BOSS，白羽进入游戏之前看到过，她明白，这个BOSS绝对不是自己现在这个级别可以惹得起的。看来要远离它一点，免得被它给一下秒杀！

能救自己的妞妞已经睡觉了，她现在还没有多余的钱去买千里传音，通知全完美大陆的人自己要挂掉了，更没有钱给救自己的羽人高昂的“路费”。若是叫不到人来救自己，自己是不是要一直躺在这里，面对丑得可怕的怪物们？

羽人的法术属金系，金克木，打木系的怪物容易些。再加上独有的解毒法术，那些木系怪的毒杀，并不算什么。

白羽尽量避免开那些近身物理攻击的怪物。那些骷髅长相的怪物，吓得白羽直接跑开。以前，就算是玩VR游戏，她也没觉得它们这么可怕过，可现在身处游戏之中，它们一只只的比自己高出好几倍！就是胆子再大，再熟悉，也还是会毛骨悚然。

“怎么，连这些小怪也不敢打？你刚才在青王那里可是胆子大得很呢！”易非见白羽小心翼翼地躲开金系的骷髅怪物，甚是好笑，便忍不住逗她。

白羽一看，居然是易非站在不远处。他那墨色的长发和玄色的长袍在夜色下已然是分不太清了。若不是风吹过时，些许长发飘起，只觉一片浑然。

易非的表情虽冷，可那张冷峻脸却是十分让人悦目。只见他浓浓的剑眉微微上扬，凝视的双目中，冷冷地透着坚毅，挺直的高鼻更加重了这个人的冷漠不可接近，微微上扬的薄唇似笑非笑，令人琢磨不透。要不是易非这会儿嘴角上挂着若有若无的浅笑，白羽觉得自己早被这个人的冰冷给冻死了！

白羽很反感易非总是针对自己，可不得不说，他的到来，也确实让自己的害怕消失了。

“是，我就是不敢打，谁叫我装备太差，万一挂掉了，都没有人救！像我这样的小人物，自然是不比你易大法师，级别高，装备好，技术强！不是吗？”白羽淡淡地回他，转身就准备远离这尊大神。

“噢？原来你都知道，还算有自知之明！”易非嘴角的弧度又高了几分，语气却是少了几分冰冷，多了几分揶揄。

“装备差，先借给你这个用下如何？下次可以少听你说一个理由。”说着，拿出之前从青王那里得到的那把黄金极星剑，递给白羽。

白羽看着他手中的极星剑，怔了怔，眼中尽是不解，这易非之前明明是对自己很不屑的。这一点，她非常确定，可这会儿又拿剑给自己，这到底是几个意思？难道他又想了什么新点子来嘲笑自己？黄金极星剑，这可是他分了钱给大家才拿到的，是拿真金白银买的。难道这家伙良心发现了？还是忽然之间懂得怜香惜玉了？还是想给自己道歉，却又不好意思，就送自己东西？想到这里白羽又摇摇头，这怎么可能呢？他如此不待见自己……

“那你打算卖多少钱呢？我先说好，我可没有太多钱可以付你！”白羽看着易非，很认真地说道。只有这样说，才能避免被他黑！

“钱？呵呵……你想多少钱买呢？”易非饶有兴致地问她。

“这个，这个我不知道……”这个问题真的有点难住白羽了，她原本就没有多少钱，仅有的那点钱，可是要存着的。

“你不知道？我也不知道，你说怎么办才好？不如先借给你用着，等以后知道价钱了，本息一起付好不好？”易非看着白羽窘迫的样子，觉得更加有趣，说着把剑塞到她手里。

“你……这……”白羽瞬间语塞，不知道该说什么才好，也更加不明白易非是什么意思。

白羽想了想，并不是白要这把剑，自己钱又不多，处处都受到压制。只能点点头，接过极星剑，原本充满了疑惑的眼神变得认真而坚定，说：“我一定会本息一起还你的！”

黄金武器果真是不一般，以前要三下才能消灭一只的怪，现在只要两下就倒了，打怪的速度提升了很多。

接受了极星剑，那么再接受易非组队升级的邀请，也就算不得什么了。打怪，她白羽从不偷懒！

两人经验升得很快。有了极星剑，再加上易非是法师，精通水、火、土三系法术，还有游戏系统送的多倍经验，升级变得更加容易。

而周边的怪物，竟然出现了空档，根本赶不上这两个人打的速度！

白羽不禁开口：“难不成，怪物害怕了？”

易非嘴角微微一扬，没有回答她……

白羽和易非永远都不会想到，从这一夜开始，她和他，已注定如藤蔓般纠缠不清。

11
丑怪物的噩梦

时间过得飞快，白羽和易非升级的速度更快。

自从那夜起，白羽对易非原本的反感开始慢慢减少，甚至于有一点点依赖。因为有他在的时候，升级打怪不用怕，下副本打BOSS不用怕，怪物长得太丑、太可怖也不用怕，在游戏里的孤单无助感，也渐渐减少了。

而易非，还是没事就说几句不太好听的话，刺挠下白羽，但言语里却没了初见时刺人心底的锋利……

不知经过了多少个昼夜，白羽到了49级。一想到又可以去打BOSS，她就不由得兴奋起来。

在易非的眼中，白羽已然成了女魔头，简直比怪物什么的都可怕！她最喜欢虐杀各种大小怪物，尤其是长得丑的！用白羽的话说："谁叫你们长得这么丑还出来吓人！"如果这些怪物也有灵魂的话，那么一定会见到她绕着走开，以免惨遭毒手！

"又想去荼毒生灵了？对了，飞鹰堡中正好还有狮、虎、龙三个大BOSS等你去虐杀！运气好的话会掉落你要用的黄金项链！"易非看着才升级，就忙着做修真任务的白羽，又开始了"补气之谈”。

“……走吧！可是你不用休息下吗？”白羽习惯了他这样和自己说话，说不过，索性就不反驳了！

“有你在，能加血，又会打怪，怎么会累？”易非说的是实话，她最近的水平一直很高。可以说有她在不但可以性命无忧，还能偷一下懒。

“我没听错吧？易大法师在夸我？你不是一直很嫌弃我吗？”白羽给了他一记白眼。要不是那天洛青司忽然来了，白羽根本不会出现失误！游戏操作什么的都是大同小异的，她也玩过一些网游，只是不太喜欢那种画风，后来才放弃了。开玩笑！她“网瘾少女”的外号，可不是让别人白叫的！

“怎么，不喜欢我夸你？我只是对你的技术和团队意识不认可！”易非看着她气呼呼的样子，忽然觉得，原来看她生气的样子已然成了自己的乐趣。不过，看着她的生气的脸，易非依然觉得有些眼熟，是在哪里见过呢？这张脸并不像其他人那样美而无神。到底是在哪里见过呢？一时间他实在是想不起来了，于是问道：“你是学绘画一类的专业吗？”

“嗯？绘画？不是啊！怎么了？”白羽被他一下子问住了，不明白他为什么会这么问，这个问题跳跃性太大。

“没什么，只是觉得你的人物形象做得过于逼真，有点好奇，就想问下。”易非答道，若有所思的样子。

“哦！这个啊，嗯……这个形象是我的一个学长给做的！我对这个东西不太懂。”对，就是学长！白羽一想到进到游戏前被洛青司轻吻额头这件事，很是耿耿于怀，自己又不是他的女朋友，他凭什么吻自己！“原来如此，怪不得可以做得这样真，那么，这个头像是你自己，还是你逼迫你的学长一定要做得这样好看？”从第一次看到白羽起，他就惊讶于她的人物形象居然如此像真人，还是一个不一样的美人。易非那会儿就在想，是不是那家伙的手笔。要不是白羽那次在青王那里发呆，害得大家差点团灭，易非早就想问这个问题了。不过,还真是不是冤家不聚头,后面再相遇，也是超出易非的预料，越来越有意思了。

白羽一下子就愣住了，今天易非好奇怪，怎么会对自己的人物形象感兴趣，又不是第一次见了。不过，听到他说自己逼迫学长把自己的形象做得这么美，她不痛快了！就不告诉他，谁知道他是不是平时一副正人君子的样子，实际电脑的那头就是个大色狼啊！保不齐，比洛青司还可恨。“怎么搞的？又是洛青司，真是受够自己了，怎么又想到他！”白羽暗想。

“嗯，你一直都很精明，都想到了干吗还要问我呢？”白羽用了“精明”，而不是“聪明”，她才不要夸他呢！

“我是想看看，你是否诚实。玩游戏的女孩子是少数人，真正的美女更少。就连对方的性别都是个很大的问题！”易非一本正经地说道。

“你……”白羽又被说得语塞，心想，“苍天……自己到底是造了什么孽，明明被易非连累，进入游戏内部，可他又担当了一个分分钟气死自己的救命稻草！他说什么自己都可以无感，可这次他居然怀疑自己的性别，当真是叔能忍，婶不能忍，婶能忍，她的暴脾气也不能忍。”

白羊座的人，尤其是女人。通常是比较温柔的，前提是，你不要踩到她的雷区！如果你真的踩到了，那么请自求多福吧。

“我可没有点名说你，你也不要对号入座。”易非打了个太极，把过错又丢给白羽。

“快到了，做好准备，从前面的发光处进入秘境副本！”见易非转移话题，白羽也不想再同他置气，早晚有一天，这些账，她会连本带息地收回来！

只见这秘境的入口，是在一片宛如黄土高坡上的残破房屋的遗迹之中，若不是离得这么近，都无法发现它的存在！入口周边，布满了长得犹如狮子、老虎之类的怪物，那些怪物个个两脚站立，还抱着武器。

白羽见门口的普通怪物都如此威武，暗自想到，想必里头也不会令人失望。这是她第一次不觉得这怪物丑。终于到了秘境的入口处，她赶紧收起翅膀落地，直接迈步，走进了秘境入口。

12
飞鹰堡迷宫

飞鹰堡的路，非常难走。路途相当长，怪物也相当多。整个飞鹰堡更像是一个迷宫。纵然是易非看过了迷宫的地图，也会一不小心就走到死胡同，然后只能折回去，继续跑。真是让人有种待得越久越迷糊的感觉。白羽虽说打过不少单机游戏里的迷宫，可每个迷宫都不一样，这可不是有经验就能解决的事。

费了好一番工夫，他们才找到了狮千军的老窝。一路厮杀让白羽有点疲惫，她坐在地上先休息一下，看了下包里带的药品，又检查了下身上穿的装备有没有疏漏。并不是白羽怕死，只是一路走进来费了很大工夫，她可不想再重来。试想一下，要是死在这里,就是有钱找人来救,也要等很久。万一找不到人来救怎么办?更重要的是，她可不想再给易非任何打压自己的理由。

片刻后，白羽起身，想着易非这一路上都没有开口说话，轻声问他:“我准备好了，你呢?”

“好了，准备开工。这个狮千军对我来说并不可怕，我有防物理攻击的盾，可以照顾好自己。你要注意狮千军的破甲符咒，只要中了此咒，物理防御会被降七成。”易非说完，就给自己上了一个物理防御盾。之后，他停顿了一下，还是有点不太放心，又回头对白羽说："千万记得第一时间给自己解除破甲的符咒！否则，以你现在的防御力，最多三次攻击，你必死无疑！"

第一次听到易非说这么多的话，白羽真的有点不太习惯："想来也是他内心一定极度怀疑我的能力，才这么说的吧！"

易非一个落石丢了出去，狮千军便被惹怒，咆哮着跑了过来！易非直接爆元气顶住了狮千军的第一个攻击，后面连着三个技能丢出去，狮千军居然少了四分之一的血量！

白羽惊讶于易非超强的攻击，这个易大法师果然不是吹出来的，要知道这可是狮千军！可不是随随便便的小喽啰。这个人果真是太可怕了！易非 60 级，但是相对狮千军来说，也不会有绝对优势才对。怪不得易非刚才说不用她管，没用多久，这位狮千军血量掉了一半。白羽一看，心里不由得给易非点了个赞。

"注意，保护你自己。这个狮千军马上要狂怒了。"易非手里没停下打怪的同时还和她说了这么一句。

易非才说完，两个人就同时中了破甲符咒，物理防御直接下降了。白羽下意识地先给他解了符咒又加了血，随后马上给自己解了符咒，却还是晚了一步，被重击！她踉跄地后退了几步，赶紧用所有真气给自己凝了一个羽盾，总算减弱了狮千军不少的攻击。还好白羽是游戏操作高手，一直反应灵敏。

"不是说了让你第一时间给自己解除符咒吗？我的话你到底你听到了没有！"易非暴怒，对白羽大吼。

白羽被他一吼，心里有点隐隐泛酸，有点委屈，却什么也没有说，能说什么？他之前已经反复告诉过她了，是她自己没听。可白羽真的想要先保护他，不能让他倒下，这也是身为一个羽人应该有的第一反应！白羽有些烦，自己这是怎么了，总是想些乱七八糟的东西……

接下来，白羽按照易非说的方法，接下来两次中咒果然都安然无事。白羽不由得真心佩服易非，实在是不一样的高手！这些日子以来，白羽没日没夜地升级打怪，做装备，付出的努力是易非的两倍，却还是比不上易非。同一天开始玩的游戏，差别怎么就这么大呢？这真的不应该啊……

很快这个狮千军就跪倒在地上，而后，地上居然有一件闪闪发光的东西——狮王项链。

这运气，实在是太好了吧！

“你的运气一直不错，上次是极星剑，这次又有狮王项链。”易非捡起地上的项链，放到了白羽手上，“戴上吧，免得下次掉血掉这么快！”

“有你在，我一时半会儿死不了，这项链，更配你。”白羽本来是一肚子委屈的，听到他这么说之后，心里开始暖暖的。

“你长眼了吗？没看到我身上带着一条？”易非很不悦，这丫头怎么对他的事情一点也不上心？再怎么说，也带着她一起升级这么久……

好像是觉得不吐不快，易非淡淡地说：“我也带着你升级打怪这么久了，你是不是也应该多少对我的事情上心一点？”

白羽有点不解：“难道自己要没事看他换了什么新的装备吗？他又不是自己的什么人，为什么要对他的事上心？”虽是这么想，白羽还是看了下易非的装备，见他确实戴了一条一样的项链。于是，她那举在易非面前的手，停在了半空中。

易非拿过了项链，轻轻地给白羽戴上，瞬间感到心里有一丝不一样的感觉。他摇了摇头，不太愿意相信：“这怎么可能呢？”

白羽没有想过他会有这个举动，竟是不知道应该说些什么。只是如此近距离地看着他，她不禁连呼吸都屏住了。易非之前还是暴怒的，现在态度居然 180 度大转弯！态度转变之快，白羽实在是吃不消，易非这个人的脾气，还真的是令人难以捉摸。

“怎么？不喜欢？”易非见白羽并没有意料中的兴奋，而是呆呆的。

“不不不！你上次才把极星剑借给我，现在又把这个项链送给我，这样不好，我还是买你的吧！这样，我用着比较踏实。”白羽忙摇着双手。

“哦？你今天有这么多钱买吗？记住，这是你借我的，你升级换新项链的时候，记得还我！”易非很不高兴她这种什么都要和他银货两讫的做法。

“这……”白羽一时之间想不出该说什么，“那以后你需要帮忙的时候，一定要叫上我，就当是还你利息。”白羽总是觉得要是不做点什么，就这么白白拿人东西，实在心中不安。从小到大，她接受的教育就是——绝不白拿别人的东西！尤其是女孩子，若是总想白拿别人的东西，定然会为此付出代价。不想做心里不喜欢做的事情，那么就要不欠别人的，自然也就不用还了！

“好！从今天起，你就是我一个人的专属羽人，任何时候都要以我的生死为重要的事！除非我说终止，否则不会结束！”易非眼中笑意很深。他知道，白羽一定会答应这个条件。

白羽极认真地点头，对他说的这个条件很认可。

“不对啊！”白羽忽然想起，她好像欠易非的又多了，还答应了他不知何时结束的条件！

13
墨羽

虎千军和龙千军，相距并不是太远，路上小怪却是不少。不过它们相较于狮千军的破甲符咒，简直是弱爆了，很快就被解决了！打完之后，白羽有点体力不支，跪在地上调息，心里想着最近发生的这些事情：“其实，这个易非除了脾气不太稳定之外，对自己还算是很好的。今天虽说是又怒吼了自己，可易非其实是在关心自己。”想到这儿，白羽笑了笑，或许，她并不是孤单一个人！至少，还有易非这个高手做伴，做战友。或许有一天她可以告诉他，她是穿越到了游戏里！

羽族之地，多参天树木，葱葱郁郁，很是美丽。参天的巨大树木，枝丫茂密，已然遮住了大半个积羽城。城里到处是以羽毛为基础的建筑，看起来灵气十足。还有让人心绪平和的音乐，听得白羽心里很是安宁。

已经升到55级的白羽，终于可以找翼风大师学习更高一层的群符咒阵法了！每次给队友和自己一次次地加上保护符咒，她真的好累。只要再学一个神兵利器，在有效的范围内，一次性加完法防、物防、法攻、物攻四个符咒，队伍里的人都会在一个小时内全都受用！

白羽在半空中飞着，见翼风和翼雨（羽弈大师）两位大师那里人满为患，连大师在哪里都看不到！实在让人头疼，这可怎么挤进去啊？想着一时半会儿也见不到大师，白羽收起翅膀落地，坐在了圣水池边，想等人少了再过去。

“你也在等着学法术？我看翼风大师今天可是忙得很啊！也不知道今天有没有空教你，我坐在这里陪你一起等吧！”一人说完就坐在了白羽边上。

白羽看了那人一眼，是个羽弈，也是羽族人，银白色的长发被微风吹动着，轮廓分明而深邃，长眉如墨，浓密的睫毛下细长的丹凤眼很是勾魂，鼻梁高挺，唇殷红有型且饱满。若不是身高和衣服，只怕她要将这人当成美女了！白羽没说话，只是笑了笑，也算是默许了他。

“你叫白羽？”那个人没话找话地问道。

白羽感觉好笑，那人在游戏外头，自然可以看到名字，还明知故问！却还是回了他的话，说：“嗯。”

“我叫墨羽，真是有缘，咱们连名字都取得如此般配！”那人痴痴一笑，看着她。

“墨鱼？”白羽疑惑地看着他，还有人叫这种名字，真是大千世界无奇不有！

那人见她一脸不解，知道她肯定是想跑题了，于是解释说：“是墨水的墨，羽族的羽！所以我说我们的名字还是很般配的！”

“般配？开什么玩笑，哪有人第一次见面就说什么名字般配的？这人还真是……”白羽在心里嘀咕。

“怎么，小羽你不认同吗？没关系，我们慢慢培养感情，总有一天你会认同的！”自称墨羽的人一脸暧昧，抛出一个飞吻。

白羽马上有种想掐死他的冲动，简直就是一个风流鬼！她直接起身就走，这个人真是比洛青司还讨厌！

“小羽，你怎么可以翻脸比翻书还快，女孩子这样可是嫁不出去的哟！”墨羽还嫌火不够旺，又狠狠地加了一把柴！

白羽脾气还算好，可她最烦男生和她说话暧昧，但凡是男生这样和她说话，都会被她列入黑名单。她可不想再因为这个被老妈关禁闭！想到这里，她心里一沉：“真有些想家了，也不知道自己在现实里怎么样了……”

墨羽见白羽沉默不语，一时间也不知道该怎么办，心想：“我不过一句玩笑，她怎么……”

白羽起身展翅，飞向了圣水池边上的翼风大师那边。

墨羽摇头一笑，无奈地叹了口气，见那大师身边的人少了很多，便也跟了过去。

“小羽，我在这个游戏里没有朋友，你做我的女朋友吧！”墨羽一脸期待地看着正排队的白羽。

“……没事吧你？”白羽被他的话给“雷”到了，不知道怎么回答，觉得这人很是奇怪。

“我？我没事啊，我只是想让你做我的女性朋友而已！可以吗小羽？”墨羽一脸无辜地耸了耸肩，双眼眯着，依然盯着白羽。

白羽听到他的回答，心口一堵：“我自作多情了？这家伙肯定是存心让我难堪，真是气人！”可她转念一想，在这游戏里，她也没什么朋友，这种感受，她也是经历过的，实在不忍心拒绝他的请求，只好说：“好吧！不过你以后不许再说这种话！不然，我不会再理你！”

墨羽见她答应了，很是开心，说:“太好了，我就知道你一定会答应的，我们是有缘的对吧！”一边说，他一边扬起嘴角，露出一丝让人琢磨不透的笑意。

白羽翻了个白眼，暗骂自己作死:“怎么又这样轻易地相信一个人，只是觉得他可怜吗？人都是江山易改，本性难移的。我不会在这里变成一个白痴吧！”

“小羽，这个给你！”墨羽拿出一个精美的礼盒，递给白羽。

白羽诧异地看着墨羽手中的礼盒，不解地问:“是什么？”

“定情信物！”墨羽笑看着她，见白羽马上又要发作，马上接着说:“是友情的见证，收下吧！”

“我又没有为你做什么，不能收你的礼物，就算我为你做了什么，你也不用送我礼物。既然是朋友，帮忙也是心甘情愿的，不用如此客气！”白羽说完，居然不争气地对他一笑。

“你说得很对，不过我还是希望你能收下，就这一次，作为一个见证而已！你不收下，我会很难过的，是不是你嫌它不够好？还是不喜欢呢？”墨羽就那么双手捧着礼盒，不依不饶地坚持着。

白羽却没有伸手接，一时间，气氛尴尬得让人不忍直视……

14
华裳——比翼双飞套装

周边的人来人往，看到双手抱着礼物的墨羽，不由得围观起来，更是有好事的人带头起哄……

“快收下吧！你看人家多有诚心啊！”

“就是嘛！一番心意，别让人家难过，收下也没什么的！”

“帅哥她不要，你给我，就算里头是一块糖，我也愿意呢！”

……

白羽被这些人说得更加不好意思了，原本就是因为友情而送的，可这会儿的氛围搞得好像求婚似的。接也不是，不接也不是，自己到底是招惹了怎样一个人啊！

正在这时，白羽的好友妞妞不知道何时已经到了这里。她站在白羽边上，左看看，右看看。当她的视线落到墨羽手上精美无比的礼盒上时，眼神直接亮了，伸手抢了过来。

“哇！这位帅哥，你是在追求我们家白羽吗？这里面是什么呀？我能打开看看吗？”妞妞兴奋得好像这礼物是送给自己的一样。

墨羽眯起眼睛一笑，也不说话，点头示意。

妞妞一看他同意了，直接打开来看——

只见上衣是纯白色细竖纹褶皱水袖上衣，外头罩着石榴红色的半袖右衽衫子，边上还滚了粉色的褶皱边。衫子胸前面绣着两大朵芍药，伴着绿色的枝叶蔓延到了左右两个肩上，直到后背还连着一大朵芍药。而下裙则是和上衣同样的风格，外头罩一层同衫子一样风格的修身右衽半裙。半裙内是白色细竖纹褶皱长裙，而长裙的后面，居然还有小小拖尾。

如此绝美的样式，如此精致的绣花，已是让人无法移开目光。更重要的是，这一身衣服的外衫和半裙居然是大家从未见过的石榴红色，颜色之正，如火焰在燃烧！

人群马上又沸腾了，谈论声此起彼伏……

“比翼双飞套装啊！”

“这么有钱，这衣服很贵的啊！这么大手笔！”

“重要的不是衣服好吗？真是外行，重要的是颜色！”

“哦——对啊！织女那里卖的衣服，给颜色可都是看心情的，花的钱少了都不会给什么好颜色的！这得花多少钱才行啊？”

“对呀！每个城的织女都很黑心，钱少了根本不待见！”

“一套一样颜色的比翼双飞！帅哥你买的别的色的衣服能便宜卖我吗？”

“对啊，你不喜欢的其他颜色衣服，卖些出来吧！”

“是呀是呀！反正你也不能穿的嘛！放着还占地方。”

……

白羽听着这群人的讨论，更不知道怎么办才好。“原本美美的衣服，这下倒成了烫手山药了！”白羽心想，“和墨羽也不过是才认识，他就送我如此贵重的大礼，让我如何消受得起？”

想到这里，她幽幽地开口：“这个太贵重了，我不能收，谢谢你的好意！”

白羽转头看向妞妞，接着说：“妞妞，把衣服还给墨羽吧！”

“小羽，你真的要还吗？这衣服，真的好美啊，你穿上肯定更美了！再说了，男追女，送点东西算什么。是吧，墨羽？”妞妞很不愿意还给墨羽，拼命地向墨羽眨眼睛。

墨羽接收到妞妞的信息，马上领会。

“送出去的礼物，还有拿回来一说吗？小羽，你是嫌这衣服不合你心意？如果是的话你就扔了吧！”墨羽轻描淡写地说着，好像这么贵重的衣服，在他眼里，不过是随手可丢的东西一般，还不忘做出一副被嫌弃之后，伤心欲绝的样子。

“不不不，你别误会，这衣服很好看！真的，你拿回去，可以卖钱，也可以送人啊！怎么可以让我扔了呢！”白羽连忙解释，一把将衣服从妞妞手上夺了过来，双手递给墨羽。她可不想再和这个墨羽纠缠下去。

“我一不缺钱花，二没有人要送，三自己也不能穿。小羽你一定要为难我吗？”墨羽看着她递向自己的衣服，心里是真的失落。

“我没想为难你，是你在为难我好吗？这衣服太贵重了，我又不是你什么人，刚刚认识而已，真的受不起！”白羽真的不知道怎么安慰他才好了。

“这样吧，我只有你一个朋友，在这里我什么也不熟悉。不如你带我熟悉一切，升级，做任务。而这衣服，就是你带我的谢礼和作为朋友的信物可好？我这一件礼物换来那么长久的照顾，真的是赚了呀！”墨羽抬起他有着密长睫毛的凤眼看着白羽，勾人的眼睛里变换着各种眼神——柔弱、委屈、真诚、期待！

白羽看着他的眼神，直接败下阵来，苍天啊！这个男人简直就是演技超群的一个妖孽！白羽明知道他这是在瓦解她坚定的心，此刻却再也坚持不下去了，至少让他不至于太失落才好！谁叫她总是不喜欢拒绝，现在倒是好，她在游戏里的日子怕是要被还债填满了……

看出了白羽表情上的松动，墨羽直接把衣服推到白羽的怀中，笑得像个孩子一样的天真无邪，说：“你去换上！我也很想看下，这衣服穿出来是个什么样子！”

白羽没有接手，还在想着用什么法子来解脱，妞妞却是不客气地一把从墨羽手中拿过衣服，拉着白羽就走进了织女的店里。

墨羽见白羽终是逃不出自己的计算范围，不禁得意，也没空理会周边人的议论纷纷。那些人怎么说关他何事，他要做什么，向来都是随自己的心意。不过，倒是感谢他们刚才的议论，才没枉费了他一番苦心。

15
说不清的关系

远处，换好衣服的白羽走了过来，兴奋的妞妞跑在她前头，还大声喊着:“墨羽，你快看啊！美极了，美极了！”

墨羽看向白羽，只见那套比翼双飞裙穿在她身上，真是再合适不过了，尤其是那细竖纹褶皱的裙子后边的小小拖尾。走起路来，褶皱随步子而动，看上去，犹如白莲盛开。而那分开式的设计，若隐若现露出了白羽纤细的腰肢，更显得她婀娜多姿。她的过膝银色长发散在身后，被风吹得发丝扬起。简直太迷人了！

白羽有些不好意思再往前走，因为看热闹的人不但没有全部散去，反而又来了许多人。看热闹的不嫌事大，看到白羽走过来，更是又炸开了锅……

“哇——这衣服真美啊！真想也有一套！”

“谁不想有？不光是有钱，也得有那运气才行啊！织女多小气，她哪舍得把好颜色的衣服拿出来！”

“这衣服看起来有点小性感啊！又让人感觉不到暴露！”

性感？不不不，墨羽有种想掐死自己的感觉，他怎么就忘了这事呢？可东西送出去了，也不能再换啊！

“如果有人对我这么好，我马上嫁给他！”

“那你也得有这么美才行啊，你看人家的脸多好看啊！她的样子可不是千篇一律的大众脸！”

“游戏脸好看有什么用？谁知道现实中长什么样？他花重金买这衣服送给人家，只怕她现实中也是大美女吧！”

“白羽，你的样子是不是和现实中一样啊？难道是复制的吗？”

“你们竟说些没用的，你看人家名字就知道现实中肯定认识啦！一看就是情侣名字。”

情侣名字？现实中认识？

原本就一脸黑线的白羽，心又被狠狠地震了一下。“难不成墨羽真的认识我，所以才送如此贵重的礼物？那他是谁？”白羽心里有些乱了，“如果他真的认识我，那我是不是可以信任他？”

“你们这些人真是的，如果我和她现实中认识，还用这么费劲地跑到游戏里来追求她吗？你们也看到了，她只当我是个朋友呢！连东西都不肯收我的！至于这名字嘛！就真的是缘分了，是吧，小羽！”墨羽见他们说得越来越离谱，赶紧解释了几句，免得一会儿他的小羽又动摇了。

“没错，就是墨羽说的这样，我们走吧！今天还没有去升级呢！妞妞，还有多长时间是双倍经验？”白羽听到他这么说，马上顺着台阶准备跑了……

“小羽是不是也带上我呢？”墨羽见她居然没有要带自己一起走的意思，很是不满！

“一起，一起，妞妞你组人。”白羽有点尴尬，她是真没想带着他一起走，她只想快点离开这里。因为再待下去肯定要传出什么绯闻了！要知道，大家都对有钱的帅哥比较感兴趣，尤其是他的八卦！但是绯闻的女主角就要自求多福了，通常是被女粉丝群而攻之，每个人都恨不得自己取而代之！

“白羽，你也太急了吧？现在离双倍经验还有一个时辰呢！”妞妞很不满地嚷嚷着。

“这么久？那我们做什么呢？总不能大眼瞪小眼吧？”白羽惆怅的小脸都快拧到一块了。

“不如你带我去把我的任务做一下吧？”墨羽看着白羽拧巴的小脸，有点心疼。

“行啊！什么任务？都包在我们两个身上啦！告诉你，我们家白羽可是很强很暴力的，易非大法师私下里都叫她罗刹婆！”妞妞大包大揽，也不管白羽是不是答应。

“妞小笨！你把刚才的话再说一遍！”白羽怒吼着妞妞。罗刹婆？这个死易非，居然在私下里给她起了这么一个外号，太可恨了！

“哈……哈哈……”墨羽一听直接笑了！一边笑一边还不忘接着说，“小羽儿，你看起来如此温柔，如此仙气十足，居然有这么个名号！”

“哈哈……易大法师也这么说，没想到小羽居然如此暴力，怪物见了她都和见了鬼一样！”妞妞接着不知死活地说，反正又不是她说的，就算白羽要算账，也去找易非，和她没有关系！她还真想看下这两个人打起来，谁更凶残一点呢！

“你们……哼！我走了，没法好好聊天了，笑！笑！笑抽你们！”白羽见这两人根本就没有把她生气放在眼里，还笑得如此肆无忌惮，简直气炸了！虽然白羽也承认自己一直在游戏里习惯了见怪就砍，从不手软。可被叫成罗刹婆，她可就不愿意了，太难听了！尤其那个人还是易非！

白羽才想展翼飞走，墨羽却也展开双翼挡在了她的前面，轻笑着做出一个要抱她一起飞的手势。

“不用了，谢谢！我自己会飞！”白羽却不想接受，她才不要被一个才认识的男人抱着呢！虽然只是游戏，可毕竟距离太近了，她总是过不了心里的那个坎，最重要的是，她又不喜欢他！白羽现实中的父母都是很传统的人，她从小就被灌输了一堆古板思想，自认从不是什么学霸乖乖女，看小说，打游戏，逃课，单恋一个人，迷恋男明星……这些她都做过。只是，活到这么大她还没有真正谈过恋爱！想想她都觉得自己真悲哀……

墨羽摊摊手，他可不想让白羽跑掉，可不想一个人在这里头瞎转。

16
血战——秦岭将军

一个人在这里实在是太寂寞了，只是升级任务，更是让人觉得很枯燥！墨羽是不会让白羽走的，他一定要将她缠得死死的。

“墨羽，你到底什么任务嘛！快说哦，不然一会儿我们小羽可真的跑了！”妞妞又适时地说话。

“秦岭将军！”墨羽回道。

“秦岭将军？这怎么打啊？我们的攻击同属金系，可它的属性便是金！根本打不动呀！而且这个将军的攻击很变态的！”妞妞惊呼，她可不想去送死。

“我们要找一个妖族的全抗系数很高的兽王做前锋，还要找一两个非金系攻击帮手。”墨羽看妞妞吓得要死的样子，很淡定地解说。

“正好易非来了，我叫上他，可是到哪里找妖兽呢？这么久我都没有看到过一个妖兽呢！”白羽很认真地想了想自己的好友名单，一个妖兽好友也没有！

正在这时，易非发来传音：“做什么呢？一会儿一起做任务吧？”

白羽回复传音:“我们正在讨论要不要去打秦岭将军!对了,你的好友里有妖兽吗?我们要找个妖兽做前锋!”

“妖兽?做前锋?是做肉盾吧!有我在,根本不需要!”易非的语气里充满了不屑!

“好,那我们小渔村见吧!”白羽知道他的能力,也不反驳,拉上队伍就朝小渔村走去。

“墨羽,我们家易大法师可牛了,不管多强大的怪物,他可是都能抗呢!”妞妞又开始为易非贴金。

“噢?这么厉害啊!那么一会儿真要好好见识见识!”墨羽一副“我好期待”的样子,接着说,“一会儿你们要保护好自己,小羽儿你照顾好易非,顺便带一下我。妞妞你站到能照顾好小羽的地方就好!千万要照顾好她。”

血雾遮盖黄沙漫天的望乡海岸,周身散着黑色怨气的秦岭将军不停地在海岸线上转来转去。身后还带着几个小喽啰,果然是大将。

白羽有些害怕,早就听闻此BOSS最易秘杀火防和物防少的人。她没有火防装备,物防更别提了!就这四个人,也不知道行不行,要知道,打这种英雄榜上的大BOSS,可是比打同等级副本里的主BOSS难多了!

“换上!”易非递给白羽一条项链和一条发带。

“是什么?”白羽有点蒙,怎么今天都喜欢送东西给她?

“火防的装备!你要保住小命,我才能安心打这个将军!”易非淡淡地说着,也不等白羽接手,就直接给她戴上了项链,绑起了她过膝的银色长发,眼神冷冷地扫过同样穿着石榴红色比翼双飞套装的墨羽。

墨羽？！他怎么不知道？这个死丫头何时多了这么一个男人？还敢当着他的面穿情侣套装！难道她忘了，她只是他易非一个人的专属羽人了吗？没有自己的允许，她居然乱穿别人送的衣服。

为何易非一眼就看穿了白羽收了别人送的衣服？谁让白羽穷啊！她怎么会自己买那么昂贵又不实用的衣服，还送别人一套呢？以白羽的个性，有这个钱，她早还欠易非的黄金装备钱啦！

一想到白羽公然穿这么一身，易非怒气横生，很想马上杀了这个叫墨羽的家伙！但他不能，若是杀了他，白羽肯定会生气。

“好，那我打完了就还给你！”白羽可不想再欠他装备钱了，不然她得打工到什么时候是个头啊？

“不必了，以后还用得着！”易非的脸色冷到不行，对白羽说话的口气却听不出任何情绪。

“我们开工吧！站好位，小羽儿，你和妞妞都飞在天上，这样安全些！记住，离那边的飞龙要远些哦！”墨羽感受到来自易非的杀气，不以为然，反而用更加宠溺的语气和白羽说话。他还不怕死地对妞妞说：“妞妞，你可千万照顾好我的小羽儿，别让她受伤！”

“放心吧！未来的姐夫，我会保护好我家白羽的！嘿嘿，不过你事后是不是应该表示表示，比如把那些颜色还算不错的比翼双飞套装，挑一套送给我，以示奖励啊？”妞妞抵挡不住美衣的诱惑，直接把白羽给卖了，借此机会勒索一套。

“那要看你表现了，表现得好，别说一套，全给你都行！”墨羽见妞妞如此识相，很是赏识。

“你们聊够了没有啊！要开始了！”白羽忙打断他们两个。这妞妞居然卖友求衣！她不怕被易非误会什么，但是，她不想再听这两个人一唱一和，把故事编得和真事一样！

“未来的姐夫？那个羽人笨也就算了，还这么没眼光！给点好处就被收买了，这样的话，白羽岂不是很危险？”易非心想。不过他什么也没有说，只是脸色却越来越冷了……

远远的，和易非一样冒黑气的秦岭将军迈着四方步走了过来。易非直接爆元气，居然丢出一个水龙！秦岭将军后边的小怪直接全被秒杀了！接着，大水、小水、落石……易非打得那叫一个凶残！好像和这个将军有深仇大恨一样。

此时，“黑烟将军”，也就是秦岭将军，被打得狂怒了！直接对周边的人展开了群杀技能，在一边排队等着杀它的人，直接倒了多半！实在是惨不忍睹！

还好有妞妞在后面照顾白羽，否则刚才那连续两次狂刀斩，白羽早就倒下了。血量一次下一半多！真是凶险万分！怪不得这个 BOSS 会排上九大英雄任务榜的第八名。虽然他不是最强的，但游戏才开始，以当前玩家的等级和装备来讲，难度还是不小的！

难度虽高，可队形站对了，还是没什么大麻烦的！眼看 BOSS 的血量还剩下十分之一，几下就能被解决了，却突然发出了绝招——恨殇梦魇！中招概率是四分之一，也就是说一队人中必定会有一个人进入梦魇状态。

没有人可以预知谁会进入梦魇，也没有人知道有多危险……

四个人你看看我，我看看你，想要知道到底是谁中了这梦魇。

17
梦魇中的渔村

千年之前，渔村。

这时的渔村，景色很美，海水蔚蓝，天空明朗。

妖族的妖精和人族的武侠相恋，这不为世人所容的感情，让他们无法在繁华的世间好好相守。为了逃避世俗的烦扰，他们只有选择人烟最稀少之地，于是去了最东端无极海边的小渔村。

相爱相守的时间总是很快，一晃数年过去了。没有人发现妖精并不是人族。平常，她很少出门，就算出门，也是将自己变成人族的样子。

可是，该来的总是会来……

怨灵部队大举进攻小渔村！武侠坐立难安，身为一个男子，他有责任保卫自己的家园。可是妻子怀有身孕，正是妖力薄弱之时！妖精看出他的纠结，从背后轻轻抱住他，温柔地说："这里是我们的家，若是这里没有了，我们还能去哪里？为了我和我们的孩子你去吧！"

第二天，武侠就上了战场。

三个多月过去了，妖精也即将临盆，战争却依然没有结束。

为了大局，妖精没有催丈夫回来。数天后，妖精临盆，接生的是个年老的婆婆。可谁知，当妖精拼尽全力将孩子生出来的那一刻，暂时失去法力，现出了狐狸原形。刚出生的婴儿也长着肉粉色的狐狸耳朵，还有肉粉粉的尾巴，浑然不是人族模样。

产婆瞬间被吓得大呼："怨灵，怨灵！"一边呼喊着，一边跑了出去。

自此，村子里都知道了妖精并非人族。有修为的人倒是不怕，可也说她是个狐狸精！没修为的，直接说她是怨灵怪物！若不是毫无修为的村民不敢对妖精动手，有修为的又觉得妖精从不曾作恶，现在又刚产下孩子，怕是妖精早就被害死了！

只是，此后再也没有人和妖精说话，更别说帮她了。妖精本就修为不高，生下孩子之后身体越来越虚弱，但她还是坚持着，等待她的丈夫，她坚信他一定会回来的！

妖精原本就美艳动人，产子后更是多了份少妇独有的风韵。

一天夜里，早就垂涎妖精美色的风流法师进了她的家，施法让她误以为是武侠回来了！一夜缠绵……清晨醒来之后，妖精惊愕地发现昨夜之人竟是法师！瞬间只想以死解脱，就在此时，婴儿似乎知道自己的亲娘要抛下自己，开始哇哇大哭！她那颗原本生无可恋的心，被生生地拉了回来！是啊，她自己可以一死了之，可是孩子怎么办？那些人怎会容得下一个"怨灵"？于是，妖精选择了隐忍，至少，要等到武侠回来。

村里渐渐传开了妖精勾引法师的事。妖精不解释，可是村里的女人们骂得更起劲了，还总是故意把石头砖块丢到院子里，好几次妖精都被砸伤……

终于，妖精抵不住心灵和身体的双重打击，晕倒了。她苏醒过来时，双手双脚被绑着躺在山坡上，孩子被裹在小被子里丢在她身边。

一个寡妇带头说："对付这样的勾三搭四的怨灵就是要活埋！绝不让她活着再勾引男人！说不定哪天还会杀了我们！"

这个寡妇相当爱慕那个法师，可她面貌平平，尽管频频对法师示爱，那法师却也没有多看过她一眼。这种被无视、被不屑、被抢走心头好的恨，寡妇只能全部算在妖精头上，只有杀了妖精，她才能解恨！

为了嗷嗷待哺的孩子，为了等待爱人回来，妖精苦苦哀求，却并没有换来一丝怜悯！人们本就痛恨怨灵，又岂会放过她？最后，她心如死灰，只求她们让自己抱一下孩子，放了这个无辜的婴儿。

那带头的寡妇一口答应！她们人多势众，不怕妖精耍花招。

被松开手脚的妖精拖着无力的身体爬向自己的孩子，用尽全身所有力气，将孩子抱进了怀里。

"孩子……对不起！娘亲不是故意丢下你在这可怕的人世间，可是……娘亲还是希望你可以好好活下去，哪怕有一丝的可能……"妖精泣不成声，泪水模糊了她那勾人心神的眼眸。千般不舍，万般无奈，她还是将孩子交给了平时对她还不错的李阿婆手中。

李阿婆虽也怕她是个怨灵，可此时的妖精完全是人的模样，想想平时妖精对自己的种种，终是心存不忍。

而后，妖精被她们活埋在渔村西北方的碧涛陵边上，最后还丢了几块大石头压着，也许是心虚怕妖精死不了吧！

只是，妖精到死也不会瞑目！因为埋完妖精，寡妇便把孩子从李阿婆的手中抢了过来，带领众人走到了无极海边的岩石上，把孩子扔进了海里。那里常年都会有大群巨口食人鱼、吸血狂鲨。而他们并不知道的是，那里还有可以毁了整个村子的海怪——深海霹雳！

战争终于结束了。武侠回到了村里。可他找遍了所有地方，依然没有妻子和孩子的下落。村里的一个大叔告诉他，妖精喜欢上了一个风流法师，他不在时，两人日日如同夫妻一般，后来，两人私奔了。

开始武侠是不信的，可是日复一日，年复一年，他终是没有妖精的音讯。他开始信了，每天喝得大醉，他恨妖精，恨她见异思迁。

一天，喝多了的他到处游荡，不知不觉到了西北的山上，却被这里的幽幽绿光给惊醒。是她！是她！一定是她！学了木系法术的妖精，纵是身死，也会有少许的法力凝结成绿色的幽光，以保证死后尸身百年不腐！

他疯了一样用自己的双手生生搬开那些大石头，然后用大刀在地上狂砍，又用手狂挖。

终于，他挖到了一大块粗布。他用颤抖的手拉开了那块粗布——妖精美艳绝伦的脸再次出现在他的眼前！妖精是被活埋的，虽然会窒息而死，但是修为未失，百年之内是不会腐烂的。

武侠回到渔村，疯狂地质问每一个人，为何他的爱人会被埋在西北的碧涛陵旁，却没有一个人肯回答他。终于李阿婆经受不住自己内心的愧疚和武侠可怕的拷问，说出了真相。武侠犹如被五雷轰顶！

“都说怨灵妖精凶狠！可怕！冷血！可是人呢？人呢？人又何尝不是更凶残可怕？我的妻子明明有法术，即便不高，也未想过用此来对抗手无寸铁的村民。而那些人为了自己的私欲，便可随意了断她的生死，了断一个刚出生的婴儿的生死！”

武侠跪在妖精墓前，懊悔自己没有早点回来。他为了村民的安危拼死战场，而那些人又做了什么？

无极海中心地带卷起了巨大的水龙，天在渐渐变黑……

“都是他们的错，都是他们的错！把我的妻儿还给我！”武侠充满怨恨的双眼里流出的泪水竟然变成了血，接着又迅速变成了代表着极度愤怒和怨气的黑色！

天空中也紧接着出现几道闪电，乌云密布，黑色的雨水和武侠的泪水一样，磅礴而下！

武侠将妖精的墓坑埋好，又砍了一块山石，刻上“爱妻白羽之墓”，然后，他拿起大刀，向渔村走去。

那个雨夜，整个小渔村的人，全部死在武侠的刀下。那个雨夜，小渔村成了人间地狱！ 那日起，小渔村的天空中再也没有温暖的太阳和白色的云朵，终日乌云遮天，永无止境地下着黑色的大雨。大地草木枯萎，活物绝迹，不再有一丝生气。近村落的清澈海水也变成赤色……

武侠极度的愤怒和强大的怨气，唤醒了这一带所有的怨灵，就连他为爱妻立的石碑，也变成了墓地的守卫怨灵。

武侠已然堕入魔道了！之后的第一次仙魔大战和第二次仙魔大战中，武侠凭借着他不消的愤怒和怨恨，残杀了所有来到此地的生灵。

以至于到了一千年后的今日，他的周围依然永远带着黑色怨气。他带领着他的死亡骑兵在渔村附近巡逻，却从不离开这一带。他便是——秦岭将军。

18
他的怀抱

"小羽儿，快醒醒！"

"小羽，你快醒过来啊！"

"白羽快点呀，姐姐，再不醒过来，妞妞就要死掉了！"

三个人急得不行了，虽然恨殇梦魇不会伤人，中招的人却是一分钟内什么事也做不了，且仙药、法术都不能破除，能做的只有等。听说也有人中过，可他们毕竟都是坐在电脑前面。而白羽，由于是身处游戏之中，自然被带入其中，感受就真的是恨殇梦魇了。

白羽终于从梦魇中渐渐清醒过来，眼中却已全是泪水。

"为什么那个妖精也叫白羽啊？怎么会和我一个名字呢？"白羽喃喃自语，难以释怀，纵然知道一切都是假的，她依然心好痛。

"游戏的设定就是这样的，你可以选择自己要感受的男女主人公，而程序会根据你的选择来呈现逼真的效果。你不用太在意的，那不是你，游戏设定的妖精的名字叫莫雪！"易非感受到她难以自控的悲伤，只是他有些不解，只是看一个故事，为何白羽会如此悲伤。

“你的意思是说，如果女号选择了感受妖精莫雪，那么墓碑上的名字是莫雪？墓碑上的名字会换成自己的吗？”白羽有些不解，接着问易非。

“……这个，我不是女号不知道，或许会变吧！”易非不太确定地回答，他很少注意游戏里的故事情节。

“不对呀！我看到的和小羽不一样，名字明明就是……”

“妞妞，谢谢你刚才保护白羽，我回城给你拿衣服去，说到做到哈！”墨羽打断了妞妞，忙转移话题，说完就回城了。

“妞妞你看……”白羽想问清楚，可才说了一半就被打断了。

“墨羽你别走这么快，等等我啊！”妞妞见墨羽回城了，那还得了，马上追上去，她的衣服啊！不好看也还可以卖钱呢，难得遇到这么大方的人！

“真是见财忘义！钱小妞！”白羽气得直跺脚，憋了一半话的感觉可是真的不好受！

“小羽，我带你回城，你这魂不守舍的，再遇上秦岭将军，绝对两下就被秒！”易非说完就抱起白羽，要御剑回城。

“嗯？你是在叫我吗？”白羽听到易非忽然如此温柔地叫自己小羽，虽后面不忘揶揄她两句，可也实在意外，怀疑自己听错了。

“怎么？连听力都变差了？我都不知道，原来你是这样一个多愁善感的人！”易非看着她傻呆呆的样子，不由莞尔。他是多久没有这样细心地去感受一个人了！

到了渔村，易非收起剑，并没有想放白羽下来的意思。

“易非，你今天怎么这么体贴？以前可没见你抱白羽去哪儿呢！你以前不是总说她有翅膀自己飞累不死的嘛！”妞妞见易非这么反常地抱着白羽，马上八卦起来，哪还顾得上挑衣服，要知道，易非可没有在游戏里抱过任何异性！

“她今天丢魂了，我不把她抱回来，难不成丢在那里喂怪物吗？”易非轻描淡写，却依然没有放白羽下来。

“也对，白羽今天是真丢魂了，从没见过她哭呢！今天见识了！罗刹婆变林黛玉啦！哈哈……”妞妞很没眼色地说着。

“既然到了，你也该歇歇了，把小羽儿放下来吧！”墨羽的脸色比之前易非的冷脸更加难看。看着白羽还穿着他送的衣服，却在易非的怀里，墨羽的肺都快气炸了：“好一个易非，满嘴的理由抱我的小羽儿！呵呵，原来易非是在意的！只怕是易非自己都没有发现吧。看来小羽儿的追求者还真是不好对付。”

“我不累，她若不想下来，就让她休息。”易非对着墨羽笑笑，就是不放手。

“你……”墨羽见他如此回答，更是火冒三丈，却又不知道说什么才好。只要白羽不说下来，他是真的没有办法。

“没事了，放我下来吧！”白羽终于还魂了，才发现自己走神的这一会儿工夫，周围的气氛已经变成了这样。

“小羽儿自己都要下来了，你还打算抱到什么时候？”墨羽终于顺了口气，挑了下如墨的长眉毛，问道。

“真的没事了？若是不舒服，我可以带你去升级，你就坐着休息好了。”易非的脸贴向自己怀里的人，轻声问。

白羽诧异地发现，自己竟有些留恋这个怀抱。可自己一不是易非的什么人，二来这么多人看着，她也不好意思，小脸显出些赧色，说：“真的好了，我们去升级吧！”

然而，此时离双倍经验还早。

“升级那是一定要的！妞妞你的任务就是保护好我的小羽儿，动手的事我来。”墨羽的心情如同遇到太阳一般，放晴了。

“有说带你去吗？你和妞妞一队，不要打扰我们升级！”易非本就对墨羽很反感，见他居然不拿自己当外人，还想死皮赖脸地跟着，实在是忍不了。

“小羽儿，你可是答应过我，要保护我的。不会现在就把我扔了吧？再说了四个人和两个人有差别吗？你可不能食言！”墨羽无赖似的撒起娇来。

保护他？一个男人还要白羽来保护？他到底要不要脸？这个死丫头什么时候答应的？居然要保护这么一个比女人还弱的家伙！易非的脸瞬间黑到底。

易非不是白羽，他可不吃墨羽这一套，于是和白羽开启了讨价还价的拉锯战。

“这……易非，我是答应过墨羽，不如就带着妞妞一起吧！”

“不带！”

“带上吧……”

“你这么喜欢照顾别人？你别忘了，你是我的专属羽人！”

“我是你的专属羽人啊！墨羽只是顺手带一下，都是朋友。”

“顺手？朋友？你才认识他一天，算是哪门子的朋友？难不成贿赂真管用？”

“你……算了，我自己去带行了吧？还有，我没有接受什么贿赂！”说罢，白羽就要展翼离开，她实在不想再和易非这么争下去，心想，反正他这么冰冷的人，本就不喜欢累赘……

“带上他吧！”见白羽真的要走，易非脸冷如冰，却又无可奈何，没想到自己居然也有今天……

“还有妞妞，就加这一个了！”白羽停在空中，试探性地加了一句，心里并没有底。

易非叹了口气，没说话，只是盯着白羽看，眼中尽是复杂的情绪，却终是点了点头。

“太好了，谢谢你！既然是我要带的人，那么我来做苦工。”没想到易非居然破天荒地答应了，白羽马上表现出一人揽事一人抗的架势来。

“不用，女人真是麻烦！”易非的脸依旧冰冷得吓人，嘴角却滑过一丝不易察觉的笑。

19
守护者——洛青司

“杨医生，她怎么样了？”脸消瘦且有胡茬的洛青司，一脸期待地望着每天都来查房的杨医生。都这么久了，可躺在病床上的白雨樱依旧没有要醒过来的迹象。

杨医生摇摇头，叹了口气，但还是安慰他说：“洛先生，病人现在就是这个状况，急不得，还好没有伤到身体的根本。能醒过来的机会，还是很大的，你放心吧！”

洛青司原本发光的眼神，这会又暗淡了下去，他又怎么会不知道这是杨医生安慰他的话？可他又能说什么呢？杨医生可是在这个领域最权威的人了，如果连杨医生都没有办法，那么他能做的，也就只能是等了。

那天他买水回来，看到白雨樱倒在了地上，赶紧打电话叫来救护车，把她送到医院。可直到现在为止，杨医生给他的话，一直都是不变的，说身体没有伤到根本，只是深度昏迷，能做的只有等。

洛青司长长地叹了一口气，坐在床边的椅子上，双手握住白雨樱纤细而有些苍白的小手，低声说道：“你真的被梦境迷住了吗？

所以不肯醒来？”

自从白雨樱住院后，洛青司帮她打理好了一切，包括最好的病房、医药费，还有她父母的询问。而且他还不眠不休地照顾白雨樱，除了帮她擦拭身体，几乎事事都是亲自来。

“青司学长！我来了，你快吃点早饭，一会儿回家休息下吧，这里有我就够了！”一身休闲装的孟晓梅手提着两大袋子早点推门进来。

洛青司做了个噤声的手势，生怕孟晓梅的大嗓门吵到白雨樱。

孟晓梅不以为然，声音因为生气又提高了几度，恨恨地冲白雨樱说道：“要是我的大嗓门能把你吵醒，那我宁可青司学长打我一顿！白雨樱！你倒是快点醒过来呀！别老是躺在那里装死吓唬人！听到没有……”孟晓梅吼着，声音越来越小，抽泣声却越来越大。

虽然才开学没有太久，可孟晓梅却是真心喜欢白雨樱这个朋友。自从她倒下了，孟晓梅基本是只要时间够用，就肯定会跑到医院里来陪着她。虽然这里头也包含了看美男青司学长的成分，可大部分还是担心白雨樱，希望自己的用心照顾和陪伴，能让她早点醒过来。再怎么说这件事情她也有责任，若是白雨樱一直不醒，她的内疚就不会停。

看到平时大大咧咧的孟晓梅这个样子，洛青司赶忙打开早点的袋子，拿了一份粥，递给孟晓梅，轻声说：“喝点粥，再哭可就不美了！”

孟晓梅接过她的完美男神递给她的粥，喝了一口，心情却未因男神的安慰而变好，只抽泣着说了声：“谢谢青司学长！”

“我是不是错了？”洛青司像是喃喃自语，又像是在询问孟晓梅。

孟晓梅被他问得愣了，咽了一半的粥哽了一下，嗓子生疼。孟晓梅不知道应该怎么回答他的问题，顿了顿才说：“爱一个人没有错，每个人都有他自己爱人的方式。学长只是想让她高兴而已，又怎么会有错呢？”

“是啊！爱一个人是没有错，可纵然我是一片好心，却还是让她躺在这里。不知道她什么时候才能够醒来，就算醒来，也不知道她会不会有什么后遗症。退一万步说，就算她醒了不怪我，我也不一定再有机会竞争，就出局了！”洛青司整个人看起来很是落寞，脸贴向握住白雨樱的手。

“那只是个意外，不能怪到你头上啊！樱樱虽然脾气有点小火爆，可是据我所知，她还是很会为他人着想的！这点你真的不用担心。”孟晓梅见他这么低落，想尽办法想让他放松一些，不要太过自责。再说，孟晓梅也相信，这本来就是意外，白雨樱是肯定不会怪青司学长的。

自从洛青司第一次见到白雨樱起，他就有一种很强烈的感觉，认定她就是自己一直想要找的人，可谓一见钟情。那天后他一直想尽各种办法约她出来，可哪怕孟晓梅说她要请客，出去吃大餐，白雨樱也不为所动。孟晓梅每次告诉他的也都是来来回回那么几句话。

“学长，真不好意思，樱樱她在打游戏，我不敢打扰她！”

“青司学长，今天她倒是没有打游戏，可是她在睡觉啊！”

“洛学长，她说她要打游戏，只要不是着火了，不要叫她啊！”

……

洛青司虽然不算什么情场高手，可也不至于这样都看不出来人家姑娘对自己没有意思，所以他只能另寻出路，还好有孟晓梅一直相助。打入对方内部，永远都是最有效的方法。

有孟晓梅的帮助，他好多次悄悄地跟在白雨樱身后，看她的背影，可这些怎么够表达他内心汹涌的情意？看着白雨樱如墨般长及腰窝的秀发，洛青司却顾不上欣赏，只是担心：头发那么多，那么长，不会累到她细细的脖子吗？要知道，天天玩游戏的人颈椎多少有点问题。看着白雨樱穿着短裤，露出洁白而纤细的长腿，他恨不得马上找块布将它们围起来，怎么可以让别的男生看了去？他知道自己肯定是疯了！疯到恨不得将她藏起来，可他又不想让她反感自己，只能远远地看着，这着实是一种折磨！

说来也巧，这天，校花吴依妍给了洛青司一张超级体验卡、一张新手体验卡。

超级体验卡：（一）升级四倍经验。可与系统叠加，时长九十天，到相应的等级就会邮寄给黄金装备。（二）每天五千万游戏币。账号若是被盗，通过电话就可以恢复被盗之前的物品数据，而被盗走的物品数据则会被消除。

新手体验卡：（一）升级双倍经验，可与系统叠加，时长四十五天。相应的等级就会邮寄三星蓝色装备。（二）每月五百万游戏币。账号号若是被盗，通过传真身份证，可找回账号，被盗走的物品可以找回，金钱被盗后则无法找回。

洛青司并不想太明显，所以他选择了给白雨樱不容易起疑的新手体验卡，还订下了网吧里的包间，目的只是为了制造两人偶遇的机会，让她自愿跳进他精心布置的“捕心大网”。

可谁也不曾想过，会有这样的意外发生。洛青司只记得那天他看到倒在地上的白雨樱时，那种心痛差点让自己晕过去！但是他必须要保持清醒守护着她，若不是这个念头，他或许撑不到现在。

许久，病房里静得只能听到钟表的转动声。

“学长你快吃点东西吧，吃完好好休息下，如果樱樱醒过来，我会告诉你的，放心吧！”孟晓梅实在受不了这样的气氛，只想让洛青司能快点吃完早饭，回去休息。

“你吃吧！我不饿，我去隔壁休息了，你有事叫我就好！”洛青司实在是没有胃口吃东西，起身走出了病房。

孟晓梅望着他清瘦的背影，无奈地摇了摇头，对依旧昏迷的白雨樱说：“快醒醒！你出了这个意外是因我和学长而起，可是如果你醒了，你也会被他感动吧！有这样一个人爱着你。你为什么就不能快点醒过来呢？”

白雨樱依旧闭着双眼，好像是沉睡中的睡美人般。清晨的阳光洒在床边，暖暖的，一切都是那么美好。

20
猜不透的心意

城南，睡莲池边。

“小羽，你快看看，我穿哪一套好看？”妞妞不停换着衣服，她从墨羽那里得来的比翼双飞套装，虽然都没有白羽身上那套石榴红色的好看，但是要知道，很多人都买不起这衣服。就算买得起，也不想把钱花在这里！在游戏里，装备的好坏，才是说话是否有重量的根本。而外装，就像是现实社会中的奢侈品一样，是吃饱喝足后，还有大把闲钱，才会去买的东西。

妞妞从那一堆衣服里挑出来的这十几套衣服，每套都基本没有色差，而且每一套的颜色都足以让她到处嘚瑟了。

“都很好看啊！”白羽很诚恳地回答道。看了半天，樱花粉、浅粉、粉紫、桃红、亮黄、苹果绿、亮绿、水蓝、靛蓝、灰黑、银白……她的眼都要花了！

“小羽，我们可是好朋友，你怎么可以这么敷衍我呢！”妞妞不依不饶，她知道都好看，可是总有一套是最好看的吧？这个白羽太不够朋友了！

“我可是比窦娥都还要冤好吗？本来就是都好看啊！”她又不

是洛青司，怎么会知道哪个更好看呢？白羽本来就对穿衣服不太懂，对于颜色，除了她最喜欢的苹果绿色，她也不知道什么颜色更好看。现在要她从十几套衣服里挑最好看的，还不如让她去杀个 BOSS 来得痛快！

“那总有一套，是你最喜欢的颜色吧？快说嘛，都好看的话，我要先穿一套最好的朋友觉得好看的！”妞妞嘟着小嘴，撒娇地看着白羽，一副不罢休的样子。

“我最喜欢的颜色啊？嗯……是那个苹果绿的！”白羽说完，顿感轻松。

“苹果绿的，嗯，就是这套了，这套我也很喜欢，哈哈，那我就先穿这套了！”妞妞终于得到肯定的回答，兴奋地换上那套苹果绿色的。

白羽了然一笑，心想：“你挑出来的自然是你的心头好，岂有不喜欢的道理，分明是想穿出来给过路的人显摆一下，算了，谁叫你是朋友呢，有快乐就一起分享吧！”

睡莲池边，只见这一红一绿两个人站在一起，很是好看。

完美大陆里的颜色之分和现实不太一样，以红、白、黑为贵，若是穿着这三种衣服在龙城这样的大城里走着，那可是会惹来很多艳羡的目光！

白羽喜欢的苹果绿，虽然很好看，可是绿色系在游戏里可是很不受欢迎的，而苹果绿又是绿色系中最普通的。虽说普通，可话说，玩游戏的都是活人，看到这种让人眼睛舒适、心情舒畅的颜色，都还是会喜欢。

“小羽，问你个问题可以吗？”妞妞神秘兮兮地说。

“有什么不可以的呀，想问什么话就问吧！”白羽见她这样说，觉得好笑，问个事情至于吗？

“易非和墨羽，你比较喜欢哪个啊？”妞妞的表情很是认真，从没有过的认真。

白羽怎么也没有想到她会问这么个问题，如果她这会儿在喝水的话，只怕水一定喷出来了。她可从来没想过这个问题，这个问题实在是太难了，不是难在更喜欢谁，而是难在自己从来没有往要和谁恋爱这方面想过！不过，她也多少有点心虚，内心承认她对易非是有那么一点点感觉的，可她知道，这一点点感觉，未必就是喜欢，也未必是爱。或许，这是一种习惯性的依赖。之前易非一直对白羽不是太友好，可她明白，人与人之间，不管是爱人还是朋友，要交心的话，总是需要一些时间。而最近这段时间，他对自己也算是不错了。那么一个冷冷的人，能和她说这么多的话，她真的很知足了。至少，她不用再自言自语不是吗？可以说，一直以来，易非是她在这个游戏里走下去的精神依赖。有了他，她不再害怕，不再无助。而墨羽，虽然相处时间不长，可是他却一直对她无微不至，很多事情都先她一步想到，让她觉得很温暖。尽管如此，她却从未想过比较喜欢谁这个问题。

其实，诸如易非和墨羽这种操作一流、装备极品、游戏形象若男神一般的人物，是很多女孩子争抢的目标。完美大陆的情缘并不需要两个人真的怎么样，最重要的就是两个人游戏时间不冲突，可以一起做任务、升级、进秘境副本打 BOSS。而两个人关系再好一些，会跑到景色优美的地方看风景，谈情说爱，更是有不少的单身男女，感情发展到一定程度，发展到现实情侣。

白羽也不知道妞妞问这个问题，到底是为谁问的，有一丝好奇。

之前妞妞很痛快地叫了墨羽“姐夫”，是因为喜欢易非，才那样叫的？还是因为妞妞喜欢墨羽，却感觉墨羽喜欢的是她，不得不放弃，就顺便帮了墨羽？

妞妞见白羽不说话，接着说：“也是啊！两个人都这么优秀，让谁也不好选择！可是小羽，你总不会连他们的心思都看不出来吧？”

白羽摇摇头，心想：“怎么可能呢？虽然说易非与我相处久了，对我的态度转变了不少，可也不至于对我有意思吧！至于墨羽，怎么可能呢？我们这才认识多久？这太荒谬了！”

“妞妞，你想太多了，这都是不可能的事。你千万别让我当个自作多情的人！”白羽故作轻松,内心却不像表面那样波澜不惊。

“怎么可能是我想多了！你要是不相信，咱们就走着瞧，要是哪天他们谁真的给你表白了，你可是要把你身上这套石榴红比翼双飞输给我哟！”妞妞信心满满地和白羽打赌，因为她看得很清楚。不过，她虽然喜欢那衣服，却不是真的想要，因为那是墨羽诚心送给白羽的礼物，她也真心觉得白羽穿更好看。

“你敢吗？”妞妞看着白羽的双眸逼问道。

“好，就依你说的！”白羽嘴上强硬，心里却没有了以往的信心……

21 修真在路上

结伴而行，白羽的时间每天都被欢声笑语填满。不知不觉修真已经到了必须冲破天劫的阶段。当然了，自然是易非和墨羽带路，不过这次的天劫，可不像之前那么轻松。

天劫分为成、住、坏、空、破五劫，分别由紫貘、蕴象、牵脊、獬豸、饕餮五方神兽镇守。只有过了天劫，修为才能更上一层楼。如果渡劫失败，则修为下降，所以天劫是每个玩家的艰巨挑战。紫貘抗金忌火，饕餮抗土忌木，蕴象抗木忌金，牵脊抗水忌木，獬豸抗火忌水。五方神兽的属性都有相对应的职业来降服，然而具有强大木系法术的妖精还未出世，牵脊是这次修真的难中之难！

“好远啊！那里我们没去过，只怕传送师无能为力了，看来又要好一通使劲飞啊！”妞妞嘟起小嘴，想到又要飞这么远，她真是够了，要知道飞太高又看不清路，而能看清路的高度，怪物又实在太多，一不小心就会闯到怪物窝里！

“我也无能为力，你必须自己飞到那个地方，开启传送师的联系之后，才能让传送师下次送你！”墨羽眼睛弯起，笑了笑回答妞妞。

“不是吧！你就不能绅士地带我过去吗？”妞妞听到墨羽狡猾的回话，很不高兴。她原本就不敢求易非那个冷脸的家伙抱她过去，因为她知道，就算说了，也是自讨没趣。

“想让他抱你过去，就直说！”易非毫不留情地一语道破妞妞的心思。

“墨羽你就带上她吧！易非带上我，这样我们也不容易分散。”白羽看妞妞一脸尴尬，赶紧出来打圆场。

“不带，就算一定要带，我也带你，你才是我的朋友不是吗？”墨羽说完，直接抱起白羽展开双翼，向天空飞去。

妞妞很上火：“死墨羽！臭墨羽！好歹我也帮了你这么多忙，你居然只承认小羽是你的朋友！良心都被狗吃啦！不对，一定是被黑心怪物给吃了！”

易非呢，脸直接就黑了，心想：“那个墨羽完全当我不存在啊！白羽都说了让我带,那小子居然还敢直接抢人！”易非真的动怒了，冷到及点，召出法剑追了出去。

“喂！你们也太不像话了！怎么都不打个招呼就全跑啦！没人性！”被丢下的妞妞歇斯底里地朝空中的三人咆哮，赶紧追了上去，嘴里还不停地咒骂着：“死墨羽，臭墨羽，别让我追上你！”

“我们停下来等妞妞吧！这一路有那么多大型鸟型怪物，她一个人一定不好应付的！”白羽开口了，她刚才不开口，实在是不想踩雷区。因为妞妞的脾气相当火爆，易非的脾气更是会死人的！让那两个人冷却一下还是有好处的。

“你们还不快点给我停下，气死姑奶奶了！没见过你们这么没人性的，居然把我一个人丢下，有没有一丝同情心啊！知不知道我一个人会有危险！”妞妞加速飞行，终于追上了这三个人。

“你不是活着过来了！”易非的脸色依旧难看，淡淡地说了这么一句，要不是这个丫头笨得要死，他怎么会让墨羽那小子得了先机？他恨不得掐死妞妞这个猪队友！

白羽见他们拌嘴也不敢多说话，笑了笑，放了几个烟花照亮了天空。而看烟花时，她惊讶地发现，在天空的高处，居然有一座发光的城！

“你们快看！天上居然有一座城！我们快上去看一下吧！”白羽兴奋地喊着，手指向上空。

其他三人同时看过去，只见流光溢彩的巨大光圈上方，隐约有一个十字对称的古城！

一行人飞了很久，总算到了这座空中之城。

之前天泪之城也是在天空中，可是这座城不同，中间是四个背对背长相完全一样的佛像，全都双手合十。佛像很大，以至于要飞得远一些，才能看清全貌。每面佛像对应一条石路，那路和佛像相比实在是细得可怜。往下看倒也不是太吓人，因为下面有太多雾气和光芒形成的彩色云。四面佛像的背面形成了一个四方石台，石台上有一个巨大光柱，直冲云霄。原来刚才在下面看到的巨大光圈，根本不是在城里，而是在更高的上空！

“天啊！天空中居然有这么好看的城，还有佛像，我要拜一拜！”妞妞跳到石路上，跪了下来，双手合十，虔诚地朝佛像拜了三下。

“妞妞你信佛呀？”白羽问道。她自己并没有什么信仰，但是她一直相信人要为小善，远小恶。

“嗯！我们全家都信佛，我一直吃素的！”拜完佛的妞妞很是开心，怎么也想不到游戏里头居然会有佛像。

“你们两个，还不去把传送开了？”墨羽不甘心被冷落，马上岔开话题。

“去吧！开好了这个传送，我们还要接着向前飞呢，还有三分之一的路程。”易非见这两个女孩有种要在这里长玩不走的意思，也马上转了话题。

几个人加快速度，飞了好一会儿，才看到下头有一个村庄。刚落到地面,就看到一家很大的酒楼。门口的牌子上赫然写着——醉仙楼，边上的旗子上还写着——五香豆。

“这个破地方居然还有酒楼，也是难得了，怎么样，我们要不要进去喝几杯，吃点东西？”墨羽觉得飞了这么久也应该休息整顿下，一会儿好直接去天劫谷。

“小羽累了吧！若是不休息下，只怕体力是撑不完全程的。”易非一向不待见墨羽，这次却很难得地赞同了！毕竟，他可不想灭团，那个秘境并不好打，好多人天劫谷任务失败，都是因为最后体力不支。重来一次，并不好玩！

22
流霞醉映蔷薇露

所谓体力，其实并非我们现实中所说的体力，而是一种血量回复。秘境副本中，怪物多，攻击强，若是能在羽人加了回复血量的符咒后，再叠加上一层由食物带来的血量回复，无疑是又加了一层生命保障！所以，不少手头钱比较富余的人，在进入秘境副本之前，便会去酒楼吃一顿。

自然，酒楼里的菜、饭、点心、茶、酒等都是加血量回复的。但是，根据价格的不同，所加的血量回复的数值和时间自然也不同。这就要看玩家舍不舍得了，因为在酒楼里，就算是最普通的茶水，那都是十万金币起步的！

进入酒楼，易非和墨羽几乎是同时看好了那个靠窗的雅间，抢着冲了进去。

白羽和妞妞也进了酒楼，看到墙上挂着的菜单，同时倒吸了口气：西湖龙井 10 万，山顶乌龙 15 万，蔷薇露 25 万，流霞醉 25 万，荔枝糕 30 万，飞雪鱼滑 50 万，冰糖燕窝 90 万……

“我和小羽可是没钱付哦，两位帅哥，你们谁买单呢？”妞妞很不客气地说道。

“我！”两个男人同时说道，说完同时看着对方，没有一个要退步的样子。易非是刚才的恶气还没有出，墨羽则是很得意。明眼人一看就是要火拼的架势，可两个人又迟迟不动。

“不如这样，你们一个买酒，一个买菜如何？反正钱都差不多的！”白羽看这情形，赶紧解围。

两个人见白羽一脸为难的样子，倒是很默契地分开行动，易非去点菜，墨羽去打酒。一会儿的工夫，六菜两汤还有两道糕点就上来了。

妞妞一看就傻眼了，太奢华了吧！居然有荤菜，她虽信佛，可这毕竟是游戏，只不过是一堆数据而已。

两个人还没有回过神来，就见店小二端着八壶酒走过来了，端近一看，贴的红纸上写着：长春露、蔷薇露、蓬莱春、流霞醉。每样酒各两壶，这分明是想让大家喝醉，过一会儿还能去天劫谷吗？

“这么多？墨羽，这全喝下去，我们岂不是要去喂怪物了？”白羽看到这么多酒有点不解。

“就是啊！这也太多了吧，我和小羽可是要保持清醒的。”妞妞也有点纠结于酒的数量。

“怕什么，有我们两个还保护不了你们吗？再说了，一会儿还要找一个武侠和妖兽的，这队伍肯定是安全的！”墨羽不以为然地笑笑，这个天劫谷确实很不好对付，不过，他和这天天冷得冻人的易非已经偷偷来过了，都熟门熟路。

“有人平时很不靠谱，不过这事你们倒是是可以听他的！看下想喝什么吧！”易非很有风度地让她们先选。易非话里明贬暗褒着墨羽，脸上倒是难得露出一丝笑。

“我要长春露吧！”妞妞一手一壶，拿在了手里，看下左手，又看下右手，美滋滋的。

“那我要蔷薇露吧！这名字听起来很美，味道也应该会很不错。”白羽也将两壶全拿到了自己前面，也不知道能不能喝出味道来。

易非以迅雷不及掩耳之势抢了两壶流霞醉，更是直接扬起左手喝了一口，又扬起右手喝了一口，然后说了句：“这酒的名字很有意境，晨时橘霞诱人醉，辉映凝露沾蔷薇！”眼中尽是“善意”地看向墨羽，微笑着。

“雾漫蓬莱路不尽，南风零落长春尾。”白羽不自觉地念道，意境虽美，可春天终是长不了，花开亦久不了，那么现在坐在一起的人呢？终是游戏一场，早晚都要分离的吧。想到这里白羽的心里生起了凉意。

“小羽也觉得这酒的名字很有意境，这倒是难得，我一直以为你只喜欢暴力虐杀生灵呢！”易非见她接话，再看下墨羽黑到极致的脸，很是满意。

“你们都这么文绉绉的，真心好吗？我是不太明白了，不过听起来倒是有这四种酒，嘿嘿，墨羽，你说是吧！”妞妞肯定是嫌还不够乱，才故意这么说的。

“小羽你别只说话呀！尝下这酒好不好喝！”墨羽对着白羽，脸上挂起若有若无的笑，自己拿起酒直接大口喝起来。

“不吃东西就喝酒吗？虽说这样伤不到你们的身体，不过还是感觉别扭，吃点东西吧！这样才有力气对付那么多的怪物！”白羽看着只喝不吃的两个人，实在是纠结，想到了在家里老爸先喝酒后吃东西时，老妈都是直接上去抢了酒杯，逼着老爸先吃菜。

也不知道爸妈现在怎么样了，她可真想家，想爸妈！

“好香啊，真好吃，你们快尝一尝，真的太好吃了呢！”白羽兴奋地嚷着，手里不忘拿起酒喝了一口，接着说：“好香啊！这酒有蔷薇的花香，还带有一丝甜，倒是没有那么冲的酒精味。”

“小羽，你要不要这样啊？虽然坐在这里吃饭喝酒是很有感觉，可也没你说的那么夸张吧！”妞妞看到白羽这个状态，无奈地摇摇头。她知道，白羽是想化解这尴尬气氛，可也不用这么卖力地演戏吧。

“妞妞，你是不是没有‘神秘礼包’？小羽说的我们都感受到了呀！”墨羽皱眉，接着说，“听说以后还会做专属于这款游戏的第六代 VR 眼镜，可以让人觉得身临其境哦！”

“真的假的？可为什么我没有呢？不公平，你们怎么弄来的？”妞妞一听是真的，更来劲了。

“这个是 VIP 卡送的。”易非也说道，同时也惊讶于墨羽的话，他到底是谁？居然也有“神秘礼包”。这样的礼包所送的人可是有数的，若是墨羽说得不假，那便最好不过了！

白羽暗骂自己太冲动了，把感受全说出来，不是直接惹人怀疑！这会儿听到墨羽和易非的话，心里倒是踏实了不少。这些日子以来，身边的这三个人已是她值得相信的人。但是，现在终究还不是能说出她处境的最佳时机。

23
天劫（上）

四处环山的禹王镇，是距离天劫谷最近的镇子。

“这就是妖兽？好可爱的一只白老虎啊！这名字取得也很合适，老虎跑起来是极速如风！”白羽围着叫极风的妖兽一圈圈地转。接着，她对妖兽说：“极风，你可以背我跑几圈吗？”

第一次看到妖兽，白羽很意外。原本以为会很凶，没想到居然是一只白色的老虎！现实中她很喜欢小猫小狗的，可是爸妈一直说玩物丧志，不准她往家里带除人以外的任何活物。

“好啊！上来吧！我可是第一次背人。”极风很痛快地答应了，抖抖全身的毛，好像是想抖掉灰尘，样子实在是可爱极了。白羽坐到了极风的背上，摸着他头上的毛。极风直接伸了个懒腰，朝天吼了一声，一副被美人抚摸后很是受用的样子。

“美女，我可是处男背，你要怎么奖励我？”极风背着白羽，时而慢走，时而飞跃，时而快跑，好像要展示自己所有的本事，引得背上的美女另眼相看。

“奖励？”白羽尴尬地笑了笑。还处男背？白羽不明白，最近怎么总是遇到些口不择言的主。她可不能再上当了，不然人情债累死都还不清！

“是啊！我还没有背过人，你这一坐，我可就不再是潇洒英武的兽王了！”极风一脸委屈地看着白羽，圆润可爱毛茸茸的脸很是无辜。

“我送你几个母老虎，如何？”易非冷冷地问极风。易非唤出踏剑，接着说：“小羽，还不下来，你想被这畜生吃了不成？”

“……这就是你的不对了，易非，我是来帮忙的，你怎么能骂人呢！我能把美人怎么样啊？再说了，我就算想怎么样，也不能怎么样啊。”极风听到易非都“爆粗”了，赶紧把白羽放了下来。他可不想惹毛了易非，但是嘴上又不想丢了面子，只能抱怨下了。

“你们现实中认识吗？一起玩应该感觉不错吧！”妞妞好像每次都能说到关键，虽然每次都好像是故意挑事一般。

易非并没有回答，直接一把捞起白羽抱入怀中，御剑离去。

墨羽铁青的脸，现下直接变成锅底黑了。有一个易非还不够，又来一个“畜生”和他抢人，还竟然很轻易地就取得了白羽的欢心。不过，看易非的架势，好像也对这个“畜生”很是不满。

大雨滂沱的天劫谷中，各种系别的怪物遍布，不经意间就能感受到寒意，一行人倒是也轻松地到了中央祭台。只见祭台周围，五个龙头口含明珠指向五个方位，颜色各不相同，暗示了此路怪物的属性。

“怎么走？好多路！”充当“杠把子”的极风，虽然并非第一次来，还是觉得眼晕，路太多了吧！天劫谷是出了名的路多怪散，极风可不想乱跑被易非再骂一顿，心里暗骂是谁设计的这个游戏角色，根本就是拉仇恨被打的角色好吗？这也就算了，别的角色那么好看，偏偏易非一定要让自己玩这个。

“随便来就好，一条路一只 BOSS 镇守。”易非轻描淡写地说着，却也没有指定先去哪儿。

极风嘴一撇，伸了个懒腰，带头跑向火红色的路口。易非和墨羽跟在极风身后，与他保持一定距离，白羽和妞妞则跟在他们两个身后。这里的危险程度，让她们两个不敢跑得太往前，以免两个羽人全挂掉，那可就得等第三个羽人或者重来了！

犹如火山喷发后的场景一样，这里从上到下，都是火一样的红，前面有很多长得像火烈鸟一样的红色怪物走来走去。白羽看得有些害怕，第一次处于这种场景，这一片火红，让她有些眩晕。

“停，从这条山路上去，可以避开那些怪物，减少时间。”易非边说边走向左手边的小路。

这山谷里不比外头，光线不好，这路要不是易非上次来的时候发现了，只怕白羽怎么也看不出来的，因为颜色黑得如同一体。

“易非你来过？为什么不等我们一次就过了！”妞妞诧异地问着易非。

“如果我们不先来，怎么先学了群体攻击的终极技能，好来帮你们修真呢？我们三个，不对，是四个，可是吃了不少苦头呢！”墨羽一边卖乖地看着白羽，一边神秘莫测地看向易非，似笑非笑。

白羽笑笑，感觉自己在这里也是很快乐的。他们为了帮助她，居然冒了这么大的险，四个人就敢跑到这里来。不过想想，有什么是易非做不到的，更何况现在还有个也很强大的墨羽。只是这两个人什么时候开始能共处了？

山路倒是不难走，就是下坡的路有点陡峭，还好有易非抱着白羽下去了。当然了，是白羽自己要求的，她可不想自己往下跳，一个跳不好进了怪物堆里，那可就悲剧了！

下到地面，已经到了距离獬豸十几步的地方，而獬豸竟然也还有三个打手！

站好队形，对着獬豸和三个打手就是一顿狂拍！三种职业的技能丢在它身上，绝对是刀光剑影，各种残暴狂虐。这次因为有了妖兽的技能，这货居然没有放大招群攻，因此打起来也是很放松。

终于，獬豸倒下了，落了一地的大大小小的装备，居然还有一件黄金——天劫射日弩。

“哇！居然又掉了黄金武器，小羽你果然是运气很好呢，来这种地方就一定要带上你！”妞妞看见黄金马上又两眼放光，不过这次倒是没有财迷心窍。“看样子只有墨羽能用得上呢！就不用分我钱啦！大家都这么熟了！”

“也不用分我了。”易非和白羽同时说道，又同时相视一笑。

妞妞悄悄地捂上眼，有点羞羞哒，心想：“就算心有灵犀，你们也不要太眉来眼去吧？”

24
天劫（下）

“哼，你们都是大款，那我也不要了，不过要是以后能有我用上的，是不是也不用分你们钱了？”极风见有如此好事，怎么能落下自己呢！

“这是自然，小畜……额，小老虎，你得肯卖力才行！还有，不要打我家小羽儿的主意！不然，我会剥了你的老虎皮，给我家小羽儿做个皮大衣的。”墨羽换上刚刚得到的新武器，微笑着对极风说。

“我去，你要不要这么毒辣！我全指着这身皮去迷惑小姑娘呢！羽妹子，你舍得让他来摧残我这么可爱的百兽王吗？”极风气得直跳脚，在祭台边上跳来跳去。

白羽呵呵一笑，又围着他转了几圈，一脸认真地歪着头说：“我当然不舍得啦！白白的老虎多可爱，要是我能有一只当坐骑就好了，可以轻松不少。”说着，小手还不安分地摸了摸极风的虎头，眼中闪过一丝狡黠，接着说，“不过，现实中穿不到的虎皮大衣，在这穿下应该不犯法吧？”

“不会不会，我也想穿，可是只有一只老虎怎么办呢？小羽我也要！”有热闹哪里能少得了妞妞，她可不会放过这样的机会。

“要是你喜欢，我送给你，不过现在就一只虎，妞妞只能等下次了！”易非居然也来凑热闹,可他看白羽的眼神却是极认真的。

“羽妹子，你……你们太欺负人了！”极风两眼汪汪，本以为白羽是善良的，可连她都是坏人！

“我们从不欺负人，真的！这点我们保证！”墨羽做发誓状，假装很郑重的样子。

众人爆笑:“哈哈哈哈……”是啊！他们是不欺负人，可问题是，极风不是人啊！

“开工了，开工了哈！”极风见众人都欺负自己，直接转移话题，直接开跑。

一路之上杀得很愉快，金系法术的紫貘、美人鱼牵脊、小熊般的饕餮，都很轻松地就解决了，完全没有传言中那样可怕。在没有妖精出世的情况下，居然安全地打败了牵脊！白羽心里也是有点小得意。

终于到了最后一个 BOSS——蕴象。蕴象的周边有不少攻击属性为木的怪物花妖、半身蛇男、暴花鼠……这些怪物多擅长使用毒攻，对于法系防御较低的人来说，这无疑是致命的！所以解毒绝对是重中之重。好在极风血量上有着绝对优势，也并没有出现什么事情。

除了墨羽一直在抱怨白羽不关心他的死活，几个人很快将蕴象周边的小喽啰杀得一只不剩！凶残程度令人发指。

“墨兄,接下来看你了！千万不要失了水准！”易非席地打坐，闭着眼睛。像是想到什么重要的事一样，他忽然睁开了眼，对白羽说:“小羽你看好了他，妞妞你照顾好小羽！极风下到谷底，拖住 BOSS 不跑上山坡，保证自己死不了就行。小羽你在看好墨羽的同时，有空闲就赏极风一口血。”

只见墨羽站在山坡上，爆元气对准谷底的蕴象就是一个大招，打得 BOSS 直打转，想跑上山坡，却被极风一个咆哮拉了回去。不多时，BOSS 便狂暴了，却见蕴象也是一个喜欢用落石群攻的怪物。但是此怪的威力非比寻常，连落两次的高频率，直接打得妞妞差点挂了。

“救命啊！小羽来个海纳吧，不然我就挂掉啦！”妞妞哭丧着脸，吓得不轻，这么高频率的群攻大招，自己要是真挂掉了，只怕起不来了，就算起得来，也还会倒下去的，极有可能会灭团。

白羽给墨羽连续两个静心咒补血后，又迅速给妞妞补了两个，白羽的静心咒级别高，持续补血的时间也长很多。

两个羽人都很吃力，就在这时，队伍中忽然又出现了一个羽人——西贝！眼下 BOSS 才掉了不到一半的血，这突然出现的羽人，简直像是给大家吃了一颗定心丸！

“太好啦！又来了一个羽人，级别还这么高，美女，你渡劫过了吧？”这下妞妞来精神了，三个人怎么说也是安全的。

“过了，有我在你们放心，我马上到你们身边。”叫西贝的羽人，语音听起来温婉动人。

没多久，远处隐约出现一个一袭白衣的女子，跑了过来。银发飘舞，虽然没有白羽的长，可在一袭白裙的映衬下，梦幻得不像真人。待她站好自己的位，双手施法，一个五元朝气，直接把所有人的血量回复正常。

“易非哥哥，想不到你居然带这么多人修真呢！平时找你，你可是都忙得很。”西贝娇嗔地埋怨着，语气里透着两人很熟的感觉。

“你开个蓝阵，保证大家的安全吧！”易非并不想和她多聊什么，岔开了话题。

“好的！”西贝马上开启了蓝色的法阵——极度乾坤，此阵可以减免百分之五十的伤害，且会回复一定量的生命值，绝对是打BOSS的必备活命法阵！

开启了法阵，西贝更没事做了，接着说：“易非哥哥，你就陪我聊下天嘛！平时找你太难了，叫你总是不回复，好不好？”

“你说我听，安全第一。”易非懒懒地回了一句，还是没有想和西贝聊天的意思。

西贝见易非并不想和她说什么，也不想自讨没趣，便不再说话。左看下，右看下，看到白羽后，她的目光有了短暂的停留，最终，眼神还是落在了易非身上。

蕴象在尴尬的气氛中活了很久，终于还是倒在了地上。他们的运气也真是好，又掉落了黄金装备——圣兽护腿。说来极风倒真是走狗屎运了，居然被他说中了。

白羽和妞妞只差去祭台挖出碑底之物，便可以回去交任务了。

这一路上，所有人都没有再说话，所有人都在想自己的心事。

25
极风惹杀戮

暗香坡上花木一片，绿柳掩映着棵棵桃花树，和坡那边的河水构成一幅极美的画卷。

自从过了天劫之后，四个人一路上打怪升级的速度提高了很多。

杀伤力极高的易非开起炙炎阵，白羽、妞妞吸引所有怪物到阵眼里，然后照顾好所有人的安危，墨羽集两颗元气放出箭阵辅助易非一次性消灭所有怪物，以免易非被如此多的怪击打而挂掉。蹲在边上的极风天天想着进队，可都被易非以怪物太少给拒绝了，气得极风直跳脚，却依然坚持着每天都来蹲守。

“各位大哥大姐，你们升级这么爽，就让我在这看着啊？你们真是太没有爱心了，知不知道我们妖兽升级的困难啊？哼！以后高难度的副本，可别来找我，我可是记仇的！”极风看他们杀怪杀得风生水起，是又眼馋，又上火。

“已经有一个闲人，可不想再带一个，你自己去慢慢啃怪！”易非开着阵，倒是很清闲，眼也不抬地噎了极风一句。

“我们没让你看啊！是你自己非要看的，这地儿又不是我们的，你要在那看，我们也不能赶你走，是吧！”妞妞也加入了虐虎大队。

“你们当真这么绝情吗？不能有点爱心吗？我这么可爱，我还会拉怪，虽然这附近不多，可是我跑得快，可以去山后面拉过来一点啊！带上我嘛！”极风倒是对易非的话不在意，还是软磨硬泡。

正在这时，白羽和妞妞从南北两面引了一大堆怪物。那些怪物跟在她们身后，乌泱乌泱地向易非的阵眼靠近，刚进入阵眼不久，就齐刷刷地倒下了，速度之快，又怎么是一个爽字能概括？

这下极风看得更是眼冒桃心，赶紧摆出一个很乖巧的样子，蹲坐在地上。远远看上去，像是一个超级可爱的招财猫，摇着尾巴。

极风萌气十足地说：“小羽，你就可怜下我吧！我知道，他们只听你的话，你看看我们妖兽升级多困难啊！也没有人愿意带我们，我免费给你当坐骑，帮你幻境开路好不好？”

白羽看极风的真是又可怜又可爱，实在是萌得让人无法拒绝。不过她并没有说话，只是一脸堆笑地看看易非，又看看墨羽。

那二人却默契地都没接话，白羽的双眼笑得更弯了。可是她哪知道，那两个人被这一笑醉到心里，看得都失了神。

湛蓝的天空下，竹林被风吹得飒飒作响，柳枝微摆，几棵盛开的桃树下，一只白色的招财猫，一脸乖巧地看着石榴红色裙装、宛若精灵的羽族美人。美人笑眼弯弯左右侧头，看着同样身形修长、长相不凡的两个男子。身旁着鹅黄色比翼双飞裙的另一个羽人掩嘴而笑，画面美得让人很想定格。

“小羽，你的同情心要适可而止，下不为例！”易非回过神来，略微郑重地说着。好像又想起了什么，他接着说道：“当坐骑就不用了，幻境开路没意见！”

“易法师所说，正是我所想，小羽儿，你可要记在心里哦！”墨羽在这点上很赞同易非，他可不想自己的小羽儿天天和这个妖兽这么亲近，羽儿是他一个人的！

“好好好，我都答应，快带上我吧！我当妞妞姐的坐骑也行！”极风见他们终于答应带上他，实在是乐到不行，心想：“没想到易非这么难说话的人，居然也有人治得了，还真是一物降一物。”

“喂！你叫谁姐呢？谁是你姐？我和小羽明明就是一样大的，怎么你叫她小羽，叫我姐？几个意思？”妞妞一见这人叫她姐很是不爽，她明明还是个少女。虽然快十八了，可还没过生日呢！

“我错了，我不叫你姐了，叫你小妞，行吧？”极风没想到自己客气的一句话居然惹毛了妞妞，哎！真是出言不利！

“流氓！你找打是吧！来来来……”妞妞这下更火了，直接就要开打。

“……别这样啊！你来告诉我，我应该怎么叫你才好？你这都弄得我实在是不知道应该叫你啥了！”极风见自己又叫错了，戳了马蜂窝，急得一头是汗。极风此时生怕她一发狠，直接给自己使个绊子，不让他们带自己了！

“那么我就边打边想，看看你应该叫我什么才好！”妞妞很生气地说。说完，她直接一个狂雷吱吱啦啦劈在了极风的身上，接着，好像还是不解气，又丢出一个龙卷风，后面又亮出羽箭，一箭一箭地扎在极风的身上，打得极风到处乱跑，哇哇大叫……

妖兽本就是抗揍的职业，血量之多绝不是一般职业可以比的。更何况极风的防御力属于中上等，妞妞的攻击力不要说和易非、墨羽比，只怕是连同为羽人的白羽都不如，压根就伤不到极风。

而围观的那三个人，全都在一边看热闹，没有一个人想出来制止，白羽更是捧腹大笑！

围观群众怎么会嫌事大呢？

不过一会儿的工夫，两人竟是越过了山头，没了踪影。看热闹的三人倒是也没闲着，一人一只怪打了起来。

“我就说，人多必乱，看来我们要加重修炼的力度了！”易非看着那两个人消失的方向，摇了摇头。

易非只是说了一句实话，可在白羽听来就有点不是滋味了，开口问他：“你是在嫌弃我吗？”

“很明显啊！他这是嫌你找了太多闲人呢！”墨羽怎么会放弃这么好的补刀机会。

易非无视墨羽的挑拨，看向白羽，眼神中充满安慰，摇了摇头：“怎会！”

片刻后。

“有本事你别跑啊！站住！”

“就是，偷袭人还想跑，你是不是个男人！”

“救命，救命啊！”

极风背着妞妞远远地狂奔过来，后面还追着四个人，跑得最快的直接一个狮子吼。若不是极风开了免疫大招——玄武，只怕是要被吼晕。极风加快速度跑到了根据地，才敢停了下来做好打架的准备。不用问，也明白，他俩这是被人追杀了。

三人听到求救声，全部停止杀怪，赶紧备战。而追上来的那四个人也在对面停了下来，几个人站成两个阵营，战争一触即发！

26
幻灵宫主——灵舞

“我是幻灵宫——灵舞，刚才你们的朋友偷袭我们。说这些只是不想你们误会，我们并非无缘无故杀人！”为首说话的女子，一袭冰蓝色天蚕纱长裙，剪裁有些像现实中保守点的修身晚礼服，同色系同质地的发带系在银色长发上，垂下来的部分迎风飞舞。夺人心魂的姿容让人移不开目光，清冷的气质似是和衣服的颜色融为一体。

白羽和妞妞眼和嘴都变成了一个大写的“O”形，从未见过如此好看的人，居然还是一直如神话般存在的幻灵宫帮主！

幻灵宫的版图已占据了完美大陆地图的四分之一，与暗夜之神、无上荣耀三足鼎立，最重要的是这个帮会的帮主居然是个女子，还是个倾城的女子！

自然，如此传奇的女子无人不知，无人不晓。据小道消息说，灵舞游戏的样子，就是按照现实的样子做出来的！而且，灵舞家里是超级富豪，一般人无法企及的那种！　“小羽帮帮我啊！我真不是故意的，妞妞一直追杀我，你们也是看到的，我本来是想和妞妞开个玩笑，吓吓她的，谁知道居然误伤到了边上的人啊！”极风头都大了，他今天是乐极生悲，还是出门没有看皇历啊？

白羽收回心神，看了看极风，又看了看对面，笑了笑说：“你们也听到了，极风并不是故意的，既然是误会，那不如让他道个歉，就算了！”

“不行，就算他不是故意的，也伤到我了，总不能白打吧？”被打的羽人很是不满白羽的交代。

“就是嘛，那我打你，也说不是故意的行不行？”另一个女法师愤愤不平地火上浇油。

“哦？那么你想怎么样呢？说来听听？”墨羽漫不经心地问着对面的人，脚下随意地踢着地上的石子。

“好了，既然不是故意的，那就让他给你们道歉，便也算了，幻灵宫不是蛮不讲理的帮会！”没有回答墨羽的问题，灵舞自顾自地说着。

“我们只对那些存心惹是生非的人追杀到底，说到底，就是人不犯我，我不犯人！”就在所有人以为此事到此为止的时候，灵舞又甩出这么句模棱两可的话，然后示意后边的人不要再追究。

“那就谢过了！极风你还不给两个大美女道歉！”白羽转头看着极风，狠狠地剜了他一眼。

“二位美女，实在对不住，我真心不是故意的，我就没有收住，后面真的有人追杀我，你们就原谅我吧！”极风又摆出一副可爱的招财猫的样子，卖萌装傻。

“哼，就只是道个歉，实在是太便宜你了，辛苦引来的怪物全被你爆了！”羽人还是有些不服气地说着。

“就是啊！我还差点让你给炸死了，精神损失费你都不赔吗？

帮主，这也太便宜他了吧！”女法师也撒娇地埋怨着。

“你们两个行了，灵舞都说算了，你们还不依不饶的！”边上的武侠见这两个人又开始不算完了，忍不住开口阻止。

“枫舞，你到底是哪边的呀！怎么都……”被打的羽人话还没说完，便倒在了地上。

“太聒噪了！”易非淡淡地说出这句话，仿佛刚才只是杀了一只怪物，而不是一个人一般。

灵舞看着易非，双目含怒，却是迟迟不发。其他人也是一个个地都快惊掉下巴了，气氛一时间紧张得只听到风吹过竹林的沙沙声。

双方剑拔弩张……

易非却并不看她，好像这事和他一点关系也没有一样。

可是白羽却站不住了，她可是一直把灵舞当偶像看的！这下易非和灵舞杠上了，而且还不占理。这个易非怎么今天这么沉不住气？算了，先救人吧！白羽施展还魂咒救了地上的羽人。

“谁用你救了！你还魂咒练到第几层啊？遇到你们这些人真是够了！”被救的羽人并不领情，反而相当恼怒。

“易法师脾气当真是如传闻一样，冷傲随性啊！那么今天就比一比，看下你的武技是不是也如传闻中一样精湛！”灵舞说罢，便丢出一个五色符让易非陷入睡眠，接着各种诅咒符全数丢上，爆真元，施法放大招狂雷天威。

后面幻灵宫的人早就想杀人了。说时迟，那时快！白羽见易非身陷险境，直接就是一个玄净咒，消除了所有诅咒。又叠了几个静心咒，落下来的狂雷天威，居然没有伤到易非！而易非脸上寒意浮出，直接爆真元放出泰山压顶，定住了所有人，又是一个火鸟推出，眼看对方都已受重伤快要倒下，他又施法想放出大招刀山火海！

“不要，易非你快停手！原本就是误会，大家就不要打下去了！”白羽大声喊道，心急如焚。

听到白羽的话，易非施法的手居然真的停下了。他看了看对面的人，冷峻的脸看得人生畏。灵舞毕竟是久经沙场，这种场面见得多了，并没有害怕。虽然自己打他的时候已被白羽解毒，却也是惊讶易非的技术、攻击力和定力。灵舞身为三大帮会之一的帮主，装备和武技自然是不用说，能三招就击倒自己的人只怕也是屈指可数。

“灵舞姐姐，刚才若不是我解毒，你和易非真的是难分胜负的，你可是我的偶像！让我加入你的帮会好吗？”白羽一脸真诚，期待地看着灵舞。

原本尴尬的气氛，被有点花痴的粉丝效应带得倒是缓和了几分，大部分人都不解地看着白羽，不明白她为什么这么做。只有易非、墨羽、灵舞心中了然，却也不说破。

“小羽加入，那我也要加入！”妞妞什么事都要跟着白羽来，这种事自然也不落后。

“都说了是误会嘛，不如也带上我？”极风很识相地也跟风说着，他要是不说，估计难免哪天遭到被他打伤的两个人暗算！

“看样子是不打不相识了啊！易非你下手还真是稳、准、狠，一点都不懂得怜香惜玉呢！”墨羽慵懒地伸了个懒腰，挖苦着易非。

灵舞什么场面没见过，虽然刚才差点倒下，有点没面子，可是现在收获三个资质颇高的成员，也算是扳回不少面子。最要紧的是，幻灵宫虽说是三大帮会之一，但实力还是略逊于无上荣耀，当下正是用人之际。灵舞嘴角微微上扬，轻声道：“求之不得！”

27
桃花缠上墨羽身

完美第一港口——寻梦港。

“墨羽，你说我和白羽谁好看啊？你，更喜欢哪种类型呀？”一袭紫色性感飞天装的女子声音极为妖娆魅惑，如墨的黑发，艳丽的小脸，一双极为勾魂的双眼正望着墨羽。

墨羽敷衍一笑，走到白羽身边，低头看着有点不知所措的白羽，温柔地说：“自然是我的小羽儿最好看，我只喜欢她的样子。小羽儿，你属于哪种类型？不过，只要是你，我都喜欢！”

白羽虽然现实中这类话听得太多了，可听到墨羽这样说脸还是“唰”地红了！

自从那天加入幻灵宫后，受伤的羽人——晴天若蓝便粘上了墨羽，赶都赶不走。在知道墨羽对白羽有“非分”之想后，就硬是要和白羽做姐妹……其实，大家都明白，晴天若蓝不过是以此为由，为的是能够和墨羽搭讪。

“哼！我知道你对白羽好，连名字都这么露骨！只不过，小羽又没有喜欢你，我可是还有机会的。墨羽，我觉得你早晚有一天会喜欢上我的！”晴天若蓝看到墨羽宠溺白羽的样子，很是恼火，却还是不服气地说。接着，她抚着自己如墨的长发，说："白羽，你告诉他，你不喜欢他，你那天说了不喜欢的哦！"

白羽脸上很是尴尬，虽然她没有喜欢或是爱上墨羽，可至少还是拿墨羽当朋友的，当着他的面这么说出来，实在是太让墨羽下不来台了吧。

不过，白羽虽说是被晴天若蓝逼着当朋友的，可晴天若蓝倒是真对她够朋友的。加入幻灵宫后，敌对的人总是不断地出现在自己修炼的地方，变着花样地进行阻挠。

比如，拉个野外BOSS来修炼升级，却害得妞妞死了好几次，还是那种被怪物打死，掉经验的那种。再比如，大家拉了怪物集中，正准备要群殴怪物时，敌对的多个武侠直接过来连番放狮子吼，被击晕的白羽等人，只能眼睁睁地看着自己动弹不得，看着怪物被他们杀光！总之，各种手段层出不穷！每次都是晴天若蓝和灵舞、枫舞他们带人一起去抗敌，她才能和易非他们一起安心升级。

此时说什么话都会让另一个伤心，她还是沉默吧！

"小羽，去帮我做些丹药吧！"易非如及时雨般出现，怀里抱着好几大包草药，使了个眼色给白羽。

"好啊！那我们去流光城。"白羽看到救星如释重负，她可不想在这里当饼干夹心，这滋味实在不怎么舒服。说完，二人便从传送师处消失不见了。

"呵呵……这易非倒是来得很及时嘛！不过我看这两个人倒是很般配，一个对人冷若寒冰，一个对人热情如火。若是能在一起，应该够互补吧！"晴天若蓝看着二人消失的地方很自然地说出口来，脸上倒是很真诚的样子。

“哼！真是时候！看来，那家伙还真心是不想让我和小羽儿多待一会儿！你说他冷若寒冰，我是很赞同，可那丫头又哪里热情如火了？”墨羽扬起一边的嘴角,不自觉地冷哼。他心想:“易非，难道你是怕了？带走羽儿，又让我和晴天若蓝独处，不要以为我不知道你打的什么鬼主意！不过，我不会让你得逞的……”

“墨羽，天涯何处无芳草？你又何必把心思放在一个心里没你的人身上呢？难道说我晴天若蓝，就那么不入你的眼？”看着这个酸气直冒的男人，晴天若蓝觉得好笑，可笑完发现自己又何尝不是如此呢？她又岂是肯轻易放弃的人？

“墨羽，再过几日便是攻城战了，我来照顾小羽安全！你照顾我的安全怎么样？”晴天若蓝知道他的心思，而她自己也不是小气之人。只要白羽的心思不在他的身上，她总是有坚持下去的理由，不是吗？

“哈哈……”墨羽爽朗大笑，看着眼前极为妖娆魅惑的女子。他知道,不管她怎么做,他除了感激,什么也给不了。他摇了摇头，一双同样勾魂的凤眼不知道看向何方，说:“你不用保护她，她可以保护好自己的，作为羽人，小羽儿还是很称职的！”

晴天若蓝听他这一笑，心里很是生气，难道说自己这幻灵宫第一攻城车队羽人,竟然还不如白羽这个只知道升级打怪的丫头？她可不服气！

“这样啊！不过，我怕你到时候会心疼你的心上人哦！”晴天若蓝说这话的时候眼神很是自信，要知道她的名号可不是吹出来的，那是一次次的死去活来里磨炼出来的！

看着晴天若蓝自信的眼神，墨羽心里有种不安的感觉。不过想想也不必担心，再怎么说攻城战中就算倒下了也没什么。一不损失经验，二不掉落物品，三不损伤装备，最多也就是回城重新跑回去而已。对于小羽儿来说，这不算什么！他相信，他的小羽儿有自保的能力！

“小羽儿的心理素质我不担心，无非多死几次，能够增加些经验也是好的。既然她加入了你们幻灵宫，以后被追杀灭口的机会太多了！若是这点她都受不了的话，让她退出帮会陪着我修炼升级也好。”墨羽第一次对晴天若蓝说这么多的话，却句句都是为了他的小羽儿。这些话，落在晴天若蓝的心里，却字字都若针尖刺入心头！纵是晴天若蓝再大度，心里也有了些许嫉妒。可她也算是光明正大之人，而白羽又是她自己非要交的朋友，自然是不会对白羽做什么小动作。她会光明磊落地赢了白羽，让墨羽对她刮目相看的。

“我看你倒是真巴不得小羽离开呢！不过也是，自从她入了会，好像是除了修炼升级，陪你的时间也少了很多呢。”晴天若蓝看着墨羽，接着说，“倒是没事就和易非去做仙丹药品，不如我们现在一起去看看做完了没有，去要来一些用用！”说完，她也消失在了传送师处。

墨羽无奈，心想，果然有女人的地方就有争斗啊！这个晴天若蓝怎么就缠上了他呢？她为什么不去缠上易非！那样子，他就会有更多的机会和小羽儿在一起相处，说不定小羽儿会生气易非和晴天若蓝暧昧不清。实在是运气不佳，他不能让事情这样下去，转身也走向传送师处，一下子消失了！

28
以丹为媒，柔情蜜意

“你要做什么呢？把草药拿来，我去做。”逃离现场的白羽心情很好，脸上带笑望着易非轻声问。

易非将怀里的几大包草药——盘龙草、九里香、九香虫、醍醐草各两包放在地上，说：“白毫银针、铜墙铁壁散、金刚附体丸，就这些。”

“哇……你是怎么挖来这么多草药的？再说了，这些药我都没有见过，长哪里啊？”白羽看着这一地的草药，听着易非说着一串自己从未听过的药名，实在是想不明白眼前的这个人到底是怎么一回事！为什么总是超前别人这么多步？

“仙魔两界内自然是有许多这种草药，我多做些，升级的时候若是有人再来捣乱，也不至于总是要你们帮会的人来保护！”易非想着这些日子以来总是要白羽帮会的人来保护，心里有些不舒服。明明他的级别比他们高，明明他才是那个保护她的男人……总之他不想做个被女人保护的男人。

“一队人里三个是我们帮会的，被保护也是自然的，再说那一片原本就是幻灵宫的人修炼升级的地方，你又干吗分这么清楚！”白羽明白易非的意思，便帮他开解着。看他的神色有些缓和，她接着说：“不过你若是出手的话，我也一定会保护你到底的，谁让我是你的专属羽人呢！”

听到白羽这么说，易非只觉得心底暖意生起，有一种很想抱住她的冲动，但是他没有这么做，因为他明白，白羽也许只是感激他，未必是他想的那样。既然没有明了，顺其自然地发展，也许是最好的，至于墨羽，他自然也不会放松警惕。

“保护我？你不用我保护就不错了，我一个大男人怎可依靠一个女子来保护？你非要保护我，是对我有想法吗？”易非嘴上依旧不饶过白羽，更是往前走近她，低头看着她专心做药时专注认真的样子。

白羽面对忽然靠近的易非，脸一红，全身都麻麻地动不了，眼也不敢抬起来，只感觉自己的心“砰砰砰”跳得很快。看着他的玄色长袍下摆，她怔了半天才说：“你少自恋，谁对你有想法了！我在做药，别打岔，不小心配错了，你的药就白挖了！”

易非每每看到白羽害羞时两颊绯红的样子，总是毫无抵抗地被吸引住。明明看了这么多次了，却还是每次都沉沦。明明知道这是虚幻的人物，却还是情不自禁。

夕阳西下，余晖洒在两人身上。

巍峨的流光城，什么时候都是流光溢彩，人来人往。现在没有多少人能进入仙魔二界，不过流光城总归是完美大陆中的两大主城之一。它位于高处，景色优美，面积也不是很大，不少人在这里比武、做生意、谈情说爱……当然，也有少量大帮会之中装备不错、性格高调的人在这里——装！

“你们果然在这里啊！还真不难找呢！”晴天若蓝媚眼弯弯，看着眼前的两个人。接着，她捂嘴故作惊讶地说：“哎呀！看来我来得不是时候呢！”可明眼人一看就知道，这人分明就是觉得她来得很是时候！

白羽尴尬一笑，连忙说：“怎么会？你什么时候来都正好啊！”原本就很红的脸颊，此刻直接成了煮熟了的小龙虾，恨不能直接钻进淤泥里去才好。

“这天还没黑，自然是不会有什么不是时候，小羽儿是做药太累了吧！”墨羽的声音极为暧昧，径自走到白羽身边，看着她红透的小脸嘴角一扬，心头却是被撕扯般的疼。

虽然如此，墨羽还是不忘把易非拖下水，说：“我说易非，你不能因为小羽儿现在能做各种仙丹就这么使唤人吧！对了，晴天若蓝也是可以做仙丹的，都是朋友不如你也让她和小羽儿一起分担一下如何？”

“好啊！我可是6级药师，做药说不定比小羽还要强呢！”晴天若蓝很爽快地答应了，她知道这是墨羽挖的坑，却很心甘情愿地跳下去。

“小羽，累吗？我帮你捏捏吧！”易非满脸柔情地看着白羽。他心里却想着，“墨羽！你居然还是贼心不死！想给我使绊子，好啊！那么我就如了你的意，只不过……”

“不累不累！我自己来就可以了，一会儿就做好了。正好我给易非做药，也可以修炼自己的药师等级。”白羽连忙摇手，她是自愿给易非做药的。易非解救自己免于尴尬，做点药也没什么了。

看到白羽急于拒绝，墨羽心里更是不舒服，他这会儿真想一剑砍了易非，觉得易非肯定是存心的！可转念一想，不能冲动，于是他又温柔地看着白羽说:“小羽儿，你不累，可是我看着心疼！做药是能升级，只不过同一种药你做到一定量就不会再长经验了哦！”墨羽终于抓到了重点。

这会儿换成易非脸色不好看了，他非常讨厌这个死缠烂打的墨羽，因为这人还是一如既往地难对付，竟然这么快就找到了事情的关键，逼得他不能再演下去。可易非哪里是吃素的？淡淡一笑，依旧用他那退去冰冷、满是柔情的双眼看着白羽说：“小羽，这些仙丹够用好久的了，下次我换几种草药让你长经验，不会太多，就是够长经验的分量。”易非一招四两拨千斤，轻易地就把问题给化解了。

就在这时，易非发现白羽看他的眼神，竟也有了一丝他期待的回应，虽一闪即逝，但他还是捕捉到了。

“这不算什么问题，以后小羽做长经验的仙丹，不长经验的就交给我来做！等她药师修满，我们二人分担来做。再说了，你们不是还有个妞妞呢？”晴天若蓝早就看透了墨羽的心思，不就是做药嘛！只要墨羽高兴，她装个傻又如何？

墨羽见晴天若蓝这样说，心里也是很感谢的。今天的事情并未完全如愿，却也开了个好头，有了这个开头，他还怕没有机会靠近小羽儿吗？

“好啊！谢谢你，晴天！”白羽虽然很想自己来做，可晴天若蓝的好意也不好拒绝。见易非和墨羽两个人明争暗斗，白羽心里也很不舒服，再怎么说，到目前为止大家都是好朋友。对！都是好朋友，至少现在是的！

白羽心里明白，有些距离，她还是应该保持的。这么久了，易非对自己是越来越好，好到自己会误会。而墨羽的情意她并不能总装作不知，更何况晴天若蓝还公开表示了对墨羽的情意。她不能让晴天误会自己和墨羽有什么超越友情的东西……

29
强敌下战帖

白羽一队人，战前被灵舞特别训练了好几天。

自打她们这一队人进了帮会，灵舞和枫舞真是开了小灶了，天天各种特训班，不是让她们练习打架，就是练习攻城战术。惹得会里一小帮人嫉妒不已，但也没有真的生气。

终于到了攻城战这天，所有人都准备就绪。

“无上荣耀居然标下了我们的剑仙城？”枫舞的脸色有些难看，声音却是极力想压下他的震惊和一丝不自信！

要知道完美大陆的城池，越大越是易攻难守，若是剑仙城失守，那么无上荣耀下一步定要是拿下流光城！尤其是最近的无上荣耀吸收了不少等级和装备优良的新人入会，实力上稍高幻灵宫一筹！枫舞虽然嘴上不能承认无上荣耀的强大，心里却是极为担忧。

“副帮主，不用担心！我们帮会这么强大，他们标下了我们的剑仙城又如何，实力相当的城战，我们可是早就盼着了！”晴天若蓝慵懒又带着些许兴奋。

晴天若蓝一直以来都是个好战分子，若不是这样，那天在暗香坡也不会追着极风和妞妞跑过了五个山头！若不是妖兽有先天的跑速优势，只怕他们早死在她的毒手之下了！现在这样强势的城战，想来所用的时间不会短。杀杀人什么的，可是晴天若蓝的最爱！

“晴天，这次的攻城战，不许你再像之前那样去攻击，身为羽人，你这次做到救人和加血便可，最多为了自保，使用符咒！无上荣耀不是那些三流帮会，要知道，他们的实力并不比我们低。我们万万不能轻敌，这次的攻城战，我会编好队伍，每个人都要按自己的编号入队，不按编号乱入攻城战者、不听指挥者、战场发呆者，一律请离帮会！”灵舞的话从最初的交代，到最后的命令，字字透着王者风范。想来也必须如此，若是没有纪律，什么样的团队都会乱成一团！一个如此强大的帮会，被一个女子管理得如此强大，必然也是有着铁血的规条。

“灵舞，我这么好的技术，这么强大的装备，你忍心嘛！”晴天若蓝并不甘心当一名“奶妈”。是的！在晴天若蓝眼里，羽人若是不能杀人放火，那便真成了一个名副其实的“奶妈”！只能躲在攻击职业的身后，加加血，加加有益的符，救起倒在地上的人……这可不是她晴天若蓝的风格，要不是现在重新选个职业，重头再来一次的修真任务和修炼时间实在是要她的命，她现在真想换成攻击职业！

“晴天，身为幻灵宫的四大堂主之一，你怎可带头起哄！白羽、墨羽、极风、舞枫、陌上人，你们和晴天一队主攻中路。作为城战的主攻城车队，我希望你们能发挥好自己的特长，做自己应该做的事情。羽人的主要任务不是杀人，而是保证自己活命，尽最后一分力来保护攻城车不被毁掉，以攻打对方城池的生命水晶！

这一战，肯定吃力，但是我相信我们一定能守下来！”灵舞此时有着让人无法反驳的气势，灵动的双眸此刻透着无比坚定的信心，让人看着就觉得内心豪气澎湃，想为她一战！

白羽看到这样的灵舞，内心无比崇拜，以前听到的都只是传说，而现在看到的更是让人深有感触。灵舞果然如传言中一样，绝美动人，王者风范，宛若女王！为她做一切事情都会心甘情愿！若有一天，自己也能成为这样的一个女子，站在易非身边，才不会拖后腿吧？

“墨羽，若是你现在后悔，还来得及！说实话，我也很不舍得小羽妹妹，被敌人杀得死去活来的，若是表现得不太好，那可是会成大家的话柄呢！呵呵……”晴天若蓝贴近墨羽，呵气如兰，手搭在墨羽的肩上，媚眼如丝地看着墨羽。

墨羽嘴角一扬，拿下了晴天若蓝搭在他肩上的手，眼帘垂下，看着离自己如此之近的晴天若蓝。她也是个不可多得的佳人，只是就算没有小羽儿，晴天若蓝也无法走入他的心。

“多谢美意，不必了，作为车队的第一羽人，你还是多担心自己吧！想必敌对的那些人，必定会先盯着你杀，倒是你，不要太累到我的小羽儿才好！”墨羽满是自信地说着，完全不顾及晴天若蓝是什么心情。

晴天若蓝见他并没有改变主意，末了还带着些许讽刺，心生不悦:“好,那你就等着看吧！”眼睛还不忘看着远处的那一抹身影，心中暗笑，“墨羽，你也从未走进她的心，一切都尚未定局！”

一场攻城战，双方只能各进去 80 人，今天虽然是场大战，外头的人却也是只有 80 人在传送师旁，每一队都在做战前最后的检查——仙丹，攻击、防御符，有益状态，回城卷轴……

“各位兄弟姐妹，攻城战前我再嘱咐一句，那就是，请大家尽情地放飞自己的内心，尽情杀戮！”灵舞，嘴角微微一扬，倾国倾城的脸上满是自信，原本是如诗如画的美人，此时眼中尽是嗜血的杀气。

枫舞站在灵舞的身边，看得有些入迷，这样完美的女神，任何人都会向往，他的沉沦再自然不过了。但是，枫舞并不想将她据为已有，他有自知之明，他一直都知道这样倾国倾城、有王者之风的女神，不是他能够企及的，只要守护在她的身边就足够了。更何况，现实中的灵舞，更是他此生都无法望其项背的人！

衣袂盈盈幻素蝶，
舞影飘飘蝉翼轻。
宿命轮回千年镜，
唯求伴伊双人行。

有很多人都是这样，被求之不得的感情所披的瑰丽外衣所迷惑，明明知道没有结局，却还是选择了走下去。哪怕走下去的路没有尽头，哪怕就算走到了尽头却依然执迷不悟，拼命纠缠。有时候只为了那么一点点自己以为的甜蜜回应、一点点可有可无的温暖、一点点幸福的假象……

30 剑仙城对战（上）

战场也如秘境副本一般，属于第二空间，在地图之上是进不去的。双方都有属于自己的城，城内和城门边上都有射塔。塔的属性，都会专门指定一个负责的人进行设置。

攻城战最集中的杀戮战场有两处，一是城中央的生命水晶附近，和射塔不同的是，生命水晶是会一直回复一定量的血量，而射塔则是被摧毁后便无法恢复。在攻城战中被杀死的人，不会掉经验，也不会出战场，只会回到自己的主城，但是会在一定时间内无法使用任何技能，期间只能吃一般的丹药来进行疗伤。不过，基本上每场攻城战都会有一两个羽人在复活口，给那些才复活的人加血量，加有益符咒，以便节省他们出城的时间，也大大提高这些人在攻城战中的存活时间。而这个羽人不需要有多好的装备、多强的操作能力，只需要不怕累，加单体有益符咒即可。

幻灵宫和无上荣耀果然都是大帮会，主城内大家都按照自己的编队快速而有序地前进着。两城的中间，还各自有一座射塔，是双方势力碰面的第一个较量点！

就在幻灵宫的人冲杀到这里的时候，无上荣耀的人也冲了过来，一场势均力敌的拉锯战开始了。

“中路攻击队，杀出一条血路，让主车队进城！防守队，在杀敌往前冲的同时，一定要注意敌方的车队，尽一切可能杀掉他们或是拖延他们进城的速度！护卫队，马上来中路，帮助自家主车队进城！”灵舞镇定地指挥着。

“左路告急！对方有一车队出城，请求支援。”左路的眼睛小麻雀报告说。

所谓眼睛，就是死在敌对城中，不回自己城，从而看清楚自己视线范围内的一切，报告给大家的人，这是攻城战中常用的监控手腕。基本上不管帮会大小，都会用到眼睛，以加强对敌方火力出口的判断，在攻城战中眼睛还是有着比较重要的作用。

“不足为患，让他们去，死回城的防守队和机动队，这个车队就交给你们处理了！”灵舞听到这个消息，却依旧是不急不躁地指挥着，似乎并未把左路的车队当成一回事。

白羽第一次进攻城战。说实话，她懂得并不多，所知道的还是之前灵舞交代的那些。不过她也并不头疼，她只要照顾好自己这一队就好了，别人不需要她管，她也无闲暇管。说起来，只要听着指挥，跟着大部队，知道应该去哪，加强自己的生存时间，便是最好不过了！

晴天若蓝的脸色一路上怎么也好不起来，喜欢打杀的她被安排“奶妈”这么个活，可真是烦死她了！可是灵舞的话她可不敢不听，要不然，灵舞以后是不会再带着她到处打杀了！

看到白羽居然也这般镇定自若，生存时间也很长，而她晴天若蓝却因为名号太响，目标太大，一直被敌对方列为首要的击杀对象，晴天若蓝有些意外。而且，她居然被白羽“照顾”了好几次，才活下来。虽然白羽也死了几次，可这毕竟是白羽第一次打攻城战，已经是很不错了。她不禁想，难道真的小看了白羽?

远处的墨羽一边杀敌，一边不忘看着白羽，他的小羽儿就是这么强悍呢！他发自内心地笑了笑，抛了个媚眼给白羽。

晴天若蓝见墨羽奋力杀敌的同时，居然还不耽误给白羽眉目传情，气不打一处来，不禁冷哼一声："墨羽，这是什么时候，你居然还想着谈情说爱！"

"怎么，有谁规定城战中不许谈情说爱吗?"墨羽不以为然地反问道。他手里却没有停下杀敌，悠闲的状态，好像这只是在打地鼠一样，根本不足为惧。

"墨羽，这么多敌人打你，你还有时间谈情说爱啊?当心死了都不知道怎么死的！"冷月之神听到晴天若蓝的话，也追补了一刀，"不过，若是为我而死，我也是不介意的！"

听到这些话，白羽心头一个激灵！这个墨羽还真是招女人呢！还好他不是自己喜欢的人，否则，她还不被醋淹死！于是，白羽故意一脸严肃地说："墨羽，你就不能专心一点吗?好几个人被你带走神儿了呢！"

想到易非对待女人的冷漠，就连灵舞那样的绝色美人，都没能让他另眼相对，白羽不禁感到自己运气真不错！

晴天若蓝哈哈大笑，好像听到了世界上最好笑的笑话。是啊！她能不开心吗?刚才墨羽给白羽抛媚眼，可白羽压根就没看见，简直就是太好笑了，她心头的恶气也出了一半！

墨羽也没有解释，只是无奈地瞟了一眼笑得花枝乱颤的晴天若蓝，还有一脸不自在的小羽儿，叹了一口气，便也不再说话。

"各位大哥大姐，饶命啊！求你们别聊天了好吗?我都快被打成马蜂窝了，你们还有闲情在这里聊天，我的命太苦了！求放过，求存在感！”极风看着聊天的这三个人，实在是忍不了啊。要知道在这攻城战里，随时都有可能死。

枫舞身为副帮主，按说应该管管，可他却只是笑笑，没有说什么。他明白，在这个游戏里，不管你是什么身份，都人外有人，天外有天，只要不是很离谱，大家玩得开心就好，凡事不必太较真。

“右路告急！有三组车队出城！”眼睛小麻雀发出急报。

“防守队，攻击1队，机动队去右路。车队，攻击2队，攻击3队，全力进敌方主城，攻打左右射塔！”灵舞似有所思，低头沉思片刻，接着说，“回城的人，都到右路门口集合，准备一波将敌方的车队送回他们老家！”

可无上荣耀又岂是一般的小帮会？这场攻城战，本就是硬碰硬，他们的攻击力和应对能力，也是很强大的！

刀光剑影，血色战场，只见各种技能，闪着自己独特的光芒。妖兽开启橙色莲花般的玄武护体，无人能对其进行有效攻击；武侠的狮子吼竟是一吼一片不动，天火狂龙开启时炫目的红色火龙周身盘旋，火红一片；法师低吟施法唤出的水龙、火海，一冰一火杀伤力甚是惊人；羽羿们箭箭射出，超高的物系攻击，法系职业难抗其力，如雨般的箭阵杀伤力亦是凶残；羽人们尽力开着众多白色羽毛凝成的羽盾，如清泉、如瀑布、如冰莲般的加血量法术以及如冰晶般的解毒咒等不停地从羽人手中凝结释放。

这注定是一场艰苦的拉锯战，并没有出现压倒性的攻城。要拼的也是帮主的执行力和帮会成员的应变能力，看谁能坚持到最后一刻。谁能抓住稍纵即逝的机会，谁就能主导这场大战的转机！

31
剑仙城对战（下）

“上官，就没有办法接近他们的生命水晶吗？”无上荣耀的帮主冷雨夜对这僵持了快两个小时的拉锯战，已然是到了忍耐极限。他很清楚，再这样打下去，只怕大家的积极性都要没了。

自古双方交战都是一鼓作气，再而衰，三而竭。虽然这不一定能定下结局，但是也起到了一定作用。士气这个东西说起来有点缥缈，却很实用。

“别着急，还有一刻钟，只要有了进城的机会，很快就能攻下来！”上官无雪嘴上说得很有信心，可心里也在打鼓，本以为收了这么多人才入会，这次攻城战虽不至于是压倒性的胜利，可也不应该打得如此艰难才对。然而事实是，打了快两个小时，还未碰到对方城中的生命水晶，这对他来说，无疑是一种耻辱！

“还剩下了不到一刻钟，你还是尽快想办法，来突破现在这种困境吧！还好他们也未伤到我们的生命水晶，不然……”冷雨夜其实心中也是有数的，不过这个时候不可以说泄气的话，他便没有再继续说下去。

不过，上官无雪指挥的大小攻城战不在少数，他的能力，小到自家帮会，大到整个完美大陆，都还是很有口碑的。所以，无上荣耀的人在内心还是相信他有这个能力的！

就在整个无上荣耀还沉浸在马上就能攻到敌人老家的希望里时，下一刻就发生了他们怎么也不愿意相信的事实！

“无雪指挥，我们的生命水晶被打了！！！”

所有人都傻眼了！什么？水晶被敌人打了？新加进会的成员不顾自己已经在敌军城门口，全都急惶惶地回城了……

而幻灵宫此时却是另外一番情景！

“他们收到水晶被打的报告了，他们城中尽是才回城的人，现在是攻击的最好时刻！”敌对城中的眼睛报出了大家此时最想听的话。

“好！大家已经在敌对城中的，用尽全力杀光他们才复活的人，回城才起来的人，到中路门口集合好状态，听我指挥。”灵舞镇定的脸上浮起一抹笑意，她知道，她只有这一次机会，就是现在！

中路大门口，回城的人已解除了无法使用技能的状态，所有人都回复满了血量，各种的有益符咒也全了，一切已经准备好只听灵舞一声令下：“中路前进，直奔敌对主城！”城门口的人全部快速前进！

一场攻城战的胜利，不仅仅是实力要足够，一个有能力的指挥者也是很重要的。尤其是在实力差不多的情况下，一个会指挥的人，往往能够抓住时机，在帮会成员的配合下获得胜利。

不同于之前的艰难，这次的中路前进得异常畅快。由于敌对方大多数人被截杀在城中，更有墨羽这个变态羽羿，点着敌人家的生命水晶放箭阵。无上荣耀有好多人才复活，还没弄明白什么情况，刚想从生命水晶冲出去杀敌，就碰到了墨羽的阵眼边缘，直接又死回到复活口，只能重来！

在这样不断重复的死亡下，无上荣耀的整体杀伤力几乎被打压得无法施展。可幻灵宫在灵舞的带领下，大部队速度惊人地冲了来！原本在城中艰苦支撑的家人们，一看胜利在望，潜能顿时超常发挥，打得更是漂亮！

在这种激战中，双方死伤无数，幻灵宫也时不时地有人死回城。但相比无上荣耀被堵在复活口的情况，绝对是好了太多。

幻灵宫那些实力强的攻击队直接对着生命水晶放自己的必杀大招！尤其是法师、羽羿，他们直接对着生命水晶开大阵。要知道，这两个职业的大阵十分霸道，只要被攻击的对象和自己有一个不死，这个阵眼便不会停。这也是每个帮会都会抢着招收财力、能力双高成员的原因。这样的人，在攻城战的时候，给其配上一个妖兽、两个羽人、一个武侠，绝对可以让队伍横扫一片，成为神一般的存在！武侠们一个个上前，轮换着放狮子吼，放完就跑回相对安全的范围受羽人的照拂。这样可以使其范围内的敌人被定晕，不能动，减少他们的攻击，还可以让自己受伤的状态得到解除。

在这种马上要胜利的兴奋感的冲击下，幻灵宫每个人都像是打了鸡血一般拼命，生怕自己死掉回城，就无法看到无上荣耀的生命水晶被打爆的瞬间！

终于，在这样一波一波死去活来的冲击下，敌对方城中的生命水晶终于爆裂！散落一地……

这一战打得实在艰苦，攻城战是有时间限制的。虽然幻灵宫是守方，但是也要守到两个小时，自己的水晶不被打爆才能获胜。当然了，若是遇到像灵舞这种好强的人，只防守怎么能行呢？必定要打爆对方城中的生命水晶不可！对于幻灵宫的众人来讲，其中的心酸不言而喻！这可是绝对的血拼……

“胜利了！胜利了！”

“终于胜利了哈哈！”

“不枉老子死了这么多次，打得累死了！”

“打得太痛快了，老大，以后是不是经常有这样的攻城战打啊！一定要给我个名额啊！”

“哼，看他们还嚣张，输了吧！还标我们的城，根本就是来白白送钱的！”

“老大你太强了，有你在，还有男人们的活路嘛！哈哈哈……”

“就是就是，我们本来是守方，结果攻方被我们反攻了嘿嘿……”

“不知道冷雨夜会不会对他的小相好发火啊！”

“小相好？他们的指挥不是上官无雪吗？”

“这你就不知道了吧！整个无上荣耀的人都知道冷雨夜和上官无雪那可是相当的‘基情四射’！”

“哎哟喂，小眼睛，谁也没有你八卦了！要是谁有什么奸情，一定逃不过你的眼睛！”

“……你有意见啊！”

“大家辛苦了，10 分钟后，我们在流光城郡守庆功，放烟花吧！大家请穿上最美的衣服，来看胜利烟花！”灵舞终于笑上眉梢，绝美的脸更是倾城。还差 10 分钟就到两个小时，大家实在是打得辛苦，她自然是要好好让大家放松一下。

大家听到灵舞这样说，都很开心，便一个个消失在传送处。跑的速度简直可以用神速来形容。居然连天天黏着墨羽的晴天若蓝都跑了，到最后只剩下了白羽和墨羽二人。

“小羽儿，我好累，你不陪我会儿嘛！”墨羽哭丧着脸，对他而言，最好的放松便是小羽儿陪着他。别的什么，他根本不在意。

“我去看烟花，不如你也去，反正在哪休息都一样。”白羽嫣然一笑，今天她的心情也很好，说完便也消失在了传送处。

墨羽看着白羽消失的背影，无奈一笑，他不知道，他的小羽儿何时才能好好地陪在他身边呢？哪怕就是那么静静地坐着都好！他墨羽是不会放弃的，近水楼台先得月，他和小羽儿一个帮会，自然是比易非多了很多机会和小羽儿相处。当初他若不是为了能时时守在白羽身边，又怎么会进什么帮会，打什么攻城战？

易非不由得打了个喷嚏，觉得心里有些怪怪的。

32
烟花与密谋

流光城断崖边人头攒动，每个人的脸上都洋溢着胜利者的笑；烟火璀璨，几乎照亮了整个流光城的上空。

白羽也是发自内心的高兴，第一次打这么大的攻城战，还打赢了！不仅心情愉悦，还有了打攻城战的经验。这可是她打了那么久单机游戏和对战游戏所没有感受过的。

一袭石榴红长裙的白羽坐在断崖边，微笑地看着天空中的烟火在月光和烟火的映照下，美得像精灵仙子，墨羽被吸引得无法自拔。纵然大家都说灵舞是完美大陆的第一美人，可在墨羽看来，白羽才是他心中最美的人！各花入各眼，一个人到底有多美，是没有定义的，这取决于是在谁的眼中。

远远的，竟是易非走了过来。今日的他，身着一袭白色盘龙长袍，本就气质不凡，此刻更是让人觉得像是冰冷的王者！他见墨羽一脸深情地望着坐在地上看烟火的白羽，眉头微微拧起，下一秒，脸上升起一层杀气。不过，这杀气却在白羽回头看到他的一刹那，瞬间隐匿消失了。

“易非，你也来啦！快来坐这边！”白羽看到一袭白衣的易非，心脏骤然又跳得很快，白皙的小脸上泛起两片绯红，双目便再也不敢直视易非，低垂眼帘，试图缓解自己的情绪。

易非见白羽脸上泛起绯红，嘴角微扬。他走过墨羽身边时不经意地看了墨羽一眼，并未说话，然后径直走到白羽身边坐下，一同看起天上的烟火。

墨羽此刻看易非越发不顺眼，这个人竟然如此明目张胆地离白羽这么近，而他的小羽儿，竟然还在看到易非的时候脸红了！他知道他的小羽儿并不爱他，但在看到白羽脸红的一刹那，他的心里像是被谁刺了一剑还搅了一下那般疼。他又怎么会不懂那脸红代表了什么？墨羽紧紧握起双拳，却在白羽对他回眸一笑（确切地说应该是回头一笑）时放开了。君子报仇十年不晚，更何况现在这两个人算是互生情愫，可并没有捅破那层纸。他还是有机会的，他才不会在这个时候做出让小羽儿讨厌自己的事，那也太得不偿失了。

想到这里，墨羽直接起身大剌剌地坐到了易非和白羽两人中间，也不管两人是什么眼神看他，反正易非让他不爽，他也不会让易非称心！再说了，谁叫易非坐得这么有风度，离小羽儿的距离那么大，正好给他机会！

果然，在墨羽坐下后，白羽脸上略有尴尬，可也不知道该说什么好。易非的脸却是马上黑了，他好不容易放下面子，做了一次比较浪漫的事，陪着白羽看烟火。原本两人之间的气氛很融洽，却让墨羽这么一坐，直接就把那种浪漫的氛围给坐跑了……其实易非早就知道，此时遇到这个墨羽，早晚会被搅局，却没有想到这么快。被他这一坐，易非觉得自己直接给挤成了局外人。这绝对是赤裸裸的挑衅！

“烟火不错，挺美的，小羽儿，一会儿看完烟火你要去做什么呢？”墨羽直接无视易非的黑脸外加要喷火的眼神，悠闲地说着自己的话。

“自然是要去升级了，在幻灵宫，我的等级虽说不算最低，但是在进入攻城战的人中，我基本算是垫底了！”白羽想到自己的等级在攻城战帮众中垫底，脸上不自觉浮起一抹沮丧，说话中也带了一丝不自信。这是她进入这个游戏以来，从未有过的失落。

“幻灵宫中虽然等级高的不少，装备好的也不少，但是小羽，你要对自己有信心！你才第一次进攻城战，就能配合得这么好，你的实战技术还是很高的！”易非看着一脸沮丧快没了自信的白羽，心头一疼。易非有些后悔，当初真不该让她入帮会。有人的地方就有对比，有争斗，他不希望白羽被这些事影响了心情。本来游戏就是用来玩的，而不是被游戏牵着鼻子走。

“小羽儿，升级还不好说！有我们在，你还担心升级？等你到了 89 级，我就组织人带你一起去过了修真，那时候我们可以多去幻境打 BOSS！那里可是会掉落不少仙书和黄金装备的！”墨羽想到又有机会和白羽一起冒险，加深感情，不由得窃喜。

“嗯！那我们现在就去闭关升级，到时候再去刷装备和神书！”白羽的眼中又有了以往的自信，很明显，这次墨羽的话很让白羽受用。没办法，谁让易非原本就不是会安慰人的主！

无上荣耀的议事堂里，气氛紧张得没有人敢说话。

“我想知道，为什么这次我们准备得这么充分，还收了这么多装备好、修为高的人，却还是输了？谁能给我个解释？”无上荣耀的帮主冷雨夜面无表情，清冷的声音正如他的名字，让人听了心里一颤。他不想发火，因为发火并不能解决已经输了的事实，但是，若是不能找到输的原因，那就是另一回事了。

“对不起，雨夜，我想这次大家都有问题！首先，新人会的人太多，大家配合上本就需要磨合，我又没能把城战的各队给编好，以至于在城战中，我指挥时并没能调度各队及时到指队的地方。其次，正因为我们收了太多装备好、修为高的人，大家谁也不服谁，都想拼命地表现自己，打得太过分散。最后，我们会的人员整体有很高的水准，但是我们的羽人太少，除了车队外，有好几队连一个羽人都没有！而且羽人的自我保护意识和照顾队友方面也有太多欠缺，甚至还不如幻灵宫主车队的新编羽人强。”军师指挥上官无雪冷静地回答着，心里却不得不佩服幻灵宫的运气，大战之前居然收了一队新人，而这队新人居然还配合得这样好，打得如此出色！

“哦？那么依你看，我们下一步应该怎么练习这配合，让那些傲气之人可以有团队意识？”冷雨夜虽然是无上荣耀的帮主，但是他主管帮会的财务和职务的升降，至于帮会收人和指挥攻城战这种事情，他直接丢给了上官无雪一手打理，也算是分工合理。毕竟这年头无论是在游戏中，有钱就是老大，总有人会给你打工的。上官无雪就属于拿工资的军师。

“不如趁着这次攻城战打输了，那些人心里不甘的情绪正浓，我们去野外找些事情做做，调节下心情？也多练习一下配合。”上官无雪将嘴角扬起一个弧度，看着冷雨夜。

“那么就去幻灵宫的升级修炼的地方光顾一下可好？”冷雨夜看着上官无雪的脸，嘴角也扬起一个弧度，二人相视一笑。

随即，冷雨夜直接在帮会宣布，刺骨之地集合……

33
刺骨之地被杀

刺骨之地，常年大雪，目之所及，都是一片白茫茫。在寒风不断的呼啸中，鹅毛般的雪花纷纷散落在地上。厚厚的积雪盖住一切，雪白梦幻，看起来是那么干净，美得犹如仙境一般，纤尘不染，让人不由自主地沉沦在这茫茫雪原之中。

一袭白衣的易非更似仙境中人，让白羽不忍移开目光。她不知道自己是不是真的喜欢上易非了，可他的一切都可以牵动她的注意力。

一袭红衣的墨羽，感受到白羽的目光随着易非而动，心中不禁一痛，他的小羽儿终究是不会将他也放入她眼中的画面吗？哪怕只是进入画面就好……墨羽的红衣在雪中是那样的明显，或者说是刺眼。正如他此刻的心，隐隐作痛，已是滴血。可他还是在想，他要怎么做，才能让小羽儿的眼中有他，而且只有他！

“这怪物对我来说太难打了吧！都打不动呢！”白羽自从跟着易非、墨羽、妞妞、极风一行人来到这里升级修炼后，就觉得这哪是来修炼，根本就是来蹭经验的！这哪里还用得着她打？直接就被极风全部拉走，被易非和墨羽给秒杀了，自己和妞妞除了找只小怪打打元气开个阵，疗伤加个符，聊个天，根本没正事可做！

可妞妞却是开心得很，她最懒了，要是能干站着就升了级，她开心还来不及呢！看着同样无聊的白羽，妞妞又想起了那个问题，小声问白羽："小羽，易非和墨羽你到底喜欢谁啊？我看这两个人可都是为你掏心掏肺呢！你到现在还没有弄明白吗？"

"你就这么无聊啊！我哪有喜欢谁！倒是你，天天追在极风身后，你是不是喜欢上他啦？"白羽白了妞妞一眼，直接将话题转开。连白羽自己都没弄明白呢，怎么回答？易非从没有说过什么确定的话，就算她有那么一点点喜欢易非，也不能在没有确定易非心意的情况下，让别人知道了。要知道，妞妞可不是个能憋住话的人，她知道了，那等于全世界都知道了！

"净瞎说，谁要喜欢那只野兽！脸都不能变成个美男子，我可不跟着一只野兽！"妞妞嘟起小嘴，可眼底却是带了一丝娇羞。

"你个死丫头，说谁野兽呢？我可是堂堂的百兽之王呢！你还不快点过来拜见大王！"极风拉着一群怪物在身后，谁知道才跑到这里，就听到妞妞这个死丫头正在贬低他！

"你！你！你！就是你！说的就是你这只野兽，这里除了你还有别的野兽吗？"妞妞的话被听到，实在是有点不好意思，可嘴上却丝毫不示弱。

"别聊了，小心……"墨羽话未说完，身边已站满了无上荣耀的人，这基本上就是马上被群殴的节奏！还好怪物们进了易非和墨羽的阵眼后就基本被秒杀掉了，否则要白拉一次怪物了。这速度真心不是吹的，估计除了易非和墨羽也没别人了。

这平时觉得还算大的北坡，在站了这么多人之后，竟让人觉得有点过于狭小。易非微眯双目扫过对方的人，粗略估计有二十多人，除了上官无雪，别的人连眼熟也算不上。

“上官无雪，虽然你指挥的城战打输了，但也不至于堂堂一个副帮主屈尊，带人来北坡干起清人的勾当吧！可惜我们人少，不如我们多叫上点人打一场大的？正好攻城战里也没有打过瘾呢！”墨羽扬起一边的嘴角，笑里充满了轻蔑。

上官无雪看到墨羽那一抹轻蔑，很是不爽，也回了墨羽同样的一笑。不过，他没有回墨羽的话，却转头看向易非：“易非，我们今天只是针对幻灵宫的人，你若不想蹚这浑水，还是先请离开吧！”

不同于对待墨羽的态度，上官无雪对待易非的态度根本就是很客气的。也正常，易非所在的帮会——世外桃源，个个都是装备和武技不凡的人物。

世外桃源是个中立帮会，此等帮会，不参与攻城战便好，一旦真参与了，必定是整个完美大陆第一帮会！这样子强大却不愿意入世的帮会，谁愿意与其为敌？上官无雪并不清楚易非在世外桃源中是什么地位，不过光是全区第一法师这个头衔，就足够让人极尽所能地拉拢，有谁会主动和他为敌？

据说世外桃源的帮主是个 100 级的大法师，但没几个人见过其上线，先不说装备和武技，单单是这 100 级的级别，都足以震撼所有人！就连世外桃源帮会的人也不清楚帮会谁做主，只是听说那位帮主都是让易非代为传话的。在世外桃源，易非虽无官职，却是一言九鼎的。大家也都明白帮会的帮主不一定要管所有事情。每个帮主的喜好不同，愿意管理的事情也不同。所以，在所有人的眼中，易非虽无官职，却是代帮主般的存在。

易非的脸上并无表情，好像在思索些什么，也没有回上官无雪的话。

“易非，你还没有决定好吗？”上官无雪的脸上露出了无奈和急躁，嘴上的询问却依旧是客气的。

“这浑水我已经蹚了，你们打算打我？”易非看着白羽，用眼神示意她放心。

无上荣耀所有人都有点反应不过来，易非以孤冷傲慢闻名，一般和他说好几句话，他也未必回答，最多回几个字而已。今天他居然还开起了玩笑！那么易非说的蹚浑水就是要开打？世外桃源不是中立帮会吗？这让原本很沉得住气的上官无雪太意外了！同时也觉得压力倍增，他原本只是带帮里的新人来这练练手的，却不曾想碰到了易非这尊大神，最重要的是，还得罪了这尊大神。而且，他也不知道易非到底是纯属个人好恶，还是代表了世外桃源的态度。

“怎么？还不动手？是反悔不打了吗？”墨羽对上官无雪的漠视很是上火。他早就想动手打了，才不管能不能打得过，反正又不会真的死人！像这种无视他的人，尤其是在小羽儿面前无视他的人，就得死！

“易非，你是代表你个人，还是代表世外桃源来打这次的野外之战？”上官无雪依旧不死心地问道。要知道，这架打完了，梁子可就是真结上了，若是只易非一人也罢了，他可不想惹上世外桃源这个强大的帮会。处理不好的话，无上荣耀可是多了一家强敌。若是那样的话，冷雨夜一定会掐死他的！

“你的话，太多了！”易非又恢复了以往的冰冷孤傲，拔出了一把闪着橙色耀眼光芒的剑，剑柄上居然还闪着白色雾光。

34
逆天之战

“这剑是……”上官无雪在看到这橙色光芒的剑后，脸色大变，一脸的不可思议！

“怎么可能！怎么会有人拥有这把剑，根本没有听到任何消息，这剑又是何时出现的？”

“这是什么剑啊？”

在场的大多数人从未见过此剑，甚至都没有听说过，不过都很识货地一眼看出了那把橙色剑的不同之处，七嘴八舌地交头接耳。

“易非，你刚才还没有这把剑，这是哪里来的？”白羽也不明白，易非是何时弄到了这把剑。她并不认识这是什么剑，不过只凭这橙色的光芒，她也明白它绝非凡品，也不是黄金武器可以比拟的。

“原来如此，既然子牙都出鞘了，那么我也不用藏着了！”墨羽笑着看了眼白羽，说罢，手中的武器也变成了一把橙色的弩。

墨羽怎么会在保护小羽儿的时候跌了份？之前也有不少人来骚扰他们修炼升级，不过以他们几人的实力，那些人根本就是小菜一碟，还不够他墨羽一人消遣的。更不要说，幻灵宫的几队高手还轮流保护北坡一带的帮众。而这次无上荣耀来到北坡的人，本就个个都是高手，装备也都不错，居然还来了二十多个。墨羽若是今天不把这好东西拿出来，怕也是一时半会儿没机会用上了！

原本就还没从易非手中的子牙中缓过神来的那些人，在看到墨羽手中也多了一把橙色武器时，简直就崩溃了！上官无雪快要哭了，今天是什么日子啊？原本遇到易非这尊在大神他就够倒霉了，现在居然又出来一个手拿神器的墨羽，这个人平时也就是个浪荡公子，今天怎么就变成绝世高手了？这两人原本就是高攻击职业，再加上手握秒杀一切的橙色七贤神器，就算他带的人是精英，是人才，他也只是出来给这些新人找信心，练配合度的……

果然还没打，无上荣耀的人就开始怯场了……

“子牙？七贤神器之一的子牙法剑？怪不得是橙色的！”

“这怎么可能，这神器的攻击力，就我这装备，最多也就两下？”

“那个羽羿手里的也是橙色武器！难道也是七贤神器？”

“难道是……”

“秦皇神弩！”

“小小的北坡居然藏着两个高人，看来这北坡以后要常来呢。不如让我们见识见识这神器的厉害吧！”

“就是，让我们见识下，我就不信，这神器再厉害，你们也就五个人，还能打过我们这么多人！”

还不等上官无雪发话，这些人早就等不及去——送死！

说他们送死，一点都不为过，何为神器？自然是有着超越一切的神力！七贤神器可不是随便什么人都能得到的，要凑齐换神器的七种证明，那绝非常人能做到的。

第一种，力量的证明，夺宝中要获得第一名，一次只能获得一枚证明。

第二种，速度的证明：赛马中要获得第一名，一次只能获得一枚证明。

第三种，智慧的证明：问答中要获得第一名，一次只能获得一枚证明。

第四种，勇气的证明：冥兽城中要获得第一名，一次只能获得一枚证明。

第五种，耐力的证明：龙宫中要获得第一名，一次只能获得一枚证明。

第六种，技巧的证明：遗迹中要获得第一名，一次只能获得一枚证明。

第七种，无畏的证明：怪物攻城中要获得第一名，一次只能获得一枚证明。

以为这样就可以做神器了？哪有这么容易！七种证明，每种要十枚！这是什么概念？就是一枚的困难、费力得到的痛苦，再来十遍！别的也就算了，光是第七种无畏的证明，不要说十枚，就是一枚，若不是一帮之主或是财大气粗的土豪，做梦也不要想了！

一瞬间，刚才还气势汹汹的几十个人，在易非一个火海、墨羽一个箭阵的攻击下，已然只剩下没有在攻击范围之内的寥寥几人。那几人呢，全都站在远处，不肯再往前一步，有些惊恐地看着倒在地上的同伙，像是见了鬼一样。

“哎哎哎！你们几个，不用看了，说的就是你们，要打痛快点，别躲着和个老鼠一样！”妞妞一看那么多人死在地上，腰杆直了，说话都有底气了不少。原本以为他们逃不过一场恶战，却没想到剧情大逆转！

白羽却也是半天回不了神：她都看到了些什么？这确定不是开了外挂？直接秒杀这么一群高手！这两个家伙还是人吗？这样的屠杀式进攻，她只在玩单机游戏的时候，看到别人用外挂过时出现过！这两个人，到底是谁？

若是说墨羽有外挂，白羽并不觉得奇怪，这家伙一向财大气粗，绝对是超级豪。这样的有钱人，买到什么样的证明，她都不觉得奇怪。毕竟很多人就算是得到了一两个证明，也没有能力去集齐所有的证明来换神器，还不如把这证明卖掉，换取能用得上的东西更合算些。

可易非……

平时白羽并未觉得易非是用这么多钱买东西的主，在一起升级这么久，她也未见易非买过什么很贵重的东西，那么他的子牙法剑是从何而来？他到底是什么人？连上官无雪那个眼高于顶的战争贩——居然在动手之前都那么客气地和易非交谈，好像并不愿和他为敌。白羽的脑子乱了，她想不通，易非到底是什么时候得到的这把子牙法剑？这把剑，她只是听说，还从未见过呢！而他居然就这么悄悄地藏在身上，没有被大家发现！大神的世界，果然是不能以常理来判断啊！

就在另外几个无上荣耀的人准备逃跑的时候，易非和墨羽同一时间各自又放了一招群杀技能，原本可以逃命的几人，就直接倒在了地上！

“虽然不怎么喜欢你，不过，在保护小羽儿这件事上，我还是很乐意和你有默契！”墨羽此时的心情不言而喻，可以在自己心爱的人面前上演一出以少胜多的英雄救美，那应该是所有男人都想做到的事情！

“呵！没想到你居然也是！看来我以后不能再小瞧你了！”易非看着墨羽的眼神很是复杂，或许自己一开始就应该想到的。

“彼此，彼此！不过，你本来也不应该小瞧我！”墨羽看到易非的神情，心里却是开了花一般的美，若易非也是，那他未必会输！

易非和墨羽的交谈让另外的三个人听得一头雾水，不过，雾水就雾水吧！大家在一起这么久，都没有发现易非和墨羽这两个人居然“私藏神器”，已经是漫天大雾，能见度为零。

35
势力的新排名

夜里，灯火昏黄的码头。

龙城东北的入海码头，大大小小的船进进出出。繁荣的景象下，自然是无人在意那艘不大不小普通到不能再普通的船，船上坐着男男女女大约十几个人。

“老大不来，事事都是让你传达，但是易非，这么大的事，你总不能一个理由也不给我们吧！”

“对啊！就算要结盟，也应该选一个实力强大的帮会，为什么选幻灵宫呢？”

“幻灵宫也没什么不好啊！这不是连无上荣耀都打败了。我看就不错呢！”

“幻灵宫这次是打赢了，可这次打赢了也不知道是不是运气！要说实力，还是无上荣耀强一些。”

“其实暗夜之神也不错，至少是平稳发展，幻灵宫崛起得太快，都靠着帮主灵舞的金钱实力撑着。要是哪天她有什么问题离开了，幻灵宫就是一盘散沙，根本没有能接替的人！”

“看你说的，哪个帮会，帮主走了，不是散沙，就算有人接手，也会在一定的时间内实力减退的。”

“易非你倒是说句话啊！”

站在甲板上的易非，听着世外桃源的管理层七嘴八舌争着，表情却什么变化都没有，好像那些人说的是什么，他都没有听到一样。

“我只传话，有疑问找帮主！”虽然是一个帮会的，但易非并未因此就多说些什么，丢下了这一句话，便召出飞剑，踏剑离去。

“大家看看，这是什么意思？当我们是什么！”

“就是，要不是看着他的实力在那，我都不想理他，只是个传话的，还这么拽！”

“也不知道拽什么！”

看着易非离去的背影，这些管理层的人直接就炸开锅了！

“他拽什么我不知道，但是你们拽什么呢？”一袭白衣的西贝，原本看着易非离去，还是一脸倾慕，温柔绝美。却在听到这些人议论易非后，脸色变得犹如四九天的冰霜般，让人望而生畏！

“你！”

“我们又没说你，你急什么！难不成你看上了那个冷冰冰的家伙？”

“噢……原来如此，可他好像并没有怎么正眼看过你！”

“就是，何必呢！那个人有什么意思？话都不肯多说一句，连一点礼貌都没有。”

“对啊！西贝妹妹这么优秀，可千万别想不开！”

西贝被这些人说得有些脸上发烫，却依旧撑着，冷冷地说道：“与你们何干？还有，我没有姐姐！”说罢，便展开白色羽翼，加速飞去。

见西贝也离开了，这些人更是坐不住了，他们不要面子的吗？一个两个都这么甩脸子！直接炸了锅 。

“这都是什么人啊？怎么一个两个的脾气都这么又冷又臭的！”

“哎，别说了，谁叫人家装备牛呢！”

“对了，我听说，易非在刺骨的小北坡修炼升级，他队里有幻灵宫的人。这不是无上荣耀前边攻城战输了嘛！上官无雪带了三四队人去北坡‘杀人’解恨，原本是以多欺少，肯定会把易非这队人给杀回去的，你们猜，结果怎么着？”

“哎呀我说小人妖，你就不要卖关子了，快说吧！”

“就是，快说！”

“好好好，我说。结果上官无雪带的人，都被杀回城了！一个活口都没留！”

“什么？上官无雪不是带了三四队人吗？怎么可能！就算易非装备再好，也是一队人，怎么可能把三四队人给杀回城？”

“哎我说小人妖，你的消息准不准啊？”

“就是说呢！这不是天方夜谭吗？”

“其实，我来之前也多少听到了一些，只是不太清楚到底是什么情况。”

“你们真有意思，我小人妖的消息有错过吗？只有完整不完整，可没有假消息，其实我也奇怪到底发生了什么事。据说，上官无雪可是下令，那晚去的人，都不许再提起这件事。要我说，上官无雪肯定是怕丢人！哈哈哈……”

“有道理，不过上官无雪都下令不许说了，你又是怎么知道的啊？”

“切！小瞧我不是，那晚去的人里，可是有我宿舍的哥们！”

“噢……原来如此，不过你哥们，怎么不全告诉你？”

“哎，我说你是不是找事啊！以后还想不想听八卦了？没有我小人妖，你们的游戏生活不寂寞吗？”

“都少说两句吧！依我看，小人妖的哥们估计也是怕丢人，再怎么说，也是被以少欺多了。”

“谁知道呢？也说不定是小人妖的哥们……”这个呛话的人还没说完话，就被小人妖给一脚踹到海里去了，看吧！话真的不能太多，因为说多了，就要喝水……

第二天。

整个完美大陆都知道了这个爆炸性的消息：一直中立的帮会——世外桃源，不再中立，并和幻灵宫结盟，共同进退，一起对抗无上荣耀！自此，完美大陆开始了重新划分领地版图的新格局。

没有人知道为什么，也没有人问为什么，完美大陆的人都明白，没有永远的敌友，只有永远的利益！这话放在哪都是一样的！人在江湖，自然要分清哪些人可以惹，哪些人不可以惹。可有时候就算明白这个道理也没用。比如上官无雪，他可是一直想让易非离开那天的杀戮，可惜很不幸，他没有如愿。

从这天起，原本帮会排名第一的无上荣耀，一下子成了第三。第一帮会——世外桃源，第二帮会——幻灵宫，第三帮会——无上荣耀。而原本排名前三的暗夜之神，因为世外桃源的忽然加入，直接跌到第四名。暗夜之神的人倒是没有什么感觉，他们帮会一向是平稳发展，不急不躁。倒是无上荣耀，怕是再也不能冷静了。

无上荣耀的帮会议事堂，气氛跌至冰点。

“上官无雪，你那天晚上到底干吗去了？你说给大家听听！”

“你说你带着新人去练练配合度，怎么就把世外桃源给招惹了？那个帮会一向中立，你是怎么戳了这个马蜂窝的？”

“就是，副帮主，大指挥官，你攻城战没指挥好就算了，怎么带人去训练，还能惹这么大个乱子回来！”

“雨夜，你也不能太纵容上官无雪了吧！你看他惹的麻烦！”

“要不是看在帮主的面子上，我早就想弄死你了！”

“以后可怎么办才好？这幻灵宫都已经够让我们头疼的了，现在好，又加上一个实力远远在我们之上的世外桃源！”

“世外桃源虽说是实力比我们强很多，但他们连攻城战的经验都没有。真是打起来，未必能打过我们，只不过……”

“哼！只不过两个帮会要是同时标我们的城池的话，我们只能守一个，不然就会丢两块领土。就算中标时间不在一天，以后的攻城战打起来也是相当艰难。”

冷雨夜坐在偌大的主座之上，脸色阴郁，一直未发话的他，终是忍不住开口：“上官，你怎么说？”

36
上官猴子

上官无雪并没有因为那些人的言语攻击而大怒，冷冷一笑，看着脸色阴郁的冷雨夜，淡淡道:“有些事，只适合你一个人知道，天文台见。”说完便转身走出议事堂。

而冷雨夜，也起身，跟着上官无雪走出了议事堂。

被留下的众人皆是怒目而视，这个上官无雪太狂妄了！

“我老觉得吧，我们的帮主就是太惯着这个上官无雪了，才会让他这么目中无人！”

“呵……我怎么觉得是你嫉妒他的才能呢？”一个女法师毫不避讳地说出事实真相。

“我嫉妒他的才能？也不知道是谁打败了剑仙城的攻城战，还惹到了世外桃源那样的强大帮会！”

“得了吧！上官也就这次吃了败仗，谁没有个失手的时候？我们的领土是谁指挥着打下来的？”

“也是，走吧！散了吧！”

“要我说，我们的帮主和上官兄可是有点……”

“不就是有点‘基情’嘛！算个啥！”

“你是个男人当然不算啥！可怜我们这些单身的女孩子！”

“就是嘛！原本是两个男神，他俩好上了，那我们怎么办啊？”

“天！你们原来每天都在对着他们两个……”

“难不成对着你啊？散了散了！”

“对着我怎么了？我丑吗？我也是男神一个好吧！庸俗。”

“我们看不上你怎么就庸俗了？”

“如果我是帮主，你们是不是就会……”

还未等此男说完，人已然是都摇摇头走向门口要散场了，只留下挑事者一个人感叹：“女人呐……”

龙城的天文台，可以说是整个龙城最高的地方，站在此处，可以一览整个龙城。自从无上荣耀打下了龙城，所有最机密、最重大的事情，冷雨夜和上官无雪都会到这里说。所以，在上官无雪说天文台见的时候，冷雨夜的心，直接就咯噔了下！

“说吧！到底是怎么回事，那晚到底发生了什么事情。”冷雨夜脸色凝重，他已经做了最坏的打算。

“你见过子牙法剑和秦皇神弩吗？”上官无雪没有直接说那晚的事情，反而是问起了冷雨夜。

“七贤神器！你的意思是？”冷雨夜已是做了最坏的打算，却还是被震惊了！

“你应该知道，我们并没有听到有七贤神器出世的消息。修炼到90级，修真达到上仙，声望要达到六级军衔，还要集齐七种证明各十枚，才能换取的七贤神器，为什么一下子出现了两把，却没有一个人知道？”上官无雪的表情没有任何变化地说着。

冷雨夜脸色难看，有种大势已去、无力挽回的悲伤。他看着远方的出海口，说道："如果真的是我们所想的那样，那我们真的没有任何赢的可能。"

"你也不必这么沮丧，只要我们能找到易非插手此事的原因，想必也不难解决！"上官无雪一笑，眼底尽是将人碎尸万段的狠劲！他从未像那晚一样狼狈过，那晚的耻辱，他定会找机会来血洗！

"说到这里，你还未曾说过，那晚到底发生了什么事！"冷雨夜听到上官无雪的话后，整个人精神了不少。只要有缝隙，还没有上官无雪拆不了的台。

上官无雪将那夜的事情，从头到尾地说了一遍。他原以为冷雨夜会骂他死回城之后就没有再杀过去，却没想到，冷雨夜听完后，居然眼中含笑。

"你没有回去就对了，若是再回去，也不能改变结果，反而更让对方嘲笑,这样对新人也是一种打击。不过,死在七贤神器下,也不算丢人！"冷雨夜知道七贤神器不一般，却也没想到这样不一般，居然可以将上官无雪秒杀！那是什么样的攻击力？

"我也是这样想的，所以没有再回去，还让那晚去的人不得将此事说出去。若是帮会里的人知道了这件事，我丢人是小，只怕会是大大打击了他们的决胜之心！"上官无雪可是经验老到的军师了，自然是不会在这上头栽跟头。

上官无雪接着往下说："我没想到会遇到易非这些人出现这种意外，不过也料到和易非动手后，和世外桃源的敌对关系是差不多了！你说，这易非到底是什么人？我安排在那边的眼线，只说是易非传的话，帮主并未到。他们管理层的人也对易非很是不满，却没有一个人敢不从他的话。也不晓得，他是不是假传圣旨！"

“我倒是听说，易非和他们帮会的帮主是朋友，估计是很要好的那种。”冷雨夜若有所思。

“噢？反正是敌对了，现在首要的是，找出易非插手此事的原因，或许还有转机也说不定！”上官居无雪绝不会放弃任何可以找出原因的机会，接着，他看着冷雨夜问：“雨夜，若是你，会为了什么插手这个是非？为了一队和自己并非一个帮会的人，还能使出神器？”

“若是我，世外桃源一直中立，才使得他们装备和等级都超过了其他帮会！若是说比安心升级还能重要的，自然就是朋友！而且还是在他心中分量很重的朋友！”

“这样？你这么一说，我倒觉得是爱情也说不定。我记得那天还有两个女羽人在场，其中一个我记得很清楚，就是幻灵宫第一车队新进队的羽人——白羽！”

“白羽？居然是她，我记得攻城战那天，要不是这个羽人是新进车队的，很多人不知道，想必她也不能那么安全地照顾妖兽。”

“你太小看她了，依我的直觉，她就是第二个晴天若蓝！而且，那个叫墨羽的羽羿也是在看了她一眼之后，便拿出了秦皇神弩。无论是在眼神中，还是在名字上，这墨羽和白羽都一定有什么关系！”上官无雪越说眼神越是自信。

“若是依你所说，那易非应该和墨羽是朋友才对！”

“不，我觉得他们算不上什么朋友！倒更像是……情敌！都说人若是陷入恋爱中，平时不注意的小细节，落在旁人眼中，都很明显的，当局者迷而已。”上官无雪见冷雨夜一脸难以置信的样子，接着说，“易非，多孤傲冷漠的一个人，眼高于顶。能入他眼的人，绝对不可能是个庸才，说不定，那个关键就是……”

上官无雪一副了然于心的样子，嘴角扬起一个小小弧度。

冷雨夜眼眸一亮，随即和上官无雪相视一笑。

有些在别人看起来很难的事，到了上官无雪这里，总是很轻易就被窥探出一些端倪。多费解的事，一旦有了头绪，终能被抽丝剥茧找到缘由。帮会里的人喜欢他的都觉得他是个神算子、大军师；不喜欢他的，都暗地里叫他上官猴子！可不管叫他什么，却是不得不承认，这个人很可怕，不像个男人。因为没有男人能做到这么心细如发，可以窥探到一切他想要知道的事情。

37
西贝的秘密

自从世外桃源宣布和幻灵宫统一战线之后，有很多传言说世外桃源之所以如此，是因为易非爱上了幻灵宫的白羽！传言有鼻子有眼的：幻灵宫的人和无上荣耀的人在北坡恶战，易非拿出了七贤神器，保护了心上人，也因此和无上荣耀结下了梁子。英雄冲冠一怒为红颜，直接带上整个世外桃源和无上荣耀对抗！

沿龙城的出海口向东南飞的西贝，终于在暗香坡停落下来，静静地坐在了海边看着波光粼粼的海面，再也忍不住，哭了出来。这里人烟稀少，她再也不必担心被人看到，被人打扰。那些人说的话依旧回荡在她的心上，她不想承认那是事实，却骗不了自己阵阵撕裂般疼痛的心！没有人知道，她在现实中就喜欢易非，可易非从未将她放到眼里。就算她主动走到易非的眼前，他也是直接无视走开，不管她怎么做，从未有过改变。

刺骨之地。正在修炼升级的白羽狠狠地打了一个喷嚏！心想，是谁在说自己呢？还是这刺骨之地太冷，自己感冒啦？

“我马上快 90 级了呢！妞妞你还有多少才升级啊？”白羽一脸的无精打采。要不是等妞妞，她早就去过修真了，她可是等不及要去仙魔二界逛逛了。现在极风都 89 级了，妞妞这个懒蛋还是 88，等得白羽都快长毛了！不对，好像不用等，她也长毛了，是吧？

“哎呀！快啦快啦！还有 20 万的经验，你嫌弃我啦？”妞妞嘟起小嘴，表示了她的不满。

“怎么会！我哪会嫌弃你，再说了，就算是过了修真，也还是要修炼升级的不是吗？”白羽连忙摇手，一脸敷衍的笑。

“真的啊！哈哈……我就知道小羽最好了，我就是有点点懒嘛！也不会太拖你后腿啦！臭极风，你还不去多拉两圈怪物来！本仙女可是想今天夜里飞升上仙呢！”妞妞像个女王般指着身后一屁股怪物的极风说。

白羽哑然失笑，如果妞妞只是有点点懒的话，那么，这世界上再也没有懒人存在了。

极风听到妞妞的话，直接翻了一个大大的白眼，说：“你个小笨妞还真拿我当苦力啊！”虽然这样说，他还是跑去拉怪物了。这男人啊！不对，是男兽，也是让人不能理解地爱受虐！

38
一对欢喜冤家

“大姐你终于升了！你再不升，我就累死了！”极风看着终于发出修炼升级光环的妞妞，不由得哀怨。

“你个死老虎，又皮痒了是吧？不想活就说声，先把你的皮扒下来！”妞妞一点也不念及极风的苦劳，嘴上一点也不留情面。

“嘿嘿……妞妞你天天惦记着极风的老虎皮，不如现在就给他扒了？”白羽狡黠地一笑，弯如月牙的双眼盯着妞妞那张假装生气的脸，想看看她到底能假装到何时。

“哎哎哎！小羽，咱俩什么仇什么怨？”极风看着白羽那一脸使坏的样子，心里头直发毛。

“近日无仇，往日无怨！反而喜欢的很，尤其是你那一身的……嘿嘿……”白羽每每看到极风那一身的白色皮毛，就想到邻居家那只雪白的萨摩耶，很想抱抱。

喜欢的很？听到这句话的易非和墨羽脸上可不好看了，原本就不想带这个白毛“畜生”玩。这下好了，白羽居然还很喜欢他！看样子，以后得远离这家伙。正当这两个男人想灭了眼前这个白毛“畜生”的时候……

“小羽,你不会想和我抢老虎皮吧!”妞妞微微努嘴,很不情愿。

“虎皮谁不喜欢啊?他这身白皮这么好看，做成皮大衣一定很不错。嗯，一定不错。”

“小羽，你漂亮衣服都有一身了，就把虎皮大衣让给我吧!好不好?”

“噢——我明白了!好的我让给你，你现在就下手吧!”白羽意味深长地来了这么一句。每天跟易非斗嘴，她都被带坏了，也变得爱捉弄人了。当然了，她也就只能欺负一下像极风和妞妞这种嘴拙脑慢的人。

“小羽你……不带你们两个这么欺负人的!”怪不得都说最毒妇人心呢!身为兽王，居然连这一身皮毛都保不全。

“小羽儿，你要是真喜欢皮大衣，不如我去给你剥两张来，眼前这只就算了，太老了，不够新。”墨羽自然是不会放过这打压极风的机会，他可不管他的小羽儿喜欢的是这只臭老虎的哪一点，哪一点都不行。让他输给一只老虎，还不如让他去死好了。

“小羽、妞妞，你们还不去把修真前期任务做了，一会儿大家去秘境副本。”易非终是看不下去了，开口提醒这些人还有正事没做。

“可是我还没有想好是入仙还是入魔呢!”白羽两眼呆滞地看着易非。开玩笑，她都还没有好好研究一下仙魔的各种利弊，易非就让她直接做任务去。

“以你们羽人来说，入仙，高防御，低攻击，仙复活救人不掉修炼经验。入魔，低防御，高攻击，施法时间相对较快。”易非简单明了地说出关键，见白羽依旧有些迷茫，接着说道，“其实看你自己以后要走的路，入仙，你是个称职的羽人，在保护人和自我保护时，有足够的防御。入魔，你是个攻击一般却非常难缠的打手。但是，相较于你的职业来说，你还是做个称职的羽人比较合适。”

白羽脑子里瞬间就炸了！是的，其实她一开始就选择了一个和她内心想法相反的职业。她喜欢当打手，可她却选了个医者的角色，注定被这个职业给束缚住。不过，好像女性职业里头，也就这个职业还算比较好混日子。在游戏的世界里，只要羽人的装备不是烂到被怪两下就秒杀，只要下秘境副本或是开战的时候认真一点不太走神，口碑相对不是太差，都能好好地生存下去。除了“有时候”会被一些较真的人数落，也还算将就度日。

“入仙吧！羽人这个职业，不管到哪当打手都不会受待见的。”白羽无奈地摊摊手，小脸上的五官都快挤到一块去了。

“那么我们就出发吧！”墨羽看着纠结不已的白羽，莞尔一笑，她依旧是那样的倾国倾城。

“喂！你们也太过分了，也不问下我要入什么就走吗？”妞妞直接不乐意了，竟然忽视她的存在。

“你不是什么都跟着小羽走的嘛！问了也是白问，不如不问。”极风终于找着机会呛妞妞，天天被这死丫头欺负，他不发威，感情她还真拿老虎当病猫。

“你……反了你了，看样子我不马上扒了你的皮，你是不知道本姑奶奶的厉害！”

“你来扒嘛！直接把我扒了，我喜欢！”极风一股子我是流氓我怕谁的劲儿。

“臭极风，我看你真是活腻了！”妞妞不是傻子，哪能听不出来极风这话里带着调戏。

然后，接下来的画面实在是让人不忍直视！活脱脱地上演了一出“母大虫”孙二娘伏虎记！

“救命啊！”

“你觉得谁敢救你？”

“小羽，你别看热闹啊！救救我啊！”

“小羽，别理他，看我今天怎么收拾他！三天不打上房揭瓦！”

“易非、墨羽，你们不能见死不救啊！”

“你们两个，是爷们就站那嗑瓜子看戏！”

“哎呀我去！妞妞，你到底是不是个女人啊？”

“我不是？那你是喽？”

“啊……你真打这么狠啊！不要打了好不好？”

“不真打，还逗你玩啊？别跑！”

“不跑才怪，你个母夜叉，怪不得没人敢要你！”

“我打死你！”

……

一旁看热闹的白羽、墨羽、易非早就习以为常，自然不会上前插手。说实话，这三个看戏人心里可真觉得每天上演这么一出喜剧，那可是给枯燥的修炼增加不少乐趣！

“你们猜猜看，这两个活宝什么时候才能修成正果？”白羽坐在地上，双手托腮看着正打在兴头上的两个冤家。

“他们我可不关心，不过，小羽儿，我们什么时候能修成正果，我可是很期待的！”坐在白羽边上的墨羽一脸认真地看着白羽，那小眼神看得人都化了。

“你想太多了！”易非看着墨羽，轻蔑一笑。

“我是想的多，不过……”墨羽认真地看着易非。突然，他直接贴到易非耳边，不知道说了什么，然后哈哈大笑，起身走开了。

留下了错愕的易非，瞬间脸色乌云密布，也骤然起身，唤出子牙法剑，追向墨羽。

白羽呆在那里，不知道发生了什么事情。好吧，她不过就是选择入仙入魔而已，这就马上要发生第二起“凶杀案”了，她招谁惹谁了？

39
男神的对决

相邻雪崩村的上古冰河终年有着浮冰，常年飘着大雪。雪花较之刺骨之地的还要大，这东北方的雪霏村、碎冰村、雪崩村三地，周边皆是寒冷无比。常年下雪并不稀奇，冰河的存在才是这里最不同的风景。

一白一红两道身影从地上打到空中，又从空中杀到冰河的玄冰上，没有刀光，只有箭影和剑影！各种爆元气，各种必杀技，也都闪在天空、河底、地面！拥有七贤神器的高手之间的对决，就是如此精彩。两个人谁都没有占到便宜，厮杀得凶残无比，招招都想置人于死地，却是都能绝处重生，似乎两个人比的不是谁更技高一招，而是谁会先停下来一样。

这里原本是致命蛛王的天地，到目前为止，没有什么人来到此处。它们原本可以寿命很长，谁知道今天来了这么两个克星，就算它们成群地攻击放毒，都不能将这两个人置于死地，反而被这两个人直接给打了！可怜的致命蛛王被这战火给连累得死去活来，才出现就被秒杀回去，搞得它们都不知道，到底谁才是这地盘的主人。

原本黑如墨的天空渐渐泛出鱼肚白，两个人还是一直打，没有想停手的意思。不知道今天是不是自相残杀的日子，这杀得昏天暗地两人好像有用不完的力气、用不完的疗伤丹药，打得致命蜘蛛王个个都不敢靠近他们，打得月亮都睡觉去了！

终于，两个人反方向远离对方，落地打坐休息。

“我说过，你这第一法师未必赢得了我！”

“可你也没赢？有人说能打赢我来着。”

“那只是时间问题，早晚的事！”

“哦？那我坐等你打赢我的那天！”

“我可不是打赢你这么简单，我要的是小羽儿！既然你们也没有确定关系，那我也不算是第三者。”

“这个问题你应该和小羽说，我做不了她的主。”

“你……不过，为了小羽儿，我也不介意当个小三！”

“墨羽，你当真是碰巧和白羽的名字相近？”

“这就不劳你操心了，总之，我和她绝对是有缘分的，这点我从来都是很自信！”

“你是自信也好，自大也罢，不管你有什么企图接近小羽，我都不会让你伤害她。”

“我会伤害小羽儿？她可是我的命，我怎么舍得伤害她，倒是你，要是没有能力让她开心，最好趁早远离她！”

“是你的命？你们才认识几天？”

“就说你这个冰块脸不懂，不知道这世上有一种感情叫一见钟情吗？”

“哦？是不懂，看到游戏角色可以一见钟情？”

“懒得和你解释，总之，小羽儿早晚是我的人！”

"天快亮了，你还没醒！"易非嘴角扬起一丝嘲讽。易非虽这么说着，心里却也在问自己是否对小羽一见钟情。第一次见面虽不愉快，可他自己知道，他只是找个由头接近她，偏偏口不对心地说出让她反感的话。

墨羽直接无视易非的嘲讽，他有他的底牌，这可不是易非能比的，哼！就算现在小羽儿爱上了易非，他也有能力改变这一切！

男人之间就是这样，一旦较上了劲，那绝对是比女人之间的争斗来得凶猛。不管是能力的较量，还是爱情上的较量，就算是撞了南墙也不回头！

回到雪霏村，白羽等了许久，村外妞妞和极风打得不可开交，墨羽和易非也不见人影。她不由暗叹：这些人也太不靠谱了，不是说去过修真吗？怎么一个个地全都自顾自去了？丢下她一个人在这里好无聊，而且就连墨羽这家伙都不见了！

"这对冤家也不知道什么时候才能打完，我还是找找那两个人吧！"白羽无奈地自言自语,起身准备到附近转转。她相当怕冷，可又偏偏喜欢雪，喜欢冰。这一点，她自己也是相当纠结。还好在游戏之中，并不太能准确地感受到温度，她在刺骨之地时，并没有感觉到太冷。只需要穿一件披风，便不会体力下降。

飞在漫天大雪中的白羽，眼睛如雷达般搜寻着那两个人的身影。还好在完美大陆里，只要是好友关系，只要对方不在秘境副本之中，便可以知道对方的大概位置。

上古冰河不宽，却是够长，足足连接了三个村落。白羽看着这里的冰山、冰河、冰树，满意地摇摇头，庆幸这不是真的，不然还不得和漠河一样，冻死人！

终于，快飞到冰河的尽头时，白羽远远地看到一袭红衣的墨羽，还有快和天地融为一体的易非。刚要飞过去拉起这两个苦力，却听见了两人在说话，而且正在说她，此时过去，实在是有点不合适。白羽不是存心偷听，可这会儿却有一种做贼心虚的感觉，再三思量，决定还是闪吧。

就在白羽调转方向，准备飞回雪霏村的时候，身后却响起了易非的声音："小羽，你这是准备去哪儿？"

仿佛是被定身了一般，白羽只觉得从脚尴尬到头，脑子空白一片。为什么她会有一种被抓包的感觉，瞬间愁云布满小脸……

"小羽儿，让我猜猜看，你是来找谁的？"墨羽看到白羽，脸上更是笑意蔓延。

白羽这会儿想死的心都有了，怎么这么背，居然又被易非抓了个现形。那么，他知不知道她在这里偷听了？易非果然是她的克星啊！什么时候都会让她无台阶可下！还是墨羽好，好歹给了个有点扎脚的台阶。

"我这不是来找你们的嘛！刚才还在找，你们藏在哪儿了呢，你们就叫我了，呵呵……好巧！"白羽慢慢调转飞行的方向，满脸堆着尴尬的假笑。

"原来不是专门来找我的啊？真是有点伤心。"墨羽看着白羽那一脸的不自在，很是忧伤的样子。

"是找你啊！你们两个我都找，时间不早了，我们是不是应该去把任务做了？"想到来这的目的，白羽稍微正常了一点。

"哦？那两个人打完了？"易非饶有兴致地看着白羽，这丫头太没有演技了，一眼就能看破。

"我来的时候还没有打完，太惨烈，看多了会伤感！我就闪了，不知道这会儿打完了没有！"白羽见易非没有追根刨底，便轻松了下来，耸耸肩，一脸同情。

“那我们回去吧！再打下去，大家就都不用睡觉了！”墨羽展开双翼，向白羽飞过去，直接抱起她，加速飞行。只留下一脸杀意、青筋暴起的易非，怒目握拳。

40
魔幻天

自从那晚世纪大战后，白羽不明白自己到底错过了什么，以至于到今天她都无法适应！

首先是妞妞和极风的腻腻歪歪，这两个人不是天天打得不可开交吗？怎么今天让人觉得酸冷酸冷的？白羽真心受不了。就连墨羽都大有想掐死那两个人的架势，更不要说易非了！

再者，一向也算是“和平相处”的墨羽和易非，直接成了完全不能有交集！只要对上了，绝对是雷光电火随时都能再次掀起大战，看得白羽、妞妞和极风心里直发毛，生怕说错什么，做错什么，然后一不小心把战火引到自己身上来，太可怕了！

最后，易非突然一改往日冷冰冰的风格，居然对白羽的态度变得极为体贴呵护，吓得白羽都不敢走近他三米之内的距离，看得墨羽青筋暴起，看得妞妞和极风总是窃窃私语。

这些突如其来的变化，搞得白羽很是头疼，都开始怀疑自己的智商是不是有问题，以至于跟不上这些人的变化，看不明白其中的缘由。要说，妞妞和极风的情况，白羽还勉强可以接受，毕竟爱情没有什么缘由，也不讲什么条规。墨羽和易非每天都想掐架她也能理解，毕竟一山不容二虎。可易非忽然的变化，让白羽真的吃不消了。她不知道这是易非拿此来气墨羽，还是易非真的对她有意。对她有意？不不不，这一定是错觉！白羽摇摇头，还是不要自作多情，以免易非又以此来笑话自己！

“这次的副本秘境有不少普通怪物都是群体攻击，会打断技能。像断头将军什么的，看到最好离远一些，还有最后的魔幻之主——天魔，是物理攻击，小羽儿和妞妞可要把自己照顾好了哦！”墨羽简单地把这次的重点交代了一下，瞟着易非的眼神中带着挑衅。

“你若不出问题，小羽自然是安全的！”易非冷笑。

“我们可以出发了吗？魔幻天的路还是要飞一会儿的。”白羽见两人一触即发，实在觉得有必要打断一下。说完，便自顾自地飞向魔幻天。

去往魔幻天的路并不远，一会儿的工夫便到了。

黝黑的山岩，山凹处，总会有不少犹如血液般的岩浆。山岩的龟裂处，亦能隐约看到血红的岩浆，如血管般遍布在整个魔幻天周边，让人毛骨悚然。魔幻天的入口上方，三只样子可怖的怪兽，虽样子不同，却都有一双翅膀。

虽然在完美大陆里待了这么久，白羽此时还是感觉到了一种恐惧，这种黑夜，这种血红，这种怪兽……很想回到现实！这种感觉又一次很强烈地充满了白羽的内心。

“小羽，你刚才在门口待了那么久才进来，在想什么啊？”妞妞原本是最后一个进来的，可她进来以后发现白羽居然还没进来。

“没有，没想什么，只是觉得这魔幻天的门口，看起来很像魔界的入口！”回过神的白羽，自然是不愿意承认自己害怕了，那不是要被笑话死？

“门口那三只怪物就是这里的三只守护魔——天魔、烦恼魔、暗魔。一会儿我们就可以见到它们了，小羽可高兴？”易非破天荒地充当了解说员，那语气温和得惊人。

被抢了台词的墨羽，嘴角一扬，冷哼一声，却也没有呛声。

“你们可要重点保护我啊！这里的怪物，打得我真心肉疼！”被怪打的极风可是内心不安，要是不提醒一声，那么这几个人一定又会无视他。

“我会看好你，不让你那么快倒下的，放心吧！”妞妞一改往后退保命第一的原则，居然真的紧跟极风。成了一家人，果然是不一样了！

“你皮那么厚，死不了的，哈哈……”白羽看着这一对欢喜冤家，哈哈大笑。

“小羽，你笑得这么阴险，真的好吗？”极风无奈地摇摇头，感叹自己选了个不能变为美男的妖兽，所受的待遇实在是不公平。

白羽努了努嘴，直接白了那只可怜的妖兽一眼。

一路上走得辛苦，却也是打打闹闹中很快就解决了烦恼魔、暗魔这两只守护魔。当然了，最后一只终极 BOSS 自然不会这么好对付。说实话，这秘境之中的终极 BOSS 也不知道是怎么了，基本上都是高频率的物理群体攻击。不知道是不是它也明白，想要灭掉这些前来挑战的人，就得先灭了他们的羽人！没有人疗伤，就算是有仙丹灵药，也撑不到打死它的时候。毕竟，这些守护兽的血量都比挑战者高几十倍。

这守护魔的技能，白羽最头疼的就是这高频率物理攻击。打在身上极痛不说,还会打断她的施法。今天的天魔,又是这么个主。升仙入魔的这个坎儿还真不让人省心啊!

远远的，只见大片的血池之上，有一只庞然大物。这天魔生得也太巨大了吧？带着一对翅膀要威风也就算了，居然还穿了盔甲，看得白羽直打战！到这完美大陆这么久，她去了不少的副本秘境，也打了不少难缠的主，却从未见过长得如此巨大的怪物!

站好队后，几个人按部就班地开启了虐杀模式。墨羽直接放箭过去把那只庞大之物引了过来。据说现在他们站的地方，可以把这只庞然大物卡住不动。只要是顶雷的妖兽可以咬住仇恨，便不会伤到身后的队友。

天魔走到预定的地点，巨大的身躯果然被卡住了，不再和以往的 BOSS 一样到处乱跑。可这走近了的天魔，着实太吓人了。据白羽目测，她也就是到它的脚踝而已。这体型，估计也没谁了，而那超级大的嘴巴是没有嘴唇的，露着上下两排森森獠牙。还好羽人站在最远处疗伤便好，可白羽还是觉得天魔的每一次转头，都会让她毛骨悚然，汗毛一炸!

虽说打得不是很容易，倒也还算顺畅，并没有出现什么意外。一队人不同于平时边打边聊天的习惯，这次没有人敢分神，打得如此认真，也算是破天荒头一回了。若是一直可以这样，他们应该可以很快打完。

谁知道，就在大家以为天魔马上就要一命呜呼的时候，极风一个没有咬住仇恨，这天魔居然动了，直接一巴掌拍了过来……

41
花雨轻漫落心桥

巨大而锋利的爪子拍向了白羽，躲，已然来不及，她只能闭上双眼。若是平时，她并不害怕这BOSS的攻击，只是这天魔的庞大程度，一直让她心有余悸，以至于都忘了使用无敌仙丹。就在大家都以为白羽不会有事的时候，她却是重重地被利爪拍掉了大部分的血量，几乎送了命！

而原本站在远处，不在攻击范围之内的妞妞，直接就倒在地上，这天魔以秒杀万物的气势逼进了大家认定的安全区域之内！瞬间，摧枯拉朽似的，周边的草木也倒在了地上！

完了，完了，这次死定了！白羽咬着嘴唇，心中没了底，竟被打得有些发蒙了。

这时，一道冰蓝色的光芒迅速进入了白羽的体内，直接修复了她所有的伤。

“傻女人！你还发什么愣！还不快点用无敌仙丹护体，复活小笨妞！”易非急躁地吼起，他是多久没有这么大声和白羽说过话了？

被这震耳怒吼给惊醒的白羽，才意识到自己居然放着仙丹不用，傻傻等死，顿时窘得脸红到耳根子！

极风拉走天魔的仇恨，将其引到别处，易非同时给他疗伤。虽说法师的寒露疗伤慢，效果也不是太好，但好在极风皮厚肉糙，也算是能撑得住。

白羽见天魔被带走，立刻啃上了无敌，对倒在地上的妞妞施展复活咒。

复活起身的妞妞马上给自己疗伤，用上各种保命灵符！她可不想才爬起来，被马上秒杀回地上，那可实在太丢人了。

大家站好队形以后，马上就要归西的天魔被拉了回来。不过，那庞大的身躯，依旧给人无形的压力。

“你们使劲打这货，往死里打……”妞妞一脸气愤，以前也就算了，可现在让她在极风面前挂掉，也太不给面子了吧？虽说以前她也是经常倒下的那个人……

妞妞的话还没有说完，天魔已然倒下，那给人压迫感的身子，慢慢地消散，最终变为一缕亡魂。

掉落了一地的东西，没有一丝金色光芒，白羽叹了口气，连一步也不想多走，想直接回城。

“哇！仙书啊！居然是——仙籍龙卷风啊！”妞妞兴奋极了，直接跑过去捡了起来。一脸如获至宝的样子。她慢悠悠地走到白羽身边，接着说，“小羽，你看，这可是仙籍龙卷风啊！多少人来魔幻天都得不到呢！看来带着你来秘境就是好，每次都有好东西。拿着，学好了来保护我！”说完就塞进了白羽怀里。

“这……你也是羽人，还是你去学吧！省得以后老是打怪慢半拍！”白羽说着就想把书塞回妞妞手里。

妞妞摇了摇左手的食指，连声说：“不、不、不，小女子的水平，绝不是一本仙书就能改头换面的，还是白女侠收了吧！”

“小羽儿，妞妞都这么诚心给你用了，你还是接受了吧！”

听墨羽这么说，易非也开口：“小羽，快去学了吧！你现在可以从流光城的入口进到仙魔二界了！”

桃源镇是个并不大的小镇，却是整个完美大陆最美的地方，犹如江南水乡，灰黑若水墨画一般。一条清可透底的小河，将镇子一分为二,一直蜿蜒到镇子外头。乌篷船让人不由得想起了乌镇、西塘那些古镇，而水中盛开的荷花、水底摇曳的水草，更是美得让人沉浸在这里，不能自拔。

“小羽，你来桃源镇。”易非向在仙界流连忘返的白羽发了一个千里传音。

“来了来了，马上就到。”白羽没发现自己在这仙界里头待了很久，也难怪易非会着急了。

“那我在镇外的落心桥等你，你要是懒，可以坐船来。”

“嗯,一会见！”落心桥？白羽有些不太明白易非找自己何事，那附近也没什么任务是他自己完不成的吧？难不成他请自己看风景？开玩笑，易非没这么闲吧？

片刻,白羽便到了桃源镇上。易非让她坐船,可这么近的距离，用得上吗？又一想，可能他在逗自己，算了，她才不上当呢！

如果说桃源镇是完美大陆最美的镇，那这落心桥就是看风景最美的桥。远远的，只见一个长发如墨、一袭白衣的挺拔身影，宛如谪仙般站在那落心桥的中间，看着这世间最美的景色。不是易非，又是谁？桥两侧的岸上，粉白的桃花如粉色的云朵般盛开。掩映在粉色桃花和嫩绿垂柳之间，还有几许雪白如梦般的梨花，似是也想要与这桃花争一争谁更美。轻风吹过，枝头开得绚烂到极致的花瓣，洋洋洒洒地飘下像花雨般的片片花瓣。在水中，在桥上，在易非的发间、衣衫，还有他修长的手指上……

在蓝天白云下的柳树旁，白羽看着落花飘散，看着桥上男子，竟久久不能移目。平时一见易非就羞涩不已的白羽，从未想过自己竟一直这么毫无避讳地看着易非，不言、不语！

然而白羽并不知道，易非在桥上也是同样地看着她，竟也看得出了神。那如梦似幻的挺拔身影，那完美的轮廓，都为眼前虚幻却又真实的女子着迷。在易非的眼中，白羽现在换上的嫩绿色仕女长裙，并不名贵，却绝对最适合她。她纤细的双臂上挽着的绿披帛，窄细而通透，飘逸扬起时，竟令人觉得她就是这柳树的精灵一般！

萝衣佳人河东畔，
丝绦轻摆舞纤纤。
三月三天散尽寒，
水袖略卷现玉腕。
花飞花舞花漫天，
胭脂微扫映红颜。
绯瓣点点落发丝，
幻如仙子宛婵娟。
——花雨漫落心

“你来了。”易非最先打破这寂静，面带温柔宠溺的笑。

“来了，你……”

还不等白羽说完，易非一把横抱起来到自己身边的白羽。

白羽心中一惊，原本精致却痴醉的脸瞬间红透了。她赶紧压低了头，不想被易非看到自己窘迫的样子。

“一起看夕阳，给你压压惊！”易非口不对心地说出这么一句。可他的心中却在犹豫要不要说出自己的心意。这些日子以来，白羽对他的态度已是改变了很多，可他却还是不能确定白羽的心意。他心想，在游戏里头，对一个人说爱，对方会不会觉得自己不够认真？还是再等些时间，等见到她本人，说出心意，才能让她感觉到自己的诚意！

“噢……”白羽轻轻地回了他，心里却是有些窃喜，他说陪她看风景，那这算是约会吗？他这……已是花痴状态下的白羽，心里怦怦乱跳，胡思乱想……

两岸树上落下的花瓣雨，已是快将河面覆盖，若不是有风吹过，只怕都会以为这河面就是粉白色的。夕阳西下，金黄的余晖洒在桥上，将两个人的身影拉得很长……

42
妖精出世

自从这一队人过了升仙入魔的修真，装备越来越好，升级也变得越来越简单。就在大家觉得这游戏没有什么新鲜事物可玩的时候，游戏方宣布妖族的妖精出世！

妖精多为草木狐蛇，吸食千年日月精华，幻化而成。所使用的法术，自然以木系为主，化身为人时攻高防低，变回原形时只能近身物理攻击，双防高。行动灵敏，若是飞花遁影修到第十层，那奔跑的速度绝非一般人能追上。若是入了魔后，学了飞花遁影，连妖兽都无法追上，其他人更是望尘莫及。

更不必说妖精独有的驱逐咒，那是一种近乎变态的诅咒，中咒者会失去所有的有益状态，把自己的弱点完全暴露在敌人面前！光是妖精可以领养自己的战宠这一点，就已占尽了所有先天优势。打架的时候放出战宠远远攻击，妖精自己站在后面给战宠加加血就好，这就等于是想杀妖精，需要先灭了那战宠再说！虽说就目前来看，战宠还未有太大的威胁，但是，游戏自然是要赚钱的，卖点游戏道具、装备来赚下钱，出个攻击高的战宠，让大家来花花钱也不奇怪。就算是价钱贵，但在哪儿都有好强的人，总会有人买的。再加上妖精的人设或娇柔可爱，或妩媚动人，男女玩家都毫无抵抗力。

所以，妖精的出世，几乎是其他各族的灭顶之灾，每个人都恨得牙痒痒，却又咬着牙去建立了自己的妖精角色。一时间，无论男女几乎人手一个妖精角色！万化城，人满为患，做任务的地方，小妖精们都在争打怪物，可怜的怪物，还没有人多，不对，还没有妖精多！更好笑的是，边上天天上演 PK 大赛，基本都是为了给自己的小妖精角色争抢怪物而打起来，实在是有意思的很。

说实话，这妖精的实力，确实很难让人不心动，再加上因为是新出来的，大家的起点都一样，连白羽也想练一个妖精号，可……想到这里，白羽不免心中有点郁闷，也不知道自己何时才能出去，只怕到时候大家的号级别都很高了吧！也罢，先让那些人修炼吧！这么多人，也出不了什么效率。她就当自己不和那些“人妖”们抢怪物了。所谓“人妖”，就是那些男练女号者，虽不太好听，倒是也很贴切。

这些日子有易非的“特别”陪伴，白羽的日子过得倒也顺风顺水，心情也是惬意，虽然她依旧猜不到易非的心思。不过，就算猜不到，这样的相处模式，也是不错。

其实，白羽并不知道，在外人的眼里，她和易非已然是一对了。和这么个风云人物在一起，自然会成为话题中心。

“怎么，你也想感受一下这变态的妖精？”易非的声音忽然从背后响起。

白羽回头嫣然一笑，弯弯的眼睛总是能将易非内心的冷漠融化：“这美美的妖精到了你嘴里，怎么就成变态了？”

“哦？我也觉得她没有你变态，这样的话，我就不必去练一个妖精角色了。”说着，易非勾起一个让人难以琢磨的笑。

“你……哼！原来易法师也不能免俗地去练个人妖号！”白羽气鼓鼓地回敬，嘟起的嘴巴，让人忍不住想咬一口。

“你怎么能这样说自己呢？原本是想帮你练的，既然你这么嫌弃，就算了吧！”易非一脸“失落”，眼中却带着一丝精光，又朝白羽走近了一步。

只见白羽的嘴，变成一个大大的“O”。帮她练？这么怕麻烦的他，竟然会帮她练一个女号？逗她玩的吧？这肯定不是真的，说不定，他又在逗她。

易非见又变呆的白羽傻得可爱，心头不免闪过一个让他自己觉得不可思议的念头——吻她！不过，他还是觉得有些早，在小羽完全接受了他以后也不迟，他要克制！

“怎么，你不相信？你看那边！”易非说着，手指向不远处站在村口的一只小妖精。

只见那妖精只站在那里，便让人觉得身姿妖娆曼妙，走近一看，却见那妖精的脸竟是和她有八分相似！另外两分不似，或许是因为妖精天生可爱，还有粉色的狐狸耳朵。太不可思议了，若是没有这长相的代码，很难把两张脸做得如此相似！而易非的审美，倒是没有让她失望，没有做一张大众脸。

“这真是我的？”白羽很是激动，她没有想到，这次易非居然是认真的，没有逗她。想到这里，她都不知道应该说什么才好。

“难不成你真的认为我会做人妖？白樱这名字还喜欢吗？抱歉，想给你个惊喜，就没有先问你，是否喜欢这个名字。”易非的眸子里尽是真诚、温柔，距离白羽的脸不过咫尺。

“很好听！”白羽望着距离自己如此之近的易非，脸又开始红到耳根，她的心跳明显加速，心头好像有微微的电流经过。等等，白樱？白羽不知道是不是自己想多了，还是只是巧合，却还是忍不住问："你为什么会想到樱这个字呢？"

"妖精有个技能叫飞花遁影，就是你看到她身上飞着的那些花瓣。"易非无奈地笑笑，对男人来说起个名字太难了，他也就只能想到这么多。

"原来是这样，很适合，也很好听！"白羽略有尴尬地笑了笑，看来真的是她想多了。

"那么，等我们都修炼到满级，就一起带这只小妖精修炼升级吧！"易非今天压制自己的情绪实在辛苦。这电脑里的人儿，真的就是只妖精，明明不妖不媚，却将他迷得忘了虚实。

一起带？白羽被这三个字惊讶到了！这是她也要带小妖精修炼升级的意思吗？她要怎么带着这只小妖精修炼升级啊？这根本行不通啊？至少现在行不通！还好，他说的是修炼满级后，那么，她离最后的100级还很遥远呢，现在还不用着急！

心里这样想着，白羽口中却还是鬼使神差般地回答："好，一起带她修炼升级！"

易非满意地笑了笑，他的笑，总是轻易地就将白羽的心带走，只是他自己从不知道。

两个人说说笑笑若情侣般，羡煞了来来往往的人，都觉得这真是完美大陆里最般配的一对，不免都在边上窃窃私语。

"这两个人真是神仙眷侣啊！你看看，多般配！"

"这易非居然会有女人？简直就是奇迹！"

"就是说，他一直冷冰冰的，还以为他不近女色呢！"

"对对对，平时都不和人多说一个字。"

“你傻不傻？那么帅又多金，还需要说个爪子哟！”

“好像那个很有钱的墨羽之前追她来着，她也接受了对方的礼物呢！难道没追上？真是可惜了！”

“你真是肤浅，送个礼物就得在一起啊？再说了，你看易非装备，有把七贤神器，这也是一个多金的主！”

“还说我肤浅，你能好到哪里去！”

“依我看，这易非精明得很，他能看上的人，肯定不是图他的钱。”

“嗯，有道理！”

一众人津津乐道，易非充耳不闻。他才不在意别人说什么，他只在意，眼中的人儿，此时是否快乐。

只是谁也没有注意，在村外不远的地方，一双充满怨毒的眼睛正死死地盯着这白羽。那人心中本就充满怨恨，此时已然变成了复仇的毒蛇！

43
王陵遗迹

伴随着妖精出世的，还有那五千年前被流沙埋没的黄昏国遗址。传言在遗址下发现了一条密道，而在密道的尽头竟然是一个巨大的地下陵墓。江湖上纷纷传言，在幽暗神秘的陵墓中，有着数不尽的金银珠宝，有着可以学到绝世技能的天书，黄金面具、黄昏权杖这些绝世神兵以及命运之轮，是黄昏国的王陵！

王陵共有三层：第一层，亡灵镇魂；第二层，命运重生；第三层，黄昏咏叹。

三层王陵有着严格的等级限制：

第一层：侠客要求 60—65 级；豪杰要求 68—73 级；勇士要求 76–81 级。

第二层：勇士要求 74—79 级；英雄要求 82—87 级；仙魔要求 90–95 级。

第三层：仙魔要求 88—93 级；宗师要求 95—100 级；神灵要求 100 级以上。

王陵之中三层宫殿，九重等级，里头值得一提的超级 BOSS 还要提一提。

黄昏圣殿三霸主：

第三名，黄昏王·苍力，身上除了有宝物王朝的叹息。传言还有在战场上让敌人闻风丧胆的至尊宝物——黄金面具。

第二名，黄昏相·子纯，身上除了据有子纯的光翼之外，居然也拥有至尊宝物黄昏权杖！

第一名，上古恶魔·十方俱，被封印的禁忌之神。具有孩童一般的外形，却具备瞬间毁灭整个完美大陆的可怕力量。谁都想得到他身上的宝贝——上古恶魔之魂。

王陵终极守护者，幻境之主·天地无用，虚无缥缈的主人，所拥有的宝物除了幻境之石、幻境之印外，更是拥有至尊宝物——天地灵心！

原本冷清的飞来镇，自从王陵出现后，直接变成了高手集中营。每天都有大批高手来这三层九重殿，都想得到完美大陆上最至尊的宝物。因为这三大至尊宝物是做法器、兵器、弓弩的核心灵魂。若是能得到，不敢说号令天下，至少也是高手中的高手。

当然，这三大霸主，又怎会好对付？就更不必说最后的终极守护！确切地说，目前还没有人能打通最后一重。一是，现在修炼到100级的人并不多，即便是有，装备都顶不住那里头小头领的攻击。二是就算是集全了所有职业，在打幻境之主时若不得要领，基本都是死伤惨重。直到很多人满级之后，才渐渐有精英队伍在一次次的死去活来中总结出了可以活下来打败幻境之主的经验。

终于，白羽这一行人的等级修为都达到了满级，也开始对这个王陵死缠烂打。虽有些枯燥，却必须来这里。因为等级、修为都到了顶级，自然要把身上的装备捯饬一下，不然怎么去杀人放火？

“天天来这里我都快打吐了！”妞妞两眼呆滞无神，一脸木然。

“没办法啊！我们要想把装备都换了，自然要勤劳一点，不然怎么出去杀人呢？妞妞你的技术也有待提高！”白羽也是一脸疲惫，眼中无神。

“哎我说你们两个，能不能提点精神头啊？你们要是不走心，那我们哥几个的小命可就要交代在这里了！”极风看着这两个半死不活的女人，不由得担心起自个儿的生命安全来。

“我看你这么疯狂地带我们来这里，是为了你的上古恶魔之魂吧？”墨羽一语戳破极风，不留一丝面子。

“这都被你看出来了，谁不想得到上古恶魔之魂啊！那可是做狮王钢心斧的黄金主材料啊！”极风倒也不掩饰，直接说出自己所想。

“可是，你不觉得我们这队里少了一个杀上古恶魔的职业？”白羽若有所思地问。

“妖精这个职业，必须要找一个专业的，否则还是我来吧！”易非自是知道白羽的意思，这丫头又把烫手山药丢给他。

不一会儿，便有一只97级的妖精——西贝，出现在大家面前，精致的小脸，一对毛茸茸的耳朵，很是娇俏可爱。漫身的粉色飞花，一袭雪白的纱裙，前短后长，露出了纤细的小腿。尤其是那一双火红的眸子，摄人心魄！

白羽不由感叹，妖精果然是魅惑。若不是她现在根本无法修炼第二个角色，她也想练习易非给她取好名字的小妖精。想到那个小妖精，白羽微微皱眉，现在都修炼到了满级，若不是有这个王陵的出现，她真的不知道应该找什么借口，不去给小妖精修炼升级。

“我是西贝，大家都见过很多次了，我也就不多说什么了，易非，你带路吧！”自称是西贝的妖精，说话冷冷清清，看向白羽的目光中还含着一丝怨恨，只是她觉得没人能注意。

“易非哥哥，这打法，他们都知道吗？”

“不知！”易非只是淡淡地回了她两个字，心底却是对这个西贝叫自己哥哥很是不悦。

“既然不知道，那我就来简单地说一下吧！”西贝可爱的小脸上，却是带着一丝不屑，好似除了易非以外，她看不起这里所有的人，包括拥有秦皇神弩的墨羽，尤其瞧不上白羽！在西贝眼中，白羽就是一个拜金的女人，不要说被易非喜欢，就是站在易非身边都不配！

那个至少在人前还温婉大方的西贝，已然被心中的嫉妒和怨恨变成了另外一个人，一个更加被易非所不屑的人！若不是白羽想要去打这上古恶魔，再加上现在妖精之中，西贝是少有的修为、应变能力、装备都顶尖，易非根本不想理会这号人。

墨羽冷眼看着西贝，心想，这个女人，易非实在不应该叫她来。西贝充满嫉妒的眼神看着白羽时，他甚至感到自己心头一紧，那种眼神，分明是想将他的小羽儿置于死地！墨羽转头看向易非，却发现易非已经注意到了这一点，嘴角才微微上扬。虽然这是墨羽乐意看到的景象，但他并不觉得这是件好事，因任何原因伤害到小羽儿，都是他所不容的。若是西贝敢伤害到小羽儿也许他不得不违背自己的心意去帮易非，彻底送走西贝这尊神。

44
十方俱灭的霸主

“上古恶魔的技能有灵助、巨灵神力，提高他自身的物防和法防；还有灵之空，吸光所有法系的真气。杀了他的关键是羽人！上古恶魔出现以后，大家速度跑到下面，那一面墙是可以爬上去的。这里有两个安全区，站在安全区的时候上古是不会杀你的，即使打你一下他也会走开。第一个在中心传送点周围，上古是圆周巡逻，大家可以在这里加好状态。第二个在那面墙上。”说完，大家在墙上所有状态准备完毕。

极风心中不爽，暗道：“不是简单说下吗？说这么多，明明妖精是关键，却把羽人说成关键！”

“上古恶魔要来喽，可别走神啊！”极风兴奋地吼了一句。

不多会儿，上古恶魔出现，一身乌黑，只是在眼口处有三处血洞。胸口也是，那红得发黑的血洞，竟还有些光亮闪着，长相狰狞。再加上一池的血，纵然没有任何腥臭味，也是比魔幻天那里恶心太多了，天魔只是长得大了些，至少还是丑得有意思的！可这里……

白羽的胃里一阵翻腾，从未觉得如此反胃过。

就在这时，墨羽直接给了上古一个利齿，降其血量。又迅速回墙上，上古恶魔以极慢的速度追着墨羽往墙上走来。走了还没有三分之一的时候，又出现了三只小怪。

“先杀‘破’，因为‘破’的攻击距离远，羽羿可以一直拉到仇恨。”西贝接着指挥。

这时候一只“破”走过来，墨羽一箭箭地射杀，易非也辅助着杀。上古恶魔和另两只小怪靠了过来，原本白羽以为会有危险，却没想到他们却像是来逛街一般，转身走开了！

不消多一会儿，便杀了“破”。墨羽又给了小怪“秘”一个利齿，这回，换易非主打，墨羽辅助。把这秘境副本的小喽啰的血也设置得这么厚，实在是令人发指！

终于，开始要和上古恶魔血拼了，它身边还有一个小喽啰“斩”，直接遭到无视！大家站好五行阵。上古是扇形群攻，若是站位不对，两个羽人无法相互救对方，就极易灭团。

墨羽先给上古一个利齿，极风跑出安全区去拉仇恨，白羽给极风最万全的照顾，妞妞也跑出安全区开启蓝阵——天地无极。此时必须在安全区外虐杀才能有效！墨羽和易非都在蓝阵里，以最远的距离来杀，只有这样，小喽啰“斩”才不会盯住墨羽一个人杀。要知道，就算是开了蓝阵，“斩”同样可以很随意地料理了墨羽。

此时，西贝才开始真正地协助大家来虐杀 BOSS。

就在上古恶魔被杀到还有三分之一血的时候，开始变得狂暴，凶残地要秒杀所有一切！它的攻击，不管是谁，只要它转向你，就要速度爆三元，因为爆了三元就有三秒钟的无敌，可以不死。若是没能及时爆三元，或者时间过早、过晚，基本是没什么活路的！

特别是羽羿一定要开羽盾，而且是能开就开。至于为什么不用仙丹？这高频率攻击，以仙丹的恢复间隔时间，基本就是死路一条。

西贝的存在，就是用驱逐咒将上古恶魔的有益状态消除。虽说墨羽也可以用碎魂咒解掉BOSS状态，但这样整个队伍的攻击力就会弱不少，也不如妖精的驱逐咒来得快。

眼看上古恶魔的血量只剩六分之一的样子，白羽不禁有些开心，可还没有开心完，就发现自己的法术很难施展了！她的真气居然瞬间见底，若不是来之前，易非给了她不少仙丹，只怕此时，她连自己的小命也保不住了。

只见妞妞开启的天地无极阵法，原本冰蓝的光芒，也渐渐消失了。竟是阵法断了！

大家，你看我，我看你，都知道，最死去活来的时刻到了！

果然，不多会儿，妞妞就倒地了。极风心头一紧，马上开启了玄武。白羽马上施展了复活咒，拉起妞妞，加好有益状态。

“我来开蓝阵吧，妞妞你快点把元气集好，照顾好极风！”说完，白羽马上开启了天地无极。

西贝斜了白羽一眼，心头冷笑：“这个女人还真是爱出风头，爱做好人啊！可惜，什么都不懂！”

就在妞妞的元气集得差不多的时候，白羽虽不停地吃仙丹，真气还是没能经得起上古恶魔的吸食，断了阵法！

就在这时，墨羽被上古恶魔盯上，竟在三下攻击之后，直直倒在了地上！

白羽马上又施展了复活咒，救起了墨羽。转头又照顾极风，极风站起化为兽人，又给大家群加了一个吼血。妞妞和墨羽的血量又回复到之前的安全值内。

谁知道，就在大家以为可以放松的时候，白羽却被上古恶魔盯上。它一下拍倒白羽，然后得意扬扬地又找极风玩去了！那一下绝对是秒杀！极风快疯了！接下来，大家在死去活来中和上古大魔拼命厮杀着。虽说这是他们到秘境之中最为惨烈的一次战斗，却也庆幸白羽和妞妞没有同时挂掉！

“我不想起来了啊！要疯了！”妞妞大哭，实在是不想起来了，这也太凄惨了！

“妞妞，你要记得，我们可是在为你的夫君拼命！我们还没有说不要活了，你敢不起来？”墨羽挑眉，说得却是极在理！

“就是，妞妞你再不爬起来，我就了结了你夫君的小兽命！”白羽也不客气地威胁道，一脸认真。

妞妞无奈地爬了起来，一脸委屈，这两个人太坏了！

“白羽、墨羽，呵呵……还真是有默契！”西贝淡淡一笑，不阴不阳地说了这么一句。

极风和妞妞都不由得皱眉，不知道她这话是在说白羽和墨羽的名字，还是说，两人心有灵犀地威胁妞妞爬起来。

墨羽本就脸皮极厚，自是感觉到她这话带着讽刺，只是对于他来讲，被人觉得和白羽有默契，并不是件坏事。

果然，易非的脸色就难看了，只见他本就淡漠的脸，直接像是结了冰一般。

西贝见没有人回应她，却也不觉得自讨没趣，她要的就是这个效果不是吗?

一时间，气氛尴尬到了极点，白羽不自觉地看了看易非，见他面寒如冰，心情也瞬间跌到了谷底，她最怕的就是易非误会。可此时，却又不适合解释，该怎么办?

上古恶魔终是倒下了，所有人都屏住了呼吸。只见它的神形慢慢消散后，终于出现了大家所期盼的——上古恶魔之魂！那黄灿灿的光亮，除去了所有人的不快。

上古恶魔自诩可十方俱灭，今天所有人算是知道，真的没有虚假宣传。不管你修为多高，达到什么境界，装备如何牛气冲天，它绝对可以三下把你拍清醒，让你知道何为十方俱灭！

45 她们的谣言

自从那天极风得了上古恶魔之魂后，为了凑齐所有材料，一行人又不得不和那上古恶魔大战三百回合。

西贝倒是基本不言不语，只跟易非说说话。而易非的脸也是越来越冷，尤其是墨羽动不动就当着他的面企图对白羽“不轨”的时候，他的眸子冷得足以把墨羽凌迟一万遍。

妞妞私下里向极风抱怨了无数次，自从这个西贝进了队里之后，所有人都变得怪怪的。还好现在这个破恶魔、臭恶魔、烂恶魔终是不用再打了，因为队里的人都再也不需要这里的材料了。

这天，妞妞和极风又在万流城的断崖边上谈情说爱，腻腻歪歪。边上的人在聊天，妞妞本来嫌对方太吵，想要换地方，却在听到白羽和墨羽的名字后，竖起耳朵听了起来。

“哎，你听说了没有啊！幻灵宫的那个白羽当真和墨羽是一对呢！”

“白羽是谁？没听说过啊！”

“就是啊！墨羽又是谁？我也没听说过呢！”

“你们两个呆子，不知道白羽就算了，连墨羽也不知道！”

“我们是不知道，你快说，少卖关子！”

“就是大家都在传的那个拥有七贤神器的羽羿啊！除了他还有谁！”

“居然是他？我记得很久之前我还在积羽城见过他送礼物给那个白羽，送的可是一套石榴红的比翼双飞套装啊！”

“送这么贵的东西？那她收下了没有啊？”

“一开始是死活不要的，可后来那个墨羽直接要赖皮，到底是收了！现在看来，当时白羽也不是对墨羽全无感觉呢！”

“你们听听，人家这才叫混江湖呢！也不能每天打怪，什么也不知道吧！”

“好像不是这样吧？我怎么听说，那个白羽和易非是一对儿呢？”

“就是，我上次去做任务，飞过落心桥的时候，可清楚地看到易非抱着白羽看风景啊！要不是情侣，怎么会躲在那种风景如画的地方？”

“真的假的？这两个人在落心桥看风景？这也太劲爆了！”

“开玩笑，当然是真的！那地方又不像这里人这么多，我怎么会看错，我还给他们拍照片了呢！当时只是觉得太般配了！”

“看样子，这又是一出多角恋啊！”

人群议论纷纷，可妞妞却插不上嘴，她很想为白羽辩白，可连她也不知道，白羽到底是如何想的，又该从何说起？横竖也就是八卦而已，无伤大雅！

“少在这里胡说八道！易非怎么会和那个贱人是一对！你眼瞎了是吧！”一袭橙色衣服的小妖精直接开骂，就好像是别人抢了她男人一样！

“你才眼瞎了！我说你有病吧？没吃药就回家吃了再出来，少乱咬人！”

“哼！你眼不瞎，说易非和白羽是一对？你可知道易非是谁？”小妖精不服气地回怼。

“易非是谁我管不着，但至少和你没什么关系！”一个看不过眼的人，变相地说这个女人自作多情。

“那我来告诉你！易非可是这完美大陆第一妖精——西贝的未婚夫！”那个橙色衣服的小妖精说完，冷哼一声。

接下来像炸了锅一样！在这里的所有人都不淡定了，他们听到了什么？这可是大家最乐意看到的戏码啊！

“未婚夫？开什么玩笑？这游戏里还有未婚夫一说？哈哈哈……”

“就是啊！真是逗！”

“你们两个是不是脑子短路？我说的未婚夫，是人家现实中的未婚夫！”那只小妖精不屑地看着嘲笑她的人，好像是在看一群白痴。

“未婚夫？现实里的？你确定没有弄错？”

听到这么爆炸的消息，又有不少人聚了过来看热闹！

“呀！要是你真的看到易非抱着那个白羽看风景，那白羽不就是个第三者吗？”一个女法师用看透一切的眼神，盯着那个所谓的知情人问。

“这……”那个知情人被这么一问，却是不知道该说什么好了。

“不管那个白羽是不是第三者，总之，她既然收了墨羽的礼物，就不应该再和易非搂搂抱抱。真是……”

“有道理，这个女人肯定不是什么好人！”

“也对，说不定就是一开始觉得墨羽有钱，就跟墨羽，现在发现易非更有钱，又出轨了，哈哈……那个墨羽头上肯定变成青青草原了！”

那个橙衣的小妖精看到她要的效果达到了，便直接退出了人群，嘴角上挂着一丝阴狠的笑。而这边肺快气炸的妞妞，已经坐不住了：“极风，你听他们胡说八道些什么东西！易非怎么会是西贝的未婚夫呢？这都是什么乱七八糟的！我要找这些人理论去！”说罢，跳下极风的虎背。

“等等！”极风拉住了妞妞，又轻声说，“这事你不要插手，谣言总是越描越黑！”

“难道我就要听这些人这么诋毁白羽吗？她是我在这里最好的朋友，我不许他们这么说！”妞妞不满极风拉住她，还不让她管。

“你听我说，我不是那个意思。我觉得，这件事情得我和易非说，在我没有告诉你这到底是怎么回事前，你千万不要告诉白羽。”极风很认真地看着妞妞说。他怕以妞妞嘴上不留话的个性，告诉了白羽，那事情就麻烦了。

妞妞看着他可爱的毛茸茸的脸，叹了口气，说：“好吧！但是你要尽快哦！不然我是会被闷死的！”

“你放心，不会让你等太久的！”极风安慰着她，心中却是不禁发冷，若是易非知道了这事，他肯定会气疯！那人的脾气……哎，为什么苦差总是他的？

魔界内一处荒废的院落里，两个女子站在那里，说着什么。

“怎么样了？”白衣美人用火红的眼眸看着对面的人。

“放心吧！我办事绝不会让你失望的。明天起，肯定会流言四起，到时候，那个小贱人绝对不会有舒服日子过！”来人信誓旦旦地说着，脸上尽是得意。

“那就好，跟我抢易非，不管是什么人，都是找死！若是让我知道这人的真实身份，我绝不饶她！”美人说话的语气甚是狠辣，让人听着不禁发寒。

“你想知道她是什么身份，去查不就行了吗？易非的家你又不是进不去！”

红眸美人幽幽叹了一口气，倒也没有骂那人，只是淡淡地说：“你以为我不想吗？可易非的书房从来不许任何人进出，里头至少有六个监控探头，谈何容易！”

来人低头沉思，似在想什么。

“也不是没办法，他的书房你进不去，那他的公司你能进得去吗？”那人意味深长地看着西贝。

“你是说……”

“我就是那个意思，那应该会容易很多。人的精力可是有限的，不可能兼顾太多事情。”

“那就这样吧！还是你的主意多。”

两人相视一笑，眼底都尽是狠意。

46
挑拨无效

“看到没有，就是她，那个穿石榴红比翼双飞套装的，你看她那得意样儿，好男人尽让她给占了。”

“哼！就是，这脸果然是不一般，怪不得能迷倒人。”

……

白羽总觉得最近有人对着她指指点点的，用不一样的眼神打量她，她也没有在意，毕竟易非和墨羽这样的男人与她同行，她总是会被人议论。喜欢他们的女人，实在是太多，多到每人一眼都快将她凌迟了！

但是，像今天这样子，明目张胆地在她面前讨论她，还是第一次。那眼神明显是来者不善，似是要将她生吞活剥了一般。

“闭嘴！”

易非和墨羽竟然异口同声地吼了出来。

那些原本肆无忌惮诽谤谩骂的声音戛然而止，看向白羽的眼神里充满了不屑和讥笑。

“你们这些人少胡说会死是吧？不行我来帮你们把嘴撕烂？”妞妞的暴脾气又上来了，不管三七二十一，直接就开骂。

“要是我以后再听到谁说我们家小羽儿的坏话，我一定会追杀到底！反正级别和修为都到头了，也没有事情做，正觉得有些无聊！”墨羽脸上挂着一丝威胁的笑意。

原本一向冷静的易非，用千年玄冰一般的眼神，也说道：“欢迎你们和世外桃源作对！”字字若冰刀，刺进议论者的心中。

和世外桃源作对？呵呵……还不如去打黄昏圣殿里的顶级BOSS天地无用死得痛快些，至少有尽头。原本议论纷纷的人群，瞬间停止了言谈。几个挑事者看到这种情况，很识趣地走开了。

白羽看看墨羽，看看易非，又看看暴怒的妞妞，嘴角微微上扬，心头上满是暖意。其实，她并不在意别人说什么，早习惯了别人的非议，说来说去也就是那些话而已！

“站住！你们这几个混蛋在这找事还想走？看我不撕烂你们的臭嘴！”妞妞见他们想走，直接就想打死这几个胡说八道的人！虽然她的打架技术并不怎么样，但是为了白羽，她才管不了这么多呢。

“这么丑还出来吓人就算了，连嘴巴也这么坏就是你们的不对了！走，我们出去活动下筋骨吧！”极风作势就要变身为半兽人，他这会儿恨不得直接劈了这几个王八蛋。他和妞妞都在尽力不让白羽听到这些话，这些人居然不知死活地跑到她的面前来说，这绝不能忍。

“哟！这是仗势欺人呢？我们不过说说实话而已，就要杀人灭口了？你们堵得住悠悠众口吗？我是个女的，我就不和你们打架，你们又能如何？”红衣女子一脸的妖媚动人，连说话都是让人觉得她只是在勾魂地聊天而已。

众人见有人开了头，便也跟着起了哄，心想，世外桃源就算是要报仇，也没法把这么多人全都算上。枪打出头鸟，这账肯定是算在这个强出头的女人头上。

“就是，我们就是说说实话，说实话犯法吗？”

“对呀！墨羽你头上都绿了你知道吗？人家早就在一起了，你怎么还跟在后边，你不觉得尴尬吗？我都替你不好意思！”

“可不是，要是我的话，我早就和那个男人打起来了。你们关系倒还不错啊！难不成是你打不过他就认了？”

“哈哈哈哈……这年头，有的男人就是愿意当备胎！”

“说不定这个女人抓着两个男人都不放过呢。”

“对啊！这不是没有可能的！说不定两个男人的头上早就都绿了！”

围观的人说得越来越难听，白羽却只是浅浅一笑。一向不爱理会闲言碎语的她，此时却开了口：“想挑拨我们，劝你们还是换种方式，这种手段，太低级了！”

白羽上高中时，经常受到各种排挤、算计，又怎么会看不明白这其中的玄机？她是不太聪明，也不会用心计，可这并不代表她是个傻子！有很多事情，她不过是看破了而不说破，凡事给自己和别人留个余地。

此话一出，现场一片寂静，挑事的人和围观者都不再多说一句，面面相觑。

易非和墨羽都赞许地看着眼前这位平时看起来凶残无比、每天无脑杀戮的女子，没想到她的头脑居然如此清醒，能将事情看得如此透彻！他们原本还担心，白羽听到如此不堪的话，会不会中招，会不会就此和他们保持距离。如此看来，一切都是多虑了，她并不像看起来那么笨。

众人一副恍然大悟的神情，敢情都是被人当枪子儿使了？于是都转头看向那个红衣的女子，而红衣女子此时也是一脸的难以置信！她从未想过自己这么快就被揭了老底。心想，那个白羽，平时不是只懂杀人杀怪的吗？怎么忽然之间变得如此聪明？难不成是自己看错了这丫头？不应该啊！不管了，此时，走为上策！她可不想死得太惨，毕竟自己引起了公愤。

“小羽儿，你当真不生气吗？第一次看到这样的你，实在是不习惯。我在想，是不是有一天你会强大到不再需要我保护你……”墨羽调侃的语气中却是透着一丝丝不易察觉的失落，若是他的小羽儿有一天强大到不用他保护，那么他又应该如何自处呢？他在小羽儿身边存在的意义不就是保护她，守着她吗？

“我和小羽保护你就是了！有什么可伤感的？”易非适时地给墨羽补上一刀！

“我说易大神，你是不是不打压我，就觉得生活无趣呢？算了，我是不会给你机会保护我的。至于保护我爱的人，目前为止我还是有这个能力的！”墨羽不服气地握紧了手中的武器，就算他的小羽儿不追究，他也不会放过那个人。他最珍爱的人，怎么可以这么轻易地被人欺负？

“哦？可是，有时候保护一个人，不一定非要动用武力。适当地动用一下脑力也可以，就是不知道墨兄行不行？”易非继续补刀，他可不会放过任何一个可以打压墨羽的机会，绝不能让这个妖孽的男人有出头之日。

“两位大神，你们可不可以不要再说啦？我觉得当务之急就是把那个女人列为重点追杀对象，绝对不能放过她！”妞妞可没有心情听这两个大男人斗气。不知道是不是跟着白羽久了，她也学会了，能动手的，尽量不要动嘴！

“媳妇，你别这么生气好不好，你看人家白羽还没有生气呢，你就开骂了，咱们要注意形象啊！”极风见自己媳妇这么生气，只能先劝劝了。

“你叫谁媳妇？谁是你媳妇？你娶了我了吗？还形象？怎么，你觉得我像泼妇吗？那你去找个淑女啊！我又没有拦着你！”妞妞本来就火得要爆炸了，这下，可悲的极风直接被炸成了炮灰。

47
宝库钥匙

幻灵宫议事堂中，众人又在商议要事。

“从今天起，我的宝库钥匙就交给白羽保管了，白羽你过来。”灵舞清冷绝美的脸上居然浮起少有的笑意。

“交给我？为什么？我不能收，灵舞，你没事吧？”白羽不解地看着灵舞，不明白她今天是怎么了……

自从上次在流光城被诽谤后，帮会里的人也开始对白羽指指点点，还好有灵舞在边上帮她压制着，平息着谣言，才不至于让她的日子太难熬。也就是这段时间，她和灵舞之间的关系，无形之中拉近了好多。可就算是这样，灵舞也不至于交出宝库钥匙啊！

“给你就拿着，你若是不拿，我可是会生气的哦！”灵舞拿着那光芒璀璨的钥匙，直接放在白羽的手上，长舒一口气地浅笑。

白羽有种不好的感觉，这是怎么一回事？这宝库的钥匙可是这完美大陆上最珍贵的东西，因为它可以打开一个人的宝库，拿走这个人所有的一切！地位、名誉、金钱、武器、装备……像灵舞这样一个神一样的人物，就算再相信一个人，也不可能把自己的宝库钥匙交给对方！

“好了大家，我要去忙了，你们要听白羽的话，若是让我知道有谁不听白羽的话，我可要不客气哟！”说罢，灵舞便消失不见了。

白羽直接呆在原地，这是什么情况？这不是要置她于死地吗？像她这样一个没有身份地位的人，就算再有战功，也不能让这么多帮众信服啊！万一有什么闪失，她可要怎么才能说清楚？这钥匙根本就是重万斤的定时炸药。

果然，讨论声瞬间大得可以将整个幻灵宫的房顶掀起。

“她才来多久啊？帮主怎么这么相信她？”

“就是啊！这宝库钥匙，连副帮主枫舞也不曾得到过啊！”

“你们说帮主今天怎么了？”

“帮主怎么了？你们应该想想，这个白羽是怎么了！运气这么好！”

“可是，你们不觉得今天的帮主不太对劲吗？虽然我也说不出来到底是哪里不对劲！”

“是啊！我也觉得她哪里不太对劲！是不是受刺激了？”

“难不成……”

渐渐的，大家的眼神交错，好像得出了什么结论，一致看向一个人……

枫舞一脸深情地望着灵舞消失的地方，好像感觉到了气氛的不对劲，缓缓地收回了心神，脸上又恢复了之前的疑惑，无视众人的眼光，径直向白羽走去。

“白羽……”

“枫舞，我正要找你，我觉得我们有必要好好聊一下今天这件事！”还不待枫舞说完，白羽便抢先开了口！

第二天。

“灵舞的宝库，被盗了！”

“什么？老大的宝库被盗了？”

“怎么可能……”

系统消息：你所在的帮会已解散！

你的好友灵舞已下线！

所有在线的人还没有从昨天那一个爆炸新闻里反应过来，就全被这一个消息给炸得傻眼了！

帮会解散？这也太离谱了，灵舞昨天还在，人还好好的，怎么会忽然把帮会解散了？这几乎是所有人的心声……

“不对，灵舞昨天不是把钥匙给白羽了？”晴天若蓝大声说了出来，用冰冷的眼神看着白羽。

“对啊，昨天灵舞刚把宝库钥匙给了白羽，今天宝库就被盗了！哪有这么巧合的事？”一个新入帮会的人也唯恐天下不乱，恶意地引导着。

“所以说我们老大是因为错信了人，才解散帮会的吗？”

“很有可能啊，这对人的打击多大啊！”

“就是说，要是我也玩不下去了，哼，真是知人知面不知心。”

“真是，有两个有钱男人还不够，还要偷我们灵舞的东西，实在是太不要脸了……”

所有的矛头都指向白羽，话语也越来越不堪入耳。

是的，太巧合了。只要灵舞不出现，纵然白羽有再多证据，也无法证明自己的清白了。她不知道到底发生了什么事，但是，她知道，所有的一切绝不是偶然。她的心里总觉得，这一切的一切都像极了一个圈套，无论她怎么做，都会掉进这个圈套里。而她，好像什么也不能为自己做……

“都住口，谁再乱说，别怪我手下不留情！”

远远的，枫舞走了过来。他脸如冰山一般，却以一种极为尊重和信任的眼神看着白羽，开口说：“白羽，你不用说什么，我无理由无条件相信你！”

在众人怀疑的情况下，终于有人来支持她，一时间白羽竟然有想哭的感觉。

“小羽，小羽，对不起我来晚了，呼……那个……”妞妞一边跑一边喘着粗气，话也说不连贯。

“妞妞你等等我啊！真是的……”极风以四条腿的速度追了上来，对妞妞的不理会，很是不满。

“谁叫你这么慢，你看看我家小羽被欺负成什么样了！还敢抱怨，我没有打你就不错了，起开……”妞妞气呼呼地恨不得把这个四条腿的家伙打成两条腿！

“小羽，你没事吧！对不起，我们来晚了，你受委屈了。不过你放心,我们一定会想办法还你清白的！”妞妞心疼地看着白羽，心里很想骂人，这帮混蛋，居然敢趁着她不在的时候，陷害小羽！

白羽见妞妞和极风来了，心头更是暖了不少，心情也不再像之前般低落。精致的小脸努力地挤出一个笑容,声音略带哽咽地说：“没关系，我还有你们不是吗？”

这话像是说给别人听，也像是说给自己听，是啊！她还有这一帮朋友！

站在大厅里的人们，又开始了窃窃私语。

“放心吧！这件事太蹊跷，我是绝对相信白羽的。还她清白这件事，我也加入！”枫舞口气坚定，让在场的其他人也有些疑惑了。

“哎，我说，这事实在有点奇怪，也太巧合了，要说那个白羽的装备也不差。”

“枫舞这么一说，我也觉得有一点奇怪。所有人都知道钥匙在白羽手里，丢了东西，她肯定脱不了干系啊！”

“也对啊！谁会这么傻？再说这才给，就丢了，这事不好说……”

“那也不一定，说不定她看到我们帮主宝库里的东西，眼红了也不一定。谁都知道，咱们的老大，那可不是一般的有钱！”

“嘘，你小声点，当心被枫舞听到！”

“谢谢你……枫舞，若不是你肯相信我，这些人也不会有所松动！”白羽压着心中的感动，尽量用正常些的语气和枫舞道谢。

“我了解灵舞，从她给你宝库钥匙起，我就觉得不对劲……白羽，我们就慢慢等吧！”枫舞的嘴角微微上扬，眼神里却充满杀气。

48
枫舞的心事

自从幻灵宫解散之后，不少人便没有了去处，说难听一点，犹如丧家之犬。

即使有副帮主枫舞临时主持大局，也是难以控制人心涣散、人员流失的速度。再加上白羽盗取灵舞宝库钥匙一事没有一个正面的解释，使得大部分人要求白羽滚出幻灵宫，而且呼声愈演愈烈。枫舞、晴天若蓝等人极力压制也不见效果，反被说成包庇罪人。更有甚者，说让他们和白羽等人一起滚……

剑仙城也由于幻灵宫的解散，变成一座空城，在实力不相上下的无上荣耀的攻击下，很快便沦陷了。

很多幻灵宫帮众在剑仙城沦落后，伤心离开。有的自己去流浪不愿再加入江湖纷争，有的寻找下一个可以遮风避雨的家，有的直接去了无上荣耀……

一时间，剩下的幻灵宫帮众情绪也是无限低落。枫舞也是无奈地看着这一切的发生，却无力回天。他心疼，灵舞的心血就这么毁于一旦。他自责，怪自己没有足够的能力阻止事情的恶化……枫舞却不曾怪白羽，因为他很疑惑。从灵舞把宝库钥匙交给白羽那天，他就疑惑！

灵舞为何会把如此重要的宝库钥匙交给白羽？论时间和感情，他和晴天若蓝都更得灵舞的信任。论原因，灵舞在交出钥匙之前没有发生任何事情，让她不得不交出宝库钥匙。

从未如此迷茫的枫舞，仰头看着天边的明月。那清冷皎洁的月光就像是灵舞一般清冷，却不能将他的迷茫给照亮。

枫舞还记得，寻梦村长家种着大片的向日葵，那里定格着他在完美大陆最幸福的画面，永生难忘！那一天，他和灵舞一起攻打秘宝窟里的海盗王，打得很是辛苦，却因为一个失误，失败了！第一次来这里，失败了很正常。但是重伤的灵舞，一贯要强，在她的字典里，就不许失败二字出现，因而情绪很是低落，躲在无妄海边疗伤。

他站在灵舞的身后不远处看着，而灵舞似是感受到了他的存在，竟主动开口讲了话。

“很可笑吧！也有我灵舞失败的时候……”

“再强又如何？还不是你自己一个人累？”

“是啊……”灵舞的内心有了一瞬的颤动，这是第一个明白她很累的人。

“你总是尽全力保护我们，可曾想过，你也是要保护的？”

“我？呵……”谁会愿意保护她？大家都觉得强者有义务保护弱者，可谁又想过，再强的人也有脆弱的时候，有需要人保护的时候。

“跟我走，村长家附近有药师，还有大片的向日葵，很美！”枫舞没再说什么，只是径直向前走去。

那是一大片向日葵，比人还高，绿绿的叶子被微风吹得轻摇。

明亮亮的黄色花瓣让人看着就觉得心里暖暖的，阵阵的葵花籽的清香也由记忆传感到嗅觉，让人的心情跟着变得好起来。

一向清冷的灵舞，看到此番美景，竟是盈盈一笑……

是啊！她一直追求的就是修为、武技和战术的顶尖，何曾静下心来好好看看身边的景色？她来完美大陆的初衷，不就是放松一下自己，做一个和现实中不一样的自己吗？为何到了这里面，却还是一味地要强，一味地不肯妥协？人，还真的是本性难移呢！

能和灵舞这么近距离地接触，枫舞是幸福的，毕竟他是那么平凡……

自此，只为了这盈盈一笑，原本与世无争、不思上进的枫舞，拼尽全力让自己变得强大，让自己能够帮上她、保护她。让她可以信赖，可以依靠，可以不再那么累！

灵舞也许永远不知道，那一日，枫舞在邻水镇旁风荷桥边看到她时，她就站在那清波碧水边，看着一湖开得正好的荷花，粉红、淡紫、幽白……她清冷的身影，是那样的超凡脱俗，绝美的脸让他有些眩晕。这景象深深刻在枫舞的脑海中，变成了枫舞墙上那副美得让人出重金，他却从不肯卖的画。

后来，他才知道灵舞是幻灵宫的主人，更是这完美大陆最有智慧、最富有的女神。这天与地的差距，让他更不敢轻易地靠近她！人，贵有自知之明。这不是自卑，这是清醒。

枫舞原本也不叫枫舞，是在看到灵舞的名字后才给自己改了这个名字，为的只是和她有一点点相近，只想远远地看着她，知道她好，便好……

灵舞看着身边这个清俊文雅的男子，一点都没有怀疑过他接近自己的目的。直觉告诉她，这个人，可以信！一直以来，灵舞从不轻易相信任何人，她看人只看人品，还是日久见人心的那种看法。像今天这样，一瞬间就相信一个人，还是破天荒的第一次！她也不知道自己今天是怎么了，也许今天的情绪不太好，也许是今天忘记了开启心理十级防御系统，也许……

“姐姐跟我来，那边那边，那边有一个长得像仙女一样的姐姐！”

“你才多大？知道什么是仙女？还不快点写你的作业去！”

“别呀！你快看！向日葵边上！”

妩媚动人的姐姐顺着弟弟的手势看过去，竟真的看到有个仙女站在那里，清冷的气质和暖黄的向日葵对比鲜明。

“若蓝姐姐，我没骗你吧！是不是有仙女？我好喜欢她呀！我想天天跟在她身边，你帮帮我呀！”

晴天若蓝无语地看着自己亲弟弟，活脱脱一个迷弟，有种想打他的冲动……这臭小子，竟当着她的面夸别的女人是仙女，简直不能忍！虽然说，那个女人看起来是很像个仙女，她看着也喜欢……

不过，每天跟在仙女后边也是件很不错的事，赏心，悦目！

49
乱世之争

“雨夜，我已经兑现了我的承诺，你可还满意？”

“无雪，还用我说吗？那些人都不出声了！”

上官无雪眼中尽是讨好的笑意，下一秒却冷酷地一笑。灵舞！幻灵宫！你们带给我的耻辱，现在我可算是一并还给了你！

自从和幻灵宫一战败北后，上官无雪在帮会的地位一落千丈，是个人都敢对他指指点点，抹平了他所有的战绩！想他上官无雪也绝不是一个纸上谈兵之人，居然被说成和帮主大人“有一腿”，才混到现在的位子……简直忍无可忍！

“无雪，你老实告诉我，关于幻灵宫的解散，你是不是知道些什么？”冷雨夜虽说看到幻灵宫解散很是痛快，可多多少少还是有一点遗憾幻灵宫不是被他打败的。

“雨夜，幻灵宫散都散了，你管他是怎么解散的，对我们而言，少了这样一个劲敌，不好吗？”上官无雪并不想多说什么，那个人，他可不想惹，只怕没有对方做不到的事。

“好吧！你既然不想说，那我也不多问了，只是我得提醒你一句，万事小心为上。”冷雨夜见问不出个所以然，也就不打算多说什么了，说到底上官无雪对他也是绝对够义气，想当初若不是上官无雪，也很难稳定住这个帮会。

“放心吧！我有分寸的,那个人不会影响我们拿下龙城。雨夜，你就等着坐上那龙城的宝座吧！龙城城主只能是你的！”上官无雪对冷雨夜会心一笑，仿佛一切都在他的掌控之中一般，笃定自信……

“查到了些什么？”白袍男子背影修长冷峻，声音更是冷得冻人。

“只查到此事和上官无雪有关系，至于那个帮他的人，现在还没有确定是谁。只怕，这件事情还得你亲自动用关系才行！而且……”回话的人似乎有所顾忌，并不敢把想说的话全部说完。

“你什么时候也学会欲言又止了？想说什么就直说吧！”

“这事只怕是和那个人有关系，不然的话，怎么可能会出现这种情况。有些权限，你知道的，只有几个人可以触及。”

“这一点，你倒是和我想的一样，不过，在没有完全的证据之前，千万不要打草惊蛇。”

“可是，白羽那边最近受到的伤害，确实不小。不知道现在我应该做什么才能减少伤害。”

“这件事情确实棘手，可是若想为她彻底洗脱嫌疑，现在怕是只能委屈她了。不然，那个人如何露出更多破绽？”

“是，我知道该怎么做了。”

白袍男子始终看着远方的桃花，这里的桃花永远开得这么绚烂，花瓣也永远落不完。就像他控制不住的心一样，停不下来地喜欢，每一次心跳都能感受到她。他心想：“上官无雪，你不就是想稳住你的位子，给冷雨夜一个龙城之主？可你千不该万不该，以伤害她为代价得到这一切！龙城之主？你们很想要吗？可惜，你再也不能如愿！”

江湖传言，凡是占领了三族主城之一的帮会，都有资格争夺龙城之主。各族主城的水晶，都可以召唤出另外两族的水晶，集中所有人的力量就能开启龙城的大门。至于谁能坐上龙城之主的位子，那就要看谁的实力和计谋更胜一筹了。再加上龙城易攻难守，四个方位，可以同时有八辆攻城车进攻主城。也就是说，没有绝对的实力，就算是坐上龙城之主的位子，也会随时被拉下马。

幻灵宫的覆灭，使得觊觎龙城之主已久的帮会开始了新一轮的明争暗斗。人族主城——剑仙城，顿时成为万众瞩目之地。

赌坊外，围满了人。

“来来来开赌了……压谁能坐上这龙城之主的宝座。”

“这还有悬念吗？当然是无上荣耀了！”

“就是说啊！这幻灵宫一解散，当然是无上荣耀最强了。暗夜之神，实力上还是差了不少啊！”

“这个你们就外行了吧！这最强的帮会，当属世外桃源！”

“你们才知道啊？我可是听说，有一次世外桃源和无上荣耀开战，实力那可是悬殊得很啊！”

“你可真能编！那明明是幻灵宫和无上荣耀好吗？据说神器都出来了！”

“可是，世外桃源从来不参与这些争斗，这次也不一定参与呀！”

众人议论纷纷，各说各的理，都觉得自己的分析相当正确。

50
若蓝受伤

七天后，无上荣耀如预期一般，毫无压力地一举攻下了剑仙城。

幻灵宫以枫舞为首的帮众，拼死抵抗，却终究寡不敌众，失去了驻守剑仙城的资格。众人虽知道输在预料之内，却还是无法释怀失去帮会、失去领地的痛楚。而白羽、墨羽、易非、妞妞、极风，不想枫舞两头为难，虽不舍得让枫舞一人独顶大局，却也不得不离开了幻灵宫。

晴天若蓝在枫舞的解释后，也知晓白羽的无辜，一心想要帮助白羽。只是众口难辩，无可奈何。毕竟在大部分的人眼中，白羽是个大罪人，而且是那种十恶不赦、永远都不可饶恕的那种。

拿下了剑仙城，整个无上荣耀的人都沉浸在将要占领龙城的兴奋中，这下他们终于要拿下龙城，称霸完美大陆了。无论走到哪里，他们都是趾高气扬，自视高人一等。在修炼最快的地点，他们总是杀光其他帮会的人。而且，毫无理由，没有解释。

当然，除了世外桃源的人。

纵是失去了剑仙城，升级还是要的，仙魔二界成了抢夺重灾区。

“枫舞老大，你说，灵舞还会回来吗？她真的要抛弃我们了吗？”

“就是啊！都这么久了，怎么会一点消息都没有呢？”

“都是白羽那个小人，灵舞帮主这么相信她，她居然背叛了我们所有人！”

“不许你们这么说白羽，我相信，这件事是有原因的！事情没有查清之前,我不许任何人说她！”晴天若蓝忍不住帮白羽辩解。虽然她知道这样的话说起来很苍白，没有说服力。

“可是若蓝，她不是你的情敌吗？所有人都知道，你喜欢墨羽。她为什么还要离他那么近？她明明已经有了易非了啊！”

“就是说啊！若蓝堂主，我觉得你也是被白羽那看起来很义气的样子给骗了吧！”

“够了！都不要再说了！我说过，若是你们跟那些人一样怀疑白羽，就不要跟着我们了！因为白羽是我们从心底里认定的朋友，她是什么样的人，我们都很清楚！”枫舞实在是听不下去了，忍不住愤怒地反驳，字字句句，都不容置疑。

就在枫舞一行人吵得不可开交的时候，无上荣耀的人也来到了仙界的天河雨瀑，十几个人充满着流氓气质。

“哟哟哟！这都是谁啊？这不是幻灵宫的丧家犬吗？听说你们的主人抛弃你们了！还真是可怜啊！”

“哈哈……还真是，那个人不是曾经威风八面的幻灵宫副帮主枫舞吗？”

“可不是呢！哟，那个不是你的心上人吗？宣起？”

“还真是呢！我说若蓝妹子，你这么个大美人，怎么就想不开，天天跟着这种丧家犬呢？不如来我们无上荣耀，有我罩着你，不用流浪了呢！”

“就是就是，我们无上荣耀缺的就是像你这样的羽人，跟我们一起那可是去拿龙城的！”

十几个人有恃无恐地站在边上，放肆大笑。

“我还以为是谁，原来是无上荣耀的人啊！怪不得瞬间觉得这附近的气味变臭了呢！”晴天若蓝鄙夷地看着这十几个人，内心十分不屑。

“就是，捡了个便宜城，高兴得跟什么似的？要不是我们帮会有小人，剑仙城怎么会轮到你们？”

“我们现在是没家了，也好过去当走狗吧？某人离开幻灵宫当走狗当得不错呢！”

“我们至少光明正大地打败过你们无上荣耀！可是你们却再也没有机会光明正大地打败我们幻灵宫了吧？光是这一点，你们就永远输了！”

幻灵宫的人也不甘示弱，有理有据地反击着。

这下双方是彻底吵起来了……

“你再说一遍，谁是走狗？”

“谁心虚搭话，就是说谁！我又没有指名道姓的，不过，欢迎对号入座！”

“你……找死！”叫宣起的人已然愤怒了。

“宣起，这些丧家犬就是嫉妒你选择得对！我们一起虐下他们如何？”

“就是，宣起，你不是说，你就喜欢晴天若蓝那小娘们吗？

今天就把她拿下如何？”

原本只是“文斗”，瞬间剑拔弩张！“武斗”即将开场。

火光四起，绚丽的招式将这单调的天河雨瀑渲染得格外美丽。若是不听这些人的对话，还真想静静地坐在这里观赏一番。

“若蓝妹子,你何苦这么卖命？从了宣起,你就是堂主夫人了！以后谁还敢欺负你？”

“滚！先打赢了我手中的剑再和我说话！”若是怒火可以杀人，那么，说这句话的人，早被晴天若蓝给烧得连灰都不剩了！

“若蓝，你的话，我可不可以理解为如果我打赢了你，你便会跟了我？”宣起眼中一喜，脱口而出。

“你先打得过……便是应了你！”

宣起没想到晴天若蓝居然真的答应了……

“好！一言为定！除了我，你们都不许打到若蓝！”宣起见她答应了，更是使出自己的全部力量，想要赢得这次比试。

这本就是一场压倒性的战斗，无上荣耀的人数和战斗力远远要高，纵是幻灵宫的人再能打，武技再强，也敌不过这体力的消耗。

就在晴天若蓝马上体力不支要倒下去的时候，枫舞拼死跑了过来，放招式吼晕了这些人，想要伸手带她离开。这时，一道蓝色光柱从天而降，晴天若蓝的体力瞬间恢复了一半，身边开了大朵的冰蓝色莲花，整个人从垂死的边缘被拉了回来！

墨羽一手抱住晴天若蓝，防止她倒在地上，见怀中的她满是疲惫，缓缓抬起头，说：“你们还当真是狗仗人势啊！卑鄙到连女人都欺负！”

“若蓝……若蓝！你还好吗？对不起，我们来得还是慢了！”

白羽一脸自责，想当初晴天若蓝为了保护她升级，可是随叫随到。也可以说，根本就是跟在她身边保护，可现在呢？看着这样虚弱的若蓝，白羽非常难受，平时的若蓝打打杀杀，从不稀罕和“柔弱”两个字搭上边。虽说白羽是被赶出幻灵宫的，可毕竟赶她的人不是若蓝，不是枫舞，不是相信她的这些人。她没能在他们最需要的时候陪在身边，终究是过不了自己心里这关。

易非、妞妞、极风看着眼前的景象，个个都双眼冒火，直接走进了战场中！

51 成者为王

白羽内心的自责，落在易非眼中，他不禁觉得杀这些人一百次都不够。

“妞妞你来照顾若蓝，把她带到一边好好休息下，这里交给我们。”墨羽将晴天若蓝交给了妞妞。

“我说宣起，看来你的情敌不少嘛！你看看，这就来护花使者了！”

“不是吧！这……这不是那个的墨羽吗？后面那个是，是……”

“怕什么！我们这么多人，还怕这四个人不成？”

“啧啧啧……后面的那个美人，不想死的话，不如站到我们这边来，我们不会杀女人的！”

“就是就是！晴天若蓝都答应要是打不过我们宣起，就跟了他呢！这马上就是宣起的人了。”

“那不是害得幻灵宫解散的那个人吗？听说还偷拿了灵舞的宝库钥匙，这种贱人你们也想要啊？小心你也被坑！”

“对对对！就是她，整个完美大陆没有比她恶毒的女人了！

听说还天天勾三搭四的，跟那个第一法师都有一腿 。”

“还和眼前这个墨羽有不清不楚呢！”

“啊……”

不需要言语沟通，三个男人同时放出大招。易非和墨羽现在都是一个人放大招便可以秒杀一片的主了，更何况是两个人一起，还加上一个杀伤力也是在位的极风！几乎是在一瞬间，无上荣耀的人全部倒在地上，身受重伤！

白羽正气得想要发作，想要杀掉这些污蔑她的人，不过一秒，那些张口闭口全是污言秽语的人就全部重伤倒地了。

那些人倒在地上以后，墨羽、易非、极风都愣了一秒，又相视一笑。他们在一起这么久，已经默契到了不需要说什么就能沟通的地步。既是预料之内，下手却都比想象更快！他们要保护的人，岂是随便谁都可以欺负的？不管对方是谁，先杀再说！

“我说你们也太不厚道了！怎么可以让这些人死得这么痛快！我还没有骂他们呢！这些龟孙子，调戏、污蔑我们家小羽，不能就这么算了！我不管，我还要杀他们！杀一百遍才解恨！”妞妞几乎是歇斯底里地吼着！妞妞原本就对墨羽把晴天若蓝丢给她相当不满！可是想了想这些人里头就她的杀伤力最低，总不能让好战分子白羽看着晴天若蓝吧？可谁能想到那些王八蛋居然调戏污蔑小羽！若不是见晴天若蓝这会儿虚弱得很，她真想冲上去打那些畜生！

“对不起，小羽，都是我连累了你！想不到我也有求人的时候……”晴天若蓝神情沮丧，眼中似有泪光。

“若蓝，你别这样说，之前你一直保护我，我总算能保护你一回了！虽然这次我还没有出手，但是，我还是很高兴你能想到我！”白羽听到晴天若蓝说的话，忘了自己的不快，赶紧回过神来跑过去搀住她的胳膊安慰着，“其实关于幻灵宫的事情，他们说的也没有什么大错！我还未能查出那个人是谁，可幻灵宫终是因我而解散，在外人眼中，我就是一个害人精！若不是你和枫舞一直护着我，只怕还有更多的人想中伤我！在我的心里，一直都把幻灵宫当成自己的家，把你们几个当成我最重要的人！”白羽看着晴天若蓝还有些虚弱的脸色，把自己一直以来觉得很肉麻的话说了出来。

“他们会付出代价的！”易非寒到极致的脸，似乎能将边上的瀑布冻结成冰。

“没错，他们一定会付出代价的！不管是陷害你的人，还是中伤你的人，都要为自己的行为付出代价！”墨羽一向是嘻嘻哈哈的,可今天的墨羽,居然变成了第二个易非。这两个人站在一起，将这里变成了北极……

枫舞看着这一切，在这胜者为王的世界里，还有这么多真情在，他没有看错人。

龙城果然是完美大陆的主城，拿下主城，这帮会的收入、权力也比其他帮会强了几十倍！无上荣耀唯一的遗憾就是，夺龙城的同时，大意失了剑仙城。自从七天前无上荣耀以两亿金拿下进攻龙城的主权后，不到半个时辰的工夫便拿下了龙城。实力上成的他们，并没有费太大力气来对付镇守龙城的护城兽。因为护城的怪物，只需要杀完即可，并不需要太多的兵法和经验。

“城主，城主，雨夜城主！”

“这下子再也没有人能够阻挡雨夜登上城主的位子了！”

“你会不会说话啊？雨夜已经是城主了，谁还能挡？能挡的都解散了！对吧！哈哈哈……”

“对，能挡着我们无上荣耀的都解散了！看以后谁还敢和我们作对？直接踏平他们！”

“好了，大家高兴归高兴，还是不能掉以轻心，龙城可是众矢之的，要想守住这龙城那也是要付出几十倍的辛苦！”上官无雪嘴上严厉，心里却是真的得意到不行。自从拿下龙城之后，再也没有人敢对他不尊重。

“无雪说的是，所以还劳累大家为了这龙城，努力提升自己，这样才不会被其他帮会超过。无雪在这件事情上，为帮会里的人立了大功！你想要什么奖励？”冷雨夜嘴角带着笑意，他最得意的事情，莫过于找了上官无雪这个有能力又能不择手段帮他达成心愿的助手。

“雨夜，你这是哪儿的话，拿下龙城也是我的心愿，你能坐上这龙城之主，也是我唯一能感谢你对我这样信任的礼物了！”上官无雪并不想要什么奖励，那些东西对他来说没有任何吸引力。

“无雪大军师，你不聊一聊，你是怎么把幻灵宫从内部瓦解的吗？”角落里响起一个声音，不大，却足够大家听清楚。

上官无雪向那个声音看去，却根本不能确定到底是谁在问……

“就是啊无雪，你说说看啊！我们也很想听听！”

“对啊！反正幻灵宫散都散了，也没什么可顾忌的了呀！”

“说说看，说说看，你不会是用了什么美男计了吧？”

虽然找不到那个提起问题的人，但是，这个问题却激起了所有人的好奇心……

上官无雪心头一紧，用警惕的眼神来回扫着刚才那个提问题的人的方向。究竟是什么人提出这样一个问题?

52
败者为寇

七天后。

七日一个轮回，第一主城——龙城，又要迎来新一波的厮杀，完美大陆城主的位子谁不想坐？只不过是有没有本事能坐上去，还能不能坐稳而已！

无上荣耀的所有人已然全部准备就绪，就等敌人出现杀对方个落花流水。上官无雪虽然很多时候够小人，却不失为一个好军师，知道这龙城之主的位子得时时刻刻看好了，以免给他人机会将冷雨夜拉下这城主之位。

一刻钟过去了，没有任何的动静，大家不免有点松懈。

半个时辰过去了，还是没有任何动静，很多小队的队形都有点散了。

“城主大人，看样子整个大陆的人都害怕我们！根本不敢来打我们啊！”

“那是自然，我们现在的实力，哪个帮会能和我们抗衡？来了就是找死，来了就是丢人现眼啊！哈哈……”

“闭嘴！没到最后一刻，不准……”

上官无雪还没有把话说完，只见不远处的各个城门口，一下子有序地冲出来好多人！那种士气，相对于此时的无上荣耀是压倒性的！

“马上站好你们的队形，准备迎敌！”上官无雪心头忽然闪过一丝不好的感觉，他不想承认，可是那感觉真的太不好了！

只见攻城大部队竟是暗夜之魂的人，进攻的节奏稳而有序，根本不像是没怎么打过攻城战的帮会。

反观无上荣耀，由于等了太久，失去耐心和秩序，在暗夜之魂这突然来到的强大攻击下，已然是一盘散沙。这就是心理战术，在无上荣耀等得没有耐性、狂妄自大的时候，他们就已经输了。

“所有人城门口集合，准备最后的进攻！”熟悉而冰冷的声音，使得战士们都信心十足，他们都坚信有这样的军师指挥，今天的战场上，他们必将是胜利者！

就如上官无雪感觉的那般，对方以势不可挡的进攻速度和无可对抗的战术，只用了一刻钟，便攻破了无上荣耀用尽全力守护的龙城生命水晶！无上荣耀所有人都惊呆了！怎么会？这绝不可能！可生命水晶已然重新认了主人，不由得他们不承认。

“怎么？难以置信是吗？上官无雪，你费尽心思算计我们幻灵宫，却没想到才帮冷雨夜坐上这龙城之主的位子，便被拉下来了是吗？这种得到又失去的感觉如何？”枫舞以胜利者的姿态站在无上荣耀那些曾经践踏过他尊严的人面前，冷声嘲讽着。

“何止，你们不是喜欢污蔑白羽是个害人精吗？怎么今天又败在我们手里，请问有何感想？”晴天若蓝忘不了那天的耻辱，她无时无刻不在想着报仇，为了今天她可是下了血本。

“我说过，你们会付出代价的！”在人群最后面的易非走了出来。为了今天这一战，易非该做的不该做的，全做了，完全不计代价和后果！

“也就是你这种腹黑至极的人，才能想出这种借刀杀人的点子！不过老易，在这点上我绝对真心佩服你的能力，我甘拜下风！”墨羽做出一个诚心拜服的样子。在保护小羽儿的事上，他从不掺假，诚心感谢易非。

“墨兄，我是借刀杀人不假。可这借我刀的人，他也得愿意，也得高兴。龙魂你可愿意？可高兴？”易非倒是不介意墨羽的调侃，问暗夜之魂的帮主——龙魂。

龙魂一向沉稳少言，点头回易非一笑，开口说道：“今日之事我自是非常愿意，非常高兴！”

为了给白羽报仇，易非调动了世外桃源的三队高战精英！加上暗夜之魂实力和无上荣耀本就相差无几，这龙城之主的位子，就相当于白送给龙魂！他又不是傻子，怎会不愿意接下这个合作？

“哼！他们是活该！应该再让他们死得再惨烈一点！那天他们把小羽说得多难听！杀他们一百次一千次都不多！”还是不解气的妞妞恨不得再把那些人千刀万剐，才能一解她的心头之恨。

“清者自清，无论你们怎么中伤我，污蔑我，终归有水落石出的一天！君子报仇十年不晚，更何况我只是一个小女子。”白羽自信地盯着上官无雪的眼睛，浅笑间带着不容置疑的笃定。

上官无雪对上白羽笃定的眼神时，莫名心虚，不过想了想不可能有其他人知道，又理了理自己的情绪，冷哼一声：“无上荣耀的人撤出战场！”

“想走？上官无雪，你不觉得应该解释点什么吗？”易非叫住了正打算离开的上官无雪，那挂着笑的脸，竟让上官无雪感到毛骨悚然！易非很少笑，除了对着那个叫白羽的羽人，没有几个人见过他笑！他和自己并无交情，这笑！不对劲，绝对有问题！上官无雪稳了稳自己的情绪，故作镇定地说："输了就是输了，有什么好解释的？不过，我们无上荣耀不会就这么算了的！"

"哦？是吗？不过，我说的可不是这件事！"易非冷哼一声，接着看上官无雪表演。

"上官无雪，你是不是做了太多坏事，多到自己都记不清楚你的仇人要和你清算哪一桩了？"枫舞看着心虚的上官无雪，更加想要慢慢折磨这个人。

白羽有些不解，眼下根本没有证据可以证明她的清白，何必和这些小人多费口舌呢？

"我们也走吧！和他们有什么可说的！等有了证据，我自会为自己讨一个清白！"白羽拉上妞妞就要走，她真的不想多看那些曾污蔑她、中伤她的人一眼。

"小羽，何须等到以后？若是你受了这么大的委屈，都要你一个人承受，那我们几个也枉为你的朋友了！"晴天若蓝看着白羽，俏皮地眨眨眼睛，笑得神神秘秘的。

"小羽，今天易非、墨羽、枫舞、若蓝，还有极风那个坏蛋，神神秘秘的也不知道在谋划什么！我听到他们说，打完这场攻城战，便送你一个大礼，就连我也不告诉呢！"妞妞心中很是不快，有这么重要的事情，居然不带她，什么也不和她说，就连极风都不告诉她，快气死她了。

"没错，这确实是一份大礼！"枫舞也笑得很灿烂，自从灵舞的钥匙被盗，他从没有笑得像今天这么灿烂过。

53
神秘的她

“许久不见，小羽可曾想我？”清冷而熟悉的一道女声在众人身后响起，引得无数人回头寻这声音的来源。

白羽听到这声音，整个人微微一震！是她！竟然是她！白羽鼻头止不住酸楚，眼眶不由自主地水雾弥漫，微微侧过身，回头寻那声音的主人，生怕这只是自己的幻听。直到她的目光寻到那个无数次想要找到的身影，定格为止。是她！真的是她！她终于回来了，终于回到大家的身边了！那个给人以安全感的女神，真的没有抛下大家！

众人的目光在那声音的主人和白羽之间来回转换，实在搞不懂现在是什么戏码。这怎么可能呢？这好像和传言的出入有点太大！

白羽极力控制自己的情绪，却还是在亲眼看到她的那一秒泪奔了……受了这么久的谩骂和诋毁，虽然白羽内心觉得自己问心无愧，但是在找不到证据的情况下，终究会有无力感，会觉得委屈。

“灵舞……”白羽的眼泪如决堤般，说话也不能够连贯，“我……”

“不必多言，你的委屈我会加倍给你讨回来！”灵舞深知自己不在的日子里，白羽受了多少冤枉，这笔账现在就要算！灵舞心疼地轻揽着白羽入怀，拍了拍她的后背，心想：“这平日里的小魔头，是受了多少委屈，今天看到我竟然哭成了这样子！看来，这笔账还要追加利息！”

“小羽，别哭了！你现在要做的是擦干眼泪，看戏！”灵舞笑得如地狱罗刹般，让人看着发怵。

白羽在灵舞的安抚下，情绪渐渐不再那么失控。是的，她要看戏！

“想必你们也看到了我和白羽现在的关系。我就想知道，是谁这么不知死活地诋毁她偷了我的钥匙，还偷了我的宝物！更离谱的是，说我灵舞因为这个，伤了心，解散了帮会！”灵舞绝美的脸，不管在哪里，都会成为焦点所在。这个集美貌、智慧、财富、战力于一身的奇女神，说什么都会有人信。不过，灵舞从无一点花边八卦。她在感情上从不相信任何男人。也对，像灵舞这样什么事情都可以自己解决的美人，又有几个人可与之匹配？只怕是整个完美大陆也就只有屈指可数的几个人而已！

“灵舞帮主，难道真的不是白羽做的吗？”一个曾经是幻灵宫的人问。

“对啊！灵舞帮主，你快说说看，这到底是怎么一回事。我们相信你说的话，但是我们不明白啊！”

“就是说啊！我们怎么也想不明白，你怎么会把宝库的钥匙交给一个才来没多长时间的白羽！就算要给，也是给枫舞副帮主或是若蓝堂主才对！”

“没错没错，我也想不通。”

一众人七嘴八舌地说着，他们说的也是所有人想问的！

“是啊！我也想不明白这点！”灵舞狡黠地一笑，看着众人。

这一句，直接把吃瓜群众说得丈二和尚摸不着头脑……

“问题是，这不是我做的啊！我又怎么会想得通呢？”

听到这句，吃瓜群众更是炸了！这是啥？灵舞帮主这是在逗大家玩吗？

“那灵舞帮主的意思是，不是你给的，是白羽自己偷的是吗？”

灵舞看着提问题的红衣女子，心里冷笑道：“就知道你不会死心！”她直接来个反问：“我可没说！这是你内心的想法吗？”

“我可没这么想，我只是帮大家问一下而已！”红衣女子并不想承认这是她的本意，不过她发现，这个灵舞帮主的反应太灵敏。

“哦？大家有让她帮你们问吗？”灵舞看向周边的人，询问着。

“没有！”

“谁让她问了！我们可没这么想！”

“我看就是她自己想这么问，故意和白羽过不去吧！”

“可不是，这话里有话呢！”

灵舞会心一笑，显然很满意大家的回答。

“你也听到大家的回答了，大家可没有让你问，是你自己问的。所以你可以这么说，但事实是另外一回事！”灵舞不屑地看着那个红衣女子，似是将她看穿！“这，也是我对你刚才问题的回答！”

众人都小声地窃窃私语，交头接耳，讨论着这在交锋的二人。

“回答我什么了？灵舞帮主根本没有正面回答我的问题，倒是把话题转移到我身上！”红衣女子不以为然。

“那你知道猪是怎么死的吗？”晴天若蓝不客气地问她，引得众人哄笑不止。这种蠢货也出来挑事，都不知道是哪个眼瞎找上了她！

“你！你怎么还骂人！我和你无冤无仇，你干吗针对我？”

“你还知道我针对你呀！也不是个傻子嘛！当然了，你听不懂我们灵舞帮主的话也实属正常！”晴天若蓝见那个红衣女子又想挑事污蔑白羽，心中暗骂：“小贱人，要不是灵舞帮主在，看我不撕了你！”

“你们，你们太欺负人了，我不就问句话吗？要不要这么针对人家！”红衣女子见说不过灵舞和若蓝，就示弱开始要上演哭戏，博取同情。

“行了行了，别演了！装什么柔弱小女子，你在流光城挑拨煽动大家骂白羽勾三搭四的时候，嘴巴不是毒着呢！”妞妞认出了这个红衣女子，不是因为她的衣服长相，而是声音，还有那针对白羽的心！

“妞妞，你果然是白羽的好朋友，这都被你认出来了！没错，就是她！美妮子，你的眼泪掉给谁看呢？”晴天若蓝不得不佩服妞妞对白羽的这份情谊，伸出手大拇指就往妞妞的脑门上点了个赞！

“臭若蓝，别按我头，发型会乱的！走走走，我们一起上去教训她！”妞妞的暴脾气，比白羽小点，但是来得绝对比白羽快！

“我说妞妞你冷静点啊！这种小人物慢慢收拾，哎……你别拉我啊！”晴天若蓝被妞妞蛮力拉着就冲向了红衣女子！那架势，根本拦不住……

54
中断的真相

“妞妞，你先冷静一下，灵舞已经在帮我出气了，乖……”白羽见妞妞的暴脾气又上来了，赶紧灭火，不然灵舞是没有办法安静地帮她洗刷冤情了。

“可是小羽，我现在就想掐死那个小贱人……”妞妞根本没办法冷静下来。

“妞妞，灵舞现在正给白羽还清白，那个人你可以任何时候杀！孰轻孰重你可分得清？”易非看着无法冷静的妞妞，竟是张口开解于她。小羽有这样的朋友，他自然也是很欣慰。

虽然妞妞暴躁易怒，但是对白羽是真的掏心掏肺，两肋插刀！

“哼！算她今天走运，改天被我遇到，看我不扒了她那张狐狸皮！”妞妞冷哼一声，愤愤地跺跺脚，不再说话。

“灵舞帮主，你快告诉我们到底是怎么回事吧！既然你说不是你做的，也不是白羽做的，那还能是谁做的呢？”

“对啊，对啊！”

吃瓜群众显然不能理解这当中的曲折真假，恨不得灵舞马上公布真正的罪人。

“这就要问着急走的上官无雪了！”灵舞指了指想开溜的上官无雪，意味深长地一笑。

“上官无雪？这事居然和他有关系？”

“灵舞帮主，你们不是敌人吗？这宝库钥匙又没有给他，怎么会和他有关系呢？”

“灵舞，你不要血口喷人！你的钥匙又没有给我！此事怎么会和我有关系？”上官无雪听到大家的话，赶紧顺水推舟。

“是吗？和你没关系，你看到我跑什么？”

“跑？我何时跑了？我只是愿赌服输，输了城，我带自己的人离开这里有什么不对吗？”

“败者为寇，离开自然是没什么不对！可是，我们聊一聊你冒充我给白羽宝库钥匙，第二天又偷光我所有的宝物，解散我帮会的事情吧！”灵舞的话语间带着十足的寒意，足够杀死上官无雪一百回！

此话一出，众人哗然！原来是上官无雪冒充灵舞做了这一切，还栽赃嫁祸给了白羽！可是为什么呢？白羽不过是无名小辈，怎么会值得上官无雪对她下此狠手？众人都不解，这上官无雪又是怎么冒充了灵舞？这宝库的钥匙明明就是灵舞本人给的，上官无雪是如何冒充的？难不成？

猜忌是最可怕的讨论！

上官无雪脸色煞白。怎么可能，这绝不可能！那个人说过，不会出卖他的。出卖他，那个人没有一丝一毫的好处，反而会逼得他反咬一口！可灵舞说的，有理有据，让他找不到一丝破绽。不，不，他不能急！不给让灵舞看出他内心的慌乱！

“我都不知道你说的是些什么！你是一个帮会的帮主，又有宝库钥匙在手，你倒是说说，我是怎么冒充你的？我一个大男人，怎么变成一个女人？”

“因为你盗了我的……”

正在这时，一条消息弹了出来——“您已断开服务器”。

“怎么会这样？我去！”

“看戏正关键！这家里的网怎么坏了？”

“不是吧……这个时候掉线！什么鬼！”

……

竟是所有《完美情缘》的玩家一起断开了服务器！

青城，W 总部。

“怎么回事？”

“对不起，吴总，我马上去看一下！”李岚风急急走出办公室。怎么会在关键时候服务器断开？这也太过巧合！要是不马上把服务器连好，只怕吴总会立刻炒他鱿鱼！

这时，服务器控制室里一个身影闪出，走向了安全通道，行走速度很快，脚步却很轻。

李岚风要进控制室时，似乎看到一个身影消失在走廊尽头。那个身影，有些熟悉。他眉头一紧，马上进了控制室，下意识地先去看数据线。

“果然，吴总还真是……”李岚风自嘲般地笑笑，摇了摇头，拿出电话，说道：“小张，拿条新的服务器数据线来。”说完，才要走出去，又来了电话，看号码竟是吴总。

“怎么样了？”

“放心吴总，只是数据线坏了！我已经让他们去拿新的来了，马上就能恢复正常！”

“哦？没有什么别的发现吗？”

“还真是什么都瞒不过你……”

“你想瞒我什么？”

“不不不，吴总，我只是还没有确定，想等确定之后再告诉你的！”

“现在就说！等你确定，我还要等多久？”

“是是是，我马上去你办公室！”李岚风捏了一把汗，还好只是数线坏了，这要是技术上的问题，那他今天可是要倒大霉了。可万一刚才看到的那个人真和他所想的一样，他又该怎么办？这么大个黑锅，他不背！绝对不背！

咚咚咚——

“进来！”

“吴总，这是你要的监控录像，各个出入口的都在这了。”秘书怯怯的，用眼睛的余光看了一下老板。

“下去吧！记住我说的！”

“是，都记住了，而且已经按您吩咐的，删除了今天所有的监控录像。”秘书转身离开，她可不想在这里多待一秒钟。她的老板是很帅，但是也很冷，她可不想惹他。毕竟这里的工资可是很高的。

李岚风很识相地拿过笔记本递给吴总。

“李总监！说说看，你是怎么想的？”吴总看着录像，并没有抬头。

这话把李岚风问的，那是欲哭无泪啊！他怎么想？他能怎么想？若是真的如他所想，这两个人他可都得罪不起！要是让对方知道他多嘴，那还不扒了他的皮！

“怎么？不想说？还是不敢说？”吴总一边看录像，一边耐人寻味地问着李岚风。

“吴总，你明知道，还问我！”

“看来你也猜到了！”

“除了那个人，谁能进到服务器控制室！再说，我看到背影了。”

“看来，我是不能再纵容下去了，手都伸到这来了！”

“吴总，没我什么事的话，那我先去忙了……”

“没你什么事？事出在你的地盘上，你觉得，你能撇干净吗？”

李岚风只觉得自己冷汗直流，还是逃不过这一劫啊！

55
真相大白

服务器重连后，所有《完美情缘》的玩家，都收到一封邮件。

尊敬的《完美情缘》玩家：

您好！

由于技术问题断开服务器，给您造成不便，深感抱歉！为了表达我们真挚的歉意，每人将获得十万金币的补偿。

原幻灵宫帮主灵舞，由于被非法人员恶意盗号，所有丢失的宝物，已由技术人员按照数据全部找回。对此事件，我们将联合公安机关做进一步的调查。

W 公司全体工作人员敬上

这下子整个完美大陆全炸锅了！

“我就说吧！灵舞怎么会为了一个白羽，骗大家！”

“可不是，这回白羽可是真的洗刷掉自己的冤屈了！”

“怪不得我们上次听不太懂灵舞说的是什么意思。这下全明白了，被人盗号，还解散了帮会！”

“依我看，这事真的有可能是上官无雪干的！”

“对对对，敌对帮会，他完全有作案嫌疑！可是你们看这事可是大了！都报警了呢！”

“可是这个东西能不能查到啊？”

“你们啊！当然能查到了，游戏在哪里登录过，可是有 IP 地址可查看的！”

“那要是在网吧里，这么多人上网怎么查？”

“监控器！”

“也是，现在的社会，到处是监控！”

“搞不好啊！这事处理完了都可以上新闻了！”

站在不远处的极风听到这些话，尾巴摇来摇去，安逸得很啊！他背上的妞妞也很开心听到大家这么聊天！她家小羽可算是熬出头了！不过想想也对，像灵舞这样的大客户账号被盗了，那必然要给个说法。现在灵舞回归，所有丢失的宝物全部归还！白羽的冤屈也洗清了。今天还真的是个好日子，值得好好庆祝一下。

仙界，玄月回廊上头一回人如此少。

玄月回廊，原本就是用白得耀目的汉白玉所砌，再加上仙气缭绕，看上去倒是觉得有些刺眼了。回廊边上的浣绫池，池水清可见底，白莲竞相绽放。

和玄月回廊倒是很相称，白羽笑笑，心想，难不成这仙界之物都得用白色才能显出这为仙之道？终于洗脱冤屈，白羽心情自是大好，原本只是想来仙界挖草药，不想竟被眼前的景象给迷住了。她围着这个地方转了好几圈，飞上飞下的，却还是看不够眼前的这美景。美，太美了！她实在是喜欢得不得了，索性直接跳进了浣绫池中。

洗洗这些天以来的晦气也是好的，白羽想想那天自己忽然没有了任何意识就觉得很可怕！为什么会忽然这样呢？而且那天在马上就要知道谁是幕后黑手的时候，所有人的服务器竟然都断开了，难道真的只是凑巧吗？她明明已经进入这个游戏内，任何事情都不会影响她的意识的，可这次……越想，她越觉得好多地方都不对劲，她总觉得，有人在操控这一切！上官无雪，不过是个替罪羊罢了！她很清楚，虽然自己也算是有点小名气，可也不至于让上官无雪下这么大功夫。费这么大的劲，用来对付枫舞不是更值得吗？用来对付她，这也太看得起她了！毕竟她除了跟易非、墨羽、妞妞和极风特别要好之外，也没什么特别的了。

等等，易非、墨羽？难不成这些事情，因他们二人而起？白羽闭上眼睛，回想来到完美大陆后发生的每一件事，摇了摇头，她从不曾与人结下这样的深仇大恨，那到底是谁呢？若是不能找出这个人，只怕以后这样的事情还是会发生，那人在暗处，她在明处，实在是防不胜防！

“白羽姑娘，这浣绫池水可清凉？”

白羽专注于想事情，竟没能及时发现有人靠近，这样的失误不能再有。她赶紧起身展开双翼，防备地打量着来人。这个人她并不认识，可对方知道她的名字。

“你大可不必这么防备，我可不是那些天天想着陷害你的人！”来人见白羽对他防备心如此之重，有些不悦。别的女人都是想着怎么接近他，可眼前的这个女子好像……

“你是谁？”

“我是谁？你看不到吗？”来人像是看外星人一样看着她，太奇怪了，他又不是没名字，名字也不是外星文，怎么她还要这么问？

白羽一惊，她真的看不到对方的名字，而且谁的名字都看不到了，包括远处的怪物的名字……白羽莫名感到害怕，难道真如她刚才所想，幕后黑手依然没有放过她！不行，她要马上叫易非和墨羽他们过来。

“这么在空中说话不累吗？我可没有任何的恶意，更加不会伤害你。”来人见她依旧防备心很重，继续说。

“我又不用仰视自然不会累！你我并不相识，我也不想和你多说话！”白羽并不想和眼前的人过多地纠缠，转身便要离开。

谁知那人却并不想让她走，直接御剑到她身边，眼睛一直盯着她看，嘴角若有似无的笑让人无法猜透他的想法。

“你到底要干吗？请不要挡住我的路！”白羽从未见过这样无礼的人，虽然他并未对她做出什么过分之事，可这样挡住路纠缠她，也很是烦人！原本她就有些心烦意乱，这会儿直接暴脾气上来了！

“我再说一次，我不想同你说话，烦请让开！”白羽对挡路之人怒目而视。

“果然如传闻一样，我若是不让呢？”

“你！那就别怪我不客气了！”白羽施展法术，向那人丢出一个五色符。她生气的小脸上，尽是对那人的嫌弃之意，好好说不听，非要逼她出手不可！

“你就在这里冷静一下吧！不要再跟着我！”说罢，白羽直接加速度飞行，头也不回。

正好，不远处，妞妞他们一行人已经来了。不幸中的万幸，千里传音还是很好用的！

“看来，并不是那么容易的事，不过倒是比想象中有意思多了。”那个中了五色符停在空中的紫衣男子见白羽匆忙逃离，苦笑着摇摇头。

56
又一个情敌

“我说小羽，从没见你像今天这样迎接过我们呢！怎么了，后面有狼追你啊！”妞妞大老远就看到白羽加速朝这边飞过来，那架势，好像后面有什么豺狼虎豹一般！

“小羽儿明明是看到我在这里，才飞得这么快的。”墨羽看到白羽，心情总是好上一个层次。

“少自作多情了，小羽肯定不是因为你才飞这么快的！”晴天若蓝直接怼了墨羽，纳闷他是怎么做到被无视还这么热情的？

易非没说话，只是看着墨羽，手却对着晴天若蓝伸出大拇指。

墨羽早就习惯了，这两个人没事就鄙视自己对小羽儿的真心。他才不在意，他只要传达了心意便好。

白羽长吁一口气，还好还好，他们都到了，就算后面那个莫名其妙的人追上来，她也不怕。白羽并不怕他对自己下杀手，就是怕他纠缠不休。“你们可来了！再不来，我都无聊死了。”

“白羽，后面是不是有人追杀你啊？”极风摇着尾巴，不像那几个人把注意力全放在了白羽身上，看到远远的有个人御剑而站一动不动，好像是中了五色符。难不成和白羽飞这么快飞过来有关系？

“没有没有，怎么会呢？再说了，有你们在，有谁敢杀我？”白羽并不想说被那个人无礼纠缠的事情，虽然她很不待见那个人，但是也没有必要交恶。

“你个死老虎！能不能盼点好啊！虽然我们家小羽是有点暴力，但还是个美人的，谁舍得下毒手啊！”妞妞嘴里骂着极风，却也发现远处好像真的有个人影，就是离得太远了根本看不清。

“她只是有一点暴力吗？不知道是谁这么不怕死……”易非嘴上这么说着，微微不悦的眼神里，却明显是谁敢动白羽心思，便要弄死对方的狠劲。

“小羽儿，我不嫌你暴力，你怎样，我都要你！”墨羽好不容易抓到一次可以跟小羽儿表决心、还可以踩易非一脚的机会。

“可是她嫌不嫌你，可是未知数！”感觉到墨羽又在踩他，易非也不客气地回击。他是可以和墨羽好好相处，但那是在小羽有危险的时候。

“小羽儿，你当真如他所说，嫌弃我吗？”墨羽又用无辜受伤的眼神看向白羽，这招他百试百灵，每次他的小羽儿都不会忍心让他很受伤的。

白羽一看到他这眼神，直接就被打败了，她怎么回答？这个臭“墨鱼”还真是总喜欢给她找个难题啊！算了，她还是不要说话好了，为了帮她洗罪名，他们都帮了那么多。不管她怎么说都会得罪人，这夹心饼当真不好做。没办法，白羽只能使出自己的必杀技，看着这两个人傻笑，可就连这傻笑，都笑得那么勉强。

“我说你们两个大男人，不要每次都逼我家小羽说出个甲乙丙丁行不行！”妞妞一看到白羽傻笑，无奈地向那几个人翻了个白眼，便赶紧救场。

白羽点头如捣蒜，见妞妞配合默契，心里直接给她点了一百个赞。

“小羽儿，我就大度一些，不问你了！只要你心中有我便好！”墨羽见她可怜兮兮地装哑巴傻笑，也是有点不忍心再看下去，这笑得也太尴尬了吧……

“你若大度，何必逼她说呢？”易非依旧不想放过墨羽，谁叫墨羽总是给他使绊子。若不是墨羽总是夹在中间，他和小羽的独处时间就会多起来，说不定，现在他已经将自己的心意传达给她了！可是现在……这些日子发生了这么多事，他不得不怀疑，是否是因为他待小羽不同，才给她带来了这么多烦心事！

“小羽我们走吧！这两个人又要开战了……”妞妞凑到白羽耳边小声说。妞妞天不怕地不怕，就是害怕易非和墨羽杠上。虽说习惯了，但有时候气氛太尴尬，她真的想跑！

白羽早就想跑了，但是找个什么理由呢？这是因她而起的，最近这些天看这两个人都为了她做了那么多事，说不感动是假的，她又不是木头！可是白羽心里在意的是易非，她也多次明示暗示墨羽，可墨羽不是打岔，就是假装听不懂，还是对她掏心掏肺，她也很无奈！对一个这样无悔付出、打都打不走的人，能怎么办？只是易非从未对她表达心意，就算所有人都看出了他对她的不同，他也没有明确表示过。而易非自己一天不说破，白羽就依旧只能当易非是朋友，不能进一步。这种纠结的感觉实在太难受了，可她能怎么办呢？难道她要厚着脸皮问易非是不是喜欢她吗？她做不到，真的做不到，不是怕主动了会让对方看轻她，而是怕得到的答案并不是她想的那样。这是她能够走到现在的一个支点。这个支点如果倒塌，她不知道后续的连锁反应会是怎么样的，她也不知道自己是不是能够撑下去。

“白羽姑娘，在这里不走，可是在等我？”

儿人同时看向这声音的主人，都警惕地看着这个陌生人。原本正在斗气的易非和墨羽，同一时间把矛头指向了这个外人。

“你是谁？小羽为什么要等你？”晴天若蓝这会儿心头也不爽，但是面对一个不相识的外人，她还是护着白羽的。

“我是慕容羽，白羽姑娘为什么不能等我呢？”紫衣男子无所谓地一笑，心想，这些人的眼中竟然充满敌意，男的也就算了，连女的也是这样！他感觉到自己好像被某人骗了。算了，他还不曾怕过什么！

“她有我们就够了，不必等他人！”易非冷眼瞧着这个叫慕容羽的男人，心里很是不爽！有个墨羽已经够让他心烦了，又来了一个叫慕容羽的！这些人都是谁派来惹他发火的？一个两个的都带个羽字！这也就算了，还都打小羽的主意！是不是他不发威，都当他是透明的？

“从未像此刻认同你的观点过！”墨羽一边说，一边拍着易非的肩头。他也对这突然出现的男人很是不爽，尤其是感受到来人明显在打他家小羽儿的主意。

“我认同你认同我这件事，但是，请不要动手！”易非嫌弃地拿下墨羽的手，虽然这会儿他们两个算是同一战线，但不代表可以这么亲密。他可对男人没有兴趣，他的肩膀可只准小羽碰。

“白羽姑娘,想不到你身边有这么多护花使者。倒是我唐突了，不过，既然都这么多了，不介意多我一个吧？”慕容羽并不在意他们的示威，他只要完成守护白羽的任务就好。过程怎么样，他可不在意，倒是没想到，居然会这么有意思。好吧，他承认自己有点喜欢这个过程了……

白羽下意识地后退一步，心想，他是系统派来坑她的吧？好不容易洗刷了冤情，又来一个求收留的！不不不，她不能再收留人了，不然，她就要被丢出去了！想当初收留墨羽的时候，易非可是有好长一段时间拿这事扎她，尤其是在墨羽当众向她表白，被易非抓包的时候。她都不知道该怎么解释，易非每次都自己解决，不用她解释，可也实在是太囧了！

57
慕容羽的挑战

“我介意！”

六个人居然异口同声地说了出来……

这六个人啊！真是有意思，明明是各有心思，却决定一致！

易非、墨羽都是为了自己，打击一切明在潜在的情敌。妞妞、极风不想六人的组合被一个外来人员破坏，谁也不想出队，跟着大神混那是多安逸的事。晴天若蓝按说不应该拒绝，可她不想墨羽为了打压这个外来人费心思，不然岂不是更没有时间来了解她对他的好了？她还靠什么来取代白羽在他心里的地位？

“喂！我说那个什么，慕容羽是吧？谁准你一口一个白羽姑娘了？听着肉麻死了！我们队满员了，你想当护花者就另寻他队吧！我们这里不欢迎！”妞妞什么事都是直来直去，一点不含糊地轰人走！虽然她觉得这个叫慕容羽的法师真挺帅的，还有那么一点点王者气质。

慕容羽忍不住一笑，这些人还真是有意思！“可我只想护白羽姑娘一人！你们介不介意我不关心，就算她也不需要，我依旧可以保护她！这是我一个人的事情。”

“可是我的小羽儿，有我保护就足够了！”墨羽直接说道。

“你确定你一人就足够了？哪次你可以独立完成？”易非轻飘飘地拆台。

“就是，墨羽，保护小羽我晴天若蓝哪次落下了？”

“你们争什么争！什么天大的任务少得了我和妞妞！”

“我们走吧！我不需要守护者，我只要有朋友就够了。慕容法师，还是不劳费心了！毕竟你我并不熟识，你无须这么做！”白羽快疯了！什么时候她这么抢手了？她又不是弱不禁风的小女子，以她现在的能力虽不足以对抗太多的外敌，但也算是上乘的高手了。怎么让这几个人说得跟个废物一样？她可不爱听，一向都是她要保护别人的。虽然有墨羽和易非在，是不太需要她多强大，可她希望自己可以变成像灵舞和若蓝一样的人，可以有能力保护自己在意的人。

“白羽姑娘对我不熟，可并不代表我对姑娘不熟对不对？我相信，我们一定会很快熟识！”慕容羽没有一丝想要放弃的念头，反而加大了力度。

“你大爷的！都说了不要一口一个白羽姑娘，你听不懂人话是吗？烦死啦！我们家小羽都说了不需要了，你怎么还死乞白赖地不走！”妞妞的暴脾气又上来了。

“那白羽姑娘，希望我叫你什么好？”慕容羽无视妞妞，琢磨不透的眼睛，一直盯着白羽。

“叫什么都没有关系，但是你不要再说什么保护我了就好！你们还走不走啦？”无奈的白羽只想快点逃离这里 。她都奇怪了，平时易非最讨厌与人多费口舌，为什么今天这么反常？

“其实，我觉得也不是不可以，但是至少你也得打得过我吧？”

墨羽挑衅的语气里透着不屑，他不出手，这个人说不定真的会一直纠缠着他的小羽儿。他已经有一个劲敌易非了，不可以再出现一个人，不是他对自己不自信，而是他不想小羽儿分神给别人，尤其是一个看起来并不差的男人。

“算我一个！”好像刚才从不曾和墨羽争执过一般，易非也要出战。

“我很不想同白羽姑娘的朋友动手，不过若是能为此赢得做白羽姑娘守护者的机会，我倒是不介意破例！”慕容羽会心一笑，眼神里尽是得意，还以为会有多难，没想到陷入爱情里的人都是一样的，呵呵……

“为了不伤及无辜，我们去沐曦原边上去切磋如何？我先过去等二位了！”说罢，慕容羽御剑而去，天空中只剩下一抹紫色。

“我们走吧！不要同他打了！他不过是一个无关紧要的外人！”白羽实在不想和慕容羽有所纠葛，女人的第六感告诉她，慕容羽不是单纯地想保护她。

“小羽儿，乖，我知道你对他无意，但是一言既出驷马难追。我能打得过他，让他知难而退，你不必担心我！”墨羽听到白羽说那人是外人，心中更要打败那人，他不想小羽儿被骚扰。

“你就这么自信小羽是担心你，而不是嫌你多事？”易非从来不放过能踩墨羽一脚的机会，这条死墨鱼！

“嘿嘿，我多事？那岂不是你也多事？”墨羽毫不客气地反击。

“一会儿不要丢人便好！”易非说罢，也御剑而去，心知死墨鱼的话虽不好听，却说中了真相。

“小羽儿，我也去了！”墨羽展翼而去，不忘回头深情地看一眼白羽。

“小羽我们也去吧！”妞妞最爱凑热闹，这样的场面她真不想错过。

“我们过去不好吧！他们是不想伤及无辜才去的，我们过去，会不会影响他们发挥呀？”极风不太能理解，三个男人打架有什么好看的？

“极风，我也想过去看看，真的不放心。我知道男人之间的决战，不管输赢都不希望有旁人存在。可……”白羽的心里七上八下的，心想，那人没有绝对的实力，怎敢轻易挑战易非？更何况一下子挑战两个人！她害怕这里头又有什么猫腻，毕竟那个叫慕容羽的人，她并不认识。

“走吧！我们一起过去，我们就离得远点看，应该不会有什么事的！”晴天若蓝不等白羽说完，拉起白羽就走。那人她之前从未听说过，若不是无知者无畏，便是这完美大陆的隐世高手！她不能让墨羽吃亏，一定要看出对方的底牌是什么。

一行人远远地跟在后面，终于到了沐曦原。

“你们两个谁先来？”

“我先来,法师对法师,才是切磋的意思。”易非如往常般平静，这第一局必须他先开。这样就算实力相当，墨羽也有时间看出对方的路数，见招拆招。

墨羽嘴角扬起一抹浅笑，若不是心上之人不可让，他说不定和易非会成为很要好的朋友。可惜，上天总是喜欢开玩笑，从他看到易非的第一眼起，就看出了易非的心思，那细微到连易非自己都没觉察出来的心思。

“那就出剑吧！”慕容羽亦足够自信，瞬间拿出了自己的剑开战。

易非的目光微微一聚，但又马上镇定下来，快得让人无法看出他曾有过一丝惊愕。

远处的几个人也是脸色一变！

“居然是神器！难怪他敢挑战易非！”白羽倒吸一口凉气，这个完美大陆上到底藏着多少这样的高手！

“第一次见易非和墨羽拿出神器的时候我已无法相信！今天居然又有一个人，这个慕容羽到底是谁？小羽，你当真不认识他吗？”晴天若蓝不相信这世界上居然有这么多巧合，都带羽字，都来纠缠小羽，难不成小羽惹了太多情债？照理说，来这么一个纠缠小羽的人，她该高兴的，可是她心里总是有种不踏实的感觉，心想，这个慕容羽若是真的加入队伍中，真的不会出事吗？

58
强大的对手

极风没有说话，他总觉得有哪里不对，虽然离得太远，并不能把所有细节都看清楚，但是，他能感觉到易非和慕容羽的对战，看似打了个平手，实则是易非落了下风！这怎么可能呢？

远远的，紫衣的慕容羽正像极风感受到的那样，打得从容不迫。反倒是易非，打得吃力，而且越来越明显……就这样，一白一紫两道身影在沐曦原上打了近五十多个回合，却依旧没有彻底分个胜负，倒是把远处观战的人急得坐立不安。

“你们不要再拦着我！这事情因我而起，我绝不能让易非为了我失去为第一法师的名号！”白羽被三个人拦着，急得跳脚。她不许，不许易非为了她和这个不相干的人切磋而失去他的荣誉！

“小羽你能不能理智一点？他们在对决，你这会儿过去，先不说能不能打得过那个慕容羽，就算你打过了，你觉得易非会觉得有面子吗？你知不知道一个男人被说成靠女人保护更丢脸？”晴天若蓝真想直接把白羽打晕扛走。若是白羽这会儿冲过去，不但没法挽回易非的面子，只怕会让易非更丢脸！更何况墨羽就在那边看着，她有没有想过墨羽的感受？纵然白羽再不爱墨羽，她晴天若蓝也不会让墨羽心里难过。

一直认真观战的极风看到白羽失控的样子，忍不住叹了口气，心想，想必大家都看出来了，可是问题到底出在了哪里？论战力，易非没得说，每一件装备和魂石都是顶尖的。论对战的经验，这第一法师的称号可不是吹出来的！整个完美大陆按理说不可能出现一个可以超越易非的法师，更何况这个人之前从未听说过。

然而，不管是谁，此刻都不能去帮易非。说好了单人切磋，谁若是过去帮了，不管输赢，易非都是输家。

终于，一边观战的墨羽忍不了了："你们两个要打到什么时候？谁也不能秒杀对方，就这么耗着是在浪费我的时间吗？"

大概是打累了，两个人早就不想打了，同时停下了手中的剑，朝着墨羽的方向走了过去。

"我可有资格在白羽姑娘身边护着她？"慕容羽嘴上是在问，可表情却是谁也挡不住他的气势。

"我……"还不等易非说出"我输了"这句话，白羽已经冲到他身边，拉着他的衣袖。

"我不同意！"白羽有些激动，用有些水雾弥漫的眼睛死死盯着慕容羽，接着说，"我不同意你在我身边！在我们身边！我和你从不相识，既非亲非故，也未有什么过节，你为何非要在我身边？你这么做到底有什么目的？"

慕容羽有些错愕，他的出现对白羽来说是有些唐突，可是他也并非仇敌不是吗？为何这么直接地拒绝？还如此激动！

"白羽姑娘，你也说我们没有过节，就当是认识一个新的朋友，也不必拒人千里之外吧？"

“我……”白羽一时间被问得语塞，竟不知如何回答。是的，最近她一直都被算计，以至于不敢再轻易地相信一个外人，以免再惹来什么麻烦，让大家为她劳累。尤其是看到这样一个实力强大的陌生人，她心里莫名有些恐慌！这个人可以在对战中压制住易非，虽说刚才打得胜负还未见分晓，但绝对会对易非构成威胁。一山不容二虎，这是亘古不变的道理。

见白羽语塞，晴天若蓝实在看不下去了，说实话她巴不得小羽快点和易非在一起，那是两情相悦。可她不能让这么一个外人欺负小羽，她要墨羽，堂堂正正地要，无须像那些人，搞什么见不得人的勾当！

“就算是做朋友也得我们家小羽同意吧？你这第一天见面就要打要杀的，是个女孩子就不想和你做朋友，你信不信？”晴天若蓝实在受不了这种想要交朋友，却是一定要强迫人的主！

“倒是我失礼了，白羽姑娘，不如我们重新认识可好？”慕容羽认可地点了点头。

“这位大哥，我求你了，不要再一口一个白羽姑娘了行吗？你这么文绉绉的真让人受不了呀！”妞妞无奈地翻了个白眼，和这样的人没法沟通啊！

“慕容羽，你的子牙法剑哪里来的？”极风心中不解，不想再这样下去，索性直接开问。

“这并不是子牙！”慕容羽淡淡一笑，虽然外观上实在难以区分，可很多东西看起来再像，也并非是。

“不是子牙法剑？你怎么能睁着眼说瞎话呢？”妞妞本就不喜欢这个人，现在觉得他当大家是傻子，更加不高兴。

“这怎么可能？”晴天若蓝也是一脸的难以置信……

“原来如此，我早就应该想到的！”白羽眼睛直直地看着慕容羽手中的剑，心中终于释然了。

“确实是有九成九的相像，若说唯一的不同，就是这剑的光芒了。”慕容羽见白羽对自己的剑有了兴趣，不由地皱皱眉头。这个白羽对他这么优秀的一个人没有一点兴趣不说，还总是想赶他走，现在倒好，对他手中的剑倒是目不转睛……他慕容羽竟然还不如一把剑？还真是个奇怪的女孩。

“按理说，这森罗万象法剑，还不应该是问世的时候。不知道慕容兄是怎么得到的？”易非深不见底的黑眸看向慕容羽。

“有钱能使鬼推磨，有什么事情，是不可能的？”慕容羽轻描淡写地说着，好像这比子牙法剑还要难上百倍的绝世好剑，是什么路边摊都能买到的东西一样。

“哦？不如慕容兄也介绍我认识一下这铸剑之人，我也来做一把森罗万象法剑如何？”

“要是这能作为我成为白羽姑娘朋友的见面礼，我自然是乐意至极。”

“易非，我不要和……”

“你都这么有诚意了，有何不可？”易非打断白羽的话，淡然一笑，居然答应了慕容羽。

白羽并不想和这个慕容羽扯上关系，她并不想让易非答应。她没有想到易非居然就这么答应了，难道她还不如一把剑？她抬起头看了一眼易非，眼神里透出说不出的幽怨，原来对他来说，她终究一点都不重要！ 白羽说不出的难受，转身展翼飞走，她要赶紧逃离这里，因为她已经控制不了眼泪。

“小羽！”

“小羽……”

“小羽儿！”

“白羽姑娘！”

众人见白羽突然离开，想赶紧叫住她，可天空中只看得到她白色羽翼上法术凝结成的流光，闪闪的以极快的速度消失。

“易非，你还不快点去追！”晴天若蓝见白羽这么失控，赶紧说道，她不想白羽和易非有什么不可修复的伤口。

59
王女的天衣

自从那日沐曦原不辞而别，白羽就没有再主动和易非说过一句话。

慕容羽的加入，使原本每天都还算融洽的队伍，直接冻到了冰点。搞得妞妞天天揪着极风的耳朵抓狂，这每个人都不说话的气氛快把她给逼疯了，不行，她得想办法，不然一定会得内伤而死……

阔风草原上，一只慵懒的白虎躺在地上，边上坐着俊男美人。

轻风徐徐，吹得青草随风波动，朵朵繁花轻轻摇曳，风车吱吱转动。晴蓝天空，白云掠过，雄鹰翱翔在天地间，清凉河中的鱼儿随着雄鹰盘旋的高低，在河水中上下沉浮。

“小羽，我把这只白老虎送你了！”妞妞一脸堆笑，那笑好像用 502 粘上了一样，要不是为了让小羽变正常，让大家开心，她也不用这么卖力啊！

“不是吧你！好歹我也是你的人，你怎么可以说送就送！”原本躺在地上的极风，马上起身蹲在妞妞身边摇尾巴，心想，这个臭丫头为了讨白羽欢心，居然把他当礼物送了……

“妞妞，这礼物可不能乱送，尤其是你用过的！”墨羽双臂交叉抱在胸前，他明白妞妞只是想让白羽开心，但是这个礼物……他可不许。

“送人……不，送兽，有新意！”自从加入这个队伍，慕容羽的三观和眼界一直在刷出新高度。虽然白羽还是很少说话，但对慕容羽来说,这只是时间问题。总有一天,这个白羽姑娘会接纳他,还没有他攻不下的温柔心。

“极风，管好你的女人。”易非淡淡地吐出这几个字，原本就话少的他，自从那天和白羽不欢而散，便更是不再和别人多说一个字。

“妞妞，你什么时候做事情可以过过脑子？你说话用口不用脑吗？”晴天若蓝无奈地摇摇头，别人是想到哪儿，做到哪儿，妞妞是做到哪儿说到哪儿……

“你们这些人真是的，我话还没说完呢！小羽不是一直喜欢极风的老虎皮，要扒下来做皮大衣吗？”妞妞嘟起小嘴，很是不满,她已经想了好些天了,想来想去,好像小羽最喜欢这张白虎皮,她才想到要送给小羽这个礼物。

“噗……咳……”一直在默默饮酒的白羽，听到妞妞这么说，刚要咽下的酒直接喷了出来，引得她直咳。

“羽儿你没事吧！”墨羽直接冲过去扶着白羽的肩头，轻轻地拍着她的后背。

“小羽！”易非才要冲过去，却发现又被墨羽抢先了，最近这家伙事事都抢在他前头，害得他和小羽连解除误会的机会都没有，他恨不得马上把这个家伙赶走。而小羽对他也是淡淡的，不似之前那般凡事都跟在他后面，他心里自然更难受。

“白羽姑娘，你还好吗？”慕容羽见机会已失，关心地问道。

“咳……我没事，妞妞，我是开玩笑的，你还当真啊？”白羽被妞妞感动到了，这傻丫头总是什么事都想着她，在这个陌生的世界里，真的给了她莫大的心灵安慰。可是那天的事情之后，她有些日子没关心过妞妞是不是快乐。她不能再这样下去了，不能再沉浸在自己的忧伤情绪里头走不出来。可是她当真不如一把剑吗？纵然再是神兵利器，易非怎么可以拿她的意愿来交换？

“原来你是开玩笑的啊？我以为你是认真的呢！我纠结了好久，怎么才能把他的皮扒下来送给你！”妞妞认真地看着白羽，好险好险，她终于不用想着怎么动手了。

“老婆……媳妇……亲爱的……你怎么能这么狠心啊？”极风欲哭无泪，他怎么找了个这么没良心的女人，白疼她了，却是拿她一点办法也没有。

墨羽白了极风一眼，斜着眼看他说：“我家小羽儿想穿什么衣服没有？怎么会真的想穿你的皮？小羽儿你看这是什么！”说着从身后拿出一个极为精美的木质盒子。

“哇……好美的盒子，小羽我帮你打开！”妞妞一把抢过盒子打开来。打开的瞬间，妞妞只觉得自己的眼睛都快闪瞎了……

所有人都被这衣服的闪耀吸引了目光，这不是织女最新出的款式吗？！

“可是，今天不是你的生日吗？妞妞，这礼物应该是送给你啊！”白羽有些不解，今天明明是妞妞的生日，墨羽为什么送给她礼物？

“不重要啦！只要你高兴就好呀！”妞妞有些尴尬地看着白羽，

其实她只是想找个由头让大家聚在一起。

“妞妞你带小羽儿去换衣服，回来拿自己的礼物吧！”墨羽一脸宠溺地看着白羽，说着眼都不动地指了指右边草地上的另一个礼盒……

又来……白羽无奈地摇摇头，墨羽知道这礼物太过贵重，她一定不会收，所以直接备了两份，逼她收下。可他越是对她这样好，她越是不知道应该怎么回应他，她的心里已尽是易非……

晴天若蓝的笑僵在脸上，难道墨羽真的看不到她的心意吗？不管她如何付出，他都只能看得到一个白羽吗？她强咬着牙，不把情绪显现出来，可心却一阵阵地抽痛。她怎么能做到无动于衷？可是她依旧恨不起白羽来，她知道白羽这些日子并不快乐，她知道白羽的心也和她一样在疼。她心疼白羽如她一般，得不到想要的明确回应。晴天若蓝只敢在心里默默地问：“墨羽，你到底什么时候才能把我放在心上？”

慕容羽默默地看着眼前这些人，每一个都不像他之前所想，每一个都有血有肉。他曾以为这里是虚拟的世界，感情也都是假的，可这些感受如此真实，也许他认真一点也没有想象中那么坏吧？

片刻后，夕阳西下。

“大家快看啊！这衣服好美，尤其是穿在我家小羽身上，好像仙女啊！”妞妞一边跑一边跳，还不忘大声喊着，生怕别人听不到。

只见葱郁青翠的草地上，白羽着一袭璀璨白色纱衣，白纱轻透，层层叠起，细小的珍珠和透明宝石缀在衣襟和腰间，整件衣服看起来奢华无比，却不俗气。随风吹起的飘逸衣袖和裙摆外纱，宛若在风中起舞般婀娜多姿，更是与白羽的长长银发纠缠在一起分不清彼此。白羽每向前走一步，右侧的裙摆就隐隐约约露出她纤细白玉般的脚踝。

所有人都看得有些失神，原来，他们的小羽还可以这么美，这么仙！原来织女把这件衣服定得价位这么高是有道理的！原来这件衣服配得上它的名字——白羽落青丝，而这件衣服真的只有白羽才能穿出真正的含义！

“白羽落青丝！这不是王朝之女明月姬的爱人为她找尽天下最名贵的材料做的吗？当时可是被称为王女的天衣，只可惜还没有人见过她穿，便消失在了历史沙漠之中。”晴天若蓝脱口而出，她见过，在王陵的画壁上，王女明月姬的两个侍女为她展示这件绝世美衣，而她和她的未来夫君相视而笑，画壁之上满是幸福……晴天若蓝心痛不已。是啊！墨羽为了白羽什么都能做到，就连这王女的天衣——白羽落青丝，都能花费巨资第一时间拿到！她并不稀罕什么衣服，她只想要墨羽心中能有她，仅此而已。

60
若蓝辞别

“小羽儿，这王女的天衣果然是为你量身定制的，只有穿在你身上才能显出它存在的意义。”墨羽惊叹，沉醉的凤眸痴痴地望着白羽，心想，他的心上人已经出落成这样的仙姿玉骨，怪不得明里暗里的情敌越来越多。墨羽不在乎有多少人和他争，也不怕小羽儿被人觊觎。他坚信只有他才是能给她快乐和爱情的那个人，至于易非，只怕他再坚定地爱小羽儿，也是有过多的羁绊，不像他这般无所顾忌。

走回众人身边的白羽有些不好意思，虽说大家已经很熟了，可大家这样称赞她，让她着实有点难为情。

“这衣服真的很美，可是它实在是太名贵了！墨羽我决定送你三千颗仙丹作为补偿。我知道这根本不及你所花费的十分之一，可我现在只能做到这些。”白羽终是开了口，这件衣服如此名贵，怕是她做一万颗仙丹也抵不上！可她现在只能说做三千颗，因为说一万颗的话，墨羽一定会拒绝。做完这三千颗以后，她打算包了墨羽往后日子里的所有仙丹。

“三千颗？小羽儿，你是打算毒死我不成？还是你觉得我需要这么多药来取胜？最多一千颗！不然太侮辱我的实力了……”墨羽听到白羽要做三千颗仙丹的时候，整个人都崩溃了，他可舍不得让小羽儿天天去挖药！可是若什么也不收她的，这个傻丫头肯定会将她的礼物退回来。这衣服只有她才配得上，怎么能让她退回来？打脸是小，易非这家伙还不高兴死！

“侮辱人？！来来来，这样的侮辱给我来一百次……”极风摇头摆尾，实在是让人觉得谄媚。

“滚，你一个畜生再吃仙丹也成不了人样！”易非脱口而出。

“易兄，何必和一个畜生计较？失了身份！”慕容羽也算习惯了这些人的相处模式，不自觉地也学会了调侃人，不对，是兽！

“老婆，你看，他们都欺负我！”极风一脸委屈，样子很是惹人怜爱。他也不想卖萌，可这些人都太凶残了，想好好活着都好难！

“该！谁叫你听话不听音，还这么没有眼力见儿！墨羽都不舍得让小羽去挖那么多药，你倒好，还想要三十万颗仙丹！今天是不是没带脑子就出门了？”妞妞真不知道自己当初怎么看上了这个笨老虎！哎……

极风无奈地摇摇尾巴，他也很无辜啊！看不透怪他喽？

一直没有开口的晴天若蓝，轻轻地苦笑一下，墨羽心里终究没有她！自始至终，他的眼中心中都只有一个白羽，所有事，他都最先想到白羽。若不是她一直非要和白羽做朋友，墨羽根本不会看她一眼，更不会关心她何去何从……原本那天她向白羽求救，就算准了墨羽一定会来，她才故意和宣起打得节奏很慢。她天真地以为墨羽看到她受伤一定会心疼，而且那天他也确实一把抱住了她。她曾以为那天过后，墨羽会对她有什么不同，可直到前不久，她不小心听到易非和墨羽的对话才知道，那天墨羽是被白羽强迫去的。在墨羽心中，她晴天若蓝是无所不能的，不需要这么多人保护。有些人就是一定要撞好几回南墙，撞得连心都碎了，才知道有些人有些事，并不是肯努力就能够改变的！墨羽对白羽，就像她对墨羽一样，用尽全力想尽办法也不放弃！就算是为此背弃全世界，也要保护自己的心上人。

“你们先商量着，灵舞找我有事，我先过去看下。”晴天若蓝无力地说道，不待他们回话，便展翼离开。没有人知道，她转过头后泪水就不再受控制；没有人知道，她的心碎成了一片片；也没有人知道，她已经决定离开。纵然再舍不得，也是时候放手而去了。

我的战友们：

当大家收到这封信的时候，我已经离开了。和你们在一起的日子里，我真的很快乐。然而天下没有不散的筵席，灵舞已回归，幻灵宫却已毁，我和枫舞要回去协助灵舞重建幻灵宫。他日，一定有重聚之时，此番不辞而别，终是不妥，特留此信告知，大家不必为我担心。

晴天若蓝留

晴天若蓝为何离开，所有人都心照不宣，却只能明于心，不能宣于口。

“她还是离开了……”白羽长叹一声，喃喃自语。白羽又何尝不知道若蓝的心思？可她也明白墨羽的性子，她若是拒绝了他的礼物，他更是会变着花样地让她收下。那样的话，她怕若蓝更难过。她明明已经很用力地躲开墨羽，撮合若蓝和墨羽了，为什么还是会变成这样？白羽舍不得，舍不得若蓝离开。若蓝每次都明里暗里地出手救她，帮她！可她呢？就算她并不喜欢墨羽，却还是伤害了若蓝。

“她有她的使命，谁都知道她是幻灵宫的堂主，回去协助灵舞，也是理所当然的事！小羽儿，你不必伤怀，合久必分，分久必合。他日我们一定会重聚的。别哭了，再哭就不好看了！”墨羽又怎会不知道白羽的心思？自私地讲，他并不希望晴天若蓝一直跟着，他感觉到自从晴天若蓝来到队里，他的小羽儿就有意无意地躲着他。那种滋味实在是不好受，所以晴天若蓝走了对他来说倒是件好事。

“白羽姑娘，聚散离合乃是常事，何必太过执着？每个人都有自己的路要走，你还是看开一点比较好！”慕容羽不理解，她为何变得如此爱哭？她不是一个很勇敢很淡然的姑娘吗？还真是随时都给他不一样的感觉。

“对啊！小羽，你不觉得你最近一点都不像女罗刹，反而像林黛玉了吗？”妞妞好心疼她的小羽，情字果真是害人，可为啥她和极风就每天这么“人飞虎跳”的呢？

白羽微微一怔，是啊！她何时变得这么容易伤怀？她不是个女罗刹、女魔头吗？那么多人陷害她、污蔑她的时候，她也不曾有过动摇，可从何时开始变得如此脆弱，不堪一击。

白衣袖微扬的易非不发一言，冰冷一如往昔。易非无法对白羽说出他的怀疑、他的恐惧，在没有揪出真正的幕后黑手之前，他不会再和白羽那么亲近，他不想再给她带来那么多不安因素，不想再让她受到任何伤害！可易非无法说出口，只能在心里说着：

“对不起小羽，原谅我不能如实对你说出我的真实心意，让你如此难过！可我别无他法，没有确凿的证据之前，我只能先收起对你的‘不同’……”

“就是呀小羽，你就开心点吧！你要是不开心，我真的要被妞妞给谋杀了！求放过，求不死！”极风真是受不了妞妞每天追着他问有没有什么办法让小羽开心了。他怎么会知道？他要是知道，还用每天都被妞妞追着打吗？

“放心吧！我没事的，从明天开始，我们去收集森罗万象法剑所需要的材料吧！这可不是件简单的事情，一时半会儿真的要忙起来了！”白羽勉强地挤出一个笑，那笑比哭还难看。

远处拐角处的大树后，一双怨毒的眼睛，正在盯着他们。那人心想：“这些人真可笑，一个两个三个都是求而不得！之前让你逃过了，真是不甘心！白羽你等着，后面还有一份大礼等着你，你早晚都会出局的。”

61
羊皮卷的秘密

白羽接过易非的羊皮卷轴，厚厚的一大卷，她轻轻打开，发现竟是森罗万象法剑的所需材料和铸造方法：

第一卷

用五片秦天刀刃，十片亡骨之片 ，一颗千机材，铸成古木法剑。用古木法剑和五张狂狮王的皮甲,十颗秘之头骨,两颗千机材,铸成哀叹剑。再用这把哀叹剑和八颗巨猿牙齿，八只狂狮的尖爪，十六片古旧残剑，十五颗千机材铸成无茫剑。最后用这把无茫剑和八粒恶魔之尘，八只风无痕马长角，十六颗圣殿之石，十二颗千机材铸成幽魂破尽剑，此剑需做三把。

第一把幽魂破尽剑配八支巨兽的真红之角八瓶鬼王之力十六个黄昏印记，十五颗千机材铸造出泡影剑。

第二把幽魂破尽剑配八颗仓力的宝珠，八把黑暗的巨钳，十六个黄昏印记，十五个千机材铸造出蜃楼剑。

第三把幽魂破尽剑配八颗圣母之心和八瓶巨兽的黑气，十六个黄昏印记，十五颗千机才铸造出迦楼罗火翼剑。

第二卷

古木法剑和五张破碎的金甲片，十颗秘之头骨，两颗千机材，铸造修罗剑。再用这把修罗剑和八个神武罗的尖钩，八片坚固的金甲片十六片古旧残剑九颗千机材铸造夜叉法剑。最后用这把夜叉法剑和八颗星辰之石，八只魔女之手，十六颗圣殿之石，十二颗千机材铸造出梦幻剑。这梦幻剑一把配上梦八把苍力的刀刃，八颗鬼奴的烈焰之心，十六个黄昏印记，十六颗千机材铸造出天魔恸哭剑。

第三卷

将这泡影剑、蜃楼剑、迦楼罗火翼剑、天魔恸哭剑、黄昏权杖以及五十八颗千机材同时放至黄昏圣殿里的铸剑炉中，等待十二个时辰，才会铸造出这绝世的神剑——森罗万象。

白羽看完之后，默默在心里计算着需要多少材料，心想，怪不得易非会同意慕容羽进组，原来，这森罗万象法剑没有这羊皮卷根本无法铸造。那么，她是不是误会了易非，他并非拿她去做交易，而是为了整个队伍着想。毕竟，谁拥有了这铸造森罗万象法剑的羊皮卷，就等于拥有了战力制胜的法宝。

“不必算了，我来告诉你！这森罗万象法剑想要做成功，需要千机材两百一十四颗、黄昏印记六十四个、圣殿之石六十四颗、古旧残剑六十四片、亡骨之片四十片、秘之头骨四十个、巨猿的牙齿二十四颗、狂狮的尖爪二十四颗、恶魔之尘二十四粒、风无痕的战马长角二十四个、秦天的刀刃二十把、狂狮王的皮甲十五张、神武罗的尖钩八个、坚固的金甲片八个、星辰之石八颗、魔女之手八个、兽的真红之角八个、鬼王之力八个、仓力的宝珠八个、黑暗的巨钳八个、圣母之心八个、巨兽的黑气八瓶、苍力的刀刃八把、鬼奴的烈焰之心八个、破碎的金甲片五张、黄昏权杖一柄！”易非一口气说出这些材料，根本不费任何力气。

在场的所有人都惊呆了，易非也是第一次见这羊皮卷，可是他不但记住了所有材料，就连所需要的总数量都算得一清二楚，这得需要多强大的记忆力和运算能力！

白羽一脸的难以置信，她从未想过原来易非记忆力和数据整理能力居然这么强。

“虽说这些材料我们平时听说过、见过的不少，可若是没有这羊皮卷，真的是无法铸造出这森罗万象法剑！”墨羽若有所思地低头，手不自觉地托着下巴。

是的，墨羽之前做七贤神器的时候都快疯了！那么多的材料，每一样都那么难弄到，要不是他肯花大价钱来收购，只怕是到现在也用不上这七贤神器。然而这把森罗万象法剑所需要的材料是之前的数十倍不说，还有几种材料是到现在都没有出现过的。要不是易非向他承诺，铸成此剑之后会将手中的子牙送给小羽儿，墨羽实在是不想和他来这里！

“我来说一下吧！这剑我是铸造好了，一些不是极为难得的材料可以不用太着急，很多人会把那些出得多、不是太难得的材料卖给商人，换取金币。最难得到的材料只有四种，我们就集中精力收集这四种上等材料，后面就会轻松很多！”慕容羽真的不想来这个鬼地方，实在是太费体力了！可这材料是给易非用的，易非又答应了给白羽子牙，那么这个好人，他是一定要做的。慕容羽接着说：“这四种上等材料分别是：圣母之心、巨兽黑气、鬼奴烈焰之心、黄昏权杖。”

“我的神啊！每一种都是去渡劫啊！”妞妞依旧两眼空洞，一脸绝望，心里默念自己会不会死在这里。

“这黄昏权杖可是黄昏相——子纯的守护神器，想拿到它，只怕凶多吉少，若是不能有一个万全的对策，只怕我们会有去无回。”易非微微低垂双眼，看不出在想什么，他极少这样不安，不知该如何开口。

“易兄，这幻境之主才是黄昏权杖真正的拥有者！当初传说黄昏相子纯将它带进了自己的棺材中，其实根本就是个障眼法！”慕容羽听到易非所说竟与他所知不一样，赶紧纠正，毕竟他已经亲眼见过了，他接着说，“其实也不是完全没有办法，我知道这幻境之主怎么对付。只是即便是知道了，我们还是要不断地练习配合度，一定要达到一个完美的境界，才有可能取胜！在此之前，我们还是要做大量的前期准备。”慕容羽见他们都是一脸无措，不得不说出自己的心得，否则……

“慕容兄请讲！”易非就是在等他说出这句话，他从不求人，可是这次不一样，若是不想办法让慕容羽开口，这森罗万象法剑的铸成只怕是遥遥无期。

“既然你们要去夺这黄昏权杖，那么就要知道这幻境之主——天地无用的故事，否则无法参透这王陵之中的秘密，就无从理解这幻境之主的弱点。”慕容羽长叹一口气，他何时也沦落到了要讲故事的地步了？从不好为人师的他，竟然要开口讲这个漫长的故事！

“很久很久以前，众神界争战不止，怨灵大军侵袭，完美大陆战乱，一时间众多灾难同时暴发，根本不是巧合。在天空之城的神月谷和极北冰寒之地的覆霜城的背后，很多拥有智慧的勇士已经察觉到了幕后黑手：传说中的幻境，很久以前已经展开了对人界的侵入。而幻境之主——天地无用，已经进入黄昏国的权力之心——黄昏王城。尘封了千年的历史和战火……”

所有人静静地听着这个充满了背叛、杀戮、野心以及忠心、救赎、包容的冗长故事。

62
幻境之主

半月后，除黄昏权杖以外的所有铸剑材料都已备齐。可幻境之主已经打了十天，每天几乎都要打三次，多出来的材料卖给商人都赚了不少钱了，却还是没有打败幻境之主，拿到黄昏权杖，所有人都已经筋疲力尽。

幻境之主当年由于信仰不同与众神决裂后，才不得不亲手创造了一个幻境以吸引不同的种族来到这里和现世做对抗。他甚至可以强大到将已经死亡却曾有生命的所有一切在幻境中复活，并不断地召唤远古的各种神秘力量据为己用，以不断增强这个幻境。更是企图以此幻境取代众神所创造的那个虚伪的现实世界，将现实世界里的所有一切幻化为虚无。

幻境之主长得和龙城的守护者——地灵邪主几乎一模一样，唯一不同的是，这个正主的力量是真的强大到让百分之九十九的人来不到这里，让百分之一的人来到这里也会有很大概率命丧于此！力量如此强大，怪不得慕容羽之前要讲那个故事，看来，传说并非虚言。

慕容羽见大家疲惫的样子，原本想让大家休息一下，可当他提出休息的时候，居然所有人都拒绝了！他不得不佩服这个队伍的团结和坚持。

“一气呵成，我们不累！烦请慕容兄说一下这幻境之主的具体打法！”易非不想停下来，他知道只有这森罗万象法剑做成了，小羽才会有子牙可用，才不会拒绝他的心意。在送礼物这方面，他是落了墨羽好几招，纵然明面上，他刻意和小羽保持了距离，可是在呵护她这方面，他不会有一刻松懈。

见这些人都执意如此，慕容羽也被感染了，内心涌起强烈的斗志：“好吧！既然大家一致通过现在再打，那么从现在起我说的每一句话，你们都要牢牢记在心里。虽说这话我说了很多次了，可是我们的队伍里没有妖精，就注定我们打起来和之前要有所不同，这也是我们打了这么多次都没有成功的主要原因……”

“谁说这个队伍里没有妖精？”

慕容羽的话还未说完，便被远处身穿一袭藕荷色衣裙的女子打断，竟然是消失很久的西贝。

“你……”

“你什么你！你和易非虽说战力足够高，可是你们两个都是法师，没有我这个妖精，你们根本不可能打败幻境之主！你可以出去休息了，有我在保证他们能成功！”西贝挑眉，斜眼看着慕容羽，那眼神很明显在赶人走。

慕容羽耸耸肩，淡然一笑，转身离开，心想，这丫头还真是不给人留一点面子。

“真是没见过你们这么执着的人，明明知道两个法师的队伍很难过关，却还是死命地拼！”西贝冷淡地扫了白羽一眼，心中冷哼一声。要不是听说易非要做森罗万象法剑，她真不想出手帮这些人。

“我知道慕容羽应该和你们说了不少了，不过我还是要按我自己的打法说一遍，你们可要仔细听，不要一会儿拖大家的后腿！幻境之主的招数有：灵助、巨灵神力、物防提高、法防提高、群吸真气……

“真正的幻境之主会在杀了子纯和苍力后，出现在大厅的羽族浮空神像下边。到时候你们不必急着去杀幻境之主，先去铸剑炉把装备修好，检查自己是否带上了复活卷轴。但是千万不要被他发现，拉到仇恨。因为只要他看到你并且打到你，二楼会出现密密麻麻的小怪物，若是受了重伤必须回城治疗的话，再想从外面想进来那是绝对不可能的。我相信你们都不想看到他召唤出苍力和子纯吧！

“准备好后，我将幻境之主拉到神像台子下，极风去吸引幻境之主的仇恨，其余五人站好阵。后面的打法与打上古恶魔一样，他在还有三分之一左右血量的时候会吸收所有人的真气，羽人一定要保证自己的真气，因为他吸真气最多的时候，可以一次性吸干一个人的所有真气。羽人要记得及时解毒，任何人死亡，都要优先复活妖兽。

“拼到最后，大家一定要爆三颗真元防身，幻境之主随机杀人，杀到你绝对是秒杀。好了，我们进去吧！”

虽说大家并不怎么喜欢西贝，可她这次来得正是时候，之前失败了这么多次可见没有妖精在队伍里是真的不行！

一路厮杀，终于走到最后整个王陵的大厅。所有人以最快的速度沿着墙边走到了铸剑炉那里，修理自己已经破损的装备，调理自己的伤，回复自己的真气，以达到一个相对完美的状态。

"都准备好了吧！"终于到了最后的拼杀，西贝依旧保持着最好的状态。她绝对不能在易非面前输给白羽，她无数次被冷落被遗忘，无非是因为太过傲气，从不和除易非外的人多说一句话。可以后她再也不会这样了，只要能够待在易非身边，她不在乎放下自己的架子，和所有人和平相处，哪怕只是表面上的。

众人点头示意她都已准备就绪，都感觉今天的西贝说不出哪里不同，但感觉似曾相识。

"极风，上！"变身为白虎的极风，以极快的速度冲向了在大厅中央羽族浮空神像下的幻境之主——天地无用。他释放出全部的兽王之力，狠狠地将幻境之主的全部仇恨拉在了自己身上！今天只许成功不许失败，所有人都辛苦了这么久，他必须要拼尽全力！

一个配合了这么久的队伍，每次遇到再难挑战的关，都不会乱，不会怕！所有人都在指定的地点站好阵型，只待幻境之主被极风拉到范围之内。没有一个人讲话，没有一个人分神，整个大厅只听得到战斗的声音。只是即便是再专心，战力再高，打法再安全，在幻境之主面前都如同他的名字一般——天地无用！

这死去活来的战斗持续了近半个时辰，可幻境之主依旧战斗力十足，就连放大招的频率都没有慢下来，简直强大到令人发指！最气人的是他的群吸真气，每每都会让队伍陷入生死边缘。极风已经被复活了三次，妞妞两次，墨羽一次，若不是易非有回血的寒露，白羽有妞妞，只怕早不知道死了多少回了！从未遇到过这么难缠的主，今天可算是开眼界了。白羽知道只有这样坚持下去，才有可能获得胜利，于是轻声说道："再坚持一下！"

不停在人形和狐形切换的西贝心中冷笑："白羽，但愿你今天的运气足够好，好好表现吧！说不定这羽族的浮空像就是你的命运，到时你可不要怪我！”

终于，在所有人死去活来，濒临绝望的最后一刻，幻境之主动作终于慢了许多，让他们又看到了最后一丝希望！

“就是现在，大家爆三颗真元！秒杀他！”西贝终于等到这一刻，大声地传达出这最后的指令。

一队人集体爆三颗真元，用出自己的看家本事，殊死一搏。在一片华丽的招式光芒中，在这一队不服输的人殊死一搏中，这幻境之主——天地无用终于被打败在地。

“这怎么可能？尔等不过下等凡胎，如何能破了我这个幻境，打败我？我乃是这幻境之主，天地都与我无用……”幻境之主不甘心地说出自己的惊愕。然而后一秒，他的形神就消散在了大殿之中，无处寻觅……

远处二楼上的牛头马面等各种怪物也随着幻境之主的消失而不见踪影！

63
西贝起杀机

“黄昏权杖！橙色的……”妞妞喜极而泣，这半个月对于她来讲真的是人间地狱！不不不，这本就是王陵，本就是地宫。哎！累死她了，这下终于可以解脱了，她要好好地休息下，这可真的是体力活！

其他人也不同于以前每次见到核心材料时的兴奋，反而都松了一口气。为了这黄昏权杖他们拼了太久，每一次都以全军覆没告终！直到这次，有了妖精西贝的相助，才得以拼死拼活地成功了！天知道每个人的心里是有多么紧张，生怕这次再出什么差错。

“小羽拿着！”易非将手上的子牙拿到白羽面前，见她还是有些迟疑，便直接拉起她纤细的手来拿。

虽说白羽早就知道，也同意接受子牙，可有西贝在这里，她真的有些不好意思，也不想当面刺激她。这么久了，她又怎么会不明白西贝对易非是什么心思？再怎么说，今天西贝也帮了大家。

“小羽，带上材料，我教你怎么把这森罗万象法剑铸造成功！”易非不由分说，一把拉上白羽就走向了铸剑炉。

易非知道，针对白羽的一些小动作的主谋就是西贝，可他还没有足够的证据可以证明其他事情都是她做的。在这之前他原本不想过多地去招惹西贝，今天她确实帮助了大家，可想想她对小羽的所作所为，他真的一刻也不能忍！再说了，她那么对小羽，今天的帮助，他只当她是在赔罪！若是被他发现那些事情真的和她有关……

“可是……易非你慢点……”白羽还想说些什么，回头内疚地看了西贝一眼，就被易非强行拖走了。

已经被激怒的西贝强行压着自己的情绪，尽量表现得平静，可白羽最后那个眼神，却直接成了压倒她的最后一根稻草！她心想：“白羽，你是故意的，一定是故意的！装出一副好心肠来可怜人，谁需要你可怜？你的事情，我知道的远比你想象的多。无论是在游戏里，还是在现实中，我想捏死你都很容易！”

西贝已经疯了！她爱了易非那么多年，却从未见过他对她笑，而在游戏里他却对一个外人这么好，更可笑的是他竟然还爱上了这么个虚幻的女人。这一切都让她疯狂地嫉妒，让她做出自己都觉得不可思议的事情！今天她放下了自己的骄傲，来到这里帮助易非得到黄昏权杖，却没有想到他竟然将子牙送给了白羽！还根本不想多看她一眼，一举一动都表现出他多么讨厌她！她有些心虚，难不成易非发现了什么？不！她不管，她没有办法勉强自己看着这两个人这么……这么亲密！她要做她自己一直想做的事情！

“小羽你看，一定要按照这羊皮卷上的顺序来慢慢……”易非认真地教白羽铸造森罗万象法剑。

妞妞、极风、墨羽站在后面也用心地看着。他们都明白，早晚要走这条“不归路”，早学会比晚学会强，省得大家在帮助自己的时候浪费时间。

独自站在后面的西贝心中冷笑：“原来你们才是一个圈子！好啊！那我就只带走易非，成全你们好不好？”她变身为狐，以极快的速度跑向出口，这个地方她一秒都不想多待！就在马上到达传送门时，她正好遇到了慕容羽。

“你来做什么？从今天起，你不需要再出现在这里了！我们之间的交易终止了，不过你放心，我答应你的事情一定会做到的！”

“哦？居然这么好？我的小西西什么时候学会这么大方了？”

“怎么？我看你是演得太认真，真把自己当成他们的朋友了？还是你真的喜欢上了白羽？”

“呵呵……宝贝！你是在说笑吗？怎么可能呢？”慕容羽极力撇清。

“是吗？我倒是希望真的不可能，虽然我很想让你把白羽追到手，可我真的不想看见她那张脸！”西贝嫉恨的眼眸已经变得火红。

“我可不知道你到底想干吗！可是你布了这么久的局，就这么放弃了太可惜了吧！”慕容羽见成功地转移了话题，心里踏实了一些。

“有什么可惜的？这次我肯定能成功！难道你忘了我之前让你查的人了吗？我一直不出手，是因为我真的不想惹出什么乱子来，结果反而疏远了我和易非哥哥。今天看来，不必怕了……”西贝脸上尽是冷酷，她无法再等了。

“所以，你是要用‘王女的天衣’计划吗？”慕容羽心中有些莫名的害怕。

“是的！”西贝的回答很直接。

“你考虑好了吗？这个计划搞不好是要出人命的！”慕容羽试探着西贝的底线。

“你觉得我会怕吗？再说了，这种事情根本查不出，就算查到了是我动过，也有人会保我的！”西贝心中不屑，有易非的妈妈护着她，她有什么可怕的？

“好，那你去吧！”慕容羽心里骤然感觉眼前这个人变了。

西贝跳进传送圈，嘴上挂着微笑。出人命？她巴不得白羽永远消失在这个世界上！

慕容羽知道自己拦不住她，可是事到如今，他好像已然是这局中之人。这些日子以来，这队人完全颠覆了他对网游的看法，他们每个人都是有血有肉有灵魂的。他们是程序编造出来的样子没错，可每一个角色背后都是一个真正的人在操作，只是相当于将自己的灵魂附在了这个角色上。他如何能不用心？尤其是白羽，他刚刚在西贝面前极力否认喜欢白羽，可在他知道白羽会有危险的时候，他竟然在害怕，在担心！他知道自己动心了，她是那么坚韧、上进、不服输，对人又是那样真诚、义气！想他慕容羽从不缺女人，向来都是女人主动投怀送抱，他只需要一掷千金就好，何时用他去费心为她们担心、用心？

可白羽不一样，她知道身边人的为人处事方式，她会用不让对方吃亏、又不让对方难看的方式接受对方所送的心意。她明知自己并没有那么强大，可帮助朋友的时候却像个女战士一样！都说男人保护弱小是天经地义，可没有人知道，男人在被一个弱小女子保护的时候，最容易触动心里最柔软的地方！

此时的慕容羽只想找方法抵抗西贝，他要保护白羽，即便会伤害到白羽和他之间的情分。

铸剑炉边上围着的一圈人，有说有笑，正在议论着这剑怎么样可以更快地出炉，浑然不知，黑暗很快就要来临。

64
三羽入幻境

铸剑室中，大家都在等待神剑的出炉。

“易非，我们世外桃源的人正在被截杀，你快来帮忙吧！”千里传音中的西贝言语里透着极度的恐慌。

按理说，世外桃源不是一般人可以动得了的，西贝这样的语气，倒是让易非有些意外。他看了一下时间，森罗万象法剑还差六个时辰才能出炉！

“你先顶一会儿，我就过去！”

“好的，那我们等你！你尽快过来，我们真的顶不住了！”西贝的心中很是愉悦。她心中暗道：“白羽，你就等着我送给你的大礼吧！易非啊易非！这一切都是你引起的，你要怪就怪自己爱上不该爱的人……”

“你们先帮我看着这炉火，世外桃源有事，我过去处理一下！”易非看着白羽被炉火映得绯红的侧脸，有些不舍，“小羽，若是这剑好了我还回不来，你先帮我收着。”说罢便要走。

“等等，这个你先拿着！难道你要空手去打吗？”白羽抢先一步追了上去，想拦住易非的去路。易非一转身，她差点撞到易非身上！

距离忽然拉近，易非只觉得有点难以控制自己，此时的他真的好想一把抱住白羽！更想快点处理完这些让人头疼的事情，找个机会见到白羽本人，说出他的心意。

白羽的脸通红，分不清是因为炉火映照，还是因为心跳加速。她一时之间竟不知道是应该进一步，还是应该退一步。她也不敢抬起头，看那个让她加速心跳的人。

“拿好快去吧！这里有我们呢！你放心……”白羽见易非没有接过子牙，只好先开口了。

易非脸上的冰终是化得不见踪影，接过了子牙，向出口传送门走去。白羽一直目送他，直到他的身影消失，才将视线收回。

世外桃源有事？慕容羽心中暗叫不好，看来西贝是真的准备动手了，而且就在今天！他要阻止，不能让事情向最坏的方向走去……

“白羽姑娘你们都走吧！我留在这里看着火就成了，这么多人在这里也没什么意思！”慕容羽只能把这里的人骗走一个算一个，因为人越多就会坏事，就越难找到方法。

“我留下来陪小羽儿，你们都走吧！”被气得快冒烟的墨羽终是开了口。易非这家伙居然当着他的面和小羽儿眉目传情！他要趁易非不在的时候多和小羽儿培养一下感情，不然实在难以打败这个棘手的情敌。

“极风、妞妞，你们两个不是要去做装备吗？那个铸造炉不在这里，在外头呢！”心情大好的白羽笑得眼睛弯弯，她也不想这么多人围着一把剑，有什么好看的，她自己守着就够了！她继续说道，“墨羽、慕容羽，你们也走吧！这里有一个人看着就够了，不用这么多人。”

“好呀！那小羽我们就去做装备啦！一会儿来这里跟你会合，你可不要自己走了，一定要等我！”妞妞自然是不想当电灯泡了，谁都知道墨羽有多喜欢小羽，说实话，她心里希望小羽和墨羽在一起。毕竟，墨羽不会伤害到小羽，可是易非总会给小羽带来很多莫名的敌人……

“放心吧！我一定会等你们回来的，这把剑，可是还要好几个时辰呢！”白羽挥挥手，笑吟吟地说着。

“墨羽你可要留下来保护我家小羽，免得她被坏人拐跑了！”极风学着妞妞的口气说着，他对慕容羽这个人一直没有好感，总觉得这家伙另有所图，对小羽不存好心！

“哎你别走！把话说清楚，说谁是坏人呢？”慕容羽见这死老虎针对他，有点火，虽然，一开始他是真的没有存好心来着……

“谁心虚说谁呗！我又没点名，你也不要对号入座嘛！”极风说完，背着他家妞妞跑得不见了踪影……

“你……”慕容羽心想，这死老虎，一直针对他，算了，不和死老虎计较了。现在只剩下三个人了，他要想办法让墨羽也走才行，可怎么才能把这张狗皮膏药从白羽身边拉走？这家伙可是比易非难缠多了，油盐不进！

“小羽儿，我一个人陪你吧！好不好？我都好久没有单独和你说说话了呢！你身边天天那么多人，有些话，我只想对你一个人说。”如鱼得水的墨羽，早就看出边上那个穿紫衣服的人一直没安好心，想让他走，他是不会让那个人得逞的……

白羽无奈地笑笑，这墨羽有时候像小孩子一样耍赖，可她对这一招没有办法拒绝。

慕容羽还没有想出什么招来轰走墨羽，自己却被排挤了！要他怎么说？这实情又说不得，就算说了，白羽也不一定会听。以她的性格，八成是要守到这炉子里的剑铸成为止。可西贝的计划，牵扯进去的人越多，对白羽越不利啊！

《完美情缘》全民传音：王女的天衣任务已开启，第一批闯关者——慕容羽、墨羽、白羽，期待他们王者归来吧！

“什么？这是什么任务？怎么之前没有公告呢？”

“是啊！这是什么活动？没有一点风声，这是怎么出来的？”

“好奇怪啊！难道这是游戏出的新东西？”

“不对不对，不是说出任何新的东西、任务都会有公告的吗？”

一时间，所有人都陷入了不解。

正在和敌方打斗的易非，听到公告，愣了一瞬间，马上御剑回城找传送师快速到达黄昏圣殿。

只是，哪里还有那三人的身影？铸剑炉边上空无一人，只有炉火之中等待出世的法剑。想必那三人已经被传送到另外一个空间去了！

易非像是被抽空了一般，倒退三步，不敢相信这一切真的发生了！他原本以为可能是他误会了，可现在他确信，西贝就是屡屡陷害白羽的主谋。都怪他大意了，原本以为上次敲山震虎可以让想伤害白羽的人安静一些日子，却没想到这么快又下手了，而他居然中了西贝的计，失去了陪着心爱之人闯难关的机会！他不能再纵容了！既然到了今天这个地步，他必须要做出背水一战的决定。

贾沁汐！

65
幽禁的王女

远古的黄昏王城正北方，五百里之外荒芜广阔的大漠之中，一座沙石所砌造的高塔——永乐塔，孤独地屹立在漫天的风沙之中！

这是囚禁之塔，所有来到这里的人看到它就会心生畏惧，只因这是囚禁王室所特别建造的。但凡来到这里的人，只能等着老死的那一天，或是自己了结了这生不如死的等待……

人死不可怕，可怕的是等死！没有人和你说一句话，所有在此伺候的人都已经被毒哑了。为的就是不让这里的消息传到民间，也为了不让囚禁之人有机会勾结外人，有翻身的机会。加上这周围百里之外没有水源，没有绿洲，没有一丝生的气息。所有试图逃走的人，都死在了大漠风沙之中……

在永乐塔中，驻守着九十九位白衣绝世高手，名义上是保护王女，实质上，是永久地囚禁她！这被囚禁之人便是这黄昏国曾经最尊贵的人，嗜血王苍力之女——明月姬！

永乐塔最顶层的房间内，布置得唯美奢华：织月纱的双层床幔、纯金拉丝嵌珍珠的幔挂、羊绒编织月锦花藤的地毯、珍贵凤凰栖木精雕且嵌双面刺绣的四折屏风、淡淡幽香的天香木案几、洁白的羊脂玉瓶内各种可以起死回生的珍贵花草，都只为这里的女主人，不，是幽禁的女主人而准备。

大陆西方第一美人，美得不似凡间应有之人：幽黑如丝缎的长发，象牙般白嫩有光泽的肌肤，长而密的睫毛总是因她的忧郁遮住了她若星辰般璀璨的明眸。身着果绿色织月缎滚小珍珠天蚕纱边的睡裙，总是安静地坐在窗边看着外头没有尽头的大漠。那本就不大的窗子上，还装着玄铁鎏金的窗棂，为的就是防止这里的主人自杀。就这样，她在这奢华的牢笼之度过了四年生不如死的幽禁时光。曾经万人之上的王女，是多么傲气凌云！只是胜者为王，输了便只能身陷这金丝鸟笼之中。

若人偶般无生命的美人，仿佛只静静地等待死亡的降临。

一瞬间，她的眼眸中，终于出现了不再波澜不惊的情绪！她忽然起身，像是变了一个人一般，难以置信地看着这周围的一切，喃喃自语："不不不，这肯定是梦，怎么可能呢？"她静静地闭上眼睛，想快点睡着，心想也许醒来一切就都好了！"杀了他，不能让他带走王女，若是王女被带走，我们都是死路一条！"

"是首领！大家拼死也要杀了这来人，不然死的可不止我们，还有我们的家人！杀……"

"杀了他，所有人集合永乐阵！"

"哼！你以为就凭你们可以挡住我？今天没有人可以阻挡我带走她！"

永乐塔下传来了刺耳的打杀声、死亡之前的凄厉之声，九十九位绝世高手对上白龙将重云，却是被打得节节败退！这绝顶高手的过招，说是地动山摇也不为过，强大力量的撞击所产生的破坏力，难以想象，连这沙石所砌的永乐塔都有晃动！更不必说扬起的黄沙……

明月姬眼见窗外的白袍将军，竟然一个人杀光了九十九位绝世高手，不由得后退了几步，太可怕了！这来人分不清是敌是友，而且这不是个传说吗？不不不，她不是明月姬，她是白羽！

她慌了，这一切是怎么回事，自己明明之前还在黄昏圣殿的铸剑炉等待森罗万象法剑的出世！墨羽呢？慕容羽呢？他们刚才和自己一起的啊！怎么会都不见了？难道，这和之前的渔村梦魇一样？可是也不对啊！幻境之主明明死了，怎么还会出现幻境呢？大家都在等铸剑成功，这也不可能是自己的幻觉呀！这一切怎么回事，该怎么办？

白羽努力让自己冷静下来，因为灵舞一直教她，遇事一定要冷静，只有静下来，才能找到问题的所在。静下了心来，她仔细回想关于黄昏圣殿的一切。对了！慕容羽在打幻境之主的时候，讲了一个很长的故事，这个故事就是关于远古黄昏国的历史，关于黄昏圣殿的由来。

那一年，嗜血王苍力驾崩，太子苍伯寒也在不久之后过世了。黄昏国王室失去了正统意义上的继承人，而那些辅佐君王的重臣们分为了两大派系：拥护王女——明月姬的天女派系，拥护二王子——苍仲明的天子派系。

天女派系的领袖，是前宰相任天风，他的长子任冰是嗜血王亲自赐婚给明月姬的驸马；天子派系的领袖，则是自诩为现任宰相的子纯和七曜大臣。两大派系的对抗，造成了长达两年的血雨腥风！天女派系的军队最终被天子派系的白龙将重云击溃，而准驸马任冰也被白龙将重云亲手斩杀。

任天风得知天女派系大军被打败，儿子也被斩杀，瞬间精神崩溃自尽而亡。被重创的天女派系失去了精神支柱，不得不示弱，同天子派系议和。最终以天女派系永久称臣，天子派系保证天女派系的人绝对安全为条约达成暂时的和平。在内战之中一直保持中立的嗜血王御前亲卫队“九十九白影”，作为见证方，担负起保护和看守明月姬的任务……

“那么这下面斩杀了九十九位白衣守卫的人，就是重云了？”白羽自问自答，虽然她清楚地记得慕容羽的故事，却不知道真正的明月姬和重云最后的结局是什么。她长吐一口气，心想，看来所有的一切，只能是靠自己来解决了，现在没有人能帮忙，也好，没有牵绊也是件好事……外面那么安静,所有的守卫侍女还有“九十九白影”卫队都死了吧？也许现在只剩下自己一个人了，那么如果自己死了是不是就可以从这个幻境里解脱了？

吱——沉重且奢华的对开拱形木门被人从外面打开。

只见来人黑色长发凌乱而不羁地飘在身后，头盔怕是早不知道什么时候被人打落了。厚重的铠甲被砍得支离破碎，被血渗透，依稀可以看出这铠甲曾经是银质的，是只有白龙将可配穿的银龙盔甲。他一手持银色龙纹长枪，一手持赤虹宝剑，无论是长枪还是宝剑，早已被鲜血染得失去了原来的模样。

白羽轻轻转头看着对面的这个男人，惊讶于这个被称为白龙将的男人居然真的独自斩杀了那可以匹敌三万大军的“九十九白影”！她不知道应该说什么，还是应该像现在这样什么也不说。传说毕竟是传说，真正的历史，她正在经历……

66
白龙将重云

重云静静地看着眼前的人，不敢向前一步，生怕吓到这个他放在心尖上的人。他轻轻地将手中的武器放下，拿过浴桶边上的沾巾擦拭着自己脸上、手上的血渍，可怎么也擦不尽，因为身上的伤口在不停地渗出新的血液。他不敢走向对面的女子，只能静静看着她。他心中的明月姬是王女，是整个黄昏国最高贵的女子，是那样的绝美出尘！虽然他无法控制内心强烈的渴望，想要把她抱在怀里，可他更希望自己以最美好的样子做这件事情，而不是以现在一身的不堪！

白羽见这将军放下了手中的武器，心里松了一口气，纵然来者不是友，也不至于要她的性命。她见羊脂白玉的花瓶内居然放着救命的珍贵花草，可敌友未分时不宜说话，抬起纤细的手指了指那些花草。

重云顺着她的手势看过去，发现在花瓶之中居然有止血的封赤花！想不到，为了不落人口实杜绝明月姬自杀，这天子派系的人居然在这永乐塔里放着这么多救命的花花草草！不懂的人只以为是好看美观，懂的人才知道这真的是下了血本啊！这里每一支都是数千金之上，永乐塔？那帮老东西真是会想！这明明就是一个奢华的金丝笼……

重云有些吃力地脱下残破的铠甲，又脱下那早已被血浸透的残破白色衣衫，掐下一片封赤花瓣，轻轻地在伤口上方滴上花汁，瞬间小伤口便愈合了，大伤口也渐渐地合拢。就这样，重云把能够看到的地方全都治疗得差不多了，只剩下了后背。他真的看不到，够不着。

白羽在看到他脱衣之时，有过一时的慌乱，想转过身去，却在不小心扫过他身上的伤口时，停了下来。一条、两条、三条、四条……二十条，她不敢数了。大的、小的、新的、旧的、交错的、重叠的……他身上居然有那么多伤口！这到底是怎样的一个男人？她看着他自己上药，够不着后背，任血流着，也不肯开口来要求她这个马上成为阶下囚的人帮忙。也许，这个人并不像传说中的那么残酷嗜血。

“你带来的随从呢？不让他们为你上药吗？”白羽终是忍不住开了口，她无法看着这样的一个坚韧的男人宁可流血也不求人，她着实不忍心看他再继续流血。

“死了！”

“被白影守护者杀光了？”

“被我杀了！”

“什么？被你杀了？那不是你带来的人吗？”

“那又怎样？他们早晚都会死。”

“呵呵……早晚都会死，那么，就让我为将军上药，还烦请将军让我死得痛快些。”

重云一愣，眼中有愤怒，却迟迟没有起身。

“你还是这么恨我？难道在你心中，只有他吗？你不是说，那是你父王之命，你才答应的？”

白羽震惊，难道明月姬和任冰不是你情我愿？好像她知道的，和重云有出入，她好像惹怒了重云将军。算了，她还是少说话吧！免得死于话多……

重云见她不回答更是恼怒，站了起来，极力控制自己的情绪："帮我上药！"

白羽接过他手中剩下的半朵封赤花，掐下一瓣轻轻地涂在他后背的伤口上。这个白龙将的称号果然不是轻易得来的，后背的伤不比前面伤口少，一时间居然对他心生怜悯。

她接着摇摇头，自嘲："白羽也好，白雨樱也罢，谁来可怜一下你呢？你都自身难保了，还有工夫怜悯别人！"

片刻工夫，白羽将重云背后的伤口涂完了药，伤口基本上都没有再渗出血来。看来，这王女的待遇果真不一样，就算是被囚禁，所用的东西也都是世间极品。

"好了，将军可以穿上衣衫了。"白羽说完就后悔了，这里是囚禁王女的地方，怎么会有男人的衣服呢？塔的底层才会有侍卫们换洗的衣服吧！

重云没有说话，只是转身走向了门口。

听着咚咚咚的下楼脚步声渐远，白羽长长地吁了一口气，心想，这个将军好奇怪，他对明月姬到底是一种什么样的感情？从他的眼神里可以看到爱，可他又没有对这个王女有任何越礼的行为。说到底，此时的王女，不过是一个阶下囚，他没有什么好顾忌的。

半个时辰后，咚咚咚上楼的脚步声越来越近。白羽又开始有点慌乱，心想，他要是不回来多好啊！可惜自己这会儿是手无缚鸡之力的王女，不是暴力女罗刹白羽，不然完全可以直接杀了这个将军，将这幻境破了！可惜，自己连这一切到底是怎么一回事都搞不明白。

这到底是造了什么孽？墨羽和慕容羽和自己在一起，会不会也被随机分配到这故事中？

再走进门的重云，脸上手上没有了血渍，头发也像刚洗过一般，被束在脑后。虽说换上白影的衣服，没有了白龙将军的气势，却更显得他原本就俊朗不凡的样貌多了分飘逸。

白羽看得竟是有点想疯了，换上白衣的重云，眉目竟然跟慕容羽有八分像！这怎么可能？进入幻境之后不可思议的事情实在是太多了，多到她已经有点怀疑自己是不是有病！

“慕容羽？”白羽控制不住地喊了出来……

“慕容羽？哼……王女殿下，你的心里到底装了多少男人？”

“不不不，没有的，你听我说，我……”

还未等白羽说完，重云一把将她拉到怀中，愤怒的双眼直直地看着她的眼睛，似乎在寻找他要的答案，恨不得将怀中的这个女人看穿！

来不及反应，白羽整个人便被重云控制住，看着重云的双眼，她感到恐惧，这个男人好像真的生气了！他会不会真的直接杀了她？可是在没有弄清楚一切，没有找到墨羽、慕容羽之前，她不能死！

“王女殿下，不打算告诉我吗？你的心里，到底装了多少人？”

“没有任何人……”

“那么你来告诉我，我到底算什么？”

“我……我不知道。”见鬼了！她怎么会知道？白羽此刻是崩溃的，她从来没有这么崩溃过！

“不知道？好，那我现在就让你知道！”此刻的重云是狂暴的，可他怕伤着她，强忍着怒火，却更加愤怒！

67 偿还情债

重云更加用力地抱紧了怀中的人，生怕一放手又会失去她。

白羽真的想哭，谁来救救她？这个将军再用力的话，她肯定要骨折或是气绝！她不要死在这里，她还有很多事情没做完呢！这么一个奇怪的空间，没有任何人知道如何破解。

“呼……”白羽被重云抱得有些呼吸困难,整个人都有些晕晕的。

这细微的声音终是唤醒了这头发怒的豹子，手也放松了些。看着怀中不知所措的人儿，重云忽然难以自制地想要拥有这个怀里的人！他棱角分明、厚薄适中的唇吻向她，不同于拥她入怀那么狂暴，小心温柔得像是怕碰碎了她。

面对这突如其来的侵犯，白羽是无助的，不不不，黄昏国的历史上并没有这些！

白羽一边向后退，一边试图挣脱这禁锢：“将军，我不是你要找的……”

可此时的重云哪里还能听得进她说什么？直接封住她那若桃花瓣般的双唇，用尽他所有的思念来吻这个冰冷的女人！这，是她早就应该偿还的，四年之前就应该偿还的，他恨不能将这个害他想了近半生的女人融入自己的灵魂，让她再也不能和自己分离！

他在心里默念：“王女殿下，欠我的，你始终要还！”从未停止抗争的白羽犯了一个致命的错误，那就是她越是抵抗，重云的征服欲就越强！

他那被控制了多年的欲望，此刻像是出笼的野兽一般，再也无法停住，他一手紧紧握住怀中之人的双手，一手扶住她的纤细白颈让她无路可退。

“对不起易非，这不是我想要的！你会不会怪我？”白羽有些绝望，双眸里布满了水雾。她原本以为会和易非更近一步，却没想到会变成这样。难道这就是所谓的命运吗？她不服！

看到怀里的她眼中泛着泪光，重云原本消逝的怒气不由得又升腾起来：“她心里还是忘不了那个人吗？就算那个人已经死了四年，她还不能忘怀？那么我又算是什么？”

他不会再给她机会逃走，反悔！他要她！现在就要！重云粗暴地将她抱起，丢在身后雕刻繁复的大床之上，不见了之前的温柔。整个人压住她，禁锢住她的双手，野蛮地吻着这个曾经辜负了他的女人！他不理会她的哭喊，她的反抗，一手解开了她了腰间丝带，顺手将她的双手绑在了床柱上……

已经哭到崩溃的白羽，怕极了！她没有力气再去想这一切到底是怎么回事，她只想有一个人此刻能够来救她！可方圆百里都不会有一个人来救她，因为那些人都被这个重云斩杀了。她后悔救了这个将军，在他背后上药的时候，她应该用自己的腰带勒死他的，而不是让他用来绑住她的双手，侵犯她！

沾染了白羽泪水的重云，缓缓抬头，眼眶通红，眼神复杂交错，说不出是爱、是恨、是怨、是无奈……

“你可还记得自己说过，我若晋升为将军，你此生就会是我的人……”重云强忍着内心巨大痛苦，一字一字吐出，犹若阎罗索命般冰冷。

白羽头疼欲裂，脑海中忽然闪现出一段不属于她的往事……

那一年，她还是黄昏王宠在掌心的王女。那一天，是她十四岁的生辰，全国上下都为她这个国王唯一的爱女庆贺。

但天下人的祝愿、进献的稀世珍宝、王宫里的奢华宴会、动人的乐舞，在这个刚成年的王女心中都那么的无关紧要！她此刻只有一个心愿，就是等着最宠爱她的父王来问她有什么心愿。

“吾儿现下已然长大了，此后任何事情都可以自己做主了。”

“父王这话就不对了呢！”

“哦？哪里不对？”

“儿臣可是万人之上的王女，又有父王的疼爱，本就任何事都可以做主呀！”

黄昏国王豪爽一笑，这个女儿，总是能让他开怀大笑，不像那两个儿子，除了他生气外，一无是处。

“吾儿可有什么心愿？父王都答应你！”

“什么心愿都会答应我吗？”

“自然！”

“可是父王给的这个愿望这么珍贵，女儿要好好想想呢！等女儿想到了，父王可不许反悔！”

“你这孩子！为父是君王，答应的事情如何会反悔？今天所在的众人为你作证，他日，你来兑现心愿，不管是何事，本王定会同意！”

明月姬见自己的小计谋得逞，倾城一笑，目光狡黠，偷偷地透过人群看向那个人的方向！不由得忆起那日，月锦花架下……

“重云，他日你晋升为将军，明月此生就是你的人了！”

“明月，那一日不会遥远，待我种一院的月锦花，穿着银龙盔甲迎娶你为妻！只是，你可会觉得委屈？”

情花初绽的明月姬，两颊晕染绯红，低头羞赧一笑，任何人看一眼都会为之倾倒。

“重云，此生只与你相守，明月才不会委屈！”

……

“呵……王女殿下，记起来了？”重云眼神一沉，轻笑一声，“那请殿下兑现你不曾遵守的诺言！”

重云不给她任何拒绝他的机会，细碎的吻洒落在她露出的每一处肌肤。然后，似乎这一切完全无法补偿他多年来对她的思念和心中的痛苦，他一手扯下她已经失去丝带的睡袍，想要完全地、彻底地将这个曾辜负了自己的人揉进生命……

白羽倒吸一口凉气，她的人生从未像现在这样绝望，水晶般的泪滴止不住决堤……

绝望的白羽想起和易非在一起的每一个画面，内心痛道：“今后，是否再也没有资格爱他了。或许，从游戏相识爱上他，本就是错误的开始！虽不悔，却终究无果……”

68
幕后黑手挑衅

WM 总部。

“搞不定？你们是想换公司了！”

李岚风累得脚不沾地，却还是没能彻底解决问题，他能怎么办？一小时之内解决多出来的程序也太难为人了！

“易非……不，吴总，不是搞不定，是真的在一小时之内搞不定！老大，咱能不能讲讲理？这个……”

“讲理？你和我讲理，我找谁讲理去？平白无故冒出来一个新任务，却不是你们做的！没有罚你们失职，只是让你们马上解决，却跟我说搞不定？”

“吴总，必须要找到把它制作出来的那个人，不然，根本没有办法解决，因为我们现在不知道，这一个任务有没有后续的连带……”

狂怒的吴易非一拳重重地砸在桌上，修长的手指顿时红肿不堪。

“吴总，你……”

“去，打电话把贾沁汐叫来！”吴易非再也不想顾及任何人，他若再不出手，那个疯女人不知道还会做出什么疯狂的事。

“好，我马上去办，只是吴总你的手……”

“一点小伤，没事。”

李岚风迅速逃离火山爆发现场，再不走，只怕他也会疯！

吴易非从未想过，自己也会有情绪失控的一天，他从小就被培养得随时管理好自己的情绪，以至于他长大之后反而不知道如何正确地表达自己的情绪。

这是他一手打造的游戏，他却爱上了游戏里的玩家！最可笑的是，他其实根本不知道对方是谁，长什么样子，多大了，也不知道她是不是也如他一般沉溺在这段灵魂情感里，不想被解救！

咚——咚——咚——

“吴总，贾小姐来了！”

“进来吧！”

只见一个时尚的高挑美人走了进来，气质高冷，眼神里却透着一丝畏惧：“易非哥哥，今天怎么会找我来，有什么事吗？”

“再说一次，我没有妹妹，找你来，你当真不知道是为什么？”

“易非哥……易非，你真是说笑了，你平时很少与我讲话，我又怎么会知道你叫我来这里，是为什么？”

“哦？听你干妈说，你最近在玩《完美情缘》？”

“噢……干妈这都和你说啦！是呀！听身边的人说很不错，又是你的公司研发设计的，所以……”

“所以你知道我也在游戏里测试游戏用户的真实体验这件事了？”

“对呀！干妈告诉我了，所以我想我也可以是你的游戏用户，也可以帮你体验呀！我还知道，你们公司可是有秘密武器哦！”

“是吗？那你体验得如何？”

“易非，你知道吗？我觉得这个游戏太好了，完全考虑到了玩家的感受，女玩家可以……”

“够了！贾沁汐，我真的不想再听你啰唆！”

“易非，你怎么了？”易非突如其来的怒吼，吓得她不知所措。

“告诉我，你到底对小羽做了什么？那个凭空出现的任务要怎么样才能结束！”

贾沁汐呆立在原地，后背冰冷，脑子一片空白，心想：“易非怎么会知道这一切是我做的？可笑的是我刚才还以为他真的是在跟我聊天，事实却是，他不过是在一步一步诱导我说出能确认他怀疑的话！易非啊易非，无论是在游戏里还是在现实中，你都是这样对我！”

“原来，你都知道了！呵呵……可是，那又怎样呢？让我们看看她现在到哪一段故事了，好不好？”贾沁汐强忍住不哭，走到易非面前，自顾自地打开电脑，登上账号，进入界面，继续说道，“易非哥哥，你的心上人就在这呢！你慢慢看，有需要随时叫我，我就在外面等着！”

说完，她强带微笑走出了办公室。

NPC！

“贾沁汐！你倒真的是出息了！居然把手伸到这里来了，还有什么你不敢做的？”

易非目似寒冰，看着电脑画面。画面若电影般呈现……他的脸越来越黑，双手紧握得关节都开始发白，额头上青筋暴起。

“哐当”！可怜的笔记本被易非重重地摔在地上，直接断成了两块。

“贾沁汐！李岚风！都进来！”

李岚风第一时间出现，看着眼神冷如冰刃的老大，感到了惊恐。

“李岚风，你去给我调一下墨羽的个人资料。”

“我马上去！”

李岚风转头就跑，一秒也不敢多待。这样的易非，他从未见过！易非做任何事都有原则，从不会破坏规矩，可是今天居然要他去调出玩家的个人资料，而且情绪如此失控，竟然摔了电脑。

“让我进来，有什么要帮忙的吗？”贾沁汐不紧不慢地问，好像这一切都在她的预料之内一般。

“说吧！要怎样你才肯罢手？”

“要怎样？易非哥哥，你当真不知道吗？”

“对不起，你想要的我给不了！你还是换个我能做的吧！”

“既然做不到，又何必问我？除了你，我什么都不要，你若做不到，那就不要找我！只不过，你的心上人……她的精神会被摧残成什么样子呢？我忘了告诉你，你看到的人是墨羽，她看到的人是慕容羽……”一脸淡定的贾沁汐，根本没有丝毫想退步的样子。

“我给过你机会了，不要逼我！”

“呵呵……可你又能拿我怎么样呢？”

易非没有说话，从抽屉里拿出一个U盘，插在了台式电脑上，然后说道：“你自己看吧！”

无畏的贾沁汐脸上依旧带着自信的笑，只是看着看着，她的笑僵在了脸上，直到变成了难以置信的表情。

“怎么？你不想说点什么？ ”吴易非看着对方无话可说的样子冷笑，他给过她机会，是她自己不要，那么就不要怪他不留余地！若不是看在两家是世交的面子上，这个女人早就被他告到坐牢了！

“给你一分钟的考虑时间，可要想好了！”

这下变成了易非一脸淡然，而贾沁汐则变得慌乱不堪。咚咚咚——

“吴总，是我！”

“进来！”

“你要的资料找到了，都在这里了！”

拿过李岚风手中的资料，吴易非看完之后，沉默片刻。

“这个人绝对不是墨羽本人！继续查，查到他的真实身份为止！”

“吴总，怎么会呢？这资料明明就是才调出来的！”

“李岚风！你什么时候做事才能带上脑子？你自己看看他的生日！”

又被嫌弃的李岚风拿过资料一看，自己也觉得不好意思了，这个身份信息，明显是顶包用的。

“易非哥哥，我想好了，我马上就停止。你真的不会告诉别人这件事吗？”

“如果我会告诉别人，你以为你还能站在这里和我说话？”

“好，我现在就终止，易非哥哥，你答应我，不可以因为这件事情，就再也不理我了。可以吗？”

吴易非这会儿真的想一巴掌拍死这个女人，可他还是忍住说：“如果你能尽快终止，我会考虑的！”

长舒一口气的贾沁汐快步走到电脑边上，她要马上把那些可以狠狠刺激易非、伤害白羽的指令取消。

“易非哥哥，你快看啊！这个真不是我做的，我也控制不了了！”

三个人都围在电脑前，只见里头显示：

用你的“穿越时光”专利救赎你的她？

还是看她在痛苦中无休止地轮回？

从现在起，每一个小时，她都会经历一个痛彻心扉的故事！

这要感谢你们的“穿越时光”，才会让她有机会成为第一个体验者！

给你三天的考虑时间，三天之后体验者会如何，你最清楚！

她所看到的，和你所能看到的有不同哦！哈哈哈……

69 血染往昔

往昔神源河畔。

天子派系白龙将重云率领五千骑兵，在敌方的军阵之中来回突围十几次，洁白的银鬃马已快被染成赤鬃马。所有将士拼命厮杀，终于将十几万天女派系大军打得再无士气。

重云知道，就是现在！他喊道："所有想建功立业的兄弟们，让我们一鼓作气将天女派系彻底打败！"

夕阳西下，太阳的余晖洒在远处的神源河上，分不清是太阳的颜色，还是将士们的血色，炫目得红成一片……这五千人的骑兵竟然以少胜多，终是将十几万天女派系的大军逼得陷入崩溃状态。白龙将重云见大局已定，调转马头直奔天女派系主将的营帐，他要为自己讨个说法！

"王女殿下，可还安好？"重云眼中的恨意难掩。

"重云，你要记住明月已是我妻，你最好离她远点！"任冰看到这个占据了明月整个心的男人，恨不得马上杀了他！

"任冰，你还真当自己是驸马？明月心中有你吗？今时今日的你有资格吗？"重云直接说出现在的形势和任冰的处境。

“哼！难道你有？先打过我再说！”任冰愤怒了，他恨自己没有将明月推上王位，反而陷入如此境地。

“不自量力！我忘记告诉你，你们的人所剩不多了……”

听到这个消息的任冰淡然一笑，一脸的视死如归：“那又如何？就算战死你剑下又如何？你当真以为我会在乎？”任冰从不惧生死，若能为保护明月而死，更是死得其所。

“原本以为你是个懦夫，只会依仗你爹的权势才有今天，现在看来，你倒是有资格做我重云的对手！”重云虽恨，却是很佩服这任冰。

“不必废话，你我之间早就应该有个了结了不是吗？”任冰知道他比不过重云，可他若是死在重云手里，明月就算不会恨重云，也至少会怪重云，值得了……

一场专属于男人的决战在这狭小的空间内开始了。几十个回合下来，硬是没有分出胜负，只是这个营帐却被连累，成了一副可怜的、支离破碎的骨架。营外的人看到这营帐被摧残成这副样子，却愣是没有一个人敢上去帮忙。大家都知道重云的习惯，他在和高手对决的时候，不受重伤，不许他们这些人帮衬！

“哗啦”一声，这本就被打得不太稳固的营帐支架，应声倒地。

明月姬听到前方营帐有打斗声，掀开了自己的营帐门帘，却一直未敢过去。她不想成为任冰的累赘，不过去，反而更好。可没想到的是，这两个高手的过招居然把营帐都打得倒地！她赶紧前去劝阻。

任冰听到明月姬的声音一时失神，没有挡住重云那致命的一击，被重云的赤虹剑重伤！

明月姬见任冰马上就要摔落在地，疾步跑过去试图接住他。却不曾想，任冰用尽全身力气以银龙枪支地，勉强没有倒在地上，而重云以闪电般的速度用赤虹剑刺向了任冰的心脏……

“重云，不要……”明月疾呼。

“任冰，你抢走了我的一切，毁了我和明月的一生！就算用你的命来还，都不够！”说罢，重云用力拔出了那把穿透任冰心脏的剑，溅了他自己和明月姬一身血。

重云终于斩杀了这辈子做梦都在杀的人！可他没有丝毫快感，因为他骨子里最残暴的一面在最心爱的女人面前暴露了，这对他来说，只会让他忐忑不安。可他不后悔杀了任冰，因为只有任冰消失了，他才能将自己的心上人正大光明地带走！

刹那间，明月姬像是失去三魂七魄的精美人偶一般。她漆黑顺滑的长发上、绝美的脸上、绝世孤品王女的天衣上，尽是大大小小的绯红血迹。

整个黄昏国的人都知道，明月姬身上所穿的王女的天衣，是任冰花重金请了整个黄昏国最好的裁缝制作，送给明月姬的定情之物。长裙上所用的珍珠是南方汐族的珍品；冰晶石是西南方灵族进献；就连织衣服的丝线，也是任冰亲自跑去黄昏国南方不太远的蛇蛛洞中，拼杀了十天，才得到的天蛛丝。冬暖夏凉，珍贵稀有！

雪白的纱衣沾染了血迹，远远看去，像是落满了艳丽的花瓣，美艳绝伦，只是明月姬的脸透出一种嗜血的诡异魅惑。

“你为什么要杀了他……”明月姬的声音没有任何情绪，眼睛直直地看着倒在一片血红之中的任冰，安静得让人觉得有些可怕。

“因为他该死！”重云回答得也如明月姬般平静，他知道，事情到了这一步，早就无法回头了！

“那你为何不把我一起杀了？也省得天子派系的人夜夜不能成

瘵，而你，拿上我的人头，也定会有更高的奖赏！”明月姬笑得那样残酷。

“明月，你明知道我的心意！为何还要伤我？”重云不懂自己为何一夜之间被抛弃。

“你杀了他们，和杀了我有何区别？我现在已然是你的阶下囚，重云将军还是带上我去邀功吧！”已经心死的明月姬，没有了任何希望，她从不曾想要卷入这争权的纷争中。

“明月！那日，我已经被封白龙将，你为何要改变心意，跟了他？”重云再也无法忍受压在心头的巨大疑惑，他想要知道真相，想要知道为何一夜之间，他的明月就成了任冰赐婚的对象！

“再追究这些，又有何用？”

“明月，就算你厌弃了我，我也有权利知道自己被抛弃的缘由！”一想到自己那日在大殿之上看着黄昏王给明月姬和任冰赐婚的场景，重云开始无法控制自己的情绪。

“既然如此，我也不必再隐瞒，那日的赐婚，是父王的旨意。我的生辰心愿，依然在……”

听到明月姬这样说，重云难以置信地往后退了一步！顿了顿，他继续问道：“可是，你并没有反抗……”

“反抗？呵呵……你要我怎么反抗？”明月姬无奈一笑，终于有了情绪，眼底也泛起了水雾。

“你可还记得，我父王赐婚之前发生了什么吗？”

重云惊愕，他怎么可能会忘记那一天！

那一年，羽族四国结成了反抗嗜血王苍力的同盟，黄昏国的宰相子纯带领十八万大军亲征。两军在洪威国边境的无忧河畔，厮杀了一个昼夜，重云带领一万五千人为先锋部队，和羽族的三万大军开始了激战。由于羽族都是临时征召的仆从军队，缺乏战意和战术，很快便被打得溃不成军。重云带着先锋部队声东击西，最后从敌军背后突袭，斩杀左翼四万人后，又同中军一起包抄右翼三万人！重云若神一般的奋战，逼退了翼云扬所带的其他盟军。

原本一切都是那么顺利，却没有想到，在这个时候，发生了颠覆性的转变！

黄昏王朝的附属国——狂风国，由国王亲率十六万军，仅用了半刻钟的时间，就斩杀了子纯的中军，对抗子纯所带的十几万大军。宰相子纯在将士的掩护下仓皇而逃。被抛弃的重云先锋部队，以一万五千人对战近二十万敌军，战斗场面之惨烈，如修罗炼狱场般……

战至最后，虽然获胜了，但能跟随重云活着回去的人，只剩下不到一百人！从前，无忧河畔到处都是一片片的白色无忧花，在重云回去的时候，这里的无忧花都已变成了鲜艳刺目的艳红色！不是被血染，而是被血所滋养……

后来，活着回来的人都被封赏，而重云，更是被封为黄昏国最高将领白龙将！重云回来可说是万死一生，他很感谢上苍让他活着回来了。重云透支了所有体力，只因为他心愿未了。他在心里默念："明月，我做到了当日对你的承诺，你要等我！"

可众神向来都是喜欢捉弄凡人，谁都没有想到的事情发生了！

那一日，重云应王诏入殿受封赏。

那一日，黄昏国王将明月姬赐婚给前任宰相之子——任冰，择日完婚。

那一夜，黄昏国王，突然驾崩……

70
冰释前嫌

“明月，跟我走，我们曾经做不到的事情，现在我们可以！”

“走？你觉得我们走得了吗？”明月姬淡然地看着远方的战场，只见那里又扬起了大片的黄沙，响起了战马奔跑的声音。该来的还是来了，一切终是宿命。

“明月，只要你愿意，那五千精锐先锋可以护送我们离开！”

“可是我不愿意！你在我面前亲手杀死了我的未来夫君，我随时都想杀了你！这样一个我，不值得将军用自己的大好前途来换！”

“前途？没有你，我要前途何用？明月，在你心中我当真如此不堪？”

“白龙将说笑了，你现在是前途无量的大将军，而我，不过是一个阶下囚！哪有资格来评判你？”明月姬心中剧痛，她其实很想跟重云走，想和他远离红尘，不问世事。可她不能，只能在心中轻语：“对不起，重云，明月不值得你动用五千军士亡命天涯。他们也有父母妻儿，而你值得拥有更好的前程和那个她……”

眼看大部队越来越近，再不走就来不及了，重云急得眼睛猩红，他狠下心，一闭眼，直接将明月姬打晕，打横抱起欲上马离去。对抗天下又如何？他重云能活到现在，都是为了能与明月厮守一生。若是失去了明月，他一次次从死人堆里爬起来还有什么意义！

将明月姬放在马背上，重云策马而行，却被自己的亲信离卿拦了下来。银鬃马受惊，差一点将马背上的明月姬甩下。

“将军打算就这样弃了我们这些兄弟而去？将军知不知道，你若是带走王女殿下，我们五千兄弟将会面临怎样的灭顶之灾？”

“望将军体恤，属下家中都有父母妻儿！”

“将军！属下可以跟随将军，出生入死！可属下妻儿父母都在子纯手中啊！”

“是啊将军，这些年他们忌惮你骁勇善战，表面上对你礼遇有加，可是背地里却将我们这先锋部队的家人控制得七七八八了！”

“求将军大人交出王女殿下！”

……

重云看向远方，宰相子纯带领的大部队已经快将此处包围了，已经来不及了，而在这里跪求的都是曾出生入死的兄弟！他苦笑，难道这就是他和明月的结局吗？

“将军，已然是来不及了，只要将军活着，还怕护不了王女殿下周全吗？先王的亲卫军，现在还是中立，王女殿下还有机会的！”离卿从小就跟在重云身边，又怎会不知道他的心思？这么多年来，将军对王女殿下的心意从未改变过！他一次次从死人堆里爬出来，都是为了对王女殿下的承诺——月锦花下厮守一世……

已经心如死灰的重云，听到这番话，脸上终于有一丝动容！是的，只要两个人活着，一定会有机会，他不会放弃一丝生机！

终于，两军大战以天女派系惨败、王女被软禁画上了句号。

永乐塔内。

得到明月姬的全部记忆后，白羽自己的意识开始越来越薄弱，她满是泪水的动人双眸再看向眼前的重云时却是大惊！此前的重云明明有八分像慕容羽，可是现在明明就是墨羽！那么之前都是幻觉吗？这一切到底是谁在操控？

“重云，你带我离开这里可好？”白羽不受控制地说出这句话。

原本疯狂索取的重云，听到了明月姬如以往一般的动人语气，愣了神，不禁自责，自己在做什么？怎么可以这样伤害最为珍爱的明月！

“明月……”他轻轻起身，温柔地帮明月整理好衣服，轻轻拉过绣着月锦花的薄丝软被给她盖好，极尽了一个男人所有的体贴。他静静地看着那让他朝思暮想的绝世容颜，好像一切又回到了从前，他轻轻拉起明月姬白玉脂般的纤细小手，握在自己的手心。他的手上，有很多茧子，长期用剑，手自然是不像一般人一样光滑细腻。

这个重云长得像极了墨羽，但白羽知道他不是，因为他始终叫她明月。这次她再也不会随意叫别人的名字来惹怒他了，差一点，只差一点，就失去了一切……

“明月，这次我来，就是带你走的，我们走得远远的，离开黄昏国。我们可以去最南端的汐族之地惊涛城，那里没有人认识我们。也可以去你最喜欢的月锦花的故乡——灵族之地名坠星谷。据说那里不但有满山遍野的月锦花，还有最美的星空，每逢仲夏，还会有许多星星坠落山谷。相信你一定会喜欢！只要你喜欢，我就带你寻到那个地方！”

听着重云若读诗般的描述，白羽也很向往，只不过向往的是美景。她心想，如果不能马上离开这个幻境，也许试着感受一下故事本身也是很好的，只不过，自己的意识能受控制的时间越来越短了！

重云看着自己心爱的人慢慢睡去，嘴角上还有一丝若有若无的笑意，他的内心像火炬一般被点燃，悸动的心跳，莫名而来。他的困意也随之而来，他轻轻地躺在了明月姬的身边，看着她的睡容，满意地眯起眼睛。

他等了四年，终于等到了这一刻安定！

“重云……你别走，重云……”明月姬喃喃呓语，动人的睫毛上竟是水光点点。

躺在一边的重云，迅速起身，看到她是在梦语，一丝满意的笑挂上眉梢。他记得看到过“织梦香”，于是下地走向羊脂白玉的花瓶，轻轻地拿起了一支，满意地点了点头，走向了明月姬。只要能留住她，用什么手段他从来不在乎。同样，只要能知道她内心的真实想法，什么方法他也不在乎。“织梦香”是灵族的圣花，在黄昏国极为罕见。它可以让睡梦中的人说出一切真心话，却不会伤害睡梦者的身体和意识。

重云轻弹了三下花瓣，只见这藕荷色的花开得如梦似幻，更是开得异常迅速。醉人的香气，在明月姬的枕边幽幽蔓延开来……

“明月，你心中可还有重云？”

“有……重云，重云一直在明月心里，他……无人可代。”

“无人可代？那你为何答应嫁给任冰？”

“任冰？父王老了，他说，只要我答应这门亲事，任家便会拼尽全力守护他的王位。羽族不会放过黄昏国的……我是黄昏国的王女，是父王最宠爱的女儿，我舍不得让父王失望……不忍心看到百姓失去家园和生命……”

重云瞬间湿了眼眶，一切竟是自己错怪了她！他的心很小，小到只能容得下她,为了她,他可以舍弃整个天下。可她的心却很大,大到心有天下，却唯独舍弃他!

“明月,告诉我,若能逃出这黄昏国,你可愿跟着重云流浪天涯,花墙草房为家?”

“花……墙，草房？嘻……好美的地方，重云带明月去，明月再也不要回到这个牢笼里！”

“好，我带你去！我们再也不回来这里，就算终是一死，也死在一处！睡吧，明月。”

二人都需要好好休息一会儿，逃亡的路太长，会很艰苦，到时候再想睡得安稳，只怕会是一种奢望!

重云轻轻地靠着明月姬而眠，不管将来怎样，他都不后悔自己的选择！至于那帮老狐狸，哼！他们不过是自作聪明，当真以为他不知道他们打的是什么主意？就让他们等着希望破灭吧！这一切都是他们欠明月的!

71
沙海私奔

沙漠的清晨总是来得很早，没有遮挡还很高的永乐塔虽窗口不大，还是透进了些许阳光来。

重云从未像昨天休息得那么好，起身在这永乐塔内寻找足够走出沙漠的补给。若是他自己，倒也不必麻烦，可是带着明月，他不能冒险，必须多带，尤其是水！整理完毕，重云才走进房间，想叫醒睡梦中的明月姬，一进门，便看到明月姬已然站在那里。

明月姬看到他来，竟是直接跑过来，有些激动地抱住了他！

受宠若惊的重云，被明月姬这一抱，直接给抱得心跳加快，不知所措，就算是指挥千军万马，他也从未像现在这样……

“重云，我以为连你也离开了……”明月姬美眸之中泪水泛滥成灾，这些年以来，最疼爱她的人，一一离她而去，她只有重云了。

重云心口骤然刺痛，他从不知明月居然有这么脆弱的一面，他一直以为她高高在上，拥有这世上一切最美好的东西。是的，明月姬从前有最疼爱她的黄昏王，有宠着她的兄长，还有此生只爱着她的他！可现在……

“你又在说什么胡话，还没有睡醒吗？要不，我再陪你去睡会儿？”重云目光狡黠，一直盯着明月姬那雨打海棠般的脸，竟是怎么也看不够。他的明月，总是美得让人失魂。

原本哭得悲伤的明月姬，被重云这么一“调戏”，瞬间就红透了脸，羊脂玉般白嫩的手狠狠地在重云胸口捶了两下，说道：“你又乱说，我当然醒了，就是因为睡醒了才害怕！母后、父王、太子哥哥，都离开了我。我至亲的人都不在了，只有我还活着，重云你说，是不是因为我，他们才会死的……”

听到明月姬这样说，重云有点急，用力地抱住她，想让她听到他的心跳，感受到他的存在！

“不许乱想，若真像你说的那样，那么你的二王兄为什么不死？要死也应该他先死！那个畜生！”重云咬牙切齿地说道，恨不得将那个狼心狗肺的人剁成八块！

“你为何这样说？你可是曾经为他卖命的，难道他杀了你的家人？”

“呵……何止！他手上的人命，只怕是他自己都数不清楚，这些年来，他残害了多少人？那些白骨都堆起来，不会比这永乐塔矮！”重云强压住心中的愤怒，继续说道，“明月，我已准好走出这大漠的所有补给，我们现在出发，让我慢慢来告诉你，那个畜生都做了些什么！”

“也好，若是耽搁太久的话，我怕他们会派大队人马来向你要人的！你等着，我带上那个宝物！”

只见明月姬走到床边，按动床柱上一处雕花，床尾处竟然弹出一个华贵的木盒。

大漠中，一男一女骑在骆驼上，缓缓前行。

“明月，你说是不是上天也在帮我们？今日竟是没有风沙来挡我们的路，也没有那么炎热。真想我们就一直这样走下去，就我们两个人，不再有那些世俗的纷争！”

“我不知道上天是不是在帮我们，只知道现在有你陪着就够了，就算现在葬身这沙海，明月也不再有遗憾。”

“明月……”重云心中欣喜，有明月这句话，他此生足矣！

“对了，你接着给我讲讲你这些年的事吧！”明月姬这四年来终于可以晒晒太阳，可以自由地去想去的地方，可以有心爱的人陪自己说话……

“我知道了他们那个龌龊的计划，他们怎会想让我活着？若不是我这些年一直在战场上拼军功，他们怎会将我留到今天？那帮老东西自以为很精明，觉得我不会知道，当我将你带回黄昏国之时，便是你我的死期！”

“他们要杀我，我懂得其中原因，可是为什么他们要杀你？你可是他们的白龙大将军呀！杀了你，谁替他们杀敌？”

“白龙大将军？呵……明月，我所做的一切，只是为了保你平安。那些人的做法，又岂能入我的眼？”

“保我平安？这……这一切到底是为什么？重云告诉我好吗？”

“这个故事很长，你确定你想听吗？”

“我想听，这个故事很长，可是我们要走出沙海的路也很长！”

“好，那我就讲给你听，一切要从在羽族边界的无忧河战场说起……”

走出沙海的路很长，重云的故事也很长；一辈子很长，明月的情意也很长……

自从无忧河之战后，宰相子纯就在明里暗里处处针对荣升为白龙将的重云，生怕重云告诉黄昏国王他临阵逃脱的事。这事要是被捅破，他可是死罪！重云知道自己在王朝之中根基不稳，自己的先锋部队也只剩下了不到一百人，在这种情况下，他唯一能做的便是假意投靠子纯。却不曾想那天明月姬被黄昏国王指婚给了任冰！而那天夜里，黄昏国王知道了子纯临阵脱逃的事情，竟被气得吐出一口鲜血！太医进去诊治，不到一个时辰，竟然宣布黄昏国王驾崩了，委实让人起疑，却是无人敢问。再后来太子也被宣布，由于过度思念黄昏国王，追黄昏国王而去了……

这一切的一切，如此巧合，让重云觉得这一切有一个幕后黑手在操纵。若是不揪出来这个人是谁，只怕连他的明月也会有生命之忧！终于，在他拼杀几场大战，尤其是杀了任冰，俘获明月姬后，完全获得了天子派系所有人表面上的一致认可，有人告知了重云那一晚的真相。

原来，黄昏国王是子纯联合二王子所害，是他们在明月姬赐婚宴上的酒里下了毒。

这毒本不会这么快发作的，可是黄昏国王从太子那里得知了无忧河之战的真相后,气极攻心导致毒发。不过,这毒本无法直接致死。但那天夜里，他们控制了太医，不给黄昏国王救治。二王子本就有取代太子的野心，干脆一不做二不休，给太子也下了那种毒，正如他们所愿，没过多久，太子也去世了。原本他们以为除掉了太子便可高枕无忧了，却没有想到，任家却联合了一众人想要拥立明月姬为王！亲卫军“白影”也并没有明确立场！

在黄昏国，女子继承王位也是被认可的，只要能够稳固王朝，并没有人会在意拥立的是男还是女。更不要说，明月姬的美貌拥有魔力，无论男女看她一眼就会被她征服。

丧尽天良的子纯，竟想尽方法想要明月姬的命！若不是任家的实力够强大，只怕明月姬早死了一百多回了！而重云在出来“劫走”明月姬之前，才得知在黄昏国王去世后，圣物——黄昏面具被一起埋进了王陵之中。只要能找到黄昏面具认可的佩戴者，便可解决羽族联盟大军压境的危机！

这些老狐狸为了能再次进入王陵，竟要重云去永乐塔劫出明月姬，用她当祭品解开王陵上的咒术——血之永生。而重云的亲信部队，在这些年里，也是被他们渐渐瓦解。所有任务，必死的、凶险的都派他的人去，到最后他的亲信所剩无几。重云从小就是孤儿，收养他的重家二老被软禁起来，又生了病，为了不成为重云的累赘，竟双双自杀！光是这份仇恨，就足够让重云背叛天子派系。

72
坠入断崖

王宫之中，子纯坐立不安。

“报——宰相大人，据暗中监视重云的暗影来报，白龙将重云杀光了所有‘白影’还有永乐塔的守卫！”

“哦？果然不出所料，这个重云是唯一一个能把明月姬从‘白影’手中抢出来的人！”

“可……可是宰相大人，重云将军他好像还亲手杀了我们自己人！”

“什么？你为什么刚才不说！废物！”

“暗影说，永乐塔方圆百里空旷无物，根本无法更近距离地对重云将军进行跟踪。原本重云的白龙先锋部队统一着装就是整体白色装备，所以他们无法确认，是不是重云将军亲手斩杀了我们为他安排的白龙使，于是派了一部分人回来复命，一部分人进去打探。”

“蠢货！本相在你们出发前就下了死令，只要明月姬抢到手，马上杀了重云！还打探个什么？怎么养了你们这么一群饭桶！”子纯相一脚踢翻了跪在地上的人，双目冷寒，紧皱眉头，他继续说道，“传我令，重云罔顾法令，私自斩杀永乐塔王家‘白影’护卫队，掳走王女明月姬，有看到二人并告知者，悬赏黄金万两！”

“是，属下马上去办！”被踢吐血的士兵逃命一般，连滚带爬夺门而出，心想，不知何时起这个文相居然有了这样的力道，像是换了一个人一般！

落日镇上，一群人正在看王榜。

“王室悬赏：白龙将重云不顾王令私自斩杀永乐塔‘白影’护卫队，掳走王女明月姬，发现其行踪且告知者，赏黄金万两。”

“这白龙将为什么要掳走一个被幽禁的王女呢？这说不通，按说他并不缺美人呀！”

“你呀！什么都不懂就不要乱说话！这王女是一般美人可比的吗？我告诉你们啊！我表叔的女儿在王宫当差，她说这王女殿下美得就连女人看到也会被迷住的！你们说说，那得是什么样的天姿玉容？”

“你是不是吹牛啊？这世上真会有这么美的人吗？”

“怪不得这通缉头像只画了白龙将的！这王女的样子岂是我们这些普通百姓能见的。不过若是按燕大娘所说，那么这个白龙将被王女的容貌迷惑了也不奇怪，听说几年前那场大战中，就是这白龙将杀了王女的驸马！”

“这就对了嘛！我燕大娘什么时候乱说过！听你这么一说，八成就是真的了，这王女太美貌，白龙将被迷惑了，就杀了她的驸马，为的就是得到美人吧！”

一群百姓围着通缉榜，七嘴八舌地议论着，却没有一个人发现在不远处有一对灰衣男女站在一头强壮的骆驼旁边。两人头上都戴着斗笠，斗笠上都有一圈轻纱垂下，女子的轻纱下还有面纱围着半张脸。不过，这样的装扮在这黄昏国，倒是一点也不奇怪，毕竟这里终年风沙不停。

“看来他们已经知道了，这样一来，我们不得不改变路线。子纯诡计多端，不会这么轻易罢休的，更何况，他还想拿你的血去开启王陵的血之永生禁术，企图拿出黄昏面具称霸天下呢！”

“黄昏面具？那不是父王生前出征时的面具吗？有什么特别之处？”

“明月，那可不是一般的面具，你父王自从得到那个面具后，就从未打过败仗！可我总觉得这面具是不祥之物，因为自从有了它以后，你父王变得有些残暴，四处征战，所过之处皆是城毁人灭……”

明月姬一脸的难以置信，她不愿意去相信把自己宠上天的父王，居然真的像传闻中一样，是嗜血王！她想说些什么，却终是什么也没有说。

“明月，是凡人，总会有欲望的！很多事情，不是你不愿意相信，就没有发生过！我们今后流浪的日子里，你会慢慢发现，很多事情不是你看到的那样。我真的不想让你感受这些，可……我无能为力。”

“我明白，若是真像你所说，这黄昏面具有如此大的魔力，那不如我们自己去寻找王陵的入口，毁了那面具！”

重云看到明月姬淡然从容的表情，微微一笑，经过这几年的囚禁，他的明月已经长大了！即便不能护她周全，陪她一起死也是个好结局。

二人相视一笑，无须多言，彼此心意皆明了。他们转身牵着骆驼出了镇门口，向骷髅山的方向前去。

二人原本以为一路上应该无人，却不曾想竟然遇上了羽族大军！这荒漠野外的，又是如此空旷，竟是连个能躲开的地方都找不到，硬生生地对上了！

“什么人！拿下斗笠，让我看看是不是这画上之人！”

“我是落日镇的百姓，风沙太大，娘子又患了咳疾，大夫说不可直接吹风。”

“不可直接吹风？那你们跑到这沙海来做什么？来人，拿下！”

后面的几个小兵刚想过来扭住他们，重云扔掉斗笠直接拿出长枪迅速将对方斩杀！吓得想围攻的人不敢再上前，但领头的人竟然放出了信鸽。

那人说道：“哼，云龙银枪，果然是你们！大家，抓住他们两个，可是有黄金万两！而且，只要抓住他们，将军就会让咱们回家探亲！”

原本已经被吓得不敢上前的士兵，听到黄金万两、回家探亲后，全都像疯了一样冲向重云和明月姬。没有什么比金钱和家人更能让这些终年征战的将士们心动了！

重云一看势头不好，也顾不得骆驼，拉起明月姬一路快跑。只是，明月姬毕竟是王女，哪里这样跑过？

“呼——呼——重云，你不要管我了，带着我，我们一个都逃不了！你——逃了，至少还能来救我，我们还有希望。”

“明月，若我现在就丢下你一个人，那我重云也不配做你的夫君！”

后面的追兵也许是要将他们活捉，也许是惧怕了白龙将的威名，并没有太急于追上来。

“头领，快看那边，我们的援军到了，这回管他是白龙将还是黑龙将，都得乖乖地跟我们去换黄金！”

“好！这回看这两个人往哪里跑，给我包围了！顺便摘下‘嗜血王’女儿的面纱来，让咱们见识下什么叫仙姿玉容的绝色美人！”

“原来所谓的南羽族反杀戮联盟也不过如此！我还以为能高出我们黄昏国多少能耐！可惜，你们不会如愿的……”

明月姬拉着重云的手，一步步地向后退去，却是在百余步后脚底一滑。

重云快速拦住了她后倾的身体，眼中只有对她的担忧，不带一丝的畏惧！他轻声对明月姬说道：“明月，现在身后是断崖，我无法确定它的深度，你可害怕？”

“横竖都是一死，明月愿与你长眠于这无名断崖之下！”

听到明月姬的这番话，重云凤目之中竟然泛起泪光，复杂的眼神有刹那的分裂，而后抱住明月姬继续后退，二人瞬间坠入断崖之下……

73
明月姬重伤

荒漠断崖边上，皆是羽族的军队。

“头领，大将军马上过来了，可这人都掉下去了！怎么办啊？大将军会不会……”

“原头领，人呢？你信中说在这附近捉到了重云和明月姬？”

“回将军，这二人……这二人竟从这里跳下去了，属下没能拦住，请将军处罚！”

“跳下去了？死了就死了，他们自己寻死，我为何要罚你呢？”

“属下办事不力，破坏了将军的计划，属下该死！”

“行了行了，不要总是把该死挂在嘴边，我们羽族已经被‘嗜血王’屠杀了那么多人。你要好好留着你的命，要为死去的亲人报仇，为活着的人不再有这无妄之灾而战斗！记住了没有！”

“是！属下记住了，所有人，我们都要好好活着，为死去的族人报仇，为活着的族人挡灾！”

“报仇——报仇——挡灾——挡灾！”

翼将军挥手示意众人停下呼声，因为他们还有更重要的事情去做。

“原本是想趁此机会捞黄昏国一笔黄金来充军饷，没想到这二人居然跳崖了。但是也无妨，我们来的重点本就是拿钱后抢走王女，囚禁于我们羽族，让子纯寻找黄昏面具的美梦破灭！现在她葬身于此，也不算背离我们的任务。”

黄昏相子纯自以为很精明，却从未想过，惨死在这面具之下的南羽族无时无刻不想毁了这面具，也早就料到子纯一定会找这面具！

“来人，吹响集结号角，集合整个南羽族之力，我们今日便破了这黄昏国的城门！”

“攻城！攻城！报仇！报仇……”

低闷有力的号角声响彻天空，驻扎在黄昏国附近的所有羽族将士都朝一个目标集结，那就是黄昏国的正门！

断崖之下。

躺在沙丘之上被埋了小半的两个人，相距不远。所有人都没有想到这断崖之下居然是沙丘，这两个人也是幸运！

重云动了动手指，慢慢从沙堆里爬出来，晃晃悠悠地走向明月姬，却发现她旁边的沙居然被血染红了！他心中一惊，抱起明月姬几乎是带着哭腔大声喊她：“明月！醒醒，快醒醒啊！你不要吓我！明月……”

朦胧之中，明月姬听到有人呼唤她，可是她却无力睁开眼。她好累，手好疼，连全身的骨头都感觉像是散了架一般。

“明月……你睁开眼睛看看我好吗？你总怕我丢下你一个人，可你知不知道？我更怕你丢下我一个人！没有你，我生无可恋！明月……不要吓我……我们还要一起去灵族看月锦花，看天空上方的坠星！你说要陪我一起去汐族，看那长得绝美的鲛人伤心时会不会落下珍珠。明月……回答我……”重云几乎是哭着说这些话，他不能失去他的明月，他无法想象失去他的明月，他还能有什么牵挂！

终是抵不住耳边一直有人呼唤自己，明月姬终是清醒了几分，动了动眼皮，很想睁开，却是没有力气。

重云看到她的眼皮和睫毛动了动，整个人马上有了希望！有反应就还有救，出永乐塔的时候，所有的奇花异草他都带了出来。流浪在外，可以没有银两，却不能没有救命之药！

“明月！明月！你等着，我去找药来！”

还好这坠落的地方是沙丘，不然从这么高的地方掉下来，就是花，也会被摔成花泥了吧？重云见前方沙丘里有个包袱露出了一半，正是他们的那个！他轻轻放下明月姬，深一脚浅一脚匆忙跑了过去，用力将包袱从沙丘中之揪了出来，打开来看了一下，还好，还算完整！

重云放下包袱，仔细查看明月姬到底哪里受了伤，发现除了手臂和手上的擦伤比较严重之外，其他地方倒是没有受伤的迹象。拉起她的衣袖一看，重云心疼不已。虽然每一处都不及他身上的伤口重，但她是女子，这些伤若是不处理，只怕是要落下疤痕了！还好有封赤花和雪颜草在，他的明月那么爱惜肌肤，从来都是用特制的水来沐浴，若是看到这些，一定会伤心。

重云先将封赤花瓣摘下，挤出汁液滴在了明月姬的伤口上，又将雪颜草揉成软团，轻轻盖在较长较深的伤口上。停顿了一下，似是又想起来了什么，他又打开包袱，翻了半天，终于在最下头找到了那颗唯一的还魂丹，这才放心地舒了口气。

像重云这种长年习武打仗的人，掉落在这沙丘上都有些吃不消，更不用说像明月姬这样常年养尊处优的弱女子！只怕是五脏六腑都受了内伤，这幸亏下头是沙丘，否则……只是此时的明月姬根本无法吞食这还魂丹，看来他也只能再越礼了。重云拾起边上的水囊，喝了两口，又含了一口在嘴里，然后将还魂丹吃到嘴里，慢慢咬碎这一大颗药丸。他小心翼翼地抱起明月姬，捏开她闭着的唇，覆上去，一点一点地逼迫她全部咽下……

两个时辰后。

重云解开自己的厚披风，一小半披在自己身上，一多半将明月姬整个人包起来，虽说这沙漠白天很是热，可夜里却还是冷得要命，若明月姬此时中了风寒，他又要去哪里找人来救治？

“父王……明月会替你和哥哥报仇的……”昏迷中的明月姬开口呓语。

重云将怀中的明月姬又抱紧了些，这比一直没有反应好多了：“明月，你的心中也开始有仇恨了吗？不怕，你还有我，你所有的一切，我都会帮你的！明日破晓，你就可以好起来了！”说完，吻向明月姬的额头。

命运，谁能真正掌握在自己的手里？众生在做任何一个决定的时候，都注定了路的轨迹会向众生所未知的必经方向走去。而众生能做的，也只有在做每一个决定的时候，让自己不后悔而已。

破晓时分。

第一缕阳光照在了明月姬有些苍白的脸上，她慢慢地睁开了双眼，发现自己居然还活在这个世上！除了全身有些痛之外，并没有其他不适。双腿、双脚、双臂、双手还都可以动。她起身，见重云坐着都能睡着，嘴角弯出最完美的弧度。不过她的手在强行起身的时候不小心裂开了，有点流血不止的样子。看到前方的建筑边上有些荒草，她忍不住过去看看有没有止血草，免得让重云看到心疼。

感觉到自己身边的气流在动，重云睁开双眼，自责为什么会睡着，却忘了他自己也是受伤之人！他见明月姬已经起来，拿起包袱，赶了上去，一边赶，一边说："明月，回来，刚刚好了一点怎么可以乱跑？小心再……"

重云的话还没有说完，明月姬滴血的地方就发生了晃动。明月姬赶紧回头向重云看去，还没等二人反应过来，就陷入了一片混沌。

片刻后，二人终于停止下落，周边却是乌漆麻黑的一片……

74
移尸盗面具

“咳……咳……咳咳……”

“唔……嘶……呼！”

“明月，你还好吗？闭上眼睛一会儿，这样你再睁开眼时才会看得更清楚一点，知道吗？你身上还有伤，不要乱动！”

“我还好，你不要担心，你也闭上眼睛休息一下。本以为从断崖掉下来还能活着，已经是个大奇迹了，却没有想到又掉进了这么一个黑暗的地方还能好好地活着！重云，你说，是不是上苍可怜你我给了我们一条活路？从现在起，不管是子纯那个恶人，还是那些羽族的人，都找不到我们了！”

“呵呵……明月你能这么想真好，我一直都担心你会无法从这一连串的打击中走出来。今后，我们寻到黄昏面具便毁了它！然后我们一起走遍这秀丽河山，安安静静地过日子可好？”

两个人虽然都闭着眼睛，可重云却依旧能感受到对方的情绪变化。这些年经过这么多的国仇家恨、儿女情长，他的明月真的不再是那个单纯天真的小女孩了。重云内心有说不出的苦涩，他说过护她一世周全，却沦落到现在的境遇。白龙将如何，当上君王又如何？

在这乱世之中，根本没有人可以左右自己的命运……

“好，你在哪里，明月就在哪里。此生再也不要分开，就算是死，也不要分离。死太容易，可是留下的人却是穷尽此生都不会快乐！”

“明月，你还想他吗？”重云问得有些心虚，就算此时明月就在眼前，可他依旧没有足够的把握得到他心里想要的答案。

等待回答的每一秒都是煎熬的，他迟迟听不到明月姬的回话，正想着睁开眼睛，却闻到一丝淡淡的月锦花香，正在慢慢地向自己靠近，瞬间整个人像是被定身一般，屏住了呼吸……

明月姬俯下身去，竟是吻住了重云冰凉的双唇，他是她一直以来的期盼，她此生的唯一。长而柔顺的青丝随着她的俯身滑过重云的脸庞，如果知道结局都是一样的，那么她不会做出那个决定。世上从不曾有后悔药，还好一切没有太迟，她还来得及告诉重云，她的心意从未改变过！

重云沉浸于这一刻的缠绵，原来一切都是他想错了方向，明月依旧是他的明月。他换被动为主动，吻着这个自己用一生来守护的女子……一个孤儿，先是有了重家二老收养疼爱，又遇上了彼此相爱之人，虽中间太过痛苦，但结局终究算是圆满，上苍对他还算眷顾。

“哐当！”

不知道什么东西掉在地上，硬生生地将缠绵的两个人分开了。

“什么声音？对了重云，我们出逃之时，我随手塞了一颗夜明珠在衣服里，你找找看，也不知道从断崖掉落时，有没有摔碎。”

“好，我来找。你不要乱跑了，我怕你的伤口再裂开。”

其实这夜明珠太好找了，如果他们刚才注意到的话，就会发现那个包袱发出了淡淡的光。

重云拿出了夜明珠，扶起明月姬，循着声音的方向走了过去，然后说道:“应该就是这里了，好像还在漏沙，明月你看，这里好像有字!”

明月顺着重云指的地方看去，却觉得有些脑要炸开的痛感，意识也有些弱了，一不小心跌坐在地上。

“明月，明……”本想看看明月怎么样了的重云，竟然和明月一样头疼得快要炸开。

半刻钟后。

白羽看着四周，黑洞洞的，心想，这里又是什么地方。明月姬的意识还真是强大,她居然只能以旁观者的身份来感受,却不能干扰。看着地上那个重云大将军，她还是有点怕，尽管那个人长得和墨羽很像。她向前走去欲扶起他，在这陌生的地方她只有这么一个盟友，他可不能牺牲!

“喂！重云你醒醒，可不要睡在这里呀!”一边摇，一边喊，她是白羽，没必要对这个重云客气。想想他那天的所作所为，她恨不得杀了他。

“你不是明月姬！难不成你是?”

白羽心中一惊，麻烦了，可不能让这个大将军再发疯，瞬间头摇得像拨浪鼓一般。可她不知道，高贵的王女任何事任何时候都要尽力掩饰自己慌张不安的情绪，那才是一个勇敢的王女。

“小羽儿，是我，墨羽啊！终于找到你，还认出你!”墨羽一把抱住白羽，就如重云在永乐塔上抱住明月姬一样用力!

“小羽儿，你知道吗?若是你再不出现，只怕我们无法通过这个关卡了，若是不能通过，之前你所看到的明月姬的所有往事还要再重过一次！时空会倒流，我依旧会找不到你，因为那时候你不知道又变成了哪个角色，出现在我的面前。”

“墨羽，真的是你吗？你知道吗？我好害怕，我不怕打打杀杀，我不怕重来一遍关卡，可是我害怕重云，我从未像这次一样绝望过，绝望到我想放弃！”

“不！绝不能放弃，刚才重云看这墙壁的时候，我也看了，可是我无法向他传达。这里就是王陵，也就是我们一直刷材料的王陵。只要我们找到入口，用你的血开启禁咒——血之永生，找到他的黄昏面具。再在面具里面抹上这包袱里的灭神冰，就可以毁了子纯的诡计！最后将苍力的尸体烧了收好，也算是帮明月姬完成了心愿。走吧！小羽儿，这里的路，没有比我再熟悉的了！”

是的，这千年之前的王陵和千年之后的王陵，路没有什么改变，对墨羽来说，闭着眼都知道方向！

“走，这里只需要认路就可以了，并不需要我们打什么！”

白羽并没有好意思说，其实她一直都有一点路痴。

一个时辰后。

这王陵还真是大，就算是认路，也是走了一个时辰还要多些。

“呼——终于走到了，还好这从上头摔下来，不是摔伤了腿。不然还真要拖累你了！”白羽觉得有些不适应，第一次感觉到什么叫有心无力。她现在身体的主人是娇滴滴的王女，除了好看一点用也没有……

“小羽儿，摔伤了腿也无妨，我来背着你走！你知道吗？我就怕你有一天不想拖累我了，我也会像重云一样，失去自己的一生所爱。那样的话，就算得到一切还有何意义？”

这话说得白羽耳根发烧，这些日子以来，就算是意识很弱的时候她依然能感觉到重云和明月姬的种种缠绵悱恻。神志清楚些的时候看着重云顶着一张墨羽的脸，别提她有多尴尬了！

“你就这么想让我摔伤腿吗？”白羽不知道应该怎么接墨羽的话，只能答非所问。然后把那重复受伤的手按在了门中央的云龙的眼睛上。嫌血不够多，另一只手也没闲着，使劲儿挤压伤口。

石头块摩擦的声音想起，通往苍力墓室的石门终于缓缓地打开了。

“你看你，就不能省着点用你的血吗？”墨羽心疼地抓起白羽那只受伤的小手，又要从包袱里拿药来用。

“别！省着点用吧！这点小伤，真的不碍事，前面的路会怎么样我们都不知道。若是没这些药，我们会很被动！”白羽一脸认真地看着墨羽，两只手按住他那只欲拿药的手，拉着他就走进了墓室之中。

“小羽儿，找到了，你闪开，我将这棺盖打开。你帮我拿好这夜明珠，我来处理，只准你在一边乖乖看，听到了没有？”

“我知道了，不过，我有个想法，我们应该将这黄昏面具留着。我们若是走投无路，我就戴上它和子纯同归于尽好了！”

“不准乱说话，就算戴面具也是我来，你主宰的躯体根本没有能力御敌。可我就不一样了，我主宰的这躯体可是黄昏国以一抵千的大将军，这个你就不要和我抢了！”

“也好，那我们把苍力王的尸体换一个普通点的墓室吧！他们就算是发现了也会认为有人在盗取黄昏面具的时候，把尸体毁了，或者是偷了！这样我们也不用再劳心到哪里找火来把这苍力王给火葬了。”

说罢，两人将黄昏面具放入包袱里，墨羽抗起苍力王的尸体走向了其他墓室。

75
命运之轮

墨羽一边扛尸体，一边庆幸自己多么幸运，这重云长得像他就算了，竟然也是个痴情之人！若不是如此，他也没有机会吻到小羽儿，他知道这不是很光彩，可他也一样控制不了自己。若是以自己的身份和小羽儿如此亲吻，只怕她是要恨死自己了！还好有重云这个顶雷的……他笑得凤眼扬起，一点也没觉得胖胖的黄昏王有多重。

“就放在这里吧！不会有人想到堂堂苍力王会在一个偏僻的耳室里。”

放下那胖胖的黄昏王，墨羽一把推开那个石棺盖，推开的一刹那，竟被里头的闪耀光芒刺得无法睁开眼睛。整个耳室被照得宛若在白昼一般明亮，让在这昏暗里待久了的两人一时间不能适应。

“墨羽！你怎么样？有没有受伤？”

“羽儿，我没事，就是这会儿看什么都是一团白光，只要你能把我放进你心里，就算现在死了，我也甘心。”

“都什么时候了，你还开玩笑，真是没个正经！”

“正经……可以吃吗？羽儿你快过来，你来看这是什么！”

白羽走近一看，嘴巴都合不上了。这也太幸运了吧？居然在这里找到了黄昏权杖！而这个黄昏权杖好像和他们之前看到的不一样，在这个权杖的头上，镶嵌了两颗说不出名字来的宝石，白亮透着冰蓝的光芒，看起来冰凉。

“没想到，来重新安葬这黄昏王苍力，还能找到这个黄昏权杖，有了它，你不用再担心我不能保护自己了。据明月姬的记忆，这个权杖配上面具，才是真正让黄昏王所向无敌的原因。”

“若是这样自然是更好了，我的羽儿又多了一道安全保障。羽儿你看你的手！伤口好像慢慢愈合了！”

白羽低头看向自己的手，之前重复裂开的伤口在渐渐地愈合，手腕上的大道伤口也开始慢慢变平，这速度比封赤花还要好，还要快！几乎是瞬间的工夫，所有的伤口、伤痕全部都消失不见了！两个人难以置信地看看对方，都不太敢相信这一切真的发生了！

“难道说，这就是黄昏王征战这么多年，不管受多重的伤，都活下来的原因吗？墨羽，你说是不是因为这上头的两颗石头的缘故？”

“很有可能，这下可真是帮了我们的大忙！我们的仙草奇花已经快用光了，有了它，我们就不用冒险去买药了，我来再试一下！”

白羽还来不及阻止，墨羽已经用赤虹剑将手指割伤了。果然，墨羽手上的小伤口居然很快消失不见了！看来，她的想法是正确的，这下真的不怕受伤了！

“羽儿,我已经试好了,我们走吧！再不走,只怕那些人回过神来，还会追杀我们的！”

“墨羽，你……你可不可以，不要什么事情都为我？你这样子，我……我……”

“羽儿，为你所做的一切，我从未后悔！我知道，你心中有易非。但是……你无权阻止我爱谁！”

“我……我没资格喜欢他了，现在也没资格阻止你。可是墨羽，你能不能告诉我，我有资格做什么吗？”白羽迷茫了、失落……她无法忘记那天，那天的重云将军还是慕容羽的脸，那天她和重云将军……

“你有资格顺应自己的心意，比如……你可以选择忘记他，爱上我！”

“你又乱说话，我们还是快走吧！”

看着走在前面的白羽，墨羽心头不禁闪过一丝凄凉，心里默念：“羽儿，你可知道我有多喜欢你？你可知道我每天陪在你身边，只是为了多看你一眼？也许重云的爱是自私的，可重云至少有明月姬的回应。羽儿我为你所做的一切，你终有一天会知道。我不想要你的感动，不想要你的于心不忍，只想要你心中有个我的位置。”

黄昏国城门外。距离城门不足五里的地方竟集结了羽族的三十万大军，全部严阵以待，也不攻城，也不离开。

“翼将军，整个南羽族三十万大军，还怕一个小小的子纯不成？他们的新王不过是个没长成的毛孩子！何不攻进去，杀他个片甲不留！”

“原头领，难道你忘了，我们南羽族三十万大军为何站在这里？若是我们这么做了，那么十年之后也会有三十万大军站在我们南羽族的城门口！而这黄昏国的百姓，何其无辜？”他翼云扬绝不会那么做！

“是，将军！属下无知，多谢将军教诲，以后定会改掉这些想法！”

“原头领，你虽不识几个字，却是这南羽族之中数得上的忠勇之人！以后这将军之位，只有你接手，我才能真正放心。”

原头领或许不是最好的，却是对南羽族最忠心、最敢拼命的！

王宫大殿。

“报，城门外集结了三十万羽族将士！”

“报，羽族的一小支部队在落日镇外的荒漠，将重云和王女逼落断崖，生死不明。”

“报……”

“都给我滚！不许再放人进来！本相要和王上、七曜大臣商议大事！”子纯气急败坏，狠狠一脚将人踢飞出去。

瞬间所有不相干的人，全部快速退出大殿。

“宰相大人，这可如何是好？门外的三十万羽族大军，可是不好对付，现在我们又失去了白龙将重云，王女也坠落断崖生死不明。只怕黄昏面具一事，无法实现了。”

“哼！谁说没了黄昏面具，我们就没有办法来对付那些人了？”

“宰相大人，难道你还有后招不成？可是我们现在被三十万大军压境，还能做什么呢？整个黄昏国的所有兵力加在一起也不过十九万。”

“哈哈……”

这个笑声让人听不出是男是女，但让人有些毛骨悚然。顺着声音寻去，只见一个穿着玄色长斗篷的瘦弱之人，戴着面具，站在昏暗的墙角，好像夜里的亡灵一样！

“谁说除了黄昏面具之外，就没有能对付这三十万大军的方法了？只要集齐三千童男童女，便可开启命运之轮！那命运之轮里封印的可是上古神兽，不要说三十万大军，就算是毁天灭地也不无可能！”神秘之人话语间尽是对这些大臣的不屑。

“命运之轮？这可是上古的禁术，不可以随便用的，用了可是会有灭顶之灾啊！”

“现在也不是随便的时候！还是你以为不用禁术，就没有灭顶之灾了？”神秘人虽然话说得不客气，却极在理。

所有人面面相觑，是的，用不用这禁术都是灭顶之灾，用了也许还有一线生机在！

“好，那么你们就交代下去，说为了祈求上苍护佑我黄昏国能打败城外的三十万大军，召集三千童男童女。”

“是，宰相大人！”

七曜大臣们走出大殿，去传达王命。

“子纯，这个神兽真能护我们平安吗？”

“吾王宽心！子纯拼尽性命也会保你周全！”

“子纯，只有你待我最好，你不要抛下本王啊！”

子纯一跪：“吾王安歇吧！子纯要去盯住他们完成这个任务！”说完，起身大步走出了大殿……

76
众怒反抗

城南的每一个角落，都充斥着撕心裂肺的哭喊声，凡是家中有未婚的男孩女孩的百姓，无一幸免。虽然带头的军头儿说这是为了给整个黄昏国祈福，但是祈福为何要带这么多兵来抢人？

“这位军爷，家女下个月就成亲了，不算在你要找的条件之内呀！你就行行好，别让她去了，这半个月下来，婚期都误了，将来是要嫁不出去的呀！”一位身材略胖的三十几岁的妇人双膝跪地，已经哭成了泪人。

“若是这黄昏国的城门被门外的那三十万大军给攻破了，你的女儿成了亲又如何？国灭，你们哪来的家？”

“张婶家就这么一个女儿，婚期也将至，你就行行好……”

“行行好？上头交代下来一日之内若是不能将此事办好，我的头都要搬家了！谁又能给我行行好？滚开，谁再阻拦就是违抗王命，杀无赦！”这人说完，示意手下将人带走。他不想浪费时间，因为他也不想死！

“娘亲……娘亲……我不要去，不要去啊！”

“漠颜……漠颜……女儿，娘亲无用，留不下你，颜儿……呜呜呜……”

“快点拉走，别磨磨叽叽的，当心这差事办不完，掉脑袋的可是我们！”

“是，头儿！走走走，去下一家！”

整个黄昏城就在这种骨肉至亲分离的气氛下，渐渐进入了黑夜。然而并没有人知道，这只是所有人噩梦的开始，夜空之下只有那个飘在半空中的人在笑，笑得发自内心，笑得乌鸦都迅速逃走……

城门外。

“翼将军，我们已经围困黄昏国两天了，明天午时，若是他们还不出来应战，我们当如何？”

“我们不用如何，想必城内此时已经乱成了一团，我们只要在适当的时候攻破城门，便可不战而胜！”

“不战而胜？可是将军，怎么可能不战而胜呢？属下实在不解！”

“据城内我们的人来信说，子纯得知重云和明月姬已坠落断崖，城门外又有我们三十万大军围困，已经是孤注一掷，想要开启命运之轮！对外还宣称是召唤神兽，护佑整个黄昏国。”

“命运之轮？神兽？都是什么？真的很有用吗？”

“哪里有什么神兽，据我们羽族的大长老说，命运之轮里封印了上古恶魔之子！他的力量，不敢说毁天灭地，却也能毁一方生灵！而这解开封印的方法就是——生祭三千童男童女！”翼将军冷笑，想不到这子纯竟是如此荒唐，为了一己之私，要毁了整个国家。

“生祭三千童男童女？如此邪恶至极的办法，也只有这黄昏国的人能想得出来！可是将军，若是他们真的解封了这上古恶魔之子，那么我们这些人岂不是也要跟着遭殃！”原头领有些担忧，他可不想让后面的将士白白牺牲。

“没错，所以我们要午时攻破城门，让城内的百姓因恐慌而变得无畏！谁不想带着自己的骨肉逃离？到时候我们只要让守在其他城门的将士攻破城门即可，最后所有将士在这里集合，从这黄昏国的正门进入！”

“翼将军，属下真是佩服，这么多年从未放弃灭掉黄昏国，却又如此地爱护百姓，让他们有可以逃生的时间！”

“百姓何错之有？你真的以为他们会在乎谁是他们的王吗？他们在意的只是没有战争，没有重税，可以解决温饱的基本生活而已！”

又刮过一阵风，扬起了大片的沙尘。黄昏国处于一个贫瘠的地域，这里不是荒漠，就是干旱的土地，种不出太多粮食，连水源也是仅有一条河。比起南方的羽族，黄昏国的人族生活得实在是很清苦。

黄昏城内，慧心馆。

为了更快地集够三千人，派去征人的将士不惜以武力来加快速度，对不肯放人的家眷进行殴打。霎时间，整个黄昏国的百姓和将士从之前的以礼相待，变成了怒目相对！有些百姓甚至结成小团伙，和将士们打了起来。虽说百姓不比训练有素的将士，但想保护自己骨肉的百姓下起手来那也是绝对的狠辣！打斗起来，竟也是沾了人多的光，把这一小队的将士给打跑了！其他人见这样有效，都纷纷效仿，保护自己的孩子！

“大家听我说，家里没有被带走的孩子，集合在我的慧心馆，大家把这个地方围起来！虽然咱们都是普通的百姓，但是只要我们团结在一起，他们就没有办法！我听说明日午时城外的南羽族三十万大军就会攻破城门，南羽族的军队都是宽待百姓的，到时候一定不会为难我们。现在大家要做的就是快点把孩子们集中在一起，待到明日午时，一起逃出这黄昏国！”

“好！还是舞老板有办法，不愧是咱们这黄昏国的智者！”

“对，听舞老板的，不然咱们的孩子早晚被他们给抓光了！”

所有百姓都忙着把自己家藏好的孩子找出来集中在一起，好像只有这样做心里才能踏实一点。

一个时辰后，将近八百个孩子集合到了这慧心馆，再加上他们的家人，硬是将这号称黄昏国第一学堂的慧心馆给挤得满满当当。

“好了，我会将孩子们带到学堂地下的密室，安排好之后，还请各位挑选出眼力好的人来跟我去高处巡视有没有王军来抓人！”舞琉璃说罢，带着八百多个孩子走向密室的入口。

“我们都听舞老板的,你先去安排好孩子们。眼力好的自己出列，咱们也不能闲着，分两班轮岗一会儿跟着舞老板巡视。”

“对对对！咱们一定要团结，这可是生死攸关的事！”

“你们听说了吗？这次子纯宰相知道打不过南羽族的几十万大军,所以派人去请王女,结果守护王女的人都死了,也没有找到王女。”

“这个谁不知道啊！据说白龙大将军将王女抢走了！整个黄昏国都贴了通缉告示，要我说，两个人一定是一起私奔了！这白龙大将军，也抵不住王女的天姿啊！”

“你听我说完啊！这后边我可是听说，这宰相是为了用这王女的血开启先王的墓室，取出一个面具！就是先王出战的时候用的！那面具一戴上，这城外的三十万大军就不算事儿了！”

“面具？若是真这么神奇，那为什么要和先王一起放在墓室里，而不是直接传给他的儿子呢？”

“这个就不知道啦！倒是听闻，因为用王女开启墓室拿面具的计划失败了，才抓咱们的孩子，说是为了开启什么命运之轮，放出神兽，来对付城外的三十万大军！”

“哼！就知道这个子纯没安什么好心，我大儿子说了，无忧河一战，那个窝囊废子纯，看到南羽族的大军来了，直接就逃跑了，扔下当时的头领重云和他的先锋部队！搞不好，抓咱们的孩子说是去祈福，说不准就会和很久很久以前一样……哎！”辛老头一眼看穿，道出不为人所知的真相。

“辛老头，你说话别说一半呀！以前怎么了？难道也像今天一样？”

“好吧！反正也是熬时间，那我讲讲也无妨！”

77
竟是舞琉璃

三千童男童女，全部趁乱逃出了黄昏城，在舞琉璃的带领下连夜聚到黄昏王苍力的王陵入口，这一路上倒也出奇的顺利。

“多谢舞老板的救命之恩！这么多孩子，要不是你出手相救，我们这些人也活不下去了！”

一众人竟是全都跪了下来，对他们而言，孩子就是命根子，救了自家的孩子就等于救了整个家！这救命大恩，只有一跪才能显示出自己的诚意！

舞琉璃微微一愣，眼底闪过一丝复杂的情绪，却是马上消失了，只是说道：“大家快起来吧！琉璃……琉璃受不起！大家的痛处，琉璃感同身受。”

“谢舞老板的大恩！这辈子，只要是舞老板一句话，让我们去死，我们都愿意！”

地上跪着的一众人缓缓起身，眼神中尽是无限的感恩！

“大家放心，这里可是先王的陵墓，没有几个人可以找到这里，咱们在这里，应该是安全了，孩子们，快到你们的家人身边去吧！”

一时间，整个阴暗奢华的王陵，充满了温暖人心的天伦之爱。

“呵呵……还真是一群傻得天真的人啊！舞琉璃，还真是小看你了，想不到，你竟然先我一步做到了把人聚到这王陵来！比起狠毒来，还是你们女人更胜一筹！”

所有人不解地看着来人，那人一身华丽衣衫，看起来就不像一般人，身后跟了一群人，不急不缓地走了过来。

“琉璃叩见王上！”舞琉璃盈盈一拜，脸上没有任何不悦之色。

“王上？这……舞老板，这到底是怎么回事？”

“是啊！舞老板，这里不是没有几个人可以找到吗？他们为……”

“真是愚蠢得可笑啊！不过，我可以告诉你们为什么！因为我们就是那为数不多的几个人！这是我们王室的王陵，作为你们新一任的王，自然知道！是不是啊？子纯？”

“是！王上，三千童男童女已经聚齐了，是时候开启命运之轮了，再晚了只怕是来不及了！一旦南羽族的大部队全部攻进王城，就算我们释放出上古恶魔之子，王城也被毁了……”

“好！子纯，你现在就开启命运之轮！”

“是！王上！所有人退后到王陵之外，然后放下生门！”

包括在舞琉璃在内，一行人都退到了墓室入口之外，只剩下刚才还沉浸在天伦之乐中的百姓们。他们还来不及反应，墓室的石门已经缓缓下落，随着一声闷响，这道生门已全部关上，隔断了里面所有人的生路，还有希望！门关上的一刹那，百姓们才恍然大悟，原来这不过是一个骗局！目的就是为了让他们自愿聚在一起，这样比一个个地抓，更加方便快速！只是，为什么是舞琉璃？她是那样温婉的一个智者，集美貌与才华于一身，大家都如此信任她！

“没想到，临死之前，还被最信任的人出卖！普通百姓的命运们两个却始终没有看透幻主的眼中藏着的是什么！

王陵之内的童男童女随着命运之轮法阵的开启，魂魄都被吸入法眼之中的神器——上古恶魔之角中。百姓们看着孩子们一片片地倒下去，终是再也无法面对这种生离死别！哭喊声此起彼伏，不绝于耳，人世间最悲惨之事莫过于白发人送黑发人……随着最后一个魂魄进入上古恶魔之角，阵眼开始剧烈地晃动！一阵刺眼的光芒冲上了天空，方圆百里之内的人全都看得清清楚楚！

“呵呵……呵呵……我儿，你终于可以出来了！哈哈……哈哈……”幻主笑得极为癫狂，整个人看起来异常诡谲！

光束消失后，站在众人面前的并不是什么上古恶魔之子，而是一个大约四岁左右的孩童，长得甚是圆润可爱。

“娘亲——娘亲抱抱，云儿好冷……”

刚才还傲视一切、诡谲吓人的幻主，竟又变回了舞琉璃的模样，一脸的柔情慈爱，嘴角微笑上扬，径直走向那个孩童。她一把抱起那个可爱的孩子，仔细端详着，眼角更是掉下大颗的泪珠。

“娘亲为何哭了？是看到云儿不开心吗？云儿乖，再也不乱跑了。那云儿亲一下娘亲，你可不能再哭了哟！”说完，孩童便向舞琉璃的眼角亲了一口，小手还轻轻地为她擦拭眼泪，“娘亲，你再哭，可就不美了，云儿答应你，再也不离开你了好吗？”

“云儿……好孩子，娘亲不是哭，娘亲是开心，因为云儿终于回到娘亲的身边了！从今后，再也没有人可以分开我们母子，好吗，云儿？”

“娘亲，你在哪里，云儿的家便在哪里，云儿会一直乖乖地待在娘亲的身边，再也不乱跑，再也不会被坏人抓住了！”

78
时空之轮

“等等，幻主，你不是说命运之轮开启后，可以放出被封印的上古恶魔之子吗？怎么出来的是个小孩子？你难道不应该解释解释？”

舞琉璃回头冷视苍仲明，随手一挥，苍仲明便应声倒地。其实舞琉璃根本懒得理他，她好不容易才和她的云儿重逢，可这苍仲明太过讨厌，就算他是一颗棋子，也是一颗愚蠢聒噪的棋子，只有死了，才足够安静！若不是云儿在，她会让苍仲明死得很难看！

“王上！这……幻主，你怎能杀了王上？来人，把她拿下！”子纯见舞琉璃杀苍仲明只不过是一挥手而已，心里很是害怕，可是他的傀儡已死，他还是想最后拼一下，若是赢了他就可以名正言顺地称王！

“先把那个小孩给抓住！快，抓住他！”子纯命令道。

云儿转过身来，也不跑，只是看着子纯和他的将士冷笑！而那笑声根本不像一个孩子！更像是，更像是凄厉的魔鬼之笑！

“你知道吗？我最讨厌别人说我是小孩子，还要抓我了！云儿绝对不要和娘亲再分离！谁要是敢阻止我，我就杀了谁！”云儿一字一句地说道。

“云儿不要，答应娘，不要再变身回上古恶魔之子！不然，你就再也听不到娘亲叫你了！知道吗？这些人，根本不需要云儿动手，让娘亲来给你扫平一切障碍！”

“娘亲，云儿再也不敢了，你别生气！云儿就在这里等你！”

荒漠。

“不好了！墨羽你看那边！”白羽指着王陵方向冲天的刺眼光芒，眼睛里尽是恐惧！

“羽儿怎么了？那是什么？”看着白羽手指的方向，墨羽不知道那道光束究竟是什么，竟然让他的羽儿这么惊恐！

“完了，这下真的完了，他们竟然真的丧心病狂地把封印的上古恶魔之子放出来了！”白羽讷讷地说着。明月姬主宰思维的时候，她已经知道了所有事情的经过。

“上古恶魔之子？不就是我们打过的那个小变态狂？这里也有他的存在？”墨羽实在不解这到底是一个什么样的空间,倒是真全了。

“对，就是他，我想起来了，明月姬的父亲曾经交给她一个木盒，就是我刚过来的时候从永乐塔里带出来的那个。你快点从包袱里找出来，我记得明月姬说，那个木盒在黄昏国生死关头的时候，才可以打开！现在上古恶魔之子都放出来了，已经算生死关头了吧！”

墨羽从包袱里找出那个精致的木盒，交到了白羽的手上，不解地看着白羽。

白羽按着上次明月姬记忆里的方法再次打开了那个木盒，那一次明月姬曾以为自己一方的人会全部被处死，刚打开木盒，白影护卫队就出现了，她还未来得及看里头放了什么，便又关了这木盒。只是这打开木盒机关的顺序白羽记住了。

最上层的是一封丝帛的书信，是黄昏王苍力写给明月姬的。

明月吾儿：

若你看到了这封信，就说明为父预料的事情一定发生了。

黄昏国原本就地处荒凉贫瘠之地，百姓生活困苦，为父身为一国之主，用尽一生的力气只是想让百姓们能够过得更好一些。

终于在那一日，一个自称是幻主的神秘黑衣人，送来了黄昏面具和黄昏权杖两样神器。说只要用上这两样东西，天下将再无为父的对手。

他说的没有错，自从用上了这两件神器，为父在战场之上所向披靡，战无不胜！

原本这是一件很好的事情，黄昏国周边的国家逐个被为父征服，对我们俯首称臣，年年进贡。我们黄昏国百姓的日子也好过了起来，所有人都称为父是当世之王。

可是，为父也渐渐发现，越来越离不开这面具和权杖了，血液之中每每都充斥着想要杀人的欲望！

直到后来，周边国家的百姓都称为父是——嗜血王，为父才幡然醒悟，这黄昏面具和黄昏权杖虽是威力无穷，却会让人陷入嗜血的魔性之中！

而后，为父便命白影护卫队在吾死后，一定要将这权杖和面具分别藏在不同的墓室。因为这二者得其一，并没有巨大的杀伤力，且面具是认主之物，不是每个人都可以戴上这面具。南羽族探子不知从何得知为父不想再启用这两件宝物，便发起联盟之国反抗，举兵三十余万进攻我们黄昏国，若不是有白龙将重云，只怕黄昏国难逃亡国之劫！这一切皆怪为父……

为父在写这封信的时候，已发现幻主用金钱和权力诱导子纯去拉拢二王子苍仲明弑父夺位！还好，为父有你，明月，这木盒还有一层。看完书信后打开下一层，里面放着我们整个黄昏国最大的秘密——时空之轮，它可以扭转命运之轮开启后造成的一切后果！

唯有一种是可逆转，那便是死后灵魂进入幻境，且不愿再出来的人。

这时空之轮想要启用，必须按照为父告诉你的顺序！

为父还没有查清楚这幻主和幻境是否有关联，只希望吾儿能够勇敢地承担起黄昏国百姓的安危，在关键之时开启时空之轮来拯救他们。

最后为父要告诉你的是，这时空这轮关乎着你的身世，这也是你母后留给你的遗物。你的母后原本也不是我们黄昏国的女子，至于她来自哪里，为父从未深问。因为无论她是谁，来自哪里，曾经怎样，她都是为父此生最珍爱的女人！

愿吾儿能够平安地走完这一生。

最爱你的父王留

白羽看完之后，迅速将丝帛轻轻地叠好放起，打开了盒子的下一层，看到时空之轮的一刹那，白羽和墨羽都被其精美绝伦惊呆了：赤金色的底轮上浮起玄色暗纹，如十字般的四角之上镶嵌了各色魂石皆是水滴型，中间则是一颗明黄色的四方魂石，周边还有一圈闪耀的、细碎的、不知名字的小石。

“羽儿你看，这四个魂石的颜色，青、白、玄、赤，应该就是对应了上古四方神兽：东青龙、西白虎、北玄武、南朱雀，可是这中间的黄色又是什么呢？难道是……”

“要是我没有猜错的话，应该是中间这一魂石对应了五行，你看东青龙属木，西白虎属金，北玄武属水，南朱雀属火，中间的这个黄色就是土了吧！”

“羽儿，我来陪你一起用这时空之轮开启未知的空间。不管前路如何，你都不要抛下我，就算是死，我们也应该像明月和重云一样死在一起，而不是留我一个人独活！”

白羽听到这话，说一点也不动容那是假的，在这么一个陌生的空间，有这么一个保护自己、珍爱自己的人陪在身边已是很幸运。此时，明明就是她需要被保护，墨羽却为了照顾她的感受，硬说他才是那个需要被保护的人，还生死相随！她又何德何能，让他这么不离不弃？

看着盯住他有些失态的白羽，墨羽脸上终于露出了久违的笑。他看得懂，他的羽儿眼中终于有了他，虽然也许只是她一时的感动，但已经足够了，至少有了一个好的开始，他的努力没有全被否认！

察觉自己失态的白羽收回了心神，有些窘迫，便低下了头，可是再看到盒子的时候，发现下面还有一张丝帛。她轻轻地攥到手心里，然后转头对墨羽说：“我们时间不多了，我有些口渴，你去找点水来吧！看！就在前边有个小绿洲，我有些走不动了，就在这里等你！”

“好！但是你不要乱跑，不然我会担心的，虽说现在其他人顾不上我们，可也不能大意，知道吗？”墨羽百般叮嘱。

“知道啦！你忘了面具和权杖都在我这里了吗？还不放心吗？”

“只要你不在我的视线之内，我都不可能真的放心！我先过去了，马上回来！”说罢，墨羽便快步地跑向前方的小绿洲。他那因沙地不好走，而深一脚浅一脚的踉跄背影，看得白羽有些心疼。

见墨羽的身影越来越远，白羽终于敢打开手心里的那张丝帛，她若是没有猜错，这一定是时空之轮的用法，她并不想让墨羽陪她一起走进危险里！她不可以一而再、再而三地欠墨羽的情，这样下去只怕会越来越纠缠不清，而她和易非之间的距离也会越来越远。一想到易非，白羽的心又痛了起来。命运有时候，还真的是半点不由人……

明月吾儿：

时空之轮和命运之轮相辅相成，却又相生相克。开启命运之轮要牺牲三千人之生命，不包括因这三千人而死的后续人数。开启时空之轮只要吾儿一人的性命即可，但一定要将尸身保护好才可重生，所以使用的时机一定要把握好。也切记，这一张丝帛看过之后马上销毁。

第一步，用吾儿血祭火红之魂石，魂魄就可进入远古的天泪之城。

第二步，子夜时分在天泪之城正下方的湖底里，挖出英雄血石，就可以得到晴空之羽。

第三步，杀掉出现的梵天幻象、神武罗幻象、风无痕幻象就可以按下青木魂石，进入忘情森林。

第四步，进入忘情森林之后，毁掉在北方废弃的祭台上的炼魂炉，得到引魂灯。

第五步，按下白雾魂石，进入伤痕之谷，打败三尊者的幻象，就可以得到雪神之泪。

第六步，带上雪神之泪，按下玄武魂石，就能开启闭月沙漠的大门。杀掉里头的风暴之王，就可以按下中心的黄土魂石进入命运牢笼之中。

第七步，穿过七海龙门阵，就可以得到七海龙门壁，这一关看似简单，实则机关重重，吾儿一定要小心！

为父只有祈求上苍让你顺利闯过这些难关，切记带上黄昏权杖！

最爱你的父王留

79
幻主的怨恨

王陵外，舞琉璃又变回了幻主的样子，眉梢上扬，垂下的双目中尽是冷酷无情。她最恨别人想要夺走她的孩子！凡是想夺走她孩子的人，都得死！敢伤害她的云儿的人，都会死得很痛苦！

子纯尽管有众将士保护，还是吓得不停后退。盛怒的幻主银白色的衣袍被她的灵力冲得呼啦呼啦直响！她黑色的长发也在不停地飞舞，这样的场景在一个凡人看来，简直不可抵抗。

“天地无用，神魔皆无信，唯吾幻境，无人可抗拒！”幻主施展灵力，凝结出一个幻境，她随手一挥，子纯和他的将士们皆被困在了幻境结界之中。

“娘亲，咱们走吧！云儿不喜欢这里，云儿想和娘亲回家！”

“乖云儿，咱们这就回家，娘亲准备了好多你最喜欢吃的东西，就让这些人在这里互相残杀吧！反正也不是什么好东西……”

说完，母子二人便消失在茫茫荒漠之中，只留下了幻境之中的人。而那些幻境之中的人不知道为什么，都互相打杀起来，远远看去，像是一群疯子一般扭打成一团。而子纯也不知道进入了什么样的幻境，竟是杀完了要保护他的几个将军，到最后还拼命地抽自己耳光。

抽了十几个之后，居然又双手掐着自己的脖子，这场景看起来是那么的诡异！不过一刻钟的时间，子纯带来的所有将士，互相残杀后就没剩了几个。而这几个人竟也和子纯一样，拼命地掐着自己的脖子，最终全部窒息而亡。没有人知道他们经历了什么样的幻境，竟是一个都没有活下来。

荒漠。

“墨羽，我们回王陵吧！”

“为什么？那边命运之轮已经开启，多危险啊。羽儿我不许你回去冒险！因为我不想再失去你！”

“墨羽，若我不回去，只怕这个幻境永远也完结不了！这些，是必须去做的，我们必须回去，只有这样，你才真的不会失去我！”

眉头皱成一团的墨羽担忧地看着他的羽儿，就算他知道一切都是真的，他也不能接受自己的心爱之人在自己面前有一丝的闪失。

“好吧！我陪你回去，但是你必须答应我，不许一个人去冒险！”

白羽心头微微一震，她不想骗他，可是没有办法，也只有他才是她值得信任之人，可以保护她尸身之人！

“好，我答应你，我一定会保护好自己的！现在可以放心地走了吗？”

墨羽点点头，无奈地把白羽扶上骆驼，谁叫他就是没有办法拒绝白羽的任何要求呢？就这样，原本可以远离这一切是非纷争的二人，又朝着王陵的方向走去。

王城内。

由于南羽族的翼大将军开侧门疏离百姓，子纯带着精锐部队去了王陵，整个黄昏国只剩下了人心涣散的大部队。一路进城，都没有遇到什么抵抗，可以说是不杀一人便拿下王城。

“大将军，看来我们的人把事情做得很好，我们整个联盟大军几乎没有伤亡就打败了这嗜血王之国！”

“嗯！这是最好的结局，只不过，我很想知道那个人是怎么做到的，我听说，只有一个人？”

“是的大将军！只有一个人，一个女人，一夜之间就做到了让我们兵不血刃就拿下了这个黄昏国的心脏！”

“一个女人？你倒是出息了，竟能找到这么一个聪慧的女人！”

“大将军莫要笑我了！此人是自动找上门来的，我一听她所说，觉得对我们也没有什么损失，便全都答应了。”

“没错，这样对我们来说确实没有任何损失，我们并不想像嗜血王一样，我们要的不过是一个相对太平的世道，能让更多的人活下去。这些年的征战，死了太多人……”

“只不过，大将军，那个女人着实有点不一般，这里头会不会还有其他什么阴谋？我们之前看到的冲天的光束看起来实在诡异！”

“那光束的方向，像是我们追王女明月姬和白龙将重云时他们掉落的断崖方向。你说，那边会不会有什么古怪？难不成那个方向有什么秘密……”

“将军你看！就是那个女人，那边那个瘦瘦高高的，还领了个小孩！”原头领指向侧门的方向，他没有想到逃出城的人还有回来的！

翼将军见那个女人，除了透着智慧的秀美之外，并没有什么很特别的地方，倒是她领着的那个孩子看起来有些不正常，一个四五岁孩子，眼神却让人毛骨悚然！

“你有没有觉得那个孩子哪里不太对？”

“没什么不对啊！不就是个小孩子，没看……这，他的眼神，将军，你也看到了？”

翼云扬点了点头，脸色沉得让人猜不透，虽然这城是轻松地拿下了，但是这一切也未免顺利得过头了。那个女人为什么要帮助他们？她带的那个孩子，到底是什么来历？这一切疑问不停地在翼云扬的脑海里循环！看起来，这一切并不是表面上看起来那么简单。

“娘亲，那边的人，总是看着云儿，云儿很不喜欢！他们会不会想抓云儿走啊？”

舞琉璃看着翼云扬的方向，点头示意，莞尔一笑，便带着云儿要离开。正在这个时候，城里的士兵见这俩黄昏国的人居然又进了城，直接拦了下来，想要仔细盘查，毕竟刚刚收了城，不能让探子混进来，以免多添事端。

“站住！什么人？不知道现在王城已经是我们南羽族的了吗？”

“回官爷，我们是这王城的百姓，不想离开，至于谁来管理这里，我们老百姓不在意的，只要能过活日子就好了。”

“嗯——原来是王城之内的百姓，那行吧！报一下你住在哪里吧！这个小孩呢？和你什么关系？哎——我说臭小子你看什么看！再看我就把你和你娘抓起来！一个亡国之人还敢这么看我！”

原本还是柔弱斯文的舞琉璃，听到这话之后，变得凌厉可怕。她最恨别人拿她的云儿威胁她！更怕这些人的话会刺激到她的云儿。她只是想让她的云儿重新活过来，好好地享受一下母子之间缺失的时间而已，却总是有人要打扰她。而云儿的瞳孔颜色已经变成了可怕的猩红色！

“云儿！不可以——云儿！你答应过娘亲，不可以再变回那个样子，娘亲不想再和你分离那么久！”

远处的翼云扬和原头领觉察出不对劲，赶紧过来看看是怎么回事，还没有跑到，就看到了这惊悚的一幕！

那个小孩子先是瞳孔变得猩红，那个女人也开始变得有些疯狂，拼命地喊着那个孩子的名字。可最终那个孩子像没有听到一般，竟是一瞬间变成一个可怕的怪物，一个恶魔一般的丑陋怪物……

“云儿——云儿——”舞琉璃撕心裂肺地喊着那个孩子，根本顾不得自己是不是又变成了幻主本来的样子！她几近疯狂地喊着那个已经变成了怪物的孩子，不管那个怪物是不是会伤害到她，甚至会杀了她！

只是她的云儿已经又完全变回了上古恶魔之子的样子，怎么会听得进去？

幻主见这一切都已经无可挽回，她恨！她恨上苍对她从来都是残忍！她花费这么长时间来布局，为的只是让她的云儿能从上古恶魔之子的意识之中彻底地抽离出来。可她苦心经营的这一切，都被这些人给毁了！她恨！她恨这些人，是他们让她再一次失去了云儿！这些人，都该死！每一个人都得死！

狂暴的上古恶魔之子，狂怒的幻主，都已失控！一场更大的浩劫开始了。

一个城东，一个城西，所过之处皆无活口，所有建筑都被损毁。

80
白羽生祭入天泪

王陵外。

白羽和墨羽见王陵外一地的尸体，竟全是黄昏国的将士，并没有一个外来之人。而远处王城的方向，居然有大量的黄土飞沙飘在半空，远远看去，一片浑黄。

“该来的终是逃不掉，开启了命运之轮，这注定的结局终是来了！墨羽，我们进王陵吧！”

二人无奈地摇摇头，转身走进了王陵，却看到原本通入王陵的甬道被厚重的石门挡住了去路。

“没事的，让我来！”白羽拿过墨羽身上的长剑，在自己的手指肚上轻轻一划，按在了石门边上像罗盘一般的机关之上。中心的凹槽逐渐被她的鲜血注满，石门缓缓升起，那道曾阻断了所有希望的门再次被打开。

“这……虽然我知道会是这样，可亲眼看到，还是觉得不忍直视。墨羽，若是我也倒在了这里，你会守着我吗？”看着一地的尸体，白羽并不害怕，却很伤感，这些人在死之前到底经历了多么痛心的事情……

“羽儿，我说过，你若死，我不会独活！你休想抛下我一个人，你知道吗？若是你再讲这种话，我真会伤心的！”

“墨羽，你听我说，这一切都只是关卡，可是我做不到无动于衷，若我真的可以救他们，希望你可以支持我。我现在求你，保护好这里所有人的尸身，保护好我的尸身，好吗？”身陷游戏中的白羽每一个感受都不同于他人，她感觉这一切都是真的，无法做到像旁观者一样。拼命压制内心愤怒的白羽，以极快的速度抢了墨羽的剑刺向自己的心口。她不能再等了，等她做完丝帛之中规定的那几条，只怕是，整个黄昏国只有墨羽一个活口了吧？

“羽儿——”墨羽见白羽倒在地上，立马冲了过去，一把抱起了奄奄一息的白羽。内心的剧痛已然让他说不出话，泪却湿了眼眶。

“墨羽，对……不起，记得我说的话，我还会回来的……好……”话还未说完，白羽已然没有了气息，独留下悲痛欲绝的墨羽，抱着尸体像雕像一样坐在那里。

时空之轮和黄昏权杖突然消失了。

远古天泪之城。

如明月姬的父王所说，白羽在死后，鲜血浸透了时空之轮，开启了远古天泪之城的大门，魂魄也直接来到了城里。远古的天泪之城，和完美大陆上的天泪之城一样，都建在天空之中，唯一不同的是周边的环境。

白羽按照丝帛中所写，跳下了天泪之城，正好坠落在下方的湖中。她所受到的伤，皆因黄昏权杖而迅速愈合。原来让她一定要带着黄昏权杖是有道理的，不然她早就魂飞魄散了！

她在湖边终于等到了子夜来临，跳入湖中，游到湖底，开挖英雄血。

“终于得到了晴空之羽！这下子不用担心跳下去的时候直接给摔死了！”白羽长吁一口气，接下来的任务一个比一个艰难，而她不能浪费时间，必须要快速地完成这一切！

不一会儿，梵天、神武罗、风无痕的幻象便依次出来了！

“我的天啊！还好这魂魄是我自己的，不然哪里打得过这些老大？”白羽很快进入了战斗状态。

幸好到这天泪之城的是白羽的魂魄，不然这些幻境对于明月姬来说，实在太过凶险！即便有黄昏权杖在，那也不能避免一下子被秒杀后魂飞魄散的下场！

一番激烈的打斗下来，白羽虽有黄昏权杖在手，雪白的战衣上也是血痕累累。终于，伴随着最后一个幻象被破除，她按下了时空之轮的青木魂石，进入了忘情森林。

这一关，倒是不太难，她飞到了最北方的废弃祭台，杀光了周边的小怪物，用灵力毁掉了炼魂炉，便得到了引魂灯。没有强大的对手在这里，是件好事，可毁炼魂炉之时，白羽消耗了大量的灵力，若是此时有敌人出现，也是极危险的。她不敢浪费一秒钟的时间，迅速地按下了白雾魂石。

伤痕谷。

“我还是先休息下恢复灵力，不然后边的三尊者，可不是好对付的，万一真的挂了……哎！英雄真的不好当啊！”白羽并不想当什么英雄，可她没有办法看着这么多人死去，就算这一切不是真的，就算这只是个幻境，就算那些百姓和她并无关系，她依旧做不到……

这一路上，白羽咬着牙坚持，打败了三尊者的幻象，拿到了雪神之泪，滴在了玄武魂石之上，开启了闭月沙漠。

由于体力消耗太多，她几次都差点昏死在闭月沙漠之中。

黄昏权杖可以迅速地愈合伤口，却无法恢复体力，在这一点上，白羽只能自己来调节。尤其是她此时只是个魂魄，体力本就虚弱。就在她又一次差一点昏过去的时候，不知被什么突然咬了一口。她正欲挥起权杖灭掉敌人，却发现是一只可爱的小狐狸。只见它毛色奶白，耳朵大而尖尖，乌黑溜圆的眼珠子有些惊恐地看着她嗷嗷直叫。

“呵——竟是一只沙漠狐，想不到真正的狐狸的叫声竟然和狗有点相似！小家伙，谢谢你没有让我睡过去！”

白羽看向远方，发现一个庞然大物正朝她这边走来。那不是，那不是风沙之王吗？不对，风沙之王好像没有这么大，难不成是风暴之王？

“小家伙，你快走，这里很危险，知道吗？你看那边的大石头那边，有个洞，应该是沙鼠的家，你这么瘦小，应该可以躲进去的！快走吧！”对于刚才咬了她一口的小狐狸，白羽充满了好感。她明白它只是想叫醒她，而不是伤害她。所以她不能让它受连累，这风暴之王她来对付就好！

漫天的飞沙黄土，白羽飞上飞下地拿着黄昏权杖和这只巨大的风暴之王大战了不知道多少个回合！这家伙还真是不好对付，她都不知道受了多少次伤，若不是有这权杖，只怕是她的小命早就交代在这里了吧？

就在白羽打得正是吃力之时，没想到风暴之王居然一爪子拍向了小狐狸的藏身之处。白羽一急，飞到这风暴之王的头上拿着权杖狠狠地砸向了他的眼睛！风暴之王受了重伤，极度狂暴，一甩头狠狠地将白羽甩到了巨石之上。

就在狂暴的风暴之王疯狂乱撞差点要撞到巨石上的时候，一只金色闪亮之物以飞快的速度背起白羽跑到了一个相对安全的地方。

白羽以最快的速度给自己愈合伤口，若是受伤太久，魂魄也会受损。

也没顾上看救她的到底是谁，伤口刚刚见好，白羽就又冲了出去！她不能等，这风暴之王只差她的最后一击就可以毙命，若是给他时间就未必会再有这种机会！只见她展开双翼，冲向天空，集中所有灵力在黄昏权杖之上，犹如坠星一般直冲风暴之王的天灵盖！

“啪”的一声闷响，狂怒的风暴之王应声倒地，再也不复之前的威风。

耗尽了灵力的白羽直直地从空中摔到沙地之上。她太累了，累得睁不开眼睛，累得没有力气再动一下。

藏在巨石之下的小狐狸和沙鼠早就跑到了那只金毛狮子的身边，它们不知道为何在沙漠那一头的芦洲狮王，为何会跑到了这里，更不明白他为何拼死救下了那个游魂一般的女孩。

金毛狮子迈着拉风的步子走向白羽，看着她怀中的时空之轮，用厚厚的爪子按下了中心的黄土魂石。就在光芒闪出的一刹那，沙漠狐和沙鼠也嗖地跳进了这光芒之中。

命运牢笼。

沙漠狐和沙鼠没有想到的是，再次闪现的地方居然是一个黑漆漆的牢笼般的破地方，它们不过是想换个地方玩玩，却不曾想到了一个更破的地方！连太阳都没有不说，还到处是机关！要不是有金毛狮子带路，它们两个的小命可是要牺牲在这里了，吓得它们根本不敢走神，心里却还嘀咕:“金毛狮子背着那个女孩也不嫌累啊？这都背了一路了！”

看着前方的七海龙门阵，一大只两小只都停了下来。这里可不好过，毒蚁来回巡逻，陷阱可将过客直接秒杀，若是不得其法，定是葬身这里！

金毛狮王回头看了一眼沙漠狐和沙鼠，示意它们跳到他的背上来，因为只有这样，他才可以眼观三方。

一切皆准备就绪，待两波毒蚁跑到最近距离又跑开后，所有陷阱也就显现出来。金毛狮子以极快的速度跑了一半多的路，又马上用无敌金刚咒跑完了最后一段路！

他背上的沙漠狐和沙鼠心都跳到了嗓子眼，它们可是这辈子都没这么刺激过！

到达了安全的地界，金毛狮子趴了下来，把白羽轻轻地放在地上，用厚实的爪子使劲拍了几下白羽的胳膊，见她动了动才站了起来。

白羽感觉自己睡了好久，全身虽然还是有很多不适，但是体力和精神倒是很充沛！她慢慢地睁开双眼，却看到了一只金毛狮子、一只奶白的沙漠狐，还有一只灰白的沙鼠。站起来后，她发现自己居然已经到达了七海龙门阵的终点！

她和那个指引之人交谈之后，那个人给了她所需要的七海龙门璧。明月姬的父王说过这命运牢笼之中机关重重并不好闯，她却是睡了一觉就安全地拿到了这七海龙门璧。

“难不成，是你们帮了我吗？”白羽看着这三只可爱的动物，喃喃问道，脸上充满了宠溺之笑。

没想到的是他们三个居然同时点点头，既让人意外，又让人欢喜！

“可是时间不多了，我们必须拿着七海龙门璧去找天泪城主！”

81
西贝的自白

WM 总部。

“李岚风！这就是你所说的好办法？居然让我以一头狮子的身份待在小羽身边？你是故意的吧！”

“易非老兄，这就咱们两个人了，我给你说实话，不是我不肯做一个更好的人物代码侵入对方的程序，而是只有这样才不会让在‘穿越时光’智能大脑 360 度传感器中的人有危险。我知道她在你心里的位置，也许你以为你隐藏得很好，可除了你自己外，所有人都能看得出，白羽对你而言绝不一般！”

狂暴失常的易非不说话，是的，李岚风说得没有错！他宁可自己是一只狮子，也不想他的小羽受到一丁点儿的伤害。虽然说现在还没有找到白羽的确切体验位置，但是他不会放弃的，若不是自家出了这等商业间谍，他也不会加快寻找白羽的真实资料。

这些日子，看着白羽和墨羽在游戏每日亲密无间，他气得不知道摔坏了多少可以看游戏的设备，他自诩可以将自己的情绪控制得很好，可是这些天他发觉自己越来越控制不住情绪了，每每看到那二人在一起，他都气到发狂！

贾沁汐知道自己闯了大祸，虽然她不是故意的，但这一切终究是因她而起，尤其是让易非的对手公司利用要挟！她从易非妈妈那里早就知道了“穿越时光”智能大脑360度传感器的事情，也知道这是易非公司里的最高机密，现在却变成了这样……贾沁汐很自责，如果不能做些什么补救一下，只怕她的易非哥哥这辈子也不会原谅她了吧！

“易非哥哥，我今天来找你，是为了白羽的事。也许我能帮你找到白羽，但是，你要答应我，就算是找到了她，你也不能叫醒她。”

“我自己设计的东西自己知道怎么做，只要任务过了叫醒她就可以。”若不是贾沁汐说她是为了白羽的事情才来的，他真想叫人把这个女人丢出公司去。

心虚的贾沁汐不敢抬头看易非，她有些害怕，她是真的想将功赎罪，可是没有想到易非会这样回答。

“易非哥哥，我和你说实话，但是你要保证不可以因为这件事情不理我，生我气啊！”

“你说吧！这最坏的事情你都做了，只要不是杀人放火的事情，我保证都不会不理你，生你气的！”

贾沁汐叹了口气，要不是为了白羽，易非只怕根本不会和她说这么多话，甚至都不想听她多说一个字吧？

“其实那天我怕自己会暴露才来这里搞破坏的，能进去也自然是因为那个人。其实我和他不是很熟悉，但那天我实在是太害怕了。我也是后来多方打听，才知道白羽就是那天游戏公测的时候，在网吧出事还上了报纸的那个S大的女生。她后来一直在医院里没有醒过来……”

“等等！你说她一直没有醒过来是什么意思？”

“你不要着急，我会全告诉你的！她那天触电休克后，一直在我们市最好的私人医院里，听说是她的追求者安排的，可是她到现在都一直是昏迷的，我一开始是吓到了的！以为真的会有穿越，可是当我以白羽表姐的身份去看她的时候，才发现，白羽是用了你们的‘穿越时光’智能大脑360度传感器！从那一刻起，我就有点后悔做这些事情了！可是在我放下一切去帮助你们，却还是被你无视、被她耻笑的时候，我真的受不了！所以我才联合这些人做了这个不可删除的任务程序，去专门针对她，让她每天生不如死，讨厌这个游戏，说不定她就可以对这个游戏世界彻底失望！只有这样她才会彻底醒来，也会离开你！”

贾沁汐是真的后悔了，若她早知道自己的嫉妒会害得易非的公司受此连累，她是绝对不会和那些人合作的，都怪她……

“她从未嘲笑过你，她甚至一直在意你的感受而刻意和我保持距离，我也曾为了保护她，刻意疏远她，可是你呢？从未停下对她的伤害！不要再为自己找理由找借口了！”易非毫不犹豫地说出这些话，眼中充满了对贾沁汐的厌恶。

“易非哥哥，你就从未对我有过一丝的喜欢吗？”

“以前没有，现在没有，将来也绝不会有！你真的不必在我身上浪费时间，就算是你用手段勉强和我在一起了，我也绝对不会好好对你的，这一点，我希望你可以明白！”

“你……呵呵……好！好！好！我懂了！那么我查到了通知你，先走了！”贾沁汐被易非的这一番话堵得无地自容。是啊！人家都把话说到这个份儿上了，她若是还不知趣，那不成笑话了？她在青城之中是数得上的名门千金，怎么会连尊严都不要了？就算她爱得再卑微，也是要面子的……

看着走出门的贾沁汐，易非攥得发青的双拳终于捶在了办公桌上，心想，这个女人为了自己的私欲，出卖了他公司的最高机密，伤害他最爱的人，要不是因为他亲妈的关系，他恨不得将这个女人丢进海里喂鱼！他已经无法保持理智了，从第一眼见到白羽那张似曾相识的脸起，他就已经不可思议地一见钟情！一开始他觉得那是荒唐的、可笑的、不可理喻的，他不想承认，也不敢承认，于是他总是故意处处针对白羽，让她讨厌他。

他冷静下来一想："公测那天在青城触电住院的玩家？青城最好的私人医院？追求者？看来,不需要别人插手,我自己可以找到小羽。只是那个老朋友，我开了公司后，很久没有见过了！"

"李岚风，帮我准备些看病人的礼物，我明日要先去看个病人！"

"老大，其实吧！我觉得我可以先帮你查一下那天的报纸，顺便帮你查一下那个所谓的追求者，把这些搞清楚了，再去也不晚。不管怎么说有一点是可以确定的，那就是白羽现在处于昏迷状态，且她不认识现实中的你！"

易非微顿，果然是关心则乱，他只想着白羽有消息了，却忘了这样去看一个病人确实有些冒失，而他是以什么身份去呢？连他自己都搞不明白了……

"好吧！这些事情，交给你了，还有黑客的事情，尽快解决，'穿越时光'是我们公司的最高机密，现在被黑客要挟，用来换白羽的安危。岚风，我现在还有一件更重要的事情让你先去做。"

李岚风附耳过去，易非小声地传达着他的计划。

或许白羽永远都不会知道，她并没有真的穿越，而是用上了最尖端的高科技——智能大脑360度传感器。

曾经那么多人看了穿越小说，都想穿越过去，可是时空根本不可能穿越，但最尖端的科技却可以骗过全身的感官，让你身临其境，让你误以为是真的穿越了。

在这科技飞速发展的时代，这样技术从前只敢想一想，现在却真的实现了。

82
幻主的布局

“城主大人，这是七海龙门璧，求大人救救黄昏国那些枉死的人！”白羽单膝跪地，诚心请求天泪城主使用七海龙门璧来救人。

“明月王女，并非是我不救人，而是只有你才能选择救还是不救，老夫没有能力救人！”

“若是这样，城主大人请明示，我应该怎么做。”

“世人都说时空之轮可以救世，现在你也知道它只是一把打开时空的钥匙。而这七海龙门璧也并非是我用来救人，而是许愿之人自己做出选择，而这结果如何，全看你怎么选择！”

“选择？我还是不太懂，城主大人不妨直说吧！”

“在时空之间穿梭本就是不应该的，想要扭转时空，那就必须付出代价，至于是什么代价还要看你自己的选择了。你按下七海龙门璧的龙目，那里有你想知道的一切，切记遵从自己的内心！”

白羽按天泪城主所说，按下了七海龙门璧的龙目，瞬间她被传送到了另一个未知的空间。

神无谷中。

让白羽最意外的是，这次居然不再需要拼死杀敌，顺着一条路她一直走，什么都没有遇到。

“墨羽，你说这里什么都没有是什么情况呀？会不会最后出现一个变态的老大？说实话，真的有点不太习惯这么安静。”

“哎！羽儿，你还是改不了暴力倾向。要我说，这里就算有怪物，也被你给吓跑了吧？”

白羽不服气地撇了撇嘴，这个墨羽总是喜欢这么说她，可他待她真的好到了极致。等等，她怎么可以这么想？她跟墨羽只是朋友，只是朋友，她不可以，也不应该想这些。

终于，在路的尽头处，出现了一个人，似是个女子背对他们站在那里。

“墨羽你快看，前面终于有人了，这人再不出现，我真要以为我们就要在这里头走个无穷无尽了……”

两个人加快了脚步，快速走向前去。

“姑娘请问下，这路……”

还不等白羽说完，那个背影袅娜的人便回过头来，却是吓得白羽和墨羽往后退了好几步！

那个人，居然是明月姬！

白羽的额头不停地冒着冷汗，这场景实在是太诡异了，她现在就是以明月姬的身份存在的，而这里又出现一个，太可怕了……

也受到惊吓的墨羽却还是下意识地伸手把白羽拉到身后，无论何时何地，他的本能反应都是要保护他的羽儿。

“谁来告诉我，我该选择权力还是情感？苍天总是不仁，扭转时空的代价，就是让自己选择一个怎么样都很残忍的答案。选权力，亲人不能复活！选情感，所有死掉的人不能复活！呵呵……”明月姬自言自语，好像看不到任何人，这里只有她自己一般。

“原来，天泪的城主所说的选择是这个，原来真的没有答案！好像怎么选择都不对，我不是明月姬，自然是选择天下人，可是，若是明月姬醒了，发现没有复活她的爱人和亲人，她会不会恨我？”白羽一脸为难，不知道如何是好，只能看着墨羽，期望他能给出一个更好的答案。

“羽儿，你还记得你为何牺牲自己来到这里吗？人真的很奇怪，只要是遇到手心手背这种选择题，就总会忘了自己的初心，只要还记得自己的初心，你还担心什么呢？”

白羽被他的一番话给问住了，是呀！她是她，明月姬是明月姬，她当初执意来到这里，就是为了救那些无辜枉死之人。

“谢谢你墨羽，我知道应该怎么做了，怪不得天泪的城主说，要遵从自己的内心！只有这样，才不会后悔。”

白羽话没说完，周边就发生了变化。明月姬消失了，出现的是通往另一个时空的漩涡通道。她看了一眼墨羽，墨羽一把拉起她的小手。两人正要走进那漩涡，却被什么东西撞了一下，两个人和一些不明之物纷纷掉了进去。

王陵甬道中。

两个人，三只动物，大眼瞪小眼，而之前死在这里的好几千人居然没有一个复活！

白羽一时间，情绪难以自制，竟把那黄昏面具狠狠地摔在了地上！

“不！这绝不可能！我们费了这么大的力气，怎么可能没有一个人复活过来？墨羽，我们是不是还在天泪之域，没有出来啊？”

“小羽儿你冷静一点好吗？这一定是有原因的，一定是有原因的！我们先出去看一下再说吧！也许这里头的只是意外而已！”

两人三兽一起走到了王陵外，之前死了一地人的地方，却也是一样的，没有任何变化！竟还是一地的死尸，这一切让白羽再也不能控制自己。

“啊——这是在逗我吗？还是我拿到的是一把假钥匙？开启的是一个假时空？还是，我选择的是一个错误？呵呵呵……”

“羽儿，你不要这样，这只是一个普通的任务！没什么的，不如我们去王城看看吧！”

“去哪里看都是一样的！何必浪费时间？都是一群该死的人而已，你们也不必这么麻烦。”幻主舞琉璃从天而降，一身的杀气，压迫得人呼吸都困难，而在不远处，上古恶魔之子正在往这里靠近。

“居然是你！你到底做了什么？为何我扭转了时空，却没有一个人活过来？”

“呵呵……我是谁？我是幻境之主，自然，是做了一个最强大的幻境，至于那些人，都留恋我所制造的幻境不肯出来，他们又怎么会复活呢？你说呢？我的王女殿下！”

“幻境之主？幻境？那些人和你有什么仇怨？你为什么要把那些人全部杀完？身为一个女子，你也是狠毒至极！”

幻境之主仰天长笑，慢慢地走近他们，看不出她想要做什么。

“这些人害得我和我的孩子不能相守就是仇，害得我又一次失去我的孩子就是怨！我好好的孩子被他们一次两次地害死，让我们母子不能相聚，他们死得冤枉吗？还有这些人，心里全是阴暗邪恶的欲望，不然他们也不会死！我劝你们还是不要再白费力气了，这些人，不值得可怜！倒是你们，也来我的幻境吧！这里有你们想要得到的一切！”

“你这个疯子！就算这里地上的人都该死，可是那三千个孩子有什么错？他们的家人有什么错？你居然把他们都关进了幻境，不让他们复活！若不是你把他们关进幻境，你的孩子也会复活的……”

“疯子？哈哈哈……没错我就是个疯子，早在千年前我就疯了！我的孩子……复活？呵……我计划了那么久终于找够了三千童男童女，将我的孩子从上古恶魔之子的神识之中剥离出来，只想好好地过普通人的日子，可总是有人想要害我的孩子，要吓他！现在呢？你看,我的孩子再也回不来了,这些都是他们的错！可是我很大度的，我还将他们全部关进了我的幻境之中，在那个幻境里，他们想要什么便有什么，你觉得他们还会愿意出来吗？人的欲望总是支配人行动，不是吗？王女殿下！”

白羽和墨羽身上直发冷，这个女人真的疯了，用三千个孩子换她孩子的命，用这里所有的人命给他孩子陪葬！

“王女殿下，重云将军，呵呵……还有后面的三只精灵，来我的幻境吧！这里有你们想要的一切，乖——”

83
封印恨别离

看到这疯魔了的幻主，白羽不自觉地开始后退，这个女人已经没有救了。骤然间，白羽开始觉得哪里不对！一切都不对，到底是哪里出了问题，白羽的眼里尽是难以置信。

“呵呵……王女殿下，终于感觉到有问题了吗？可惜，一切都太迟了，来不及了，你还是放弃垂死挣扎吧！所有人都死了，现在这个地方只有两个魂魄，三只精灵而已。天就要亮了，你觉得还可能逆转吗？”

“两个魂魄？两个魂魄……”白羽被幻主这句话刺痛。她开启远古天泪之前，明明躲进了这王陵的甬道之中，重云，不，是墨羽，不可能被人找到，也不可能会死啊！白羽转头看向墨羽，她不相信身边的墨羽只是魂魄，这怎么可能，若真是这样子，那她到底做了什么？一个人都没有救活，还搭上了墨羽，不不不，不可能……

“王女殿下在想，用时空之轮开启远古天泪之门时，只有你自己是吗？可是重云将军是怎么进去远古天泪之城的呢？呵呵……若非是你死的时候，他也死了，他绝不可能进入远古天泪之城！不是吗？”

“对不起！羽儿……看着你死，我没办法独活，要么我们一起死，要么我们一起复活,要么我们一起魂飞魄散……”墨羽看着白羽说道。

白羽已是满眼泪水，说不出一句话。墨羽所做的一切都让她愧疚不已，她只当他是朋友，而他却以朋友的身份做了所能做的一切。她已经习惯了墨羽在身边，居然习惯到他不应该出现在远古天泪之城都忽略了！一时间,白羽内心纠结刺痛,心里复述着无数的对不起,却是一句也说不出口。

“羽儿，都是我自己一意孤行，和你没有关系的，你不要怪我没听你的话好吗？我保证，这是最后一次不听你的话！”

“哼——还真是痴情啊！可惜这缠绵悱恻你们还是留到我的幻境里去吧！我的云儿过来了，你们可就走不了了。”

远处的上古恶魔之子越来越近，他所过之处一切皆被摧毁。也许，真的没有时间了，白羽不知道自己应该进入幻境，还是做殊死一搏!

“墨羽，对不起！是我连累了你，我现在也想不出来还有什么办法可以将这一切逆转……”一直以来都倔强不服输的白羽从未像此时这样无助过，她没有更好的想法来解决，也没有更强大的力量去改变！在幻主和上古恶魔之子面前，两个魂魄、三只精灵根本就是不堪一击!

幻主的嘴角扬起胜利的微笑，谁毁了她和云儿的相守，她就会让谁付出代价，让他们活在她的幻境里，让他们永生永世不得轮回!

就在这时，从远古天泪之城跟来的沙漠狐，口叼黄金面具向白羽冲去，直接将面具戴在了白羽的脸上。

幻主心头一惊，她没有想到这黄昏面具竟然在这里出现，接着就想马上杀了白羽，以绝后患。

戴上面具的白羽拥有了面具所带来的魔力，脑海瞬间闪过面具加上黄昏权杖可以所向无敌这件事情。这样，她就算不能杀了幻主，也可以毁了幻境，放出里头的枉死之人。

就在幻主所凝结出的天地无用即将完成要攻击白羽时，三只精灵，包括那只金毛狮子，直接扑向幻主，打断了她的施法，但却重伤倒地，然后一动不动了。临终时，金毛狮子的眼竟是深情地望着白羽。恍惚间，让人觉得他不是一只精灵，而是一个人……

这一切，让被面具魔力控制的白羽愤怒至极，她拿起手中的黄昏权杖，以自己为祭品，启动了黄昏权杖的冰凝之石。

刹那间，黄昏权杖浮在天空之中，天地间一片冰凝之光，直接劈开了幻主的幻境！所有枉死之人的魂魄蜂拥而出，回到了他们自己的身体之内！白羽的魂魄也回到了身体之内，只是她的血液在源源不断地被黄昏权杖吸收。

墨羽顾不得自己是不是受了伤，跌跌撞撞拼了命跑去白羽身边，抱着越来越虚弱的心上人，墨羽痛不欲生！

“羽儿……羽儿……别离开我,我不想再次找不到你。羽儿——”

“墨羽,对不起,我又失信于你了,呼——我好害怕我这一睡……就再也无法感知到任何事任何人了,墨……墨羽,我叫……白雨……”白羽最后望着不远处的金毛狮子的尸体，“樱”字还未说完，便失去了所有的知觉。

而一旁刚刚复活的子纯和苍仲明，还没有弄明白是什么情况，就很悲摧地被已经疯魔了的幻主直接秒杀倒地！

“羽儿——你为什么给我的时间，总是少那么一点点，就那么一点点。你知道吗？若是你再多给我一点点时间，你就会知道，我不止在游戏里保护你，我还在你身边保护着你啊！羽儿，你听到了没有！我是洛青司——”墨羽在白羽的耳畔轻轻地说着，泪水决了堤。他不知道怀中的人是不是还能听到，他只知道他必须要说出来，他害怕再不说出来，便再也没有机会了！好像整个大陆只剩下了他和羽儿，连白羽失去知觉的那一刻，幻境之主和上古恶魔之子都被封印在了王陵之中，王陵开始渐渐下沉都没有发现。

其实，墨羽早就看过了那个木盒，里头的一切他都知道，他一直试着阻止白羽做这件事，却依旧是人算不如天算。她还是选择了牺牲自己，换来其他人的重生。在他看到羽儿用他的剑刺向她的心口时，他并没有太过意外，而是直接将那把剑用力一推，也刺进了自己的心脏，和她一起进入了远古天泪城……

白羽的神智逐渐消失，只留墨羽一个人在这个时空，就算是知道一切皆是幻境，他也无法释怀。

明月姬和重云的神智已然被压制，黄昏王城内，淡紫的月锦花一串串怒放在这冷月之下。

浅浅紫垂盈盈飘，
子夜月明风沙渺。
玄云荒芜亦安之，
怒绽幽香醉沉宵。
悠悠翠草飒飒笑，
知君无心折枝梢。
长藤缠绕为谁泪，
生死相离隔世遥。

84
师父嘴太毒

“重云，你这个号称以一敌万的白龙将，就真的准备放弃你的女人，和她生死相离吗？”

远远的，一个一袭银灰色衣衫、身材修长的男子走来，手中悬浮起一个散发着幽绿光芒的法宝。那人走近，才看出那人皮肤有些不太正常，像是中了毒，眉宇之间透着神秘，说不出哪里不同，却是不像黄昏国的男子。

“你是谁？”墨羽警觉地看着来人，就算他的小羽儿已经不在了，他也不许再有人来破坏这里的关卡，他没能阻止这剧情的发生，也无法改变剧情的结局，唯一能做的便是等待羽儿恢复知觉。

“段睿！与其在这里死守，你可愿跟我一搏？你若不愿意，我也无所谓，跟谁合作都是一样的！”

“只要有机会让我的……女人复活，让我死都可以，更不要说拼命了！倒是你，可是真有法子让她活过来？”墨羽分不清对方是NPC，还是什么人，他差点脱口说出白羽的真实身份。

“只要重云将军答应我一件事，她自然可以活过来！至于是什么，我到时候会告诉你，你敢吗？”

“成交！”

段睿不知道多少年没有见过这样的年轻人，比起自己，这个年轻人确实果断了太多。若是自己当年也如此果断，也不会留下这无法挽回的遗憾。只可惜时空之轮已被用过，时光再也不能逆转。

“重云，要救明月对我来说，很简单。你要记得你的承诺，否则我集合整个汐族之力，也会追杀你到时间尽头！”

“我还是那句话，只要你可以救活她，我这条命便是你段睿的！”

“我一生不会夸人，今日却是要破例了，年轻人真是有魄力！”

说完，段睿便开始低沉吟念咒语，而他手中那散发着幽绿光芒的法宝也悬浮在空中，一闪一闪仿佛是一盏引魂灯。

从段睿出现起，墨羽就要开始继续重云的身份，说实话，这一点真的很让人崩溃。他不是个演员，却不得不为了小羽儿继续演下去。

现实中，洛青司派去问话的人回来告诉他，若是再干扰正常的剧情，他这个人物很有可能会被黑客给毁掉，结果会怎样没有人知道。

墨羽望着悬浮的法宝，所有的希望都在这里了，段睿是他唯一的精神支柱。

骤然之间，幽绿的光芒变强，墨羽再看之时，居然真的看到了他的羽儿，虽然她依旧是明月姬的样子，可是无所谓了，不管是谁的样子，他爱的是羽儿的灵魂。不管是白雨樱的样子，白羽的样子，还是明月姬的样子，对他来说已经没有任何的区别。事实上，这三人还是很像的，除了明月姬的五官更加立体一点之外，这三人几乎可以说是亲姐妹。

可只看了这一眼，他就发觉了不对劲。眼神不对，那种眼神好像在哪里看到过，但绝对不是小羽儿的眼神。

“不错嘛！果然不是被色所迷的傻子，居然能一眼就看出这个明月不对，我对你的好感又多了一丢丢。”

墨羽听了这话有些恼怒，却看在段睿能救羽儿的份上，硬生生地压了下去，心里却暗暗地骂了他一句。

“她到底是谁？为何和明月长得一样？”墨羽问道。

段睿并没有直接回答他，只是看着之前子纯复活后又死掉的地方，冷笑一声又开始凝聚魂力念起咒语。

墨羽看向刚才段睿所看的方向，赫然发现死得比较滑稽的子纯，尸体居然不见了！不由有些胆寒，这个段睿到底是什么人？他的长相，他所用的法宝，他所用的法术，都是自己从未见过也从未听说过的！若不是知道此人暂时对他和小羽儿没有恶意和威胁，他真的要离开查一下这到底是怎么回事！

虽是如此，墨羽却依旧把内心里的十万个“为什么”压住，不打扰段睿施法。他仔细地打量着段睿，这个人虽说皮肤的颜色有些奇怪，五官不得不说是好看得一塌糊涂。他实在是想不出来究竟是什么原因可以让一个人的皮肤呈现这种颜色，那是一种有些粉又有点紫，看起来像是中毒一般，可这个人的身体状态却是这么正常。

还不待他想明白，只见之前险些开始玉化的白羽，不，应该是明月姬的身体，开始和段睿变化出来的那个假的明月姬的身体缓慢对调位置。

有段睿的幽绿色莲花法宝镇魂，有黄昏面具和黄昏权杖镇压幻境之主，替换这作为祭品的人，还真是看不出有什么变化。

只是半炷香的时间，白羽就轻轻落在了沙漠之上，而那个由子纯变幻而成的明月姬的身体在上升到黄昏权杖的光芒之上的时候，竟变成了有一头银白色长发的羽族女子！最终，那名女子玉化成为一座半身像，赤着上身，双臂抱身，低头闭目，看起来竟是有了一丝神圣！

顾不上别人的墨羽直接冲到了白羽身边，双膝跪在黄沙之上，一把抱起白羽，紧紧地拥在怀中，生怕一放手，他的小羽儿又不见了，那双勾魂凤眸之中泪水止不住下落。

“小羽儿……我终于知道了什么叫失而复得，我不会再放开你的手，也绝不再给你机会选择谁！小羽儿……你是我的，永远是我的，不管在哪里，我都不会再给你机会拒绝我，离开我！你听到了没有！”

“我说你还有没有点出息，一个大男人居然在我这个陌生人面前哭成这样！啧啧啧——这人死了你哭，我还能理解，可这人活了你哭个什么劲？”段睿不喜看这种潸然泪下的场面，哭哭啼啼像什么样子？他教的徒弟，不管男女那可都是从来不会这样，哎！真是造了孽了！

段睿忽然又想到了什么，极认真地问：“你刚才叫他什么？玉儿？这不对吧！她不是黄昏国苍力王的女儿明月姬么？难道我今天救错人了？这不能啊？我怎么可能会犯这种低级错误！”

“前辈，你听错了，我在叫她——月儿，应该是我情绪太过激动，说话都不清楚了吧！”墨羽打岔，他刚才太过激动，差点忘了禁忌，以后他要时刻记着这个禁忌，千万不能在这个人面前出错了，否则那人万一发现，丢下小羽儿不管怎么办？

“现在的年轻人真是不经夸，才说了你不一样，哎……罢了罢了，我们快走吧！这里很快就要下沉，你们不想被黄沙给埋了，就不要给我拖后腿！”

墨羽看了眼怀里因为失血过多还没有醒过来的白羽，见她气息微弱，肯定是不能再受颠簸。可是这里又没有骆驼，便在心里琢磨应该怎么抱着小羽儿快点离开这里，又不让她受苦。

“哎……我还真是欠了这丫头的，还不快点抱着她站过来！”

墨羽虽然是一脸蒙，却还是抱着白羽走到了段睿的身边，现在也只有段睿能解决这些问题了吧！

只见段睿闭上眼睛，用魂力驱动那个幽绿色的莲花法宝浮空。那朵半开的莲花居然全部绽放，三个人脚下出现了法阵。还不等墨羽看清法阵的样子，就被段睿一把搂住后腰，消失在荒芜的沙漠之中。

整个王陵在继续下沉，流沙不断地将下沉的王陵掩埋，直到王陵不见了踪影。黄昏面具和黄昏权杖压着玉化的羽族圣女神像，压着幻境之主，缓缓落入了沉在黄沙之下的王陵大殿之中，再无痕迹……

云梦寨。

“到了，就先把明月姑娘留在这里好好休养些时日吧！后面的路只怕是比你们之前遇到的还要艰辛，没有个好的身体状态，怎么走接下来的路？臭小子，你那是什么眼神？”

墨羽没有回话，只是丢给了段睿一个白眼，就抱着他的小羽儿走进了屋子。他暗道，这个讨厌的家伙居然搂他的腰，还真是老不正经，他的腰可是留给羽儿的！

“不跟你这个毛头小子计较，有损我为人师的风度！哼！”段睿气得不轻，不知道自己哪里得罪了这臭小子，竟然被丢白眼。他为了让两个小东西能安全快速到达这个地方，可是费了好多魂力才结出了那个法阵，要不是看着明月那丫头太过虚弱，他是绝对不会耗费那样多魂力来结阵的！他第一次用那个阵法带人，一带就是两个，他千怕万怕会出什么差错，干脆用上了所有魂力。他还怕这阵法在气流之中不够稳定，扶稳抱着明月和重云的腰！腰？

“这小王八蛋，竟是嫌弃我扶了他的腰不成？”段睿非常无语，要不是为了明月丫头的安全，他都懒得理那个还会哭的重云，好歹也是个以一抵万的大将军，什么场合没见识过？真是让他失望，对，就是失望！

“哎……本师尊还是去海边好好打坐休息一下吧！费了这么多力气，都没有吃上一口热饭，我怎么就混成现在这个样子了？”段睿自言自语，自我安慰，大步朝无妄海边的沙滩走去。

85
田彩忆汐族

七日之后。

明月姬身体痊愈，墨羽却发现白羽的神识像是受到了压制，始终没有出来。幸而这里已远离是非之地，暂时还没有什么危险出现，比起他和白羽一起演戏，不如明月姬的神识出现，正好可以应付段睿，而他自己，本就是外人，不知情也没有什么不对，尽量少接段睿的话就好。

“明月丫头你终于好起来了，我们可不能在这里待太久，我们要做的事情还有很多呢！再在这里待下去，只怕你最后的家也没了！”

段睿那宠溺的小眼神，看得墨羽想要宰了他。墨羽心想，这个老不羞的，到底要干吗？一天到晚就想着占年轻人的便宜不成？

“明月再次谢过前辈的救命之恩，此恩日后定会相报，我们这就出发吧！”

“我们需要前往寻梦港见一个人，能否带你们去到那个安全的地方，就看能不能请得动那位大师的徒弟了。什么世道啊？要跑去请一个小娃娃！”

“能者居上位，前辈也不必太在意这些事情，到时候明月代前辈去请就是了！”

“还是明月懂事啊！哪像那个臭小子，天天对我横眉竖眼的！”

墨羽睨了段睿一眼，却没有理会他，暗想，此人说话总是莫名和他最讨厌的易非那么像，一样让他讨厌！

被墨羽眼神给堵回去的段睿，耸了耸肩，却并不在意，施展传送法阵，几个人瞬间消失在幽美若画的寨子中。

寻梦港。

完美大陆上最大的港口，熙熙攘攘。在这里，人、妖、羽三族都会出现，大家也都习以为常。大大小小的商铺、摊位卖的都是些稀奇古怪的东西。讨价还价之声，此起彼伏……

三人走进最北方山坡之上的茶肆，这里倒是这寻梦港的好位置，向左可看到无妄海，向前可以看到整个港口的全貌。

“你终于来了，这两位是？”坐在对面的一个人族法师淡淡地开了口。法师是一位女子，看她的脸也就是二十岁，只是她坐在那里什么都不做，气场却如同几十岁的老者，不容侵犯。若不是她的长相透着随和亲切，只怕没有人敢贸然和她说话。

“田彩，好久不见，这男子就是黄昏国的白龙将重云，这个女娃娃嘛，你自己猜猜看！”

“你这是用了什么办法，居然找到了失踪许久的白龙将重云？果然是一表人才，当得起白龙这个名号！”田彩轻笑，看着重云。

田彩起身，上下打量着重云边上的明月姬，在对上明月姬微微有些泛蓝光的眼睛时，心头不由一震，陷入了沉思，回忆起那故人的眼睛。

“这双眼睛，难不成……难不成这是她的女儿？”

田彩顾不得形象，拉起明月姬的双手，紧紧盯着她的脸，双目之中盈满泪水，有些哽咽地开口说道：“你娘亲，可是叫东方紫陌？”

看着眼前这个好像和自己年龄差不多的田大师，明月姬实在是想不出她是谁，可看得出田大师应该和她的母后是旧相识。

“田大师，我不知道我娘姓什么，她直到过世也没有人知道，不过她确实叫紫陌，父王一直都这么叫她。你是我娘亲的故友吗？”

“是啊！时间久得都记不清了，她已经过世了是吗？”

“是……娘亲在生完我之后没多久就过世了，所以父王一直觉得亏欠于我，对我特别好……”明月姬一说到此处，心里还是会很疼，她从未见过娘亲，这么多年来，只有在父王的寝宫之中有一幅娘亲的画像，她总是没事就跑到父王的王宫里玩，其实就是想多看看娘亲的画像，她是多么渴望也能够像别人一样有娘亲抱，有娘亲疼。只可惜，她连见自己娘亲一面的机会都没有，父王也是时常看着娘亲的画像发呆，有几次她还看到父王偷偷对着画像抹眼泪。

正在明月姬内心止不住地感到悲凉之时，她被拉进了一个温暖的怀抱中，那种感觉，就像是被自己的娘亲抱在怀中。

“好孩子，以后我就是你的亲人，你还有家……”

站在一旁的墨羽看到这一幕，心也隐隐作痛。而段睿居然也有了一刹那的动容，却极力压下情绪，装作没事人一样。

“哎呀！你看你们女人！一见面就哭哭啼啼的，这还好是在厢房里，万一被人看到了，算是怎么一回事啊？是不是，重云？”

“我无所谓啊！这不是人之常情嘛！被人看到又能怎么样？你看人家田大师多么真性情，你看看你，感动你就表现出来呀！还藏着掖着，一点都不爷们儿！”墨羽终于找到一个机会可以好好反击一下段睿，这些天真是被这个家伙烦得不行。

“……这，行行行，是我不对，但是我们能不能坐下来慢慢聊？你们这样也解决不了任何问题不是吗？都坐下喝喝茶，看看风景，再聊可好？”段睿实在是受不了，自己先坐了下来。

其他三人相视一笑，也坐了下来。

“我说田彩，我可是听闻你的徒弟少轻已经完全掌握了可以穿过禁咒之海的法术，若真是如此，你可否出面让她帮助我们穿过禁咒之海，回到我们的故乡？”

“段睿，你得到消息的速度还真是一如既往的快，不过少轻已经不是我徒弟了，我觉得她完全可以自成一派。”

“你可别这么说，当初她被赶出剑仙城，要不是你，只怕是要被那些无知之人给杀人灭口，换来法师一派的尊荣吧！”

“你呀，嘴还是这么毒，难道我就不是法师一派了？言归正传，少轻的法术确实已经练成，只是尚未带人去试过。这还要谢过你，若不是你教会我这传送阵法，我也不能从中悟出可以穿过禁咒之海的法术。不过，要不是少轻天资过人，又特别好学，也不能在这短短几年之内参透。一切皆是天命！”

“天命？当初你力荐她进入仙魔二界学习，她才自己悟出了控魂之术。田彩你对这个徒弟真是用尽了心思，还好她是尊师之人！”

“你呀！总是将人心想得太坏，不过今天你若不是带着明月来，我可是真不想和你多说话！每次听你说话，我都想杀人。”

明月姬和墨羽认真地听着二人的对话，庆幸田彩对明月姬另眼相待，这样好歹也算是报了一点点段睿的救命之恩。

“明月，你的身体可有什么不适？”

“田大师为何这样问？明月的伤已经全好了，现在并没什么大碍。”墨羽抢先回答道。

田彩看了一眼段睿，看来这家伙什么都没有告诉这二人，摇了摇头说:“看来这讲故事的事情，是指望不上段大师了，那么还是让我来啰唆吧！说正事之前，我要给你们讲个故事，故事并不太长，但你们听明白之后，才知道我们是要做什么事情！”

海的那边。

那个传说中不管男女老少都容貌惊为天人的惊涛城，还在水面之上。

由于汐族就是鲛人族后代的分支，人身鱼尾，因而一般离开海水的时间是有限度的，若是到了时间还不回到海里，魂力受损不说，可能都会有生命之忧。

汐族百姓在这惊涛城里生活，就不必担心离开水过久而会有生命危险。

陆地之上的妖族和人族极少有人能穿过无妄海来到这里。近千年以来，也不过只有一个人族法师田彩来到此处，还有一个玉舜王朝的小公主沁心来到这里并拜了汐族之王东方焕为师，成为唯一一个超越了种族的圣女。

世上之人对汐族的印象大都停留在鲛人时期，却无人知道，汐族拥有命运水晶之后，实力达到了顶峰，已经成为海上的霸主！

只是这世上最好的东西，也往往是最多人想要得到的东西。自从有了这生命水晶，这海洋之中的夜叉族便不断来到汐族的边界刺探情报，杀掉落单的汐族百姓。一时间，人心惶惶。

怨灵大军也在这个时候知道了命运水晶的事情，来抢夺水晶，汐族中死伤越来越多。汐族公主紫陌连同命运之轮也突然失踪，导致人鱼之王东方焕思女成疾。

而命运水晶的力量也随着命运之轮的消失日渐枯竭。为了抵御夜叉族不断的侵扰以及怨灵大军的攻击，汐族六长老和东方焕一起动用禁术，开启了第七界！以惊涛城为中心，数千里之内的海域都形成了一道屏障！从此再也无人能够穿越这道屏障出去，也无人能够进来，而这片海域被称为——禁咒之海。

这场大战汐族赢了，可是，太多的怨灵死在这片海洋之中，海水也无法再和外界流动，渐渐地变成了粉粉的、紫紫的……

这也是汐族动用禁术之后的惩罚！而自此开始，族人的皮肤颜色也开始变得有些粉粉的、紫紫的，好像中了毒一般。

86
茶肆话真相

“说了这些，你们可对我们将要做的事情有所了解了？”田彩一脸慈爱地看着明月姬和墨羽。明月姬是紫陌的女儿，但是紫陌毕竟已过世，要不要让紫陌的女儿趟这浑水，其实她是纠结的。

“田彩大师，我娘亲也是汐族人，对吗？”

“没错，你娘亲确实是汐族之人，而且是人鱼之王东方焕之女，人鱼公主——东方紫陌。几十年前，她突然失踪，直到十几年前，我才寻到她的踪迹。只可惜，再查下去的时候，才发现她已经过世。”段睿突然插话，脸上的表情也不似之前，变成了不受控制的凝重。

田彩见段睿发话，配合地点点头。

明月姬此时情绪复杂，不知道是应该喜，还是应该悲。可最终她还是想问出自己心中的疑问：“那么，失踪的命运之轮，也是我娘亲带走了对吗？也是因为命运之轮的失踪，命运水晶便开始枯竭，这一切皆是因为我娘亲而起，是吗？”

“没错，原本想着只要找到失踪的紫陌公主，就可以拿回命运之轮。可惜，当我寻到黄昏国，发现紫陌公主就在苍力王身边时，公主已经过世，命运之轮便没了下落。之后黄昏国和羽族四王大战，战乱过后苍力王也过世，这命运之轮更是没有了音讯。直到我发现幻境之主开启了命运之轮，才把中断的线索找到了，哎……却还是晚了一步。万幸的是，救下了明月，我也算是对得起紫陌徒儿了！”这番话，段睿像是对大家说的，也像是对过世的紫陌公主交代的。

“命运之轮五百年方能开启一次，还必须要用三千童男童女才可以，可以说是邪恶至极，据说是封印上古恶魔之子的一把神器。如果我猜得没错，那么命运水晶本身没有多大的能量，真正拥有能量的是命运之轮。紫陌和我说过，自从这命运之轮从天而降落到水晶群之中，水晶的能量才开始源源不断。”田彩皱起眉头，回忆过往。她不愿像世人一般向命运屈服，却发现很多时候总是被命运捉弄。

段睿听到田彩所说，不由接着往下说：“是的，紫陌一直和极少数的亲人说,这是一把幸运的钥匙,只是她从未和别人说过,其实……这命运之轮并非什么幸运之物，她害怕这其中的秘密被族人发现会引发一场欲望驱使的血雨腥风，便让圣女沁心告诉族人这钥匙给汐族带来了幸运。我一直都知道她并没有失踪，只是不辞而别。她留给我的幻音螺中还提到，她在水晶的最深处得到了时空之轮。若是将来有一天命运之轮不幸被开启生灵涂炭，用最尊贵的圣女之血就可以开启时空之轮，用神器再次封印上古恶魔之子。只是在我找到明月丫头的时候，她已经用自己来血祭封印幻境之主和上古恶魔之子了！”

田彩瞪大双眼，难以置信地看着段睿，好像他是一个怪胎一般：“你是如何做到将成为祭品的明月救出来的？这根本就不可能，绝不可能！段睿，你老实交代，是不是又习了什么新的巫术？”

“女人还是不要总是这么聪明的好，什么都被你看透，我还有什么面子？其实我的巫术并不是最重要的，重要的是当时有一个很重要的人正好在旁边，而且已经死了。”

“前辈，你说的莫不是子纯？”明月姬忽然想起那天的事情，有太多太多的问题想要问段睿，但是一直都没有找到合适的时机，毕竟他救过她的命，若是他不说，她问太多并不合适。

“没错，就是他，却也不是他，你们所看到的子纯，不过是她用灵力幻化出来的。而子纯真实的身份，一般人都想不到，她就是羽族四王之一的云力之女紫醇公主，也是羽族的圣女。”段睿说到这里，发现那三人皆是惊讶得反应不过来。

谁也没有想到，那个猥琐、懦弱、贪婪的中年胖男人竟然是美貌传遍五族的圣女——紫醇公主，这巨大的落差，是个正常人都消化不了。

“原来她竟是羽族的公主，还是羽族的圣女，怪不得段前辈在用她的尸体替换明月为祭的时候，阵法居然没有出现任何的异动。”墨羽恍然大悟，终于知道那天段睿所做的诡谲之事是为何！

“难不成你也以为本师尊竟是无所不能？虽然这些年来，能超越我的人不多，但是，封印上古恶魔之子和幻境之主这等大事，我可是做不来。”段睿摇摇头。

“可是段睿，这堂堂羽族公主，又是圣女，为何会这么做？”田彩忍不住问道。

“田彩，这世上有太多人为了仇恨可以付出自己的一生。我潜伏在黄昏国这么多年，除了需要回海里待的时间，几乎从来没有离开过黄昏国，所以看得明白。紫醇公主一开始确实是为了国恨家仇而去，为了方便，幻化成子纯，当上了宰相，也的确把黄昏国搞得破败不已。那年，三十万羽族大军压境之时，她故意带兵而逃，若不是重云所带的精锐部队太能打，黄昏国早就亡国了。可是我后来发现，她被一个叫舞琉璃的人教唆得越来越贪婪，想要为王的野心越来越强烈。直到她下毒杀害苍力王、大王子后，她扶持了小王子为傀儡，也算是实现了她的帝王野心。自那之后，她便不再想着自己的国家、自己的家人，而是一味地追求享受和权力。而那舞琉璃，就是幻境之主所化。不过，要是说起来，这幻境之主也实在是个可怜之人，虽说她做出的这些事天地共愤，却也不是不能理解。”

“前辈，这个幻境之主的孩子，为什么会和上古恶魔之子……”明月话未说完，便被打断了。

“明月丫头，你就不要老是叫我前辈什么的了，你叫我师尊吧！不然太见外了。”

“是，师尊，明月记下了。”

“这才对嘛！臭小子你呢，要不要改口？我可告诉你，现在明月丫头可是有家的人，你可不要想着怎么把她骗成娘子。”

墨羽长吁一口气，原本还想着怎么把这个老不羞的赶走，现在看来，他想多了。既然他是明月姬娘亲的师父，那对他就没有什么威胁了。原本这明月姬的神识他也并不是太在意，可是白羽这会儿可能只是不能控制，却能感知，那怎么也不能让别人占了便宜不是？任何时候他都不能让他的小羽儿不开心。

“师尊在上，晚辈有礼了！”墨羽站起身来，恭恭敬敬地向段睿行了一礼。

“嗯嗯……像那么回事，那我就告诉明月丫头关于幻境之主的事吧！”

段睿真的不想讲故事，不过，若是讲给小明月听，他是愿意的。

“五百年前，幻境之主还只是舞琉璃的时候，可当真是一个温柔善良的聪慧女子，她的夫君更是文武双全，长相出众。在她怀有孩子的时候，她的夫君被钦点为大将军出征。她的孩子出生之后，战事也终于以胜利结束了，可没想到的是，她却只等来了夫君的衣服，衣服还是她在夫君出征之前亲手做的。她自然是受不了的，可想到还有那么小的孩子，还是忍泪把日子过了下去。只不过她从那日起就不停地修补那件衣服，应该是骗自己夫君还在吧！在她的孩子四岁的那年，上古恶魔之子出现了。为了请走这个怪物，村里的人就想到了以童男童女祭天，就盯上了她的孩子。刚失去夫君的舞琉璃，全靠这个孩子才能支撑下去，她发狂地要抢回自己的孩子，却还是没能阻挡孩子沦为祭品，喂了上古恶魔之子……她癫狂到极致，一头撞在了祭台上，只不过并没有死，而是入了魔。”段睿忽然停顿下来，喝了一口茶水，叹了口气。

“师尊，若她只是入了魔为什么会这么强大？大到可以创造幻境？这不可能是一个入了魔的人就能做到的呀！”明月姬不解地问道。

“普通的入魔当然不可能获得制造幻境的能力，可是她入魔是因为曾经的风雪魔天的统治者——心魔之主，死后剩下的一丝残魂终于找到了寄主，她才成了魔。这丝残魂应该是带了心魔之主的一些记忆，所以她想要创造幻境，只是抬抬手指的事。说起来，这舞琉璃并不是真正的邪恶之人，只是她的执念太深，太想要自己的孩子活过来陪着她，其他的，她都不感兴趣！我在把紫醇换进去施法的时候，感知到舞琉璃的部分神识，发现她有过犹豫，有过不忍。可这一切都比不上她对自己孩子的渴望，若不是城中羽族士兵惹怒了她，也惹怒了她那还未脱离魔性的孩子，那些人根本不会死。最重要的是，她完全知道明月手中有时空之轮，也知道，明月这傻丫头一定会救那些枉死之人，她要的只是自己的孩子可以脱离上古恶魔之子的控制，好好待在自己的身边而已！”

听完段睿一席话，众人心中皆有了一丝怜悯。

“原来这才是真相，若不是师尊得知这些，只怕这幻境之主在我心中当真就成了女魔头！”墨羽恍然大悟，却还是不能释怀他的小羽儿为此事死了两回之事。

四人相视一笑，万事皆有因，却是离不开贪、嗔、痴……

87
师徒相见忆紫陌

聊至夕阳余晖洒满海面之时，少轻终于出现在了大家面前。面容清秀的少女，神情透着冷漠，不同于那些贵族少女的冷漠，她从内而外地散发着看透一切世事之后的淡然。这么多年来她一直努力地在追求法术上的进展，没想到，田彩师父将所有的绝学教给她后，竟将进入仙魔界的名额都给了她，只为了满足她对法术的追求！由于太过执着，她还跟师父的朋友段睿学会了巫术。结合法术和巫术，以及在仙魔界之中参悟的道理，她自创了控魂术，成为第一代控魂者！

这世道平庸的人太多，对于这种他们无法驾驭的控魂术，他们选择了逃避，指责少轻所练的是邪恶之术，是禁忌之术。被她打败的那些法师们竟是聚集到一起，拿最疼爱她的师父要挟她，说只要她不离开，他们就要追究她师父田彩纵徒修炼邪恶之术的罪责。

她只有一个亲人，也只有一个朋友，那就是师父。像她这样的孤儿在这战乱之年到处都是，可是她却有幸成为师父选中的那个幸运儿。为此，本就聪慧的她，更是比别人努力几十倍，为的就是能够让师父不后悔选择了她！她被逐出剑仙城后，师父更是想尽一切办法帮助她在陌生的寻梦港生存下来，更是对她的追求给予最大的帮助。这份恩情，只怕她几辈子都还不完，若不是害怕师父和她有联系会被连累到，她好想待在师父身边！只要是师父开口，让她去死，她都不会皱下眉头，更不要说只是带着人使用一下自己的新法术了。

“少轻你来了，快坐到师父这里来！”

“师父，你若有事，直接传信给我就是，何必亲自跑一趟？”

“你呀！现在也算是一门之主了，师父有重要的事找你，当然要亲自出马了！怎么样，有没有想师父？”

“不管少轻是谁，都是你的徒儿，以后师父可不要说这些话，少轻会伤心的，以为师父和我见外了。至于想不想你，少轻想了好些年了。若不是怕给师父抹黑，真想留在师父身边！”

“少轻，现在正值乱世，五族之间纷争不止，还有怨灵大军不断入侵，那些人已经够头痛的了，哪里还有人顾得上我？师父以后就不走了，咱们师徒一起来为挽救五族之人努力吧！”

“师父可是当真？那以后少轻再也不是一个人了对吗？师父可不要诓我！”少轻听到这个消息的瞬间，变成了无忧无虑的少女一般，笑得特别有感染力。

“傻丫头，师父何时骗过你？现如今这世道，已经不是我坚守便能改变的了，我能做的，只是尽自己的全力来改变这汐族的命运。”

“是，师父。少轻永远会伴在师父左右的。”

说不上话的那三个人，并不觉得无聊，这少轻也是一个有意思的人，在她的眼里，师父第一，法术、新技能第二，这世上再也无人能入她的世界、她的眼睛。

“少轻，那我们何时出发合适？既然要前往汐族，我想我应该备一些东西，会会那几个故友才是！”

“师父好了，和我说一声便是，有汐族潮汐圣殿的尊者在这里，少轻的狂沙穿空咒有十足的把握可以穿过禁咒之海。”

“那就好，明日辰时，我们云梦寨的海滩见。”

云梦寨。

这里的海滩上沙子白细白细的，银色的月光照在上头还有着微微的反光，海浪声的节奏宛若一曲静心之歌，细碎的月光在海面上泛出粼粼之色，引人遐想。

段睿却无心欣赏，明日用的魂力定不会少，现在他必须要在海水之中恢复人鱼之身，以缓解近日来消耗过多的魂力。不仅如此，他救下明月姬之后，没有一刻不想尽快回到汐族，回到他的故乡。

“段睿，我就知道你的魂力受了重损，来，吃下这个，这是明月丫头给的仙丹。只有一颗，说是只有运用魂力之人吃下才有用，看来她虽说没有什么可以保命的技能，但是心思倒是很细呀！不如你把她也当徒弟也收了吧！”

“田彩，五族之内也就只有你能说出这混账话来，这怎么能行呢！岂不是乱了辈分！我教她东西，不需要她再重新拜师父，她是紫陌的女儿，也就是人鱼公主，教她学习，本就是我的分内之事！哎！也不知道这丫头是否愿意接下这公主的名头啊！”

“看她自己的选择吧！她是人族与汐族所生，选择回来撑起大局自然是好，可若是她不愿意，那也说得过去。最重要的是，我看她很是喜欢那个人族的大将军重云。若是她接下这公主的名头，就不能再和重云结成连理了，这一切还真是造化弄人啊！”

“只要明月答应了，我会让那小子放弃的，虽说他足够优秀，在人族也绝对是人中之龙。可我们汐族是绝不能和人族通婚的，族人是不会答应的，她若是接了公主的名头，便是汐族未来的女王。舍身为众生，是为王必要的一点！”

“段睿，你一口一个族人，一口一个众生，可是你是否为明月想过？难道你也要让她重走她娘亲的路吗？别人不知道紫陌为什么离开汐族，难道你也装失忆吗？”

“不要说了！那些事情都过去了，我知道是我害了紫陌，可是若能重来，我依旧会这么做的！”

“简直不可理喻！你当真觉得你做得很伟大吗？可结果呢？该来的还是会来，该发生的还是会发生，上苍不会因为你做了一个‘正确’的选择，就放弃他可以支配命运的游戏！紫陌不但没有成为人鱼族女王，还嫁了一个自己根本不爱的人为他生了孩子，提前死了！到现在，你还觉得你当初所做的一切是对的吗？”

“田彩，你不要再说了，就算我知道错了又能怎样？紫陌能活过来吗？时光还可以倒流吗？我还有脸见到她之后对她说一句，其实我心里只有她吗？我是懦弱，可她不曾给我一个机会，就消失了。”

“不曾给你机会？她给了你多少机会？我都看不下去。你从没真正地好好珍惜过，若不是这样，她又如何能心灰意冷，一心求死？身为一个人鱼族人，跑去西北的沙漠之国，这难道不是送死吗？”

听到这句话，段睿的心犹如被狠狠地捅了一刀！他怎么从来没有想到这点，原来她离开只是为了一心求死，却又不想让他自责，她是用时空之轮来掩饰自己一心求死的念头！他呢？每天觉得自己很爱紫陌，却只是因为是她的师父，解不开心中的那道束缚，便一直逃避她的爱，即使她制造了那么多机会让他建功立业，以便求得王的赐婚。他笑自己习得一身最强的巫术，教了那么多徒弟，却从没有教会自己勇敢是什么！或许他根本配不上紫陌，她是那样的勇敢无畏，就算有一身绝技，也不曾想过用这些东西来为自己争取什么，也许她想要的只是一份最纯粹的爱。可是为什么她会嫁给苍力王那个魔头，最后还为他生下孩子呢？段睿真的不懂，他一直都没有想透她是为了什么……

“怎么？你没话说了吗？我告诉你，在爱情上，你就是一个彻头彻尾的懦夫！在这一点上，你注定要被我田彩一辈子看不起！哼！明天我也会用灵力助你们一臂之力的，你就安心养着吧！”气呼呼的田彩甩袖而去，踩得脚下沙吱吱直响，好像是宣泄着自己内心没有发出来的火一般。

见田彩的身影消失在夜幕之中，平日里得理不饶人的段睿只能长叹一声，田彩说的一点也没有错，在感情上他从来不敢将自己内心的想法展示给心爱之人。

段睿在心里默念：“紫陌，若是时光真的能重来，我愿意放下一切阻碍和你在一起。外人的眼光和言语又如何？在一起的人是我们，到白头的人是我们，又与他人何干？”

88
破，禁咒之海

云梦寨。

一大清早，五人便齐聚在了海滩上。少轻一脸自信，有师父和段大师在，无论是维持阵法的魂力，还是抵御外力的灵力，都有了更大的保证。

“师父，我们出发吧！所有人都要记得，不要被阵法外的事物诱惑了，我和师父还不想葬身海底！”

“少轻姑娘，你说的诱惑是指什么呢？”明月姬实在不解，为什么海中还有诱惑。

少轻冷冷地看了一眼明月姬，虽然表情上没有什么变化，但还是回话说：“像你的话是没有多大关系，那些夜叉族的海妖一般喜欢变幻出很多的金银珠宝，还可以变幻成美人，来诱惑路过之人。若是没有什么定力的话，只怕是要变成他们的点心了。我和段大师两人只可维持阵法的稳定性，至于这海妖的诱惑，只能靠我师父一人了，如果你们定力够的话，我的师父也就不必这么累了！”

明月姬明了地点点头，莞尔一笑，心想，原来这少轻不过是警告她和重云，不要给师父找事啊！果然是一个“护师狂魔”，这样的少轻还真是有点可爱。

田彩宠溺地看了一眼少轻，她的这个徒儿很少和别人说话，基本上都是活在自己的世界中，想不到一开口就是威胁别人，真是不知道以后该怎么办才好，看来也是时候教一下她怎么和人相处了。

专注于施法的少轻是不会关心别人的想法的，她要做的就是安全地将这几个人带回汐族，如果那里还像以前一样那么美，她也不介意就和师父隐居在那里，毕竟师父在人族的地界上总是会被人说闲话。

不一会儿，洪沙穿空咒法阵就结好了。说是洪沙，其实是因为运用了土系元素，整个阵看起来有沙土的金黄色。

“都以我为中心站在四角，师父和段大师站对角，另个两个人切记不可被海妖诱惑！对方会用你的心魔、你的亲人、你的爱人、你的欲望来进行诱导，到时候千万不要成为他们的食物就好，我是不会救你们的。不然阵法一破，我们都得死在这片禁咒之海！”

四人都站在了自己的位置上，开启了新的征程。

无妄海。

阵法之外皆是波澜壮阔的蔚蓝大海，对于汐族的段睿、现代意识的墨羽、来过这里的田彩和少轻来说，这自然是没什么可稀奇的。可是对于出生在贫瘠的黄沙中的明月姬来说，这可是再稀有不过的景色了！

“这海可真美！重云，没想到我们这么快就实现了来这里的愿望。这里这么美，我们就住在这里不要离开了好不好？”明月姬少见地兴奋，问着墨羽。

墨羽略显尴尬，虽说知道怎么回事，可说违心的话骗姑娘他真的做不来。但是为了白羽，他笑了笑说：“只要你喜欢就好！你在哪里我就在哪里！”说完他自己都觉得酸溜溜的，毕竟她不是小羽儿。

“注意了，我们就要进入海里了，段睿大师你准备好生命气泡！”少轻听这二人的对话甚是不舒服，赶紧转移话题。

田彩和段睿相视一笑，心想，这几个活宝真有意思，若是余生有这几个孩子在身边，应该会是一件很有意思的事情吧！

“少轻，有我和你师父在，你不必担心，只管维持阵法的稳定就好。”

“是，段大师！少轻会专心的，还请放宽心。”

阵法渐渐驶入深海。隔着生命气泡，他们依旧可以看清海底的美景，一片片的粉色珊瑚美得宛若三月的桃花，绿绿的水草随着海水的波动摇曳生姿，不仅有大大小小的鱼群从身边掠过，更是有许多明月姬从未见过的奇怪之物！

“明月丫头，可想知道这些是何物？算了，还是不兜圈子了，我来介绍吧！从离你最近的开始，海蝎子、鹦鹉螺、苍龙、金奇虾、夔牛、八脚王、海葵……海妖！快，你们二人快些闭眼睛，捂耳朵，不要听不要看！”段睿没有想到居然这么快就遇上海妖，赶紧嘱咐两个小娃，就怕他们两个出事情！

夜叉族的海妖看起来和人鱼有些相似，却又明显不同。人鱼不管男女都是貌美心善，海妖则不管男女身体皮肤都有底色，长相多数比较狰狞，青面獠牙者也不足为奇！他们的特长就是善于窥探内心，尤其是灵魂最深处的秘密。也正是因为这样，对于不懂的人来说，他们就像妖一样。他们看透灵魂后，会诱惑其沉浸在欲望之中，不能自拔，然后趁其最脆弱之时，一击致命！

“师尊放心，这海妖拿我没办法的。对了，我倒是有个问题一直没有搞清楚，在王陵之外，封印上古恶魔之子和幻境之主的明明是黄昏权杖，为什么说是时空之轮封印的？”墨羽忍不住问道。

“那是因为时空之轮在远古天泪之城的时候开启了所有魂石，在你得到七海龙门璧的时候，所有的魂石之力都通过它转换到了黄昏权杖的冰凝之石中。也就是说，黄昏权杖只是一个自身拥有强大力量的容器，它能封印的力量还是来自时空之轮。我这样说，你可能理解？”段睿知道这个问题他们早晚会发现，只是没有想到会这么快。而且这个重云居然懂得分散注意力来达到不受诱惑的目的，而这个方法，他也是研究了好久才悟出来的。

“原来如此，重云受教了，只是那幻境之主有心魔之主的部分记忆，她当真就可以这样被彻底封印吗？”墨羽一直有种不太好的预感，这个幻境之主只怕没有那么简单，她能蛰伏几百年，能制造一个容纳一国之人的幻境，能甘心做一个最普通的女智者，就算她现在被封印了，那么会不会如五百年前上古恶魔之子被封印一样，五百年后也会被有心之人解除封印呢？

“重云，我知道你所想，但是你要记住，天命不可违，你要放宽心。我们只能竭尽所能往好的方向来做好自己的事，至于将来发生什么，没有人能左右，也没有人能预测！”

“重云受教了，多谢师尊！重云有个想法，师尊可不可以也教给我您的巫术！”如此智慧的师父，他墨羽可不能错过！他都有些怀疑这师尊是不是夜叉族人，不然怎么也会这窥探人心之术？

除了段睿，没有人发现周围的海妖已经有十几只之多。这已经是很少见的场景，因为正常情况下，一两只海妖就可以控制几十个常人、十几个有修为之人。像此时这样十几只海妖围着五个人却是一个都不被诱惑的情况，根本不可能发生！

海妖们脸上皆是十分愤怒，他们感觉自己受到了莫大的侮辱。因愤怒而变得更加狰狞的脸，看起来更是阴森可怖。

89
金色人鱼

无妄海底。

恼羞成怒的海妖发出一种极为难听的声波，居然在顷刻之间吸引来了数十只海妖！男男女女的海妖在少轻的阵法周围游了一圈，像是在观赏这四个不同类型的家伙，场景不亚于观赏耍猴的……

“哼！区区海妖也敢在我面前放肆！我看你们是活得不耐烦了，也好，让我在回到惊涛城之前先帮族人们灭了你们这些败类也是好的！少轻，你只管护好你的阵法。田彩，你保护这三个娃娃！”段睿直接变身为人鱼状态，金黄色的鱼尾鱼鳍是那么的炫彩夺目，上半身的肌肉完美到无话可说，还有那名副其实的人鱼线！

只见他施法念咒，那种气势说是人鱼之王也不为过，而周围的海妖却是慌了神！他们本就是靠着诱惑人心来一击即中，而现在这几个人居然没有一个人中他们的计。若是实力拼杀，海妖根本没有足够的魂力！更不要说对方居然还有一个金色的人鱼！金色人鱼都是汐族的人鱼一脉中魂力最为卓越者，整个人鱼一脉的金色人鱼也是屈指可数！海妖们心中惊恐，对一个魂力卓越的金色人鱼来说，杀光他们不过是抬抬手指施个法的事！

为首的青鱼妖终于放下了自己的傲娇，赶紧求饶：“手下留情！”

而段睿则是中断了手中的施法，没有表现出一点意外，好像海妖们所有的反应都在他的预料之内。

“怎么？想通了？不想吃这几块嫩嫩的点心了？”

青鱼妖虽是有万般的不情愿，却也不能在这个时候和金尾人鱼拼命，这么多族人的性命怎么可以拿来意气用事。但他仍端着架子说道：“既然你也是这海中的族类，我又何必为难你，之前我们不过是以为你们是外来之人，所以才想着要把你们吃掉。怨灵当道，想找口吃的都不容易，之前还能到你们汐族周围去转转找到吃食，可现在有了这禁咒之海，我们夜叉族更是难过得很了！我也就是带族人找点吃食，无意将你们困住！”

“哦？那你们还不快点让开一条路？”段睿微笑着看着那个青鱼妖，指了指那群不肯散去的海妖。

“都散了吧！我再带你们重新找吃食，保证不会饿到你们。”青鱼妖对其他海妖说道。

“老大，我们好不容易捉到这几个肥肥的点心，怎么可以放走呢？再重新找，不知道大家又要饿多久了！”

“你们的心思我们明白，可我是你们的老大，你们还是听我的走吧！不然我可要撂挑子不管了，这个活计根本不适合我，我本来也可以自己吃得很饱的。”

“别别别老大，我就是随便说说，你可不能丢下我们啊！”

那些面带怒容和不甘的海妖们一个个地游向两边，闪出一条路来。

“那就后会无期了，若是再让我遇到你们想害人，我定不会放过你们！你们最好把这话记在心里！少轻，我们走！”段睿说完，便变回了人形。

眼看着到嘴的美食就这么走了，所有海妖都不甘心，可是也都明白，凭他们的实力是绝无可能取胜的。青鱼妖听完段睿的话，冷笑一声，眼中尽是阴狠。

“段大师，刚才为何不杀了那群海妖，他们本来也是你们汐族的敌人不是吗？少轻实在是不懂。”

“少轻，多一事不如少一事，若是他们都死了，只怕是会引来更多的海妖，这里是他们的地界，我们不如快些走的好。”

段睿还要保存实力，以抵御前方的夜叉王族，若是不遇上自然是好，若是遇上了，只怕真的是一场恶战！田彩一边这么想，一边摇摇头，哎！自己这个徒弟什么时候才能学会正常人的思维呢？

“没错，你们刚才遇到的海妖，其实只是夜叉族之中最低等的存在，他们没有实质性的魂力，只能靠迷惑人心来达到下重手杀掉对方的目的。而前方海域之中的夜叉王族，魂力卓越者，就算不会超越我，也能不相上下。”

“算了，他们也不过是想活命而已，不必理会他们了，我们还有要事在身，不宜在这里和他们耗费时间。”忽然，明月姬来了这么一句，却是引得段睿皱了一下眉头，这个丫头怎么说话像是变了一个人一样？不过，这样的明月丫头，他喜欢！

而墨羽则眼中闪过一抹亮光，是他的小羽儿，是他的小羽儿回来了，等了这么久，她终于出现了！

90
难说之殇

惊涛城。

五人站在这惊涛城门口，没想到少轻的狂沙穿空咒居然已经练到了如此纯熟的地步，竟然一次就成功地就穿过了那禁咒，而且定位在了城门口。

“师父，少轻完成了你给的任务，安全地将大家带到了汐族大门口。”

“你这孩子，这哪里是任务，这是师父所求，少轻你真的可以自称为尊了。放眼这五族之中，也就只有你才能做到如此毫发无伤地带人穿过这禁咒之海来到这里！”

“师父是不想要少轻了吗？少轻不要自称为尊，少轻只要跟在师父身边，就算少轻有通天的本事，也都是师父教出来的！”

“少轻姐姐，你师父只是想告诉你，你很优秀，让她觉得骄傲。”白羽实在是看不下去，这个情商极低的少轻被一句夸奖的话搞得疯魔的样子，真是可爱又好笑。

有些不安的少轻看向白羽，那眼神似是在寻求白羽的再次确认。而白羽什么都没有说，只是微微一笑，点了点头，回应了对方所想。

“明月丫头说的没有错，师父就是这个意思，从现在起，师父再也不会看着你离去的背影而无能为力。从今后，没有任何人、任何事可以再分开我们师徒。”田彩终于说出自己的心里话，还不忘赞赏地看了一看白羽。

“哎！田彩，我说你这徒弟要说聪慧真的是无可挑剔，就是这和人聊天的功力真的不是差了一星半点呀！”段睿无奈地摇摇头，长叹一口气。

少轻根本不理会别人说什么，她只听到了师父对她的承诺，这就够了。除了师父，她少轻从不理会任何人的看法和眼光！

“走吧！大家进去吧！来到了汐族的惊涛城，你们可以像在陆地上一样自由行动和呼吸，再也不必担心会溺死在这片大海之中。”段睿变身为人形大步往前走着，这么多年他终于回到了自己的故乡，终于回到了属于他的地方。

整个惊涛城都是圆的，大圆套小圆。到处是七彩的如树般高大的蘑菇，而这座城唯一的亮光就是来自城中央的那颗水晶。

禁咒之海将整个惊涛城都沉到了水底，看起来确实有些昏暗。熙熙攘攘的汐族之人都惊愕地看着这几个外来之人和段睿，都不能理解这些人是怎么穿过禁咒之海来到了这里。

而大家都跟着段睿走，也顾不上一路上诧异的眼光和听不懂的语言。终于，段睿在一座看起来很高的大殿门口停了下来，不再往前走。

“我们到汐族的潮汐圣殿了，你们先在这里等一下，我先进去通报一下，再怎么说这里也是汐族之人的圣地。”段睿说完，便转身走进了大殿，消失在那海水般的魂力之屏障后。

潮汐圣殿。

“东方睿……你，终于回来了！”

“你是怎么回来的？这里都被禁咒之海包围了，没有人可以进来的！”

“这……东方睿，真的是你，你竟然回来了！”

“你回来了，汐族就有救了，你要是再不回来，我们汐族就要灭族啦！这么多年你跑到哪里去啦……”

一群汐族的长老和尊者见化名为段睿去大陆的东方睿回来了，竟激动得老泪纵横，这么多年他们也没有研究出禁咒之海的破解之法。有了禁咒之海，根本无人能够进来，也就不怕有人入侵了，但当下最大的问题是，城里面的人也根本出不去，所以整个汐族现在除了看书还是看书，大家都想在书中找到出去的方法，连守城的侍卫也被打发看书去了。

“东方睿，你小子终于知道回来了，可有找到我的小紫陌？”一个一袭水蓝色华丽而飘逸长袍的男子，从大殿之后的藏书阁走了出来，王者气息十足。

“吾王圣安！”

刚才还是很闹的大殿，瞬间除了问安声，再无动静。

“吾王圣安，东方睿归期已超，请王降罪！”东方睿单膝跪地，一本正经地请罪。

“行了行了，你这臭小子少转移话题，降什么罪？你快告诉我，你找到紫陌没有？她到底怎么样了？”

跪在地上的东方睿不敢起身，也不知道应该怎么说才能将伤害降到最低。虽然之前他想过无数次应该怎么回答这个问题，可到了此时，他依旧不知如何开口。

人鱼之王东方焕见他不起身也不回答，心中便已有答案，他害怕的事终于还是来了，就算他做好了最坏的打算，也还是不愿意去相信这个事实……

“说吧！本王受得起，告诉我事实即可……”东方焕强忍着内心的剧痛，坚持想要知道真相。

“王，如果你坚持，那我就全都告诉你吧！只是这三言两语也说不清楚，在大殿之外还有几个助我回来的朋友，是否先让他们一起进来？让人久等也不是我们汐族的待客之道……”

东方焕点点头，示意他去请人。

看着走出大殿的东方睿，东方焕险些站不稳摔倒在地，还好他身边的六长老扶住了他。

“王，你可还好？让我来为你看看！”二长老赶紧跑了过来，扶住了东方焕的手腕，闭上双目仔细听。然后说道：“王，你还是应该多休息，如果再这么劳心劳神的话，只怕是……”

“无妨，现在是汐族的关键时刻，我若休息，汐族的百姓该如何自处，身为他们的王，我岂能不管他们的死活！刚刚只是有些失态，没有什么大事的，你们尽可放心！”东方焕自从和六长老一起使用禁术之后，魂力损耗实在过大，以至于伤到身体的根本。而自从被封在这禁咒之海下，他就没有一刻停下来寻找破解之法，不顾自己身体安危不说，都忘了自己的女儿到底失踪了多久……

正在这时，东方睿带着门外的四人走进了大殿。

“王，人带进来了，他们在，就更容易和你说这件事情了。”

“来者是客，大家就都坐下来说吧！正好本王和长老们也好久没有休息过了。”

正在这时，两道纤瘦的身影闪了进来，一赤一黄，倒是给这昏沉闷无趣的潮汐圣殿添了一抹光亮。

“父王，师尊回来这么大的事情，也不叫我们一声！紫陌呢？”身穿淡黄色精致衣裙的女子大声问道，根本不管问的那个人是不是王！

“圣女泌心参见我王！”身穿火红色飘逸衣裙的女子单手扶肩，向东方焕行了一礼。

“哎！果然是什么事情都逃不出你的法眼。拂香，你和沁心找个地方坐下吧！至于你们想知道的问题，马上就有人告诉你答案，但是这中间不许你插话，听到没有？”东方焕无奈地看着自己的女儿拂香，心想，自己还真是教女无方，一个离开汐族，一去不回！一个每天派眼线盯着他是不是按时吃饭、睡觉、吃药！他堂堂人鱼之王，居然连两个丫头都管不了……

所有人都坐了下来，东方睿慢慢讲起了人鱼公主东方紫陌的事情，只是这么多年的事哪里是一时半会儿讲得完的？不知道过了多久，墨羽和白羽眼神相对，都无奈地向大殿之外看了看。

殿里的光线越来越暗，潮汐圣殿的长老继承者们赶忙点上灯火，再给他们添上吃食、圣水。

“王，事情就是这样！我未能早点找到紫陌是我的失职，还……”

“哎！都是我太过骄纵她了，才会让她这么任性地离开汐族，你不必自责，此事和你无关，若不是你在外头，又如何能找到这奇人破进来，商议破解之法？都是天意，又岂可逆转……”

听到东方焕这么说，东方睿的内心更加觉得对不起紫陌。若不是他当初懦弱，根本不会发生后面的事，而东方焕也不会失去女儿，汐族也不会失去一个悟性和魂力都天生卓越的公主。

看着一言不发的东方睿，东方焕觉得既然已经知道了事情的前因后果，那么也没有必要在这个问题上过多地追问，以免让东方睿更加难过。

“你刚才所说的人族奇人可否向本王引见一下？”失神的东方焕感觉到自己被踢了几下脚后才反应过来，而踢他的拂香公主，正以不能理解的眼神盯着他看。

东方睿示意那坐着的四人一起过来，然后说道：“王，这位就是我跟你说的人族的大法师田彩，你可能不知道，她还是紫陌的故友。紫陌在人族游历之时，田彩曾多次搭救她。她左边的第一位，是她众多徒儿中最出色的一个，也正是这次带我们穿过禁咒之海之人，少轻！第二位是大陆之上最西北的黄昏国的白龙将——重云，也就是我刚才和你所说的可以以一抵万的英勇大将。第三位也是来自黄昏国，也是我刚才和你说的那个被亲人追杀和重云私奔，最后却是以身献祭解救百姓重生，最后被我救下来的那个明月丫头，明月姬！虽说明月丫头没有灵力、魂力、武力，可奇怪的是在来的路上，遇到了十几只海妖，她居然也可以不受其诱惑。不如王也来试一试，看看她到底有何天赋！”

东方焕听到明月姬居然可以不受海妖诱惑，居然不顾形象地一把抓起了明月姬的手，放上他的法宝开始测试她的天赋。很快法宝便开始闪出耀眼的光芒，法宝原本半开的莲花，居然绽开了冰蓝色的花瓣……

白羽
落青丝

目录
Contents

“明月丫头，这个拉着你不放的人，就是你娘亲的双生妹妹，可是她却从不承认，非说自己是姐姐。这姐妹两个争了那么久，也没分出来谁是姐姐，谁是妹妹，因为当时没有人知道会是双生子，抱出来的时候早就忘了是哪一个先出生的！”

“那师尊，我应该怎么称呼她才对呢？”白羽可不想自己来考虑这个问题，这实在是太难了！

“叫我娘亲！你这丫头从小便没了娘亲，你这年纪在我们汐族可还未成年呢！”东方拂香毫不避讳地说着，一点都不顾及自己是一个未出阁的公主。

“胡闹！你一个未成亲的公主，怎么可以让明月叫你娘亲？明月，你就叫她姑姑就好。”东方焕实在是受不了自己这个女儿每天都胡作非为，从不顾及身份。

“父王，我这不是看到明月高兴吗！你看她那么小就没了娘，我这不是心疼吗！你看她长得多像紫陌，也很像我！嘿嘿，明月，你若是不知道你娘亲长什么样子了，就看我吧！”东方拂香本就是心大之人，在紫陌消失，还没有禁咒之海的那些年里，她也去找过紫陌。只可惜在查到羽族之时，她就有些撑不住了，差点死在了落缨村，若不是被一个羽族将军所救，只怕她也要死在外头，留下父王一个人了！

“哎！你总是有理由，先不说这个了，几位长老，你们说说看，明月的魂力到底被封印在了哪里？”东方焕突然想到，这之前没有魂力之人居然可以让三界幻青莲完全绽放，一定是魂力被谁封印在哪个地方，无法施展。

“王，依我看，大家最近都太累了，让大家都去休息吧。明日我们再从这大厅之中看看这小公主的魂力到底封印在哪里可好?”智者六长老看到他们的王在这一喜一悲中落差巨大，生怕王的身体吃不消。

“好吧！那大家都散了，拂香、沁心，你们带着田彩法师、少轻，还有我的小明月去休息。东方睿你带着重云去你之前的宫殿休息，那里一直有人打扫，直接去就可以了！”东方焕确实累了，这么多年了他从未觉得像此刻这么累过，之前一直忙着也感觉不出来，可是这一放松下来还真的吃不消……

92
先天不足

翌日。

“竟是橙色鱼尾！这……这怎么可能？”六长老不可思议地看着眼前的一切，他辅佐了几代王室，却从未见过有魂力卓越到橙色鱼尾的人鱼！

“明月丫头竟是橙色鱼尾！那么我们汐族是真的有救了！”东方睿很欣慰，自己拼死拼活救回的明月竟然是汐族的救星！他原本只是以为救下了紫陌的孩子，也许冥冥之中一切早已注定，始终逃不过宿命……

“月儿……你！”墨羽实在没有想到，明月姬这个人物的这个设定完全超出了他的想象。

就在大家惊叹于他们的小公主魂力如此卓越之时，意想不到的事情发生了！

“明月！孩子……你怎么了？”东方焕一把扶住突然晕厥的白羽，吓得一头冷汗，等了这么多年，好不容易盼来了一个亲人，要是这个孩子出点什么事，他可怎么对得起紫陌？

“月儿！月儿……你怎么了？”墨羽再也顾不得什么规矩，直接冲上去一把抢过东方焕怀中的白羽，抱在怀中，理智对他来说已经多余！

“我觉得，你还是理智一点好。来，把她交给长老们看看到底是什么原因！”东方焕没有生气，倒是很钦佩这位年轻的将军对自家明月的这份深情。明月有这么一个人守护，他也没有后顾之忧了。

被点醒的墨羽，小心翼翼地将怀中的人抱到大殿后的卧榻之上，轻轻放下。

大殿之前的欣喜被此时的心忧所代替，每个人都担心这位小公主。片刻后，几位长老在一起终是商议出了结果。

六长老代为转达:“王，小公主并无大碍，她的魂力太过卓越，而她却没有掌握好控制这魂力的方法！而且我发现小公主好像有先天缺陷！”

“先天缺陷是什么意思？我的小明月怎么了？”东方焕一听六长老的话，居然也忘了自己的身份，竟是发了急！

“王，还请少安毋躁，小公主在黄昏国长大，那里是沙漠之国。紫陌公主也是知道这一点，才会封印了小公主体内的魂力，至于为什么能被封印这么久，也许是因为小公主的父王不是人鱼一脉吧！”六长老看着失态的王，有些不安，他们的王，何时如此失态过？果然骨肉至亲不一样啊！

“六长老，你就不要管我了，快告诉我，这孩子到底有什么缺陷？”

“王，人鱼一脉都是水元素超群，以此来操控水时魂力更上一层！可是小公主体内的水元素比蓝尾人鱼还少，木元素却超越了橙尾人鱼几十倍！她不能随心所欲地操控水，可水才是汐族人鱼一脉最为擅长也是最致命的源头。”

“那可有解决的办法？若真是像你所说，明月丫头岂不是用了这魂力就会伤害到她自己？”东方焕担忧地看着还在昏厥中的白羽。

“王，解决的办法也不是没有，只是我们要先帮小公主疏通经脉，教她控制魂力。而后，只怕是又要劳烦东方师尊带着客人们去我们西方的灵族，只有灵族的清瞳才能治好小公主这先天的缺陷。只是清瞳的脾气甚是古怪，给不给看病全凭心情，此行只怕是要做好持久战的准备！”六长老心里也没有十足的把握可以让那个清瞳答应救治小公主，他能做到的，也就只有这些了！

“好！就按六长老所说，待明月醒来，你们就启程去灵族！一路上就要辛苦各位了，愿你们能够医好明月早日归来！”虽有不舍，可为了明月这孩子的身体早日恢复，东方焕不得不放手。

五日后，白羽终于又可以正常地活动，少轻和田彩为她打通了全身的经脉，教她如何控制自己体内的魂力。以白羽的天资，基本是一学就会，倒是墨羽没有想到他的小羽儿竟是如此聪慧。

汐族上上下下都知道他们多了一个聪慧至极的橙色鱼尾的小公主，知道他们汐族有救了！他们要做的只是耐心地等待，因为他们的小公主和她带来的那些高人可以随意进出这禁咒之海，帮他们带来足够多的食物和足够多的种子！有了这些，他们再也不必担心会饿肚子，也给他们带来了新的希望……

听涛回廊。

整个汐族的百姓都站在这里给这些帮助他们暂时脱离困境，且还要帮他们解除禁咒之海的几位高人饯行，手里拿着自家做的吃食、衣物等，个个挤着向前，急于将自己的心意送到高人手中。这些高人是为了汐族百姓的将来而去，这一行不知前方凶吉，也不知道这些高人是不是都能好好地活着回来，对于百姓来说，这份恩情实在是无以为报。

“拿上吧！各位恩人，这是我今天一早做出来的点心。”

“这是我用织出来的水凌绡做好的衣服，你们拿着，到了热的地方，这衣服不但防雨水，穿在身上还很凉快呢！这衣服不分男女，只分大小，一人一件！”

“还有我，这是才做的海草团子，拿着轻便，还不会弄脏衣服。”

“让让，让让，恩人们先别着急走，这是我今天才做的鞋子。这鞋子不怕水，到了灵族，遇到个阴天下雨的，也不会湿了鞋面，受了寒。”

百姓们你一言我一语的，都把自家的东西举过头，生怕这几位恩人不拿而去。

“好了好了，你们呀，就不要在这里挤着了，都听我的。吃的东西，只拿点心。衣服，就拿刚才说的水凌绡，还有刚才说的那种鞋子，就这些了！再多了，只怕也不方便带，是不是呀？我的小公主？”东方拂香用一双桃花般的眼睛看着白羽，透着一股看不透的心思。

东方拂香说完这番话，这些东西的主人有序地朝着东方睿走去，其他百姓自觉地散去。

“明月，你这一走也不知道多久才能回来，爷爷实在舍不得你离开！”人鱼之王东方焕的眼中尽是不舍，这短短的时间，根本不足以让他表达对明月姬的满心疼爱！若不是这汐族之内没人能治好他的小明月，他是绝对不会让这个孩子离开他半步的。

“是，爷爷，明月一定会尽快找到清瞳，将这先天的不足治好，好拯救我们汐族，让大家出这禁咒之海！”白羽看着明月姬的爷爷，有些于心不忍。虽说他并不是她的真正亲人，就算他是一堆数据，也依旧打动了白羽。

“我的小宝贝，你才回来就要走，这样吧，你们带上我好不好？”东方拂香像八爪鱼一样抱着她的明月小心肝，和个孩子一样非要跟着离开，根本不顾及自己的公主身份……

“姑姑，你这样我都不能呼吸了，我们有话好好说……”被抱得喘不动气的白羽很无奈地看着墨羽，这个拂香公主实在不像一个公主！

“拂香公主，你看月儿都喘不动气了！”墨羽也很无奈地看着这个让他恨得牙根痒痒的人，自从他的小羽儿被这个女人霸占了，他和小羽儿单独相处的时间屈指可数，好在这个女人是明月姬娘亲的亲姐姐，不然他一定会疯魔！

“我的小心肝，我就舍不得你走嘛！不然你就带上我吧！”东方拂香实在不想错过这个可以逃离禁咒之海的机会。现在汐族百姓在少轻的帮助下，积攒了可以维持五年的食物和粮草。没有了后顾之忧，她真的很想和这些人一起出去，以她的魂力，至少绝对不会拖后腿。

“拂香，你何时才能长大？都是做长辈的人了，总是没个正形！”东方焕实在受不了自己这个女儿，她和紫陌的性格截然不同，若不是双生子，他都怀疑这个女儿是不是捡来的！

“父王，我说当明月的娘亲，你训我，我现在要当明月的好姑姑，你还是训我，你说你到底要我怎样嘛！”东方拂香放开她的明月小心肝，皱着眉头说道。

这个时候，少轻已经开始施法凝阵。

“哎！真是不知道何时才能找到一个能管得住你的良人，也好让父王少操一份心。你就好好待在惊涛城，不要……”

还不等东方焕说完，拂香已经拉着圣女沁心跳进了法阵之中，瞬间那法阵就带着她消失了。

看着法阵消失的方向，东方焕长叹一口气，对长老们说：“当真是都嫌弃我这老人家了，一下子全跑了，哎……”

“王，他们哪里是嫌弃你？这分明是都跑去为你、为我们汐族拼一个未来了。”智者六长老的见解总是那么到位，他看事情的角度永远都和别人不一样。就像他看出了拂香公主这次出走，不止是为了汐族，还有她心头上的那个人，那个让紫陌公主出走之人。

只是，他看不透这到底是两位公主的劫，还是汐族的福！

93
灵族往昔

灵犀城，茶肆。

白羽一行人算是很顺利地来到灵族的主城——灵犀城，之所以说是“算是”，是因为他们遇到了之前的夜叉族五王子迦修叶。若不是他的手下全跑了，只怕还要纠缠一会儿，最后逃跑之前他还不知死活地想要求娶拂香公主，结果被东方睿一招打回原形，落荒而逃！

一行人到了这里，肠胃也是被虐得不行了。墨羽找了一间比较不错的茶肆，一通海点，他知道，他的小羽儿肯定饿得不行了。

“这灵族之事，明月还是想多了解了解，不知道几位前辈是否能告知一二？”白羽觉得自己这一路下来总是不停地前行，可是对于目的地，她一无所知。这些人都是明月姬的至亲之人，问这灵族之事，倒也不会有什么不妥。

“明月丫头，这件事你只能问田彩了，想必她知道的最多。她年轻之时走过的地方、遇到的故事，只怕是你听个十年八年都听不完！”东方睿笑了笑，直接把这个任务丢给了田彩。

结果田彩先是对着东方睿一记爆头，嘴里还不停地说着：“什么叫我年轻的时候？你什么意思？嫌我老啦？你再敢说，再敢说，再敢说……”

“哎哎！我说田彩，你我都一把年纪了，可不可以不要在年轻人面前这样子，有失身份！再说了，我有说错吗？你难道不是都活了……”

还未等东方睿说完，田彩直接一个巨石咒丢过去，打晕了他，冷冷看了一眼倒在地上的东方睿，轻哼一声，心想，这个臭男人居然敢当着这么多晚辈的面说她老！

而躺在地上的东方睿大概做梦都想不到，他堂堂汐族的师尊，居然会被一个女人偷袭倒在地上，还被几个晚辈看着……

“这么聒噪的男人还是让他先消停会儿吧！不然就要耽误我给小明月讲故事了呢！”田彩一脸得逞地看着倒在地上的东方睿，大仇得报的感觉，真爽！

没有人打扰，田彩的故事也开始了……

人族的贪婪和欲望，引发了一场场战争，地府之中的灵魂已经多到装不下！为了恢复人界的平衡，地神选中灵耀，赐他神器，给他选择灵魂的权力！可没有想到的是，灵耀为了消灭灵魂，过多使用自身的灵力。最后，他无力抵抗怨念，还被怨念浸染，灵魂开始分裂。没有被浸染的灵魂——紫曜，被侵染的灵魂——黑曜！

黑曜觉得自己可以胜过诸神，欲望越来越无法满足。

紫曜坚持自己的内心，收了三个意志力、实力最强的灵魂为徒，来抵抗黑曜和他的怨灵大军。紫曜担心，这样下去会发生第二个血海之劫。抱着必死的决心，他将所有灵力注入地神所赐的神器，以自己的灵魂为祭，与黑曜怨灵大军同归于尽！

紫曜灵魂散落，黑曜不知所踪。

继承了紫曜意念的灵族终于面世。

灵族之人分为两类，一类是修炼木系法术的魅灵，一类是修炼金系法术的剑灵。魅灵具有特别的天赋，可以预测未来的第三只“眼”。可这“眼”又不是眼，而是额间的绝美印记。其他族的人对灵族既尊重羡慕，又恨之入骨，想杀之而后快！一方面，通过灵族可以预测未来，避免灾祸；另一方面，正因为灵族可以预测出他们想做的事，只有杀光灵族，计划才不会被人知道。

不过，只有灵力卓越的魅灵，喝过月涌湖底的圣泉水而不死，才可以真正开启天眼。到现在为止，灵族也只有圣女清瞳才能预测未来，还能医治些疑难杂症。只是她的脾气几十年前就开始变得特别古怪，前来求医的人，都要碰运气。

“好了，灵族之事我大约也就知道这些了，至于那个清瞳姑娘为什么会变得古怪，我们还真要去好好查一查！若是弄不清楚缘由，只怕无法让她给小明月治病了。当然了，你们一定要记住，男人不要说话，以免直接被轰出去！”田彩说得口干舌燥，喝了一杯清甜的淡紫色月锦茶。

与此同时，可怜的东方睿就在地上躺着，若不是地上有地毯，只怕是要受寒了。

“田彩，快点让东方睿起来吧！他是聒噪了点，可怎么也是我们汐族的师尊，还是给他留一点面子吧！”

“好吧！看在拂香公主的份上，就让他起来吧！”

田彩用灵力叫醒了地上的东方睿。拂香公主看着地毯之上的东方睿，表情中微微带着一丝心疼，她以为不会有人发现，却没有逃过少轻的眼。

少轻虽不懂人情世故，可表情还是分得很清的。想当初，一起拜师学艺的弟子，曾组团打压少轻一人，后来她又因为过于追求术法，被人族的法师诬陷罪名，赶出剑仙城。一桩桩，一件件，就算她再不懂，也学会了分辨人心。她暗道，想不到，这个东方师尊，竟能让两个如此优秀的女子为他倾心。

“田彩，你也太不厚道了吧！你我好歹也是上百年的交情，怎么能在这么多小辈面前这么对我！”东方睿无奈地看着田彩，心想，这个男人婆，这么多年了还没有改掉这个坏毛病，总是害得他颜面尽失，真希望有个男人收了田彩，让她变得温柔些。

田彩狠狠地剜了一眼东方睿，轻飘飘地说了句：“啧啧……面子？你说我老的时候，可有想过我的面子？”

“不是……田彩，你何时也在意这些了？你不是一向都很男……英气的吗？”东方睿实在不解，他今天在众晚辈面前被打晕，竟然是因为他说了田彩“老”？

“懒得理你，你若是没法让我们更快地了解清瞳圣女，就不要说话了，不然说不定还会倒下！”田彩脸上尽是对东方睿的嫌弃。

“怪不得你到现在还是一个人，好好好……我不说了，你不要拿眼瞪我了，我说正事可好？”已然落败的东方睿放弃抵抗，好男不和女斗，就算他能打过田彩，也不能在一众晚辈面前跌了份。

“师尊，你真的知道灵族的清瞳圣女的事吗？快说来听听吧，明月真的很想听！”白羽一直很想听，她已经习惯了在这未知的世界里，听故事，探险。只不过今天，这几个长辈一直在斗气，她哪里敢吭声？

“师尊，为何拂香不知你曾到过灵族？这灵族并没有特别多的记载，你又是怎么找到的？难不成你……”拂香公主实在按捺不住内心的疑问。难不成，他只带着紫陌去了灵族？那她，那她是不是就真的没有机会了？

“当年我离开汐族去寻紫陌公主，本想去羽族，却在路上偶然发现了灵族的存在。以前也只是在典籍上看过只字片语，并没有确切的位置和更多的解说……”东方睿顿了顿，不知该不该将所有的事情都说清楚，一切都是孽缘……

“师尊，接着说嘛！你看我家月儿听得正入神呢！”见东方睿停了下来，墨羽赶紧提醒他，因为墨羽发现他的小羽儿听得正津津有味。

“师尊，你还是说实话吧！再怎么说，这也是帮你们汐族的小公主，只有解决她缺乏水元素的问题，才能发挥出她所有的魂力，我才能教她更多的术法，救你们整个汐族出禁咒之海！”少轻实在是受不了东方睿在那里编故事，都这个时候了。一路上，她发现东方睿只要一听到清瞳，整个人就不正常，特别不正常！

“少轻，你是说，是说……师尊他在逗我们？”白羽弱弱地问了一问，她没想到这里的角色都这么人工智能，还会逗人玩！

少轻点点头，没说什么，倒是田彩看到自己的徒儿如此耿直，担忧地看了眼东方睿，见他也没有什么反应，说：“明月丫头，少轻是开玩笑的，你们的师尊，应该是没有想好怎么和你们说呢！”

白羽一脸明了地看了看少轻和田彩，略微不自然地笑了笑。

“好吧！为了明月丫头，我还是说实话吧！其实很早的时候，我和清瞳便认识了。那时，紫陌还在世，她非要让我带着她去灵族探一探。原本我是不想带她去的，紫陌是汐族的公主，而灵族和我们汐族从未有过来往。我也是怕贸然去了灵族，会被排外，会有危险。”东方睿看着窗外的半弦月，心不由地狠狠抽痛着……

94
禁忌之情

远古神殿外。

“杀了这两个人，灵族的秘密不能让外来之人知道。”

“清瞳圣女，你不能因为这两个人是你的救命恩人，就枉顾咱们灵族的族规。若是这两个人把你可以预测未来的事说出去，我们灵族将会面临灭顶之灾。”年长的老者义正词严地说道。

“大长老，这两个人一定不会说出去的，清瞳以自己的性命担保！那日若不是他二人救我，我又怎么会活到现在？求大长老开恩，放他们离开吧！”清瞳圣女跪在地上苦苦哀求，她不能眼睁睁地看着这两个救命恩人，因不小心知道了她的秘密就被杀人灭口，她做不到……

“清瞳！你要知道，你是灵族的圣女，怎可这么糊涂？此事没有商量的余地，灵族万民的命都在你的手里。来人，把这里看守起来，不许放一个人出去！”大长老气极，拂袖而去。

“大长老……”清瞳还试图说些什么，可还未等她说完，大长老已经消失在大殿门口。

“清瞳，对不起，我们的到来让你陷入这么两难的境地。”紫陌看着跪在地上的清瞳，心里实在是过意不去。

“紫陌，你瞎说什么！若不是你们，我早就被那个觊觎我天眼的人给杀掉了，怎么还能在这大殿之上为灵族预测未来呢？清瞳虽没有出过灵族，也没有见过多大的世面，可清瞳明白知恩图报的道理。”看到自责的紫陌，清瞳更是难过，她一定要想出救恩人的方法。

“清瞳，你们灵族在什么情况下，允许外来之人知道天眼的秘密后可以活命？”一脸淡然的东方睿，并没有觉得这件事有多难解决，先过了这一关再说。

“这……有是有，只不过，只不过不太现实。”清瞳言语间有些支支吾吾，她实在不好说出口。

“清瞳姐姐，都什么时候啦！你就快点告诉我们吧！”紫陌见有一线生机，有些着急地问道。

“好吧！那我就直说了，只要东方睿娶我，并生下新一代的圣女，他就可以不用死。”清瞳一咬牙，将这个看起来有些荒唐的唯一生路说了出来。

“什么！这不行，这不行，他必须要回到汐族，他是我们汐族的师尊，怎么可以留在这里安家？”紫陌一脸骇然，她不允许东方师尊留在这里，她不要看着他娶别的女人。就算她这辈子都不能和师尊有结果，至少也能常常看到他。

清瞳看着反应如此激烈的紫陌，心中的第六感更加确定，紫陌深深爱着东方睿，这份爱埋得很深，因为这是禁忌之恋！

“只是这样吗？那么，若是我娶了你，可以活下来，那么紫陌呢？”东方睿浅浅一笑，原来竟是如此容易，只不过，他要的是紫陌可以安全地回到汐族。

“我只要用法术配合忘川之水，让紫陌忘记这一切，她就可以安全地离开了。有你在这里做人质，想必那些长老会放紫陌一条生路。到时候我们亲自护送她离开这里，就可以了！而且……”清瞳欲言又止，她可以探知未来，却不敢看自己的未来，她害怕知道结局。

“这样便好，只要紫陌可以安全回到汐族，我也再无牵挂。只是，这忘川之水在忘记这秘密之时，会不会忘记其他的事情？”东方睿有些担忧，他并不想让小紫陌完全忘记他，他不想……

“其实，紫陌安全离开后，我们不必做真正的夫妻。我会做出个你已死的假象放你离开的，东方恩人，你不必有压力！”清瞳心中已有了自己想要的答案，有时候她不必动用天眼，也可以看透很多事情，可她从未感觉这样聪慧是件幸福的事情。她并不想知道很多真相，真相永远是那么残酷。

“清瞳姐姐你说的可是真的？可……可是你怎么办？你要知道，放走了我们，你可就是成过亲的人了，那岂不是毁了你的一生？还有没有其他更好一点的办法？我是很想和东方师尊一起安全地离开这里，可如果这是以你一生的幸福为代价，我宁可不要！”紫陌情绪有些激动，她做不到这么自私。

“清瞳，紫陌说得不无道理，刚才我光急着让紫陌安全地离开了，毕竟她是我们汐族的人鱼公主。原谅我的疏忽，拿你一生的幸福做代价，也恕我不能接受。”东方睿发现自己真的是关心则乱。

“你们对清瞳的这份心意，清瞳心领了，可是清瞳的命本就是你们给的，就是拿命还给你们，也不为过。更何况清瞳从未想过要嫁人，作为天眼的拥有者，我有很多事要做，灵族离不开我。你们放心，没人敢拿我怎么样的，在灵族人的心里，圣女再怎么样都是圣女。在新一代的圣女出现之前，永远是他们有求于我，你们又何须担心我？”清瞳笑得很幸福，因为她觉得，哪怕只做东方睿一天的新娘，她就死而无憾了。他让她一见倾心，又是她的救命恩人，她为他做什么都愿意！

翌日。

“胡闹！清瞳，我以为你想通了才叫我过来，没想到你竟这么荒唐！你这明明就是想敷衍我，可是清瞳你想没想过？这可是拿你一辈子的幸福来救这个人，你确定他就是你此生的良配？多少灵族的王室贵族、绝顶高手求娶于你？哎……”大长老气急败坏，说话都带风，吹得嘴边的胡子一起一落，看起来并不可怕，反倒有一种很滑稽的感觉。

“大长老，你就答应了清瞳吧！只要你同意，没有人会反对的。清瞳可以嫁给自己的救命恩人，他又是绝顶高手，最重要的是，他也想娶我，这样的良配就是清瞳一生所求。”清瞳一脸真挚，满满的情真意切，就是东方睿看了，也有一刹那的动容，更不要说同样身为女人、同样深爱着东方睿的紫陌。紫陌强忍心痛，纵然知道这一切都是权宜之计，她心里还是不能接受东方睿要娶别的女子。

“清瞳！你是我看着长大的孩子，你心地善良我知道，为师也是怕你为了救人委屈自己啊！哎……罢了罢了，随你吧！都跟我回灵犀城，你是灵族的圣女，你的婚事可不能由着你自己的性子。这个外族之人若是想娶你，那可是要通过层层考验的！你这执拗的性子，什么时候才知道收一收……”大长老转身默默向神殿门口走去，背影看起来已不挺拔。

看着师父不再挺拔的背影，清瞳眼中一湿，低头不语，起身跟着大长老走去。大长老是她的师父，一直最疼她，若不是为了报这救命之恩，也为了自己的私心，她真的不忍心让他老人家为她操心。她从小就是那个最懂事的孩子，从不会为任何原因顶撞师父，可今天却让他这样难过。

见清瞳走出大殿，东方睿也起身，用眼神示意紫陌跟着一起走。对上紫陌幽怨悲伤的眼神时，他心疼，他莫名心虚，好像他真的是那贪生怕死的负心人一般。

去灵犀城的路程并不算太远，穿过风吼镇，绕到山后面就是了，也就不到半天的路程。只是这一路天寒地冻，还有不少修为并不高的拦路怪物。还好这些怪物伤不到人，长得倒也通体雪白甚是可爱。

一路上，东方睿和清瞳各种做戏。

“清瞳，这天寒地冻的，还是披上我的披风吧！你可就要嫁给我当娘子了，怎么可以生病。”

“睿郎，我是灵族之人，不怕这天寒的。倒是你，可别因为生病而无法通过考验，不然你就不能娶我了。”

“若我真的通过不了，怎么办？”

“睿郎，那我就和你生死相随，他们想要一具圣女的尸体，我也没有办法，清瞳不能没有你……”

……

这一路上，大长老气得恨不得马上杀了东方睿，可又怕自己的傻徒儿真的寻死！他恨不得自己耳朵聋了，这样就不用听这臭小子是怎么哄骗他的乖徒儿了。

这一路上，紫陌一直不言不语。她知道她自己和东方睿是永远都不可能的，她明白师父对她也许从未有过男女之情，她也懂得这只是做戏，可是，她也真的做不到无动于衷。

灵犀城。

“终于到了，这便是我灵族的主城——灵犀城。城门两侧便是我们灵族的先人紫曜神使，没有他，就不会有我们灵族的存在。所以东方公子你的考验，都是紫曜神使定下的，你必须接受并通过，才能娶清瞳。”大长老一边捋着下巴上的白胡须，一边神气地给东方睿解说。

“是，大长老，晚辈定不会负了清瞳的美意，定会通过考验。”东方睿嘴角带着一丝浅笑，心想，若不是灵族规矩这么多，他倒真的很欣赏这个大长老。

几人相视一笑，由大长老带着进了城门。

要说这灵犀城的城门确是好看，大门最顶端的赤色魂石散发着璀璨的光芒。而城门楼上和两侧的围墙上竟也长满了绿色的藤枝，远远看去，添了不少生动的灵气，走近再看的时候才发现那藤枝之上还有未开的花苞。

进入城中后，天已开始擦黑，城中长得像绿色的树干一样的灯座上皆是大门顶端那种赤色魂石，将这城中照得很是明亮。正中间高耸的喷泉有七八层楼那么高，流水之声很是悦耳，叠落之间如梦如幻。

东方睿和紫陌目之所及皆是奇花、异草、珍兽、稀树，这样一个若仙境、若花苑一般的地方，居然是灵族的王都。这里每个人的脸上都挂着知足的笑容。在紫陌眼中，这里的氛围真的很好，进来之前的那些不愉快竟是消失了一大半。

“都随我到这边来吧！”大长老见那外来的二人已经将这美景看得差不多了，开口催促。

95
灵主的刁难

紫灵圣殿。

“灵主，这位便是清瞳圣女自己选中的未来夫婿。我们灵族之人向来对这嫁娶之事没有过多的干涉，只是清瞳身份特殊，而她选中的又是这外族之人，所以元启只能将这二人都带来。”

灵主梦仙君看向东方睿，目光之中透着锐利，仿佛可将一切看穿。似要开口之时，却是对上了紫陌那墨蓝色如深海的眼眸，发现在那双让人看一眼就终生难忘的眼底，压着难以言喻的情伤。他心里一笑，这情字终究是误人一生的东西，还好，他从未陷入其中。

灵族之人皆知，灵主虽没有天眼探知未来，可他却能看一下对方的眼睛便能知道对方一切的天赋。也就是说，在这世上，没有他探知不了的秘密。只是刚才，他发现自己竟无法看破东方睿的心思。

“清瞳，你确定吗？这一切还是你来做主，毕竟你要选的是与你共度此生之人。外人皆不能为你做主，也无权干涉。”梦仙君优雅一笑，看着这个已经为情所迷的圣女，他知道此时无论自己是什么态度，这个傻丫头也听不进去，还不如顺了她的意。

“回灵主，清瞳心意已决，不会再变，请灵主成全！”单膝跪地的清瞳听到灵主这样说很意外。

“起来吧！既是已决定，那我倒要好好考验一下你说的这位高手，看他是不是如你所想。再怎么说，你是我们灵族的圣女，要嫁人，岂可随意！”梦仙君深知这东方睿绝非一般人，更想出一些难题来考考对方，顺便再更好好探探底。

“谢灵主成全！”清瞳起身谢恩，有些担忧地看着东方睿。

“那烦请灵主出题吧！为了清瞳，我不怕任何挑战！”东方睿自信又似深情的眼中透出无所畏惧的果敢。

“好！有担当，有魄力！那我就出题了。你二人要先去鲸涛部落，求他们的头领帮你们捉得两条最大的雪龙。而后你们将两条雪龙带到煮龙部落，做成最好吃的龙肉。最后你们穿过幽影森林，将那最美味的龙肉送到灵蜥部落，让他们的首领尝一尝这天下最鲜的美味，你们的任务便完成了。只不过，在此过程之中，你不可以让清瞳受伤，不可以让清瞳为你拼命，更不可以让清瞳为你指点。我会让大长老去监督的，而清瞳你要做的就是，睁大眼睛看，用心去体会，这个人到底是不是你想的那样可以托付终身。”梦仙君狡黠的眼神中透着一丝捉弄人的快感，他说的这个任务听起来很简单，实际操作起来却是难于登天。

灵族之人都明白，鲸涛部落的通灵师是整个灵族地界之内最难缠的主！和他们打交道，简直可以折磨死人，一般人都宁去地狱不去鲸涛。让他们帮助捉到雪龙，那根本就是天方夜谭，先不说他们帮不帮，就算是帮了，那雪龙也极难见到，他们自己想吃都要看运气，更不要说帮人捉，自己连片肉都吃不到了！这样的赔本买卖，他们怎么会去做呢？

雪龙生长在雪龙冰原的南方深海之中，据说是从无妄海游过来定居在这里的。它们本就喜凉，来到这里后直接划出了自己的地界，不再回无妄海中。它们个个都很大，鳞片银光闪闪，在海中游起来也很是威风。只是，仅凭一人之力，绝对无法将它带到煮龙部落的那口石锅之内，更不要说用那口大到可以容纳几十个人在里头戏水的大石锅煮出美味！光是想要把雪龙煮熟，都不知道要捡多少柴才够用！

至于幽影森林，里面有太多的灵魂，都是无法超度不愿意去轮回的，自然也都很难对付。而那灵蜥部落，若是有命去到那里的话，还是自己祈祷能够活着打败那灵蜥头领吧！

只是梦仙君没有想到，东方睿的脸上没有一丝的不悦，反倒更加自信了，心里不禁打鼓："这个男人，究竟是什么来头？他面对我的时候从未有过畏惧，只有尊重。"

"好了！今天叨扰灵主的时间够长了，元启先带这些孩子下去了，考验从明天开始。"大长老说罢，对着梦仙君行了一礼。

清瞳、东方睿、紫陌，三人随之行礼，向灵主告退。

"等等，元启长老，那位姑娘是何人？为何我看着眼生得很？"见众人要退下，梦仙君问道。

"回灵主，这位是东方睿的徒儿，名唤东方紫陌。"大长老如实回答，只是他有些不解，一向不愿多管他人之事的灵主，今日为何主动问话。

"东方紫陌，这名字倒是和我们灵族的月锦花极为般配。东方姑娘，你大可不必跟着你师父经受那些考验，不如我带你去看一看灵族的风景如何？再怎么说来者也是客，更何况你们救了清瞳。这地主之谊还是要尽的，你说呢？”

东方睿听似寻问，紫陌又如何听不懂他是要将自己从师父身边支开。只是在他人的地盘之上，她不得不低头，明知道这是客气的命令，也必须答应。

“是，一切听灵主安排就好！只是要劳累灵主了，紫陌只是一普通女子，怎么敢劳烦灵主陪着去赏这风景？灵主找一个你觉得可信之人，带着紫陌去就可以了！”

“紫陌姑娘说笑了，我是一族之主，说话自是一言九鼎，怎会假手他人？”梦仙君一定要解开心中的疑问，怎么会让东方紫陌有机会摆脱自己？

灵音居。

“紫陌姑娘，不知你看到这琴可眼熟？”梦仙君指着房间内唯一的物品问道，眼中有些许的探究之意。

紫陌初入这灵音居，就被中间的凤栖琴吓了一跳！这本是汐族之物，是她娘亲之物，怎么会在这里？这琴不是早就在那无妄海的极寒之处给娘亲陪葬了吗？此时，梦仙君这样问她，又是什么意思？难不成，他已经看穿了她的身份？紫陌不知该如何回答，只能保持沉默，尽量演出一副第一次见这把琴的样子，问道：“灵主，我看这琴是很熟，可这琴应该跟我不熟吧？只是不知，紫陌可否弹一下，听听这琴音？”

“自是可以，这琴本就是用来弹奏的，更何况像紫陌姑娘这样的女子。想必，这琴也会觉得自己有福分。”

“呵……灵主说笑了。”紫陌略尴尬地笑出了声，她没想到，这个看起来一本正经的灵主，居然也会逗人开心。她走上前去，静下心来，拨动了琴弦。

琴声果真灵动悦耳，紫陌有些控制不了这琴音带来的诱惑，竟是弹起了那首娘亲教她的《紫拂陌香》，那是她的娘亲所创的曲子，也是她和拂香名字的来由。这曲子好听，还有个别名叫《一盏忘忧》，听此曲一回也就一盏茶的工夫，在这期间再多的忧愁都会忘却。但凡听到此曲的人都会沉浸在自己的世界里无法自拔，弹奏此曲之人更是会沉入其中。紫陌弹奏的琴声美得极具诱惑力，灵音居外凡是听到的人皆如着魔了一般，听得如痴如醉。

梦仙君嘴角浮起满意的笑，就算不对她用法术，她依旧按着他的猜想往下走。这个女子果然是来自东方无妄海底，还极有可能是那个人的亲人，否则为何会被这凤栖琴诱惑？他晃了晃头，让自己更清醒一些，施法探查紫陌的内心，就是此时！只有紫陌自己沉浸在幻想之中，他才能看透那被紫陌刻意压制的秘密！

随着紫陌停下了拂琴的手，梦仙君拍手叫好，却又一声叹息。

紫陌思及刚才竟是真的什么都忘记了，只记得师父和她在一起的快乐时光。若是那时光停下该多好？她真的不想长大，那样她就可以一直赖在师父的怀里！不用再像现在这样子必须保持一定的距离。

“让灵主见笑了，紫陌竟没有控制住自己，本来只是想试一下这琴的音，没想到竟拂了整整一曲！”回过神的紫陌有些难为情，这琴虽曾经是她娘亲的，可这里却是灵族的地界！她实在不应该自作主张地弹了一曲，太失礼了！

“紫陌姑娘不必如此，此生还能再听到有人弹这首曲子，乃是本灵主的荣幸！姑娘若是喜欢，你可自行来此弹琴，无人会打扰姑娘。”梦仙君发自内心地称赞，紫陌弹此曲弹得这样好听，好听到他想自私地将她留在这里。

“一整个灵音居里就放了这么一把琴，想必是灵族很珍贵的东西。紫陌很是欣赏这琴，能弹过一次便已知足，怎可因贪心再给灵主添麻烦？”她记得娘亲说过，这琴这曲不可多碰，伤心神。

紫陌的娘亲泽嫣过世之时，她和拂香都还小，当时二长老最后的诊断便是她过度依赖这凤栖琴，导致身体虚空。这件事情成了整个王室的秘密，都觉得凤栖琴是魔物，应当早些带出汐族。东方焕宠妻无度，他觉得这琴既是妻子生前之物，那么死后也应该在妻子身边，所以他将妻子和这琴一起葬在那极寒之处。

“此等小事，怎会麻烦？一切皆看姑娘意思，对了，夜里姑娘可愿随我去水莹居看星海？”梦仙君知道了自己想要知道的一切，对紫陌也没了多余的防备，认定这女子虽不是灵族之人，却也不会对灵族有什么危害和企图。

“星海？听起来很美的样子，紫陌愿意一去。”这么多年来，她只见过极少的星星，无妄海之上看得最清楚的就是月亮，星星却是稀少得很。

梦仙君大步向前引路，嘴上却挂着一丝甜甜的笑，他是多久没有和一个人说这么多话，还能如此开心了？

水莹居。

紫陌本以为水莹居赏星是件很简单的事情，可是来到这里，她就知道自己错了。

水莹居是建在湖中的一棵大树之上的观赏台，而这大树同灵犀城中的一般，都是杆直，叶大而稀疏，顶端开着的花，发着像萤火虫般的光芒。而这观赏台也不太大，除了上头有一灯架子顶着一个大灯之外，并没有什么防护措施。

“不必怕，有本灵主在这里，不会让你有事的！”梦仙君一眼看穿紫陌内心的恐惧，知道一个水中成长的女子，自然很少到这么高的地方来。

紫陌有些窘迫，被人看穿的感觉并不好，她勉强笑笑，却是比哭还难看，不太好意思地说：“这里确实很美，是我从未见过的美。”她实在不好意思说出她心里的后半句，“也是我从未见过的高！”

“紫陌，快看，坠星！”梦仙君大声喊道，自己闭上眼睛许下了心愿。

还没有从恐高之中回过神的紫陌听到有坠星，抬眼一看，实在是太美了！她也赶紧许下自己的毕生所愿。

“灵主，我许下……”

扑通！紫陌很激动地站起来时，却是一个重心不稳扑在了梦仙君的身上，一起掉进了观赏台之下的湖里……

96 忘情断相思

正说到关键时候，东方睿忽然停了下来。少轻见状，实在是忍不了，他若一直这样，也不知道师父何时才能带她回到汐族过上安稳的日子，于是赶紧催促："师尊，少轻知道有很多人并不愿意回忆往事，可是你总把最重要的事情隐瞒，我们如何去请这清瞳圣女来帮助明月？"

"少轻……"田彩无奈地摇摇头，自己的这个徒儿聪明至极，却总是不知道如何与人相处。

"无妨！少轻说的极是，是我顾虑太多。想不到这段我曾以为再也不会被说起的往事，却还是要吹却尘封，也许一切都是因果轮回……"东方睿脸上尽是无奈，眼中却已蓄满清泪，他背对众人看着那远处的月锦花，压制住那酸涩的感觉，说起那真的不想再忆起的往事。

拂香公主望着东方睿的侧颜，看到他眼中闪光，心中不由抽痛，若羊脂般细腻的小手不自觉地将衣裙攥出了褶皱，心里暗道，难道从不碰情爱的师尊，真的动了心？

只是拂香公主没有发现的是，这一切早已落入一直不说话的沁心圣女的眼中。

情爱果然是这世间最让人无奈之事，两情相悦，何其难？多少人在情爱之中求之不得，怪不得师父从不让自己碰这些，想当初自己也只是逃婚出王宫换个自由……

星栖苑。

“紫陌姑娘，若你喜欢星海，我便将这星栖苑赐给你居住。这里月锦花终年不败，忘川水终年不断。神使的灵魂会一直佑我灵族之人平安，快乐！”

自打那日观星海坠入湖里之后，梦仙君仿佛着魔一般，一日不见紫陌便心绪不宁。他不知紫陌是何想法，那一日坠湖之时，他不受控地想护着怀中的人，竟忘了自己是有法术之人！随意动下手指便不必坠湖，在无意吻上紫陌脸颊的刹那，他大脑一片空白，那微麻感觉让他此生难忘。

“谢过灵主了，只是紫陌有一事不明，不知道当不当问。”

“紫陌姑娘有何不解之处，直接问就好，我知道的自会相告！”

紫陌在听到忘川水之时，心头一震！她记得清瞳说，师尊与其成亲后，她就必须要喝下忘川水才能离开。可是，她不想喝下忘川之水，不想忘了师尊，不想忘了她此生最快乐的时光……

“这忘川水喝下之后，真的会忘记一切吗？”紫陌低着头没有底气地问着。

“这……忘川水只有死后喝下才会忘记一切，不过，灵族境内谪仙村外的山上长有一种忘忧草。据典籍记载，用忘川水将这忘忧草熬制七天七夜，最后只够一盏茶的分量。喝下这一盏忘川水煮的忘忧草，便可以忘了最在意的人、最在意的事，也称断相思！”

“断——相——思！”紫陌忍不住惊呼，“那么灵主，这断相思喝下之后，有方法补救吗？”紫陌抬起头，一脸认真地看着梦仙君。

“若不是无可奈何，谁又想忘了自己最在意的人和事？只是这补救之法，我现在实在不知，灵族迄今为止还未有人喝下这断相思。”梦仙君嘴上不说，心里却也明白。他又怎会不知道，外族的人想活着离开灵族，若不喝下这断相思，根本没有可能离开。他不想紫陌离开，更不想她忘了一切，他对她来说未必是什么在意的人，可断相思的药性没有人尝试过！若是她会忘记一切又该如何补救？

“没有人尝试过？那么喝下之后也有可能会什么都忘记是吗？”紫陌思绪已乱，略一沉吟，说道，“灵主定是有很多事要忙，紫陌听闻这里还有一座很大的书阁，我可去那里打发些时间，不劳烦灵主大人每日陪着我了。”紫陌实在不愿打扰梦仙君，她在灵族只是一个普通的外族人。再者，她必须找到能解断相思的方法，否则就算她能回到汐族又如何？忘记了最爱的人，就算是活着也不过是一具行尸走肉。

“不是没有这个可能，未尝试过的事情，谁有定论呢？紫陌姑娘，我守护这灵族不知道多少年了，灵族一直都和外界隔绝，可以说是安定祥和。你不必总是担心会劳烦到我，倒是我每日都劳烦姑娘教我《一盏忘忧》，实在有些过意不去。”梦仙君一眼便看穿了紫陌的小心思，却不想说破。他心想，她想要得到断相思的解药，那他就先她一步做好这件事，他只要紫陌笑。活了这么久，他从未像现在这样期望过什么。他的生命这样漫长，长到他觉得是种负担，可现在，他有了期待，觉得每一天都活得很快乐。每到深夜，他总是一个人坐在屋顶看着远方一闪一闪的星海，期待着太阳升起、百鸟鸣叫，因为这就意味着他又可以见到紫陌了。

“如此，一切便听灵主的安排吧！”见梦仙君并不在意，紫陌也不再推辞，再怎么说，他也是主，而她是客。

梦仙君见自己终于不用离开，眼含笑意，轻声说：“如此，我便带紫陌姑娘去千书阁吧！”

千书阁。

“灵主大人！”蓝瞳单膝跪地，恭敬地向梦仙君行礼。

“起来吧！这位是紫陌姑娘，这段日子她就住在这星栖苑，这千书阁随她进出。”梦仙君一脸温柔地看着紫陌，下一秒竟拉起她的手向书架走去。

呆在原地的蓝瞳惊愕于灵主大人居然拉了女子的手，怀疑自己是不是出现了幻觉。这灵主大人一向不近女色，除了圣女之外，没有女子可以近他身畔十步之内，可今日他居然主动拉了这个叫紫陌的姑娘的手！蓝瞳使劲揉揉眼睛，定了定神，又看了一眼，他的眼没有问题，而且灵主大人根本没有将手放下来的意思。

蓝瞳暗想，难不成，灵主大人真的动了心？可是，如若这是真的，对灵族来讲真的不是件好事，他没记错的话，密卷上记着：灵族之人，非实体，或附金系之物身上成为剑灵，或附木系之物身上成为魅灵。切记不可与外族通婚，以免祸及后人！若灵族后代想修成实体，必有一人修成仙尊，方可扭转乾坤。

蓝瞳心中犹豫，不知道该不该将这些告诉灵主，都说圣女有预测未来的天赋，灵主有看透人心的本领，可现在，一个要嫁给外族的男子，一个心仪外族的女子！他纠结于说了会不会惹怒灵主，毕竟他只是一个小小的千书阁守护，委实不应该管灵主的私事。

随后，蓝瞳摇摇头，轻声自语道：“算了，灵主修仙几百年，从未犯过一点错，若修仙必有一劫，那一劫必定是紫陌姑娘，又何须我多事？”

而书架前的紫陌此时也在纠结，她发现，最近灵主对她好像是太好了，好到有点让她想躲开！这种好超越了地主之谊，更像是男女之情，可她又害怕自己是不是想多了，万一人家不是这种想法，她岂不是太自作多情了？紫陌担心若是明显地拒绝，会让双方都觉得很尴尬。她只好慢慢地找书，准备一会儿再找个地方坐下来慢慢地看书，心想，像灵主这样有礼数的人定不会打扰她看书的吧？

“我就看这本了，灵主大人若是有事，大可去忙，真的不用陪着紫陌了！再说这书看起来也不知道有多久。”紫陌拿起一本《灵木百传》，里头尽是灵族地界之内的奇花异草。心想着这下子灵主应该可以离开这里，让她自己一个人待一会儿了吧！

只可惜，紫陌想得太简单了，梦仙君探测人心的本事又岂是假的？就算他不用此术，他也一眼就能看穿紫陌的小心思。

“紫陌姑娘不必客气，这书阁之内的书，我也未看完。我想，我们可以一起看，若是你有什么不明白之处正好可以问我。你说呢？”梦仙君狡黠地看着一脸小失落的紫陌，饶有兴致地想看这丫头怎么演下去。

“这……是紫陌失礼了，灵主若不嫌弃，便与紫陌一起在此看书吧！”紫陌真不知道该如何是好，好像这灵主大人真的如传言般，能知道她想什么。这种感觉她真的很怕！若是被他看透了她喜欢师尊就糟糕了，那样的话，她和师尊谁都走不了！

看到紫陌的眼神中的担忧，梦仙君心里有些刺痛，她终究还是在意东方睿。即便她明明知道和东方睿不会有结果，她还是放不下那个人。他知道此时窥探她的心思是不对的，他不想，可他控制不了。明知道看完之后会痛，还是忍不住看！他第一次有了嫉妒的感觉，有了极度自私的占有欲，有了为一个人放弃一切的念头。

“怎会！我在哪里，做什么都没关系，只要那个人是你！”被嫉妒搅出怒意的梦仙君，说出心里话，这是他自己都没有想到的，他本不想这么早就说出来的！他怕，怕说出来之后会被拒绝，会失去紫陌……

紫陌没有想到梦仙君会这么说，一时间竟不知道应该怎么回答他！若是之前她还可以劝自己说梦仙君只是尽地主之谊，那他现在都这么明了地说出来了，她真的没有办法再当作不知道，当作什么都没有发生！可她又不能说自己喜欢师尊，她也明白自己和师尊之间此生都不会有结果，她该怎么办？

“紫陌，不要急着回答我，我不想听你拒绝！这一辈子很长，我等你！”此时的梦仙君觉得自己像等师父宣布成绩的徒弟一般，忐忑不安。那清澈真挚若火焰一般的眼眸，像是要点燃这个用冷漠伪装自己的女子。

见梦仙君这般，紫陌心疼，心疼他如自己一般求而不得。却也羡慕，羡慕他敢于说出口！

梦仙君遇到紫陌之前一心修仙救族人，他从未想过自己此生还能遇到一个让自己心动的人。他没有爱过一个人，也不知道怎么样和对方相处，他只明白要对那个人好。

而门外听墙根的蓝瞳惊得下巴都快掉了！他听到了什么？灵主大人在向心仪的女子表白心意！不行不行，他要赶紧回去睡觉休息一下，反正在这里也是灯泡。这一会儿的工夫，他受到的惊吓实在太多了。要知道，在灵族地界之内，哪个女子不想嫁给像灵主这样的人？且不说他是灵族之主，灵力修为都最高，就单单是灵主那完美到极致的长相、那无人能及的身形，都足以引得灵族的女子们恨嫁！不行不行，他得赶紧走，他要好好消化消化……

97 东方睿大婚

紫灵圣殿。

看到东方睿、清瞳站在大殿之中，拿着灵蜥部落头领的亲笔书信，梦仙君内心很是满意。原本他出那么难的题是想着让东方睿知难而退，而后用灵力洗掉两个外族来人的记忆，最后再喝下断相思便放了他们离去。可梦仙君没想到自己却是成就了自己的情缘，这段日子的相处他竟是很庆幸自己留下了紫陌，留下了自己此生唯一心动之人。

“想不到东方公子竟这么快完成了任务！看来你对我们圣女清瞳当真是痴心一片，为了她竟连自己的生死都不顾，我也不是无情之人，既然你们感情如此之深，本灵主就成全了你们！七日之后的星海花节就是你们的大婚之日！”梦仙君心中也有纠结，他害怕紫陌会伤心，可这本就是他们来找他的初心。

“谢灵主成全！”

东方睿和清瞳同时跪拜灵主谢恩，看起来真真是一对璧人。

“起来吧！元启长老，这二人的婚事，就由你操持吧！毕竟清瞳是你一手带大的徒儿，交给他人，想必你也不放心。”

紫陌强压住自己内心的痛楚，就算知道这一切都是假的，她还是无法看师尊和清瞳上演恩爱戏码。她转而凄然浅笑，心想，师尊没有受伤就好，自己有什么资格去生气？就算师尊娶的不是清瞳，也绝不可能是自己，不是吗？

“恭喜师父，娶得佳人！”紫陌强颜欢笑，送出祝福。

东方睿一脸幸福地微笑点头示意，可没人知道，他此时看到笑得如此勉强的紫陌，心中宛如刀绞一般。他在心里默念：“陌儿，若有来生，我绝不会如此伤你！只可惜，此生你我终是无法厮守，原谅为师不能告诉你，原谅为师不能接受你。只是，此生为师绝不会真正娶任何人，你要记得，现在这一切只是一场戏……”

灵音居。

凤栖琴又被紫陌弹起，《一盏忘忧》的曲子再次重现。对紫陌而言，弹这曲子受些内伤又怎样？此时还有比她的心伤更痛的吗？

门外的梦仙君听到紫陌又弹起这首曲子，在心里默念：“紫陌对不起，原谅我的自私！希望你能明白，我这样做也无非是想让你从那个永远都不可能有结果的感情漩涡中走出来，只有这样，你才能找到原本自由快乐的自己！”

静静听着曲子的梦仙君也开始慢慢被曲子影响，想到的尽是和紫陌在一起的美好片段。渐渐地他发现，紫陌和他在一起时的笑，是发自内心的，是放松毫无保留的！其实梦仙君很想知道紫陌对他到底是什么心意，可虽然他一探便知，他却不想这么做。他更可以让清瞳看一下，他和紫陌到底有没有未来，可是他不敢。因为不管是什么结果都无法改变他爱上紫陌这个事实。既是如此，又何必提前知道结局？就算她不爱他，只要她留在身边就够了。

东方睿站在灵音居另一侧的窗下，听到紫陌用这把凤栖琴弹奏《一盏忘忧》，内心叹息：没想到她还是学会了这首曲子，也若她母后那般倔强！明知道此曲伤身，却也不管不顾。他自言自语："紫陌，纵然此生不能与你有什么结果，还是希望你能明白师父此生只会守护你一人，只有你在为师心中……"

一曲罢，紫陌望着这凤栖琴，琴架比自己还要高，那根根平行的琴弦就像她和师尊一般，在感情上永远不会有任何交集！

"呵呵……为什么你要是师尊？是就连父王都要敬重的汐族师尊！我东方紫陌到底做错了什么？"紫陌自言自语，沉浸在自己的忧伤里，没有发现门外的梦仙君，也没有发现高窗下的东方睿。

灵音居外，梦仙君却也一样没有发现站在走廊那头的蓝瞳。蓝瞳看着深陷情中的灵主，不由得摇摇头，他不能看着灵主这样下去了，他要帮灵主一把！那个紫陌姑娘虽是外族之人，却美得让人无法移目，尤其是那灵动的双眸，他都不敢对视！再加上她竟能把凤栖琴弹奏得如此好听，这两点足以让任何人动心。最重要的是，灵主已然爱她爱得无法自拔，竟是不计后果地要留下她。算了，灵主的生命那样长，而这女子只是一个普通人，最多也就耽搁灵主几十载的时间。灵主这一生都活得如此的孤单寂寞，现下出现了这么一个可人儿，他若不帮灵主，只怕这一生也无法报答灵主对他的救命之恩和收留之情了！

而月锦花架下看着东方睿背影的清瞳，嘴角的微笑是那样的牵强，眼中的泪花早已失控地下滑："东方睿啊东方睿，你竟爱上了你的徒儿！所以说，你费了这么大力气通过试炼，为的只是救你的徒儿吗？”想到这里，她不由得自嘲，东方睿拼死拼活地闯关救她的时候，她竟然真的信了这个极为优秀的男子是爱她的。现在看来，这个想法实在是可笑至极！

清瞳暗道：“东方睿！我清瞳原本就是想要用自己的一生报答你和紫陌的救命之恩，如果你们真心相爱，清瞳定会成全你们！”

灵犀城。

清瞳圣女大婚，对于整个灵族来说都是天大的喜事。灵族之内各个部落都派遣使者来贺，前来观礼的百姓更是多得红毯之外全站满了人。整个灵犀城内红缎锦树、辉灯繁花，一片喜气祥和！

而婚房之内的清瞳换上了灵族特有的浅绿色嫁衣，在灵族看来女子皆是以木为灵，而绿色也代表着生机，更是可以表达出对生命的尊重。而灵族男子则以金为灵，大婚之时的喜服也是金色，只不过这种金不同于人族帝王的正黄色，而是更接近玫瑰金。清瞳本就是出挑的美人，人本就白皙，穿上这浅绿色嫁衣，更是衬得她宛若战歌之城中传说的草木精灵一般！

“圣女真是个美人！”

“就是说，也只有圣女这样的美人才能引得那外族的高手以死相拼也得娶回家呀！”

“谁说不是呢！要我说，这娶圣女之人才是有福气！”

“你说的对！我们灵族的圣女，岂是谁想娶就能娶的？”

被长老安排来侍候清瞳出嫁的人很高兴，自顾自地聊起天来，根本没人注意到，清瞳原本有些娇羞的小脸，慢慢没有了一丝笑意。她默默在心中问：“呵呵……我是在高兴什么？当真以为东方公子是娶我吗？忘了这一切只不过是一场戏了吗？清瞳啊清瞳，你应该清醒一点，过些日子，东方公子就要带着他的心上人回到属于他们的地方了！”

正在这时，大长老走了进来，明明是他最疼爱的徒儿出嫁，他的脸上却一点笑意也没有。

“都下去吧！我还有话要交代一下圣女，你们在门外候着吧！”大长老一开口，便要支走所有人，他必须和清瞳好好地谈一次，他总觉得哪里不对。

刚才还七嘴八舌的众人，一听大长老说话，都行礼退下，最后一个将门关好。

“师父，你支走所有人，可是有话要对清瞳说？”

“清瞳，师父最后问你一次，嫁给东方公子你可是自愿？真的不后悔？”

“师父，东方公子救过清瞳，又为了我通过了试炼，难道这些还不能让你相信吗？”

“哎……瞳儿，师父从小看你长大，名义上你是我的徒弟，可为师一直都将你当成自己的孩子。若你嫁的是我们灵族之人，师父今天自当是没有二话，还要亲自将你送上紫星花车。可这个东方公子毕竟不是我族之人，若有一日……”

“师父！不必说了，不管将来怎样，清瞳都不会后悔今天的决定，东方公子是徒儿此生所求！永不后悔！”

“瞳儿……哎！罢了罢了！早已注定的事情，终是不能改变，该来的总是会来。”

“清瞳跪谢师父这么多年的养育和教诲！不管将来怎样，你都永远是清瞳的亲人，是清瞳最尊敬的师父！今后清瞳不能在你身边的日子里，师父一定要照顾好自己！”清瞳双膝跪地，拜别师父，双眸之中泪水已若梨花落。若是执念不弃芳菲天，何惧乌云秋雨夜落寒？

门外喜乐已起，东方睿的迎亲队伍已到了千翠苑，浩浩荡荡竟有近百人。

东方睿一身喜服，更显挺拔俊朗，那些原本在等新娘子的女眷，看到东方睿时，竟一个个都看痴了。

“吉时已到，东方睿诚求娘子上花车！”东方睿诚求清瞳出门上花车的样子，更是迷倒了一片女子。

“瞳儿，起来吧！哭花了妆，就不美了！你既是决意如此，那便高兴些，今日你出阁，让师父送你上紫星花车吧！”大长老说着，扶起地上的清瞳，为她放下绿垂遮面。

吱——

门打开，大长老扶着清瞳走了出来。

“东方公子，今日我将灵族圣女清瞳交予你，还望你此生都善待她。如果你让她受委屈，便是与整个灵族为敌！”大长老一字一句地说道，充满杀气。

“请师父放心，我保证此生都不会让她受委屈。”东方睿并不惧怕大长老的杀气，心里知道这只是场戏，他如何会亏欠清瞳。

“最好如此！”大长老说着，将清瞳的手放在了东方睿手中。

东方睿小心翼翼地扶清瞳上紫星花车，那样子像极了害怕心爱之人受伤的痴情男子，除了他和清瞳，恐怕没有一个人会觉得这是在做戏。而人群之中，那个东方睿真正放在心上之人，蒙着白色面纱的紫陌，感到心口剧痛，痛至四肢百骸，痛得她忘了呼吸。是啊！东方睿演得就像真的一样，让紫陌都产生了幻觉，好像这娶亲就是真的！

梦仙君原本同意紫陌跟着东方睿一起来接清瞳，可她以外族之人不适合出现在这么多人面前为由拒绝了。她不想再伪装，她装不了，她怎么能忍住看着这一幕不心痛，还喜笑颜开？她做不到！真的做不到！现在，她不用忍着，可以躲在面纱后放肆地哭，放任自己的任何情绪！

天渐黑，月色起，莹莹辉光灯初上。
发挽起，俏佳娘，摇摇绿垂紫星香。
银色光，惹人伤，她人嫁衣羞红妆。
思君时，看穿墙，墨色长发白纱装。
忆昨日，清泉眶，情丝未断恨陌长。
挥不去，弃难忘，几度思量几度伤？

98 洞房花烛夜

先知阁。

幽幽庭院之中，不同于从前的清幽，到处都是酒盏交错、醉意浓浓。围栏上爬满了紫盈盈的月锦花，远远看去像是挂起的紫帘。

坐在屏风主桌之上的紫陌，一杯接一杯地喝着带着花香的美酒，她若不是金尾人鱼，这样的喝法，早就显出人鱼之身！

看着一脸忧伤毫无掩饰的紫陌，梦仙君不知道自己是应该高兴还是应该难过。高兴她在自己面前卸下伪装，难过她的忧伤是为了东方睿。他不知道自己该如何劝紫陌，紫陌一定不想让任何人问起这一切，因为这种爱，是禁忌。

“灵主，对不起，紫陌不胜酒力……想回去休息了！”

不胜酒力？梦仙君看着已经醉得无力的紫陌，见她脸颊红得犹如红果般，让人忍不住想啃上一口，心中竟是有些燥热难忍，于是说道：“既是如此，那我便送你回去吧！我也觉得有些乏了，正好顺路！”

已是醉得快没有知觉的紫陌冲着梦仙君傻呵呵地一笑，看起来像个孩子一样，摇摇晃晃地想自己站起来，却失去平衡，倒在了坐在她身边的梦仙君的怀中。

“真是个无畏无知的傻丫头，不能喝，就不要喝这么多！”梦仙君一把抱起紫陌，没有叫侍女来帮忙，也没有顾忌在场众人诧异的眼光，径自走出了先知阁。

“灵主是抱了个女子走了吗？”

“我的天！那个女子是什么人？竟然让一向不近女色的灵主大人抱着走了！”

“我们的灵主大人何时有了心上人呀！”

“看样子，我们灵族今年是喜事连连了！”

原本就因清瞳圣女嫁与外族之人感到惊讶无比的宾客，这下子又被他们的灵主大人过度惊吓，议论之声炸沸。

看着梦仙君抱着紫陌远去的背影，东方睿心中暴怒。他听到众人七嘴八舌的议论，脸上勉强地挤出笑脸，一杯杯地豪饮，因为只有醉了，他才不必再听这些若尖刀般插在他心头的话。东方睿不解，梦仙君抱走紫陌是何意？难不成他对紫陌也动了情？若非如此，为何抱她离开，若只是为了试探，根本不必做到如此地步！

东方睿心中醋意翻腾，不由得害怕这个梦仙君会对紫陌做些什么。他心中隐隐地不安，这灵族与汐族不同，婚事都是以两相情悦为主。这梦仙君又是个灵族之主，只要他愿意，只怕紫陌根本拒绝不了。外族之人想在这里活下来的唯一方法就是与本族之人成婚，有了家的羁绊，才有说服众人的资本。

东方睿一杯接一杯地喝着酒，心中思绪乱成一团：“陌儿，若你有一日知道我没有拦下你，你可会恨我？若是梦仙君能护你一世周全，也许他是你此生最好的归宿。人鱼公主和灵族的灵主，也未尝不是一桩般配的婚事，陌儿你可会恨我……”

坐在喜床上的清瞳，透过绿垂呆呆地看着喜桌之上的吃食和美酒。从现在起她就是东方睿的娘子了，不管这一切是不是一场戏，她都是他名义上的娘子！现在只差一杯酒而已，那个人告诉她，只要东方睿喝下这杯酒，就会情不自禁地爱上她。不管真与假，她都要试一试。她在心里默念：“东方睿，若这酒真的可以让你钟情于清瞳，那么清瞳愿意做一次小人，诱你喝下！至于你的徒儿紫陌姑娘，也许不用你我帮助，因为灵主已经爱上她，愿意为她做任何事。”

吱——呀——

房门被推开，东方睿已是喝得东摇西晃，勉强不会摔倒在地而已。门外的侍女识相地关上了门，走下台阶在长廊上候着。大长老安排她，不到子时，不可离开。

心中有些不知所措的清瞳，心绪却被东方睿的每一个动作牵动。盈盈绿垂下的清颜，宛若精灵般灵动。终于，她忍不住站起去扶东方睿。

东方睿坐下，苦笑一下，拿起酒杯又喝了起来，一言不发。他不知道应该说什么，现在房门已关，在清瞳面前他不必再演戏。

“东方公子，不要再喝了！你已经醉了，再说这里就你我二人，你又何苦折磨自己？”清瞳看着满眼苦楚的东方睿，心疼至极。

“清瞳圣女说笑了，何来的折磨？”

“东方公子现在还喝酒，只能说明一件事情，看来清瞳并未看错。东方公子心中确实已有心上人，既是如此，为何不向她表明心意？”

原本心痛不止的东方睿，听到清瞳这么说，心中一惊！但还是装作不在意地问道："圣女，何出此言？"

"东方公子，在清瞳面前，你又何须掩饰，清瞳可以预知未来，何况小小地看人心思？东方公子，我们之间不过是在演戏，你又何必瞒着清瞳？"

东方睿沉默不语，他怎么就忘了圣女可预知未来、可看穿人心？长叹一声，说道："呵呵……倒是我失礼了，妄想在圣女面前藏住心思！"他一边自嘲，一边发觉醉意越来越浓，身体竟有一丝不受控的异样。

"东方公子，清瞳从不为外族之人测未来，也不为小事看未来。今日，就破例一次，为你和紫陌姑娘看一次吧！"清瞳闭上眼睛，运用灵力开启天眼。

东方睿见清瞳为他开启灵瞳，心中不忍。当初，他不过是随手救下了天眼，紫陌不过是天性使然给她治了伤，可清瞳居然为他们开启了天眼！要知道这开启天眼可是要耗费很多修为……

看着清瞳额上那若花钿般精美的灵瞳一闪一闪，东方睿有些恨自己了："东方睿啊东方睿！你到底害了多少人？明知道紫陌对你有感情，明知道汐族的禁忌，却还是任由紫陌深陷其中不阻止她！明知道清瞳对你有感情，却还是放任她消耗修为开启灵瞳！"

片刻之后，清瞳睁开双眸，拭去脸上的泪痕，她没想到，她真的没想到居然是会这样子。顿了顿，她说道："东方公子，在告诉你之前，我希望你能明白，有些天机不可说。能告诉你的，清瞳一定不会保留。"

"多谢清瞳圣女，此恩，东方睿一定双倍报答！"

"心中之人不可留，桃实李木为其护。荒漠无水却有鱼，明月终归回故土。东方公子,有时候天命不可违,清瞳只能说这么多,还请公子细细体会才是……”

东方睿还未来得及完全体会其中的意思，就已醉趴在了桌上。

玄月殿。

“水……好热，我要水……”东方紫陌纵然修为再高，也敌不过醉酒后流失水分。她需要水，大量的水，喝的水，泡的水……

梦仙君看着紫陌通身泛红的样子，莞尔一笑，拿起一杯早已倒好的水走了过去，看来他今夜是别想再睡了。他一脸宠溺，一把将紫陌抱入怀中，一边小心翼翼地喂她水，一边轻声说:“水在这儿，看你以后还敢不敢这样喝酒！”

紫陌大口喝着杯中的水，觉得这水真好喝，凉凉的好舒服。喝罢，她竟还是热得不止，她尽力找了一个比较舒适的位置，小脸用力地蹭着梦仙君的冰月丝衣衫，心里感叹:“嗯，这个凉凉的真好！”

侍童目瞪口呆地看着这一切，马上又倒了一杯水，走上前去，接过灵主手中的空杯，递上这杯才倒上的水，说道:“灵主，你也喝些水，这酒好是好，就是喝多之后必定需要水来稀释。离雨这就把紫陌姑娘的水倒上，放在这小桌上方便灵主拿。”

梦仙君笑着接过，一饮而尽，他只想着照顾紫陌，却忘了自己也是口渴得很。

离雨接过水杯，收好，退下。

“师尊……你不是应该洞房花烛夜吗？怎么……会在……这……”

梦仙君眉头拧起，发现紫陌的身上更烫了，神智也开始不清了，竟是将他当成了东方睿！梦仙君炙热的眼神中透出失落，拼命压住自己的冲动。他不可以乘人之危，也不想做任何人的替身。

“师尊，陌儿……好热，陌儿想去游……游几圈。你猜这回陌儿可以游……多远？嘻嘻……”

游几圈？东方睿居然见过他的陌儿游……梦仙君的怒火再也压制不住，就像他发烫的身体一般不再受控！他不能再给东方睿机会，他一定要自私一次，就算紫陌将来会恨他，就算紫陌此生都不会再原谅他，他也不想错过自己的毕生所爱，不想将来后悔，不想再让紫陌陷在那个漩涡之中不能自拔！

动作笨拙的梦仙君，狠狠地吻上了紫陌那如月锦花般柔软微甜的双唇，呼吸紊乱却是怎么也停不下来。因为这怀中的人，竟在回应他！

紫陌醉眼蒙胧，痴痴傻笑，她竟看到了师尊！只是他呼出的气息似乎略有不同，呵呵……不管了，只要是师尊就好，自从她长大之后，师尊便再也没有离她这样近过！她细长白嫩的小手开始不安分地在对方的脸上摸了起来，然后从对方的脸上，滑向他的肩头、后背，最后停在了对方的腰上来回游走，完全不考虑这样做是否会引火上身。

梦仙君没有想到他的紫陌居然会有这样的举动，那本就绷着的弦，瞬间断裂开来。他暗道：“不管了，就算是替身又怎样？此刻在她身边的人是我就够了！只要紫陌在我的怀中，是我的人就够了！”活了这么长的时间，这是他第一次沉醉在他曾最不屑的温柔乡，可他却甘之如饴，想这夜可以静止不天明……

玄月殿内旖旎春色，海棠漫，情丝若藤，蔓蔓绕。

外门长廊之上，两个侍童窃窃私语。

“事情办得这样顺利，也是我们没有想到的，经过此夜，灵主大人定能得偿所愿！”蓝瞳说话的语气中尽显得意之态。

“是啊！你是不知道，咱们灵主大人照顾醉酒的紫陌姑娘那叫一个尽心！什么都要自己来，根本不让我上前，我眼看着二人都喝下了那壶中之水，才放心地退了出来。若没有猜错，灵主大人今夜一定不会叫我了！”离雨兴奋的样子，好像是自己在洞房花烛夜一样。

“离雨，为了没有意外，你我今夜就在这长廊之上饮茶赏月如何？”

“自然是好，就算灵主大人用不上离雨，离雨也不能离开半步，一定要好好守着这玄月殿！尤其是今夜，说不定明日我们就能喝上这灵主的大喜之酒了！”

“好！那我让我家妹子一会儿送些茶点来，你我二人好好在此一起守着灵主大人的洞房花烛之夜！”

明月当空，月锦花依旧迎着微风摇曳，像是串串的美妙铃铛。

昏睡在酒桌之上的东方睿，根本不会知道这一夜发生了什么！他不知道，他因为自己的怯弱永远失去了他的紫陌。他也不会知道，来灵族之前紫陌的一番暗示，是他和紫陌唯一一次可以一起逃离宿命的机会！

紫陌也不会知道，她唯一一次喝了这么多的酒，竟会让自己再也无法面对师尊做他的徒儿，无法待在汐族做公主，只能远走大漠。她应该庆幸她之后遇到了苍力，遇到了这个将她捧在手心的人……

99
窗外的窥视者

灵犀城，茶肆。

东方睿停下对往日的解说，又停了下来，说这些就够了，足够让这些人明白，大概发生了什么事情。他隐瞒了自己喜欢紫陌的事实，他不知道梦仙君对紫陌的心思，他不想说那天的逃离……

所有人听完，都沉默不语，心头都不约而同地涌上一股忧伤。

拂香公主嘴角浮起一丝苦笑，心想："师尊，你当真以为我们感受不到你对紫陌的心意吗？只能说，那是因为你不知道，你也在拂香的心里！原来这个清瞳圣女竟比我和紫陌都可怜，为了一个情字，搭上了自己的一生，想必如今也是落得一生神伤吧？"

田彩看东方睿的眼神中也透出了心疼。

少轻看到师父的眼神，暗道："师父，徒儿一直以为你潜心修炼只是为了更上一层，却从未想过，你竟是为了，不想起这个男人是吗？师父，你若真的心仪这个男人，徒儿定会倾尽一切帮你！"

白羽看着墨羽，眼神闪烁，她从未想过明月姬娘亲的一生竟是这样坎坷，情路上布满荆棘！她有些不安地看着墨羽，心想，要说东方睿残忍、心狠，自己又能比他好多少？墨羽是否也若清瞳一般心伤？

而脸上一丝浅笑的墨羽却用极温柔的眼神回应着他的小羽儿，纤细修长的手轻轻拂过白羽一侧的发丝，拍了拍她消瘦的肩。他知晓她在想什么，他只想安慰她，就算小羽儿不会爱上他，他也不想她内疚。

只有沁心完全不管东方睿是不是可怜，她的思绪早就跟着紫陌飘到了他处："陌儿，你突然出走，到底是因为东方睿，还是因为梦仙君？身为高高在上的人鱼公主，为何一出走就是一生，传回来的只是已过世的消息？陌儿，明月到底是谁的孩子？为何那一别，竟成了你我此生的诀别？陌儿，你若在天有灵，可否告诉我……"

窗外的不远处，一个黑影看着里头的一切。自打东方睿一行人进到这灵族地界之内，早就被人盯上了，只是他们没有注意。门外那蒙着面纱的蓝瞳之人，转身朝紫灵圣殿的方向，长长叹了一口气，自言自语："东方睿啊东方睿！你为何还要回来扰乱我灵族之主的心？"

紫灵圣殿。

"你确定是他吗？"

"回灵主大人，蓝瞳不会认错，确实是东方睿，只是这一行带了不少人，我虽灵力不是很高，但也正因此能感应到这些人的修为绝对都不低。而且……而且……"

"有话直说，无妨！"

"而且我感应到一种属于灵主你的灵气，在其中。"

“我的灵气？你可确定？”梦仙君激动得双手按住蓝瞳的双肩！

“嘶……灵主大人，你别激动！”蓝瞳被按得生疼。要知道，灵主现在的修为可不同以往了。

梦仙君意识到自己有些失态了，赶紧收回手，满眼期待地说道：“蓝瞳，你说有没有可能是我想的那个人？”

“灵主大人，你的灵气不会有人相同的！除非是……那个人，只是这次有好几个女子，蓝瞳无法知道到底是哪一个！只能想个办法一个一个地靠近。”

梦仙君点了点头，想了想，又问道：“清瞳可还好？”

“圣女潜心闭关，应该还有九天才能出关。”

“唉……也许这就是清瞳在修行路上的情关吧！只是苦了她了，那天之后她就再也不见外人，一心全在突破大乘。”

“灵主大人，蓝瞳一直想问，你可怨恨蓝瞳自作主张……”蓝瞳问得诚惶诚恐，他不怕死，只是怕自己所做之事并未让灵主大人真正的快乐！

“蓝瞳，我若想控制结局，只是一抬手的事。只不过，在感情上，我不屑！那件事情，我从不后悔。若不是你，我也不会有这一生最美好的回忆。其实紫陌她并不知道，她心中已有我，她只是过不了她自己那关，她不想承认她爱上了我这个事实。”

“灵主，蓝瞳就是不明白，你为何要放她离开！她明明已经是你的人了……”

“别说了！她是我心爱之人，我若不能尊重她的选择，还能做什么？就算和她那一晚是个意外，是她……可是我毕竟还是……不管怎么说，我已经做错了事，若再不放她离去，只怕她更想逃离我！”

“灵主大人，剩下的事，你就交给我和离雨吧！定不会让你失望的！”

眉头又拧起的梦仙君从未停止过对紫陌的思念，若不是怨灵来袭，他被缠得脱不开身，他是要去找紫陌的，他怎么会允许自己的女人流落在外没有音信？紫陌和东方睿逃离灵族之后不算太久，梦仙君曾以灵族之主的身份去向无妄海底的汐族去提亲，却没想去提亲之人大部分被准备攻打汐族的怨灵大军所杀！而他送去的时空之轮也下落不明……侥幸回来的人奄奄一息地告诉他，是紫陌公主救了他，他才有这一口气回来。紫陌公主她想到处走走，散散心！只是她收下了时空之轮……

紫陌又怎会不知道梦仙君将此物送于自己，是何用意。只是，她的心情实在无法平复，她爱了师父这么多年，怎么会突然移情于梦仙君？她无法相信这个事实，她不能原谅自己的移情，她也不知道，她对师父根本就是一种依赖，一种习惯。她不知道真正的情，是会让人瞬间心动，无法剔除！

直到后来，梦仙君派出去的探子，告诉他紫陌嫁给了那蛮荒之地的苍力王，而且已经去世！听到这个噩耗时，他心想，难道这就是天怒神罚？惩罚自己将这时空之轮送给了紫陌？他不服气，他不允许紫陌离开他，就算是嫁给了别人也不许，她只能是他的女人！时空之轮，灵族圣物，是仙使留给灵族的。它可以让时空逆转，只能使用一次。

命运之轮，汐族圣物，只有人鱼皇族才知道，里面封印了上古恶魔之子。

冥冥之中紫陌和梦仙君注定要相识……

月盈客栈。

“东方师尊，我们来此的目的就是为了给月儿治好先天不足，你可想好怎么见到圣女清瞳？”墨羽有些担忧，若当初东方师尊真的娶了清瞳圣女，而后又离开了灵族，只怕他们此次前来求见圣女并不会顺利，更何况时隔这么多年，他们之间的恩怨又岂是一句话能解决的？

“来之前我已想过了，最多就是以命来换，我没能救得了紫陌，那这次我必须要帮明月丫头！否则，叫我东方睿如何面对紫陌的亡魂？如何面对王？面对整个汐族的期望？”

水月宫。

“灵使，我们一行人到此已有些时日，不知何时才能见到圣女？”东方睿心中急躁，却依旧耐着性子向水月宫中的灵使询问。

这时，门外进来一蓝瞳之人，和灵使行过礼后朝白羽的方向看去，煞有深意地笑了笑说：“灵主大人有请明月姬姑娘前往紫灵圣殿，劳烦姑娘随蓝瞳前往吧！”

众人一愣！大家都有点想不明白，求见圣女好几日无果，倒是可以理解。不管是出于闭关时间未到也好，还是出于圣女不想见到东方睿也好，都在情理之中。只是这灵族之主单独约见明月姬，实在是令人费解！

心知肚明的白羽行以回礼，浅浅一笑说：“有劳了！”说罢便随蓝瞳前往紫灵圣殿，也不管墨羽是否担忧。

“月儿……敢问蓝瞳灵使，我可否随你们一道前往，在门外候着？”墨羽又岂会让白羽一个人前往？就算他不能一起进去，站在大殿之外总可以吧？

“这……按说灵主只邀了明月姬一人，蓝瞳是不敢多带人的，不过你若是只在大殿之外等，想来也没什么事。既是如此，那么你便随我们一道吧！”

“重云在此谢过灵使了！”墨羽行过礼后也跟随白羽前去。

看着二人的身影渐渐消失，东方睿心头涌上一种不太好的感觉，这灵族之主想要知道什么事情，只怕是没有做不到的。若是他知道明月姬是紫陌和苍力王的女儿……

紫灵圣殿。

“明月见过灵主大人！”

“不必多礼，快起来吧！”看着白羽起身抬起头，梦仙君微微一晃，差一点站不稳！他虽早就知道明月是紫陌的孩子，可是见到这张长得颇为相似的脸时，还是抵不过往事所带来的神伤。

“灵主大人！”蓝瞳更是担忧。

“灵主大人，你这是怎么了？”看到梦仙君的细小动作，白羽不自觉地担忧，也不知担忧从哪里来。

“无妨，许是最近为了怨灵入侵一事太过消耗心神。”梦仙君调整了下心情，尽量让自己平静些。

“不知灵主大人邀明月前来有何指教？”

“听闻你们一行人前来求见圣女清瞳，只是她还有些日子才能出关。灵音居内的凤栖琴好些年不曾有人弹响过，蓝瞳说你们这一行人修为皆高，说不定可以弹响这凤栖琴，不知姑娘可愿一试？”

凤栖琴？那不是东方师尊所说的琴吗？梦仙君这样问，莫不是在试探？白羽嘴角扬起，原来这梦仙君还在记挂着紫陌，东方师尊虽没有说他和紫陌是如何分开的，到底发生了什么。不过从梦仙君依旧要试探明月姬来讲，梦仙君对紫陌绝对是动了真情的。若非如此，怎会要她前来，只为了试一下能否弹响凤栖琴？

“有何不可，能让灵主大人开口的琴，想必不一般。明月很乐意去试一试这凤栖琴之音。”

“如此甚好，有劳了！”

“灵主大人不必如此客气，明月也很想一睹这凤栖琴的风采！”

偌大的一个灵音居内，依旧只放着凤栖琴和一把凤尾圆凳。那把流光溢彩的琴，将白羽吸引得近乎忘我。白羽暗道：原来这就是凤栖琴，不要说弹起那曲《一盏忘忧》，就只是看着这把琴都会让人迷失自我！怪不得汐族之人会将这把琴视为魔琴，看来仙魔也只是一念之间的事！

白羽优雅而从容地坐在凤尾圆凳之上，伸出双手，闭上眼睛。凤栖琴其实和竖琴几乎没有差别，只是琴架之上雕刻的凤凰宛若飞起，十分逼真。白羽会心一笑，缓缓弹起那曲《一盏忘忧》……

久违的琴曲响起，梦仙君放任自己沉浸在曲中不想清醒。他有多少年没有再看到紫陌了？看到她那忧郁的眉头为东方睿皱起，他的心疼，陪她一起去看星星掉进湖里忘记使用法术时的心甘情愿，她终于爱上他时却不知所措，而他却若孩子般兴奋……

梦仙君在心中默念：“陌儿，你当年为何不能承认你的真心，承认爱我真的有这么难吗？倘若你当年不走，你现在就是最幸福的女子，开开心心地同我一起生生世世！现在你一个人走得倒是洒脱，你有没有想过我，你有没有想过我们的……”

看着如此放任自己的灵主大人，蓝瞳实在于心不忍，他不明白，为什么灵主不让他说出实情，非要一个人承担一切。

而弹曲的白羽实在不明白为什么自己不会被这曲音所困！这实在是不应该，之前所有的事，她都是身临其境，而这次除了想了一下易非，想得更多的却是墨羽陪自己走过的日子。她惊讶，难道说，自己真的对墨羽动了情不成？不！不！不！还是不要乱想的好！可是白羽的心真的乱了，墨羽这样陪着她，先抛开爱情不说，他早已走进了白羽的心里！

长廊之上等待的墨羽，听着曲子满脸都是幸福，一看便知已然沉入这曲音所带来的幻想之中！

蓝瞳轻笑，看来这个人定是对明月姑娘情根深种。

“《一盏忘忧》？紫陌！是你回来了吗？若是你回来了，清瞳定要出去见你一见！”清瞳早已冲破大乘，只是并未出关，却未曾想听到了紫陌的琴声。她对紫陌的愧疚之心，只怕此生都无法平复，当年的事，都怪她私心太重，想要以此要挟东方睿不要离开。

清瞳的心骤然一痛：“东方睿，你呢？你也来了吗？那样深爱着紫陌的你，是否一同前来？你可还会恨清瞳……”

100
明月姬身世

灵音居。

“明月姑娘，敢问东方紫陌是你何人？”

终是在曲中醒了过来的梦仙君这下完全确认了心中的疑问，明月姬果然是紫陌的孩子，这《一盏忘忧》也只有她的亲人才弹得出来吧！但现在还不是他说出一切真相的时候，怨灵大军一直在灵族的周边偷袭绞杀他的子民，他必须要等圣女出关之后，亲自整合大军击退敌人！只是这一去，生死吉凶未定，他不想让圣女说出未来，因为不管生死吉凶，他都必须要亲自前去一战！

“回灵主大人，那是明月的娘亲！”白羽虽知道灵主必定会这么一问，可当他真的问的时候，她的心头竟也涌上了酸涩！她在心中纳闷，难道在这里待了太久，明月的身份已经刻到心里？想来这黄昏王朝的王女、汐族的人鱼小公主的命运竟是这般坎坷！先是幼时丧母，刚刚成人又失去了父王和大哥的宠爱！为了国家放弃了自己的心爱之人，却被囚禁在荒漠之地，逃脱之后却为了天下人成了祭品！好不容易回到汐族，却发现自己是一个先天不足的人鱼公主，要前来灵族求医……

“是你的娘亲？你说的可是真的，若是有一句谎言，我是断断不会让圣女给你医治的！”梦仙君有些哽咽地说着，转过身去，背对明月姬，他知道，若是再不转身，自己流泪的样子就会被看到。身为灵族之主，他以后如何在人前立威？

“回灵主大人！字字属实，紫陌是明月的娘亲，明月是汐族的人鱼公主，可长老们为我解开封印时发现明月先天不足，无法驾驭自己体内强大的力量。这次师尊带我们前来，是以汐族的名义前来，绝不敢欺瞒灵主大人！”白羽没有抬头，以为梦仙君是真的怀疑她，赶紧把出门之前长老们交代的话说了出来。梦仙君内心狂喜：“陌儿，明月果然是我们的孩子！怪不得你们汐族的长老让她来求医，想必他们早已知道了明月的身世。以我灵族之主的半仙之身，再加上你人鱼公主的纯正血统，明月体内的力量绝对是她无法驾驭的！”

“哈哈……既是如此，那么待圣女出关之后，我便命她为你医治！蓝瞳你先带明月姑娘下去休息吧！”梦仙君长吁了一口气，这么多年来，终于有一件让他觉得开心的事了。

“是，灵主大人！明月姑娘随蓝瞳走吧！”

“那明月先退下了！”

一直在长廊等待的墨羽刚从曲音中抽离出来，一抬头看到白羽和蓝瞳正从紫灵圣殿出来。

“月儿，这么久，累不累？东方师尊不是说那曲子最好不弹吗？这么伤身的曲子你为何要全部弹完？”

“没事的，我没感觉有什么不适，倒是弹完之后心情还不错！”白羽笑眼弯弯，看着一脸担忧的墨羽，回以一个大大的微笑。

“这位灵使，回去的路我们自己认得，就不劳烦你再走一趟了。”墨羽可不想这个人一直跟着，不然他都没办法好好和他的小羽儿说说话了。天天以重云的身份和小羽儿说话，能说的话实在太少了。

“这样也好，灵主大人交代我找的书，我还没找到，如此倒是谢过二位了！”

看着蓝瞳越走越远的背影，墨羽得意一笑，好不容易有了一点和小羽儿单独相处的时间，他得带着小羽儿换个地方说话，这里实在是憋屈得慌。

“小羽儿，我带你去个好玩的地方。”说罢，墨羽拉起白羽的小手，风风火火地朝灵犀城的东北角走去。

紫灵圣殿。

“灵主大人，这是您要的书。”蓝瞳将手中的几大本古籍放在了梦仙君的案几之上。

“灵主大人，据边界的守将回信，怨灵在我灵族界外已驻扎营地！虽说现在没有大举进攻，不过也是迟早的事情！”

“想说什么便直说吧！你何时也学会欲言又止了？”

“……这，其实你知道明月姑娘并不是什么先天不足，找这些古籍也是为了给她寻找折中的方子，减少你灵力的过度损耗吧！”

“你既知道又何须问？”

“灵主大人，大战在即，你现在的灵力修为是一丝一毫也少不得啊！”

“蓝瞳，她是谁你最清楚不过，就算是我灵力受损也要医好她！这不是为了我自己，这是为了天下苍生！”

“天下苍生？灵主大人此话何解？”

“她是我和紫陌的孩子，人鱼一脉本就魂力卓越！她体内还有我的灵力传承，如果我没有想错，她一定是橙色鱼尾！所以汐族的那些长老才会让东方睿带上她来灵族，想必那些人已然知晓了些什么……”

“橙色鱼尾？这……这人鱼一脉何时出过橙色鱼尾？据蓝瞳所知，修为等阶最高的人鱼之王东方焕也不过是金色鱼尾！”

“这就是为何我要你找这些古籍来，若是能将明月医好，不只是我们灵族，天下苍生也会摆脱怨灵大军的荼毒！你说，损耗些灵力便可医治自己的亲生女儿，还能救天下苍生，这等好事该不该去做？”梦仙君苦涩一笑，若是这一战自己必死，那还不如先医好了明月，这样自己也死而无憾了！

“灵主大人，蓝瞳只知道你是我的恩人，希望你可以……”

“蓝瞳，跪下！”

蓝瞳不解，赶紧跪下。

“灵使蓝瞳，即日起，你不再是我的灵使！”

“灵主大人……”跪在地上的灵瞳听到这话，心中一震！难道自己刚才的话惹怒了灵主大人？可也不至于抛弃自己吧？一急，眼泪都掉了下来。

“我要你发誓，在你有生之年，你要像对我一样对待明月。”

“灵主大人……蓝瞳，蓝瞳不想离开你……”蓝瞳跪到梦仙君的身边，看着梦仙君的眼神，知道此事已经没有回旋的余地。只能讷讷地开口道：“我蓝瞳发誓，有生之年必保明月姬一世平安，若违此誓言，永世不入轮回之地！”

“蓝瞳，这是两颗十阶青玉凝石，你留下一颗，将另外一颗在适当的时候送给明月，就当是我送给她的第一份礼物吧！”

“灵主大人！这十阶青玉之石总共才四颗，东方睿逃婚后，你送了圣女一颗助她修大乘。大战在即，这……”

“无妨！我们每个人多坚持一会儿，胜算才会更多！”

看着手中的两颗青玉凝石，蓝瞳知道，他的灵主大人已抱了殊死一搏的心！不管他说什么，灵主大人都不会改变主意了，若是他将明月看得如此重要，那自己也不必再劝了……

101
墨白相拥，易非吃醋

城外囚室。

“小羽儿，终于可以叫你的名字了。这些日子我们谨小慎微，生怕被发现我们不是原本的人，小羽儿你累不累？”墨羽温柔地拉起白羽的双手。

“我不累，只是想得太多，有时候会头疼。我们到底什么时候才能通到最后的关卡？墨羽，我发现我越来越像明月姬了，她的一切我都会感同身受，爱、恨、痛……”

“呵呵……不必烦恼，这很正常，长期处在一个环境中很容易被同化。更何况这是明月姬的身体，她偶尔会压倒你出现一下也是不能避免的。”

“也许吧！墨羽，你相信穿越吗？”

“其他人说，我是万万不信的，如果是你说，我相信。”

“你就这么相信我说的话？”

“有什么可怀疑的？你一不能骗钱，二不能骗色，你说呢？”

“你……你……你不要站这么近，我……”

“你怎么了？小羽儿，我听到了你的心跳，很快！你对我还是有感觉的是吗？”墨羽一步步地贴近瞬间，白羽精美绝伦的脸变得绯红。这样的距离让她觉得有种压迫感，虽说这并不是第一次了，可她依旧不能习惯墨羽如此近距离地贴近她。

“小羽儿你怎么不说话？难不成是默认了？那你医好先天不足之后，我便向你父王求亲可好？”

“你别乱说，这只是个关卡……”

“呵呵……你都说了只是个关卡，那就更没什么不可以的了，是不是？若是不在此处完成我这个心愿，我真担心不知道要多久才能进到你的心里！”

不知如何回答的白羽低下头，轻咬着下唇，心想，这个墨羽，就当真如此在意自己吗？也许，只是因为这一切都是虚幻吧！突然，墨羽竟一把将白羽狠狠地拥入怀中：“小羽儿，不管你是否同意，我都不再放你离开，不再让你孤单一人……”

鹅毛大雪纷纷落下，却是还未沾到地面就消失不见了。这里原本是灵族关押重要囚犯的地方，里头的囚笼大得放下一张大床还绰绰有余，不知怎的就被无聊闲逛的墨羽给发现了。只怕是灵族之内也没有多少人知道这里吧？想要进来这里，需要经过城北方的一条甬道，而那甬道长得过分。说起来附近原本是圣女的居所，灵族之人多数敬畏圣女，也没有人敢来附近放肆。

WM 总部。

刺耳的摔砸之声又在办公室响起，这已经这两天第 N 个粉身碎骨的笔记本了，站在外头的人没有一个敢敲门进去，包括李岚风！

吴易非眼中尽是深深的恨意，他恨这个墨羽抢了他表现的机会，他恨贾沁汐欺骗他，让他错过了这个机会，他更恨自己那会儿离开了小羽。若是时间可以逆转，他不会相信贾沁汐的话！他真的不想看到小羽和那个家伙在一起，可是为了小羽的安全他又不得不在边上看着。这次看到小羽对那家伙好像已然动了情，就算小羽并未承认，也不能改变这个事实。他着急，非常急，恨不得自己钻进这程序中剔除墨羽那个混蛋。

“李岚风！”吴易非对着门外那个试图跑路的人吼了起来，吓得门外那人“猫躯一震”！

是福不是祸，是祸躲不过。李岚风硬着头皮走向那扇风暴之门，眼一闭心一横，一副死猪不怕开水烫的气势走了进去。

没有被点到名的几个人，瞬间转移到茶水间，炸开了锅！

“也不知道小李今天会不会又被骂！”

“谁知道啊！最近老大可是脾气暴躁得很，可以说是暴君！”

“哎！也难怪了，你们听说了吗？老大拿最新的成果做了什么交易，那个人还是我们公司以前的同事啊！”

“竟然有这种事情？难不成是前些日子离职的那个人？”

“离什么职？根本就是公司间谍！这种人真是杀千刀的！”

“好像是他劫持了咱们公司《完美情缘》的系统，做出一个新的空间控制住了游戏里好几个玩家！”

“你可不要乱说啊！”

“开什么玩笑？这种话我能乱说？这可是那天我进去打扫卫生的时候听到的！”

“打扫卫生？你是进去捡笔记本的‘尸体’吧？”

“哎……这也不知道是第几个了，真是可怜，被摔得粉碎！”

而此时的办公室内，气氛冰冷。

“老大，我马上改进！”

“改进？你改进的效果就是墨羽离我的小羽越来越近？今天居然又抱上了！我要你改到他不能再靠近小羽，两人至少要有三米以上的距离！”

“好好好，老大你消消火，不过是虚幻的，你不必这么上火！”

“虚幻？我要求你现在！立刻！马上！让那个墨羽离我的小羽远远的！”

李岚风一头冷汗，真的要疯了，老大最近的耐性越来越差，要求越来越高！要不是之前用了一半的资料又争取了半个月的时间，他只怕早就死了一百回了！可是，也正是因为资料给了一半，对方更是不肯退让一步，后面所设置的关卡难度也是提高了不少。这对于被困在游戏里的人来说，并不是件好事。时间是双方的，他有了时间来破解，对方更是有了时间加大难度。说到底，若不是那几天的期限太过仓促，他也不会铤而走险选择更长的期限！

一个小时过后，李岚风终于按照吴易非的要求做好了一切。还好他够聪明，直接找了那个人，最终以减去十二小时的成交价，换来了墨羽和白羽在一起时，保持两米半安全距离的结果。

“老大，好了，你过来吧！”

“你真是越来越慢了！”

李岚风尴尬地笑了笑，他也很无奈呀！连虚幻的距离都要保持，想必也只有老大独一家了。他真是为这位白羽姑娘感到心疼啊！要是真的跟了他家老大，只怕是出门买鸡，都只能买母鸡了……

102
祭坛偷医亲骨肉

紫灵圣殿。

“报——启禀灵主大人，怨灵开始小规模进攻我们灵族地界！而且……而且远古神殿已经受到了攻击！”边界守卫神色慌张，显然是受到了惊吓。守不好远古神殿，这是多大的罪啊！

“什么！他竟然敢……你下去吧！”梦仙君一脸愤怒，一脸的难以置信。

“灵主大人，怎么办？怨灵大军已经开始进攻我们灵族，可是你……”蓝瞳担忧地看着灵主大人。他还没有报完恩，虽然答应了以后会守在明月姬身边，还好灵主大人也答应了他可以待在身边，直到明月姬一行人离开灵族地界。

“该来的终究会来的，按照原计划进行吧！现在就去带明月和清瞳去我们灵族祭坛吧！切记，一切小心行事……”

“灵主大人三思……”

“不要再说了！我意已定！”

“是！蓝瞳这就去……”

看着蓝瞳远去的背影，梦仙君长叹一口气。

大约半炷香的时间，蓝瞳带了一行人进了紫灵圣殿。还未等梦仙君开口，蓝瞳便开口道："灵主大人，人带到了，后边那几位……"

"好久不见！"东方睿开口道，脸上带着一丝若有若无的笑，看不出他到底是什么样的心情。

"确实好久不见，东方兄还真是一点都没有变！"梦仙君一脸傲娇。

"此次前往祭坛，我自作主张要带上我们，给我们汐族小公主护阵，不知灵主可否介意？"

"我介意又有何用？东方兄的人，来都来了！既然如此，那便一起吧！"

两人相视小片刻，竟是一笑，笑得边上的人都不明所以。

东方睿不语，只是凝神施法结阵。所有人都进入阵眼之内，瞬间消失在闪耀的光芒之中。

玄魅坛。

"清瞳，你今日要做之事，并不复杂。施展蔓地枝，来连接我和明月之间的灵力，在我灵力损失时召唤花草之灵为我疗伤。至于东方兄一行人和蓝瞳，就劳烦你们在这里守着阵法了。"

"是，灵主大人！"

"乐意至极！"

只见清瞳施法，只片刻，一地的花枝无根长起，向上攀爬，向两边蔓延。叠叠嫩绿的枝芽竟开着淡淡的粉花，泛着莹莹的光芒，甚是好看。

梦仙君闭上双眼，起地半浮，金色的灵力通过那蔓地枝的法阵丝丝缕缕注入了明月姬的体内。

而此时接受着灵力的白羽，感到自己体内充斥着两种不同的力量，一种是来源于人鱼族的魂力，另一种则是来自梦仙君的灵力。可白羽实在是不太明白，明明自己是因为先天不足，无法控制体内的力量，才来到这里向清瞳圣女求医的，可真正医治自己的却是这灵族之主！难道，这灵力不会在体内和原有的魂力相斥吗？这身体的主人明月姬是紫陌公主和苍力王的女儿，这个灵主大人就一点也不介意？若真是如此，那她真的是佩服这灵主大人！

东方睿、田彩、沙沁、拂香公主、少轻五人正好站成一个阵，结成一个五行守护。

就连蓝瞳也拿出了灵主大人给的青玉凝石，以防怨灵来袭。

而墨羽主控的重云，虽没有灵力，也左手拿银龙云纹长枪，右手紧握赤虹宝剑。不管在哪里，保护小羽儿是他的第一要事。

紧闭双眼的白羽，可以清晰地感受到周围的情况，心想，纵然一切都是游戏又如何？纵然一切都是幻境又如何？原本不相识的人，为了这样的一个她，都拼出自己所有的力量来。白羽自认为不是一个能轻易被感动哭的人，此时却是嘴角微微上扬，晶莹的泪珠轻轻顺着精美绝伦的脸颊轻轻滑落，变成颗颗珍珠滚落在地上……此时，所有人组成了一个有组织、有纪律的军队，虽私心不同，却是殊途同归。最终目的都是为了消灭怨灵，还自己族人一个安定富足的生活。

两个时辰过去了，漫天的星星总是那么美，争相闪耀。白羽也变成了人鱼形，身上的鳞片也几乎都变成了橙色，月光下还闪耀着光芒。终于，在白羽最后的鳍也变成了橙色，并散发金色光芒时，虚弱的梦仙君停止了输出灵力，长吁一口气，缓缓地睁开了双眼。他对白羽说："终是安全地将你医好了，明月姑娘，你可以试着运行你体内的力量了。"

听到声音的清瞳和白羽同时睁开双眸，见梦仙君虚弱无比，同时赶了过去。

"灵主大人你还好吗？"

"灵主大人，让清瞳来为你医治，你这会儿很虚弱，不可以再做任何的事情了！"

"无妨，今日完成了这样一件大事，我也安心了！"梦仙君勉强一笑，却是力不从心。

"大事？清瞳不明白，还请灵主大人明示！"

"想必各位也知道怨灵大军来势汹汹，不管是人族、妖族、羽族，还是远在无妄海的汐族、隐居在幽林山坳的灵族，都无一幸免。现在，唯有我们联合在一起，齐心协力，才能打败怨灵大军。"

"所以，梦仙君答应医治我们汐族的小公主，为的就是与我们联手？"东方睿郑重地问道。

"东方兄可以这样理解，若是明月姑娘能够随意运用自己体内的力量，再配上战歌之城的战歌精灵，这世上便无人能敌！"

"战歌之城？战歌精灵？那是什么？梦仙君，大敌当前，你就不要有所保留了！"东方睿惊诧于梦仙君所言，因为这些他闻所未闻。

"那战歌之城乃是仙界中的独立空间，若是能战胜里头的守关将守，便能得到里头的战歌精灵！若是明月可以得到这种精灵，她的灵力将会提高三成！"

"灵主大人，你还是休息一会儿吧！有什么事让清瞳来回答，灵主大人所知晓的，清瞳也都知晓。”看着极度虚弱的梦仙君，清瞳特别担心，生怕他会出什么事。

“灵主还是好生休息吧！我们在此处为你守夜，有不明白的事情，我们就请教清瞳圣女好了。”墨羽见东方睿脸上略有不自然，马上接过了话茬，心里还暗暗想，正好今夜可以和小羽儿一起好好看看这漫天的星星，聊聊人生……

梦仙君点头示意，打坐调息。蓝瞳守在梦仙君身边，示意清瞳去远一点的地方说话，以免打扰到灵主大人休息。

所有人都走向了祭坛入口处，祭坛呈漏斗状，只要守住入口，没有人能进得来。

103
汐族之主

“小明月你过来，师尊有话要和你说！”东方睿语气轻快，有掩盖不住的喜悦之情。

已变回人身的白羽觉得自己的身体状态特别好，终于可以随意地支配体内的力量，不再受解封之后两种力量相冲之苦。她轻快地说道：“师尊今日情绪不错，可是有什么好事要和月儿说？”

“你这丫头倒是机灵，不错，的确是件好事，对你，对汐族乃至对天下苍生来说，都是件好事！”

“东方睿，你就别卖关子了，快点说吧！啰里吧嗦也不是你的风格！”田彩瞟了一眼东方睿，满是揶揄地说道。

“是啊！东方师尊，你快点说吧！”东方拂香太想知道是什么好事了！这么久了，除了明月归来，一直都没有什么太好的事情。

“我们汐族有救了！小明月不是橙色鱼尾！”激动到不行的东方睿，神采奕奕！也是啊！几千年来都不曾出现过像小明月这样的奇才，让他怎能不激动？

“啊？师尊你没事吧？”

“不是橙色鱼尾？那你还说是好事！”

“师尊你不是在逗我们开心吧？”

东方睿抬手一挥，示意大家别着急，慢悠悠地说道：“那是因为，我们的汐族小公主是金橙鱼尾！”

众人一愣！橙色鱼尾都很难得了，这金橙鱼尾又是什么？闻所未闻……纵是少轻见多识广，又去过仙魔界，也从未听说过，就更不要说其他人了。

“说得太多，你们也未必懂。打个比方，若说战歌之城的战歌精灵，可以让明月提高三成灵力，那么金橙色鱼尾所拥有的魂力，将是橙色鱼尾的六倍！”东方睿脸上尽是杀尽所有怨灵大军的魄力，底气十足。

“竟是这样！”

“天呐！这怎么可能呢？虽说那个苍力王也算是人类的高手，但紫陌和他在一起也不至于能生出这么个……这么个变态的小人鱼吧？”田彩难以置信地看着东方睿。

变态的小人鱼……田彩是长辈，一众小辈只有尴尬地笑笑，不知道应该如何接话。

“死田彩，你怎么说话呢？这小明月可是我汐族的小公主！可不是你口中的什么变态小人鱼，会不会说话？”东方睿一脸不悦地看着田彩，心想，这个女人总是喜欢和他唱反调，偏偏他总会有求于她！不然，他真的不想纵容这个女人在他面前胡作非为。

“我有说错什么吗？这小丫头的魂力和灵力不是很变态吗？不然你找个好听点的词来教教我可好？东方师尊？”田彩不急不恼，反倒是将了东方睿一军。

“我真是懒得和你理论，总之，你的言语就是有问题！”东方睿实在是不想和她理论，因为……

“那是因为你没理可论吧？是不是呀小明月？你觉得我的用词可有问题？”田彩笑眯眯地盯着明月姬看。

这……白羽很蒙，心想：“我做错什么了？突然变成金橙鱼尾我也很无奈啊？又不是我要变的是不是？再说了，这话问得明显就是个坑啊！我怎么回答都是得罪人，看来我只能把这事给，晕过去了……”

白羽一个不稳，就要倒在地上，刹那间，墨羽本能地想过去接住白羽，却没想到近不得白羽身，怎么都够不着！若不是白羽身边的东方拂香及时扶住了她，只怕她要摔个结实了！但是比起得罪长辈，摔这一下真的没什么大不了的，真的！

“小月儿！”

“公主！”

“明月！”

除了墨羽，没有一人觉得白羽是故意想要晕倒的。那些人只当是她受了梦仙君这么多的灵力，支撑不住才会晕，觉得倒也很正常，毕竟明月姬之前只是一个普通的人族女子，而这短短的时间里便从橙色鱼尾上升到了金橙鱼尾，肯定有些吃不消！

“让她休息下吧！这孩子是得好好休息一下才能更好地驾驭体内的力量。也是可怜这孩子了，娘亲没有陪她几年……哎……好不容易回到自己亲人身边，又要一次次地遭罪，为了族人的安居乐业，为了天下苍生的命运……”东方拂香泪眼婆娑，看着怀里的可人儿，心疼得紧，恨不得将母爱全都补偿给她！

少轻看着东方拂香抱着明月姬一脸慈爱的样子，不由得摇了摇头，心想，这个女人总是这么母爱泛滥，倒是和师父有几分相像，只是这个公主做事好像比师父更加不羁。现在看起来，这拂香公主倒是比之前顺眼多了。

“东方师尊，明月公主真的没事吗？若是她实在难受，不如让沁心帮她……”

“不用了，沁心，无碍！我为她把过脉了。”东方睿刚才把脉的时候才发现，这丫头根本就没事，想必是不愿意得罪他和田彩才故意假装晕倒！心里偷笑，这丫头……倒有趣，比紫陌固执的性子要好太多了。若紫陌不是那样固执，只怕现在也嫁人生子，幸福羡煞他人了吧？

在场的人都没有发现，墨羽神识的重云脸上尽是冰冷，靠近的人只怕会被直接冻成老冰棍！他不明白，为什么他突然就不能靠近白羽了！这一切实在太奇怪了，他并没有做出让控局者怀疑的事，可为什么像是被人动了手脚一样，无法靠近白羽？到底是谁？控局者要的是折磨白羽，而他只是一个意外的出现，没有人知道他的存在。他也并没有做任何暴露身份的事，不然早就被控局者给抹去了。到底是怎么回事？

翌日，清晨的阳光如约而至，暖暖地照在大地上，并不刺眼。

“明月，你祖父来信了！”东方睿把手中的书信递过去，没想到东方焕竟比他还着急。

明月：

夜闻我明月竟是金橙鱼尾，感念苍天竟是如此眷顾我们汐族，禁咒之海被解开只是时间问题。

明月，你现是汐族皇室之中灵力和魂力最高者，按我汐族之律，皇族之中力量最强大者为王，不分男女。所以，今日便将这汐族之主的重任交于你！还望明月可以用心担起这重担，为我们汐族的安乐而战斗。

想你的爷爷留

白羽看完信，小嘴巴根本合不上，这个爷爷也太过了吧？怎么可以才知道孙女是金橙鱼尾，就直接撂挑子？

“小明月，从今日起你就是我们汐族之主了！”东方睿一脸宠溺，像是在看自己的孩子一般。

“可是师尊，你们都是长辈，怎么也轮不到我这个晚辈来当一族之主吧？”白羽实在不想接这个位置，她可以用自己的所能，帮大家做所有的事。可是她不想做什么一族之主，那王冠之重，并不好玩！而且，一天直接跨到这个高位，会不会太快了？开外挂也不会有这种速度吧？

“小明月，哦不不不……我都不知道叫你什么好了！按汐族的规矩，每一任的一族之主，都可以自己取个名字，以便于大家称呼，而之前的名字，就不可以再随便叫了。”拂香公主也不管白羽同不同意，强行拉起对方的小手。

白羽无奈地看了看墨羽，她真不知道该怎么办了，她又不是演员，这真的太难了。

看到白羽求救的眼神，墨羽笑笑不语，只是点头示意她接下这个一族之主的名号。

“一定要这样吗？师尊……”

“不是一定，是必须，王已将书信传来，就说明汐族上上下下都知道了。这件事不容置疑！”东方睿极为严肃地说着，他不能退步，他从不想逼着小明月做事，唯有此事例外。

看着东方睿不容抗拒的气势，白羽明白，在这件事上她没有选择，只能接受，于是铿锵说道：“是，师尊，明月明白了！以后你们便称我为——王女好了！爷爷还在世，拂香公主也正年轻，我可以接管汐族。不过，长幼有序，还希望师尊能回信告诉爷爷，待我破了那禁咒之海再任命我为王，可好？”

虽然不能拒绝，但还是可以拖一拖的，对汐族上上下下来说，她只不过是一个凭空跑出来的小丫头，怎么可能真正信服她？若是她能为族人破除禁咒之海，自然足以让所有人信服！不过白羽根本不在乎什么功劳、什么信服，她只是觉得这个理由足以让老爷子把此事往后延迟一下。

“也罢，就由你吧！你这么说倒是让我不知道如何拒绝，那么，汐族之人听令，一起拜见我们的王女殿下！”说罢，东方睿单膝跪地，率先行礼。

东方拂香、圣女沁心随后一起行礼。

墨羽脸上微微有些凝重，没有想到，他的小羽儿在幻境之中竟是这般强大，强大到不再需要他的保护！他在心里问自己：“若是有一天现实之中她也变得如此强大，我是否还会如以往一般有足够的自信心？”

“拜见王女！”

“拜见未来女君！”

“好啦好啦！你们快起来吧！我们先约法三章，第一不许叫我女君，第二不许向我行这么大的礼，第三我对你们的称呼不变！当然了，我说的是回汐族之前，我知道回去了以后，你们肯定不会这样做。”

几人不约而同地相互瞧瞧，笑成一片。是的，这几个人平时就没有一个正形，从不按规矩办事，也不喜欢这些规矩。

“好了，女君不叫，但是刚才你自己所说的王女，还是要称呼的。”东方睿笑着用手指点了一下白羽的眉心。

“那我这半个内人怎么称呼呢？”墨羽见他们玩得开心，可他却不开心了，他总不能叫自己的心上人王女吧？

“你还是叫我月儿吧！叫别的，我也不习惯。”白羽实在是想笑，心想，内人不是妻吗？虽然他并不是这个意思，不过还是很好笑！

“那么，重云将军是不是想变成完整的内人？”

“那是当然！多谢师尊成全！”

“你这小子，我还没有答应你什么呢！你可知，你想要娶的，那是汐族未来的女君！”

“自然知道！在我人族的黄昏国，我的月儿是王女，后来也差点成了女君。我以前可以给她的，现在依旧可以给！”墨羽不输一点气势，不管是不是游戏，不管这 NPC 是程序设定，还是有人主控，他都不会畏惧，不会退步。不管白羽是人族的王女，还是汐族的女君，他都要她！阻他者，杀！

“好！重云将军，不愧为人族的白龙大将军！果然是个有男子气魄的人！就冲你这一点，你们两个人的事，我一定力保！”

“多谢师尊！”墨羽单膝跪地，诚心诚意地叩谢。

白羽脸颊绯红，都不知道应该说什么了，好像根本没有她插话的余地，因为师尊已经把她“卖”给墨羽了……

所有的围观群众会心一笑，看样子，这未来的女君一上位，就要被人娶走喽！

104
易非发现墨羽身份

天悦坊。

“你的意思是说，你在任务中不能靠玩家主控人物？”吴依妍懒洋洋地斜倚在奢华无比的贵妃椅上，眉头微微皱起。

“是的，而且是一直保持在一个范围之内，难道这也是你们的游戏任务的难度？”

“照理说不应该呀！一开始没有这样子的话，后面也不会的。还真的有点奇怪，这个任务我权限内根本看不到，可是，明明我的权限是可以看到一切的！青司，你不要急，我去问问。”

“好吧！不过小妍，我希望你能快一点，不然我可是会急死的！”

“你……你不会真的对那个游戏里的人动感情了吧？你可不要吓我！要说你洛青司会专一地对一个女人，打死我都不信！”

“小妍，别人看不透，你也这么不相信我？我说过了，我绝对不是一个随便的人！”

“嗯！只不过随便起来不是人，对吧！”

“你！好了好了，我不和你斗气了，你快点去问，就是现在，不要再拖了，不然我就一直……”

“好啦！好啦！看你急的！我现在就去问，我警告你，不许再发一百遍视讯！还能不能让我好好做个 SPA 了？”吴依妍有些无奈地摇摇头。说罢，关了视讯，拨通了老哥电话。

“老哥，有人向我举报说，我们游戏中的新任务被设置了距离限制。这是怎么回事啊？”

“哦？是谁跟你说的？”

“哎呀！好朋友啦！你就别管了，快告诉我是不是有这回事啊？”

“的确有这回事，怎么了？你有什么疑问吗？”

“哥！我疑问大着呢！第一，以我的权限，居然不知道有这个任务存在！第二，我从未听说过主控玩家还能被设置距离限制的！第三，你最亲爱的妹妹问你事情，你居然敢这个态度！”

“你还知道你的权限！那你知不知道，游戏被内鬼出卖，挟持玩家强行进入他所谓的新任务？这个距离限制你就不要管了，还有，你哥都快火烧眉毛了，你这个亲爱的妹妹有没有来好好关心关心？”

被反问得哑口无言的吴依妍不知道应该再说什么，出了这么大的事，她居然都不知道！

“小妍，你告诉我，你这个朋友是谁，若是重要的人，说不定我会想办法解开这个限制。”

“是洛青司啦！除了他，谁还能请动我……”

“洛青司……原来，还真的是他！”

“哥！什么是不是他，那些高级 VIP 卡不是你让我发的嘛！那我肯定要发给有实力的玩家了，我可没有徇私舞弊。”

“傻丫头，说什么呢！谢谢你了，你说的事，我会想办法的，不过，公司内鬼这个事，你绝对不可以告诉任何人！包括洛青司，这可是关系到我们公司的命运！”

“知道啦哥！这么大的事，我有分寸的！”

“那好，这事你也不要插手了，你一个女孩子还是危险的，哥已经有对策了，就这样！”

看着消失了的视讯光影，吴依妍叹了口气，揉了揉眉头，这件事好像真的不太好解决。该怎么和洛青司说呢？那个家伙可不是敷衍几句就可以打发了的，不然他也不能打一百通视讯了！可是……此时的吴依妍快恨死自己了，她千算万算也没有算到这个洛青司会对游戏里的玩家感兴趣。他在现实中有那么多美女围绕，却是万花丛中过，片叶不沾身，谁能想到会有这么一出呢？这下好了，公司机密不可说，洛青司又不好应付。不行，她得去学校一趟，不搞清楚怎么回事，只怕这事无法解决。

WM 总部。

“洛青司，果然是你！”是的，早在看到小羽的脸时，吴易非就怀疑过，因为只有洛青司才能在这么短的时间内将一个人的脸刻画得如此相像，小妍能送高级 VIP 卡的也只有他，那日冰河之上拿出秦皇神弩时，就应该锁定他！看来，此时陪在小羽身边的也是洛青司！吴易非原本以为自己占了上风，抢了先机，却没想到自己才是那个后来者。他心中忐忑，若是小羽醒来，知道是洛青司一直陪在她的身边，自己岂不是一点机会都没有了？

咚！一声闷响，吴易非一拳打在了桌子上。

“李岚风！”吴易非冲门外喊道。

“在！”门外的李岚风赶紧回应这位暴君，推门进来。

这几日一直是他守在门外，随时等待暴君的召唤。其他人嘛，每人捐出“善款”给李岚风，然后远离危险区域。能为大家顶雷也是件快乐的事情，这么多的“善款”都够他约会好几个月了呢！再说了，横竖老大也是每次只喊他的名字，能收收“善款”，也不错！

“你把墨羽和小羽的安全距离设置得再远些！”

“啊？这……”李岚风心想，老大这是想让他去送死吗？再远些？距离可都是用时间换的，时间已经不能再少了！

“不可以吗？”

“可以倒是可以，只是老大，你确定要这样吗？若是我们时间不充分，那整个计划就有可能失败，白羽也会有危险！”

吴易非沉默了，他一分一秒也不想看到墨羽靠近小羽。可是，不管是小羽还是公司的前途，他都输不起。现在，忍不了，也得忍了，小羽是绝对不可以出事的！

“那么，那件事情办得怎样了？”

“老大你放心吧！局布好了，主控对方NPC的人也找好了，绝对可靠。后面的事都由我亲自来，我唯一担心的就是你不能沉住气……”

“为了小羽我什么气沉不住？你这次不会又给我找了什么阿猫阿狗的角色吧？”

“其实吧！老大我就没有给你安排主控NPC的任务，这个……”

“李岚风！你敢不给我安排一个离小羽最近的角色，我就让你的妞妞一周上不了线！”

“哎……老大……别别别！有话好好说，你的要求，我哪敢不从是吧！”李岚风一边应承，一边心想，老大居然也学会要挟人了，哎，若是这个事情不赶紧处理好，只怕自己永远没有好日子过了！好不容易有钱约会了，可不能让老大坏了好事。

105
战歌之城

幻灵谷。

“就是这里了，你们几人在此进入幻灵谷，在山谷的尽头东方兄可施展你的法阵，便能进到战歌之城的入口。”身体终于好转的梦仙君指着山谷北方说道，若不是东方睿的阵法了得，以他的身体状况还真不适合这样长途跋涉。

“灵主大人，你的身体还是有些虚弱，不如就去附近的星茜苑好好修养一下，等我们归来。”蓝瞳见灵主大人这样虚弱，心中十分担忧，可是他已经答应了灵主大人，必须要跟着明月王女一起前往战歌之城。

“等你们归来，一定会看到一个更胜以往的我！”梦仙君笑笑，心中有些不舍。他心想，这样优秀的女儿，自己却没有陪着她一起长大，没有尽到当父亲的责任。除了让她变得更强，实现她的心愿之外，也许真的没有什么可以帮她的了！至于这层关系，他不想说，若从未参与她的过去，又何须给她增加烦恼？现在这种相处方式，未尝不是一种幸福。

“明月还未好好谢过灵主大人的大恩，口说都是空。待明月收了那战歌之城中的战歌精灵，定为灵主大人除去边界的怨灵大军，以此来谢过这等大恩。”白羽说道。

“我东方睿代表我们灵族感谢灵主大人，若不是你，我们汐族想出禁咒之海，只怕不知道何时！”

梦仙君从未见过东方睿对自己如此恭敬，纵是当年假娶清瞳时也没有见过！而今天他居然为了明月，肯放低姿态，这中间不无紫陌的情分吧？也罢，不管如何，这东方睿对明月如此照顾看重，终究是好事一桩。大战在即，他还不知道能不能活着再见到明月……

“东方兄无须这么客气，我所做的一切皆是自愿，不必有什么负担和压力！倒是你们这一去，一定要小心行事，战歌之城中的战歌精灵可不是这么好捉的！至于应该怎么做，蓝瞳、清瞳跟着你们，自会详细告诉你们的。”梦仙君对东方睿说道。

“灵主大人，蓝瞳去就可以了，清瞳还是留下来照顾你，也好让你快些恢复。”

众人虽未开口，可心中都明白，清瞳这是不想和东方睿在一起相处，为的就是不想让大家尴尬。毕竟当年二人是在众目睽睽之下成亲，不管出于什么原因，现在再相见总是不自在！当年清瞳想到这个办法时，一来是私心，希望东方睿可以真的留下来；二来也是想着就算东方睿真的走了，此生再相见的机会也几乎为零！可是谁又能想得到，这才十几年的光景，就相见了，这一切都是她未曾想过的。

“清瞳，你在想什么，我很清楚！可现在关乎整个灵族的安危，我希望你可以放下所有杂念，一心一意地帮助明月捉到战歌精灵！只有这样，我们灵族才有希望和怨灵大军抗衡！”梦仙君知道清瞳的苦楚,可是大敌当前,儿女情长之事还是要先放一放。他心想,身为灵族之主的他都要放弃和女儿相认的机会，圣女暂时先放下往事应该也不算太难为她吧！

“是！灵主大人，清瞳一定会完成你的任务，帮明月王女捉到战歌精灵，将大家安全地带回到灵族！”清瞳回道，心里明白，圣女就是圣女，觉悟肯定是要高出一般人，灵主大人交代的事情要办好，灵族之事最大，自己的事应当永远放在最后。

“好了，送君千里，终须一别，大家又不是不回来了！我们还是抓紧时间进去吧！”墨羽实在有些担心时间耽搁太久。

众人挥手道别，进入东方睿的法阵，瞬间就消失了，只剩下光晕。

来接梦仙君的守护卫队正好抵达，梦仙君现在不适合动用一点灵力，幸好这里离星茜苑很近，不到一个时辰便可到达。

幻灵谷边界。

因为有东方睿的法阵，大家以最快的速度到达了幻灵谷的边界。葱翠的山谷尽头是座大山，山上翠绿一片，各种藤蔓将山裹得都快看不出本色了。

“师尊，没有路了！”沁心看着这对面的山，想不出应该从哪里找到入口。

“不要看我，我也不知道怎么找到入口！”田彩摊摊手，直接用话回了东方睿的眼神。

“还是我来找吧！”清瞳没有看东方睿，只是闭上双眸，低声念着什么。

正在这时，对面山上所有的藤蔓像是听懂了清瞳的话一般，抽回枝叶。速度并不慢，不少藤蔓还掉落了许多叶子和花瓣。那景象倒是美得很，像是小精灵在跳舞一般。

“这……它们好像是真的听懂清瞳圣女的话了！竟自己退到了一边去！”白羽为眼前的景象惊叹，无比崇拜地看着清瞳。

“月儿，我怎么看着你这眼神像是恨不得自己也能会这法术？”墨羽打趣地说道，心想，小羽儿何时也变得如此好学了？

“嘘——别瞎说，我只是觉得很神奇罢了，清瞳圣女怎么会将灵族的法术教给外族之人呢！”白羽恨不得将墨羽的嘴巴封上，万一让清瞳圣女听到，那多不好意思呀！

“王女殿下多虑了，若是你想学，清瞳定倾囊相授！”清瞳浅笑看着贼兮兮的王女说道。

“啊？可是，一般法术都不外传不是吗？”白羽有点摸不到头脑，着实不能相信清瞳圣女居然答应教她法术。

“不必怀疑了，王女殿下，清瞳所说绝无虚言！”清瞳如水的双眸透出的是笃定、诚心。

“那，我能知道是为什么吗？”

“王女殿下，我们灵族之主除了死亡，便只会将自己的灵主传给继任者。灵主大人能将自己的大半灵力传给你，你已经具备了可以使用我灵族法术的前提。虽然你现在不是灵族的继任者，但是像这种小法术，教给你是没有任何问题的。”清瞳解释道。在灵族，若灵主大人没有子嗣，那么下一任灵主便由圣女接任。清瞳在知道弹奏《一盏忘忧》不是紫陌，而是明月姬，而且灵主大人要将灵力传给明月姬大半时，无须多问，便已知道了一切！谁让她是灵族的圣女呢？既然明月姬是这样的身份，那教给她一点小法术也没有任何不妥。

清瞳心想:“人族黄昏国曾经的王女，差一点成为王位继承者。汐族的金橙鱼尾王女，下一任的女君。灵族之主的亲生女儿，接受了灵主大人的大半灵力。小明月，你可知道你多重身份，是注定要以一人之力扛起众生命运吗？清瞳不知道应该为你感到骄傲，还是应该为你感到担忧才好。紫陌，你若是活着，会希望你的女儿走哪一条路……”

白羽摇摇头说:“谢过清瞳圣女了,不过我还是觉得此事不妥!再说有你呢，我也不用非要学会不是吗？”

“快看，那是不是入口！”蓝瞳指着前方的洞口，兴奋地喊道。

“应该就是那里了！大家跟在我和蓝瞳身后，慢点过去。”清瞳大步迈向前方，她必须要保证大家的安全，这里再怎么说也还是灵族的地界，没有什么是她不能控制的。

一行人跟着清瞳走向那个幽暗的洞口，路虽不远，却并不好走。活着的藤蔓听清瞳的话退下了，可是早就变成了枯枝的藤蔓却遍地都是，一不小心就会被绊倒。

“王女殿下小心！”蓝瞳一把扶住差点被绊倒的明月，却惹得墨羽醋意大发。

墨羽也马上扶住了明月，还暗中使劲拉了一把明月，说:“月儿，你来我身边，我来扶着你走，你穿长裙着实有些不方便。”墨羽一把搂过白羽，心里暗暗得意，他就是要处处宣示自己的主权！不过，他好像又可以和他的小羽儿离这么近了！这……又是怎么回事？前些日子他明明是无法靠近她的，为何今天又可以了？墨羽看看四周，若说有什么不同，那就是第一这不是安全区域内，第二这条小路原本就很窄。难道只有在城中才会和小羽儿有距离限制？看来他有机会就要试一下是不是如此！如果真是这样的话，他倒放心了，不管是谁使的花招，他都不用担心小羽儿的安全了。

终于，大家一起到达了洞口，远远看时觉得这洞口并不怎么大，可是走近了看，却觉得这里宽度还是可以的。至少，两个人同行并不觉得拥挤。

只见圣女清瞳手中的法杖之上，幽绿的宝石越来越亮，最后竟将这昏暗的通道照得如傍晚一般。

“大家跟好了！千万不要乱走，也不要落队。清瞳圣女的神泣百花杖可是我们灵族的圣物,只要是五行属木,都会听命于它！”蓝瞳神气地介绍着清瞳圣女的幡杖，这世间也只有一个这样的法杖。

“神泣百花杖？那么,上头发光的岂不是……”少轻若有所思，她好像在哪本古籍之中看到过。

“没错，那发光的便是青玉凝石，可通百草，绽千花！更可解这世间所有木系法术的毒。”蓝瞳更加神气了，惊讶于居然有外族人知道他们灵族的圣石。而且，灵主大人还送了他一个，虽说是为了让他拿来保护明月王女……

“绽千花？解所有的毒……听起来很厉害呀！”白羽听得心里痒痒的，这法杖居然可以让所有的花绽放，听起来就很美。来之前她看到很多月锦花开始凋谢了，可是现在看来，想让明月姬和重云一起看月锦花是可以实现了。

“待我们回到灵族，明月王女想看什么样的花儿绽放，直接告诉清瞳便可，这些对青玉凝石来讲没有任何问题！”清瞳看着明月姬，打心里喜欢这个孩子，很想用心来疼爱。毕竟，她此生都不会再有属于自己的孩子了吧？

“真的可以吗？明月真的很想看，就是很怕麻烦清瞳圣女！”白羽兴奋得都不知道怎么表达才好，虽然她也不知道明月姬的神识会不会再出现……

“没什么可麻烦的，只是举手之劳！居然在这里……大家停下来！”看到前面不远处的光圈，清瞳示意后边一行人停下来。

“就是前面了，大家再检查一下自己有没有什么缺失，进去后，不捉到战歌精灵，我们是不会出来的！”

一行人听完，都仔细查看有没有什么纰漏。谁也没有发现蓝瞳趁明月姬没注意，悄悄将那青玉凝石放进了她的背袋之中。

战歌之城。

从光圈进来之后，才发现这战歌之城宛若仙界一般！到处都是通亮的白色建筑，仙气缭绕。若不是知道这里是幻境，只怕都会认为这里是仙界。

“大家要小心，这里的一切都不是真的，唯一真实的，就是最后的血罗王！只有打败他，我们才能得到战歌精灵。”清瞳语气之中透着不安，说实话，她也是第一次来，根本没有十足的把握。

“清瞳圣女，据我所知，这血罗王没这么容易见到吧？”少轻觉得清瞳圣女好像有所隐瞒，她看到的典籍之上好像写这里很危险，并不像大家现在看到的这般祥和。

“没错！我只是不想让大家担心。若是我们能见到血罗王，那就有七成的把握可以捉到战歌精灵了！”清瞳无奈地说着，她只是不想让大家还没有打，就失去了信心。

“圣女，还是我来告诉大家吧！”书痴蓝瞳自告奋勇，他觉得还是把轻重利害告诉大家为好。

“那好吧！蓝瞳，就劳烦你给大家说一下这里的情况了。”

“嗯！大家听好了，我可只说一遍。这里有五片分地，对应五行：玄之地应土，白之地应水，黄之地应金，青之地应木，赤之地应火。每一片分地都必须要有克制它的人守护，守好了水昭然的分身便会出现。如此再重复两次，血罗王的分身就会出现，杀了分身之后，这里又会出现比之前还要强大的幻灵。只有将这些幻灵全部杀光，真正的血罗王——英绝，才会出现。”蓝瞳看着一众人，发现他们的脸上并没有一丝畏惧和胆怯。

“其实，这里就是血罗王——英绝的地盘。听说，他曾是幻境之主的得力干将，因为做事不利才被幻境之主罚到这里看守这战歌之城里的精灵。”清瞳幽幽地说着，心里觉得有些压抑。

墨羽看向白羽，两人眼神交集，不必说话，心中已然明白对方的意思。幻境之主？还以为再也不用和她扯上什么关系了，却没想到竟然又到了她的幻境。可是这幻境之主已经被封印了，为何属于她的幻境还存在？这实在有些说不过去……

106
五只精灵宝宝（上）

战歌精灵。

“我们现在是九个人，我给大家分配一下。”清瞳的脸上依旧带着淡淡的笑，看不出有任何多余的情绪，顿了顿，她接着说，“田彩你去金路，这里只有你能运用火系法术，少轻去水路，蓝瞳和沁心去木路，东方睿和拂香去火路，明月和重云去土路。如果你们哪里顶不住，记得提前告诉我！”

大家都点头，没想到这清瞳圣女竟然如此善战。

清瞳从补给小包里拿出一盘长枝，用灵力断成八段，分给每一个人，然后说道：“现在你们手中的，是我施过灵力的藤枝。觉得实在打不过的时候，记得用它告诉我！时间紧迫，发挥自己的最大能力！”

大家拿着手中的藤枝，走向分好的路，却不约而同地回头看了下清瞳。攻打是很累，可不到最后其实并不危险！以这些人的能力，打起来可以说很轻松，毕竟都是高手中的高手。就连能力最低的蓝瞳，只怕都可以独立完成……

清瞳召唤出各种植物，然后就在原地继续提升灵力。

一个时辰后。

金路。

田彩不愧为人族的法师之尊，这些小怨灵在她手里，根本就是抬抬手的事！不要说伤到她了，就连靠近她都不敢，被打得节节后退。

“怨灵消散！”田彩一个刀山火海丢出去，只见那些怨灵嘶叫着化成一缕黑烟消失在了路的尽头。

“罪过罪过，本不该让你们魂飞魄散，要怪就怪你们的心念只存了恶……”看着那些消失的怨灵，田彩摇摇头，嘴里念念有词。

木路。

蓝瞳和沁心都很擅长金系法术，这里的怨灵打起来更是简单。要知道沁心在来汐族之前，也是贵为一国公主，到处学了不少法术！这金系的法术，就是她以前去羽族偷学来的。

“蓝瞳，你们灵族之人不全是以木为灵吗？怎么你用的是金系法术呢？”沁心不解地看着蓝瞳，实在不明白这是怎么回事。

“我们灵族，女子多喜花草树木，所以爱修木系法术，也就是魅灵。男子多喜坚硬的东西，也就是金银类，所以爱修金系法术也就是剑灵。”

“哦——原来如此，倒是我孤陋寡闻了！”

“你又何须贬低自己，这天地之大，种族之多，谁又敢说自己全都知道呢？”

沁心点头，没想到这蓝瞳虽只是灵主身边的侍卫，说话见地倒真是不俗。

水路。

对于少轻来说，没有什么比杀掉怨灵来增加修为更好的事了！

因为在增加修为的同时，还为天下苍生除了害。

说话对她来说真的是种负担，可是，最近她真的觉得自己的话有点多……这是怎么回事呢？难道是因为师父在身边的缘故吗？

火路。

这世上没有比汐族操控水的能力再强的了，更不要说东方睿是人鱼皇族的师尊，东方拂香虽说每天像个混世女魔王，可再不济，也是金色鱼尾！

“师尊，有你在真好！我连抬手的机会都没有，实在是不好意思啊！”东方拂香依旧说话没个正形，明明是她懒到不想动，非说东方睿太厉害了，不给她出手的机会。这马屁拍的，绝对挑不出毛病。

打得很轻松的东方睿实在不想和这个大公主计较。这丫头打小就是个混世女魔王，任何事情都懒得出力。还好之前有紫陌，现在又有明月小丫头，要不然皇族的继承人堪忧，汐族的未来更是堪忧啊……

“师尊，你说重云这小子只是个普通的人族将军，除了蛮力，只怕也没有什么本事，把我们的宝贝明月交给他，有没有危险呢？到时候不会还得让我们的小明月保护他吧？哎！那不成了拖后腿的啦？”东方拂香掰扯着手指，想算算这重云还有什么特别的，可是算来算去，好像也就只有两条——他很能打，能为小明月抛头颅洒热血！

“好了，这不是你要操心的！明月还小，我们不着急，再过个几百年，那个重云说不定就学会很多东西了！”东方睿头也不回地打着怨灵，根本没有一点压力。不过，他突然回头，一脸认真地说，“倒是拂香你……是不是应该找个夫君了？”

“呵呵……呵呵呵呵……这个嘛！不急，不急，东方师尊你还没有成亲呢！怎么能轮得到我是吧！哎？不对呀！你刚才说再过个几百年，这人族的人能活几百年吗？你这不是……”

东方拂香尴尬地笑笑，将问题转移开。

“哎！拂香，你听到的就是真的吗？这重云，只怕并非人族……”

“什么？他并非人族？那他是什么？看他并没有灵力存在，更没有魂力存在，就只有一身的蛮力！”

“你所说没错，是一身蛮力，可是这一身蛮力可以杀退一万多人！你觉得，这是一般的人，能够做到的吗？”

东方拂香一脸凝重，不再说话。她暗自沉吟，一万多人，只怕在海上她也未必能杀掉这么多夜叉族人。同为水中族类，她是皇族，是金尾人鱼，面对这么多敌人都无法全身而退。那么，重云又如何能没受重伤？师尊果然是师尊，看事物都是那样一针见血。想必，他若不是和那清瞳圣女有着那样的过往，一定会让清瞳好好看一下重云的前生今世吧？

土路。

得了梦仙君大半灵力，又晋升为金橙色鱼尾的白羽对自己的力量感到惊恐。她并没有学过灵族的法术，可是，不知道为什么，她确实可以像清瞳一样使用灵族的法术！这太不可思议了，白羽心想，难不成灵主大人在给她输送灵力的同时，连灵族的法术也输了过来？总不能因为他爱着她的娘亲，就这么无私，不管不顾自己的族人了吧？再怎么说，她也是个外人啊！白羽开始有点怀疑，怀疑这梦仙君和明月姬之间，是不是还有什么别的联系。

“小羽儿，你就让我也打打吧！好不好？你休息一下，你知道吗？让我看着你打，你是打得过瘾了，可是为夫却觉得自己像个被女人保护的小白脸一样！”见白羽打得这么带劲，墨羽都快吐血了，他何时这样无用过？有时候，小羽儿一个眼神，那怨灵都选择自尽了。

“你别乱说，谁说要嫁给你了！”白羽听到墨羽又在那里乱说话，有点不自在。照理说，她应该很生气，很在意的！可是不知道怎么了，她现在竟有一点心跳加速！白羽凝眉，何时起，自己竟是有些动心了？

五路人全部完成了自己的任务，就在大家都准备走向尽头时，一片白光闪过，所有人消失在路的尽头。

瞬间所有人都又回到了刚进来时的地方，站在了正在凝神聚灵的清瞳身边。

“这……怎么又回到了这里？我们明明已经杀了三遍了！”拂香公主一脸呆萌，看起来倒是可爱得很。

“是啊！又回到这里是怎么回事呢？难不成我们哪里出了错？”白羽十分焦急，时间很紧迫，梦仙君身体很虚弱，怨灵大军已经开始挑衅，若是不能早点回去那他岂不是很危险？

“大家都少安毋躁，正因为你们全部完成了任务，才会回到这里，你们再看看身后的路。”清瞳指指他们后面的路，依旧淡淡地笑。

众人回头，路竟然不见了！

“这里是幻境之主的地盘，你们打败了守护怨灵，刚才的幻境自然会消失。所以你们回到这里，那是正常的。不过接下来的第四关，只怕没有这么容易了，大家一定要小心行事！若是没有猜错，这一关只怕全是心魔，这一关清瞳能帮上的不多，唯一能帮上的，清瞳并不希望能用上！”清瞳在原地习的，就是重生之术。

只是一瞬间，刚才的路又出现了，只是相比之前更加华丽，看起来有仙宫之路的感觉。若有若无的仙气飘在路上，看不太清路的尽头。

几个人按照之前的路走去，不一会儿，全都消失在缥缈虚无的白玉长廊上。

约半个时辰，所有人竟都走到了尽头，这次的路尽头竟是相通的。中心一个偌大的台子，台子中心有一根雕刻相当精美的通天柱子。绕柱子一圈，竟有五颗宝石，金、青、白、赤、墨五色，光芒竞相辉耀。

“这一路上都没有一个对手，那么我们要面对的莫不是这根柱子？”田彩看着前方的柱子，看起来有些谨慎。

“没错，若是古籍没有记错，那么这一根应该就是幻灵逆天阵！”蓝瞳感到后背有点发冷，这个阵法会让人面对最不想面对的事，从未有人活着离开！不然，这战歌精灵也不能到现在都没有人能得到一只！

“可是这明明就是一根柱子啊！实在看不出有什么特别之处，倒是这上头的石头应该也是对应五行，就是不知道，是应该相生，还是应该相克。”白羽倒是不怕，反正她也不是这里的人，她的思维根本不会受到控制，墨羽应该也是一样的。

“王女殿下问的，正是重点，按书中所述，是相生，也就是说相同的才可以进入。那么，我们现在看看哪五个人来破阵吧！”蓝瞳不能做主，这些人他并不了解，还是大家商议一下的好。

“我和重云，可以破两关，我去木！重云可以随意，他没有特定，倒是哪种都可以！余下的三个人……”白羽必须要将胜算提到最高。她看看在场的每一个人，这一关并不是拼谁的实力最强，应该是拼谁的过往更简单！越是简单，更是不容易被心魔所控。东方师尊不可，他和紫陌公主、清瞳圣女的纠葛最为难解。沁心圣女不可，她来到汐族，定是有什么难言之隐，最易陷入心魔。少轻不可，她虽未有情爱羁绊，可是被迫离开师父自己一个人生活，彼时内心必定有很大的仇恨！她太在意师父，这样的执念太易受控！

“田彩师父，拂香公主，蓝瞳，你们三个吧！”

“没想到，蓝瞳心中所想，竟是和王女殿下一样！”蓝瞳心中释怀一叹，王女殿下果然是灵主大人的女儿，思虑很是周全。若将来灵族之主由她接任，也算是放心了。

白羽腼腆一笑，刚才的气势一下子消失，取而代之的是阳光般的温暖。

几个人按顺序将手按在那五颗宝石上，瞬间消失。

“这丫头倒真是紫陌的女儿，冷静起来可怕。连师尊都嫌弃了……”东方睿长叹一声，一副生无可恋的样子，不知道自己怎么就被嫌弃了。

“师尊不必伤怀，我想王女殿下定是有她的考虑！这里应该拼的不是实力，应该是，谁的心思比较单纯……”沁心见东方睿如此伤怀，赶紧劝解。

“你的意思是……本师尊，心思不单纯？”东方睿原本的伤怀倒是不见了，可是现在开始气恼了，他怎么心思不单纯了？

沁心不知所措，连连摇着双手，紧张地回话：“不！不！不！

沁心没有这个意思，真的没有，师尊你不要想太多！”

“东方师尊，你又何必为难沁心，留在这里的不都是心思不单纯之人？大家都一样，又何必分彼此？”一直在边上不说话的少轻，直接语出惊人，让东方睿哑口无言。

幻灵逆天阵。

“阿嚏！”刚进来没一会儿的白羽竟是平白无故地打了个喷嚏，她揉了揉自己的鼻子，心里纳闷，难道这里太冷了？刚往前走了不太远，却被人叫住。

“明月，你为何要跟了他！他是你的杀夫仇人！”

白羽缓缓回过身，定睛一看，居然是明月姬的未婚夫婿任冰！

“明月，我知道你没有抗婚，只是为了黄昏国的子民。我也知道你心中有重云，用那种方式得到你，我并不光彩。可是明月，我对你是一片真心！能守护你是我的福气，为你而战死，是我的殊荣！明月，我所做的一切可能换得你心疼？”任冰字字苦楚，眼中泛起泪光，紧握的双拳关节发白。

微微受惊吓的白羽，听到任冰这番告白，也是心疼这位将军，可她不是明月姬啊！该怎么说，才能让这位将军不疯魔？

“明月你为何不说话？是我吓到你了吗？别怕，我没有恶意，只是看到你和重云在一起，我日日灵魂难安，心痛如撕裂一般！明月，我已死，不能求你空守着我。只求你不要和他在一起好吗？我知道，我这样的要求十分无理，可是，我也只有这么一个心愿了。我们任家上百口人，皆已去投胎，只有我不肯，因为我舍不得你，我要看着你平安才可放心离去！你现在是安全了，但是明月，日日看到你和他在一起情意绵绵，我好难受！明月，让我再抱抱你好吗？你还穿着我送你的天衣，是不是也还在想着我？你并没有忘记我是不是！”任冰不知何时已然来到白羽身边，想要抱她一下。

“啊！”白羽被这种速度吓了一跳，本能地后退，让想要抱住她的任冰扑了一个空。

“明月……你怕我？你为何怕我？为你，我都愿意去死，我又怎么会伤害你？不要怕……”

不知这任冰用了什么法术，白羽竟是动弹不得，被任冰抱了个结结实实。

107 五只精灵宝宝（下）

“你别这样！任将军……”白羽挣扎不动，只能开口说话。

“任将军？明月，你竟这样叫我？那日你明明叫了我冰。明月你为何要非逼着我对你动用法术，你才肯乖乖地在我怀中？”任冰神情微变，有些不悦。

“任将军，你已过世，人鬼殊途。不如你还是去轮回，也好早日投胎为人！”

“呵呵——人鬼殊途？轮回投胎？明月，你就这么迫不及待想让我消失吗？”

“明月不是这个意思，任将军误会了。只是将军的灵魂现在在幻境之中不能轮回转世，若非今日明月必来此处，只怕生生世世也不得相见！不是吗？任将军……”

原本有些愠怒的任冰听到此话，脸上又变回了之前的温柔，说道：“所以，明月今日前来是与我相见的？你还得记挂着我是吗？明月……”话还未说完，任冰竟是要吻上怀中之人。

“将军请自重！”白羽不想管那么多了，就算是假的，她也不能接受，必须让这个人停下来！

“自重？他吻你时，你为何不让他自重？他救你出塔那日，与你缠绵之时你为何不让他自重！为何我只是想吻一下你，你就如此严声厉色地让你的未婚夫婿自重！明月，我任家上百口人都是为了我才愿意为你卖命！你我定亲之后，我自认从未为难过你，只因为你是我心上之人。难道，这一切都不如那个重云？”愤怒的任冰双眸开始变红，看起来极为诡异。

“啪！”一记响亮的耳光，打在了任冰的脸上，那英气逼人的脸立刻红了起来。

“任将军！你以为那是我愿意的吗？若是我有将军你这样的力气,我何必苦苦哀求？明月深爱重云不假,可也不是随意之人！”白羽愤愤不平，这个任冰太可恨了，那天根本不是他讲的这个样子的！糟了，刚才是不是说的话有问题，这个将军会不会怀疑她？

“那日，不是你愿意的？可是，为什么幻主让我看到的明明就是你们二人缠绵悱恻，一夜旖旎……”

“幻主？想不到，她的局，布得可真大！”白羽心中害怕，没想到幻主竟是早就算好了每一步，居然一早就想到把任冰的灵魂关在这里，还让任冰看到他和重云将军……

“你知道幻主？”

“知道，此事说来话长。简单地说，我们都只是她局中的棋子，我因她死了两回！想不到，她都被封印了，她的局却还没有停止……”

听到白羽的话，任冰倒退好几步。他的心上人竟被自己相信的这个幻主害死两回，若是如此，他也不过是个棋子吧？他不禁沉吟，那么那个幻主将自己骗到此处又是何意？只是单纯地为她看守这个地方？只怕是没有这么简单，按明月所说，这个幻主心思极深，不会做无用之事。

“明月，救我出去吧！我放你通关，幻主已被封印，没有人能够再控制我。”任冰说道。

“放你出去？可，可你现在只是一个灵魂而已……”

“明月，你来这里若不是为了我，那定是为了战歌精灵。战歌精灵共有五只，分别代表五行之力。在出这战歌之城前，我附在你用的木精灵身上，便可免去轮回重生。”

白羽听到这些，有点纠结。她是进来破关的，现在看来这关倒是很快就可以出去，可是带上明月姬的前未婚夫算怎么回事？

见白羽不回话，任冰有点着急：“明月，我不逼你和重云分开了。只让我把灵魂附在木精灵上，可好？”

啊？白羽有点头疼，这……这也太难应对了吧？根本无法拒绝，可这里是幻境，她应该相信他的话吗？

“这里是幻境，你的话，我能相信吗？”白羽忍不住直接问道。

“明月，一会儿待我帮你们打败血罗王，捉到木精灵时，你便知道我可不可信！若我所说是假，这里是幻境，你们大可以让我的灵魂永远消失在这世上。”

见任冰这样说，白羽实在是找不出理由不带上这个人——这个灵魂，于是说道：“好吧！那你带我出幻境吧！”

听到心上之人答应了，任冰终于舒心一笑，将自己手中的玉摔碎在地上。

迷雾退散，长廊消失，白羽和任冰一起回到清瞳身边。

“原来大家竟都这么早就回到了这里，倒是我拖了后腿。”白羽不好意思地笑了笑，她真的没有想到，自己是最慢的人。

“王女殿下，你身边的那位是？”少轻警觉地看着任冰。

坏了，白羽暗骂自己，这下该怎么给大家介绍？明月姬有前未婚夫婿？朋友？黄昏国大将？好像，都不太合适。

“这位是曾舍命保护月儿的人，只不过现在他成了灵魂。”墨羽看到任冰站在那里，倒也不惊讶，毕竟那是明月姬的心病。好在和他的小羽儿没有什么关系，要不然，他才不会这么淡定地站在这里介绍。

“大家跟我走，这里没人比我更熟悉了。”看到处变不惊的前世仇人那样淡然地介绍他，任冰倒是有点意外，不禁疑惑，那个人当真是重云吗？

在任冰的带领下，一众人很快攻打到了血罗王的地盘。那些怨灵守卫对他们来说，脆弱得如同蚂蚁一般，更有一些怨灵不用他们动手就主动投降，还和任冰一样倒戈攻打血罗王！

“尔等竟投敌叛变！可知道背叛我的下场？”低沉可怕的声音在前方响起，血罗王出现。

“他们背叛你的下场我不知道，不过他们不投降的下场就是灵魂消散，从这个世间彻底消失。”白羽看着高大无比的赤衣血罗王，毫不畏惧。

“尔等区区小辈，竟敢挑衅于我！那就让你们尝尝和我为敌的滋味吧！”血罗王话音才落，力道凶狠的招式便甩了下来，果然是守护这里的主将，招招狠辣，很难对付！

“大家小心了，我站在你们的最后方，以我的重生之术，想必不会有太大的问题出现！”清瞳见血罗王出手如此凶狠，生怕大家会有所畏惧，先给大家一个定心丸。

白羽让大家以金字形站开，她打头阵，东方睿、拂香第二阶梯，田彩、少轻、沁心第三阶梯，清瞳、蓝瞳、重云、任冰站在第四阶梯。

最后这四个人，重云、任冰不会法术，蓝瞳实力最弱，清瞳则必须活着，只要她活着，这里便不会死人！

前方主战六人打得并不轻松，幻境之主果然会挑人，这血罗王之力，实在不好抗拒。

“你们不必担心，站好阵型就好，血罗王虽然实力强大，可是他却不能离开那台子一步！那是幻主对他下的禁咒，除非他死，否则不会终止。”任冰见前方六人打的速度有些变慢，直接指出了血罗王的致命缺陷。

原来如此！白羽这下心底更加有底气了！这血罗王若是不能动，那还有什么可怕的？打败他不过是时间问题……虽然这幻境之中没有水，但这并不影响人鱼的魂力发挥。这血罗王属火，再也没有比这六个人再适合的主战队伍了。半个时辰过后，血罗王的战斗力明显下降，他纵然再强大，也敌不过这六个人的攻打。他那摇摇欲坠的高大身躯，已然不再听他指挥。

“快，你们集中自己的力量，使出最后的必杀技！”清瞳看到血罗王濒临崩溃的样子，赶紧指挥大家集中力量，进行最后的致命一击。

由六人必杀技所形成的巨大冰凝水龙朝血罗王的心口冲了过去，血罗王应声倒地！

“呃……怎么可能，幻主明明说来这里的只会是凡人，几个凡人而已……”血罗王奄奄一息，实在不相信来到这里的人竟都是高手，更不能相信前方的六个主力战将居然没有一个是凡人……

“你们看，那血罗王居然消散了……没想到这血罗王居然也是个亡灵！”沁心看着消散的血罗王，真的难以相信，力量这么强大的守将居然只是一个亡灵。

“地上是什么？”白羽走向前去，捡起地上五颗彩色的若荔枝般大小的水晶，放在手心。

咔、咔、咔……没想到，她手中的水晶居然裂开来，五只若蝴蝶般的活物飞了出来。

赤、金、玄、青、白五色小精灵在空中挥舞着自己的翅膀，个个晶莹剔透，辉光闪闪，美得宛若是最好的水晶雕刻出来的一般。

“这是……”白羽看到这五只好看的小蝴蝶，心情骤然变得特别好！

“这些，就是战歌精灵！也是你们此行任务的最终目的，现在，让战歌精灵自行认主！”清瞳终于放了心，这下子可以安心地向灵主大人交代了。

“自行认主？可万一这精灵不认我们小明月怎么办？”拂香嘟起嘴巴。

“公主多虑了！这战歌精灵之所以能让人为它们送命，自然有它们的不同之处。它们可是只寻百年之内力量将会最大之人，也就是说，它们不但可以帮主人提高战斗力，还有一定的先知的能力！”清瞳解释道。

果然，那只白色的小精灵飞到白羽的肩上，停了下来。赤色精灵落在了田彩身上，玄色精灵落在了少轻身上，金色精灵竟落在了蓝瞳身上！只有那只青色的精灵还在空中，在清瞳和墨羽之间来回飞舞，看得大家很是纠心！

“师父，这精灵为何在重云和清瞳之间来回飞？”

“难不成是看上重云了？这可不行！重云这小子可是我们家

小明月的人！”

大家心中都有疑问，不停地讨论着，只有脸上一直都是淡淡笑颜的清瞳不语。

最终，那只来回不定的青色精灵不再犹豫，竟然落在了人族重云身上！

“竟会是你！这倒是让我们大家意外了！”田彩看着同是人族，却不会任何法术的重云，眼光之中透着惊讶！

任冰的脸都绿了！他是真没想到太青之灵居然认了重云为主。幻主明明告诉他，明月是灵族之主梦仙君的女儿，可为何最终却是太白之灵认了明月为主？现在倒好，他附在太青之灵身上，不得不天天面对自己的永世仇人，还要做他的精灵，看着他和自己心爱的女人情意绵绵！可是不附在这精灵身上，他就走不出这幻境。若不是也算是能天天见到明月，他当真想和这幻灵逆天阵一同崩塌，消失在这世间。

墨羽见任冰心不甘情不愿地附在太青之灵上的时候，强忍着笑，差点憋出内伤！明月姬的前未婚夫婿，重云的手下败将，最终还是落在了重云手里，为他效劳。要是重云自己的神识知道，只怕是要放烟花庆祝了吧？虽然墨羽不太喜欢这个总是含情脉脉盯着小羽儿的人，但一想到太青之灵认了自己为主，这任冰就在自己的眼皮子底下，也算是安心了！总好过任冰天天陪在小羽儿身边……

108
淘气精灵，萌主人

星栖苑。

“欢迎诸位勇士归来！”

才到城门口，白羽一行人就看到梦仙君带着星栖苑的所有人站在门口迎接。

“灵主大人！”他们才要行礼，被梦仙君拦住。

“诸位无须多礼，此行辛苦，我已命人备好了酒菜候着。随我前去吧！”

“谢灵主大人！”

“劳烦灵主大人了，实在不敢当。”

行过谢礼，众人皆随梦仙君前行。

酒宴之上，所有灵族之人脸上皆是喜色，这些勇士归来，灵族便有了九成把握驱逐怨灵大军。

“此行也算得上凶险，诸位可有受伤？”梦仙君的气色明显好转，今天更是显得神采奕奕。

“灵主大人，知道你放心不下，就让蓝瞳把此行的前前后后和你交代一下吧！”清瞳见梦仙君一脸关切，直接把这个任务交给了蓝瞳。

喝得有些晕乎脸红的蓝瞳，站起来有些不太稳，却是极力控制着，给梦仙君行了一礼，然后笑嘻嘻地说道:“那就由蓝瞳来说一下吧！”

不过半炷香的时间，蓝瞳就将事情说清楚了。

“好了，蓝瞳你还是坐下吧！今日你也是勇士之一，不必如此拘礼。”

“谢灵主大人！蓝瞳有机会成为勇士，还要谢王女殿下，这杯酒敬你！”蓝瞳看起来像个孩子一般。

被蓝瞳谢得没头没脑，白羽拿起酒杯起身，回礼干杯。饮罢，她终是敌不过心中的好奇，问道:“敢问灵使，为何谢我？明月实在有些不解。”

蓝瞳的笑微微有些僵硬，他好像说错话了。

“他自然是应该谢！若不是王女殿下来到我灵族求医，他怎么会有机会去见识一番，还能活着回来做勇士！”梦仙君见蓝瞳差点让明月起疑，赶紧来打圆场，现在绝不能让明月有一丝疑心。

“原来如此，若是这样说，那我们这些外来之客要一起敬在座的各位灵族恩人。”白羽起身，示意其他人起身。

“我们的王女殿下所说极是，若不是灵主大人舍命相助，若不是在座诸位拼死相帮，又怎会如此顺利？灵族之恩，我汐族此生不忘！这杯酒，敬大家！”拂香公主一饮而尽，有恩于明月，就是有恩于汐族，更是有恩于东方家族！

众人见拂香公主一饮而尽，皆举杯同饮。

“对了，既然精灵已经认主，各位可否唤出这精灵一见？”

灵主梦仙君开口，哪有不从之理？五个被精灵认下的主人皆唤出自己的精灵。霎时间，整个大殿之内流光溢彩，精灵所过之处都留下了闪闪辉光……

“果然是绝世的战歌精灵，看起来如此不同凡响。嗯，不错！可是好像点有不对……”梦仙君看着飞舞的精灵，发现太青之灵居然落在了重云身上，而明月身上的居然是太白之灵！

“有何不对？这精灵不是自己认主的吗？”东方睿心中一紧，难不成是出错了？

“诸位不必担忧，我所说的不对，只是和原本设想的不太一样！没有想到这太青之灵居然会找上重云将军！”梦仙君冷静了下来，心中的话现在绝不能说。原本他给了女儿一半的灵力，按理说太青之灵应该找上她的，可为什么还是太白之灵呢？

“呵呵……原来如此！这一点我们当时也是不解，不过这精灵认主，怕是有它自己的道理。”田彩看着正和重云斗气的太青之灵忍不住笑出声。

夜里的星栖苑总是美得让人沉沦，天空中永远有那么多的星星在争相辉耀。

幻灵谷。

接下来日子里，拥有精灵的五人都跟着梦仙君和清瞳圣女到幻灵谷帮精灵快速成长。这精灵若是用得不好，轻则没有任何效果，重则人灵具伤。清瞳为了让这几个人能更加稳定地掌控精灵，不得不严苛起来。

“王女殿下，你使用法术的时间不对！”

“王女殿下，不要忘了你还有一只精灵呢！”

“重云将军，你不要冲这么快！”

“重云将军！你……”

应该说，除了白羽和墨羽，另三个人都能运用得很好。少轻天资聪颖一点就透，田彩是人族最出色的法师，没有什么是她驾驭不了的。至于目前来说实力最差的蓝瞳，他本就是灵族之人，从小就和草木精灵之间接触甚多，一通百通，倒也得心应手。

“好了，大家也辛苦一天了，休息下吧！”清瞳长吁一口气，她从未亲自带过徒弟，原来当师父如此累人。

“对不起，清瞳圣女，是我拖累大家了。”白羽心里特别难过，原来手控键盘玩游戏和实战学习是这么的不一样，她一向自诩手控高超，可是这会儿却充满了挫败感。

“王女殿下，你原本是凡人，从未接触过法术，也不像重云将军懂得控制力道。当然了，今天重云将军也是不得心法，跟着精灵冲的时候也会有差错。所以，王女殿下不必自责，你学起来慢也是很正常的。若不是大战在即，也断不会让你和他们一起训练。是清瞳对你要求高了，并非你拖累大家。”

“月儿，你看圣女都这么说了，你还不相信吗？”墨羽看着被精灵带得灰头土脸的白羽，笑着安慰。

“我的小明月，你是想让田彩师父羞愧吗？若是以你的基底，现在就能达到我的水准，那么我又有何脸面见人？”田彩赶紧附和。田彩亲眼看到王女有多努力在学习，旁人都睡了，她还偷偷跑出来带着精灵练习配合度……

“王女殿下，我们灵族之人从小就接触精灵，虽说不像这战歌精灵一样强大，但也是同类，这是我们灵族之人的天赋。就像你们汐族之人生来就能活在大海中是一样的！若是让我们掉在海里，只怕直接就淹死了！”蓝瞳说道。

大家都点了点头，表示赞同。

“小殿下何须气馁？你可知道你现在实力已在清瞳之上？”一袭月白衣衫的梦仙君从远处走了过来，身形修长，清秀俊逸，怎么看也不像是都不知道活了多久的灵族之主。

白羽惊讶地睁大了那原本就无比动人的双眼，不敢相信梦仙君所说的话，惊叹道:“这怎么可能呢？灵主大人，你别安慰我了！”

“灵主大人从不会为了安慰人而说假话，他将一半的灵力给了你的时候，你的实力就已经在我之上！更不要说你原本就是金橙鱼尾的人鱼公主，还得到了太白之灵！”清瞳浅笑，看着这个因为总是出错而沮丧的小公主，心里喜欢的很。

“可是我觉得还是不能将自己的力量发挥到最大，也无法和太白之灵心意相通。”白羽脸快皱成一团，心里有点急，她第一次在这方面吃瘪。

清瞳轻笑，拍拍白羽的肩膀，说:“先把心静下来，太白之灵属水，可以提高你原本的灵力！你要好好和它培养感情才是，不然如何能情意相通呢？”

“培养感情？”

“是的，万物皆有情，更何况这战歌精灵本就喜欢与主人在一起。”

白羽尝试着同挥舞着雪白冰透双翼的太白之灵培养感情，可是她实在不知道怎样才能让这只小可爱明白自己的意思。正在发愁，没想到那只小家伙好像知道她在想什么一样，在她面前飞来飞去。白羽伸出手想要触摸一下，太白之灵却飞高了一些，绕她飞了一圈，调皮地落在了她的珠贝发钗上。白羽不敢动，脸上的笑略有尴尬，手也未敢收回。

“月儿，你看，太白在和你玩呢！不过这小家伙可真调皮！”墨羽指着白羽头上的太白之灵，笑着说道。

依旧不敢动的白羽傻傻地往上看，想看这只小家伙到底什么时候下来。自我放飞的太白之灵见白羽不动，自己又飞了下来，落在了这个美得超过仙子的主人的手上，一跳一跳，跳到了白羽的肩头，歪着脑袋看着她，见她正一脸呆萌地看着自己，都快成了斗鸡眼！于是“吧唧”一口亲了上去，而后开心地飞走，在空中快乐地转圈飞。

109
墨羽太白争宠

数日后，精灵五人组终于都可以和自己的战歌精灵默契战斗，除了墨羽的太青之灵有时候会闹别扭之外……

“若是说同性相斥，可是为何田彩师父和少轻都没事呢？就连一点法术也不懂的王女殿下都可以和自己的精灵相处得如胶似漆，只有重云将军还是……”蓝瞳很诚实地说着自己所见。

“注意你的措辞！月儿只能和我如胶似漆，至于那个还分不清男女的小蛾子，得往后排。”

原本想揶揄一下这个将军的蓝瞳，话未说完就被怼了回去。

太白之灵听懂了墨羽的话，直接飞冲过去，对着他的鼻子狠狠地踹了一脚！然后满意地飞回自己主人的肩上，一脸撒娇地靠在白羽的脸边。

“哎哟！”墨羽捂着自己的鼻子，痛得直喊。

“哈哈……”

“重云将军！”

“想不到还真是一物降一物，这精灵的脾气果然都和主人差不多呢！是吧？小明月。”

看着这个淘气的太白之灵这么对墨羽，白羽居然没有责怪它的意思，反而很宠溺地摸摸它的小脸。

墨羽看到众人笑得前仰后合，再看他的小羽儿居然还护着那只小妖精，气就不打一处来！他气呼呼地走到白羽身边，恶狠狠地盯着那只对他自己做鬼脸的小妖精，恨不得掐死它。

“不可以！太白只是个小孩子，你不能欺负小孩子！”看到墨羽气急败坏的样子，白羽并不害怕，反而更加护短。

“小孩子？我看是只小妖精，自从有了它，你的眼里都没有我了！”墨羽盯着心上人那让人着迷的小脸，嘴上不饶人，眼里已尽是幽怨和委屈，何时起他竟沦落到和一只精灵争宠了？

“就是小孩子嘛！清瞳圣女说，从水晶魂石中出来的那一刻，就是这些精灵的出生之日。才出生不到一月，难道不是孩子吗？”

墨羽见自己的小羽儿不知何时竟是和她的精灵一个阵营，心里直骂太白之灵：“你个小妖精，你给我等着，早晚收拾了你，把你丢到野外！”

可是太白之灵居然可以听懂墨羽的心语，故作委屈恐惧，使劲抱着主人纤细的脖子，眼神里尽是不屑的傲娇，像是在说：“哼！臭男人，你也就能欺负我小，我修炼成人形的时候，一定报仇！主人就是我的，这辈子都是！”

就在这一人一精灵对峙的时候，太青之灵也出来凑热闹，直接飞到太白身边，不知道和太白说了什么，惹得太白开心得眉开眼笑。

“月儿，你怎么可以这么对我？你都多久没有好好和我说话了，倒是天天陪着这只小妖精！”墨羽也开始了他最擅长的撒娇耍赖。他在心里冲太白精灵嘀咕：“哼！要比这个，我可是你的祖爷爷！”

太白之灵水汪汪的眼睛里燃起怒火，心里暗骂："你才是小妖精！你全家都是小妖精！气死了！以后我一定要变成男子，一个英俊的男子，然后抢走主人！"

"这是小精灵，不是小妖精，你再这么叫太白，当心毁容！倒是你，应该好好和太青加深一下感情！"白羽贼笑着说道。她心里知道，墨羽和太青之灵想好好相处谈何容易？对太青的主宰任冰来说，重云可是有着血海深仇外加夺妻之恨的人！倒是委屈墨羽要背黑锅了，还好这精灵认了主人后只能为主人而死，绝对不可以伤害主人，否则就会消失……

"月儿……你！连你也欺负我不成？哎，我还是去休息吧！"说罢，墨羽起身离开，心中无比凄凉，暗叹自己竟是争不过一只小妖精！

看着墨羽远去的背影，白羽心生不忍，想了想，还是跟上去看看吧！

小溪边，溪水潺潺，水清得可以看见在跳舞的水草、在嬉戏的鱼儿，还有藏在石缝中的小螃蟹。墨羽坐在溪水边的石头上，手拿一根芦苇，百无聊赖地甩来甩去。

看着这样寂寥的背影，白羽有些自责，走上前去，轻轻用手指推了推墨羽的后背，说道："对、对不起……"

听到小羽在身边小声说着对不起，墨羽心中酸涩不止，起来转身抱住了这个自己用心来爱的人！他不想放手，尤其是感受到小羽对他的感情发生变化后，他更不想放手！

太白之灵见状，气得要命！用尽力气朝着墨羽的小腿踢了上去！

墨羽瞬间重心不稳，抱着白羽向身后的草丛中倒去，两人意外地结结实实地亲上了！

白羽心知是太白之灵在捣乱，赶忙收回精灵，让它闭门思过。她想要抽身，却发现自己根本动弹不得，原来，墨羽的手不曾放开。她瞬间脸红到了耳根，暗想，这感觉为何不像是在游戏之中，好像有点太真切了……

看着怀中又红透脸的人儿，墨羽再也控制住自己如洪水猛兽般的感情，吻上了那柔软而香甜的双唇。

这一切太过真实，墨羽的气息好像就在白羽身边一般，那种极力控制也挡不住的燥热气息就在她的耳畔。炽热的吻让她有些窒息，却根本无法挣脱，或者说她也并不想挣脱……

没有感觉到太多反抗的墨羽如同吃了定心丸，吻得更加深入，恨不得这辈子都不要分开！

太白之灵气不过，主人怎么可以这样对自己呢！明明之前还对自己宠爱有加，怎么就突然失宠被关禁闭了？再看看那两个人，赶紧用两只小小的手尽力捂住大大的眼睛，自言自语："羞死人了，不能看不能看，好羞羞啊！"

任冰呢，附在太青之灵上本来就火气很大。若不是战歌精灵不能伤害主人，他真想杀了这个重云，为自己的族人报仇！而现在还要眼睁睁地看着重云和自己最心爱的女人缠绵，却什么都做不了，别提多气了，简直是痛不欲生！

WM总部。

"老大，这真的和我没关系，我都是按你说的做的！我真的没想到！"看着一脸暴怒的易非，李岚风恨不得马上逃离这个火山口。

“所以呢？你想说什么？这都是我咎由自取吗？”吴易非猩红的眼睛里充满了暴戾，若不是他平时的自律能力极强，他真的不保证会不会打死李岚风！他是同意了解除墨羽和小羽之间的安全距离，可没想到居然让墨羽，不，应该说是让洛青司得了那么大便宜。他气得将投屏布幕一把扯了下来，扔在地上狠狠地踩了好久！吴易非没有直接去医院，但是以他的能力找人在小羽的病房内安一个隐形监控还是没问题的。为了防止将来小羽醒来会生气，他只命人监控了靠窗的床边。可他刚刚看到，洛青司居然真的在吻小羽！这让他忍无可忍！他要用尽一切手段将这个家伙请出医院！就算是将小羽偷偷转移到别的私家医院，他也要将这两个人彻底分开！

“老大！我知道你这会儿一定冷静不下来，但是你能不能再听我说一句，就一句！”李岚风是吴易非这么多年的同学和同事，几乎可以一眼看穿易非要做什么，但是他绝对要加以阻止！一切都只是时间问题，他们原本可以稳稳地打个胜仗，绝不可以让老大因为一时冲动，毁掉全盘！

“说！”

“你若是现在强行将两人分开，只怕会引起游戏局内的变化，白羽现实中的大脑一定会受到影响！”

这句话狠狠地切中吴易非的要害，他不能，不能为了一时的痛快伤害小羽的健康！他可以无视公司这个项目的利润，可以无视公司的名声，但是他真的做不到无视小羽的安全！

他像个泄了气的气球一般，无力地坐到沙发上，双手捂着头，幽幽一声叹息，看起来是那样的憔悴、颓废……

110
神助攻大部队

WM 数据室。

“好了，大家都到齐了！在这里的都是我极风信得过的朋友，也是白羽信得过的朋友。我们在一起经历了那么多事，这份感情、信任和默契绝对是无可代替的！现在白羽、墨羽在幻境中遇到很大的困难，需要大家的协助才能安全地出来。不知道，大家愿不愿意牺牲一下自己的时间，帮助他们出来？”李岚风上到游戏的单独聊天室里，多人语音叫来了易非、妞妞、灵舞、枫舞和晴天若蓝。

“小羽是我一手带的，帮她无可厚非。”易非语气清冷，却是坚定无比。

“开玩笑呢你？小羽的事能少得了我吗？说吧，这次要干掉谁？是谁害得我那么久没有看到小羽了！”自从那个什么破闯关什么鬼出现后，妞妞就再也没有好好和小羽说过话了，上次好不容易跟着易非去了一回幻境，还好死不死地变成了狐狸，最后还惨死在小羽怀里……

“小羽的事，我和枫舞都没有问题！若蓝你呢？”灵舞直接替枫舞打保票，因为她知道，不管她做什么，枫舞都会和她一起。这些日子以来，若不是他，她也不会这么快就让幻灵宫恢复元气。

“老大，你太偏心了，为什么不替我也打下保票？难不成你认为我晴天若天这么小气？”若蓝故意反问灵舞，心想，就算小羽是自己的情敌，也不妨碍小羽是她的朋友。

“倒是真的不需要问我，因为我都听小舞的！”灵舞的话虽是有些霸道，可对枫舞来说，那就是暖心的一剂良药。

“那我在这里替小羽谢过大家了，这一去一定要小心，这不像我们平时的副本，没有重来，一步都不能错，若是死了，便不能再进入幻境里了……”极风心头一热，忙叮嘱大家。

“小羽的事情，何时需要你来谢过了，倒是你，找到那个慕容羽了没有？若是漏算了这个人，只怕我们一直都会很危险！”极风的话还未说完，就被易非怼了回去。

“老大，我觉得慕容羽那里，你还是直接找人盯着好些，直到现在我们都这么顺利，那个人应该不会对小羽做出什么不利的事来，依我看那个人好像也挺喜欢小羽……”

“你确定你说的话不要收回去吗？”灵舞实在是看不下去了，忍不住问了一下极风。

“我……那个……老大，是这样的，我觉得这时间挺赶的，我们还是快点分配下他们的角色吧！还有很多事情要叮嘱一下大家呢！”极风识趣地转移了话题。

坐在自己办公室中的易非，杀气终是减少了一半，说道：“那你就快给大家分配角色，说说注意事项吧！我还有事，你们好了叫我就好！”说完，看着窗外的夜色，吴易非陷入了沉思。

背叛公司的那个人，对公司未来五年内开发的所有内容都知道。若是被那个人发现他带了这么多助手进去，那个人未必不会放出最后一个族类，到时候就真的是乱成一团，那么小羽出来的日子更加遥遥无期！他早就应该想到这样专注的一个人，不是最强的助手，就会是背叛公司的疯子！若是收买那个人的背后金主，只想要钱，倒是一切都好解决。可从那个人将白羽、墨羽、慕容羽关进这个关卡来看，这件事情绝对不会只是钱那么简单！可以用钱解决的事情，都不叫事情，因为他最不缺的就是钱。可若是那个人就是想要进行病态的挑战怎么办？他可以陪这个疯子玩，可是小羽不能！小羽在医院里昏迷了那么久，若是再不醒过来，只怕肌肉都会开始萎缩，整个身体机能都会下降！这样下去，小羽的生命一定会有危险。不行，他不能再等了，他要马上着手解决这件事，哪怕必须要面对贾沁汐！哪怕哄这个自己最讨厌的人，做自己最不想做的事，他都不敢再耽搁一秒钟。而且，他必须要搞明白慕容羽是什么情况，这次的营救，不允许有任何意外发生。

另一边的电话会议则是开得热闹非凡。

“极风，都有什么可以用的角色啊！”灵舞首先切入正题。

“我找的角色其实大多数都不是寻常的角色，因为我们不能被对方发现！这一点上，希望你们可以理解一下，多多包容。”极风叹了口气，只有用这些看起来微不足道的小角色，才能更好地隐瞒大家的身份。

“不管什么角色啦！哪怕是阿猫阿狗，只要可以进到这个关卡之内就好，把你觉得适合我的给我就好！”妞妞向来都是简单粗暴，在帮助小羽这件事上，她从来都是冲在前头的。

“妞妞说的有道理，一切就听你安排吧！还是安全第一！”晴天若蓝特别欣赏像妞妞这样的女孩，为了朋友不在乎太多小节。

“既是这样，那么我和枫舞也听你安排吧！听起来像是潜伏者，倒是很有意思！”灵舞原本以为只是很简单的脚本入侵，却没有想到还要隐藏身份，这样的玩法她还是第一次遇到。

“好吧！那我就说简单说一下大家的角色！灵舞，你的性格很贴合少轻，只要少说话，就没有什么事。切记，要万事都要以她的师父田彩为先，不然就很容易露出破绽。枫舞，你和灵舞一直都很默契，那么你就做灵舞的精灵，这样你们两个搭档更能发挥超常水准。晴天，蓝瞳的太金之灵灵力非常强大，还是你去控制吧！妞妞，你就用重云的太青之灵，重云就是墨羽在控制，可是太青之灵却被和重云有着血海之仇还有夺妻之恨的任冰控制了！妞妞，你任务艰巨，一定要把那个任冰搞得出现不了才好！好了，就这些吧！”

“只有我是个人物角色，这有些说不过去……”灵舞听到其他人都是精灵，只有自己是人物角色，实在有些过意不去。

“没什么说不说得过去的，你们几个人里，只有你能沉得住气。这次的事，特别需要一个可以稳得住的人。在这里，我还是要再感谢大家一下，今天晚上我们就进入角色吧！”

在这个临时的小会议中，每个人都想尽自己最大的能力来帮助自己曾经的战友！虽然玩游戏看似不务正业，但人与人之间这样毫无防备地在一起玩、互相帮助的感觉，到哪里去找？

点云阁，空中餐厅。

“易非，好久不见！你怎么会忙里抽闲约我到这里吃饭？”贾沐天饶有兴致地看着对面这个举动反常的人，心里有一丝丝的没底，心想，一定不会有好事！

“你不想来吗？”吴易非反问道，虽然他确实不想和他吃饭。

“那好吧！这里的位子可不好订，都要提前一个月预约，你这是推了哪位佳人的邀约？我心里可真是有些过意不去！”

“我哪里有你的艳福？原本是订了重要的客人，可惜对方身体不适不能前来了。”

“哦？重要的……客人？看来倒是我运气好！”

点云阁的菜都是一人份起点，各吃各的，菜量也不大。没用多长时间，这餐就用完了。餐具全部撤完后，上来茶水和糕点。

“我吃好了，说吧！你今天找我来究竟什么事情？”贾沐天一直都知道对面这家伙肯定有问题，所以吃东西也有些急躁。

吴易非没有说话，拿出全息全景球，点开了一个视频。

只见贾沐天的脸上由一开始看热闹似的兴致勃勃变得冷静，又变得冰冷，最后他直接愤怒地拍桌而起！

那视频就是贾沁汐去切断服务器线路的那段。

“你是什么意思！”

“我没什么意思，相信你刚才也看出来这里头的人是谁了吧？你说我若是将这视频放出去，会怎样？”

“易非你！沁汐好歹也是和我们一起长大的，你就忍心这么害她？”

“害她？没有人能害得了她，她不去害人就不错了，不是吗？慕容羽！”

贾沐天脸色惊变，难以置信地看着对方，看来他无法再帮沁汐隐瞒了。

“怎么不说话了？你的好妹妹许诺了你什么？可以让你这样和她一起无底限地害一个女孩子？”

“我没有害白羽！也许我一开始是动机不纯，可我只不过是想诱惑她爱上我，远离你而已！”

暴怒的易非起身一把抓住贾沐天的衣领，用恨不得一刀杀了对方的眼神看着这个妄图欺骗小羽感情的男人，冰冷地说：“你不配！”

正在这时，易非的视讯响起，是李岚风打来的。

“你若是真心疼你妹妹，那就帮她回头，否则大家一起下地狱！我知道，你还在关卡里……”说完，吴易非接起视讯，走出了点云阁。

看着易非离去的背影，贾沐天长叹了一口气，自言自语：“小汐，你可把哥哥害惨了！若不是为了帮你，我又怎么会真的爱上一个人，一个不应该去爱的人！小羽，希望你在听到易非说我害你的时候，会选择相信我！”

贾沐天不服，他心里一百个不服气！他没有欺骗白羽的感情，因为白羽都不愿意多看他一眼，她眼中心里全是易非。可是他不服易非说的，他哪里不配？若是他以后只爱白羽一人，只对白羽一人好，那么，他也配！他不怕易非的威胁，那个视频还是可以摆平的，只是会对妹妹的名声有影响。可是他从没想过要害白羽，其实那天他想要救她，一切却都来不及了……

111
易非设计新战术

经过一段日子的训练，精灵五人组已经和自己的精灵配合得非常默契。尤其是之前跟墨羽非常不和谐的太青之灵，就好像是换了个魂一样，天天黏着主人特别殷勤！搞得墨羽开始怀疑太青的动机，甚至觉得太青的主魂任冰有断袖之嫌。

而怨灵大军依旧只是骚扰边界，却没有进一步的进攻，这让梦仙君有些不解。就连圣女清瞳都无法通过灵瞳预测到将要发生的事情，这些着实让大家陷入了僵局。

而东方睿原本想着小明月的先天不足治好之后，欠下灵族一个恩情，将来灵族有求于汐族之时，必当双倍还这个恩情。可没想到这灵主梦仙君竟然舍了一半的灵力给了小明月！之前他还怀疑这是不是与紫陌有关，但是一想到灵族边界驻守的怨灵大军，觉得也没有什么不妥，毕竟，如果一定要殊死一搏，那么集二人之力于一身可以更强大！而只要有一个人可以在灵力或是魂力上压制对方，那么这场战斗就可以先杀一儆百，将敌人的信心全部瓦解！他只是觉得，从此之后，汐族欠梦仙君的情，怕是还不完了。

东方睿一行人见怨灵这些日子一直骚扰而不进攻，都想先回汐族解开禁咒之海的禁咒。但是又担心这是敌人调虎离山的阴谋。若是真的那样，灵主梦仙君的灵力失去了一半，仅凭圣女一人实在难以抵挡边界之外的怨灵大军。

“灵主大人，你怎可将自己的一半的灵力给外族人？若是外敌来犯，你又将怎样？你可是我们的一族之主啊！”大长老知道梦仙君将一半灵力给了明月姬之后，实在不能接受这个事实。

“无妨！现在明月王女已经达到金橙鱼尾的魂力，还拥有我一半的灵力。以王女的天资，只怕不出一月就可以突破上仙境，只是……”梦仙君若无其事地说着。

“只是入魔的话力量会更加强大，怕只怕魔易入，她救得了当下，却有可能成为比外头的怨灵更可怕的怪物……”清瞳见灵主大人说话略有心痛之感，索性为他说完了。

“上仙境？这个小……公主竟快达到上仙境了？还是金橙鱼尾！老头子我竟是没有看出来，她竟是人鱼皇族的公主，魂力还达到了金橙鱼尾！这人鱼皇族本就不同于一般的修炼者，无论是学习的速度，还是修炼的速度都高于一般修炼者，更不要说这金橙鱼尾的人鱼……”大长老被所听到的一切震惊了！就连灵族的典籍中也只是一笔带过地写了金橙鱼尾的人鱼，他活了这么久都不曾听人提起过，今日竟是亲眼看到了。

“师父！我们要说的不是这个……”清瞳在大长老身边小声地提醒着师父，暗暗叹气，人老了总是惜才，一听到这个就停不下来。

大长老点点头，略有些不自然地笑笑，便不再说话。

“灵主大人想说的莫不是神书——《仙魔无界》？”少轻见大家都不说话，忍不住问道。

“少轻姑娘说的是，想不到姑娘年纪轻轻竟知道这本神书。”清瞳实在惊讶，这本书居然还有人知道，要知道，这是一本禁书，习书者若没有足够的定力，便极易疯魔癫狂。当然，若是能坚持下来习得其中奥秘，那么这天下将不再有对手。

“这都归功于我师父田彩，若不是她放弃那个机会，我也不会入仙魔二界去见识一二。这些也都是在那个时候听来的，只是这书是传闻，究竟在哪里？”少轻摇摇头，当初她听到这本书的时候，也曾动过找这本书的念头。只是当时她的能力不足以去寻找这本书，就算是寻了来，没有破大乘境也无法使用。

“这《仙魔无界》,可当真有其事？”墨羽总觉得这书有些遥远。

“确实有这本书，只不过早在千年之前就不知所踪了，后来仙魔两界也好，地上各族也罢，都不停地在追寻这本书的下落，据我所知，当年魔尊易天军和天仙月夕舞本是一对有情人，感情之深世人动容。只可惜信仰不同，进入不同的阵营，后来只能是对着仙魔之井咫尺天涯……不过，二人的相思之情从未停下，都非常后悔自己的选择，觉得仙又如何？魔又如何？与他们何干？最后,二人竟都放下了自己曾经觉得不能放下的信仰和先天之力！从那之后两人一起修炼，生死相随。后来，二人将所经历的一切写了下来，并注入了二人的部分力量，封存起来。为的就是后世因仙魔之分不能在一起的有情之人，在情坚不移的情况下，寻得此书可以得到解救。”蓝瞳把自己在古籍之中读过的，一一说了出来，这是他最擅长的。

白羽心中暗笑，这蓝瞳简直就是一本百科全书，几乎没有他不知道的事情！带着这样一本行走的百科全书，她再也不用担心自己不知道身处什么情况了。

“少轻有话，不知道当讲不当讲！”少轻见大家又开启了神聊模式，不得不打断一下。

“少轻姑娘有话直说无妨！反正现在大家也是在讨论阶段，都说下自己的想法，对全局来说是件好事！”梦仙君倒是痛快得很，跟着这些孩子，他自己好像也年轻了不少！虽然他神韵上有些年纪，外表看起来却并没有老去。

“少轻觉得，关于《仙魔无界》的下落，现在根本没有真实可靠的消息，所以不必急。现在的重点是边界的敌人到底有多少我们是不知道的。在灵族边界靠近禁咒之海的方向，在我们来时也发现了有不少的敌人，据王女殿下说，其实在北部的人族、妖族，还有靠近这里的羽族的边界，都有不少怨灵大军。而且，现在的情况是，连清瞳圣女启用灵瞳都测不到未来！我觉得这件事没有这么简单。不若……”

大家一向觉得少轻稳重睿智，却没想到她分析起事情来头头是道，而且愿意一次性说这么多话，实在也是不容易。若不是她自己有些谨慎地停了下来，大家真想听她继续说下去。

东方睿为了安全起见，拿出幻音螺放在大殿一处不起眼的地方。这样，外头的人听到的都是些毫无规律的声音，也算是给外面的人一种干扰。

梦仙君见少轻有所顾虑，更是直接施了个法阵，这样法阵之外的人绝对听不到里面在说什么。

见众人皆想要听下去，少轻微微一怔，继续说道：“不若我们分成几个小组，分不同的时间去不同的地方，和各族之人结成同盟，哪怕是暂时！以灵族一族之力不如集天下之力，这一战必须打得怨灵大军心生畏惧。这样我们既不会引起敌人的注意，也不至于在敌人大举进攻时我们没有人！不知道诸位意下如何？”

“少轻姑娘竟想得如此周到，如此有远见，我们该多多请教才是！”大长老捋着自己花白的胡须，诚心说道。

“集天下之力来对抗怨灵大军，想必可以一呼百应吧。毕竟，听少轻姑娘所言，这怨灵大军已然入侵了各族。”梦仙君由衷赞叹少轻的想法。

“整合资源？想不到少轻姑娘竟也知道！”墨羽看少轻的眼神有些不可捉摸。

“少轻听不太懂大将军的意思，不过是想到便说了出来。”少轻依旧是冷淡的样子，看不出有任何情绪。

“少轻姑娘，那依你之见，这组怎么分才好？各族之间哪个先去？”清瞳也觉得少轻的法子是目前最好的，不然各族只能被怨灵大军逐个毁灭……

“少轻不才，并不是太了解各位和各族之间的联系，在这一点之上，还是要大家一起商讨才好。”少轻平时并不爱与人交际，这样的事对她来说实在是难。

“这倒也是，与其任命，不如大家自己选择吧！自己和哪个族能够快速建立起信任，就去哪个族，这样会事半功倍。”白羽见墨羽话里有话，决定先帮少轻解了这一围再说。无论如何，少轻都是可信之人。

“我们汐族皆被困在禁咒之海，灵族也是一心想要消灭怨灵大军。那就只剩下人族、妖族、羽族要去游说。”东方睿见小明月发话，顺着说道。

“我和少轻来自人族，人族就由我和少轻去吧！”

“黄昏国原本就在人妖两族之间，对妖族也算不太陌生。其实妖族也并非全是凶残之人，只是人族皆觉得他们不是族类，其心必异罢了。”墨羽用重云的口气说话，还好他有资料可查，编编也能像个样子的。

“那我也同你前去吧！”白羽可不想在这里等着,闷都会闷死！虽说跟着墨羽她也有些害怕，可是至少墨羽是真正意义上的人类啊！而且，再怎么说她也并不是真的明月姬，她可不想在那些人面前露馅。

“王女殿下，你绝不能去，你若是去了，灵族若有什么事情，那真的无人能抗！毕竟现在灵主大人只有一半的灵力可用了！”见王女殿下也要走，蓝瞳直接急了！

“这样的话，我陪重云大将军去妖族走一趟吧！当年为了寻找紫陌公主，妖族我也算是很熟悉了。”东方睿更是舍不得小明月跑去妖族那个蛮荒之地，心想，她可是汐族最后的希望，万一有事怎么办？

“如此甚好！只是现下羽族还无人去……”梦仙君眉头微皱。

“羽族交给我吧！我曾在羽族偷师多年，金系的法术还是在那时习得。”平日少言少语的沁心圣女竟自请去羽族，着实让大家有些意外。

“心儿，我陪你一同去吧！至少有个照应。”东方拂香有些不太放心，沁心虽也是高手，可一人独去羽族总归有些危险。

“第一个问题解决了，第二个问题，先去哪个族？”蓝瞳有些郁闷自己从未出过灵族，不然这次他也能帮上忙。

“先去最远的妖族吧！其次是人族，最后是羽族。这些地方我都去过，以路程来算，第一个去妖族，时间上最为合适。”东方睿抢先回答了这个问题，在阵法之内的人，没人比他更了解这些事情了。

“师尊，还是你知道得更多，我和重云虽然也转了这么多地方，可是妖族和羽族却从未去过。”白羽真的有点羡慕东方睿可以去这么多的地方。

“我也同意你的想法，我和少轻也算是见多识广了，却没有真正走遍各族。”田彩也是真心赞赏东方睿的阅历，心想，有时间，她也要带着少轻到处走一走。

“那么这阵内的灵族人就更要同意了，我们此生都未曾出过灵族，就更不要说走遍其他各族了。”梦仙君更是艳羡东方睿。

“既然大家都同意了，那么大家回去都好好休息一下，准备好一路之上的补给。明日拂晓就出发吧！”梦仙君没想到这么大的事这么快就商议完毕。

“无须拂晓！用我的法阵，何时都可以出发！”东方睿自信一笑，俊美无比。

东方睿收起了自己的幻音螺，梦仙君终止了法阵。

众人相视一笑，原来志向相同之人在一起竟是如此痛快、默契！

112
古怪的老板娘

弱水之源。

“师尊，有你的法阵当真是去哪里都不远！哇……这里真的太美了！可为什么我们不直接去妖族的万化城呢？”白羽看着眼前的美景，若丹霞地貌一般的断崖下竟藏着这么水草丰美的地方，若不是亲眼所见，真的想不到这里的景色不输灵族。

“傻孩子，我们都是外族人，若是我们贸然前去谈联手对抗怨灵之事，只怕未必会有什么结果。若是谈不好，我们能不能安全地走出这里都不好说。虽说你现在的灵力和魂力都是上上乘，但是以一人之力对抗一族之人也未必能占上风。最重要的是，我们此番前来是联手一个盟友，而非多出一族的敌人，不是吗？”东方睿看着依旧天真烂漫的小明月，无奈地摇了摇头，她方才没听大家的话，直接跑进他的法阵跟了过来，真拿她没办法。真不知道她还能这样快乐多久，大敌当前，汐族还未能出那禁咒之海。若是可以，他真想保护小明月一辈子都像孩子一样快乐……

白羽听到东方睿的回答，略不自在地笑笑，暗自叮嘱自己：“淡定，淡定，不能这么兴奋，大家来这里可是谈事情的，不是来玩的，都怪我一看到美景又忘形了。”

“还是师尊想得周到，先在这周边打探一下消息也是好的，这里人少不易排外。不如我们找个地方坐下来歇歇脚，也好打听打听妖族现在是什么情况。”墨羽无限宠溺地看着白羽，用手拍了拍她瘦弱的肩。

“那好吧！你们看那边的路口是不是个食肆？”白羽指向东北方路口处。

东方睿点头示意，大步流星，没几步便将两个小辈落在了后头。

“师尊走得也太快了吧？哼！腿长了不起啊？不等我算了，反正到最后你还是要等我！”白羽噘着小嘴，愤愤地小声说道。

“小羽儿,怕什么？他不等你,我等就好了不是吗？”墨羽说道。

“谁稀罕你等？我……我要快点跑过去！”说罢，白羽就想开溜。

墨羽见状，心想:“开溜？想躲着我？羽儿你太天真了！”直接上前，一把抱起了白羽。

“呀……放我下去！你！快点放手，不然我就不客气了！”

“放你下去？小羽儿，你最近为何总是躲着我？”墨羽说话的气息越来越靠近白羽，吓得白羽不敢再说话也不敢再动。

自从那天墨羽吻过她之后，虽然只是在游戏里头，可那感觉太真实，白羽还是不能面对这件事。若说第一回不是他的错，那第二回就是他故意的！她实在不知道怎么面对墨羽，也不知道能不能不想易非，她总觉得自己是不是太花心了，不然怎么可以喜欢一个人，却和另外一个人这样……

见白羽不再乱动，也不再大声吼他，墨羽满意地笑了笑，温柔地说："乖，就让我这么抱着你过去好不好？"

白羽的头摇得像拨浪鼓一样，心想，绝不！师尊还在前面呢！他怎么可以这样抱着她走？像什么样子？撒狗粮也要有个度，不不不，是胡闹也要有个底线！

"不让我抱着也可以，那就让我……"

眼看墨羽的脸马上就贴到自己脸上，白羽心一横，喊道："师尊，等等我！"

墨羽被她这么一吼吓了一跳，手不自觉地松了些许，直接让白羽成功地逃掉了。呆在原地的墨羽心想，都怪自己失算了，下次她再喊亲妈都没用！

天色尚早，来食肆的人并不太多，倒也落得清静，方便他们听别人聊天。

"几位要用些什么？食牌上的吃食现在都有，还有我们弱水独有的天水酒！"

说话的是个戴着面具的妇人。之所以称她为妇人，倒不是说她长得像是嫁了人，而是除了她的右眼之外，什么都看不到，只能根据她的发髻衣饰判断一二。

"两个冷菜，两个热菜，两壶酒，你看着搭配吧！"东方睿见那人离开，一直盯着她的背影看。

用婀娜多姿来形容她的背影一点也不为过，那有些发黄却很亮的头发、露在外头的纤细的手，还有那露在外边的一只眼睛，已足够让人觉得，这个女人绝对是一个佳人。

而白羽和墨羽第一次见东方师尊看见女人这样失神，失态，有些不可思议地看着对方，都以为自己看花了眼。两个人都不说话，用眼神来回交流着。

“羽儿，那个女人好像没有什么特别的吧？”

“嗯！好像是，不过，若说特别，她脸上的面具挺特别的。”

“难不成，师尊好这口？”

“瞎扯，怎么可能？”

“那他为什么到现在都还没回过神来？你看看嘛！”

“难道，那女子是东方师尊的恋人？”

“呵！你别逗了好吗？他的恋人不是明月姬的娘亲嘛！”

“好像也对啊！可是她不是过世了吗？”

“所以说，这里头有古怪……”

两个人步调一致地点了点头。

“你们两个不要在我这个老人家面前眉目传情可好？考虑一下独身老人家的感受也是一种美德！”东方睿不悦地看着那两个小东西，气不打一处来！

“可是这里没有老人家，师尊你是不是眼花了？”白羽一脸无辜地问道。

“你……你这丫头越来越没大没小了！”东方睿叹道。

“我倒是觉得月儿说得没错，这里确实没有老人家，这里有的只是我们俊美挺拔的师尊！”墨羽绝对不会放过这个可以调侃师尊的机会，谁让他平时总是一本正经的。

正在这时，刚才那个面具女子端着酒菜过来了。

“几位，这是你们要的酒菜，慢用！”说完，她便转身又离开，话语里没有任的情绪，听不出是欢迎还是不欢迎。

“慢！”东方睿忍不住叫住了那名女子。

“不知这位客人还有需要什么？”

“我们人也不多，初来这里，不知店家可否坐下来和我们聊聊这弱水。”

“既是想要了解这弱水，那也没什么不可的，只是若有人再进店里来，那思心还是要离开一下的。”

“无妨，忙完再过来便是。你刚才说，你叫思心？”

思心点点头，倒上了四杯天水酒，举起自己的那杯说：“尝一口这天水酒吧！”

“师尊，明月可否也喝上一杯，店主已经倒上了！”白羽听到有酒喝，来了神。

“酒？小明月，我劝你还是不要想了，你不喝酒的时候都这么疯！喝了酒还了得？”东方睿拿起一杯酒，对着思心一敬，一口喝下。接着，他感叹道：“好酒！这源头之水天上来，味道当真不同于普通酒。”

白羽皱起眉头，心想，自己何时发疯了？不就是没听他的话跟过来了吗？至于嘛！连酒都不让喝了。

“在这一点之上我同意师尊，你一个女孩子喝什么酒？”墨羽看着脸快皱成一团的白羽，轻轻一笑打趣道。

“这位姑娘长得竟如此好看，今年多大了？”思心主动问道。

“十八了，这位姐姐，你呢？”白羽早就想和这位面具姐姐聊上几句，有此机会，自然一定要好好聊一聊。

思心轻笑，有些无奈地说：“我年长你近二十，你竟然还叫我姐姐。”

“就叫你姐姐吧！我可不想把你给叫老了，思心姐姐明明就很年轻啊！”白羽盯着思心说道，她就想知道这个师尊到底为什么老看思心姐姐。

而一边坐着的墨羽笑而不语，看着白羽在这里八卦。

“姑娘一直看着我，可是想问我面具的事？”思心问她。

“这……这个……也……”心思突然被看破，白羽小脸通红，说话也有些语无伦次。

“没关系的，思心在此开店十余载，早已经习惯别人问了。我是受伤后从上面的断崖上掉落下来的，幸运的是有个好心人救了我。虽说是捡回了一条命，却也容貌尽毁，为了谋生，也为了不吓坏别人，我只好戴上这面具。”思心轻描淡写地说道，好像那一切和她没有什么关系一般。

“对不起！对不起！我……不是存心要揭你伤疤的，思心姐姐你不要难过了。”白羽一脸慌张。

“呵……姑娘不必如此自责，这事都过去那么多年了，也没什么了，我现在已经习惯了。再说，我一个女子开门做买卖，倒是现在这个样子更自在些，来我这里的人都只是为了吃喝。这样子倒也是很安逸了。”思心见白羽如此自责，赶紧安慰道。

“你看你！还没喝酒，就醉了？早知道就应该把你从阵中扔出去。”东方睿见气氛略有点僵，赶紧缓和一下。

“无妨的，思心已经习惯了，还不知道姑娘叫什么呢！”思心显然对白羽也很感兴趣。

“明月！”白羽终于松了口气，看来这位思心姐姐是真的没有生气。

若不是戴着面具，思心只怕无论如何也藏不住自己脸上的情绪。她在心里惊叹：“明月……竟然真的是你！兜兜转转这么多年还是回到了既定的路上……”

“明……月，嗯，很好听的名字，皎皎天上明月，好名字！难得如此投缘，我亲自为你们做几道糕点吧！”思心没有发觉，她此时不管是声音，还是肢体上的细微动作，都有些失态。她起身离开，走向厨房。

而东方睿眼睛竟有些微润，目送思心离开。

墨羽和白羽两个人相视，都觉得师尊和思心有问题。

“师尊……师尊……”白羽见东方睿迟迟不能缓过神来，小声叫了叫他。

东方睿微怔，发现自己竟是如此失态。可是那个思心虽看不到容貌，但是给他的熟悉感觉是不会错的！

113
备受期待的救星

厨房中，思心极其用心地做着糕点，泪水竟顺着面具流下来，滴在了案板上，而嘴角上却挂着微笑。

她在心里默念：“明月，你竟然还好好地活在这个世间，我就放心了。你知道不知道娘亲有多想你？你知不知道娘亲有多后悔当初没有带着你一起走？若是知道命运改变不了，我不会离开你！明月，娘原本以为自己离你远远的，你就会永远开心快乐地活着。可是娘无论如何也没有想到，这一切还是发生了。可惜此生娘都不想再和你相认，若是可以，只希望可以好好地陪在你身边。”

思心再也无法控制情绪，她的心头肉，她的孩子，此时就在她身边！还有师尊……

她默默说道：“师尊，感谢你还在明月身边，紫陌这一生只怕都无法再摘下这面具来面对你了。过往不可再逆转，原谅紫陌不能再以原来的身份面对你。”

擦干泪水，整理了一下情绪，化名为思心的紫陌端上她亲手为女儿和师尊做的糕点转身走出厨房。

“今日时辰还早，思心与几位很是投缘，亲手做了几道糕点，大家来尝尝看！”思心语气轻快，难掩欣喜。

就算她再冷静，就算她再冷血，她还是掩饰不住见到女儿的欣喜、见到曾经至爱的心痛！若是当年她可以做出一个决断，她就不会饱受这么多年的思女之痛，她对不起明月，她不应该为了自己难以接受既定的事实而逃避……

“看起来很好吃的样子，这都是什么呀！”白羽两眼放光地问道，现实中她怕长胖，在这里她终于不用顾及这么多了。

“月儿，你何时变得这么爱吃了？怎么我之前没有发现？”墨羽想起在现实中他邀请这丫头吃个饭，请了几个月都没见影。他心里嘀咕，难不成她只是不想同自己吃？

“你为何会发现？我吃不吃的你也见不着。”白羽给了墨羽一记白眼，有些不悦地看着他。

“就凭我是你未来的夫君啊！”墨羽回之一笑。

思心不语，面具下的嘴角浮起一抹笑，想不到女儿都有夫君了。看这样子两人感情还不错，对方也是一表人才，对明月很是宠爱的样子。

“从左至右依次是荷花羹、莲子糕、百花酥、果脯夹子。快尝尝看，是否合口。”思心纤细的而白净的手指着那些让人垂涎欲滴的吃食一一介绍。

墨羽拿起一块莲子糕，直接送到白羽的嘴边，说：“啊——张嘴。”墨羽笑眯眯的，好像狐狸一般，连哄带骗的口气听起来甚是好笑。

可惜佳人并未按他的意愿张口来吃，而是直接夺了去，自己拿着吃了起来。

“哎——我本真心向明月，奈何明月不领情啊！”墨羽无奈地摊摊手，却拿她一点办法也没有。

“嗯嗯……好吃，真的好吃，这味道实在不错，而且感觉似曾相识。师尊，你也快尝尝……”白羽吃得很是开心。

东方睿笑看着吃得不亦乐乎的明月，拿起一块百花酥放入口中咬了一下，那百花的香气、那酥脆的口感，竟是似曾相识，这真的只是凑巧吗？

“这百花酥很是好吃，不知道思心姑娘家乡何处？”东方睿忍不住试探着问。

“这……实在对不住，我从那断崖掉下来之后，便记不得之前的事了，实在是不知道自己的家乡是何处，还请见谅。”

“无妨，我也只是随口一问，姑娘莫要责怪就好。”东方睿回之以礼。

“思心姐姐，你做的糕点真好吃，就是不知道我们进了万化城还能不能吃到这么好吃的糕点。”白羽一脸失落，看起来叫人极为心疼。

“你们要去万化城？”思心一惊。

三人点头，不明为何思心变得那样担忧。

“几位若是想游玩,那就在这弱水之源待着就好了。那万化城，现下不太平，几位还是不要前去了。”思心劝解这三人。

“为何不能前去？思心姐姐，那里到底发生了什么事啊？”白羽追根刨底。

“万化城门外，驻守了大量的怨灵大军，他们所过之处皆无活口。这些日子，都死了好多人了，听说城北方的大峡谷都快被死人填平了。你们还是不要去了。”思心眼中充满担心。是啊，这世上她最在意的两个人都在这里，叫她如何不担心？

“怨灵大军？看来事情比我们想象的严重多了，没想到妖族已然各处都遭了毒手……”东方睿心里一沉，暗想，看来想要联合妖族之力就必须要先找到一个盲区，用法阵穿到城中。

“几位是来自外族，且是修炼之人吧！不过，就算几位修为再高也难以抗挡这么多怨灵大军。”思心明知故问，她并不想和明月相认，也更不能和师尊相认。

“思心姑娘倒是看人很准，多谢你的劝解，只是思心姑娘，你可知道这万化城附近可有地方能进去的？”

“有倒是有，只是……这样吧！几位若是不急着赶路，晚上思心可直接带着你们前去。”

“这样甚好，思心姑娘将我们带到那附近指一下方向就可以了，剩下的我们自己前去就可以了，姑娘是普通人，还是离远一些的好。”

三人目光相视，都点头同意。

万化城郊外。

子夜时分，月色朦胧，四个身影在荒草中慢慢前行，沙沙声湮灭在蛮荒山谷的风声之中。

“若是几位不嫌弃思心修为低，可否带我一起前去，毕竟这万化城的地形我比你们熟悉很多。”

“思心姐姐我们怎么会嫌你修为低，若是有你带路，我们肯定会事半功倍。”

“思心姑娘不怕危险吗？我们此行吉凶未卜……”

“若是万化城真的被占领，我又能在这里活多久？那怨灵大军凶残无比，又岂会留活口？这世间只怕都已水深火热，就算是躲，又能躲到哪里去？”思心一声叹息，无奈地看着夜空中的上弦月，云过之时更加朦胧不清，就像是这世间永无休止的战乱一般，不知道是否还能有停下的那一刻。

“想不到思心姑娘竟对这世间太平如此忧心！”

“事不关己自然能高高挂起，可现在的世道，谁人能做到事不关己？”

“师尊，我们就带思心姐姐一起去吧！”

“如此，那便一起走吧，我来施法！”

“那就都站过来靠近师尊吧！月儿，过来靠着我。”

“谁要靠着你？自作多情……”

“别拉我……我要靠着师尊和思心姐姐！”

墨羽哀怨的眼神定在白羽脸上不动，看得白羽慌忙侧过脸，躲避这让人觉得罪孽深重的眼神。

万化城。

“好了，到了这里，倒是比城门外安全多了。我在这城中虽无权无势，倒也还算熟络，我酿的酒这城中爱酒的人基本都喝过。”思心小声说道，带着大家往族长家的方向走着。

“话是这么说，可是现在这时辰，我们去族长家合适吗？”东方睿有些不太确定地问着。

“呵呵……诸位多虑了！如果城外被怨灵大军包围了，身为族长，他又如何能睡得着？”思心浅笑，反问道。

“思心姑娘说得甚是，那我们快些前往吧！”东方睿也不知道自己怎么了，总觉得眼前的思心就是紫陌。她说什么，他都想同意，忍不住怀疑自己出现了幻觉。

族长所居之地竟是在城中最高的黄石岩之上，他们刚到门外，就听到里面的讨论声此起彼伏。

“这城外的怨灵大军不走也不攻，实在是看不出要做什么！难不成想困死我们，不费吹灰之力就将城拿了？”

“族长，依我看，他们手段极为残忍，所过之处皆是骸骨！这样的部队随时都能拿下整个妖族地界，又何须等呢？”

“那依长老的意思，我们到底应该怎么做才好？”

“回族长，我们现在只能等了，若是能将我们妖族的困境告知其他族，可以联合在一起，也许还有一丝生机。”

族长愁容满面，长老一脸无奈。

“那么二位等的人，可是我们？”

门吱呀一声推开，东方睿一行人站在门口。

“你们是……”面对这突然出现的人，族长熊化天十分警觉。

“族长莫要误会，这几位绝非敌人。”思心见气氛紧张，赶紧说道。

“原来竟是思心姑娘，不知道你身边的几位是？”

“族长，这几位还是让他们自己和你说吧！”思心并不想暴露自己的身份。

东方睿行了一礼，说道：“熊族长，我们来自汐族，这位是我们汐族王女明月姬，也是将来汐族之主。此次前来，所求之事同族长一样，都是希望能让自己的族人有一丝希望。”

“汐族？难道就是传说中南方无妄海底的汐族？”熊化天惊讶地看着对面的人。

“正是！”

“哎……原本我以为只有我们妖族被困了，想不到连最南方的汐族都被困了！看来这事并不简单。”长老原本亮起的神色，又暗了下去。

“不止如此，虽说我们汐族拼尽水晶和全族之力打开了禁咒之海，将怨灵大军击退，并隔离在了外头。可汐族也因此和外界隔断，若是再不能解开禁咒之海，只怕即便躲过了怨灵大军的荼毒，也难免会饿死在禁咒之海内。而且，各族都已被围困！”东方睿眉头紧拧，一时间大家都陷入阴郁之中。

“什么？各族皆被围困？那么……岂不是都要被灭族了？”族长听到这个消息踉跄地后退了几步，他没有想到现在事态已经如此严重。

“族长不必如此，若我没有猜错的话，这怨灵大军是想把所有部族逐一围剿。如果他们有足够的兵力，那么大可以马上动手，也不必一直等着。无妄海一战，他们也没有讨到什么便宜，想必现在正调整。”白羽适时安慰道。

“月儿说得没错，我也觉得这怨灵大军若是有这样强大的力量，大可以直接动手。也许他们有什么忌惮的东西，也许他们凶残地杀掉那些人只是想威慑大家！想要达到不多费一卒便可以征服各族的目的！对方的实力或许不像我们想象中那么大。”墨羽接着白羽的话说道。

“你们的意思是？”长老沉暗的双眼终于有了些许光亮。

“我们已和灵族商议好了结盟，若是族长也愿意同我们一起结盟，那么大家一起对抗这些外敌，胜算会更大一些！”白羽见对方终于动了心思，赶紧说道。

“族长，您说了算！”长老觉得也只有这样才能让妖族有一丝希望了。

“横竖都是一死，为了族人，我们也同意结盟！我们妖族向来都不是贪生怕死之辈！更何况现下若不团结起来，横竖都是一死！”熊化天目光坚定，破釜沉舟的气势不输任何其他族的领袖！

“好！既是如此，那我们便先回到灵族，让其他盟友去联络人族和羽族！”东方睿实在没想到这次的妖族之行竟是如此顺利，而这一切多亏了这位像极了紫陌的思心姑娘。

“大恩不言谢，希望我们能在战场上见吧！诸位，为了安全起见，我就不送大家了！”熊化天行了一个大礼，目送四人。

“大家都是互相帮助，谈何大恩？东方睿别过了！”东方睿开启法阵。

月夜漫漫，一行人消失在黄石岩之上的法阵中。

114
不相认的补偿

“族长，这些人可信吗？”

“就算不可信，我们还有选择吗？已经选择了，那就相信他们！再说，我们妖族已经没有什么值得觊觎的了……”

“可是族长，我们妖族不是还有那个神器吗？”

“恩泽啊！那也许只是个传说，且不说我们不知道它在哪里，就算是知道了，也未必能用……”

“不能用？族长，这又是为何？”

“哎……你可记得那神器是被封印了的，遇不到能解开封印之人，神器就根本算不上什么神器，没什么用。”

“族长所言极是啊！哎……”

弱水之源。

“师尊，让思心姐姐陪我们一起走吧！这里不安全，放她一个人在这里实在不放心！”白羽一脸谄媚，看着东方睿。

“此事你不应该问我，还是问下思心姑娘的意思吧！”东方睿暗喜，原本就想找个理由带上这个感觉像极了紫陌的女子，正愁找不着理由。

“那师尊我去厨房问下思心姐姐啦！”说罢，白羽轻快地跑去厨房。

“重云将军，你有没有发现最近的明月好像，好像有一点不太一样了！你可知道是什么原因吗？”看着最近连说话都有些不太一样的小公主，东方睿实在搞不懂，心想，她不是和重云相恋很久了吗？怎么看起来像是才刚刚开始？

“这……也许是因为最近发生了太多事吧！不过她好像很喜欢和她的思心姐姐在一起。”被这样问起，墨羽有些警惕，生怕自己说错了什么话，引得幕后黑手发现什么蛛丝马迹。不过，他心底里倒是得意的，小羽儿最近的样子，确实不太一样！更像是恋爱中的样子。

东方睿看着这个前言不搭后语、脸上神情不断变化最后还傻笑的小子，无语地摇摇头。

而厨房里，白羽看着又在做糕点的思心，忍不住咽了咽口水，说道：“思心姐姐你做的糕点真好吃，样子还好看！就是，就是我们走了就再也吃不到了！”

“所以呢？”思心看着这个说话绕了一圈也没绕到主题上的孩子，嘴角浮起温暖的笑。

“所以，所以……所以思心姐姐可不可以跟我们一起走啊？”

“好啊！反正我也只有这一手厨艺，没有什么钱财，倒是一身轻，去哪里都是一样的，只是你们带着我是否方便呢？”

“方便！方便！只要思心姐姐愿意就好！”白羽见思心答应了，马上点头如捣蒜，心想，师尊屡屡为思心姐姐破例，一定是有什么内幕，她必须要帮助师尊完成他敢想不敢做的事。

“明月姑娘，为何你和你的未婚夫婿还没有成亲？依我看，他对你可是事无巨细，都上心得很。这样的男子实在不多见。”

白羽一听这话，脸上即刻飞上两抹红霞。

思心见她不说话，知道她定是有点害羞了，继续说道：“明月姑娘，此处就你我两人，没有什么不能说的，你呀，不要嫌我多话，只是到了我这把年纪，总是爱唠叨。”

“思心姐姐你不要乱说，什么叫这把年纪，我叫你姐姐，你老的话，那我岂不是也老了？”

“你这丫头，净胡说！我年长你那么多，怎么可能会和你一样呢？倒是你说说看，怎么现在还没有成亲？”

“这……这说来话长了！简单来说，都是因为这战乱的世道吧！等到一切恢复太平，再谈婚事吧！”白羽实在不知道应该怎么回答这个问题，只能说得冠冕堂皇一些。

“这倒也是！现下这世道不太平，到处征战，又有几个人能安定地生活。”思心停下手中的事，将做好的糕点放在火炉之上烘烤。香香的味道阵阵飘出。

“哇——好香！思心姐姐你今天怎么做了这么多啊！”

“傻丫头！我都决定跟你们一起走了，若是不多做一些，只怕一时之间搭不出这样合适的火炉，食材也无法集全，一时做不出这么可口的糕点了。”

“这样啊！思心姐姐你真好，我要是像你这样什么事情都可以想得这样周全，也许就可以帮大家更多了！”白羽一边说，一边想，自己虽然变得越来越强大，却总是依仗他人之力，终究无法以一己之力将这局给破了，快点出这关卡。想到这里她又有些想家，想妞妞、灵舞、若蓝、极风……还有——易非。

思心面具下的脸上笑意满满，心想：“明月，孩子！能天天陪在你身边，是娘唯一能为你做的事了，也是娘此生唯一的奢求了。”

半炷香的时间后，所有糕点终于都做好了。整个店里都弥漫着扑鼻的香气，惹得几人都坐立不安。

“好了！我们出发吧！”思心提着做好的糕点走了出来，看着那三个被馋得眼都快直了的人，不禁又一笑。她将最小的一包放在桌上，轻声说：“吃吧！这一包是专门挑出来给你们现在吃的。”

“思心姐姐你最好了！每次都能想到我的心里！嘿嘿……你这么贴心，好像我妈。”白羽脱口而出。

思心听到，心头一颤，若是她没有戴着面具，只怕脸上僵住的笑容一眼就会被人看穿。

“吃好了的话，我们就走吧！”东方睿用帕子擦擦嘴角，一副吃饱之后的满意之容。

“走吧！”墨羽对白羽眨了眨眼，惹得白羽怒瞪了他一眼。

瞬间，几人消失在了法阵里。

115
窥探她心

思心看到所停之处居然是灵犀城，竟是有些站不稳。她一心只想着能够跟在明月身边照顾她，根本没有想过明月一行人第一站所到之处就是灵族。

“走吧！大家还在等我们，思心姐姐这灵族是不是也很美？若是平日里，一定要带你好好到处走走看，现在时间紧迫……”白羽见思心站在原处一动不动地看着周围，还以为她被景色迷住了。

“走吧！倒是让你这个小丫头见笑了，平生从未见过这等景色，有些失神了。”思心尴尬地笑笑，掩饰自己内心的情绪。

东方睿未说话，却是暗中观察着思心的所有行为，心想，是她吗？如果不是，为什么所有迹象都让自己产生了错觉？

紫灵圣殿。

“你们终于回来了！”梦仙君见东方睿一队人回来，喜出望外。没想到他们这么快就回来了，尤其是明月，居然不听劝偷偷跑了，害得他担心了好久。

“王女殿下！你终于肯回来了，你都不知道你走的这些日子里灵主大人有多担心！你好歹身上一半的灵力是灵主大人的，你身上担负可不只是你们汐族的希望！”蓝瞳见这让人头痛的王女殿下可算是回来了，心里也算放下了一块大石头。他不担心有人能伤害到她，只担心灵主大人每天夜里忧思，不能入睡，好不容易养好的身体又差了些。

“蓝瞳！莫要对明月王女无礼！”梦仙君不悦地轻斥蓝瞳，心想，这小子越来越没有规矩了。

“灵主大人不要怪罪蓝瞳，这件事情是明月没有守规矩，给大家添烦忧了！”白羽自知理亏，赶紧道歉。更何况，蓝瞳对她一直很好，甚至好到一度让墨羽吃醋。

“让大家见笑了！此行凶险万分，大家能平安归来已是万幸！”梦仙君心里其实更想感谢他们平安将明月带回来。

“不止如此，此行多亏有思心姑娘帮助，才得以顺利和妖族结盟，完成了我们此次前去的任务，没有辜负大家的期望。”东方睿转头看向站在旁边的思心，心想，不知道梦仙君看到她，会不会看穿她？他不知道自己将思心引见给梦仙君是对还是错，也不知道自己的直觉是对还是错。若她真的是紫陌，他不想再错过，世俗之见算得了什么？活到现在，没有什么比失去紫陌更让他后悔，更让他自责、难过的事了……

如东方睿所想，梦仙君的目光定格在了思心身上，脸上虽看不出有什么不妥，可是眼中的情绪不知道变化了多少种！

梦仙君在心里惊叹，她是谁？虽然戴着面具，可是她的眼神、她的身形、她的气息，都是那样熟悉，是他最期盼的那个熟悉的人，是她！

终于，梦仙君不顾自己是否失仪，走到思心面前，眼中充满了探究、期待、深情！看得思心有些心虚地后退了几步，眼中尽是恐慌、逃避、愧疚。

“思心？姑娘为何让我想到了故人，虽然看不清你的脸，可你们两个还真的是很像很像……”梦仙君不再向前走，他不想再让对方害怕他。

“灵主大人说笑了，这世间之人长得相像并不奇怪。”思心口气中的心虚，任谁听着都怀疑。可是，对方是灵族的灵主大人，可以窥探人心，她在他面前说谎，如何会不心虚？

“思心姑娘说得对啊！倒是我唐突了，失礼失礼！”梦仙君转身走回自己的座位，好像什么事都没有发生一般。

“思心姑娘莫要怪罪，只是姑娘像极了我们灵主大人的未婚妻！”清瞳看透了梦仙君所为，心中暗叹，想不到灵主大人对紫陌公主用情竟是如此之深。

“没事，人之常情而已，不必介怀。”思心低垂眼帘，不敢再抬起她那动人的双眸，不敢再让梦仙君看到她，让他再次窥探她的内心，因为她此时根本做不到什么也不想。尤其是那一夜之事，她用尽后半生都无法忘记，若是让对方发现明月就是他的女儿，又该如何面对？

“明月，你可知你这一走，害得我师父有多担心？”快步走进了紫灵圣殿的少轻微嗔地说道，眼里却是满满的关心。

“少轻，休得胡言！明月现在可是汐族未来之主，你怎么这般无礼？”看到自己的爱徒如此没大没小，田彩用手指轻轻地点了下少轻的额头。

“师父——明月一天没有登位，就还是少轻的朋友，是明月！

干吗总是让这些世俗的东西疏远了真正的感情呢？”少轻不服地反驳师父。

“田彩师父，少轻说得没错，没必要用世俗的规矩淹没了真正的感情。”墨羽相当认可少轻说的话，认识少轻这么久了，他头一回发现少轻还能说出这么有人情味的话来。

“我也认为少轻姑娘说得很对，这世俗着实太过束缚，还好我灵族对这些并不看重。只可惜……”梦仙君话未说完，目光投向了思心。

除了东方睿和清瞳，大家都不太明白，为何梦仙君对这个初来灵族戴着面具的女子如此感兴趣。

梦仙君一直看着思心，就算她不抬头，不抬眼看他，他依旧看着她，说的话也好像是在和她交流一般。

116
东方使计，思心发疯（上）

好不容易离开了紫灵圣殿，思心总算是舒了一口气。

“思心姐姐，你跟我来，和我住在一起吧！”白羽自己也说不出为什么，就是特别喜欢这个思心姐姐。

“好好好！明月姑娘……”

“别叫我姑娘……”

“我又失言了，忘了你是汐族的未来之主，应该叫你王女殿下！”思羽笑了笑，还行了一礼。

“思心姐姐！你明知道我不是这个意思，我是说你直接叫我名字就好了，你倒好……”

“傻孩子，姐姐是同你开玩笑的。”思心捂嘴一笑，用另一只手拍拍白羽的肩头。

“这……想不到姐姐才几天的工夫就学会跟我开我玩笑了！那思心姐姐，你觉得东方师尊怎么样啊！”白羽狡黠地看着思心的眼睛。

“明月，那可是你的师尊，你怎么敢在背后议论他？你就不怕他罚你？”

“他舍得吗？再说了，我这不是私下里问问你嘛！姐姐你就快告诉我，你觉得他怎么样？”

“他……自然是思心所见人之中的翘楚，单单只看这穿行的法阵，只怕这世间少有人可施。”

“嗯！我也觉得是这样，至少在灵、汐两族看来，他可是高手中的高手了。姐姐，你不觉得师尊看你的眼神有些不一样吗？”

“你呀！没喝酒还乱说话，怎么敢这样在他背后说话，像我这样相貌都无法见光的人，哪里配他多看一眼……”

“姐姐，我是说真的！东方师尊真的看……哎哟！谁呀！”

没想到，白羽被从后面出现的东方睿狠狠地拍了一下后脑勺！

“明月丫头，你刚才在说我什么坏话？”

“呵……呵呵……原来是师尊啊！我是想说，师尊看起来真是挺拔俊美！而且还法术高超！还有……”

“编——接着编，怎么？词穷啦？看来最近对你太放松了，你都闲到有空在背后磨牙了是吧？”东方睿眯着眼睛，笑得让人发毛。

尴尬到极点的白羽有种不好的预感，她觉得师尊好像要发怒了，决定赶紧开溜，就算她现在是王女殿下，也不能忤逆师尊。

“东方师尊莫要怪罪明月，她还是孩子。若是有什么不妥之处，思心代她向你赔罪了！”思心行礼时，动作有些怪异。

东方睿心中一惊！若不是他去过黄昏国，只怕发现不了，她刚才行的一礼，一开始是汐族的，后来却又变换成了黄昏国之礼！现在东方睿更加确信思心就是紫陌，只不过，只要一日未能看到面具下的面容，就不能完全确定……

“既然思心姑娘都开口了，我今天也不好再罚你，不过，重云的精灵只怕是已经快追上你的了，你还不快去同你的精灵一起修炼！”东方睿一脸严肃。

“是师尊，明月马上就走！”白羽赶紧开溜。

“他现在幻灵谷西方……”

看着跑得像逃命一样的明月，东方睿板着的脸终于破功了，一抹得逞的笑意在脸上蔓延。

“思心姑娘，我带你前往住处吧！”

“那谢过东方……”

“叫我东方就好了，莫要跟他们一起叫我师尊，毕竟我从未教过你一招半式，你说呢？”东方睿意味深长地问着思心，目光看似温和。

“好吧！”思心有些不太自在，心头又不自觉地涌起了那些过往。

“思心姑娘看起来很喜欢明月，明月也很喜欢黏着你。”

“是啊！明月待人真诚，身上有种不服输的性子，这一点正是思心没有的！看到她，总觉得整个人都充满希望。”

“可惜她总是叫你姐姐，不然的话，让她当你的女儿也不错，难得她这样愿意亲近一个人。”

“东方莫要开这种玩笑！明月是王女殿下，是汐族的未来之主！像我这样的人怎么有资格当她的娘亲，就算她喜欢跟我在一起，我也最多当她的一个守护者，哪里配得上做她的娘……”思心越说越觉得自己的心头像是涌上了很多海水，快要把自己淹没。

看着极力掩饰自己情绪的思心，东方睿有些不忍心，只是，若不弄明白，他怎么办？明月怎么办？

“思心姑娘有所不知，明月出生就贵为黄昏国王女，可惜她的娘亲在她很小的时候就病逝了。万幸苍力王将她捧在手心，也算是快乐地长大了。而后，她有了心爱之人。可是两族交战时，苍力王将她指给了她不爱的人，她为了苍生竟然答应了。可是那晚，最爱她的父王死在了二王兄手中，对她很好的大王兄也在不久后被二王兄毒死！不幸中的万幸，她的未婚夫婿任冰对她可谓抛生死。他以其家族在宫中的地位，力保她登上王位。没想到她二王兄的背后势力竟是幻境之主！战败后，她被幽禁在沙漠中的极乐塔四年！她最心爱的重云将军杀了对她生死相护的未婚夫任冰，个中煎熬只怕只有她自己才能体会。四年后，她终于被重云将军救出，逃亡大漠。两人好不容易消除误会，准备共此一生，谁知道此时幻境之主竟然阴谋得逞，开启了命运之轮，还几乎杀尽了整个黄昏国的人！明月竟是二话不说，用上了她娘亲给她留下的时空之轮。那可是时空之轮啊！只有死后用灵魂才能开启，这丫头竟然没有一丝犹豫……”

“不要再说了！不要……再说了！不要再说……”思心再也无法控制自己的情绪，无法再保持那种事不关己的姿态，满眼泪水，几近疯狂。

“思心，我知道你心疼明月这孩子，可怜这孩子，她好不容易将所有因命运之轮而死的人救活了。她自己，也活了。却没有想到幻境之主的孩子因为愤怒又被上古恶魔之子控制了，变成了那毁天灭地的怪物。明月这个傻丫头竟用上了黄昏面具、黄昏权杖，又以自己的鲜血为祭，活活将那幻境之主和上古恶魔之子封印在了黄昏王陵之中……”

“别说了……求你不要再说了……不要再说了！求求你……啊……”

117
东方使计，思心发疯（下）

思心的精神已然极度崩溃，她再也无法控制自己的内力。泪水滴落变成颗颗珍珠，掉在地上哒哒作响。

“砰”！毫无防备的东方睿被震得连退好几步，跌在地上。

几近狂疯的思心面具掉落，面具下的倾城容颜再也没有任何遮挡，微黄的发丝又变回了如墨般的颜色，金色鱼尾赫然出现！她，东方紫陌，再也隐瞒不了自己的身份。

跌坐在地上的东方睿目光停在紫陌的身上，泪水滚滚而落，忍不住喃喃道：“陌儿……真的是你……”

“紫陌公主……”

“妹妹，你竟然还活着……为什么不回家？”

“紫陌……”

没想到，梦仙君一行人都有这种怀疑，正欲寻思心试探，却在远处看到思心和东方睿谈话，慢慢变得崩溃，疯狂失控……

“陌儿，你冷静一点！”梦仙君不顾自己灵力只剩下一半，直接跑过去将紫陌抱在怀中，而紫陌强大的内力竟硬生生地将他震得喉咙涌上一股热血！他的手却没有松一下，紧紧地将她拥在怀里。他继续冲紫陌说道：“陌儿……陌儿你不要这样！小心堕入魔道……”

“你放开她！”东方睿目光之中尽是嫉妒和恨意！

可是梦仙君像是没有听见一般，更像周围所有人都不存在一般，只是静静地、紧紧地抱着他想了那么多年的人儿，生怕一松手她又会消失不见了。

“梦仙君，你放开她！”见梦仙君没一丝想放开紫陌的意思，东方睿暴怒！直接上前一把抓住对方的胳膊就往后扯。

“灵主大人！”

“师尊！”

“东方睿！你冷静点！”

众人皆大惊！一时之间乱成一团，所有人都用尽力气想要分开这两个马上要开战的人。

“太金，你快通知太白和太青！让他们的主人快点回来，再不回来马上就要出人命了！”蓝瞳见势不对，马上召唤出他的战歌精灵。还好战歌精灵之间可以互传消息，速度也相当快。

只见太金之灵施法念咒，不过一会儿工夫，便得意扬扬地飞来飞去向主人邀功。

“好了！一会儿要大战了，你还是乖乖藏起来吧！以免伤到你！”蓝瞳看到太金那骄傲的小表情，忍不住一笑。

“东方睿！你既然十几年前放弃了紫陌，现在又跑出来做什么？”梦仙君脸上怒气更盛。

“你……”东方睿一时间无言以对！

“怎么？我说错了吗？如果当初不是你不敢承认，紫陌又怎么会……”梦仙君欲言又止。

“你说得没错！所以，这一次我不会再放手！”东方睿坚定地看着梦仙君，没有一丝的犹豫。

梦仙君惊诧于东方睿的决定，他一直都认为东方睿是一个极为古板之人，永远不敢逾越所谓的礼数半分，可是没想到东方睿今天竟然如此坚决，忍不住担心紫陌会选谁。

就这样，两个僵持不下，似是要开战一般。只是梦仙君的手，却不曾放开紫陌一分。

“师尊！灵主大人……你们别冲动！有什么话好好说。”正在这时，白羽和墨羽气喘吁吁地赶了过来。

剑拔弩张的气氛终于被打破了，东方睿的手放开了梦仙君。众人心里都松了一口气！这大敌当前，若是这两个人开战，那还了得？

“师尊，你这是怎么了？为何和灵主起了冲突？”白羽第一次见东方睿这样，虽然他脾气并不是太好，说话有时候也不太留情面，可是很少失控，很少不顾大局。

“明月，思心姑娘，就是你的亲娘东方紫陌……她，还活着，而且就在你的身边。”东方睿极力保持冷静，缓缓说出这句话，可是眼泪却还是不争气地流了下来。

“什么？思心姐……是……”白羽有些难以接受，心想，姐姐怎么一下子变娘亲了？如果她是明月姬，这会儿是不是应该泪流满面？可是她真的哭不出来啊！就这样，她一脸的不知所措，呆在了那里。

“孩子，我知道你一时之间难以接受这个事实，毕竟你从小就认为她已经过世了。现在她又以另一个身份在你身边，刚刚习惯了……却又发现她是你的娘亲！你莫要怪她，她一定有自己的难言之隐……”东方睿见明月那般，以为她一时之间不能原谅紫陌。

还好师尊没有发现，白羽心里松了一口气。

“师尊，这件事我需要好好消化一下……灵主大人，师尊，我先回去休息下……”白羽行了一礼，便匆匆离去。

墨羽也行了一礼，急急地追了上去。

“灵主大人请放开紫陌公主，她怕是刚才魂力失控损伤了心脉，让清瞳来帮她调理下吧！”清瞳适时地开口，不由分说，直接示意少轻、田彩一起将紫陌扶走。

118
发狂的根源

玄月殿。

“清瞳，陌儿怎么样了？这都两天了怎么还是醒不过来？”梦仙君两天两夜未睡，却还未等到紫陌醒过来，不免有些焦虑。

“回灵主大人，紫陌公主脉象已无大碍，只是……”清瞳实在不知道如何告诉灵主大人紫陌醒不过来的真正原因。

“我知道了，你们都下去吧！本灵主一个人在这里就够了。”从未以自己身份压过人的梦仙君，第一次想要用这个身份赶走所有多余的人，他要一个人陪着紫陌。

众人听到灵主这样说，马上都识相地退出玄月殿，拉上了门。

看着不愿意醒过来的紫陌，梦仙君并不着急，只要她身体无恙，醒过来只是时间问题。他轻声对她说道：“陌儿，我知道你可以听到我说的话，过去的事情都过去了！你若要恨，便恨吧！是我害你不能和心爱之人相守，是我害你远走大漠，是我害你嫁给了一个你不爱的人……”

不愿醒来的紫陌睫毛有些颤抖，她听得到，听得很清楚！只是，梦仙君只说对了一半。他是害得她不能再爱师尊，他是害得她怀上了明月，而后不得不远走大漠，他是害得她在大漠晕倒后被苍力王救回并娶了她，还接纳了明月，视明月为己出，更是给了明月一个王女的身份！可是梦仙君并不知道的是，自从那一夜之后，紫陌心中已然慢慢有了梦仙君。在逃走的那一夜，师尊才对她表示了一些含蓄的心意，但所有时间都错了！若是师尊可以早一天告诉她他的心意，也许这一些就都不会发生了…… 如果那时她就有时空之轮，一切也都可以挽回了。可命运总是喜欢捉弄人，总在你最需要的时候不给你，在你最不需要的时候送给你！紫陌不想回忆过去，却是控制不住那些往昔的画面出现在脑海之中。

灵族边界。

那一天，天还未亮，所有人都还在沉睡之中。

紫陌发现自己竟成了梦仙君的女人，惊慌失措，落荒而逃，离开之时才发现东方睿居然在玄月殿的侧面长廊上等了她半夜。

那天清晨，东方睿一时动情，对紫陌说："终此一生，为师都不会再娶，我们回到汐族，我此生都陪着你可好？"

只是这句话却是害惨了紫陌，原本她想认命，就此和梦仙君一生，可这句话让她做出了和东方睿一起逃离这里的想法。

就在二人即将逃到灵族边界要出结界时，梦仙君带着清瞳和一众守卫追了上来。

"陌儿，你……你当真要离开我，跟他回去吗？"梦仙君心如刀割，他没有想到紫陌成为他的女人之后，居然一大早就跟着东方睿一起逃走！他，就这么让她不屑一顾吗？

看到这么多人追来，看到梦仙君那痛心至极的眼神，紫陌有些不忍心。她不知道应该如何回答这个问题，梦仙君虽有错，可是夜里毕竟是她，是她主动……

“紫陌，为师答应你的一定会做到，无论何时、何地、何种境遇！”东方睿握住紫陌的手又紧了几分，他不可以让紫陌有动摇之心，那个梦仙君有蛊惑人心的本事，不得不防。

东方紫陌转头看着东方睿，原本悬着的心有了一丝安定，她知道师尊不会娶她，只要她不说，没有人会知道她和梦仙君……

看着犹豫了的东方紫陌，梦仙君好像被丢进了冰冷的海水中一般，那种痛令人窒息、刺骨、绝望！但他还是说道：“陌儿！你已经是……你……你想好了，你现在离开，我还是会去你族里提亲的！我梦仙君终此一生，只娶你一人！”

“对不起，我想回到自己的族人面前，想回家……”紫陌其实想说，自己想和师尊相守一生，对不起……

无妄海。

坐在珊瑚之上的紫陌，发呆看着远处，一手托腮，一手抚着自己的小腹。她竟然有孕了！呵呵—— 真是报应不爽，她辜负了梦仙君的一片真心，又欺瞒了师尊她和梦仙君的关系，活该她有此报！汐族是待不下去了，若是被人知道这件事，只怕东方家会成为整个无妄海的笑柄，师尊也会对她失望至极！至于梦仙君，她没脸去找他，当初她那么自私地抛弃他，跟着师尊回到了这海底。想必梦仙君一定有了心结，她无颜去见。她决定，走得越远远好。

黄昏国边境。

只怕紫陌自己也没有想过会走到大漠，毕竟这里没有水源，对于人鱼族来说十分致命，尤其是她还怀有孩子，魂力不断地被孩子吸收着。远远的，她看到远处有绿洲，有水源，踉踉跄跄地走了过去。就在她想走进水里时，整个人晕倒在风沙乱舞的大漠中。

她再次醒来时却是在王宫之中，身边围着一群婢女。苍力王对她一见钟情，一心要娶她为王妃。原本紫陌是不想的，她将自己有孕的事说与苍力王听，却没想到苍力王竟一点都没有介意，依旧对她百般宠爱。看着自己一天天有些藏不住的肚子，她不得不答应了苍力王。

终于，明月出生。一天天长大的明月，竟是有几分像梦仙君！紫陌日日饱受煎熬，想着自己与师尊再无可能，想着梦仙君还不知道他已经有了一个女儿，想着苍力王每天将自己放在心头，将明月当成亲生女儿来对待……一桩桩，一件件，都压在她的心头，让她喘不过气来，让她觉得自己罪无可恕！

最终，她实在受不了这种煎熬，无法再去面对师尊的深情，无法承认自己对梦仙君越来越思念，无法面对苍力王的真心！她用自己半生的魂力封印了小明月体内的魂力，以免她显出人鱼一脉的特点。而后她诈死，藏身在弱水之源，那个离黄昏国不是太远、又少有人去的地方。那里有水源，她不必担心自己的魂力太少而无法控制自己变回人鱼……

119
白羽疏导紫陌

玄月殿。

第三日，紫陌依旧没有开口同梦仙君说一句话，梦仙君甚至破例让东方睿进来，都没有用。无奈之下只好请了明月前来。

“娘亲……”白羽小声叫着，虽然很不习惯，但谁让她用的是明月的身体呢。

紫陌依旧没有回应，整个玄月殿静得只能听得到被风吹过的绿藤叶子发出的沙沙声。

“娘亲，虽然明月不知道你当初为何离开我，但是明月不怪你。你一定有你说不出的苦衷，再说父王对明月好得不能再好了，好到连哥哥们都嫉妒。你真的不想回头好好看看明月吗？明月……明月以前只能从画像里看你，现在你就在我眼前，明月想好好看看你，好不好？”还好白羽之前和明月的神识共存的时候知道了不少明月的事情，不然还真不知道如何劝解，不过她说着说着，竟然有点想哭，不知道是不是因为她想妈妈了。

忽然，白羽听到了细小的抽泣声。

眼泪已落得一枕，紫陌却还是没有勇气面对自己的孩子。若是以思心的身份，她可以毫无顾忌地和明月、东方睿、梦仙君一起相处。可是过往被重新揭开时，一切依旧如当初一般让人难以面对！

明知道对方在哭，可白羽和太白之灵大眼对小眼，都不知道应该怎么安慰。白羽有些任性地嘟起嘴巴对太白皱了一下鼻子，心中暗嫌太白没有别人家的精灵那么机灵。感受到主人的嫌弃，太白有些生气，回敬她一个同样的表情，然后高傲地转过头不再看她。

自从易非主控了太白之灵以来，可是真的没少受气。他要看小羽和墨羽两个人眉来眼去，还要听墨羽那个家伙每日里“调戏”小羽。若不是战歌精灵不能违背主人意愿，那他真想狠狠教训一下墨羽所控的重云！

见紫陌还是不愿意和她说一句话，白羽把小手搭上紫陌的肩头，轻轻地摇了摇对方。

而此时的紫陌再也无法坚持下去，终是起身缓缓回过头，目光落在了女儿身上。

“妈……娘亲——”白羽一愣，随即喊道。

只见紫陌的脸上竟微微浮起一丝温柔的笑意，看起来是那样的美，看得白羽有些发痴。

紫陌抬起手轻轻地摸了下这个别离太久的女儿的头发、绝美的小脸、消瘦的肩头和纤细的小手。她欠这个孩子的太多了，这辈子都还不完！她拉起明月，把她轻轻拥到怀里。这么久了，她终于又能以亲娘的身份将明月拥入怀中。

“明月，此生还能再见到你，为娘此生再也无憾了……虽说你不曾怪我，可我依旧无法原谅自己！”紫陌轻声和怀中的宝贝说着，这么久了，她每天都在自责和内疚中煎熬。自从这个白白软软的小家伙出生以后，紫陌觉得好像有了活下去的理由，但当时王宫中传出明月并非苍力亲生之女时，她不得不诈死离开黄昏国，以此断了谣言。而且，她对苍力王的万千宠爱也无法回应，所以更是坚定了她离开的决心。

“娘亲，永远留在明月身边，不要再离开了好吗？父王已经过世了，黄昏国也不存在了，就连整个汐族都被封印在禁咒之海中，明月不想娘亲再离开，可以吗？”

紫陌心头一颤！双手握着明月的两个胳膊，紧锁眉头问道：“你说什么？被封印在禁咒之海中？难不成他们启用了……”

“是！他们启用了禁术，虽然赶走了怨灵大军，但也将自己封印在海底。”

“怎么会……原来汐族竟是这样击败了怨灵大军！可我居然在大家最需要我的时候没有陪在大家身边，我枉为公主，枉为父王的女儿……”紫陌讷讷说着，懊悔不已。

“娘亲，你无须自责，很多事都不能两全。其实，正因为你离开了，东方师尊才因出去找你而没有被困海底不是吗？不然的话，如果大家都被困在了海底，那谁还能来救我们？娘亲，一切都是上天注定的，若不是你去黄昏国，师尊不会因为找你也来到黄昏国救了女儿，那我也不会遇到重云、田彩、少轻，更不会来到这灵族。自然也就不会得到灵主大人的一半灵力，变为金橙鱼尾。所以说，你不是害了大家，你是帮了大家，你真的无须自责！”白羽虽然并不是紫陌的亲生女儿，但是疏导人心里的症结，还是可以做到的。

“明月，听你这样说完，我的心头真的轻了许多。”

“娘亲，师尊找了你那么多年，为何你不愿同他说话？难道你还在……还在念着他吗？”

紫陌微微一怔，模棱两可地回答道：“他永远是娘亲的师父，这一点永远也不会变了。”

“娘亲，你现在应该知道东方师尊和灵主大人已然不和了吧？现在各族都被怨灵大军压境，若是他们两个人真打了起来，只怕是各族统一出战无法实现了……”现在这种情形让白羽不得不逼迫紫陌做出一个决断。

“我明白……”紫陌欲言又止，她实在不知道应该怎样说出事情的真相。可明月说得对，现在这种情形下，根本不适合讲这些小情小爱！牵扯到这么多生灵的命运，她怎么可以为了一己之私，毁了各族之间才建起的战线？

“若是他们之间的纷争一定要我才能解决，那么我已经想好怎么解决了。明月，你长大了。”紫陌说道。

“娘亲，明月虽然不知道你做了怎样的决定，但无论如何你都要本着内心来决定！在这乱世之中，明天会怎样谁都无法预料，千万不要放弃自己心中最重要的人。”白羽目光清澈而安静，心头有点不太好的感觉，总觉得紫陌的决定来得太快。

“明月，你去叫灵主大人进来吧！毕竟这是灵族的地界。”紫陌很欣慰女儿这么说。

“好！我现在就去，娘亲等我。”白羽高兴地从地上站起来，脚步轻快地走向门外，正准备开门，门却是从外面被推开了，冲来人惊讶地说道，“灵主大人……你怎么知道我要去找你？我娘亲找你！”

“明月，你先出去吧，娘有些话要和灵主大人说。你出去后去找师尊，让他一炷香时间后来玄月殿。”

“是,那明月先走了,你们慢慢聊。”白羽飞快地逃离这个地方，心里庆幸这个娘亲在明月很小的时候就离开了，不然她真是难免露出马脚。

“陌儿——你终于肯面对我了，幸好你还活着。”梦仙君眼里尽是柔情，一把抱住紫陌，紧紧地拥入怀中，然后继续说道，“陌儿，不要离开我好吗？明月都这么大了，吃了这么多苦，可是我们却从不曾在她最脆弱的时候陪在她身边！我们欠明月的实在太多了。陌儿，为了明月，你可不可以，可不可以留在我身边不再离开？”

“好——”

好？梦仙君怀疑自己听错了，赶忙追问：“陌儿，你说好？是答应我了吗？”

“好——我答应你！这一切都是真的，是我东方紫陌的决定！”紫陌没忍住笑了一下，她没想到外人面前那么沉稳睿智的梦仙君还有这一面。

“陌儿——你知道吗？我这十几年里只有在梦中才能见到你，才能抱着你求你不要离开……”梦仙君回忆过往，终于可以释怀了，他曾经一度以为陌儿对他没有一丝感情，当他得知陌儿已经过世时，恨不得同她一起离去，

可是，他肩上有太多的担子……

“一会儿东方师尊来了，我就告诉他明月就是我们的孩子，只怕是他现在还以为明月是我和苍力王的孩子。”紫陌静静地说着。

“可以告知东方兄，他若是知道了应该不会再和我起争执了。

可是明月那里，我们还是不要说了，我担心后面的大战一定会打得很艰难。”

见梦仙君这样说，紫陌回道：“你是不是打算和怨灵大军一战？若是你生，便告诉她真相，若是你死，便永远也不告诉她，免得她伤心，是吗？”

“你怎会……”没想到紫陌居然明白他的用心，梦仙君有些诧异。

“我和你一样的心思，怎能猜不到？明月是我们的孩子，我隐藏面容，隐藏身份，为的只是可以好好陪在她身边，为她做些什么！”说完，紫陌沉吟半晌，不敢抬头看梦仙君，接着问道，“仙君，我当年负你，执意离去，你……你可恨我？”

“傻陌儿……当年是我错了，是我对不起你，你离开也好，恨我也好，都是理所当然！我有何资格恨你？”

终于，此二人消除了嫌隙，也许一切都会有一个新的开始，不管如何，二人的亲骨肉就在身边！

120
师尊失意，沁心曝光身份

一炷香时间后。

“明月……并非黄昏国苍力王之女，而是……而是我同梦仙君的孩子！对不起！师尊……”紫陌说着说着，哽咽了起来，心里一个劲儿地向师尊说对不起。

东方睿只觉天旋地转，不住地想，怎么会？那时候陌儿每天都在自己身边，梦仙君虽对陌儿有情意，但想来也是正人君子，究竟什么时候，陌儿竟然怀上了梦仙君的孩子？

“不——陌儿，你骗我！怎么可能？我不相信！我不相信！”东方睿痛苦地吼道。

“对不起！对不起……师尊，都是陌儿不好，陌儿……”紫陌泣不成声。

东方睿脚步踉跄，逃一般的想要离开玄月殿这个让他感觉到窒息的地方。

“师尊！”

东方睿脚步顿了一下。

“不要告诉明月！”

东方睿失落地一笑，走了出去。

“师尊——”看着落荒而逃的师尊，紫陌心中若万箭穿心，痛不欲生！

灵犀城东南，大雪纷飞。

灵族境内，气候差距很大，很短的一段路程，就会有不同的季节。

远处的皑皑白雪照亮了傍晚，雪地之上，一袭绛红色衣衫的东方睿紧闭双目。他不再运用魂力来抵御寒气，此时唯有刺骨的寒意才能将他内心的狂躁、愤怒、心疼和不舍冷却！他不甘，可眼下大战在即，他又如何能为了儿女私情和梦仙君有争执？更不要说梦仙君和紫陌已有了孩子，还是他最疼爱的明月！

五日后。

沁心带着清瞳、蓝瞳前往羽族王城仙羽都，却不想羽伽森林中尽是不好打发的灵兽。幸好三个人的灵力足够高，这一路下来灵力还提升了不少，终于快要抵达仙羽都。“公主殿下，近来可好？”一群黑衣缎带的侍卫拦住了三人，看起来并不好对付。

“哼——你们倒是消息十分灵通，想必你们跟了一路了吧？我是应该庆幸你们对父王忠心呢？还是应该觉得自己不幸！”沁心目光冷利地看着对面的黑衣侍卫，心想，这些人还真是阴魂不散。

“公主殿下为何总是这般仇视属下？之前送往惊涛的信难道公主没有看过吗？”黑衣侍卫长问道。他不明白，明明舜王在信件中已经一再表明不会再强迫公主殿下嫁人，可为何公主依旧杳无音讯。要不是探子送信，他们根本连公主的面都见不到。

“看过了又如何？既然当初觉得我是一件礼物，现在何不放过我？”沁心不急不慢，淡淡地说着。

“公主殿下，舜王已收回王命，你为何不能原谅他？恕属下多嘴，舜王最疼爱的就是沁心公主了……”

“够了！不要再提了，时光不可倒流！他逼我出嫁的时候，为何没有想过我是他的女儿？现在说什么都太迟了！我现在不是虞舜沁心，我是汐族的圣女沁心！”沁心实在不愿意想起以前之事！心想，只怕这世间，最疼爱她的人只有师父东方焕了。

“公主殿下，舜王也是有苦衷的，身为王的女儿，你就不能体谅他一下吗？”黑衣侍卫长依旧不死心地说着。

“清瞳、蓝瞳，我们走吧！我不想再和这些人多言。”沁心不想再和这些人纠缠，她还有她的使命，那就是帮助师父。

“公主殿下——”

“不要怪我没提醒你们，以你们的实力，根本拦不住我们三人！若是不想受伤，还是离我远些！”沁心冷漠地说着。

黑衣侍卫们不敢再阻拦，站在了原地。

天渐渐黑起，仙羽都也越来越近。

“我知道你们想问什么，我还是自己交代吧！”看着清瞳、蓝瞳欲言又止的样子，沁心无奈一笑。

“如你们所见，我是虞舜王朝七公主。当年我那父王为了能拉拢大家支持他登上羽族之王的宝座，竟然让我嫁给一个可以当我祖父的糟老头子！我假意服从，然后带上自己所有的奇珍异宝逃出了王宫。我先是逃到了翼云扬大将军的地盘，差点被当成了窃贼。幸好翼将军帮了我，还将我送到他的师父处学习法术。之后我偷偷溜出玩，遇到了紫陌公主，好奇之下跟她去了汐族。也许一切都是命中注定，我竟在试魂力之时，勾动了太阴玄冥之力！从此拜了王上东方焕为师，成为汐族圣女。”沁心缓缓地说着那让人心碎的过往。

“此番他派人来寻我，一定没安什么好心！不知道又有什么阴谋诡计！大家这一路之上，要小心了！”夜路漫漫，沁心不知道自己是否能够顺利地完成为师父付出所有的使命。

121
联盟羽族，墨羽担忧

一路艰辛，还好三人结伴而行，有惊无险地抵达了仙羽都。沁心和羽族的皇子翼云扬大将军私交甚好，联盟之事谈得非常顺利。回程之时，翼将军更是亲率一千精兵将三人护送到了灵族边界……

紫灵圣殿。

沁心一行人终于从羽族回到了灵族，还好路不太远，虽没有东方睿的法阵，却也很快回来了。本来沁心是想让东方睿用法阵送大家的，可是找到他的时候，发现他竟一个人躺在雪地之中，一脸生无可恋。沁心虽不知道发生了什么事，但心里也明白一定和紫陌有关系，除了紫陌没有人可以让东方睿变成这样！

“禀灵主大人，此次前去羽族联盟的使命，顺利完成！这还要感谢沁心圣女，若不是她，只怕我们连翼将军的面都见不到。”清瞳很庆幸沁心愿意跟她一起去，不然这次恐怕要出师不利。

“你们做得非常好！沁心圣女，我代表灵族子民感谢你！”梦仙君喜上眉梢，他最近心情特别好，任何时候都会笑。也难怪，紫陌愿意接受他，女儿明月又在身边，现在联盟之事也只差人族了，他怎能心情不好。

“灵主大人，清瞳圣女太客气了！沁心只是做了汐族圣女分内之事，若是做不到，那倒真是沁心的过失了。”沁心不好意思地笑了笑。

“翼将军？哪个翼将军？”墨羽若有所思地问道。

“就是你想的那个将军！你与他交锋多次，险些死在他的手里。”沁心轻描淡写地说着。

“什么？竟然是他？还真是冤家路窄，就是不知道他见了我和明月会做何感想！”墨羽无奈地摇摇头，为了大局，他自然是不会怎样，就怕对方知道重云是杀了几万羽族士兵的人，就此联盟不成反引祸于灵族。

“这……翼将军为了大局自然不会说什么，只是羽族的将士会难以接受吧？更何况，羽族分南北两王，都想吞并对方一统羽族。若是有心人故意挑拨，也还是难说的，这一点上我们要想个万全之策才好。”白羽也担忧地说道。

“你们二人就不必多虑了，大敌当前，所有人都会先解决关乎生死的主要矛盾，这是人的本性。”一直没说话的少轻，一下子说到了要害。

众人皆点头称赞少轻真是少有的睿智和透彻。

“没错，那么只剩下人族了，还要麻烦少轻姑娘和田彩大师辛苦前往了。”梦仙君站起来，走到少轻身边说道。

“灵主大人有所不知，少轻不能去人族，那些人不能接受少轻超前的思想，还有她超人的学习能力。不如我和东方睿还有沁心去吧！”田彩知道少轻最讨厌回人族，那里有她不想回忆的过去。

“师父，我早就没事了，不管什么地方我都要陪着你，保证你的安全！那些人早就不是我的对手了，若是你担心我在会有不好的作用，那我大不了用上妖族得来的易容卷轴。”见师父想要不带着自己，少轻可不愿意了，她何曾怕过那些弱者？她只是不愿意那些人以师父的清誉要挟，才离开了人族。

“既然如此，那你便一同前往吧！不过少轻，你现在可不是一般的人，切记不要轻易出手……”见少轻执意要去，田彩有些不放心地嘱咐着。

“东方师尊呢？怎么最近都不见踪影？我和重云去找找他，若是没有他的法阵，那田彩师父前去人族可有的走了！”白羽环视一周也没有看到师尊，她知道师尊对娘亲的心意，可是这个时候还是要以大局为重呀！让他去人族也好，省得他在这里心事重重。这么想着，她冲墨羽说道：“重云，走吧！你陪我一起去找师尊！”

“遵命，我的殿下，走吧！若是没有我，只怕你会在这偌大的灵族迷路吧？”墨羽双眼之中尽是宠溺，微微的嘲笑看起来倒像是在调情一般。

“不知道诸位可还有什么事吗？”梦仙君询问众人，心里急着回去陪紫陌。

“没有了！灵主大人快去陪紫陌公主吧！”田彩不怀好意地笑着说。

梦仙君有些不好意思地笑了笑，行了一礼，便走出了门。

“看来灵主大人依旧对紫陌公主用情至深！”清瞳看着梦仙君走出去的背影，摇了摇头，轻微地叹了一口气。

“清瞳圣女，为何叹气？”清瞳的叹息声很小，可还是被少轻听到了。

“少轻姑娘，天意不可说，天命不可违，每个人都有自己的选择，每个人的选择也都会决定自己的命运走向。命的走向在自己心里，运却在别人手里，两个人遇到才是命运，是福是祸都像一张大的蛛网一般，交错复杂难以理清……”清瞳并没有正面回答问题，倒是说了一些让大家似懂非懂的话。

“少轻不太明白圣女所说何意，不过，既然是不能说的，少轻也不为难圣女了。你所说的也对，很多时候，就算知道结果也不会更改做法。”沁心睫毛低垂，眼神空洞而幽远。

122
人族四大战将

鹏城客栈。

“我说东方睿！你能不能像个男人一样？真不想放手你就去抢啊！每天一张死人脸给谁看！”田彩实在是看不下去，终于忍不住爆发了。

“田彩！你什么都不知道！有何资格说我？”东方睿本就心烦意乱，有苦说不出，被田彩这样一说，忍不住吼道。

田彩被吼得当场傻了，虽然东方睿脾气不怎么好，可冲她那么凶地吼还是头一回。她不知道应该怎么回话，强忍着眼泪转身离开。

在远处看着的少轻，心想：“师父啊师父！你的心思藏了那么久，现在不正是你最好的机会吗？你又何必去成全别人，却又伤着自己。”

黄昏，少轻走进房间，看到师父正看着窗外那金灿灿的落日，一动不动。

“师父，外面来了两个将军，自称是你的故人。”少轻开口打破沉默。

田彩被这声音拉回了心神，回过头来说：“你跟师父一起出去吧！”

少轻跟着田彩走出门外。

对面站着的两个人都是一身盔甲，威武挺拔，气势逼人，一看就是身经百战。

“田彩，许久不见！”银质盔甲的人首先开了口，眼中尽是久别重逢的欣喜。

“叶将军，你来了！”田彩再见到这久违了的故人，心中的失落不由得变成了唏嘘。二十多年过去了，一切都物是人非，她再也不是那个痴迷修行的小女孩，再也不是那个可以无忧无虑地到处跑、没有任何牵挂的人。

叶将军微笑地看着田彩，开口说道：“我身边这位是仲凌，你还记得吗？那会儿他还是个未成年的小子，现在已经是个威震一方的大将军了！”叶孤寒介绍到徒儿仲凌的时候，眼中有说不出的骄傲。

“呵——没想到竟是他，这时间过得可真快……”田彩惊叹，那个摔了会叫疼、会撒娇的小子，居然也成了大将军！

“时间过得是快，不过田彩你却一点也没变，还是当年的样子！若是我当初跟着少轻一起拜你为师，说不定也可以有一番作为了。”看着田彩不曾有一丝变化的容颜，叶孤寒有些懊悔，若他当初也一起修行，至少可以多活个几十年，也可以多看看她。

“你看你说话越发不正经，也不怕仲将军笑话你。”田彩被说得有些不好意思。

“怎么会！师父说的都是实话，师父说了，只要田大师一句话，叫他干什么都行！”站在一边的少轻轻轻地竖起大拇指，看着仲凌会心一笑，心想，叶将军这个徒弟还真是收对了。

“你这孩子……”叶孤寒嘴上说着，心里却偷着乐，心想，这小子没白养，关键时候还真能顶事。

“好了，不说笑了，我此次约你前来主要是为了怨灵大军之事。”田彩见这师徒二人又一条心地想诓她，赶紧转移话题说正事。

“此事我也听说了，人族边境也是怨灵大军封路。话说你们是怎么绕过那些鬼东西进来的？”叶孤寒好奇地问道。

田彩嘴角浮起贼贼的笑意，眼神里就两个字——你猜！

叶孤寒实在是想不出。

“叶将军，你可还记得东方睿？”

“东方睿？怎么会忘了他！”叶孤寒眼中有一丝傲娇，他怎么会忘了东方睿那小子？想当初田彩可是天天跟在那个人身后，东方长，东方短的。可是那小子眼中只有他那所谓的徒弟，对田彩根本一点意思都没有！可是田彩却始终不曾放弃过。他忍不住在心里嘀咕，恐怕直到现在她也没有放弃吧？

“他和我的徒儿少轻，研究透了穿越之术，现在可是将狂沙洪咒用得得心应手，只要他魂力不受损，就可以随时凝阵去到他想要去的地方。”

看着田彩兴高采烈的样子，叶孤寒心里有些不悦，礼貌一笑，直接将话题拉回正事：“原来如此，怪不得你可以不受一伤来到这里。不过你此次前来是为了什么呢？”

“是为了灵族、汐族、妖族、羽族前来与人族结盟，共同打退怨灵大军。”田彩的脸色变得凝重，语气也变得沉重了。

“结盟？这也正是我所想，只是人族没有任何人可以带着大军冲出怨灵大军的包围。你未来之前，我们正在为此事谋划。”说到这一点，叶孤寒头痛不已。

“看来，我们不需要谈了，只需要带上你和仲凌去灵族就好了。其他族的使者已经在灵族，灵族有结界保护，比其他族安全一些。”田彩沉重的心情终于好了一些，与人族顺利结盟，后面只剩下殊死一搏了。

“那还等什么？我们走吧！正好也让我见识见识东方睿的高级法阵。”叶孤寒也如释重负。

“师父，你先在这里和两位将军说说话，我去找找东方师尊。”少轻识相地自告奋勇，担心师父见了东方睿会很尴尬。还好东方睿是个分得清轻重缓急的人，不然她也不敢去！

123
大战前的筹谋

紫灵圣殿。

大殿之上，五族使者齐聚，凝重的气氛之中透着并不明显的杀意。

人族战将叶孤寒和仲陵站在田彩与少轻一队；妖族长老熊恩泽带了一个很面生却长得很精致的女孩在身边；羽族则是大将军翼云扬带着两个护卫站在沁心身边，只是翼云扬的脸色很难看；汐族最为壮观，两位公主、一位王弟在列，还有王女明月姬和她未来的夫婿重云。清瞳和蓝瞳站在梦仙君王座的两侧，平时看起来很是宽敞的紫灵圣殿现在显得有些局促。

梦仙君起身，行了一礼说：“先谢过在场的诸位贵客远道而来！再者还希望大家可以先暂时放下家仇国恨，以大局为重。若我们此时起了纷争，那便会成为怨灵大军手下的残魂。为了自己的族人，为了这天下的众生，我梦仙君再次请求诸位以和为贵！”

白羽也感觉到翼云扬看墨羽主宰的重云时，像是恨不得将他碎尸万段一般，忍不住说：“明月代表汐族誓死同诸位一起剿灭怨灵！想我族人为抗怨灵大军，开启禁咒，至今被困在无妄海底，食物匮乏。相信在场的各族使者也都听闻此事，所以还请……”

“妖族也愿倾尽所能一起来对抗怨灵，以前的恩怨先放在脑后吧！”妖族长老也顺着梦仙君的意，表明态度。若是为了死去的人而枉顾活人的性命，那实在不够明智！

“我们人族最讲顾全大局，有什么事，那也得等最大的危险解决之后再说。不过，若是此番能够打败怨灵大军，我还是希望各族之间先和平相处，大战过后各族都需要休养生息，不是吗？”叶孤寒的声音浑厚有力，充满威严。

翼云扬脸上的寒气渐渐消散，会心地笑了笑说：“虽说白龙将重云带兵杀了我羽族数以万计的族人，但是也有不少黄昏国的将士死在了羽族人手下。再加上苍力王已逝，黄昏国已是不复存在，倒也算扯平了。我翼云扬不仅仅是个将军，也是羽族的王子，自然也会以大局为重！”

说着，翼云扬走近重云，释然一笑，说：“你一直都是我敬重的对手，作为人族的大将，你能做到如此，我着实不服。其实，我只是生气，同你战了那么多场，却从未赢过你！若是此番大战后我们都有幸活下来，你我二人痛快地大战一场如何？”

心中本就无所谓的墨羽回之一笑，颇为豪爽地说：“有何不可？那翼将军可要好生珍重，重云可是很期盼那一天！”

“倒是我多虑了，看来大家都是为了自己的族人长远打算！”梦仙君心中最大的石头终于落下。

“既然大家今天都到了，那么我们是不是先去找《仙魔无界》？只要明月习得此书，便可升到真仙境，解开禁咒之海，让我汐族之人出来帮助大家。”沁心见气氛终于缓和了些，赶紧把正事说了。

“《仙魔无界》？那书只是传说吧！根本没有人真的见过，只怕也无人知道其下落吧！”熊恩泽觉得此事不切实际。

“沁心圣女，你的心情我能理解。其实你不必急于解开禁咒之海，相反，应该最大限度地保留它！若是汐族有愿意为此一战出力者，可以让东方师尊带出来。而其他各族也可以将自己族内最想要保住的人，送到禁咒之海。切记要带上足够的食物，汐族食物匮乏的程度不是大家所能想象的！”少轻一字一句地说着。

“有道理啊！对对对！只是，时间来不及，地方也没有那样大，看来只能送去族中最重要且没有战斗能力的人！”叶孤寒非常同意这个办法。

“我羽族也没意见！”

“我妖族也同意！”

“你看我，真没有少轻姑娘想得远，汐族自会做好准备迎接各族的贵客！”沁心看少轻的目光中，尽是欣赏。

“既然大家都同意了，我灵族自然也不例外！”

白羽和墨羽相视一笑，没想到，原本最想解决的难题，居然变成了最好的救命之所！

“大家请听我说一句，此战凶险万分，想必大家也都知道。正是万不得已之时，希望大家能为了族人，拿出自己族中守护的神器！”清瞳觉得，现在是时候逼他们拿出神器了，要是现在还不拿出来，只怕以后也没有机会了。

“我羽族的弥生幡，本就是救世之用，自然是义不容辞！”翼云扬不同于刚来时的冷脸，整个人有些激情澎湃。

“人族的十荒灭神剑，由夏将军守护。夏将军一向仁爱，想必一定会答应的！”仲陵眼底也流露出十足的把握。

“我族的三界碧海珠，也不难！”东方睿自然不能落后，在他眼里，所谓的神器就是用在该用的地方。

“不是妖族不愿意和大家一心，只是……”熊恩泽实在是头疼，他真的不知道应该怎么回答。

“熊长老有话不妨直说，这里人这么多，若是有难处，也好解决。”梦仙君见熊恩泽似有心事，直接加以引导。

“哎——”熊恩泽长叹一声，无奈地说，“我们妖族的幻梦枝，只有……只有蔓枝的后代才能使用。可是我们上哪里去找她的后代？蔓枝都死了上百年了，而且她极少与我们见面！”

众人皆皱眉，此事确实不好解决，找个死了上百年的女人的后代，根本就是大海捞针。

“清瞳圣女，你不是可以……”白羽有些着急地问着，却又不知道怎么问才合适。

“王女殿下，清瞳只可看未来，却无法看到未见之人的从前……所以，此事清瞳也无能为力，抱歉！”清瞳脸上略有些为难，不是她不肯帮妖族，只是这事她真的帮不了。

“原来如此，此事是我心急了！”白羽有点不好意思，略生硬地一笑。

“其实也不是没有办法！”少轻自信的眼神里透着神采，继续说道，“既然是神器，那么遇到它的主人时定有异象。如此，熊长老带上幻梦枝，寻遍五族，还怕找不到此人吗？”

“少轻……少轻你变得有些不一样了！我觉得现在你好像是更加睿智了！”白羽疑惑，这么快的反应、这么透彻的看法，像极了他……但旋即摇了摇头，心想，怎么可能呢？

少轻的表情依旧十分冷静，看不出任何不同，可眼底还是透出一丝不易察觉的慌乱。

“那么事不宜迟，尽快分头行动吧！以免夜长梦多，生出变故。”梦仙君趁热打铁，时间并不宽裕了……

WM 总部。

“既然你们不遵守游戏规则，那就要付出代价！不如我们一起体验如何？提醒一句，还是用上 360 度传感器吧！”

吴易非和李岚风一大早就看到游戏屏幕上头有这么一行字……是的，他们还是被发现了！

“对不起，易非……”李岚风在此事上始终有些无力，不是他的技术比不过对方，而是对方始终捏着白羽这个软肋！

“算了，都怪我太心急了！灵舞好心将少轻这个角色给我，我却暴露了，只是我不太明白，原本少轻这个角色就是睿智、冷静。到底是哪里出了问题？”

“易非，先不要想哪里出问题了，那个人让你用上传感器！我觉得这太不安全了，传感器并没有完善，还是我来吧！最重要的是，我看到白羽不会失控，更安全！”

“不可以！此事必须得由我亲自来，我自己设计的传感器，却从未好好体验一下！”吴易非心想，若不能亲自体验陪着白羽，他还有什么资格说爱她？

“易非，可是你应该知道，一旦使用传感器，只有自己想出来的时候才可以停止，中间是不可以强行打断的！身体每个部位都有感知，能做到已经很难了。不过你放心，我们团队会尽快突破这个难关的。只是易非你，这几天不能回家，也不能让外人知道，要做好准备！”

“我会安排好一切，只是到时候，我还是希望你在我身边守护我。”吴易非脸色凝重。

“那么，我去给你准备了，只是，你真的不再考虑一下了吗？”李岚风还是有些不忍心。

“不必再说了，我已经决定了！只是，你这次最好可以帮我找个有用的角色。”他不想再以一个女子的身份待在白羽身边，更不想以一个无用之人的身份待在她身边。

李岚风点点头，此次他要全力拿下后续角色中最强大的那个，否则每天看着吴易非冷着一张脸太可怕了！

潮汐圣殿。

“你说什么！我儿紫陌还活着？王弟你可确定？”东方焕激动地抓住东方睿的双臂。

“此事我岂能骗你？只是……其中太过曲折，又不能让旁人知道，所以……”东方睿不知道如何开口解释。

“所以你才单独叫我在这里说，其实……我知道的远比你想的要多。你有话直说便可，如今这乱世之中，又何须在意那么多礼法？”东方焕心想，当初紫陌一直喜欢跟在东方睿身边，现在回想起来，想是有别的心思。

“那我就长话短说，毕竟大战在即，还有很多重要的事要做。”

东方睿便把他曾去灵族之事、后来遇到紫陌之事，再到最后明月便是紫陌和梦仙君的孩子之事一一说明。“就是这样了，只是王兄，此事关乎紫陌的声誉，她此后也不愿意回到汐族。若是你实在想她，便去灵族吧！”

“如此也好，她还活着，已是莫大的福分。”东方焕他看得出东方睿眼中的不甘和不舍，才发现一直守护东方家族的王弟竟对紫陌也动了心……

“王兄，待我安排好所有贵客，便带你和长老们去灵族。我们汐族在这禁咒之海中，不必担忧有外敌可以进来。”

“你去吧！”

东方睿行了礼便转身离开。

看着东方睿逃离的背影，东方焕闭上双眼，心里叹息道，这真是一段孽缘，紫陌、东方睿、梦仙君、清瞳、苍力王没人有错，却都被伤得体无完肤！尤其是明月，因此受了太多苦……

124
幻梦枝认主，墨羽晕倒

龙城城西。

“夏将军……”

“叶将军不必多言，这十荒灭神剑镇守龙城安危，是神器，若使用的人驾驭不了此剑，只怕非但帮不了大家，反而会造成更大的破坏！”

“夏将军，不能随我们前去吗？若是如此，便不必担心神器使用不当了。”

“这……”

“夏将军可是有难言之隐？不妨直说，看看我叶某是否能帮上一二！”叶孤寒没想到夏将风既不肯借神器，也不肯带上神器同行，这让他有些想不通。

“叶将军不必多说了，此事，夏某实在是无能为力！”

“也罢，我还是先回去告诉大家吧！也好想办法解决此事，那么叶某告辞了！”

夏风将军的脸上没有任何情绪上的波动，看着叶孤寒失落的背影，嘴上竟有一丝若有若无的笑，让人猜不透他的用意。

紫灵圣殿。

“叶将军不必自责！十荒灭神剑镇守龙城之事我也有耳闻，此事不能强人所难，夏将军也有他的考量。龙城的人数，怕是抵得上灵、汐、妖三族的总和！想必做此选择，夏将军也是经过了再三的考量。”梦仙君并不觉意外，他当初就考量过此事，所以今天听到这个结果也尽力将此事的矛盾往小里说，以免还未开战，联盟先内斗了起来。

“灵主大人说得不无道理，我们还是再想个办法吧！五神器之中少了十荒灭神剑，主控杀戮的神器便没了，我们必须找到一个可以代替的神器。只不过，我看过的古籍不在少数，却未发现有何神器可以替代……”翼云扬担忧地说道。

“现在怎么办才好？我族的幻梦枝至今都没有找到可以使用它的人，这十荒灭神剑也落空了……”熊恩泽掩不住的失落。

一时之间，大殿之上愁云密布，安静得只剩下呼吸声。

熊恩泽带来的那个女孩却嘟起嘴巴，十分不满地看着他。而熊恩泽很严厉地看了她一眼，示意她不要闹。可女孩根本不听他的警告，趁他没有注意，竟直接抢了幻梦枝！

“妍儿！你怎可这般胡闹！快将幻梦枝还给爹爹，这不是你可以玩的东西！”熊恩泽暴怒，说着就要抢过来，用力甚大，捏得妍儿的手都发白了。

妍儿却是倔强得很，根本没有想松开手的意思。

嘀嗒——嘀嗒——

妍儿被熊恩泽用力掰扯的手，竟被幻梦枝的分枝处刺破，滴下血来。

“妍儿……”

还未等熊恩泽说完，幻梦枝竟发出了刺眼的光芒。一瞬间，紫灵圣殿被照得无一处暗影。那光芒穿出窗口，将殿外的黑夜刺破，整个灵族的人都看到了这强光。

“这……怎么可能？”熊恩泽不可思议地看着自己的养女。这个孩子他一手带大，捡回她时，她几乎只剩了半条命。他和夫人一起抚养这个孩子长大，从来也没有问过她的身世，也根本无法问。妍儿从不曾开口说话，他一直以为妍儿是受重伤之后，患了失语症。而且几十年过去了，妍儿竟然从未长大过！现在想来，一切确实不太符合常理。

“幻梦枝已点亮黑夜，没想到熊长老的养女竟然就是这幻梦枝认定的主人！”清瞳看着妍儿，嘴角勾起一丝笑意，没有想到竟是峰回路转。

“没想到熊长老找遍了五族，都寻不到的幻梦枝主人，竟然就在自己身边！看来一定都是上苍注定，现在只要再找到一把神器便能成事！”叶孤寒情绪也跟着好了起来。

妍儿还是不说话，眼神却较之前不同，眼里竟没有一丝惊讶！她紧握幻梦枝，手血流不止，却不曾放开。

“你受伤了，让我来给你止血吧！”白羽拿出了黄昏国带来的最后一颗止血丹药，也不管妍儿是否同意，直接将她的手掰开，将幻梦枝递给熊长老，又将丹药捏碎撒在了她的伤口上。

“月儿，你看你，手上都沾染妍儿的血了！若不是我知道这是妍儿的血，真会被你吓死！”墨羽见白羽手上也沾了鲜红的血，吓得一个激灵！ 说罢，他拿出手帕递给白羽，想让她给妍儿包扎一下，却看到妍儿的手竟然这么一会儿就完全愈合了！

“看来是我多此一举了，来，月儿，你来擦擦手吧！”墨羽说完，便抓起白羽的手擦了起来，擦完后还握在手心，笑眼眯起，谄媚地说，“月儿，我去洗洗手帕，想来这里应该也没我什么事了！你们先聊着，我去去就回。”墨羽转身就要走出这紫灵圣殿，却没想到，才走了几步，便觉得疼痛难忍，竟倒在地上，昏死过去了。

白羽看到墨羽重重地倒在地上，顾不得什么形象，直接跑了过去，将他扶在怀中，摇着他，喊着他，想让他快点醒过来。

“清瞳圣女，你快来看看，墨……重云他到底是怎么了？”白羽突然有种全世界都塌了的感觉。她从前烦他！躲着他！到后来不那么讨厌他，觉得愧对他，想要补偿他。可现在她习惯有他，依赖他，心疼他，不能没有他！

清瞳搭脉，脸上瞬间一脸惊恐！她又重新试了一遍，可是结果还是一样！清瞳脸色如灰，她不知道怎么向明月王女说！

情绪失控的白羽没有注意到清瞳的神情不对，她的眼中只有墨羽的安危，除此之外再无其他！

水灵居。

烛光昏暗，微黄的光线照在墨羽的脸上，映得他更加孱弱。白羽伏在床边陪着他，已经陪了两天两夜。

聚在灵族的都是修为极高之人，却是没有人一个懂得发生了什么事。连清瞳都没办法弄明白，这王女殿下的未来夫婿为何会突然脉象微弱，如同濒临死亡一般！一时之间，众人喜忧参半。喜的是幻梦枝终于找到了主人，忧的是重云大将军无故病危。

水灵居外的月光格外明亮，如同那晚幻梦枝发出的光芒一般，让人恍惚间有种在月宫之上的错觉。水灵居周边皆是水，月光洒在水面上，折射出的光将这一带照得如梦似幻。若不是白羽照顾墨羽太过辛苦劳累，只怕这样的月色会让她无法入睡。

忽然，一个若月色般的身影，一闪而过，竟到了水月居的窗边。这人穿一身银衣，隐蔽得极好，透过窗棂看向室内，见床边的女子睡着了，勾起一丝满意的笑。

银衣人并未开门，便直接出现在室内，看着躺在床上脸色如土、几近死亡的人，然后向白羽撒了一把若小星光般的粉末，一把抱起她，小心翼翼地将她放在了旁边的软榻之上。接着，银衣人轻步走到墨羽的床榻边，伸出纤长的手指搭在对方手腕之上，随后拿出一颗小拇指盖大小、发着淡淡月色光芒的药丸，捏开墨羽的嘴，放入了他的口中。随之，重云的眉头动了动，似是感到什么不适。银衣人又为他把了把脉，确定无事之后，安心地点了点头，转身看向软榻之上熟睡的白羽，停顿了一下，终是瞬间消失了。

第二天清晨，第一缕阳光叫醒了墨羽，他只记得自己昏倒在了紫灵圣殿，之后的事便什么也记不得了。他缓缓起身，只觉得自己睡了太久周身都有些僵硬，看来这传感器用上后是真的和之前不太一样了。

他穿上长靴下地，才走了几步就发现他的小羽儿竟躺在旁边的软榻之上，睡得正熟。他蹑手蹑脚走到白羽身边，听着她均匀的呼吸，看着她熟睡的小脸，只觉得此时很是幸福。心想，她是陪了自己多久？居然累到在这里睡着，以小羽儿的性子，只怕不是累到极限，是不会轻易放松警惕的。不对，小羽儿身上怎么会有种很细碎而淡淡的味道！难不成她的熟睡和这种味道有关系？

“小羽儿，小羽儿你醒醒！天都亮了哦——”墨羽心中有些不安，轻声叫着白羽。

白羽慢慢睁开双眼，看到墨羽在眼前，轻轻晃晃头，竟又闭上了眼睛！她以为自己一定是在做梦。

见白羽睁开眼又闭上眼，墨羽一脸不知所措，想了想，还是叫叫她：“小羽儿，小羽别睡了，快点醒醒！”

本就已经有些半醒的白羽又听到墨羽的呼唤，睁开眼睛，怀疑地看着眼前的墨羽。冷不防，她抬起手用手指戳了戳眼前的人，想要试试到底是梦还是真。

被白羽的这一举动撩拨到的墨羽，脸竟是红到了耳根子。下一秒，他直接擒住了对方的小手，以极快的速度吻上了白羽的脸颊，一脸坏坏地说：“小羽儿，你觉得这样可真实？”

被这意外的一吻直接吻清醒的白羽，脸颊绯红，恨不得将自己藏起来。

“怎么，我的小羽儿守着我累到极限，现在看到我没事了一点也不高兴吗？”看着她如此羞涩的样子，墨羽更是忍不住再逗逗她。

白羽一把抽回自己的手，摸了摸自己的额头，小声说道：“你能醒来，自然是高兴。只是连清瞳圣女和东方焕爷爷都说你快不行了，你怎么一夜醒来就像是没事人一样了？”

“我也觉得奇怪，那天倒下的也奇怪，好像是我碰到你用过的手帕上的血，之后就觉得刺痛异常，我本想着直接回去休息调理一下就没事了，可没想到的是我竟然连紫灵圣殿的门都没有走出去！”墨羽回忆那天的事情，觉得确实有些不太对劲。

他问道：“小羽儿，你说会不是因为碰到了妍儿的血？”

“想来也是，你除了碰了她的血之外，并没有什么不对的地方。幻梦枝你又没有触碰到，根本不可能被它所伤。对了，虽然你看起来好了，不过还是应该再让清瞳姐姐给你好好检查一下。”

“那我们就直接过去吧！”墨羽说着，起身就想走。

“你这么急做什么！不要忘了你是个重伤之人！乖乖去床上躺下，我去叫人来便好！”见墨羽如此不珍惜自己的身子，白羽有些生气。

听到此话，墨羽受宠若惊：“羽儿你这是在关心我吗？我是不是可以理解为，你舍不得我受伤，舍不得我死？”

“你要是死了，就没有人管我了，我是怕你死了之后我也会死在这里！你……不要想太多！”说罢，白羽恢复以往的生人勿近的表情，疾步走出了水月居。

看着白羽远去的身影，墨羽不禁一笑：“这丫头死活都不愿意承认她心中有我了！不过没关系，这么久的付出终于开出了花，就算这尚未完全成形的传感器会有一定的副作用又怎样？只要能同她一起感受，我什么都愿意。看来抽个时间还得去好好谢谢吴依妍！若不是她帮忙，只怕我无法如此放松地陪着羽儿。”

125
情香，雪月散

原本白羽只想去请清瞳圣女为墨羽把脉，却没想到大家都在清瞳的先知阁商议如何救治重云将军。听闻重云将军已经醒来，一行人都跟了过来。

清瞳坐下来为重云把脉，脸上尽是不解！心想，这才两天的工夫，他怎么能在没有医治的情况下，自己痊愈了！而且从脉象来看，他的身体更胜从前，这到底是怎么一回事？

“重云将军确实已无大碍，而且体质更胜从前！”清瞳知道众人对重云的身体状况很是关心，赶紧向大家说明一下。

“真是奇怪，之前我也为重云将军搭过脉，明明是心脉很弱，可以说是时日无多！”汐族二长老实在是不能相信居然会有这样的事情发生！

“明月，你可给重云将军吃过什么，或是用魂力、灵力什么的帮过他？”东方焕问道。

“皇爷爷，明月并没有做过什么，你们说重云的状况不能轻举妄动，明月根本不敢做什么。”白羽一脸无辜地看着东方焕，她可不敢拿墨羽的性命开玩笑。

“你们就不要问月儿了，今早我醒来就是现在这个样子，并没有什么异样的事情发生过。倒是羽儿累得睡在了软榻之上，叫了两遍才醒过来。”墨羽说话的时候，表情都可以淌蜜了。

“王女殿下，让清瞳来帮你看看吧！”清瞳起身走了过来。

“不用了吧！明月觉得没有什么不适的地方，哎……”

白羽话还未说完，清瞳直接拉出她的小手，根本不听她说什么。

“王女殿下，并无大碍！倒是真应该好好休息一下，不然一旦开战，就是铁打的身体也吃不消。”清瞳轻笑着说道。她心想，这王女殿下和未来的夫婿还真是情比金坚。

看着她两天未梳洗微乱的头发，清瞳忍不住帮她简单地理一理，却不曾想靠近时嗅到了一丝特别的味道，不禁问道：“咦？王女殿下身上的味道很是特别，不知道用的是什么香薰？”

“香薰？呵呵——清瞳圣女你是不是想笑我两天没有洗澡了？我从不用香薰，更没有时间研究特别的香味。”白羽有些不好意思。

“王女殿下，你才是真的说笑了，我说的特别味道，有些像……有些像月光下落雪的味道。清、凉、淡，闻起来沁人心脾。”清瞳一脸认真地说着。

“清瞳，你此话当真？”梦仙君听到这话。脸色都变了，他直接走了过来，也顾不上什么礼数了嗅了嗅，接着后退了几步，脸色都变得苍白了。

“灵主大人！你还好吗？”见梦仙君这个样子，清瞳吓得想过去扶一下他，却没想到紫陌抢先扶住了他。

“梦仙君，怎么了？明月怎么了？”看到梦仙君如此失仪，紫陌心中骤然一紧。

“娘亲来了！我这不是好好的，怎么会有什么事。灵主大人，你就不要吓我娘亲了，你看她脸都白了。”白羽看到紫陌的表情，瞬间心头一酸，同时心头一暖。

“明月，你可知你身上的味道是来自胧族的雪月散？药是好药，专治人失眠多梦。可是，这胧族的前身却是死神一族，在弄清楚对方是敌是友之前，我又怎能安心！”梦仙君说道。

“这世上还有此一族？不是只有五族吗？怎么还有个胧族？”熊恩泽从未听过胧族，实在不解。

“胧族本是死神一族，一直在月下行动，对月光的崇拜到了极致。传闻此族之人皆是杀人不眨眼的魔头，而今，他们竟能出入我们灵族如若无人之境！”清瞳终于明白灵主大人为何那般反应了。

众人脸色皆变！难不成怨灵大军已经知道五族联盟之事，派来了胧族的杀手？不少人都看向少轻，希望这位睿智的少女能再想出一个让大家摆脱恐惧的主意。

少轻不明白为何大家这样看着她，她好像做了一个很长的梦，醒来之后五族联盟居然都成了。她还没有弄明白到底是怎么一回事，现在大家又都这么看着自己，她不禁纳闷，自己在这些日子里到底做了什么？

“明月觉得，大家不必如此惊慌，我除了昨夜睡得很好之外，并没有什么不对的地方。而且重云本是生命垂危，今天却是生龙活虎。就算对方真的是胧族人，那么想来也没有什么恶意，不然我和重云怕是都不知道怎么死的！”白羽仔细地分析，希望让大家能够安心一些。

“王女殿下分析得很有道理！就算对方有什么阴谋，至少现在为止我们并没有什么真正的损失。”少轻没想到这王女殿下几日不见，又见长进了。

所有人都点头同意白羽的说法，没错，不管对方是敌是友，现在大家不但没有任何损失，反而解决了重云病危的问题。

“话是如此，不过我们日后还是要加强警惕了，这胧族之人定会再来。”梦仙君只能再嘱咐大家一下。

“明月说的也对，既然大家都无事，那么先让我的明月休息一会儿吧！”紫陌眼中尽是心疼。

“陌儿说的是，那大家先去议事，你就在这里好好陪着明月。”东方焕赞同道。

“也对，让陌儿好好陪着小明月吧！我们先走吧！”

一行人皆走了出去，这水月居终于清静了下来。

“你可是还有话想说？”见梦仙君没有走，紫陌问道。

“陌儿，你可知何为雪月散？我方才只说了一半，现下只有我们四人，我便将后一半说给你们听。雪月散在胧族并非一般的药，这种药珍贵异常，胧族之人只会将它送给自己的心上人。最重要的是，这种药用久了便会……便会爱上送药之人……”梦仙君顿了顿，接着说，“重云你要保护好明月，这下药之人怕是不会轻易罢休，还会再来。若是对方有心利用明月的身份，将会留下无尽的后患！此药看似平常，却无解药……”

白羽惊愕，她没有想到会是这样！

墨羽暴怒，心想，到底是什么人如此居心不良，竟想抢走他的小羽儿，若是 NPC 他不怕，可千万不要是那个人……

126
桀鹜强势求娶明月

紫灵圣殿。

“灵主大人，城门外有个自称是胧族使者的男子求见。”侍卫低头说道，不敢看灵主的脸。这外族人到了城门口他们竟然才发现，不知道灵主大人会不会生气……

“求见？呵——说得实在是委婉，都到灵犀城门口了，看样子是必见了。罢了，让他进来吧！”梦仙君没想到胧族之人居然这么快就找上门来了。

“是，属下这就去……”侍卫转身离开，特别奇怪灵主大人为何没有治边界守卫的罪。

“不必了！知道灵主大人定会见我，大战在即，为了不浪费时间我自己先在这紫灵圣殿门口等着了！”

话音刚落，门口就出现了一名身材高大的男子，如墨的头发不羁地披在脑后，五官深邃，神情如审判者般冰冷无情，让人琢磨不透他在想什么。

“在下风桀鹜，胧族的七王子。父王派我前来助五族盟军打败怨灵大军，我送的见面礼，想必能体现我胧族的诚意！”风桀鹜说话直截了当。

“原来如此，胧族确实诚意十足。只是，我们都是痛快人，不如七王子殿下直接说出胧族所求吧！”梦仙君又岂会不明白，这胧族主动来示好，怎会空手而回？

胧族本属五族之外，世人连胧族在什么地方都找不到，怨灵大军再嚣张，也不会去招惹。胧族此时来示好，只有一种可能，那就是必有所图！

“灵主大人果然痛快，不过……”风桀鹜环顾四周，笑了笑。

“你们都下去吧！本灵主有要事同这胧族的七王子殿下商谈！”梦仙君声音威严，不容置疑。

所有侍卫、侍女都快速退出了大殿，偌大的紫灵圣殿只剩下梦仙君和风桀鹜。

“七王子殿下，现在可以说了吗？”

只见风桀鹜单膝跪地，极为恭敬地向梦仙君行了一礼，也不起身，说:“灵主大人，胧族七王子风桀鹜，求娶汐族王女明月姬，还请灵主大人成全。”

梦仙君彻底懵了！他以为这风桀鹜所求必是功名，或是神器！可万万没想到求的竟是明月！他有些不悦，这明月是何等身份，岂是外人可觊觎的？梦仙君笑了笑，看着对方的眼睛。这胧族七王子若是没有可以交换的东西，也不会跑到这里来正式求娶明月，倒不如先听听对方如何说，再做决定。

“你可知你所求之人是何等身份？七王子凭什么觉得我梦仙君能做主？”

跪在地上的风桀鹜依旧未起身，笃定地说:“若是灵主大人不能做主，我又何须求你，去求汐族之主不是更好？”

梦仙君看着风桀骜，他确定这个七王子一定知道些什么，否则不会如此淡定自若，于是试探着问：“哦？本灵主也觉得你更应该去求汐族之主，不若我前去为你引见！”

“灵主大人说笑了，桀骜怎会拜错未来的冰翁大人？”

冰翁大人！梦仙君被这四个字重重地击垮！

“七王子岂可乱说？明月的父王可是黄昏国的苍力王，现已过世了。我与她的娘亲，只是当初未能走到一起的一对可怜人罢了！让外人误会，倒是我的不对了。”梦仙君故作镇定，他不愿相信胧族之人会知道这个秘密。

“灵主大人，你看我可像是在和你说笑？还是我的诚意不够？”说着，风桀骜拿出了自己的胧刀——陌切，双手递给梦仙君，微微一笑说，“这是我胧族的神器——陌切刀，我听说你们欲借人族的神器十荒灭神剑，却被夏风将军以要镇守龙城为由拒绝了。”

“陌切刀？这是你们胧族的神器？”梦仙君没想到风桀骜的底牌居然如此大！此时，五族少了可以杀戮的十荒灭神剑，大战之时很难进攻，正如打仗没有将军一般。没想到这神的后裔——胧族，竟然也有守护的神器！

“没错，这陌切刀之所以叫这个名字，就是让守护之人尽量不要拿来用！我们死神一族的后裔为了感恩神子和苍龙，发誓不会轻易使用陌切。因为陌切出手若是没有吸够血，是不会停下来的，也就是说，陌切刀比十荒灭神剑还要可怕！”风桀骜不急不躁地为梦仙君解说道。

见风桀骜话说得滴水不漏，梦仙君有些想读他心思的念头，说道：“七王子这么确定我会为了这把神器，帮你这个忙吗？”

“灵主大人，桀骜实在不懂，为何你不愿意承认明月就是你和紫陌公主的孩子？让她知道自己的生身父母都在身边有何不好？”风桀骜实在受不了这梦仙君一直不肯痛快说话，还想读他的心。

霎时间，殿内没有一丝声音。

见梦仙君不语，风桀骜无奈一笑，劝解道：“你放心，除我之外无人知道此事！为了尊重明月，我诚心前来求娶，还请灵主大人成全！”说罢，竟然双膝跪地！

见此情形，梦仙君知道这个七王子若是不能得偿所愿，是绝不会罢休的！于是长叹一口气，有些苍凉地说：“你既然知道这么多，也该清楚明月还不知道她就是我和紫陌的女儿。我虽是她的父王,却从未对她和她娘亲尽过多少心。更何况,明月已有意中人，那人为她明月可抛生死！你当真觉得，我梦仙君是个为了天下苍生可以牺牲自己女儿一生幸福的人吗？”梦仙君的话像是问风桀骜，又像是问他自己。

“灵主大人，你是不是，并不重要。重要的是，明月是！”

“七王子何出此言？”

“明月为了救黄昏国子民，已经死过两回了不是吗？你觉得这天下生灵的存亡，明月会觉得无所谓吗？”风桀骜的眼神中闪过一丝狡黠。

“既是如此，那七王子直接去问明月，不是更省力？”梦仙君深觉，跪在地上的这个七王子，是个强大的对手。

“怎么会一样？灵主大人，她身上可是有你一半的灵力！在她的心中，你和她无亲无故，最多就是喜欢她娘亲。从一个恩人口中说出此事，怕是事半功倍！”

一半灵力？难道是灵族之内出了叛徒？还是有探子？为何这

个胧族的七王子会知道这么多的事？

脸色开始变冷的梦仙君忍不住问：“你为何知道这么多事？你到底想要做什么！”

“灵主大人莫要动怒，我绝对不是你的敌人，也不会是你们五族的敌人。相反，只有我才能帮你们五族完成心愿，现在我将陌切刀交到你手上了，可明月还未曾答应嫁给我。所以，灵主大人，你不必提防我！”风桀骜字字句句在情在理，让梦仙君找不出任何破绽。

“灵主大人，大战在即！桀骜只有两个时辰可等，不然未娶到心上之人，还会把命丢在路上。所以，还请灵主大人将明月请来这里！”见梦仙君心有犹豫，风桀骜使出撒手锏。任何人在选择不相上下之事时，都会犹豫许久，而最好的办法就是让他在最短的时间之内做出选择，选出的往往都是他最忠于内心的。

这只怕是梦仙君这辈子第一次被人威逼利诱，纵使他有千万个想将风桀骜一招毙命的念头，也不得不听他的话，去将明月请来。

127
白羽狠拒风桀骜

紫灵圣殿。

“灵主大人，不知此时叫明月前来有何事？”白羽在紫陌的监视下休息了没多长时间，就被侍卫叫来这紫灵圣殿。

“明月，在说正事之前，我想问你一个问题。你一定要遵守自己内心最真实的意愿，绝不能应付。”梦仙君极为严肃地看着自己的女儿，生怕这傻孩子选择心不由衷。

极少见灵主大人如此严肃认真的白羽，心中隐隐不安，但转念一想，灵主是NPC，根本不可能探知他的心思才对，于是说道：“灵主大人问便是，明月一定如实回答。”

“好！我早就听说你为了救黄昏国之人死过两回，若是这次的大战，依旧会有死的可能，你可还会抛却一切只为救五族于水火之中？”梦仙君此生第二次心中如此纠结，不管明月的回答是什么，他都觉得自己如此无能，不能护自己的至亲至爱周全。

被梦仙君这么一问，白羽只觉脊背发凉。抛却一切？再死一次？她无所谓，是因为她知道自己并不会怎么样，又有什么值得赞美的？可是若有一丝可能，她再也不愿意抛下一切，不愿意让墨羽陪着自己一次次死去活来！

“灵主大人，明月没有那么无私，明月不愿意抛却一切再死一次！明月好不容易又有了亲人、爱人，不舍得轻易去死！”白羽不明白梦仙君为什么这么问，不过她倒是愿意说出自己内心的想法。

听到这番话，梦仙君的嘴角浮起一丝安慰的笑，明月这样想他实在是高兴。有哪个为人爹娘的，会真的愿意让自己的孩子牺牲？

“七王子殿下，你都听到了！”梦仙君朝内室屏风后的人说着。

只见那内室的屏风后走出来一个人，身形高大。那人走近，向白羽行了一礼，

“在下胧族风桀骜，见过王女殿下。”说罢，抬头看着白羽。

白羽看向对方，却被对方的眼神吓了一跳！对面这个风桀骜，怎么会，怎么会那么像他？尤其是那看着她的眼神，根本就是同一人。

“你？是胧族之人？你身上的味道，难不成是你……”白羽闻到风桀骜身上，有一种特别熟悉的气味，难道是……

“王女殿下，我可否直接叫你明月，你也直接叫我名字？若总是这样王女、王子的叫，我实在是不习惯。”风桀骜冷冷的表情，开始慢慢融化。

“原来竟是胧族的王子，既然都是客，那就主随客便！”白羽不知道怎么了，对面这个人的请求，她居然鬼使神差地答应了。

“如此甚好，明月姑娘，不知可否与你私下谈谈？”风桀骜见自己意愿得逞，又进一步想要和她聊一聊。

“二位先在此聊着，我先去看看要处理的事情！”梦仙君知道，

自己还是应该先离开一会儿，好让那个风桀骜死心！他不必担心这个人会对明月不利，因为这个人的确诚意十足。

“明月，我向来喜欢有话直说，我此番前来是向你求亲。而我的聘礼，就是我们胧族的神器——陌切，这是比十荒灭神剑还要强的神器。我知道，这对你来说十分唐突，但是我能确定，你若是嫁给我，不管任何时候都不会后悔！”梦仙君离开之后，风桀骜的眼神更加肆无忌惮地看着明月，眼神中透着不甘、炽热！

求亲？这是什么梗？难道不是应该灭了怨灵大军就结束吗？怎么还会中间多出一个求亲的？这样发展下去，不知道何时才能结束！白羽心乱如麻。

“所以，你的意思是，我应该用自己一生的幸福来换神器陌切？你就这么确定我还会牺牲自己？”白羽有些不悦，对面这个人虽然看起来有几分像他，可终究不是他！

“明月，你这样说可就辜负了我的一番真心了！重云将军本是将死之人，是我用月魂丹救他。你可知那月魂丹是我毕生所炼，拿来救了他，若是哪天我有不测，那就只能听天由命了！”见明月有些误会他，风桀骜不得不说出事实。

白羽心中“咯噔”一下！心想，这个人是说，他将自己的救命丹药给了墨羽？怪不得墨羽会突然好起来，像是没事人一般，甚至更胜从前！也就是说，这个人拿了救命丹药，还带上了神器陌切来向她求亲。白羽有些想不明白，这个人她从未见过，也从未招惹过。就连明月姬本人的神识中也从未有过这号人物，这个人接近她究竟有何目的？

“风公子，你我从未相识，胧族也从未入世。不知公子为何一定要娶明月？若是公子有别的条件，不妨直说，看看明月是不是能够做到！”白羽见对方着实痛快，也放心了不少，只要他有条件，她就能见招拆招。

“条件？我从不贪心，只有一个条件。就是……你嫁给我！”风桀骜笑了笑，看着白羽一脸意外、有些受到惊吓的样子，忍不住笑得更深了。

白羽有些生气，她如此认真地回答他，没想到他竟然戏弄她！她心想，这个人看起来冷傲沉稳，没想到行事竟会如此不正经，倒是自己大意了。

“看来明月不必再和风公子谈下去了，想必灵主大人已经告诉你，我已有未婚夫婿之事。”白羽说罢，就转身想走，却没有想到，还未走出一步，便被风桀骜一把拉了回来！

“明月姑娘，难道觉得我的诚意还不够？若是如此，那么明月姑娘可还记得，灵主大人帮你治好了先天不足，可是用了他毕生一半的灵力！你可还记得他为何肯为你做到如此？”

风桀骜字字都问在白羽心上，白羽一时之间竟是无言以对！白羽明白，当初灵主大人救她并不单单是因为她是紫陌的女儿，也是为了五族联盟可以救灵族、救五族。灵主大人失去的不只是一半灵力，在眼下这世道，更有可能会失去性命。

“明月知道！但是或许还有其他方法可行，所以明月不愿意用自己的姻缘来换。”

“那么，明月，你觉得还有多少时间来想办法？这世间，五族的守护神器只有五件。你去哪里再找第五件可以和十荒灭神剑相媲美的神器？”

白羽心中不愿意承认这一点，可是这风桀骜说的却是事实，很有可能没时间再等了！可是，可是她不想辜负墨羽。

“你为何要娶我？”白羽看着风桀骜的眼睛，不给对方撒谎的机会。

“你是明月，我是胧族的王子，胧族之人对月的感情，从不需要任何理由。”风桀骜答非所问。

“风公子并未回答我的问题，你与我一未曾相识，二未曾相恋，何苦搭上这么多无价之宝？虽明月并不喜欢将人和物品来互相衡量，但又怎会不明白公子的诚意？不如公子换一个明月做得到的条件！”白羽明白，既然灵主大人让她来见这个风桀骜，就说明风桀骜所说的一切都是真的，这胧族的神器也一定不简单。她不能因为自己毁了五族的盟约，毁了所有人的希望。

“除了明月，桀骜不接受任何条件！”风桀骜轻声说着，声音极为温柔。

“怕是要让风公子失望了，明月已有心上人，且我们同生共死。明月终此一生都无法补偿他，更不要说去伤害他！”白羽说完，转身离去。

心中已有人，此生都不会伤害他…… 看着明月离去的背影，风桀骜很想问她：“明月，你若知道我是谁，你可会后悔今天所说的话？”

128
拂乱谁的情思

紫灵圣殿。

自从那一日白羽拒绝了风桀骜之后，她无时无刻不在自责。表面上她是绝对不会退让，可是内心里却总在问自己，为什么不退让，只要退了这一步，这个关卡就完成了，就可以出去了！白羽并不愿意承认自己真的将墨羽放在了心中，可有些事越想掩饰越明了。

这大殿之上的人都知道风桀骜是为了联盟而来，却没有人知道他的条件是让明月嫁给他。

“今天召大家在此，是灵族和汐族的王有个好消息要宣布。”梦仙君好久没有像今天这样放松地笑过了。

众人一听有好消息，都停下了交谈。之前还喧哗一片的紫灵圣殿立刻变得安静无比。

“大家想必听说了胧族有使者前来，这位就是胧族的使者七王子殿下——风桀骜。”梦仙君介绍左手边的风桀骜，接着说，“七王子此番前来，不止在重云将军病重之时施以援手，救了他，还带了胧族的守护神器——陌切刀！而且，他将留下来陪我们一起击败怨灵大军。”

“比起人族的十荒灭神剑，现在这把陌切刀威力更强！胧族是死神一族的后裔，七王子殿下已经达到了真仙境，可是在场诸位之中修为境界最高者！”东方焕接着梦仙君的话说着。

“这七王子殿下真是天神下凡，来拯救我们五族的吧！”

“死神一族本就属于神族！”

“没想到胧族竟然愿意插手这世间五族之事！”

“更没有想到的是，这个胧族的王子竟然没有任何条件？”

“对啊！我也觉得这一点不一般！年纪轻轻就能无欲无求！”

大殿之上，皆是夸赞风桀鹜的话。

而此时白羽的脸色极为不好，心想，若是大家知道她不愿意答应风桀鹜唯一的条件，会有多么唾弃她！就算她死过两次又如何？毕竟不是为五族而死，又有谁会觉得她现在拒绝风桀鹜是对的事？

见白羽的脸色不太好，心事重重的样子，墨羽心中起疑。自从那日小羽儿被单独请去紫灵圣殿之后，就一直心神不定。他多方打听，也只打听到那天这个胧族王子风桀鹜也在，至于说了什么，没有人知道！

殿中人众多，墨羽只能先忍着不问，都走到了这里，一定要小心再小心！可是，他觉得这个风桀鹜很危险，这种危险不是杀戮，而是一种危机，关于小羽儿的危机。

台上的风桀鹜听到台下人的话语，有些不屑。心想，无欲无求？哼！若不是明月死活不答应，他也不必出此下策！然而他的脸上却是依旧淡定自若，看起来风轻云淡……

“既然一切就绪，那么我们开始吧！时间拖得越久，对我们的族人就越不利！我们里应外合，一鼓作气杀光那些怨灵！”翼云扬不想再等了，他不想以战止战，可是，这些年来停不下来的战争让他无从选择！

“这位将军说得没错！我也是此意，不过，我没有大家有想得那么无欲无求！若是这场大战胜了，我还能活着，那么我要求明月王女嫁给我！若是我和重云全活着，那么我要和他公平竞争！”风桀骜看着重云的眼神之中尽是自信的挑衅。

原来如此！墨羽终于知道他的小羽儿为何一直心神不宁、脸色不好了。原来那一日，这个风桀骜的条件是求娶明月，想必是被明月拒绝了吧！哼！

“我不同意！”

“我接受挑战！不过你绝对没有机会！”

白羽和墨羽同时说道。

风桀骜脸上没有任何表情上的变化，心中却是暗笑，果然如此！看来这一招用对了，这样子的话，明月早晚是自己的王妃。

此时殿上之人没有人敢插话！当事人都意见不统一，他们又能说些什么？横竖都是年轻人的事！

“我虽提出自己的条件，但终是我们三人之事，不若大家先去准备下，我们自己来解决如何？”风桀骜虽是询问，却像是在下达命令一般，威严的气势瞬间压倒所有人。

“罢了，就依七王子殿下之意，我们都去城门口吧！”梦仙君说完，便扶着东方焕走了出去。

在一边的东方睿不屑地看着梦仙君的背影，心想，想不到灵族之主竟是这般会人情来往……

不一会儿，大殿中就只剩下了三个当事人。

“风桀鹜，我记得我已经拒绝过你！你为何还要这样做？”白羽有些发飙，一时间忘了自己是任何时候都仪态端庄的王女，她真的演得好累！

“明月，你可知你这样对我，我也会难过。我现在没有逼你嫁我，我只是说这大战之后若是我们三人都活着，你就给我一个机会。若是我死了，我认命。若是重云将军死了，你直接嫁给我。有哪里不对吗？”风桀鹜说话的声音虽是没有半分示弱，让人听着却分外心疼。

“五族之人，无人不知我明月从小到大只有重云一人。你又何苦委屈自己让我自责？”白羽心中是有不忍心，可是在她心中，这个 NPC 和墨羽根本没有资格相比。

墨羽坐在一边悠闲地喝着茶水，看来完全没有他说话的份儿。看这架势，这个风桀鹜要很受伤啊！他那双妩媚的凤目在长长的睫毛掩映之下，尽是得意。

风桀鹜双目紧盯着白羽，极为暧昧地伏到白羽的左耳畔轻声说：“那又如何？难道明月心中就真的不曾有个弃之亦不忘的人吗？”说完，洪亮的大笑声响彻整个紫灵圣殿。他真的想夺回明月的心，又有谁能挡得住？

弃之亦不忘的人？他这话是什么意思？这个风桀鹜到底是谁？他是真的知道什么，还是故意这样说来挑拨？白羽一时之间乱了方寸。

“你到底想怎样！”白羽快被逼疯了，她害怕，很害怕！

“我只想要你的心而已！记住，只要我不死，就永远不会放弃的！”风桀鹜深情地看着白羽，那目光像是看穿了一切。

之前还坐在那里喝茶的墨羽，见白羽如此歇斯底里，连忙跑到她身边，眼神像利剑似的看着风桀骜恨恨地说:“你永远都不会得到她的心！就算你终此一生不放弃，也是无用！”

“哦？是吗？你确定明月心中真的只有你？你真的确定你是她心中最在意的那个人吗？”风桀骜根本不在乎，他要是执着起来，没有任何人、任何事可以让他放弃！说完，他一脸笑意，转身离开。

墨羽看着白羽有些心虚的样子，他的心像是被狠狠地捅了一刀！她还是忘不了，放不下易非！那个风桀骜到底是什么人？

心乱如麻的白羽不敢抬头看墨羽，她不想让墨羽知道，她此时又想起了易非。而这个风桀骜的行事风格，更是像极了易非！若这个风桀骜真的是易非，她应该如何解释自己和墨羽的一切？

天依旧是那样蓝，月锦花依旧开得绚烂，可是白羽的心却是彻底地乱了。

129
战争的序幕

弱水畔。

灵、羽两族的精锐部队在翼云扬和清瞳的带领下，一路北上。怨灵大军被这一群顶尖高手带领的数十万大部队，打得溃不成军，节节败退。

尤其是风桀骜，几乎是以一人之力吓退怨灵！神器陌切在他的手中，那快、准、狠的节奏几乎是一气呵成！所过之处，不留活口……

墨羽心中不服，同风桀骜比拼了起来，好像这不是生死攸关的战争，而是一场比赛一般。

在众人眼中，墨羽主控的重云将军是普通的人族，比不过神族的后裔也是极为正常的。虽然重云速度不及风桀骜，但是相比同为人族大将军的叶孤寒、仲陵，简直就不属于人类！足足杀了一万多个怨灵！

而白羽主控的明月姬，因为这一路都在沿水路北上，所有魂力已登峰造极，靠近水源的怨灵几乎全都没有生路！在第五日时，白羽竟冲破了上仙境！

空中的怨灵几乎被翼云扬承包了，羽族的精英部队再加上翼大将军，空中的怨灵根本不够打……

终于，在十日之后，大部队到了龙城郊外的幽兰河畔。

不知道为什么，这里驻守的怨灵大军竟比叶孤寒离开时多了五倍！

“叶将军，为何我们才离开了几日，这里的怨灵就多出这么些？”田彩看着远处的怨灵大营问道。

“这……我也不知！”叶孤寒回答道，也看着远处的敌军营地。

“怪不得夏风将军说什么也不肯借十荒灭神剑，他一定是预先知道了些什么。”少轻看着远方，终于有些明白夏将军的用意了。

“这里有这么多怨灵，还好当时夏将军没有借出神器，神器在手，想必城内足够安全，我们也不必担心了。”白羽终于松了一口气，这些日子实在是累极了。

“我们今夜分两班巡逻，一旦有情况，都由我汐族之人吹响千音螺。”东方睿修为不及风桀骜和明月姬，明显能看出疲惫之色。

“就这样吧！各族之间自己协调两班巡逻的人，休息的人就什么都不要想，尽快休息下，只怕前方还有更艰难的仗等我们去打！”梦仙君知道大家都很累，而他少了一半的灵力更累，但是他一丝也不后悔。

长夜漫漫，星空依旧闪耀。

白羽和墨羽都无心休息，两人坐在竹亭之中看着幽兰河，河面上映着一勾弯月。

“小羽儿，你还在心烦吗？其实只要我们可以安全地通过关卡，只要你可以好好的，我不在乎这里的事情。这里的一切都是虚幻的，只要你好好的，比什么都强。”墨羽说道。

“你不用劝我，我是不会答应风桀骜的条件的，你也不许答应！如果这一战难免一死，还不如我来顶着，这样关卡一样能过！”白羽这一路上想通了，如果横竖是一死，那牺牲的人是谁有什么关系？很多时候，人总是怕死，可是若一路上都在生死之间徘徊，那还不如直接面对，如此也不必受人要挟。

“可是，小羽儿，这一切不是你想的那样！你绝对不能在这里头死掉！”洛青司有点急了，吴依妍之前告诉过他，使用这个传感器的人不可以在游戏之中莫名死掉，不然会伤害使用者的大脑。

“为什么啊？只是个游戏，没关系的，我之前又不是没有死过！”白羽无所谓地说着，奇怪为什么墨羽看起来那么担忧。

墨羽沉默，他现在不能告诉白羽他就在她身边，知道她的一切。以她的性子，知道后会更加固执地保护他，到时候就更难办了。

“你怎么不说话？在想什么呢？”见墨羽一直没有回答，白羽有些不明白。

墨羽忽然一把握住白羽的手，一脸郑重地说：“小羽儿，我对你好不好？”

白羽被墨羽这突如其来的举动搞得有点头晕，却还是点点头。

“小羽儿，我不要求你回报我，但我现在要求你答应我一件事。”墨羽依旧是很郑重。

“你说吧！我答应你！”

“我要你保护好自己，不要为任何人死！你要知道你还有我，你一定要好好活着！不管是游戏中还是现实中，好不好？小羽！”墨羽很担心地问道。

“这……”

“羽儿，你不是说答应我的吗？”

“好吧！我只能答应，尽量，尽量多活一秒是一秒，成吗？”白羽做出了最大限度的退让，她实在做不到拥有这么强大的力量，却不尽全力！

亭子之内的人谈得情义浓浓。而远处坐在岩石之上的风桀骜，冷傲的脸上不曾变过表情。他一直看着幽兰河畔的亭子，眼神之中透着受伤、失落。

130
战争的血腥

漫天的战火照亮了天空，在龙城南的上空升起。

怨灵大军果然是天还未亮，就发起了进攻！方圆百里都是厮杀声、哀号声。怨灵大军的累累白骨、五族将士的尸体，绵延几十里，看起来甚是可怖。

幸而龙城中央有十荒灭神剑镇守，龙城之上还有结界，怨灵大军根本不敢进城。而且，连城外的五族之人都不好对付，怨灵大军哪里还有心再去对付城中之人?

如此杀戮必定会引起可怕的后果，这也是为什么命运之轮开启之后争战再也停不下来！无论是人族的十荒灭神剑，还是胧族的陌切刀，都是主杀戮。汐族的三界碧海珠主镇魂，妖族幻梦枝主护魂，灵族凤栖琴主清怨，羽族弥生幡主重生。只有如此，才能将大战带来的后果，一一解决。这也是为什么一定要集齐五种神器，才能开始这场战争。

远处山头之上的平台上，三个身影在树枝的掩映之下，正观看着这场惊天动地的战争。三人身形很高，都披着黑色的斗篷。

“求生，是每个人的本能，无论是谁，都无法逃脱他们所谓的正义。你们瞧，杀得多起劲啊！他们现在是不是都当自己是救苦救难的神呢？”中间的黑衣人嘴角含笑。

“主人，真是下得一手好棋，这一切都在你的预料之中。只不过，好像比我们想的还要快些。”左边的黑衣人诚心恭维。

“只不过，他们做梦也想不到，他们每一个人都是这棋局中的棋子。天亮之前，他们全都会变成主人的手下残魂，最后变成怨灵战士，呵呵……”右边的黑衣人也不落其后地拍着主人的马屁。

“哼——他们都要出代价！”中间的黑衣人拂袖转身离去。

左右两个黑衣人，也跟着转身离去。竟是一人长得如鬼一般，另一人则是比怨灵还要阴森。

离天亮还不到两个时辰了，怨灵大军越来越少，地上的白骨越来越多。五族之人的鲜血和怨灵死后的森森白骨遍地都是，在火光的照耀之下，看起来像是白雪红梅……

连续杀敌的白羽、墨羽、田彩、少轻依旧是没有疲惫的状态，蓝瞳修为虽低些，好在有配合默契战歌精灵的帮助，倒是还能撑得住。梦仙君和紫陌虽然一个失去一半的灵力，一个失去了一半的魂力，倒是因为两个人配合得很是默契，合二为一，打得也不算太吃力。心情不快的东方睿挡在东方焕、东方拂香、沁心的身前，带着一众汐族将士拼死厮杀。唯一吃力的就是妖族，由于妍儿修为过低，却是幻梦枝认定的主人，妖族的高手就只能以保护她为主。其他将士被调去配合人族大军作战，妖族的妖兽抗击打能力特别强，在作为先锋肉盾这方面，无人能及。

终于，在离天亮还有一个时辰时，怨灵大军被全部击败。方圆百里之内的地上皆是成山的白骨，还有血红色的大地……怨灵大军全部被消灭了！然而五族的将士也死伤一多半，这场战争没有真正的赢家。

千音海螺吹响。

活下来的将士，都从四面八方朝海螺的声音集合而去。受伤不算严重的抬着死去的，两个抬一个，可到哪里去找那么多活人？一步一步，他们绕过成山的森森白骨，踩着还没干涸的鲜血。不知道是应该说悲壮，还是悲凉！

天亮前半个时辰。

“快，在天亮之前必须要将阵法做成。”梦仙君有些虚弱地说，只怕是这些日子以来他所杀的怨灵，比他这一生杀的都要多。

“灵主大人，你不要说话了，还是休息一下吧！我来告诉大家怎么做！”清瞳见梦仙君如此虚弱，不忍心再让他操劳。

“现在起，胧族七王子用陌切刀站到十字中间，以杀气护四方。北方汐族的三界碧海珠马上进行镇魂，南方妖族幻梦枝护魂，东方灵族风栖琴为我们的将士清怨，西方羽族的弥生幡一定要掌握好时间让大家重生！若是天亮了，这些将士就会魂飞魄散……”

风桀骜、东方拂香、妍儿、白羽、沁心按照清瞳所说，站到了各自的位置上。

“我再重复一遍，大家一定要保护好这阵法之内的人，无论用什么代价！以我们一己之身，守好这个阵法，才能换得我们各族死亡将士的重生！”清瞳说这话时，竟是一心赴死的样子。

五个人启用自己的修为开启阵法，汐族的三界碧海珠发出海蓝色的柔和光芒。光虽柔和，却覆盖了方圆百里。

131
重逢难相对

妖族幻梦枝由于妍儿的修为不高，勉强可以显出树形，白羽主控的明月姬双膝跪地拂起凤栖琴，而羽族的弥生幡竟是由沁心来控制，而非翼云扬。

墨羽见白羽的一袭白色战衣因奋力战敌而变得斑驳不堪，裙摆也被地上的鲜血染得血红，心疼她，却是代替不了她，主阵法的人最为凶险，稍有差池就会丧命。

一切就绪，阵法已开启。

周围的护阵之人见阵法已开启，心中的忐忑终于减少了很多。就在所有人都觉得尘埃即将落定之时，却没有人注意，三个黑衣人马上就要靠近这里。

五色光芒互相辉映，所有死去的亡灵都向阵法聚拢。

“想不到，你们竟这么快就结好了禁术——轮回逆。”中间的黑衣人看不清五官，竟是女声。

白羽心中一惊，竟然是她！这个声音她永远不会忘记，幻境之主——舞琉璃！

墨羽也听出了声音的主人，心里咯噔一下，心想，幻境之主不是被封印在王陵里了吗？怎么会出现在这里？这一切到底是怎么回事……

“什么人！识相的离这里远点，今天在这里的都是修为极高之人！”东方睿并不意外这个时候会有人出现，这一路打过来，都是些杀伤力并不高的将士。而这么大范围的大战，怎么可能会没有一个高手在背后谋划？

“什么人？未来的汐族之主早就听出来了吧！”幻境之主轻笑，笑声中透出藐视一切的态度。

“明月，专心施法固阵，你们四个人也是，不许分神分心。从此时起，结界外的事和你们无关！”梦仙君施法布出一个结界，里面的人再也听不到任何声音，外头的人也无法轻易进去。

“所有人，集合！用我们的最大力量来保护法阵！为了我们的族人，为了我们的家人，就算是死在这里，也不能放弃！”东方焕双目中尽是仇恨。

在场的所有人已经杀红了眼，这三个黑衣人在此时出来阻止他们救活族人，所有人都恨不得杀之而后快。

“哼！你们这些人还真是不知死活！主人，这些虾兵蟹将哪里用得到你出手？让我和黑耀去就足够了。”左边的黑衣人说道，要为自己的主人护驾。

左右两侧的黑衣人都向前走去，没有一丝的畏缩。五族的普通将士竟是瞬间死了一片。

梦仙君看着那个叫黑耀的黑衣人，眼中的怒气达到了极点！竟然是灵耀仙使的堕落灵魂，害死了紫耀的凶手！凭什么？凭什么他还活着为害这个世间，而……

灵族所有还活着的人，都冲向黑耀，他们没有想到有生之年能有机会为灵耀仙使杀掉堕落的那个灵！

其他人则都冲向了左边那个不知名的黑衣人，没有想到的是，这两个黑衣人都修为极高，双方一时间竟然势均力敌。不过，纵是两个黑衣人的修为再高，也敌不过如此多的高修为之人的车轮战，不久，就落了下风。就在两个黑衣人虚弱之时，梦仙君一剑刺中黑耀的眉头，黑耀应声倒地，黑衣下的身体竟变为一堆白骨！而另外一个黑衣人则被紫陌的法宝击中，后退了好几步，坐在地上，晃晃头，看起来很难受的样子，说道："为什么是你伤我？你到底是人还是跟我一样？"

"我当然是人，谁要伤害我的明月，我就杀了谁！"紫陌脸上尽是杀意，冷冰冰地说着。

"你的？明月？这个明月，就是我们的明月吗？"黑衣人一脸不可思议地看着紫陌。

"明月是我的！你不许乱说！"说着，紫陌不顾一切地冲上去，要将黑衣人斩杀。

"陌儿——你停下！"梦仙君见紫陌要冲过去杀掉黑衣人，马上冲过去拦她，却只拽下了紫陌身上碎掉的袖摆。

坐在地上的黑衣人，见紫陌冲过来要杀了他，不但没有躲开，反而起身冲向了紫陌丢过来的法宝。哐当！法宝撞在了黑衣人胸口的护心镜上，黑衣人被狠狠地击倒在地。而这一倒，黑衣人斗篷上的帽子滑到了身后，露出了黑衣人若死尸一般的脸！

本要马上汇集魂力杀掉这个黑衣人的紫陌，仿佛被定格了一般，呆在原地，一动不动，难以置信："怎么会是他？他不是已经死了吗？如何会在这里？难道他也变成了怨灵？"

两个人谁也不动，像是画面定格了一般。

“居然是……苍力王！”墨羽看着倒在地上的人，不！应该是尸人，惊叹道。

“陌儿，你活着就好，你活着，明月在这个世上就不是孤单的一个人了！”苍力王倒在地上，深情地看着紫陌，就算他沦为幻境之主的奴仆，他也不会忘记他的陌儿！只是，他今天居然没能认出长大成人后的明月。

“你……对不起，我不知道是你！”紫陌鼻头涌上酸涩，眼中的泪水止不住地流出来，落在血色的地上。她欠苍力太多，旧账还未还清，现在她居然又打伤了他！

“陌儿，你不要自责，杀了我吧！能死在你手里也是我此生最幸福的事了，之前不知道你还活着，现在你活着，明月活着，我又怎能去伤害你们？”苍力王说道。

“不——我做不到，我做不到！苍力，我欠你太多，你让我如何下手。”紫陌哭着摇头，她下不了手。

“苍力王，想不到你还真是痴情！这个女人抛下你和她的孩子，你居然苦苦思念她至死。”幻境之主也不急着去杀紫陌，倒是悠闲地看热闹。

“陌儿，我只是一丝残魂，受幻境之主所控，看起来像是活着，可是我自己知道，这样活着，生不如死！咳——杀了我！”苍力王一心求死，目光停留在紫陌的脸上，脸上挂着释然的微笑。

就在紫陌犹豫的一刹那，翼云扬的羽箭直接飞出，落在了苍力王的心口上。

苍力王一声闷吭，却笑得更开了。他用尽全身的最后一丝力气说：“陌儿，不要为……我难过。你要……和明月，好好……”终是未能说完话，苍力王闭上了双目。

看着苍力王那最后的笑容，紫陌泣不成声，她终此一生也无法回报他一二。

梦仙君走上前去，拉住紫陌的手，将她拉回安全的距离之内，轻轻对她说道："陌儿，你能做的，就是按他所说，好好活下去！"梦仙君感谢苍力，感谢他在陌儿最无助时救了她，还愿意接受明月，护着明月……

好像没了灵魂的紫陌，没有任何反应，只是不停地流泪。

"大家小心，受伤的到后方去，前方交给我们这些没有受伤之人！"墨羽知道这幻境之主的厉害，赶紧打起十二分的精神来对抗。

"你觉得你们是我的对手吗？"幻境之主轻蔑地一笑。

132
生死决战，皆心伤

“今天这么多人还拿不下你一个吗？舞琉璃，你今天绝不会再有机会活着！”东方睿没想到他亲眼看着被封印的幻境之主，竟然还能出现在这里！

“哦？你就这么自信？那不如我们来试试看。”幻境之主依旧镇定的脸上笑眼弯弯，让人看到就觉得有些不舒服。

说完，她轻抬手指，凝出一个光环，纤细素净的手轻轻一推。那光环变得越来越大，移到了轮回逆阵的上方，然后轻轻地向下压去，轮回逆阵中的人越来越吃力。

终于，妍儿因修为过低，顶不住上方光环的压迫，“噗”的一声，吐出了一口鲜血。可她还是苦苦支撑着，小小的身躯看起来是那样的不堪一击。

“妍儿！”妖族长老熊恩泽看到自己的孩子如此模样，心痛不止，马上把自己全部的修为输入到妍儿的体内！

妍儿得到爹爹的修为输入后，感觉上好了一些，可是渐渐地，熊恩泽的修为已消耗一半之多，这样下去怕是也维持不了多久。

“还真是不自量力！”幻境之主被熊恩泽的举动惹得有些不快，

又凝了一个光环推到轮回逆阵上方，直接压破了梦仙君的结界！

妍儿和熊恩泽随即一起倒地，受了很重的内伤。妍儿这一倒，连锁反应，另外四个人也都喷出一口鲜血。还好这四个人修为极高，没有大碍。

就在这关键时刻，墨羽根本不考虑自己是否能碰这幻梦枝，直接冲上去一手接住差点掉在地上的幻梦枝。在场的所有人都被墨羽主控的重云将军给吓了一跳！上次他就是碰了妍儿的血才会突然倒地，生命垂危。而且他也根本不是幻梦枝认定的主人，这样冲上去，会不会……可让人想不到的是，墨羽竟然一点事都没有，幻梦枝居然在他手中长得更加茂盛，连银色光芒的叶子都长了出来。最不可思议的是，枝上竟然开起了一朵朵散发着金色光芒的花朵！

幻境之主没有想到，她计划的所有一切全都天衣无缝，可是这个重云是怎么回事？一次又一次地搅局不说，这次修为居然突然精进这么多，更让她想不透的是，怎么这个人族的将军会有了神力？是她感应错了吗？这种力量既不是灵力，也不是魂力，会错吗？算了，不管是什么，她还是小心为上。这么想着，她又加大力度给了两个光环。

“所有人，给自己相应属性的守阵者输入修为，让他们可以撑得更久些！”梦仙君见守阵之人都受了不同程度的内伤，心中开始有些不安。

众人听闻，全都将自己的修为源源不断地输入阵中之人体内。

“可恶！死到临头还这么冥顽不灵！这一切都是你们欠我的！我要我的云儿重生，我要我的孩子永远陪在我身边，这一次你们谁也休想阻止我！”对方的对抗之力这么强大，可是离天亮没有多少时间了，幻境之主开始有些怒意，注入两个光环的修为又加了几成。就算是竭尽全力，她也要利用五神器结成的轮回逆阵把云儿复活，这是她最后一次机会。若是这次再失败，那么她费尽心思剥离出的云儿的残魂，将不复存在，这世上，她将再也没有一个亲人，如同行尸走肉！

风桀骜修为虽然很高，可没有外部修为可以输入，越来越吃力！

“风桀骜，你还好吗？”白羽发现只有风桀骜没有人帮助输入修为，嘴角不断渗出血丝，额头上全是汗珠。

“你是在关心我吗？放心，撑到天亮没有问题！”风桀骜脸上尽是笑意，转头看向自己的情敌，眼神之中全是挑衅。

墨羽心中不快，却也知道不是发作的时候，便恶狠狠地回了对方一眼，便不再看他。

“呃——”东方紫陌虚弱地倒在地上。她的魂力，根本支撑不住了。

“陌儿！”

“紫陌！”

“小紫陌……”

“紫陌公主——”

紫陌一倒下，所有人都乱了！阵内之人也跟着乱了起来。

“不要分神！天快亮了，我们不可以功亏一篑！”风桀骜见阵法开始不稳定，大声说道。

幻境之主见状，抓住机会再一次加强了两个光环的力量。不是她不想一劳永逸，而是这五神器是认主的，若是阵内之人死了，那么她的云儿也不能复活。这周围的人也不能失控，万一失控了，她在最后一刻就无法杀掉这些人，让云儿的残魂来选择一个躯体。这五个人，每一个都是云儿能重新活过来的最佳宿体。

东方的天开始渐渐地退去黑色，所有人都集中精力，想在此时维持好阵法，殊死一搏！

“哼！多谢你们为我的孩儿作嫁衣！只可惜你们想要复活族人的心，必是不能如愿了。”幻境之主拿出凝魂珠，召唤出云儿仅剩的残魂，一脸慈爱地看着，慈爱得仿佛不是这场阴谋的谋划者。

东方的第一缕阳光马上就要出现。

五族众人集中精力，准备最后一拼。

而幻境之主也蓄满所有力量，准备将在场的所有人都杀光！

“不会再给你机会复活这个小恶魔！”夏风将军此时御剑而来，十荒灭神剑在夏风跳到地上的瞬间，剑身出鞘，直接刺向了幻境之主！

“呃——唔——”幻境之主应声倒地，她没有想到原本稳赢的局面竟然变成现在这样！而此时，第一缕阳光已然绽放，一切都来不及了！

“云儿——我的云儿……好孩子不要怕，娘亲这就来陪你……”幻境之主看着云儿消失的那一缕残魂，失去了反抗的力量，又变成了舞琉璃的样子，哭得撕心裂肺。

轮回逆阵终于完成，阵里的白羽不顾自己受了重伤，马上跑到紫陌的身边。

“娘亲，娘亲，你醒醒啊！你别再丢下我一个人！”白羽不知道怎么了，在紫陌倒下的时候，她竟是那样的心痛！虽然紫陌并不是她的亲人，可是为了她这样拼命，怎么能叫她不感动？

幻境之主看着眼前的一切，心想，凭什么？所有人都可以陪着自己的孩子！凭什么她失去夫君，失去孩子？凭什么她想与云儿简简单单地过日子就这么难？她不服！她不服！她得不到的，别人也休想得到！

这么想着，幻境之主用尽全身的力量，拔出十荒灭神剑，冲向人群，她要杀了明月姬，让这些人也尝尝失去至亲的滋味！

“明月小心！”梦仙君见幻境之主拿着十荒灭神剑向自己的女儿冲来，起身就要挡在明月前头。

就在这一剑马上要刺到梦仙君身上时，蓝瞳以极快的速度冲了过来，挡在了梦仙君身前！

十荒灭神剑是何物？连神都会死在此剑之下，更不要说蓝瞳只是灵族一个修为不高的人，连一个真正的身体都没有，只是一个凝为人形的灵而已。

“蓝瞳！”

“蓝瞳灵使！”

见蓝瞳跪在地上，又倒了下去，白羽难过的泪水不停地滴下。

梦仙君扶起蓝瞳，凝聚灵力想要输入蓝瞳体内，手却被蓝瞳用力握住。

“呵——居然被你破坏了，虽然……未能让你们也饱受丧子之痛！却也让你们难受了,呵呵——”正在这时,夏风将军冲过去,夺过十荒灭神剑，刺进了幻境之主体内。幻境之主的身体开始慢慢消散……

“灵主大人,不要再为蓝瞳浪费你的灵力了,蓝瞳心里很明白,蓝瞳被十荒灭神剑所伤，已经没救了。灵主大人，蓝瞳只求你可以快乐地活下去。告诉明月……”蓝瞳很想让灵主大人公开明月王女的身份，一家三口好好地生活，可他现在没有力气说完了。他在心里念道："灵主大人，蓝瞳终于有机会报答你了。"然后闭上了眼睛，嘴角还挂着一丝知足的笑。

"蓝瞳——"梦仙君看着消失在眼前的蓝瞳，痛苦全写在了脸上！这个傻孩子，为什么要牺牲自己？为什么要为了他这个将死之人挡这一剑！

蓝瞳的战歌精灵也因受到剑气的冲击，虚弱地落在了地上。

"夏风将军！"叶孤寒没想到夏风将军居然会在此时出现，护了大家周全。

"夏将军不是要用十荒灭神剑镇守龙城吗？怎么会出现在这里？"东方睿有些不解。

夏风将军苦笑，召回十荒灭神剑，缓缓说道："这一切都要归功于胧族七王子——风桀骜。"

竟然是他！这是在场所有人没有想到的，怎么会是这个胧族的王子呢？

133
紫陌命危，白羽祈求桀骜

“大家还是不要研究我是怎么知道这一切的了！现在太阳已经升起，我们还是想办法给这些要复活之人找一个晒不太到的地方吧！如若不然，会被晒坏的。”风桀骜不愿意向众人解释自己为什么会做这些事，太啰唆了，只要明月安然无事就好，其他的无所谓。

“七王子殿下说的是，这些我早已按你的吩咐做了，我的数万将士已在龙城门口等候了。”夏风将军放出烟火，召唤将士来此帮助大家。

“难不成七王子殿下连这也预料到了？”东方焕心中更加疑惑。

风桀骜一笑，对着东方焕行了一礼，说道：“王，这一切我定会找个时间给大家解释，不过我认为当下还是应该先将要复活之人安顿好！还有受伤的族人，也要好好调理才是。”

说话间，龙城的数万将士已经快要到达。见这地上尽是白骨红血，这些将士竟没有一丝的诧异。是的，龙城的高墙是挡住了城外的大战，可是挡不住的是城外的火光、呐喊、哀号、厮杀……更挡不住龙城内想要出城和怨灵大军一战的将士的心！可是军令如山，夏风将军既然已经安排好了一切，那么他们能做的就是听从将军的命令，等待天明！

龙城。

和城外的红血白骨相对，城内的景象更显繁华，可以说是海纳百川。在城南门口的两旁，早就备好了简易的木床和遮阳的白布。

紫陌身受中伤，一直昏迷不醒，梦仙君虽也虚弱至极，但怎么也不肯听劝去休息片刻，死死守着紫陌，生怕一转眼他的陌儿又消失在天地间。

在所有人中，白羽感觉自己和风桀骜的状态是最好的，墨羽也看起来比想象中强多了。白羽走到紫陌床前，凝神将自己的修为输入紫陌体内，可紫陌却没有任何反应。

见明月一直输入修为，紫陌却一丝反应也没有，梦仙君起身，抓住白羽的手，说："傻孩子，你不要再用自己的修为了，你再好好历练一番，习得《仙魔无界》，就可达到真仙境的。"

"就算达到真仙境又如何？连自己的娘亲都救不了，我要这修为有什么用？你们不是都说我灵力高，魂力高，修为也高吗？为什么娘亲她一丝反应都没有？"白羽看着一动不动的紫陌，开始有些激动。

"王女殿下，不得对灵主大人无礼，你可知……"清瞳实在有些看不下去，这孩子怎么可以这么对灵主大人说话！

"清瞳！无妨！紫陌现在这个样子，明月失态也是正常的。"梦仙君知道清瞳要说什么，可是现在这种情况，他绝不能让明月知道她和自己的关系。

"灵主大人！都到这个时候了，还不告诉王女殿下吗？"清瞳看出灵主大人的心思，实在心疼。亲生女儿就在身边，却不愿意承认，就怕她知道生父在身边，又突然失去。

白羽觉得清瞳说的话定有玄机，昨夜大战之时，蓝瞳也是想说什么，可她未能听懂，而幻境之主舞琉璃也是想说什么，还未来得及说就被十荒灭神剑灭了魂。难不成梦仙君隐瞒了什么秘密？

"清瞳！你先去给那些人疗伤吧！再过几个时辰，五族牺牲的人就会醒过来了。"梦仙君见清瞳的眼神中透着不肯妥协，只能先将她支开。

"是！灵主大人，清瞳这就去。"清瞳特别不想看灵主如此压抑感情，可是灵主的命令她必须遵从。

"明月，你还是请七王子殿下前来吧！除了他，我们五族之内怕是没人可以看出你娘亲到底怎么了。"梦仙君不是不知道明月与七王子的龃龉，可是为了紫陌，他也只能委屈明月了。

"那还请灵主大人照顾好我娘亲，明月这就前去。"白羽内心确实有点崩溃，她明明拒绝了风桀骜，可是没想到他还是帮五族渡过了这天大的难关！于五族有救命之恩，可他唯一的条件她都拒绝了，叫她如何再开口……

龙城西南角，风桀骜正在为受伤的五族中人疗伤。远远看去，高大的背影，一袭玄色长衫，看起来竟有几分眼熟。

白羽内心矛盾不已，看着那背影不敢前进一步。

就在白羽纠结怎么开口时，风桀骜一回头看到了她，见她微微低头，不知道在想什么，只是站在那里不动。

"来都来了，还差这几步吗？"风桀骜微笑，那张人如其名的脸上，因此一笑，倒是让人觉得没有那么遥不可及了。

被发现了的白羽，脸上略显尴尬，她还没有想好第一句话该说什么。不知道为什么，她一见到风桀骜就莫名的心虚。

“说吧！想让我帮什么忙？”见她不说话，风桀骜就知道她一定有求于自己。

白羽心头一惊，没想到这风桀骜不是灵族的人，却总是可以预知未来，看透人心！

“七王子殿下，明月的娘亲不知为何一直昏迷不醒，她的心脉明明没有任何问题，还请你前去看一看。”白羽说着说着，声音越来越小。

“走吧！”风桀骜看着白羽的眼神柔得几乎可以将人融化，只可惜白羽根本不敢抬头看他。

风桀骜为紫陌公主查过脉象之后，长叹了一口气。

“我娘亲怎么样了？”

“陌儿她还好吗？”

梦仙君、白羽同时发问。

“怕是紫陌公主在见到各位之前，魂力就剩下了不到一半。为了保护明月，她几乎是把自己全部的修为输给了明月，根本没想过这样做的后果是什么！”风桀骜有些于心不忍，真相对这二位来说有些残酷。他沉吟半晌，低声说道：“紫陌公主，怕是时日无多了……”

梦仙君听到这句话，原本就虚弱无比的他，直接昏倒在地。

“灵主大人！”白羽哭着吼出声来。怎么会这样？紫陌娘亲为了她居然时日无多，灵主大人给了她一半灵力，现在也虚弱到极点！

风桀骜抱起梦仙君，放在紫陌边上的木床之上，拿出一颗回灵丹，捏开梦仙君的嘴放了进去。

“风桀骜，谢谢你！”白羽实在不知道应该再说些什么，此时的她，心情竟被这里的NPC给左右了，她无法做到以旁观者的心态来体验这一切。

“不必谢了！我也帮不了太多，灵主大人休息几天就好了，只不过你娘亲……恕我实在无能为力。”看着她失落的样子，风桀骜不知道应该怎么安慰她。

“我……你救了五族之人，救了重云。我诚心谢你，我……”白羽有些语无伦次。

“明月，你不必觉得亏欠于我，我所做的一切，有一天你终究会明白。不过，你何时若是想开了，要记得我一直都在等着娶你！”风桀骜一脸郑重地说道。

“你……”白羽听他说前一句时更加觉得内疚，听到后一句时，却直接想爆发！

“明月，你终究会嫁给我的，我等着！”风桀骜说完便转身离开，至少到现在为止，一切还在他掌控之中。

看着风桀骜远去的背影，白羽的心又乱了，这个人到底是谁？为何她总是会感觉那样熟悉？

“月儿，你娘亲怎么样了？”墨羽走近，看到风桀骜的背影，心想，这家伙真是让人又爱又恨！有些事情少了他确实不行，可是他又总是围在小羽儿身边，着实让人看着不爽。

白羽转身，看到墨羽在这里，心里莫名有种被抓包的感觉，有些慌张地说：“娘亲她……风桀骜说，她时日无多了。刚才灵主大人听到这话，直接昏倒了，现在还没有醒过来。”

“月儿你觉不觉得这个风桀骜，好像跟五族之人很不一样？”墨羽走近白羽，用极小的声音说着。

“感觉到了，他好像知道一切，而且关于胧族，你知道些什么吗？”白羽也极小声地回答。

“答应我，羽儿，远离他，好吗？”那个风桀骜总让墨羽感到莫名的害怕，怕他会抢走自己所爱。

“墨羽，他只是个陌生人，到底是敌是友，现在还很难说。我答应你，会尽量离他远一些。”白羽心头一震，墨羽是在害怕吗？不知道他是不是感受到了她已乱的思绪。

134
以命换命，何谓真情

龙城，聚云阁。

“这都快一天了，为什么大家还没有醒过来？”清瞳很担忧，按理说，只要不是受伤太严重，应该马上醒过来才是。

“清瞳圣女不必着急，陌切是我胧族的神器，而胧族是死神的后裔，所以说只有月光升起时，大家才会醒来！”风桀骜边说，边走向紫陌公主的床边为她把脉。

“七王子殿下，难道紫陌真的无药可医了吗？”梦仙君依旧不死心地询问，他等了十几年才把紫陌盼回来，谁知道才相见，陌儿才对他有所转变，就落到现在这无药可医的地步！

“只要能救紫陌，我东方睿愿意付出一切！七王子……”东方睿说着，居然单膝跪地，眼中也泛起涟漪。就算陌儿最后放弃了他，可是他做不到放弃陌儿，终此一生，他都不会再爱上任何人。

“使不得！你是明月的师尊，怎可跪我！”风桀骜赶紧上前，扶起跪地的东方睿，发现对方没有想起来的意思，叹了口气，无奈地说，“东方师尊，并非我见死不救，而是……”

“你有办法是不是？我就知道你有办法！”梦仙君不顾自己虚弱的身子，颤颤巍巍地也起身跪了下来！他万分激动地说，“我梦仙君骄傲一生，从不曾有求于谁，七王子，求你救救陌儿，什么代价我都接受！”

风桀骜似是被这二人感染，眼中竟然泛起了泪。他不想被人看到，转过身去，故作镇定地说：“若是二位真的不惜一切代价要救紫陌公主，那么，还请快起来，长辈跪着和我说话，桀骜，受不起！”

跪在地上的二人相互对看了一眼，此时的他们不像是情敌，倒像是急于救自己亲人的家人一般。东方睿起身扶起梦仙君。此时的梦仙君在东方睿眼中，是一个合格的对手，是一个顶天立地的男人！他为了孩子去掉一半的灵力，为了五族几乎失去了所有修为，现在又为了自己的女人不惜一切代价！不得不说，若不是都爱上了紫陌，二人必定早就是惺惺相惜的好友！

“还请七王子告知方法，无论什么条件，我梦仙君都答应！”梦仙君眼中终于有了求生的欲望，这不到一天的时间，他有过无数次不会独活的念头。

“这……你们实在是太过执着了！罢了，我便告诉你们吧！”这样执着的人，风桀骜从未遇到过，这紫陌公主被这样的两个人爱着，到底是幸，还是不幸？

风桀骜转过身，看着那两个执着的男子说：“紫陌公主修为全无，又被幻境之主最后一下的光环所伤。本来只是这样也无妨，可是偏偏还被光环和法阵对抗时的力量所伤，也就是说，被神器之力所伤。若是那个时候紫陌公主过世了，倒是没有什么，可以和大家一起复活。现在只有持神器的人，才有救紫陌公主的资格……”

听到这里，东方睿也不管怎么救直接冲上前去，很认真地对风桀骜说:“让我来，三界碧海珠是我汐族所有，我又是汐族王室，是金尾人鱼，我最有资格救她！”

看着这个痴情的男人，风桀骜皱着眉头，担忧地说:“师尊，五神器可以救命，可是被它所伤之人若想活命……那也必须以命换命！”

待风桀骜说完这句话，在场的人全都一脸的难以置信！他们都想过，要救活紫陌是一定要付出代价的，可是没想到代价却是如此直接。若真是一命换一命，那么救人的意义何在?

“一命换一命? 不！让我来，不是同族也可以的对不对? 紫陌是我的女人，我怎么能让东方睿牺牲自己? 这对他太不公平了，七王子，你说呢? 我也可以对不对！”梦仙君怎么能让东方睿为了紫陌换命?

“二位长辈,除此法外,别无他法！所以之前我一直都不想说，是觉得若是以命换命，也算不得救人之法。不管怎么说，我都尊重二位的选择，我先去看看明月。”风桀骜觉得他们如何决定他也不能左右，还是赶紧走吧！正想开门溜走，却呆立在了门口。

“明……明月,你来了。我正想去看一下,你的内伤好了没有。”风桀骜看着明月，心里琢磨她听到了多少。

“我没事，不用看了。”白羽此时的心情复杂到了极点，她多希望自己什么都没有听到!

“那么你来是?”风桀骜必须要知道她听到了多少。

“我有些话想和灵主大人说，你去看下其他人吧！妍儿伤得很重，你去看看吧！”白羽尽力将他先支开。

见她这么急于将自己支走，风桀骜只能笑笑。她总是这样，不是生死攸关绝不愿意主动靠近他。希望刚才的话，她没有听到吧！他绝不希望换命的人是明月……

见风桀骜离开，白羽走向梦仙君。

“灵主大人，你们如此开心，可是找到了救治娘亲的办法？”白羽试探性地问着。

梦仙君和东方睿对视一眼，清瞳也眼神闪烁。三个人都没有开口，不知道应该怎么说。

白羽看三人都不开口，心想：“是啊，他们该怎么和作为女儿的我说？连我自己都不知道应该怎么办。照墨羽所说，过不了关卡会有生命危险，可这东方紫陌可是明月姬的娘亲啊！”听到这一切，却不救紫陌，她有些做不到，她知道这一切都是假的，可是……

“七王子说了，还是有办法的，不过你一个女孩也帮不上什么忙。这件事情要男人才可以，所以你就不必管了，你只要知道你娘亲有救了就好。”东方睿暖暖一笑，轻描淡写。

“哦……真的吗？那太好了，娘亲终于可以永远陪着明月了。那我先去照顾一下那些受伤的人。”白羽实在没有脸面在这里待下去，紧握的双手被指甲扎得生疼，笑着佯装高兴出了门。

白羽一边走，一边骂自己：“你怎么可以这样？就算他们不是真正的人，你也不会真的死啊！你现在都不敢承认自己听到了，什么时候变得如此畏首畏尾了？”

白羽看着傍晚的天空，思来想去，她一直认为除了墨羽一无所有，可是身边的这些人难道不是在帮她吗？白羽边走边自言自语：“以命换命！我在这里又何尝不是个 NPC ？比起师尊，难道不应该是我去以命换命吗？”

星空下的龙城，慢慢升起一勾银牙，白羽漫无目的地走着，完全没有发现在高处的围墙之上有人在看着她。

风桀骜手握陌切刀，穿一袭玄色的长袍，看着那个连她自己都不知道往哪里走的女子，喃喃道：“你终究还是全听到了，纵使我万分小心，也还是无法改变结局。”

135
桀骜拥抱，白羽逃

聚云阁。

阁外，樱花树在清晨的阳光下开得正盛，悠悠清风吹过，片片花瓣洒落。

“明月找我前来，是为了你娘亲的事吧？”风桀骜盯着明月问道。

白羽点点头，不敢看风桀骜，他的眼神，有毒！

“那你想知道些什么？”风桀骜实在不知道她听到了多少，只能一步一步试着问。

“我想知道，若是我去帮娘亲换命，会怎么样？”一般人是一命换一命，那么她这种高修为、高灵力、高魂力的呢？

风桀骜一笑，抬头看了看远处的天空，心想，她果然都听到了，看来一切都无法改变。他又看向她说：“若是你去换命，也许还有生的可能。只是这么多年来，从没有人试过。我也不能确定有几成的可能性。”

“就是说有这个可能是吗？我希望你能帮我！”白羽突然觉得自己有些累了，很累很累！她想回家，她想醒过来，她想去上课。

若是她能救活这个 NPC，也算是了了自己的一桩心事，不再欠谁了。

昨天半夜里白羽就听墨羽跑来告诉说，五族中人陆续都醒了过来，大家的心情都不错。可她却高兴不起来，那些在阵法完结后死去的人无法重生，也就是说，蓝瞳、仲陵、元启长老、熊化天族长还有汐族的六位长老都再也活不过来了！妍儿和熊恩泽这对父女也命悬一线。这么多人都死了，只是为了救更多的人。现在幻境之主和怨灵大军已经彻底灰飞烟灭了，只要她可以将禁咒之海打开，就再也没有牵挂了。

“若是你能嫁给我，我可以替你去换命，我们死神的后裔，可不是那么容易死的！”

白羽愣愣地看着那似曾相识的脸，那曾植入心底的眼神，冷不防打了个冷战！他，到底是谁？

“你为何用这种眼神看着我？我知道你不愿意嫁给我，可也不必觉得我是什么可怕之人吧？”风桀骜见她竟用那种害怕的眼神看着他，心中有些不愉快。

“七王子殿下莫要开玩笑，你明知道明月心中已有他人，且我们已定了终身。”

“那又如何？你们的终身，有谁见证吗？可有父母之命？你可曾真的成了他的女人？”

风桀骜的话，每一个字都打在白羽的心底，她竟是无力反驳。或许她不想反驳？

“你，到底是谁？”白羽压不住心底的疑惑。

“我是谁不重要，重要的是，我是爱你的人。”风桀骜靠近她，将她轻揽入怀。

白羽被这猝不及防的拥抱吓了一跳，下意识地用力推开对方，却是无济于事。对方各方面的力量都比她强，她根本推不开。

“你觉得你有多少力气和我抗衡？明月，你早晚都会是我的人！”风桀骜说得理所当然。

“你放开我！你这样对我，于情于理都不合适！”白羽根本不想听他说什么，她此时只想逃离。

而风桀骜像是没听见一样，伏在她的耳边轻声说：“我觉得你在我怀中就是情理，所以我不放。”

白羽要抓狂了，这大白天的在外面搂搂抱抱成什么样子？若是被人看到了，她哪里还说得清？

“你们……”梦仙君本想去城中再寻些灵丹妙药来，给紫陌先养着身子，没想到竟看到这一幕。

风桀骜听到声音回头，一看是梦仙君，这才不甘心地放开了怀中的人，毕恭毕敬地行礼道：“冰翁大人，桀骜失礼了。”

梦仙君无奈地摇摇头，也懒得理会这七王子的话，毕竟五族是他救的，紫陌的命也还要靠他。

冰翁大人？白羽有点懵，心想，难道灵主大人为了紫陌娘亲把她给卖了？

“你们！你们……”白羽语塞，真不知道该说他二人什么好。

“我说过了，你终究是我的女人！”风桀骜说罢，完美一笑。

白羽眼中像是可以喷火一般，恶狠狠地剜了风桀骜一眼，转身气冲冲地离开。

“你又何必惹她恼怒？”看着女儿离开的背影，梦仙君问着身边这位王子殿下。

“不扰乱她的心，她又如何记得我的存在？我来的意义又在哪里？”风桀骜失神地说着，像是说给梦仙君听，又像是说给自己听。

看着风桀骜如此失神，梦仙君确定这个孩子真心喜欢明月。可是，重云那孩子为了明月也是几经生死，以一人之力带明月回到汐族。哎！被这么两个男子真心爱着，是她的福，还是祸？梦仙君想着明月的现况，不由得心头一颤！怎么会？怎么会像是历史重演一样？这两个男子对明月的感情如同他和陌儿还有东方睿一般。虽有小异，却是大同！

聚云阁殿内，香气缭绕，各种奇珍异花多得让人叫不上名字来。

白羽气冲冲地走了进来，气却被这香气给消了不少。

“清瞳圣女，我娘亲怎样了？我想知道，若是以命换命，她能等多久？”白羽直接问出自己心中所想。

“你……王女殿下都知道了。你娘亲的情况不容乐观，最多可等九日。只是东方他想尽快来完成这件事，所以未必会等。”清瞳极力掩饰自己的情绪，那个男人和她成过亲，入过洞房，就算一切都是假的，可是她爱他却是真的，没有一丝水分，如今怎能假装没事？

“圣女，若是我能习得《仙魔无界》，可不可以突破真仙境？”

“若果真习得，那么突破真仙境完全没有问题。只是王女殿下询问此事，可是想打开禁咒之海？”

“没错，现在五族的大难已经解决，可我汐族的族人还被封在那无妄海底。我想在师尊以命换命之前，先习得《仙魔无界》，然后打开禁咒之海。可是九天……”原本这是最好的法子，可是九天怕是来不及，她没办法拿紫陌娘亲的生命来赌。

“你娘亲是个幸运的人，她一定会没事的。”清瞳怎么也恨不起紫陌来，就算现在东方睿要为紫陌去死，她也不觉得有什么奇怪。就像东方睿若是有事她也会拼命一样，只是这次，她怕是帮不上了，这以命换命，必须要是同一血脉才可以。如若不然，她去换命再合适不过，灵主大人和东方睿都会开心，而她也不必再受这情伤……

136
浅樱落一渠，桥上白衣飞

龙城东。

两个人背对龙城，面朝大海，看着无尽头的海，脸上皆无表情。

“风桀骜，九天，够不够我们找到《仙魔无界》？”

“你嫁给我，一切都可以。”

“风桀骜，我在很认真地问你，不要闹！”

“我也在很认真地回答你，你不要怀疑！”

“七王子，我说过了，我们是不可能的！”

“王女殿下没试过，如何知道我们没有可能？”

“你……”

风桀骜转头看向她，轻扬嘴角，轻轻伏在她耳边说：“你忘记你应该回到哪里了吗？”

白羽的心头狠狠一震！他究竟是谁，居然知道她来自哪里！这似曾相识的外表，这熟悉的眼神，难道他真的是易非？若他真的是易非，呵呵……

“你是上苍派来解救我们的是吗？可是我无法回报你，你也看到了，我的未婚夫婿是重云，我们生死与共，情比金坚！”

“那又如何？我感谢他，在我没有在你身边的日子里，一次次舍命相护。但是你不要忘了，他只是个凡人，陪不了你一生一世。而且，你的心里真的只有他一个人吗？你对他，当真是爱？而不是感激？”风桀骜的眼神如鹰般锐利，容不得人说谎。

白羽看着他的眼神，只觉得心虚，不知道怎么回答。她一步步往后退，没想到脚底一滑，往海里倒去。

风桀骜没有伸手去救她，反而自己也跳了进去。

“你这个疯子！”白羽气不打一处来，就算她是人鱼，他也应该拉她一把啊！不拉一把就算了，他自己还跟着跳下来。

“从我第一眼见到你的画像起我就疯了！明知道没有见过真人，可我还是疯狂地爱上了你！我……”风桀骜顿了一下，他不能冲动，他要克制，接着，他说道，“为你所做的一切，我未曾后悔。只怕你忘了浅樱落一渠，桥上白衣飞。”

白羽整个人都呆住了，金橙色的鱼尾在海中摇摆。是他！真的是他！可是为什么他现在才出现！要她怎么面对？白羽心中乱麻一团，理不出头绪。是的，她从未忘记过易非，可墨羽为她做了这么多事，她无法装作看不见。

“原来你早就知道我了，对不起，怕是七王子的一番心意，明月要辜负了。”

风桀骜心痛，为什么她知道他是易非后，还是要说这番话？他不相信她真的爱上了墨羽，觉得她对他只是感动、感激和依赖罢了。

“明月，你何时才会从梦中醒来？很多人在等你！”风桀骜说出这句模棱两可的话后，爬上船去，转身伸出一只手想要拉明月上船。

“我和娘亲一样，都喜欢沉在情梦之中。我也想醒来，可是，这种梦怎么才会醒，谁知道？”白羽明白易非的意思，只是这方法是什么、出口在哪里都不知道啊！

“神之子，也许会知道一切！”

他是在暗示她，只要找到神之子就可以出这关卡吗？白羽暗问自己，心中却不由得有些不舍。这里是个关卡不错，可是这里的一切都太过真实，真实到她已经把自己当成真的明月，那个三族王女、人鱼一脉至尊之主！

“若是能梦醒,任何代价都好,只是自古情字最困。”白羽知道，自己这么说他一定明白。

“明月是幸运的，在哪里都有那么出众的男子守护。说实话，我很嫉妒重云，他在任何时候、任何地方都能霸占你的时间，你的心！”风桀骜有些苦笑地说道。

“幸运？可是谁不想得一人厮守！只是有些时候，错过了，就是错过了。”白羽说这话的时候，有气无力，她在知道风桀骜就是易非的那一刻，像是被抽空了力气。

“无妨，你早晚都会是我的娘子。”他一脸坏笑。

白羽侧过脸，看着那张熟悉至极的脸，此时她的眼中全是雾气。她在心中哀叹，为什么，会这样的错过？就算这里头的一切不是真实的，可是感情却是赤裸的，她还有什么资格和易非在一起？

风桀骜看她快要哭的样子，伸手摸摸她的小脸，轻轻说：“知道你在想什么！不过，我还是那句话，你早晚都是我娘子！无论何时何地，都会是这个结果。”

“还是先去说服东方睿吧！若他执意要现在就复活紫陌公主，

那一切都来不及了！”白羽转移话题，再这么说下去她一定会失态的。

“这很简单，只要我开口，他一定答应！娘子大可放心，一切皆有为夫为你理好。”风桀骜说完，直接一把抱起白羽，轻轻一跃，便到了岸边。

聚云阁。

“东方师尊，既然明月已经知道了，不如就按我们说的做吧！”风桀骜将前因后果告知大家后，不忘劝说东方睿。

“这么多天了，我一直都想问，夏风将军说的是何意？正好今天都在，就告诉我们吧！”叶孤寒一直都特别想成为像夏风将军那样的人，心想，只有站在那种高度，才配得上田彩吧！

夏风摇摇头，浑厚的声音响起：“这，还是七王子自己来说吧！”

“这个，说来话长，你们确定要听？”风桀骜紧皱眉头，他实在不想讲故事，可又怕暴露自己的身份。

众人居然都点头，像是约好的一般。

风桀骜实在头疼，却不得不边想边说。

在风桀骜的故事里，他到处历练，路经黄昏国时看到了通缉明月姬和重云的画像，他对画像中的明月一见钟情。只是当时的明月不知所踪，他寻人无路，只好回到胧族。

胧族之中有位高人，得知心魔之主死后，残魂竟附在了幻境之主舞琉璃的身上。之后他暗中察看她究竟要做什么，结果就发现这个舞琉璃极擅长布局，目的却很简单，她要她的孩子永远陪着她！舞琉璃因执念而入魔，才会让心魔之主的残魂入身。可是这舞琉璃的力量是不可估量的，且她能够制造幻镜迷人心神，任何人在她的心中不过是枚棋子而已。

高人发现明月王女所谓的封印，不过是舞琉璃做给大家的一场戏。她擅长制造幻境，只要不死，就可以做一切她想做的事。所以苍力王的尸体成了她的奴仆，怨灵大军不过是她召唤的五族之人的尸骨而已！这些尸骨根本没有什么战斗力，只是因为数量过多才让人害怕！至于汐族的怨灵大军，倒是消耗了她不少修为，只是当初若不是想去抢时空之轮，她也不必浪费自己的修为。没想到，时空之轮没有拿到，汐族竟然为了对抗她的怨灵大军启用了禁术！更没有想到的是，紫陌公主竟然在她来之前将时空之轮带出了汐族。后来她又去到黄昏国，打上了命运之轮的主意，一步一步诱导所有人走向她指定的路。

“这就完啦？”拂香公主觉得还没有听够呢，接着问道，“你还没有说，为什么夏风将军会出现在那天夜里，救大家呢！”

风桀骜轻笑，叹了口气说:“没有人可跟幻境之主舞琉璃撒谎，在叶将军来找夏将军之前，我就告诉夏将军，龙城不可没有神器镇守，否则五族和龙城都将覆灭。夏将军自然是要听我的，因为我让他看了我的陌切刀，而龙城的百姓之多怕是有半数的五族之人。在还有一个时辰的时候，我那天留给夏将军的无字信就会出现他要出城救大家的信息。任她舞琉璃再有能力，她也无法算出一个在她计划之外的人要做什么。更何况在最后一个时辰的时候，她的注意力完全不在龙城之内！若非如此，怕是我们再强大也无法和她对抗！”

听风桀骜说完，所有人都面面相觑。

“没想到，我们居然都只是棋子！原来我们所做的一切都在那个女人的算计之中！”少轻气愤不已。

“所以说，那个舞琉璃被我封印根本就是她早就谋划好的，为的就是让我们以为她死了，让我们为了消灭怨灵大军而团结在一起，集合五族的神器救她的孩子？”白羽冷笑一声，自己做了这么多，却没想到到头来竟是差点为他人作嫁衣！

“月儿，不要难过！其实，就算重来一次，你还是会做同样的选择，不是吗？”墨羽赶紧安慰白羽，却是自己心里都觉得很气愤！

“其实那舞琉璃也不是极恶之人，她第一次救出自己的孩子时，只想和孩子过平淡的日子，根本不想去伤人，也不想去算计人。可惜羽族的士兵几句话就将刚刚脱离恶魔之子的孩子给推到地狱，所以她才再次谋划用我们五族的神器开启轮回逆！”东方睿说道。

“她抢时空之轮时，只是想让时光倒流救回孩子。她开启命运之轮时也确实不想伤害更多的人，只是她的孩子一失控，她也失控了。最后这轮回逆，她孩子的残魂都被毁掉了，她万念俱灰才放弃找个尸体重生的吧！”清瞳补充道，不禁有些唏嘘。

仙也好，魔也罢，好坏终究难以定论，不过是考量的标准不同而已！

137
雪月醉青丝

X工作室。“怎么样了，能不能控制住他们？有没有查到那个吴易非入主了哪个NPC？”神秘人背对着问身后正在忙碌的人。

“放心吧！老大安排我在WM公司卧底这么久，他们五年之内的所有数据我都搞到了！只是老大，这事搞不好我可是要坐牢的，你可不能亏待我啊！”黑客X自信地回话。

“哼——吴易非的公司逼得我破产，就算我只剩下这最后的资金，也要和他鱼死网破！”神秘人愤恨地说。

“好了！他们的记忆马上就会被全部屏蔽掉。老大，你说若是WM公司的CEO失踪了会怎样？若是在他失踪的同时，他们研发的360度传感器又出了人命会怎样？”黑客X说得很是畅快，那语气好像在问他成为大公司的CEO怎么样。

神秘人大声狂笑，这样的话，当然是最好不过！

翌日清早，风桀骜亲自挑选一行人，从龙城东边的港口出海，一路北上去往胧族，寻找神子的踪迹。

为了让大家不再损失修为，东方睿从汐族带出来一队最强的舵手。有这样的帮手，大家可以在休息的时候好好增加一下修为，因为就算是找到了神子，怕是也要先为了神书而战斗。

“少轻修为虽高，可是毕竟是人族，狂沙穿洪咒使用的次数是有时间限制的。”东方睿发现，他自从让这一队舵手来帮忙，所有人都认为他修为尽失，若不是他强势，只怕这些人都不想带上他……

“师尊，你当真没有事吗？风桀骜说此次我们要面对的是比幻境之主还要可怕的九子鬼母。”东方拂香担心地问。

“拂香公主放心，他可是还要留着命救陌儿呢，绝不会让自己出差池。倒是公主你，内伤到现在还未痊愈。”田彩故作轻松，可她知道，她比谁都害怕东方睿有事。

少轻看着师父田彩装作不在意的样子，心痛不已。虽然她不懂爱，可是她知道师父现在一定很难过。

“大家放心，我只是想保存实力，也想让大家好好恢复一下内伤。若是我们用阵法去到胧族，我开阵，大家也需要护阵，虽然可以很快到达，可是到了一样也得休息。”东方睿没想到原来还有这么多人关心他，他的所有心思都在陌儿身上，从未静下心来好好感受过。

“那大家去休息一下吧！这一路时间还早，不要辜负了师尊的一番心意。对了，你们几个有战歌精灵的，不要忘记让精灵出来帮你们！”风桀骜一直都不太喜欢多说话，不管在哪里都是。

“对了，蓝瞳过世后，这太金之灵就失去了主人，每天都放在我这里寄养也不是个办法，还是让她自己找个主人吧！”想到过世的蓝瞳，白羽无法不难过。她整理好情绪，召出太金之灵，但小精灵明显精气神不佳。

“太金自从蓝瞳在最后一刻将她推开后，就特别失落，每天都是这个样子，你们谁有办法让她开心，也许她就会认谁做主人了吧！”白羽看着像个小怨妇一样的太金之灵，哭笑不得。

“战歌精灵一向以为主牺牲为荣，蓝瞳在生死一线的时候，一把推开她，自己却牺牲了。这对太金来说，实在是莫大的耻辱，她宁可死的是自己，也不想活着被耻笑。”清瞳解释说。

空中飞得慢吞吞的太金之灵，看着这一船的人，幽怨的眼神可怜极了。战歌精灵从出生起就不侍二主，没想到她太金居然落到今天这个地步。

“没想到这战歌精灵竟这么有情义！”风桀骜说这话的时候，眼却在看着白羽。

没想到那可怜兮兮的太金之灵，竟挥舞着晶莹的小翅膀飞到了风桀骜的肩头。

“她这是认七王子殿下为主人了吗？”

“肯定是，精灵在认主之前是不会随意停到一个陌生人肩上的。”

大家看着这个终于有了新主人的太金之灵，也算是放心了。以风桀骜的修为，以后她肯定前途无限。

傍晚，其他人还在船舱内疗伤，风桀骜却是早早就帮白羽把内伤治好了。他一把拉起白羽的手，就往外走。这突如其来的牵手，让白羽有些措手不及，她想挣脱，可哪里是对手？

船舱外，月色初起。

“月儿，有句话我只问你一次，你可以不用马上回答，但是我希望你用心想过之后再说，好吗？”风桀骜表情极为认真。

这样的风桀骜，不，是易非，白羽从未见过。她点点头，眼睛却是垂下，不敢再看他。

“你可在某一个时空爱过我？”

白羽的心头像是被电击一般，后退了两步，她分不清自己是感到害怕，还是感到突然，还是感到被触动了心弦。

看到白羽的表情，风桀骜满意地笑了，其实他不必等到白羽回答，她脸上的表情说明了一切。只要小羽爱过他，现在心里还有他，他拼尽一切也不会放手！他不能再失去她，不能再找不到她。他心想：“小羽，希望我们可以早点从这里出去，只有这样，我才可以将你带到我的世界！”

刚掀开门帘的沁心，却听到了这样一番对话。只是她不明白，这胧族的七王子风桀骜之前和明月王女并未有过交集，为何会那么问呢？可是看王女脸上的表情，明明是默认了，因为那是被心上之人表白后才有的慌乱和极力掩饰的震惊。

见二人终是离得远了些，沁心才故意将掀帘的声音弄得大些，以免二人尴尬。

“王女殿下，拂香公主她非要吵着让你去陪她，可是她自己又不想动，说要保存实力。”沁心笑着说，眼神中透出了无奈。

“去吧！我正好在此沐浴一下月光，再半个时辰我们就到了。”风桀骜得到了自己想要的答案，便不愿意强留小羽留在这里，省得她不自在。

船舱内，汐族的夜明珠散发出柔和的光芒。

“小明月你快过来，让小娘亲好好看看你！你们没事的话都出去看星星，看月亮去吧！”见自己的小心肝来了，拂香马上轰人出船舱。

“小明月，你要和小娘亲说实话，重云将军和七王子你到底喜欢谁！”

白羽没想到这拂香公主居然也这么八卦地问，一时之间竟不知道如何应对她。

“这里就我们二人，你就告诉我实话吧！小明月，若是你心意不定，你可知道会害死很多人？”拂香突然认真起来，她平时看起来很不着调，可是……可是有谁知道她东方拂香心中也爱着师尊！

“害死很多人？这是为何？”白羽不明白，她心意不定，为何会害死人？

“小明月你可曾想过，若你选重云将军，那么师尊就一定会以命换命救你娘亲。可是你知道吗？我，我……我也对师尊情有独钟。所以，我不能看着他死，以命换命，我是陌儿的亲姐姐，我更有资格！可是孩子，你可想过，我的父王、你的好祖父会亲眼看着我去死吗？若是你选择风桀骜，那么他便可以一个人救活你娘亲，而他也不会有事。可这一定要是你心中喜欢他才可以，我们汐族绝不会让自己的孩子为了娘亲活命而搭上一辈子的姻缘。所以说你的选择对小娘亲来说很重要，你一定要如实告诉我！只有这样，我才能做出应对。”拂香说着，眼睛都变红了，几行清泪落下。

“你别哭，我可以，风桀骜说过我也可以救娘亲而不死的。”白羽见她哭成这样，赶紧劝慰。

“傻孩子！你真的以为你也可以救了你娘亲而不死吗？七王子是骗你的，你就算学了《仙魔无界》，你也一样会死！”

白羽不相信地摇头，着急地问：“他为何骗我？”

东方拂香哽咽着说：“因为他爱你！这九天其实就是他在用最

后的时间陪着你，帮你找到《仙魔无界》，在以命换命之前，他定会在你身上撒雪月散，然后以他自己的全部修为来救活你娘亲……”

白羽再也无法控制自己的情绪，泪水若决堤的河水般停不下来，在心里呐喊：“易非，你怎么可以这样？你要我怎么面对你？我已经没有资格再爱你了，你明明知道的。为什么还要这样，为什么你们都要这样？让我怎么还得清，怎么还得完？”

这些话，白羽只能哭，却不能跟任何人说！墨羽、易非不能暴露，慕容羽也还没有消息，不能问也不能打听。

“谢谢你，拂香娘亲，给我一点时间，我会告诉你，我的决定。”白羽哭得几乎快没有力气了，她从未觉得像现在这样难以抉择。原来这世上真的有最难做的决定，原来电视剧里演的都是真的。那不是三心二意，而是两份情深义重同时存在，无法比较谁更胜一筹。

白羽拿起一坛紫陌娘亲为她酿的果花醉，无力地坐在船舱的窗口边，看着窗外的明月，喝着果花醉，她多希望不曾知道真相！易非做到如此，让她如何狠心？尤其是，他明明就在自己心里最秘密的地方存在着。

“你们快看啊！下雪了！”

“是啊！下雪了，好美啊！从未在海上看过雪……”

白羽苦笑，是啊！多美的雪，月光下的大海之上下了雪，美得让人觉得不真实！无人会懂，千杯寻醉难消愁；无人需赢，万语千言诉不清。莫要相知，恐会醉情殇离别；莫要相恋，终是青丝发间雪……

138
藏起来的记忆

X 工作室。

想到吴易非即将失去现代人的意识，在游戏中要遵守他们的规则，每走一步都在他们的左右之中，神秘人和黑客 X 目光相接，脸上都露出了满意的笑。

无极海。

一瞬间，墨羽、白羽、易非都感觉头狠狠地痛了一下，恢复之后，便都失去了现代人的意识。

赢宵城。

所有人都没有想到胧族的入口居然在天上，而且是在天上的一艘巨大无比的船上！如此巨大的船，看起来居然比龙城小不了多少，也不知道是怎么悬在这天空之中而不落！

“七殿下！”

守门的胧族侍卫齐刷刷地行礼。

“起来吧！这几位是我的贵客，可知道我师父此时在哪里？”

风桀骜知道时间不等人，他要尽快完成任务，这样就可以多出时间来和明月说说话，他要珍惜和明月在一起的每一秒钟。

“回七殿下，风长老已在天舟阁等候多时！他交代属下说，七殿下回来就请赶紧前往。”

风桀骜嘴角一扬，回头看着大家道：“走吧！师父在天舟阁等我们了！”

天舟阁。

“桀骜，你终于回来了！看样子，你要做的事情，一定是做成了！”风桀骜的师父一头白发，眉毛、胡子依旧是黑色，竟是一位鹤发仙骨的长者。

“师父！让你久等了！”风桀骜对着师父风昱行了一礼，这次出行为了自己的任性的感情，确实晚了回来的归程。他转过身来，对后面的一行人说：“这位就是我的师父——风昱，也是我胧族的长老。我之所以能帮助大家，也是师父安排的，若是没有师父，我也没有这么周全的计策。”

“如此，东方睿代表五族谢过风长老了！”东方睿行了一大礼，只是还未行完，就被风昱扶了起来。

其他人见东方睿行礼，也一并跟着行礼。

“使不得，死神的后裔纵使听着可怕，你们也不必当真！倒是我们的礼数不若你们如此周全，所以在这里，大家就不要客套了。”风昱笑意蔓延到眼角，心想，看来这次殿下出去有不少的收获。

“原来你就是七殿下口中的高人啊！”东方拂香看着风昱，赞许的眼神挡都挡不住。

“不敢当！人外有人，高人的称呼是七殿下抬举老夫了！”风昱看着东方拂香投过来的眼光，有些不好意思，从未有姑娘这样看过他。

“师父，抢九子鬼母的《仙魔无界》神书，我们这些人有几成把握?”风桀骜有些担心，他必须要知道有几成把握，才敢带上明月。

“依目前来看，我们有十足的把握！九子鬼母的攻击力甚高，几乎可以说是秒杀一切修为在大乘之下的人。可是你看你带来的这些朋友，修为都极高。”风昱捋着胡子，自信地说道。

“既然如此，那我们便前去吧！”风桀骜听师父这样说，心里很高兴，看来此行大家都不会有生命危险。刚想走，他又想起来一些事情，看着一行人说：“我胧族不像你们的地界，地广风貌迥异。除了你们看到的这个偌大的船一样的天空之城外，就真的没什么可看的了！还希望各位可以谅解。”

“我们此次前来本就是急于拿到《仙魔无界》，娘亲还在等我们救她，所以七殿下就不必客气了。等明月的娘亲好了，明月定当来你们胧族好好看看。”明月行了一礼，王女风范一点都没有落下。

“明月说得甚是，那我们就出发吧！以免夜长梦多，先把《仙魔无界》拿到手才是重要的！”东方睿更是没有心情去看什么风景，他此时只想快点和九子鬼母痛快一战，赶紧拿到《仙魔无界》让小明月学了，大家好一起开启禁咒之海！

“那好，师父你在此等桀骜归来！”风桀骜说道。

“等一下，七殿下！”风昱小步追上来，呼吸微微有点喘，说道：“这个是护心露！师父终此一生也就炼就了这么一瓶，关键时用上！”

“师父……这不可以！这是我们胧族每个人一生只能炼一次的药！这是你的救命丹药！桀骜不会收的！”风桀骜死活不肯收下。

胧族神之后裔，有神护佑，族人皆可为自己修炼一颗护命丹药。初为丹，名为月魂；高为露，名为护心。

风昱有些生气，一脸严肃地说：“你若还当我是你师父，就收下！你这臭小子，怕是自己那一颗早没了吧！”

风桀骜脸上微露赧色，心想，师父果然还是老样子，什么都瞒不过他老人家！只好双手接下这珍贵无比的药，看着师父，深情地唤了声：“师父……”

“好了！急于救人就快走吧！我还没有弱到马上死的地步！”风昱说完，转身往自己的住所走去。

东方睿开启狂沙穿洪咒，带着一行人消失在偌大的天空之舟上，只留下法阵的点点余晖。

听到法阵消失的声音，风昱转过头来，长叹一声，忧心地说：“桀骜啊！也不知道让你顺了心意是对还是错，师父总是告诉你人活着要活得无悔。只是，这明月王女到底是你的缘，还是你的劫？你为了她，这么短的时间就失去了护心仙丹。哎……”

法阵之中，众人心情倒是不错，只有明月姬心事重重。

“想不到七殿下的师父也如此疼爱你！”少轻见到此景，特别有同感，想不到天下的师徒，多数都是像她们这样！

“少轻姑娘，有所不知，我从小身子很弱，时常生病。后来师父将我抱去，直到长大成人，都是师父陪在我身边。对于师父来说，我是他唯一的徒弟和亲人。”风桀骜脸上洋溢着幸福，让人觉得并不冷漠了。

“原来如此！”少轻好像找到了知音一般，少有地对人提起了兴趣。

沁心和东方睿见明月并不说话，心事重重的样子，根本没有听进去别人在说什么。

明月总感觉自己好像忘了些什么，可到底是什么，又实在想不起来。

139
九子鬼母

寂寞海。

这寂寞海却非真正的海，更像是一个淡水湖。湖底的妖物也多得像在赶集。北方有横断雪山，西方有古长城，正南方有大草原，人烟稀少的，只有一个游牧村落。正因为这里的奇诡天气，使得北方有雪，西方有绿林，南方有枯草，东方有繁花。这四种天气全部围在这寂寞海四周，人没有来多少，倒是成了妖物们的绝佳修炼之地！

“就是这里了，看来师父提前来探一下路还是很有必要的！不然我们直接穿到寂寞海底，或是到了九子鬼母身边，那就糟糕了！”

风桀骜长舒一口气，说：“好险，阵法所在的地方，竟是在寂寞海边上，再偏两尺就要掉落下去了。”

“不过，为什么你的师父不能再让我们到一个安全一点的地方呢？”东方拂香吓得不行了，就算她是人鱼公主，也不想在此时掉进这里头和那些妖物拼杀！

“拂香公主，你且向右看看！”风桀骜指着古长城方向说。

东方拂香转头一看，只见九子鬼母居然远远地围着这寂寞海在转圈！她倒吸一口冷气，好险，若是阵法正好落在九子鬼母巡视的路线上，那此时大家就都没有命了！

“原来如此，也难怪我们必须要前往胧族见七殿下的师父才可以前来了！若是没有人指点，怕是阵法根本不知道哪里是安全口，对大家来说，这几乎是在送命！”东方睿之前还有些不太明白，风昱长老并没有说什么重要的话，为什么一定要来胧族。

“那九子鬼母不是应该在冥界吗？为什么竟这么明目张胆？”清瞳指着那远处看起来极为“拉风”的九子鬼母，有些不太能相信。

“想不到，除掉了幻境之主，还有九子鬼母这样的主儿在这世间为害苍生！”沁心自从离开王宫，见过太多的意料之外，而今天更是进了一层。

“这九子鬼母，众说纷纭，也不知道到底是什么情况。我听到的是她吃自己的孩子……”东方拂香觉得无比恶心，干呕了一下。

“可是我却听说，是将九千九百九十九个活生生的婴儿扔进去，碾压成泥……”少轻皱着眉头说道，这些年她没少杀戮，想想却还是觉得无比血腥！

“别说了！不管是哪种，我听着都觉得很难受！九子鬼母，既然是母，为何如此残忍？”明月是真不敢再听下去了。

“你们就不要吓明月了，还是我来说吧！外传这九子鬼母是万鬼之日产九鬼，朝产夕食。可事实是，她只吃先天灵力不足的鬼子，用以补充自己消耗过多的元神。也正因如此，数千年来她的鬼子竟达百万众，这才让她在冥界众恶鬼之中占有不败之地！也正因如此，我师父才会觉得《仙魔无界》神书在她身上。她本是冥界的鬼母，现在却敢在凡世，连太阳都不惧怕，想来只有神书可以做到了！”风桀骜必须要更正大家的传闻，以免明月听到会害怕。

田彩笑了笑，看着明月姬打趣说：“小明月，我认识的王女殿下可是胆子大得很，连死都不怕，怎么这会儿不敢听这些了！”

“田彩师父，你就不要取笑我了，我不是害怕，我是觉得着实残忍。不过听七殿下这样说，我倒是不觉得了。”明月赶紧解释道。她最近也不知道怎么了，觉得好像忘记了什么重要的事情，可是一想就觉得头好疼。

“现在你们也知道了，那么我们选个合适的位置，开战吧！必须要在她发现我们之前，先偷袭到她。我去打头阵，东方师尊、拂香公主站在我身后，明月、少轻、田彩站第三排，沁心、清瞳站在第三排后面的空隙！大家跟上，不要掉队。”风桀骜指挥了起来，还不忘深情地看了一眼明月。

接着，风桀骜蓄满全力，将陌切刀狠狠地丢向九子鬼母。九子鬼母被神器击中，踉跄了一下，直接狂暴！

“谁人伤我！”九子鬼母没想到，她叱咤冥界，来到凡间竟被人偷袭了！她催动全身的鬼力，直接向那群不知死活的人逼了过去。

“伤你又如何！你身为鬼母，不在冥界好好待着，跑到这里来做什么？”风桀骜一脸杀气，根本不把对方放在眼里。

“无知凡人！竟敢如此无礼！若不教训一下，你们不知道我九子鬼母的厉害！”九子鬼母被激怒，可是她内心深知这是在凡界，而不是冥界，她的鬼力在此受到很大的限制！若非她到处故意杀一些将死之人，在精神上击垮周边的敌人，她又如何能安心地在这里修炼《仙魔无界》的后一半？

此行八人被九子鬼母打得节节后退，饶是风桀骜强力支撑，九子鬼母还是明显占了上风。

“呵呵——无知的凡人！现在就让你们知道我的厉害！”九子鬼母终于松了一口气。

“大家现在都拿出自己的绝招来，快！”风桀骜一边假意后退，一边小声说道。所有人一听到这个指令，马上蓄满自己所有的力量，几乎是一瞬间，都向九子鬼母丢下了自己的绝招。各种招式在九子鬼母身上纷纷奏效，九子鬼母没想到自己一时轻敌竟会招来反杀！不禁纳闷，眼前明明就是一群凡人，怎会如此厉害？

风桀骜、明月两人又一次蓄力注在胧族陌切、汐族三界碧海珠上。两人眼神交错，一起用尽全力将神器丢到了九子鬼母身上。

“不——”九子鬼母一声嚎叫划破天空，痛得倒在地上。她倒在地上才看清，那自动回到主人身边的武器，竟是神器！怪不得，怪不得她受的伤如此重。

风桀骜直接走了过去，捡起地上掉落的那本大家寻了很久的《仙魔无界》神书。他看了一眼地上的九子鬼母，摇摇头，淡淡地说：“九子鬼母本就应该待在冥界，你又何苦在这凡世间逆天而为！”

“你……不杀我？”九子鬼母不敢相信。冥界大大小小的鬼王都想杀了她取而代之，她不得不防。虚弱的九子鬼母幽幽地说道：“机缘巧合之下我才得到了这《仙魔无界》神书，上半本是在冥界修炼完成，下半本却不准在冥界以外的地方修炼。我虽在冥界修为甚高，可是凡世间有太阳的时候，对于我们鬼来说，几乎是毁灭性的。只是除了这凡世，其他地方更是凶险，我也只能在这个几乎没有人烟的地方，把仅有的人类吓跑了！”

“我只为取书，不为杀人！看你也不是那十恶不赦之鬼，虽外界对你的印象非常不好，但我师父早就查清了真相，你也只是为了让自己的孩子能够好好活着。”风桀骜转身走向明月。

“我是杀过一个凡人的孩子，给自己的孩子当食物，可是我已经受到惩罚了。可世间最不缺的就是以讹传讹，想必，此生我都洗不清这罪名了。”九子鬼母心中难过，她不是坏人，她吃的只是救不活的孩子，为的只是让自己活着，照顾这些活着的孩子们！

“是否可以洗清你自己的罪名，不在于外人怎么看，现在的你在冥界已无对手。你要做的，就是从此不再伤害其他孩子！至于你吃自己的孩子，以后还是改了吧！不管孩子是否死了，这样吃其身终究天理难容。”风桀骜没有回头，只是站住了没走，语重心长地说道。

“可是，若是那样，我的修为总有耗尽的时候……”九子鬼母有些沮丧。

风桀骜听她如此说，回过头，笃定地说:“此书我们用来救人，用不了多久就会归还于你，有了这神书，你大可不必担心。”

九子鬼母点了点头，妖异的脸上竟露出一丝安心的暖笑。若有更好的法子，她自然不愿意做自己极不想做的事情。

“我们走吧！紫陌公主还在等我们！”风桀骜心中的大石头终于落下了。

“等我一下！”明月以极快的速度到达九子鬼母身边，从怀中拿出一颗丹药，她记得这是被囚禁的时候药师给炼制的，仅此一颗，“给！吃了吧！你还要照顾你的孩子们，现在太阳马上要出来了，你还是找个可以遮阳的地方吧！”明月觉得这个九子鬼母和幻境之主舞琉璃不一样，九子鬼母是只错过一次，而且一直不想伤害任何人。可是舞琉璃的母爱是几近癫狂的，她为了能和孩子再相见，不惜一切代价。最后一次更是过分，竟以五族之人的性命来做局！

“小明月！那是你的救命药啊！若不是重云偷偷留了起来，怕是早就被你送人了。重云将军可是为了留下它，晕倒病危的时候都没有吃！”东方拂香见她的小明月竟将如此珍贵的药给了九子鬼母，直接开吼。

明月笑了笑说：“这药就是用来救命的，只可惜救不了娘亲的命。不过我倒是奇怪为何这九子鬼母在被神器伤了这么多回之后竟还能活着。”

“明月，我们先进阵里来吧！路上慢慢说，我们不可再浪费时间。”东方睿有些急，虽然时间明明是足够的，可是他怕，生怕他的陌儿会有什么事。

一行人都走进法阵，路过胡姬村时，发现下头居然有湖有水，还有大片的向日葵，在阳光之下那样显眼，让人心情愉悦。

看着在法阵处消失的那一行人，九子鬼母吃下了那颗丹药，若不是她《仙魔无界》已练了七层，而且那几个人并非一定要她的鬼命，她现在怕是早就连魂魄都不剩了。

140
无妄之灾

明月的修为本就很高，再加上已是上仙境，这《仙魔无界》修炼起来更是顺心应手，只是几日的时光，便全部学会，且能运用自如。

“汐族今日就可以解除禁咒了！还好紫陌出走了，不然我们只有等死了。”东方焕心头的大石头终于落下了一半。

“是的，爷爷，打开了这禁咒，明月就再也没有牵挂了！”明月安心一笑，她终于可以松一口气了。

“瞧你说的，莫不是想嫁人了？”东方焕依旧英俊的脸上露出慈爱的笑，他的小明月的确该嫁人了。

“爷爷你就不要取笑明月了，哪有……”明月越说声音越小，她有点心虚。

重云和风桀骜都看向明月，想知道她羞红小脸到底是为了谁。

“我们开始吧！明月你要记得，学习《仙魔无界》时，千万不可以有杂念，专心和大家一起施法！”风桀骜咳了一声，极为不放心地说，他可以有事，可是明月不可以。

所有人都将力量和精神集中在明月手中的三界碧海珠之上，

而重云则用幻梦枝在大家百米之外做出一个屏障，只要他不死，屏障之内的所有人都会安然无恙。

骤然黑云密布，狂风也在海上刮起，禁咒之外的海水变得浑浊起来。

一时间，夜叉族的海域也开始动荡，鱼群四散，宫殿摇晃，水草狂摆，珊瑚树下陷，族人到处逃命。

“谁能告诉本王，这到底是怎么了！”夜叉王迦游罗看着摇晃的宫殿，不由得心头一震！

“王——王，不好了！汐族人不知道在做什么，海上面太浑浊了，只能看到很亮的光！”一个侍卫从外面踉跄地跑进来说道。

正在这时，大王子迦修世走了进来，行了一礼，微微有些喘地说：“父王！我刚才强行用法术去到海面，发现汐族之人正在，正在开启禁咒之海！”

“什么！他们竟要开启禁咒之海？不可以——这绝对不可以……”迦游罗跌坐在王座之上，脸色惨白。

迦修世见状，马上跑了过去，扶着父王，一脸担忧地说：“父王，修世明白，原本汐族被囚禁在禁咒之海中，对我们夜叉族人来说是件好事。这样的话，五百年后，海中第一大族就是我们了！”

迦游罗依旧脸色惨白，有气无力地说：“吾儿，他们若是打开禁咒之海，那可不是我们不能做无妄海之主这么简单。”他长叹一口气，继续说，“他们之前强行使用禁术第七界，原本就已逆天而行。而前些日子，五族之人竟集合了五神器之力，将所有的怨灵大军全给杀光，还除去了幻境之主。这原本也没什么，五神器本就是用来救乱世。可是他们居然敢使用轮回逆！这是要遭天谴，是要付出代价的！”

“可是父王，这和我们夜叉族有什么关系？他们被天罚不是更好吗？”迦修世实在不能理解。

“这怎会是好事！天罚之下，安有不受牵连之人？更何况我夜叉族与汐族离得如此之近！而现在他们居然敢擅自解开禁咒之海，怕是天罚就在眼前了……”迦游罗此时已面如死灰，他知道一切都无可挽回了。

“父王的意思是……”迦修世终于知道了事情的严重性，可是他不认输，那解禁之术还没有完成，他还有机会！他走下台阶跪别，用视死如归的眼神看着王座上的亲人，郑重地说，“父王！修世不愿在这里等死，横竖都是一死，不如去拼一下，至少还有一线生机！”

看着这样的儿子，迦游罗笑了，心想，有子如此，父复何求？

无妄海上，巨浪掀起，解禁之术马上完成。

迦修世拿起手中的玄海戟，将所有修为输入其中，狠狠地将它丢向那些施法之人！

阵内之人没有受到伤害，只是用幻梦枝结出屏障的重云，却喷出一大口鲜血！屏障也随着重云受伤，而渐渐消失了。

“重云！”明月看到重云跌进无妄海中，整个人都失去了理智！

“明月，呃——快收回心神，万不可在这个时候走神！”明月的分神让风桀骜受了很重的伤，他却还在苦苦支撑。

看到风桀骜也受伤，明月明白，若是此时不好好施法，所有人都会因她而死，她强迫自己先不去想跌进海里的重云，专心施法，可是哪里做得到？

迦修世看到这情景，笑出声来。虽然他现在没什么修为了，但是他还可利用夜叉族魅惑人心神的本事！

“明月……明月你为何不管我的生死？明月，你这样可对得起我……”

施法的明月好像听到了跌落海中的重云的声音，心乱如麻：“他在责怪我吗？他好像很伤心！可是，不对！不对……”

“明月，你醒醒，醒醒啊！你再不醒过来我们都要葬身在这无妄海底了！”少轻急了，发现明月好像被什么给扰乱了心神，她微微探视周围，发现远处居然有个夜叉族人！

忽然，海底飞起一个人，重重地将迦修世打伤！受伤的迦修世落入海中，慢慢沉入海底。

“明月你醒醒！”重云大声吼了起来，他必须要叫醒明月，不然这一切都白费了！

眼看禁咒马上就要解开，明月却迷迷糊糊地松开了手，就在这关键的时候，重云一把将明月的手握住，将自己的修为注入三界碧海珠中。

霎时间，禁咒之海慢慢裂开一道缝隙，所有一切都向着预期的方向发展。就在此时，明月却猛地睁开眼睛，像是受了刺激一般，推开了重云。那本应全部解开的禁咒之海，却停了下来！而施法的其他人，都受了重伤，跌进了无妄海中！

141
云逝月明，散东风

明月幽幽醒来，感觉体内的力量消失了好多。

“明月！明月你终于醒了……”重云见怀中的明月终于醒来，虽然高兴，心头却还是像压着一块巨石一般，连说话都有些哽咽。

“封印解了吗……”明月觉得不太对，不明白自己为何如此虚弱。

“封印……封印……封印只破开一个口而已……”重云不懂，为何大家付出如此之多，却还是未能解开封印，还搭上这么多条人命。

“不可能！风桀骜明明说只要学了《仙魔无界》便可解开封印的！”明月不相信，怎么会变成现在这个样子！

“明月姬！你可知道你失神害了多少人？为什么你就不能好好施法！你还我师父——还我师父——”少轻疯了一样地跑了过来，一把揪过明月，几近崩溃地吼着。

“你放开她！”重云一掌推开少轻，扶着虚弱到极限的明月，继续说道，“就算你杀了她，你的师父现在能够醒过来吗？”

第一次如此失态的少轻，跌坐在地上，泪水止不住地滴落。

她的师父在跌落海里之后就一直昏迷不醒，还有，那些人也是……

明月瞬间精神了起来，却是吓得！她转头看向周围，只见风桀骜重伤倚在珊瑚旁，梦仙君和东方焕都奄奄一息，师尊东方睿也在疗伤，而田彩师傅昏迷不醒！怪不得，怪不得，少轻如此激动失态，恨不得杀了她，她没有想到后果如此严重。可是看到重云受重伤跌落海中，她如何无动于衷？她是王女，是汐族的未来之主，可她终究会牵挂自己的心爱之人。只是，这一切已然发生，她此时一死也无法改变这个事实……

“这事是我的错！是我害得大家……”明月内心十分内疚，可是此时只有她的修为是最高的，她要振作起来，她要救大家。

伏在田彩身上的少轻，像是个失去了爹娘的孩子，是那样的失神无助。

沁心在用自己的修为治疗东方焕，她心里明白，东方焕受了如此重的伤，就算她把全部修为给他，也只是杯水车薪。可是是师父给了她一个温暖的家，给了她一个新的身份，给了她这世间最温暖的关怀！无论什么代价，她都不会让他如此轻易地离开。

清瞳一个人照顾梦仙君和风桀骜两个人，而她自己也受了很重的内伤，若不是她被灵主大人一把推开，怕是也好不到哪里去。

“师尊你好点了没有？还是让拂香为你疗伤吧！”东方拂香见东方睿面无血色，心疼不已。

“无妨！我已无大事，拂香你平时没有好好修炼，就不要乱用修为来疗伤了。”东方睿不想让拂香知道，他怕是时日无多了。他暗想，这样也好，这样就不必看着陌儿先离去了。

一个时辰之后。

“七殿下你终于醒过来了，若你再醒不过来紫陌公主怕是要撑不住了！”清瞳见风桀骜终于坐了起来，心里总算是踏实了。

“紫陌公主在第九天才是极限，怎么……”风桀骜此时没有太多的胜算，他现在太虚弱了，根本没有能力施法救人。

“不清楚是怎么一回事，只是她体内的力量忽然消失了，现在气息微弱，怕是没有多少时间了，若是不能马上救治，怕是……”清瞳不敢再往下说，她怕灵主大人和明月王女听到会难过。

风桀骜没有说话，他不知道怎么说才对。若是此时救治紫陌公主，且不说他会不会有事，就算是没事，怕是也很难完成以命换命。为了解开封印他耗费了太多的修为，原本这也无妨，可是没有想到竟出来了一个夜叉王子来偷袭，而明月却因为担心重云而中了那个王子的幻术，结果大家都受了重伤……

“最多还能撑多久？”风桀骜只有知道时间，才能做出最正确的选择。

“半个时辰……”清瞳不敢抬头，她无法帮东方睿，也救不了紫陌，她能做的只是辅助阵法。

半个时辰！风桀骜苦笑，看来只有吃下那颗丹药了，原本那颗丹药他是想留给明月的，可是现在看来他只能自己服下。对明月的承诺他必须要做到，不过怕是从此之后，他再也没办法帮明月做任何事了……

风桀骜吃下了护心露，师父那担忧的声音又响在耳畔：“七殿下，这胧族之人，只有达到上仙境才可以修炼自己的护心露，而且一生只能修炼一颗。这是用自己的最强时的修为和鲜血炼化而成，弥足珍贵，一定要用在最危急的时刻，记住了吗？”第一颗，他给了重云将军，师父这颗，他现在吃下了！想这胧族之内现下也没有人能够炼出这护心露了。

“清瞳圣女，现在你来帮我护阵，我来施法。”吃过护心露的风桀骜好了许多，可是由于没有好好休息，这药效也就只有八成，再加上现在他受了重伤还未好，这药效最多也就只能发挥出五成。要是时间再多一点就好了……

“是，七殿下，只是东方师尊……”清瞳看着东方睿的方向，看他那装得若无其事的样子，心口若捅了一刀一般，竟是那么痛！

“七殿下，我无事，我们马上开始吧！”东方睿竟是稳稳地走了过来，任谁看起来，他都不像是有事。

明月一看那边要开启阵法救娘亲，不管自己是不是有些虚弱，跌跌撞撞地跑了过来，气喘吁吁地说：“我来为你们护法……”明月看得出，风桀骜在强撑，连她都如此虚弱，风桀骜不可能好到哪里去，于是说道，“风桀骜！我要你好好的，不可以再出任何事！不然，你让我怎么还你的恩情……”

听到明月这么说，风桀骜无奈一笑，心想，她这是在关心他的安危，还是想撇清和他的关系？

风桀骜不再多想，很快就结好了阵法，紫陌被清瞳扶到阵法一角，一切皆已就绪。

幽蓝的法阵看起来让人充满希望，所有人都专心致志，以防出现差错。

就在东方睿准备跳进阵眼之时，没想到，明月也要跳进来！两个人因力量相撞飞出了阵法，就在所有人都以为这阵法要失败的时候，重云竟然跳进了阵眼！

“重云！”

“重云将军！”大家惊呼。没有一个人想到，重云居然会跳进阵眼，因为胧族的七王子殿下风桀骜说过，只有人鱼一脉，或者他这个高修为的死神后裔才可以！可事实却是，重云跳进去了，阵法没有失败，东方紫陌正在幽幽醒来……

明月不顾一切地跑过去，抱起了躺在地上的重云，撕心裂肺地哭了起来……

墨羽费力地张开口，用极小的声音对他最爱的女子说："原来……只有这样……我……才有了现代人的记忆！羽儿……要……记得……重……云，就是……唔……洛……青……"

墨羽终于恢复了现代人的记忆，却来不及告诉他的小羽儿自己是谁，就被完全弹出了游戏。他不明白到底是哪里出了错，也不明白为何再也无法进入游戏！

听到他说的话，明月似懂非懂地点了点头，还来不及细问，却发现重云那修长而温暖的手滑落下去。她一动不动，眼中的泪水洒落一地。

明月的心好像被狠狠地掏空了，她没有力气嘶喊，没有力气悲伤，抱着重云的手却始终不肯放开，泪水止不住地掉落。

"对不起……我没有想到他会跳进去……"风桀骜方才被强行震开，内伤又加重了，可他顾不得自己原本就受伤的身体，他脑子里只有一个念头，那就是自己没有兑现承诺！原本，他是想自己跳阵眼，成全明月的，却阴差阳错变成了现在这样。

142
残魂抢命，别死生

片刻后，重伤的东方睿不顾清瞳的劝阻，一定要守着紫陌，等待她彻底醒来。

而明月一直坐在地上，她没想到重云竟然消散在风中，好像从未存在过一样。

“你没有对不起我！原本就是我一直都亏欠你……”她终于开口说话，看着内伤又加重的风桀骜，痛到麻木的心，竟是痛上加痛！她低下头，用沙哑的声音接着说道，“我早就知道你是骗我的，你一直都想自己跳阵眼，其他的事，不过是障眼法罢了，所以我才会推开你和东方师尊，我的娘亲，怎么可以让别人牺牲性命来救？呵呵——可是我从未想过，他早就猜到了我的心思，趁我们所有人不注意，跳进阵眼之中牺牲自己……”

“原来，你竟然全知道……”风桀骜从未想过，明月竟然知道他的意图。

“若不是拂香小娘亲提起，我怕是永远都看不透。风桀骜，我到底有什么好？让你如此不惜一切代价！”明月实在想不通。

此时，东方紫陌竟然坐了起来，东方睿喜出望外。

“呵呵——咯咯——”东方紫陌狂笑不止，那笑声听起来让人觉得无比刺耳！她起身站直，用一种很陌生的语气说，“想不到，这世间竟真有这样的傻子！看来我心魔之主魂不该绝啊！死了一个舞琉璃，又来了一个东方紫陌，这个身体可是好用多了！”

所有人都大惊！

“你看你们那惊讶的样子，实在是可笑极了。不过这金尾人鱼的身体，可是比人族的好用多了，现在是虚弱了一点，不过这日子还长着呢！你们说，是不是？”东方紫陌的笑容魅惑至极，走路的姿态也是分外妖娆。

“心魔残魂！”风桀骜大叫不好！怎么会是这样？幻境之主舞琉璃死了，可这心魔残魂居然附在了紫陌公主的身上！大家现在都很虚弱，不然可以一起集合全部力量将她杀了！

“七王子殿下，你最好不要想着杀了我。因为我现在的宿主，可是你最爱之人的娘亲，杀了我就等于杀了她的娘亲！你猜，她会不会嫁给自己的仇人？呵——”心魔残魂狂笑。

风桀骜暗叫不好，他忘了这心魔残魂可以知道所有人的心思！

“你怎么还没死！舞琉璃都死了！你是怎么逃过的？”清瞳也不相信这个心魔之主居然还活着。

“你的法阵也就能杀掉那些怨灵，连自己的同伴也杀不掉吧？在舞琉璃死前，我就趁东方紫陌昏迷未死之际，进了她的身体！其实，你们心心念念要救的东方紫陌，早就在那一夜死了！”心魔残魂面带得意地说道。

“怎么会……我娘亲早就死了……我不相信！”明月再也受不了这么多的打击。

“呵呵——明月姬！你从未想到，你兜兜转转一圈，只是在为我做嫁衣吧？死越多的人，有越多的怨恨，对我来说就是天堂！只有这样，我才能凭这一丝残魂再度成为心魔之主，控制所有人！”心魔残魂满脸得逞的表情。

“呵呵——可笑！像你这样的一丝残魂，还妄想变回昔日的心魔之主？我看我还是把你超度了的好！”说着，东方睿拿起三界碧海珠便冲了过去！

就在东方睿用尽全力想要杀了那使用紫陌身体的心魔残魂时，梦仙君却用尽全身力气挡在前面，结结实实地被打飞在一侧，倒在地上，奄奄一息！

“灵主大人！”

“东方师尊！”

“师尊——”

……

东方睿也倒在一边，看着这个心魔残魂主宰的陌儿，傻傻地笑了笑，闭上了眼睛。他遗憾，遗憾他没有将恶魔赶出陌儿的身体……

“哈哈……”心魔残魂笑得有恃无恐，见地上又多了两个将死之人，更加高兴地说道，“明月姬，你还真是天生的煞星！因为你的出现，死了多少人你可有数？你说是为了救人，却间接害死了更多的人！你说你是救人还是害人？这些人都是因你而死，你可愧疚？”

“明明就是你在害人！你有何资格说我！”明月的眼神之中出现了前所未有的狂暴。

“哦？是吗？你知道吗？你害死了你娘！你害死了你爹！你

害死了最爱你的重云！过一会儿，我会让你知道，你害的人不止如此！”心魔残魂捡起在地上的三界碧海珠，驱动魂力。虽然她现在的灵力少得可怜，可对付这些半死不活的人，还是够用的！

“我父王明明是被二王子苍仲明害死的！你为何说是我？”

“好笑！没想到你居然还不知道！原来你那死鬼老爹还没有告诉你啊！还有清瞳圣女、蓝瞳，甚至最疼你的东方师尊，都知道！你，未来的汐族之主明月姬，其实是你娘亲东方紫陌和灵族之主梦仙君的女儿！”

梦仙君的女儿？怎么可能？明月一脸茫然失措。

“觉得意外是吗？心里不相信对不对？可事实就是如此，你娘亲当年可是未婚有孕，不得不嫁给救了她的苍力王，以此来掩饰你的真实身份！你若不信，不妨问问还能好好说话的清瞳圣女吧！反正杀你们也不过是抬抬手的事，不急于一时。”心魔残魂料定这些重伤之人不是汐族神器的对手，悠闲得很。

明月转过头，看向清瞳圣女，极不相信地问：“清瞳圣女，她说的，是真的吗？”

清瞳没想到这个秘密会被心魔残魂说出来！她一脸难色，不知道应该怎么回答……

看到清瞳为难的神情，明月仰天长笑。

“王女殿下！你……”看到如此反常的明月，清瞳心中害怕极了，现在灵族只有她和王女殿下了，她绝对不可以让王女殿下再出任何事！不然，她如何对得起灵主大人，如何对得起东方睿的托付？

“你的亲生爹爹倒是真心疼你啊！给了你一半灵力不说，害怕自己会在大战中牺牲，竟然都不告诉你实情！倒是你娘亲，心给了她爱的人，身体却给了爱她的人，呵呵——最后却嫁给了一个救了你们娘俩的人！还真是风流快活啊……”心魔残魂一脸陶醉地说道。

“住口！不许你侮辱我娘亲！”愤怒的明月不顾自己也受了内伤，竟徒手结出一个法术。

可是心魔残魂好像并不害怕，只淡淡地说：“你下得了手吗？我可是借住在你娘亲的身体里。”

明月竟是无言以对。

心魔残魂魅惑一笑。

明月旋即冷笑一声。

心魔残魂有些不解，法术却是在下一秒被禁锢了！

“那么曾经的心魔之主，你知道我现在用的是什么法术吗？”明月勾起残酷的笑，倾国倾城。

“你！你……怎么可能？”心魔残魂不相信自己竟然被骗了！

“不可能吗？你以杀人来完整自己的残魂，以摆布世人为乐，以自己的读心之术为资本，将这世间所有的一切都玩弄于股掌之上！却从未想过自己也会有今天吧！”明月看着心魔残魂被困住却无能为力的样子，冷哼了一声。

而被禁锢的心魔残魂，却因为此时在别人的躯体里，根本无法逃脱，恨恨地说：“你用的是什么法术！”

“可惜了，你不必浪费力气读我的心思。这法术是我才创的，连名字都未曾有，更不要说解开的方法了。不如，就叫它——禁锢之咒，如何？”明月没有想到，她学完《仙魔无界》之后独创的这个法术，竟是用上了。也不对，这应该算是巫术？她现在也不知道自己是仙还是魔。

“你！我要杀了你！我要杀了你！”心魔残魂感觉到自己无计可施，几近狂暴！

看到这种情形，梦仙君欣慰地一笑，他的女儿终于长大了！可这一笑，却剧烈地咳了起来。

“父王——”明月用沙哑的声音嘶吼着！为什么！她的亲人、爱人、朋友，都要一一死去！她几近崩溃，扶起梦仙君。她没想到，这个一再帮助她的人，居然是她的生身之父！

“父王，你别离开明月，明月不想再失去任何一位亲人了！你答应明月好吗？父王——”明月哭得太多，眼泪都快流光了，忽然觉得生无可恋。

“明……月……好好……活着……”梦仙君说完这句话，便再也没有了气息，他最爱的妻子、女儿，他都看不到了。可是，他没有遗憾，不曾后悔……

“王女……殿下，东方师尊……也快不行了，你还是过来看看他吧！”清瞳看着气息越来越微弱的东方睿，泣不成声。

“啊——”明月拿过三界碧海珠，直接结出一个咒印，狠狠地将心魔残魂推了进去！她在心里嘶吼，这不是她的娘亲，这是恶魔，一定要封印！一定要！而后她又丢出一个新创的镜像之咒！不管是谁中了这种咒，都会癫狂地和镜子中的自己打起来、吵起来，最后便会自行了断！

143
为君入魔又如何

潮汐圣殿。

整个汐族都笼罩在悲伤之中。

禁咒之海被打开了一个缝隙，汐族略有修为之人都可以随意进出，再也不用等死！但是，他们一连失去了他们的王、东方师尊、王女的未婚夫婿，还有长老们、战士们……他们不知道的是，失踪的紫陌公主，也早已魂消，灵族之主也因此而死。

若不是风桀骜重伤，田彩师父昏迷，需要她的修为来疗伤，明月不知道自己是不是能够撑下来！她的至亲、至爱都已逝……

“为什么……为什么不断地给我最好的一切，却用更残忍的方式来夺走！诸神只想争夺世人的信仰，却从不管世人的死活，纵容这些邪恶之物来残害世人。在这个世上，要神何用！呵呵……”明月看着亲人、爱人、族人的牌位，笑得让人毛骨悚然。

“明月……”看到这样的明月，拂香感到害怕、陌生。

“呵呵……小娘亲，你说可不可笑，那些所谓的神从来都是将我们的性命看作蝼蚁，从不管蝼蚁们的死活！”明月好像是在和东方拂香说话，又好像是在自言自语。

“明月你要小心，你学过《仙魔无界》那本书，千万不可让自己乱了心智！”东方拂香一直都知道《仙魔无界》是最好的书，也是最坏的书！好在可以让人随意切换仙魔，可是坏在一个不小心也会让人彻底入魔！

“小娘亲，你放心！我还要留着理智参透那最新的招式，给大家报仇！大仇未报之前，我是绝不会让自己有事的！”明月回头对东方拂香一笑，透着对那些仇人的不屑！

“今夜你就要成为新一任的汐族之主了，以后族人的命运就交到你手中了！”东方拂香心疼地看着这个孩子，没有想到为了族人为了世人，她竟是从一个初见时的天真少女，变成了一个成熟睿智的一族之主！可是这个明月最近好像哪里不太对劲，好像变得有些残酷！

“小娘亲，帮我把时间延后吧！告诉族人，在我未登王座之前，族中一切大小事务都交给你和沁心处理。”

“小明月！你想做什么？”东方拂香看不透这个孩子到底想要做什么，心里的担忧越来越强烈。

明月走向她的小娘亲，轻拂着对方那和娘亲一样秀长滑亮的发丝，发自内心地笑了笑。她抱着这个亲人，笑着哭，轻轻地说着：“小娘亲，在这世上，明月只剩下你一个亲人了。我需要时间来参透那最后一招，只要能将那最后一招学会，我一个人就可以为我们的至亲至爱还有族人报仇了！只有这样，我才真的有资格继承这一族之主的位子！”

东方拂香也抱着这个姐姐唯一留下来的孩子、她东方拂香唯一的亲人。她和紫陌是双生子，从小时喜欢抢着做姐姐，想着自己不过晚出来一下下，才不要做妹妹呢！ 从小到大，这个无聊的辩论游戏从未停止过，但自从她见到小明月之后，慢慢觉得无所谓了。她心想，既然紫陌的孩子都这么大了，那她自然也乐意当这个妹妹，虽然有时候她也会嫉妒紫陌怎么会偷偷生了个这么好看的女儿。

“好，明月，你不要太累就好！小娘亲和沁心一定会为你打理好一切，等你回来的！”东方拂香嘴上这样说，心中却很想问明月，心魔残魂已被她用镜像之咒和禁锢之咒困到自尽了！那个偷袭他们的夜叉族王子也已失去所有修为，沦为一个活死人了。那么还要去找谁报仇呢？她在内心叹息，明月这孩子一定是受不了至亲和至爱的突然离世，在给自己找事情做。也好，有了这个目标至少可以缓解小明月心中的痛苦，她这个做小娘亲的，怕是也只能由着这孩子了。

自此后，明月每天都在大殿后头的藏书阁里研究那最后一招，不吃不喝，也不睡，若不是她已然达到了真仙境，怕是根本撑不住。

这期间，东方拂香每天都拿着食物和水在门外等着小明月出来。可是，等了好些时日，都没有听见动静，害得她每天心疼之余只能流眼泪。打扫圣殿的侍女都发牢骚说，这些日子拂香公主流的眼泪，都足够给明月王女做一件继承王位之时的礼服了……

一个月后，攻击，防御，攻击，防御！明月终于可以随意切换自己的状态了！

“成了！成功了！终于成功了！”明月痴痴地说着。

门外的东方拂香听到小明月的声音，心头的不安终于放下了！她直接推开门走了进去，她不能再等了！

“小明月！”东方拂香将吃食和水放在几桌之上，一把抱住了这个一月未见到的孩子。

“小娘亲——”明月回了回神，开心得像个小孩子，幽幽地说，“我学会了攻击和防御之间可以随意切换的招式，从此后，再无对手！”

攻击和防御随意切换？这孩子是不是疯了？这一不小心，就会入魔。

“小明月，虽然你学会了，但是也一定要好好控制你的心神。这不是闹着玩的！你给它们取名字了吗？”东方拂香看着这个瘦得不成人形的傻孩子，心头像是被剜肉一般！

“那，攻击的叫黑巫咒，防御的叫白巫咒……”

“好，你喜欢就这么叫它们吧！”东方拂香有些害怕。

“好！小娘亲喜欢就好！明月喜欢看你笑的样子，小娘亲以后能多笑给明月看吗？”明月觉得自己有些分裂了，一个自己一定要去手刃仇人；另一个却劝说自己仇人已经都死了，要好好珍惜活着的人，让逝者安息……

东方拂香点点头，觉得这个孩子真的有些不一样了，也许是这样的突变，让她受了很大的刺激吧！

一袭白绡绫纱衣的明月，抬头看着那水晶顶之外的明月和路过的云，看着太青之灵和太白之灵在她和水晶之间来回飞舞，轻轻地笑了笑。她在心里默念：“重云，我一定会为你报仇的，定不会让你等太久……”

绡绫纱衣，袂不染尘，望却月光旁，遮月之云一重重，风过之后无处寻。

青白之灵，绝世成双，舞尽隔世芳，持灵之主二相隔，阴阳两别痴人心。

144
复仇夜叉，登位嫁他

无妄海。

不过一夜，整个夜叉族被封印在一个结界之内，不断移动着北上，目的地则是那天空之上的胧族正下方的海域——无极海！整个夜叉族的族人没有死，却都异化成了很可怕的样子！大王子迦修世居然变成很大很大的一只怪物，五王子迦修叶则是陷害大王子迦修世未遂，直接被反杀！夜叉王目睹两个孩子互相残杀，活下来的却成为一个怪物，当场气血逆流暴毙！

一袭蓝绡绫纱的明月，嘴角的血渍让她美得更加触目惊心。她不想以战止战，她不想杀害无辜的人，所以她拿出了妍儿送给她的妖化灵水，全部丢进了夜叉族唯一的饮用水源中！心存善念的人喝下之后不会有任何反应，但是修为越高、恶念越强烈的人却会有很大的反应！若不是迦修叶的陷害之心被迦修世发现了，怕是死的就是迦修世，变成怪物的就是弟弟迦修叶了……没有异化的夜叉族人，被留在了这里，而异化了的，就被那个封印给吸进结界之内，流放无极海！

“既然诸神没有时间悯人除恶，那就让我来吧！天谴又如何？

横竖不过一死！”明月看着消失在夜空中的结界，脸上没有一丝报仇后的快意，也没有亲人和爱人死去的悲伤。看起来倒更像是一个没有心的人，那样冰冷……

“你受伤了！”一直站在远处看着明月的风桀骜见她心事已了，走到她身边。

“无妨！比起你们，我这点伤不算什么……”明月没有回头，脸上也没有任何的表情变化。

“我们成婚吧！”

成婚？明月不解地回过头，她不能明白，怎么到了现在，他还有心情成婚？

“我知道你在想什么，可是你的田彩师父到现在都昏迷不醒，只有我胧族之人才能携至亲之人去往无幻灿天，也只有去了那里，我们才能找到世间最高级的药剂师——南月千陵。只有她的药，才能治好田彩师父！”风桀骜看着明月，他知道田彩师父在她心中的位置。

明月脸上依旧没有任何表情，摄人魂魄的双眸之中却是有了亮光，那是希望的亮光。片刻之后，她开口问道：“你有几成把握？”

“十成！”

“可是我有个条件！”

风桀骜嘴角浮起一丝不明显的笑意，依旧冷静地说：“我可以答应你，田彩师父无事之后，我会放你离开。”

放她离开？明月心中有些愧疚，风桀骜竟然会觉得她会提出这个条件吗？

“走吧！”她想说的话没有说出口，却硬生生地说出这两个字，这让她后来觉得很后悔！

惊涛城。

王榜贴出告示：

明日辰时，王女明月正式登位，成为新一任汐族之主。酉时与胧族七殿下风桀骜成婚，见此公告者皆可前来观礼。

整个惊涛城，到处都在议论这件事。

“听说了吗？明天一早明月王女要继承王位，晚上就要成婚！”

“是啊！是啊！我们被困在这海底这么多年，终于是被他们给打开了一个出去的门啊！要我说，明晚的婚礼，我们都要好好去恭喜恭喜！”

“哎！谁说不是啊！为了救大家，这人鱼东方氏就只剩下两个公主了……”“谁让咱们没有什么修为啊！不然也可以帮上一二了……”

“听说这明月王女的未来夫君可是个外族之人！”

“外族之人怎么了？我听说他可是胧族修为最高的人！只有这样有真本事的人，才能配得上我们未来的王！”

是的，经历了这么多的事，汐族终于有两件喜事了！

对于汐族人来讲，明天将是一个新的开始，他们的新王将会让大家生活得越来越好。

潮汐圣殿。

“明月你可真的想好了？当初五族危机时、你娘亲病危时，你都未曾妥协嫁给七殿下。为何现在却……”东方拂香越来越不懂明月了，不懂她为何会突然要嫁给七殿下风桀骜。

“小娘亲，你不必再猜了。重云已逝，可是明月却还活着，既然活着就应该好好活下去，你说呢？”明月反问东方拂香，却也着实将对方问住了。

“你说得不无道理，只是你记得，做任何决定都不要让自己后悔才好！”东方拂香一点也高兴不起来，觉得在明月心里重云才是共生死的良配。

“既然这样，那么小娘亲，就为我做一件嫁衣吧！”明月笑了笑，抱住东方拂香。

“好！小娘亲一定为你做一件最美的嫁衣，明天一定会让你成为五族之内最美的新娘子！”东方拂香紧紧地抱着怀里的宝贝，眼泪却是止不住地泛滥……

“小娘亲，我只是嫁人，又不会离你！你怎么还要哭？”听着珍珠落地声，明月心上的伤又被撕裂开来。

“呵呵……这不是，这不是小娘亲要给你做嫁衣嘛！总得有材料不是……”东方拂香勉强挤出一个笑脸来。

明月轻笑，心想，什么都瞒不过小娘亲，她安慰道：“那你可别哭太凶，不然明天可就不好看了。”

“好不好看不重要，重要的是我的小明月好看。”东方拂香的心也被刺痛了，她心想，师尊都不在了，这些都无关紧要了……

回澜阁。

风桀骜没想到这么远，师父竟然来了。

“七殿下，你终于如愿以偿了，师父给你道喜，不枉你为了她搭上自己一条命。”风昱见自己最疼爱的徒儿总算娶到了最心仪的女子为妻，真心为他高兴，更何况这个女子还是汐族之主！

风桀骜长叹，见师父又虚弱了，他的心里很是自责。他无奈地说：“师父，你老人家不要乱跑了好不好，你不知道这个世道有多乱吗？万一……”

“臭小子，今天你倒嫌弃师父老了？哼！”风昱知道这个徒弟是什么心思，可是世间万物终有一死，只要此生过得无憾也就圆满了，“来看看师父给你准备了十几年都没用上的婚服吧！”风昱打开那看起来极为精致的包袱，将里头的衣服拿了出来。

看着做工如此精美华丽的婚服，风桀骜眼中一热，师父……

145
竟然收了他为徒

潮汐圣殿。

东方拂香身穿汐族特有的海蓝色绡绫纱礼服，这是只有新王登位时才能穿上的衣服。她在心里感叹，绡绫纱珍贵，若不是姐姐紫陌的那匹布还没有来得及做，怕是明月的新王礼服根本做不出来！

“明月，你穿上这礼服就是新王了，以后便不可再若往日里那样撒娇。瞧瞧，我的小明月穿上这金边的蓝绡绫纱礼服，怕是天地之间再也没有人比你更美了！”东方拂香心头若压着石头一般，怎么也觉得无法真的高兴起来，她总觉得会有什么事情发生。

“小娘亲，若不是你辛辛苦苦连夜赶制，还眼泪泛滥，我哪有这样精美的华服上身？只不过，明月以后看到衣服上的珍珠就会想到你眼泪汪汪的样子，可怎么好？”见她心事重重的样子，明月只好逗逗她，让她转移一下注意力。

“你这孩子，又乱说话，我什么时候有过眼泪汪汪的样子？”东方拂香戳了一下明月的小额头，假装生气地说道。

“是，是，是，我说错话了！小娘亲是为了珍珠才哭的！”明月眯起眼睛笑了笑，却是自己心里也高兴不起来。

这时，沁心从殿外走了进来，认真地行了大礼后才起身，说：“拂香公主，吾王，安好。殿外的族人们都在等着了，在族人面前戴上王冠，就是名副其实的汐族之主了！”

明月和东方拂香相视一笑，东方拂香从案几上用双手捧起那顶王冠，三人一起走到了大殿外的长廊上。

大殿外，族中男女老少都聚在了这里，见汐族最尊贵的人出来了，几乎人声鼎沸。

东方拂香对众族人行了一礼，用清亮的嗓音说道：“我汐族的子民们，大家先安静下来。”

见拂香公主说话，众人瞬间安静了下来。

“自从怨灵大军入侵，先王为救族人免于战乱，和长老们合力开启了第七界的禁术。先王身受重伤不说，却不曾想被困在这禁咒之海，差点此生再也无法进出。我们的明月王女，在五族血战怨灵大军和幻境之主后，又为了族人开启禁咒之海。却没有想到夜叉阴险，竟是在关键时候偷袭了法阵中人，害得我们汐族失去先王，先去师尊，失去……失去了太多的亲人，就在前天，我们的明月王女以一己之力，为族人报了血仇！将那些心术不正之人，全部关在结界之中，囚禁于最北方的无极海中！虽没有血刃一人，却给我们汐族解决了身边最大的心患！故今日，明月王女将继承我父王东方焕的位子，成为新一任汐族之主！”东方拂香从未想过自己竟能这么一本正经地说话。

“明月，来——”东方拂香双手捧着王冠，轻轻地将它戴在明月那黑亮的青丝发髻之上，示意她转身。

“圣女沁心拜见新王！”

“感谢先王将我们汐族之人交给新王！”

“拜见新王！”

在沁心的带领下，汐族之人一起参拜新王。少轻远远地看着长廊上的明月，见她只是站着，就能让周围的人感受到很强大的王者气场。原来那个话不多却很快乐的小明月，一直有重云将军的陪伴，可以说是很幸福。可是，重云将军已逝，连躯体都没有留下，今夜明月就要嫁给一个她并不爱的男子！她不禁怀疑，明月是不是又有什么事情瞒着大家……

长廊之上的明月也看到了人群之中的少轻，微微一笑。她心想：“少轻你再等等，今天夜里我就前去无幻灿天，待我拿到南陵千月的丹药，一定还你一个精神奕奕的师父。爷爷、娘亲、爹爹、师尊，重云……我终于为你们报了仇，可是心里却更难过了，不知道自己每天活着的理由是什么，不知道快乐是什么，也不知道自己的方向在哪里……”

夜幕降临，海上明月升起。

“王，夜叉族差人送来贺礼，说希望可以见王一面。贺礼沁心查过了，没有问题！”沁心示意端着贺礼的侍女上前几步。

明月定睛一看，贺礼竟是夜叉族的聚魂鼎！

“送此物前来的是何人？”明月有些意外，聚魂鼎同三界碧海珠相近却又不同。三界碧海珠主镇魂，聚魂鼎主聚魂，同样是收拢魂魄，前者的时限是死亡前后，而后者则没有时间限制。

“回禀王，看样子像个普通的鱼妖，鱼尾是青色。”沁心也不太确定那人到底是什么来头。

“呵呵——原来是他！也算是故人了，你们放他进禁咒之痕吧！”想不到那个小鱼妖竟没有一起被收到结界里。

“绡儿，你将贺礼放下，拿着这个留音螺前去吧！”沁心拿过一个留音螺，对着它说了些什么，便交给了绡儿。

“是！圣女，绡儿这就前去。”

看着绡儿的身影退出大殿，明月心中有太多的疑问。

“王，可是有什么心事？”沁心问道。

“确有心事，不过一切都要等到那个送礼之人到来，才能解开。”

半炷香的时间后，侍女绡儿带着送礼之人进了潮汐圣殿。

“夜叉族漓清，拜见汐族新主！”来人毕恭毕敬地行了个大礼，言语间却透着不卑不亢。

“还真的是你！”明月浅笑，这青鱼妖居然没有心存大恶之念，被留在了夜叉族。

“是，漓清为之前曾冒犯新王请罪！”

“你何罪之有？五族大战之前，你也不过是想为自己带着的那帮百姓找点活下去的吃食，也没有什么大错！”是善是恶，有时不过是看站在谁的角度去衡量……

“漓清谢新主的包容！”漓清没想到，这汐族的新主竟是那天他要吃掉的食物……

“既是故人了，那就直接说出你前来的用意吧！”明月不想绕弯子了，她时间不多了。

“三件事：第一件，送上这聚魂鼎来了结两族的恩怨；第二件，希望以后两族可以做统一战线的邻族；第三件，夜叉王族几近全灭，没有修为高的人保护，恳求新主可以照应我夜叉族人一二。”说完，漓清竟是双膝跪地请求！

“你这是做什么！”明月一把将漓清拉起，没想到这个小鱼妖，竟是有这般心界！

“新王……”

“我可以都答应你！不过，作为回礼，你也要答应我三件事！”明月觉得，这个人除了修为低，没有一处不适合当一族之主。

“不要说是三件，多少件，我都答应！为我夜叉一族，我漓清甘愿舍命！”漓清激动地说道。

明月一笑，她很久没见过这样的人了。明明谁都保护不了，却拼死都要保护心中珍视的一切！那倔强，竟与曾经手无寸铁的自己那样像。她顿了顿，说道：“第一，这夜叉之主的位子必须是你来坐，我的族人你也要一样当成自己族人对待；第二，你必须做我的徒儿；第三，你必须要帮我找回我至亲的魂魄。”

“是！师父在上，受徒儿礼拜！”漓清心情大好，他没想到，他曾想当食物吃掉的人族女子，竟是汐族的新主，现在又成了自己的师父！而在夜叉族，除了他保护的那些老弱妇孺之外，没有一个人看得起他的出身……

“绡儿，给未来的夜叉王，我的徒儿上座！”

待漓清坐下，绡儿接过拂香公主泡好的百花香茶，递给了漓清。

“绡儿你带公主去休息吧！她昨夜太辛苦了，记得给她用上香薰。”明月必须要支开所有人，才可以问她想问的话。

“是，拂香公主，绡儿带你去休息吧！”说罢，绡儿扶着有些憔悴的拂香公主离开了潮汐圣殿。

“师父，现在可以说了吗？”见师父支走了所有人，漓清知道她一定是有话要对他说。

明月点点头，看着漓清问道：“这三界碧海珠明明是可以镇魂的，为何重云却直接消失了，没有留下躯体，也没有镇下他的魂魄？”

“这绝无可能！”漓清从来没有听说过，还有三界碧海珠镇不住的魂魄。

“师父也觉得这绝无可能，可事实确实如此。”若不问清，明月心中总不能安宁。

“可就算是仙尊境，都会被这三界碧海珠镇魂！不过倒是有一种可能不会被镇魂……”漓清摇了摇头，觉得那根本不可能，他见过那位重云将军，只是一个人族的将军。

“那种可能是什么？”明月的心终于被漓清的这句话给带活了。

没想到师父竟这样激动，漓清有些不忍，还是说道：“除非，没有被镇魂者，不是人！而是神！只有神的魂魄不会被镇住，不过，我送来的聚魂鼎却可以将他聚起来。”

明月眼中原本眼中尽是失落，听完这句话却重新燃起了亮光！她还记得大家在一起的时候，曾经有人说过，重云的力量，看起来并不像是一个普通的人族将军所能达到的。但转念一想，又觉得不可能，他怎么可能会是神……

“师父可听过神子玉清与夫君金龙苍阎的事？”漓清继续说道。

“只听七殿下风桀骜说过些许，却是不太清楚。”明月不太懂为什么这个徒儿会这样问。

“徒儿虽然没有高贵的出身，也没有极高的修为，可是这世间的秘密却知道不少。”漓清没想到，自己这点不成器的爱好，竟然有了用武之地，继续说道，“相传神子玉清原本是有了身孕的，却没想到临盆法力最弱之时，魍休林的人和梦魇一族一起进攻了迦罗天刑。神子玉清在梦魇之中被折磨至死，她的夫君金龙苍阎化身为龙，杀光了所有进攻者！最后，以身背负迦罗天刑，来到了无极海之上，以自己的毕生修为将迦罗天刑固定在了天空之中，也就是现在的胧族嬴宵城。胧族之人之前本是死神后裔，对神子玉清的收留和金龙苍阎的以身相护感恩不已。只是没有人知道，苍阎用尽最后一点力气，带着神子玉清的尸体到了咱们西北方的碎梦岛之上。那里的龙骨，就是这么来的。不过，没有想到，神子玉清虽死，可她腹中的胎儿已然吸收了她绝大部分的神力，竟是活了下来！”讲到这里，漓清不再说话，只是看着师父。

活了下来，所以，玉清的孩子也是神！所以说……明月想到这里，眼神之中绽放出了光芒。

“看来师父已经猜到了，若是重云将军真如师父所说，那么他极有可能是神子玉清的孩子。至于他为何成了人族的将军，这就要等他魂魄聚齐之后才知道了。不过，师父你有没有想过，也许重云将军并不是死了？”漓清好像想到了什么，只是在没有确定之前，还不能直接说出来，以免师父再受到打击。

“谢谢你，漓清，我想我知道应该怎么做了！来人，送夜叉新王回去！”

没有人知道，明月的心终于活了过来，哪怕这只是个虚无缥缈的消息……

146
鳐风殿大婚夜

鳐风殿。

浅海砂的织纱布满了贝壳白的宫殿，红粉相间的珊瑚枝让整座宫殿看起来宛若仙境一般。而本已夜幕降临的黑夜，竟是被汐族百姓拿出的夜明珠给照得荧光熠熠。

明月白天的王衣之外，又罩上了汐族女子连夜赶制的月光衣，这件外衣没有系带，也没有扣子，只用孩儿面色的珊瑚枝别在里面的衣服上。

而风桀骜的穿法竟也同明月一样！银月色的衣服，边上略带灰边，外边罩着月光衣，两人倒是配得浑然一体。他一笑，没想到汐族的人这么欢迎他，这外衣竟是做了两件。

“吉时已到，明月，现在就由小娘亲领着你，将你交到未来夫君的手中。”东方拂香一手扶着明月的胳膊，一手扶着她的小手，心想，今夜，这个她放在心头上疼的小丫头竟是要出嫁了。

这天夜里的月光格外亮，亮得快用不上夜明珠了，如此良宵，除了明月，都是发自内心地快乐！

鳐风殿内外都是观礼的人，喜庆的气氛浓得让风桀骜有种错觉，以为自己和明月成婚是真真实实的，而并不是为了别的事情！风桀骜会心一笑，何必管真假？重要的是此时此刻一切都是真实的，他要珍惜这一段最美好的时光，因为子夜时分就要离开这里前往无幻灿天。

明月此生都没有想过，她的出嫁，竟是这个样子。换了人，换了心……

“两位新人，礼已成！快歇下吧！”东方拂香不想过多地打扰明月和风桀骜，二人怕是有很多话要说吧！东方拂香说完，所有观礼之人皆随她离开了鳐风殿。

偌大的鳐风殿，只剩下了一对新人。

“对不起，七殿下！你的新婚之夜……”明月不知道应该怎么说下去，她欠风桀骜的太多太多，多到她无法还清。

风桀骜抬起手，手指轻轻靠在明月那艳红的唇上，用极温柔的声音说：“明月，你无须多说。我只想让你明白，我会拼尽一切给你想要的。而这一切都与你无关，所以你无须自责。”

明月听完，鼻子一酸，眼中雾气蔓延开来，心想，若不是为了她，风桀骜哪里用得到一而再、再而三的差点没命？怎么会与她无关？

“风桀骜！其实我……”明月想对他说，那一夜，她其实想要告诉他，他绝对不可以再为了她陷入危险！可是话到嘴边上，却怎么也说不出来。

看着欲言又止的明月，风桀骜有一刹那的愣神，却还是开口说：“明月，我们现在就走吧！没有了东方师尊，只能靠少轻了。还好少轻将田彩师父交给了沁心圣女来看护，不然我们不知道要多久才能到胧族。”

“是啊！当初还是东方师尊觉得少轻潜力无限，特别适合学我们汐族的法术，所以才将两人的穿行之术结合在一起，形成了这狂沙穿空咒——只要是知道的地方，用此咒均可到达。”明月心中害怕，为了解救五族免受怨灵大军荼毒，他们使用了轮回逆法阵，怕是神罚已经不远了……

“只可惜，现在已无法找到幻梦枝的使用者了，不然东方师尊和你们的先王或许还有办法复活。现在用三界碧海珠镇住他们二人的魂魄，他们倒是也可以复活，只是，哎……”风桀骜一声叹息，觉得自己好像又说错什么话了。

“只是，就算复活过来，也是五百年后，物是人非，活过来的意义也不存在了……”明月叹道。

“我们来晚了！”少轻推门进来，又轻轻关上门。

风桀骜的师父风昱也进到大殿来，看起来有些虚弱。

“不晚，正是时候！想必少轻你想了不少办法来支开那些人吧？”明月见少轻来了，心里终于踏实了，没有少轻，怕是这路程太久了！

“那我们出发吧！趁着现在天黑，天亮了就来不及了。”风桀骜靠近明月说道，他多想再流连一会儿。

几人消失在法阵中，却没有发现，东方拂香透过小轩窗将这一切看得清清楚楚。见他们消失，她叹息：“看来，这三个孩子果真有事瞒着我啊！也罢，这些年轻人，若是不让他们去做想做的事情，怕是不会轻易放弃的。不过，师尊和父王真的能复活吗？五百年，好遥远，师尊，我会努力修炼，长久地活着，等你归来！父王，到时你是否会介意女儿爱上师尊？”

无极海。

“你们快看！下面那是什么？”少轻看着前方海上的半个结界说道。

“那便是你的明月做的好事！”风桀骜摇摇头，看来明月这丫头下手还挺狠的，连毒药都用上了……

“是我做的，那是他们欠汐族的！那毒药还是妍儿送我的，没想到用在了那些恶人身上。”明月说道。但见无极海的结界之中，竟出现了一个巨大的半身人首、半身妖魔的怪物，看来那些毒药真的起作用了。

一瞬间，法阵便直接穿到了胧族的赢宵城之上。

赢宵城。

“少轻姑娘在这里等着我和明月吧！胧族的规矩，不是胧族之人的话，必须是王族至亲才可以带入无幻灿天。师父，少轻姑娘就劳烦你派人照顾了。”风桀骜面露难色，少轻一路辛苦，可是胧族的规矩实在不能破。

少轻浅浅一笑，看着风昱说道：“不必这么麻烦了，我看风师父的身体甚是虚弱。既然你们此次前去也是为了我师父，那么我留下来照顾七殿下的师父也是理所当然的。你们快去快回，少轻在这里等着你们！”

“那么，就谢过少轻姑娘了！明月，我们走吧！”风桀骜知道，进到无幻灿天之后，他就再也不能真当自己是明月的夫君了。

说罢，二人向无幻灿天的入口走去，留下少轻扶着风昱前往药阁。

147
药剂师——南陵千月

无幻灿天。

“这里便是无幻灿天？好像和外面也没有什么差别的样子。”明月有点不太相信。

“就知道你会这样认为，不过，你试试运用你的灵力，或许会有别的发现。”看到明月脸上的失望，风桀鹜笑着解说。

明月试着运用灵力，感觉到在使用灵力的同时，竟有灵力缓缓进入身体，不再会有累的感觉。原来这里的不同在此！使用灵力者竟可以在这里奢侈地修炼自己的法术，不断地改进！怪不得，这里只有胧族可以进来。

“明月你现在应该感觉到不同了，没错，这里灵力充沛。只不过，这里的灵力每天是有限的，所以，只有胧族之中的王室或者是修为、贡献皆高者，才可以进入这里修炼。”这也是风桀鹜一定要逼明月嫁给他的原因，他不想让明月一直为了救人、复仇损失掉那么多修为！那样子的后果就是修为全无，昏迷不醒。

“所以……所以你才会让我嫁给你，为的就是让我顺利进入这里是吗？”明月现在终于明白，风桀鹜之前做的事情，每一件都是为了她。

“走吧！再往前就是南陵千月的特级丹药阁了，接下来是真的要碰运气了。”风桀骜有些头疼，那个女人……

不一会儿，两人就走到了特级丹药阁，门上的牌匾上赫然写着“千月阁”三个大字。

“千月阁！就是这里了吧！我们进去吧！”明月抬脚就要进去，却被一股强大的力量给弹得后退。

“明月！”风桀骜一把扶住了险些摔在地上的明月，惊呼道，“明月，你怎么样了？刚才我还未来得及告诉你，这千月阁门口有结界，没有人可以随意进去，否则……”

“否则我南陵千月用心血炼制的特级丹药，岂不是要被人抢光了？”一个爽朗却又女人味十足的声音响起。只见那人斜倚在门口，看着明月和风桀骜。英气为神，妩媚为貌，纤细高挑的身材，在极为服帖的衣服下显得曼妙有致，最多也就是桃李年华，连明月看了也觉得甚是好看。

风桀骜行礼后刚要说话，却被那女子打断。

“停！知道你要说些什么，平日里也就罢了，眼前有个长得如此好看的美人，你还是不要乱说话的好！进来吧！你一来，准没有好事，说吧！这次你又想抢什么？”南陵千月可不想让这臭小子把话说完，万一要是被他说破了，她还怎么装下去？

风桀骜忍不住一笑，这个女人还是这样，防他和防贼一样，却又拿他没有办法。

跟着南陵千月再进那道门，门口的结界却像是不在了一样，可是待大家都进了店内，结界又出现了。

“千月……姑娘，这位是我的王妃，她的师父在和我们一起破除禁咒之海的时候身受重伤，到现在都昏迷不醒。不知，姑娘可有法子？”风桀骜忍住不笑，一本正经地说着。

“王妃？破除禁咒之海……”南陵千月难以置信地瞪大眼睛，心想，这个臭小子不是一直都没有娶妻的念头吗？怎么会突然有了王妃？还破除禁咒之海……

“是，这些事容我稍后再向姑娘解释，现在救人要紧！”风桀骜就知道这南陵千月会是这个表情，也不想再多说。

“你这浑小子，这么大的事，你也不请我！这会儿寻药寻到我这来了！我凭什么要告诉你？”南陵千月火气有点大，太过分了！

风桀骜也不知道怎么办才好，心想，女人，都不好哄！

“姑娘，来，告诉姑姑，你叫什么名字？”南陵千月懒得理他，觉得还是这个小美人有意思多了。

“姑姑……”风桀骜直接冲到明月前面挡住了那个看起来要吃人的姑姑，结果却被南陵千月轻轻一推，就飞了出去……

“叫你好好修炼，你呀！还是要加把劲才是，真不经打！”南陵千月一副怒其不争的表情。

“姑姑？”明月被这两个人吵得有些头晕。

“嗯！真是个乖女娃，快告诉姑姑你叫什么，家住何处？姑姑看你不像我胧族之人……”南陵千月笑眼弯弯地看着明月，甚是喜欢。

明月想到自己确实是风桀骜的王妃，总要让人看起来像一点，不然被看穿了就不好了。于是大方一笑，声音清甜地说：“回姑姑，明月来自汐族人鱼一脉，就在无妄海的惊涛城。”

南陵千月听了极为高兴！还真是个识趣、有趣的女娃。她拉起明月的小手，边走边说：“你看，你我名字之中皆有月字，冥冥之中你我注定有这个缘分。能救你师父的丹药就在楼上，也就是舍得给你了，换成任何人，这个药我都万万不会给的……”

不一会儿二人就消失在楼梯之上，只剩下一脸怀疑人生的风桀骜。他纳闷极了，那还是平时里对自己横眉竖眼的姑姑吗？还有明月，竟然一会儿的工夫就被一个陌生女人给拐走了！

楼上的丹药阁并不大，却有重重的机关、结界，看得明月有些心惊胆战。若不是千月姑姑带着她，怕是她连楼梯都上不来！怪不得风桀骜一向不离开她身边，现在却站在楼下一直不上来，这要是一个不小心，直接就没命了，修为再高的人，也顶不住这有毒的机关和这强大的结界啊！

“姑姑，你怎么会做这样复杂的机关的？若不是你带着，怕是明月上楼早就没命了。”明月不是拍马屁，而是真吓得头冒冷汗。

“傻孩子，这些机关对你来说根本没用！以你的修为，这些机关最多也就能让你的肌肤受点伤。这些毒，对你来说一点用也没有！”

“没用？为什么会没用？那毒那么厉害，我可是听七殿下说，你的毒天下无能解之人！”明月听得有点糊涂了。

“傻孩子，难道你一直都没发现，你身上有青玉凝石吗？那可是解这世上所有毒的圣石，谁有一颗都可以不必再怕，更何况，你那发冠之上有三颗！”南陵千月摇摇头，这孩子，竟然身上有如此绝世神石而不知。

三颗？青玉凝石？明月忽然想起，那天在战歌之城时，她发现自己的包里有一颗这种石头。当时，她还以为是清瞳圣女担心灵主大人传给了她一半的灵力，万一她出事，圣女无法向灵主大人交代，才会偷偷塞进来这么一颗不知道何用的石头！当时明月只觉得这石头嫩绿的颜色看起来很是好看，就一直留在身边。直到后来蓝瞳为了救紫陌而牺牲，她在地上捡起了第二颗。只是，明月不知道，第三颗是在灵主梦仙君死后，清瞳在地上发现的。清瞳将它交给了东方拂香，让她在适当的时机，转交给明月。而东方拂香在清洗明月的包袱时，发现里头竟还有两颗，便将这三颗青玉凝石配上她早前准备好当嫁妆的最圆的珍珠，为明月做了一个最美的王冠。只是她没告诉明月这石头的来历，怕明月听完又要伤心。

“明月？明月……”看着失神的明月，南陵千月赶紧唤她，毕竟救人的时间是顶要紧的。

“啊？哦——对不起姑姑，明月失礼了，只是想起了一些事情。”明月听到对方叫自己，才发现自己竟是失神了。

“你是在想这三颗青玉凝石的来历吧？快来，这结界只有跟着我才能进来。”南陵千月一把拉过明月，进到千月阁最机要的地方。

明月环顾一周，见这里除了门口，都是格子，放满了各种神奇的丹药。

南陵千月拿过一个金色的瓷瓶，小小的却很精美。递到明月手上，郑重地说：“这是清心回神丹，你师父是被神器之力反噬，故心神俱损，所以才会一直昏迷不醒。你拿着这个回去，用灵族星栖苑的泉水给她服下，不出两个时辰她就会醒来了！”

明月看着手中的金瓷瓶，眼中不由得又积满泪水，才相见一日而已，哪来的喜欢？姑姑分明是因为看到风桀骜成婚了高兴，才给她这颗救田彩师父的丹药。可是，她却在欺骗姑姑，她不敢看姑姑的眼睛。她在心里默念：“风桀骜，你的恩情，我拿什么才能还得清？”

148
田彩醒来，桀骜伤神

风桀骜在楼下等得发狂，听到咚咚的下楼梯的声音，知道他的明月可算是下来了，赶紧上前说道：“姑姑……”

南陵千月纤手一挥，一脸嫌弃地说：“清心回神丹我已经给你的王妃了，你这小崽子可要记得还账！”

“桀骜谢过姑姑了，我一定会还的！”风桀骜满脸堆笑，心想，姑姑这么古怪的脾气，今天居然没有为难明月，也真是稀奇。而且，那么多珍奇丹药，自己怕是穷尽一生也还不完。

明月看这二人忍不住莞尔，拿着那金瓷瓶摇一摇，说道：“殿下，姑姑已将丹药给了明月，咱们还是尽快回到汐族，给田彩师父服下吧！”

说完，明月走到南陵千月身边，抱着她说道：“姑姑，明月不知道拿什么来报答你，若是哪天有需要明月的地方，明月一定没有二话！我们要先走了，姑姑自己保重！”

“快去吧！放心，在这无幻灿天里，还没有人敢对我千月阁怎么样！是不是桀骜？”南陵千月洒脱一笑，对着二人挥手别离。

二人出去后，门口的结界随之慢慢恢复。

“若是这两个孩子可以长长久久地在一起，也算是最好的结局了吧？”南陵千月看着二人消失的背影，陷入了沉思。

看起来灵力充盈的无幻灿天，实际上在金龙苍阎冲破结界分离出迦罗天刑之后就发生了改变，没有人知道，实际上，这里的灵气已然所剩不多……

胧族瀛宵阁。

“七殿下，你何时再带着王妃回我胧族？”风昱见风桀骜刚刚归来，又要拜别，心中很是不舍。

“师父，我们回来看你很是方便，有少轻姑娘的阵法，不过就是一眨眼的工夫。倒是师父，不要再独自前往汐族了，实在是对你的身体有百害而无一利。”风桀骜又怎么会不知道师父不想让他离开这胧族？只是胧族在这天空之中瀛宵城里很安全，倒是汐族……

自从灵主梦仙君过世后，圣女清瞳继任为灵族新一任灵主。而羽族皇族内部四分五裂，在没了强大外敌之后便开始了争权。人族帝王听说了羽族有弥生幡，灵族有可预知未来的清瞳圣女，还有无妄海底的人鱼一脉可流泪成珠后，便对这一切产生了强烈的觊觎之心。若不是夜叉族的恶念之人被明月关进结界之中丢进了无极海中，而禁咒之海也只打开了一丝空隙，汐族怕是也不会像现在看起来这样安宁。

“七殿下……”风昱还想再说些什么，却是欲言又止。只是看着少轻回一谢礼，说：“多谢少轻姑娘这几日的照料，这一点倒是比我这徒儿强不少啊！”

少轻有些不好意思地说：“没……没什么，都是些小事情，风师父不必客气。”

“师父……看你说的，好像徒儿有多不肖一样。我答应你，一旦汐族之事全部处理好，我一定带上我的王妃回来看你！”风桀骜急急地说。

“这可是你说的啊！千万别失言！”风昱回道。

拜别风昱，少轻开启法阵，瞬间消失在大殿之上，只留下了一脸失落的风昱喃喃道：“桀骜，你可一定要记住你说的话，师父的时间，怕是不多了……”

五日后。

自从田彩服下了那清心回神丹之后，整个人的状态越来越好。少轻终于开始慢慢有了笑颜，每天为田彩做不同的吃食，好让她可以快点好起来。

“少轻，我都吃不下了，你怎么还做这么些啊！虽说现在汐族和外界相通了，可是这吃食还是要省着些啊！”田彩看着一堆吃食，发愁地说道。

“师父……是不愿意吃少轻做的东西了吗？”少轻有些失落的小脸，和平日里清冷的样子完全不同，让人看着生怜。

田彩一把抱过少轻，轻拍她的后背，温柔地说：“傻孩子，师父真的只是吃不下了，更不忍心让你每天忙碌。”

“田彩师父！少轻……”

正在这时，风桀骜和明月正好前来探望。

“原来是明月……不，是……”

“田彩师父！你还是唤我明月吧！少轻也是，不必改了，不然我会觉得和你们很生分……”还未等田彩改口，明月抢先说话，她不想再有什么改变了。

“少轻姑娘，现如今田彩师父已痊愈，不知你们接下来怎么打算的？”明月一边问，一边害怕知道答案。

“月儿！你若是不想让她们离开就说出来，为何还要这样为难自己？”风桀骜看着明月那一脸的纠结，早就猜到她的想法。

少轻和田彩都笑意深深，看来这个七殿下对明月当真是好！她们二人早就商量好了，不会再离开汐族。这几日，总是会听到人族的大船开到无妄海上想要杀人鱼一脉的事。若不是汐族仍被困在禁咒之海，而那仅有的裂缝，早就被明月施上咒法，怕是又要被屠戮……人世虽繁华，人心却难测。

“明月，我师父为救你汐族之人出这禁咒之海，修为失去甚多！而我必须要留在师父身边照顾她，所以一年半载的也不能离开这里了。再怎么说你这里对我俩来说也是个安全的地方，又有吃有喝的。你可不能忘恩负义，赶我们离开！”少轻一本正经地说着。

明月听到这里，心中的担忧全部消失了！是的，她不能再失去了，她不能再允许有人离开她……她稳了稳自己的情绪，说道：“不会，不会，让明月养二位一辈子作为补偿，这是应该的！”

四人相视一笑，经历了这么多的事，他们都明白了世事难料，这是大家都想留住的美好。

“既是这样，即日起，我会让小娘亲代为打理汐族大小事务。到时候，望少轻姑娘能和沁心圣女一起帮助小娘亲。”明月说道，却如交代后事一般。

“明月，你又想做什么？”少轻反应极快，她感觉到这个明月丫头又想去做什么危险的事情。

明月不说话，她实在不知道怎么说出这么自私的想法。

“明月，你那日大婚，夜叉族送来聚魂鼎。我问过拂香公主，她说那个主聚魂，所以说东方睿和你父王梦仙君他们……”田彩硬生生地把“重云将军”四个字给咽回了肚子里，毕竟，若不是七殿下风桀骜，她又哪里能够继续陪在小少轻身边？

“是，五百年之后，我父王和师尊的魂魄就会重回身体，现下他们都被我用魂力封印在一个安全的地方。只是我娘亲的魂魄，因为当时躯体被心魔残念占住，三界碧海珠当时也刚刚开启过轮回逆，所以她的魂魄早已离去……”明月知道田彩师父心中所想，即使知道人若不能修成真仙根本等不到五百年，可心中若是有一个期盼，一定会过得有希望些。

“七殿下，恕少轻冒犯！”少轻先向风桀骜行了一礼，又转向明月问道，“不知重云是否也能重生？他当时，明明……”

明月面露难色，心里纠结要不要说出来。虽然风桀骜明白她的心意，也答应了这场婚事就是一桩交易，可是，他的心意呢？

风桀骜心中一惊！聚魂鼎？他不希望明月难过，也佩服重云将军，可若是重云真的归来，明月是不是会弃他而去？

“那一日他明明散尽，不过，他可能是神子玉清的孩子，也就是说，也许他不是死了，而是回归神位了吧……”明月很想让重云活过来，可是，若以杀人让重云入体的方式让他复活，她宁可终此一生孤老。再者，他是神的后裔，也不会愿意用这种方式重活吧？

“神子玉清？月儿，你是听谁说的？”风桀骜感到后背一凉，怎么会是那个人？不可能！

“对，就是救了你们族人的那个金龙苍阎和神子玉清的孩子。我也是听我徒儿说的，这其中的真真假假，我就不知道了。只是，我想一个人去找一找答案。”明月像是做错事的孩子,低着头说道。

少轻和田彩也不知道应该怎么接话，这只是一个可能，若是从前，她们一定马上随明月前去。可是现在大家修为都有很大的损耗，若不尽快恢复，怕是以汐族现在的实力，真有强敌来犯，必定灭族无疑……

“月儿，我陪你去！”风桀骜看着明月说道。若是不能陪着明月，他一定会后悔。就算真是那个人，也是命!

没想到风桀骜竟会这样说，明月难以置信地睁大眼睛，看着风桀骜讷讷地问:“你可知道你在做什么？我要去寻的，可是重云……”

“只要可以陪在你身边，保护你，做什么，都不重要！”风桀骜用坚定的眼神看着眼前心爱的女子，他只想珍惜这不知何时就会结束的二人时光。

149
明月出走，寻重云

鳐风殿。

清早，在外软榻上睡着的风桀骜，醒来之后发现自己竟有些头疼。他有些摇晃地站起身来，想去看下明月起来了没有，却发现，明月已不在。他伸手摸了一下床边，竟然已凉透……他一下子清醒了过来，大声喊道：“明月！明月——”空空的鳐风殿内没有一丝声音回应他，风桀骜感觉到自己的内心不断地变冷，他最害怕的事情终于发生了！等他走到明月的梳妆匣边时，看到了一枚留声螺，他拿起，轻轻放在耳边。明月的留言在他的耳边响起：

七殿下，若没有出差错，你醒来时，已是五日之后。原谅明月对你用了妍儿给的五日眠，只是寻找重云是明月自己的事情，天罚将至，只有在这禁咒之海之内的人才能免于一劫，你帮明月已太多，明月万万不能让你再搭上性命！

汐族近日应该来了不少夜叉族的老弱妇孺，你的师父也已接来此处。那道开启了的裂缝，也会是天罚来时的最大隐患，到时候，大家的安危就交给你们几位修为高深之人了。

那天大婚之时，其实我很想告诉你，不管发生什么事情，你都不可以再牺牲自己！

自此一别，也许此生都不再相见，明月已交代完毕，望七殿下好好保重。

明月诀别

“明月，你怎么可以这样残忍？将师父接来，将这么多人的性命交于我，明知道我不可能丢下他们，以此来阻止我去寻你！明月，你当真要对我如此狠心……”风桀骜伤心欲绝，泪水决堤。

潮汐圣殿。

“七殿下……”东方拂香见风桀骜来到圣殿，有些心虚地招呼道。

“拂香娘亲，你为何也纵容明月独自一人前去寻重云？”风桀骜看着东方拂香问道，眼神哀怨。

“七殿下，你莫要怪拂香公主，此事怪我，你是我的救命恩人，明月以此为由不让你前去，还要我们保护你。还……派少轻前去接了你师父前来，说是天罚将至，你最放不下的就是你师父。”田彩看到七殿下这样失魂落魄，实在有些不忍心。

“桀骜——”正在此时，风昱出现，向风桀骜走来。

“师父，你怎么……”看到师父在这里，风桀骜刚才的怨气少了近半。他不禁想：“明月啊明月，你可真的是抓到了我的软肋。”

“师父想你了，正好少轻姑娘前来接我，省下这么多脚程，我当然要前来。怎么，你小子看起来，好像不怎么欢迎我？”风昱故作生气地说着。

“呵呵——怎么可能！师父你想多了，桀骜是怕你身体吃不消而已。”风桀骜没想到被师父将了一军。

“师父有老到那个程度吗？少轻，你来说说，我随你前来的这一路之上，可有给你添什么麻烦吗？”风昱实在有点生气。

少轻浅笑，十分配合地说：“风师父年轻得很，这一路之上还帮少轻灭了不少拦路的坏人呢！多亏了风师父，我一路之上才能专心于法阵。”

“多谢少轻姑娘带我师父安全到达，只是明月她一人独自在外……”风桀骜还是不放心，天罚将至，明月一个人在外，到哪里去寻找重云？

“少轻只是做了应该做的事情，七殿下不必谢。倒是明月她，走之前连三颗青玉凝石的王冠都偷偷放在了拂香公主的枕边，怕是动了不再归来的心思……”少轻心中也十分不安。

“不再归来……”风桀骜听到这四个字像是失了魂一般，嘴里念着，走出了潮汐圣殿。

“桀骜——”风昱看着这样失常的徒儿心疼不已。

“风师父，还是让他一个人静静吧！陷入情爱之中的人，除非自己想走出来，否则是帮不了他们的……”沁心圣女安慰道。

“明月走之前，已经将我的狂沙穿空咒全部学会，以她的修为，想必没有去不了的地方了。”少轻不知道自己做的是对还是错，她是尽了一个朋友的心，却硬生生地将七殿下留在了这个没有明月的禁咒之海下。

“世间万物，各有天命，你只是做了自己一定要做的事情而已。少轻，师父想过了，以你对魂力的修为，加上沁心，一定可以将汐族的百姓教得个个都能防身。这也是我们住在汐族唯一能帮大家的事了。”田彩知道自己的修为一时半会儿还做不了什么，但是保护自己是没有问题的，倒是少轻，真的可以好好教一下防身之术。

“是，师父！沁心圣女，此事就由你安排吧！”这不是人族，少轻觉得自己听沁心安排就好，以免引起不必要的争端。

古长城。

“你……你来做什么？”九子鬼母见明月从法阵之中出来，闪现到身边，有些害怕！这个人鱼公主，开启禁咒之海受重伤，将大多数夜叉族人丢进结界囚禁在无极海之事，早已传开。

“放心，我并无恶意！我来这里，一是前来归还《仙魔无界》，二是前来打听消息。”明月淡淡一笑，看来在世人眼中，她已是个魔女了吧？

九子鬼母接过神书，悬着的心终于放了下来，看来是自己多心了。心想，上次还是她给了自己那颗丹药，才让自己有力气护着孩子们，实在不应该怀疑这样一个善良的女子。

“你问吧！就算是我不知道的，也会尽全力帮你问到。谁让我欠你一份情呢？”她九子鬼母，虽非什么善类，但绝对知恩图报。

“我想知道，重云将军，魂魄是否已入轮回？”

“这……”

“怎么，是不能说？还是不敢说？”

“没错，重云将军若是一般人，告诉你也无妨。”

“鬼母，你可曾爱过？其实我知道重云将军是神子玉清的孩子，所以你说吧！我已知道，你不算是泄露天机！”明月对鬼母逐步诱导，希望她能说出真相。

“哎！算了，谁叫我欠你一份情。被罚百年和千年也无区别，反正这《仙魔无界》也不是我一时半会儿能全部参透的。”

“既是如此，那明月谢过鬼母了。”

鬼母无奈地摇摇头，情这个字，害人匪浅，却是前仆后继从未断过痴人。

“重云将军之所以死后无躯体，是因为那并不是他的真身，想来这世上被梦魇一族杀死的神，也就是神子玉清了。若非她太过善良，怕也不会落得如此下场，孩子还在腹中，她就逝去了。”同为母亲，鬼母说的时候，心中也是疼痛不已。

“他，现在哪里？”明月只想早点找到他，在天罚之前。

“他……他因和你们一起开启了轮回逆，被罚在无极滩上看守无极海五百年，才可重归神位。”鬼母有些不忍心告诉这个痴心人。

听到这些话的明月无力地瘫坐在地上，两眼呆滞。在无极滩上看守无极海五百年？可是她才将那极恶的夜叉族人囚禁在无极海，岂不是给重云找了一堆麻烦事……

终于回过神的明月，站了起来，无力地说：“谢过鬼母了，这个是我自己做的清心回神丹，虽说不如正品那般神奇，但若是受重伤时用上，也是可以保命的！”

接过丹药的九子鬼母，有些不太相信自己这般好运，不仅没有被打，还收到这么贵重的丹药。看来，那个重云将军在这个汐族之主心中，重过一切……

明月开启法阵，直接用意念定在无极滩。她在心里默念：“重云，你等我，明月不会让你一个人守在那无极海上，孤单，寂寥……”

无极滩。

九辰天蛰巨大的身躯行动在无极滩上，他无法下海，可海中的一切怪物却都会听命于他。这个守护兽可不一般，他便是受罚的神子。此时他仰望天空，轻声问道："月儿，你可是又在想我了吗？只是，重云此生都不会再去见你了……"若是这样可以为她分担下整个汐族的天罚，那她在汐族就可以安稳地过完此生，说不定修为再升一级还可以常伴在他左右。可惜人算不若天算，他怎么也没有想到，他找了个机会诈死，却还是被识出了破绽。而他最不想要看到的场景，正在一步步地靠近。

"重云——"一道熟悉的声音在他的背后响起……

150
白雨樱苏醒

医院。

“小羽，小羽——医生——”躺在病床上的白羽抽搐不止，吓得洛青司赶紧按下床头的呼救铃。

听到铃声的医护人员几乎是以赛跑的速度冲进来！

“洛先生，还请你先到门外等候一下吧！”杨医生拉上床围，将洛青司隔断在外。

洛青司走出病房，不安地在走廊上来回踱步，不停地呢喃：“羽儿，是不是羽儿要醒来了？她醒来，是不是代表她也脱离了NPC，在那个时空里死了……”

五分钟之后，杨医生带着两个护士推开门，一头大汗，看得出刚才进行了一场激烈的抢救。

“洛先生，进去吧！她已经脱离危险了，我回去再开些调养的药剂给她。”说完，就转身离开。

洛青司的腿上却像灌满了铅一般，他守了她这么久，这会儿竟然不敢进去面对她！

“学长！你在这里做什么？快进去啊！”正在这个时候，孟晓梅来了，见洛青司站在门口却不进去，有些不解。

“她……她醒过来了！”洛青司喃喃道。

“我说学长！你是不是傻了啊？你照顾了雨樱这么久，连画展都推迟两次了，她醒了你居然不进去？”孟晓梅看着见洛青司这样犹豫不决，快被气死了，也不管什么得罪不得罪，直接将他推进了那半掩的门里！以孟晓梅的身高和力气，对付一个毫无防备的洛青司，那就是小意思！

被推进门内的洛青司完全没有防备，差点整个人趴在醒来的白雨樱身上！

而原本有些迷迷糊糊的白雨樱，竟是硬生生被吓清醒了。

洛青司尴尬地站直，脸上露出些许害羞，红得很是可爱。

白雨樱看到眼前这个人，吓得想用手好好擦擦眼睛，盯着洛青司不解地问道：“你是墨羽？还是重云？”

“都是，也都不是，我是洛青司……”

洛青司？他居然是洛青司？那个她在受伤之前天天要躲的洛青司？这个介绍，对白雨樱来说有些猝不及防，她不相信地看着洛青司的脸，有些不太确信地问道：“所以，所以游戏里的墨羽是你，重云是你……”

看着虚弱的白雨樱，洛青司很心疼，他才想说正是，却是孟晓梅抢了先！

“是他！是他！都是他！每天在这里陪着你的也是他，在游戏里陪着你的还是他！总之都是他！小雨樱，你可是全天下最幸福的人，你可知道……”孟晓梅还想说什么，却被洛青司一把捂住嘴巴，像是被劫持的人质一般，嘴里发出唔唔声。

“你快放开梅子，她会被你闷死的！”白雨樱看到孟晓梅可怜巴巴的样子，哪里忍心。

洛青司两手松开，举在头两侧，傻呵呵地笑了笑，然后开口说："雨樱，我知道你一直躲着我，我一会儿就出去，不会打扰你的。"

白雨樱往里转过头，偷笑了一下，又转回来看着洛青司说："可是，好像我躲过了初一，没躲过十五。你是应该走了，不过，是回到家中好好休息一下。我已经没什么事了，现在都可以起来了呢！"

白雨樱说罢，就要起身，却被洛青司一把给按了回去！两人的姿势有些暧昧。

"不准起来！你都不知道你自己昏迷了多久！连杨医生都一度以为你会成为植物人！现在你就好好休息，在腿脚没有康复之前，你不可以下床，不可以乱动！"洛青司几乎是吼出来的，他的小雨樱才醒来，他不可以再度失去她。

孟晓梅很认真地点头，用手势给洛青司点了个大大的赞！心想，还是学长会撩妹，这个话绝了，这个姿势也绝了！

"小雨樱啊！青司学长说得太对了！你不相信，就试着抬抬脚，我赌你根本抬不动。哦！对了，我现在就去给你们买饭吃，我先走了啊！"孟晓梅话说到一半，才发现自己多余。她只是想多看一会儿现实版的言情剧而已，反应过来之后，很识相地知道自己应该退场了。

白雨樱感觉到了洛青司炽热的呼吸，两人确实有些太近了，有些尴尬地说："我不起来了，你可以松开手了。"

洛青司这才意识到自己严重失态，手慢慢收回，身子也坐起了。他清了清嗓子，问："你饿不饿？"

白雨樱心想，饿？就算是饿，她现在也不能吃东西的吧？算了，他为自己付出那么多，总不好拆他台，于是笑了笑，小声嘀咕："我好像……嗯……现在，只，只想喝水。"

"好，我这就去找杨医生，让他给你开适合你现在喝的水。"洛青司从未觉得他和小雨樱之间也这么尴尬，连说话的频率都不一样。

正在这时，杨医生推门进来，后面的护士拿了一盘瓶瓶罐罐。

"洛先生，这两瓶是专门针对长期打营养针未进食的病人的水，你给她喝的时候记得要小口，一次只少许量就可以了。切记不可多饮，现在白小姐的胃肠很虚弱，还得好好调养。"

"多谢杨医生了！"洛青司庆幸自己将雨樱带来了这里，不然，她真的不一定会醒过来。只有在这里，才能给她使用360度传感器。

"要说谢我，不如谢你自己吧！要不是你自己同她一起利用传感器进入游戏里面，怕是也不能让白小姐的感识快点回到现实里了！只是洛先生，你这样自己也进去，是真的危险啊！若不是中间吴小姐来多次帮你们调整，怕是很凶险！下次可不能再这样了！我这里可是医院，万一你们有什么事，我可是要关门了！"杨医生真是怕了这些孩子了，要不是他那天发现了这件事，告诉了吴依妍，怕是要出大事了……

"360度传感器？那是什么？"莫名的，白雨樱感觉好像欠这个洛青司的，不仅仅是现在这些。

"你们聊吧！我先去给白小姐预约上所有的检查项目。"杨医生说完，就转身出了病房。

病房之中，又只剩下了两人。

"就是将你带入游戏里的媒介！你在昏迷中，所感受到的一切，都是这个传感器带给你的……"

“可是我没有看到这病房之内有什么传感器啊？”白雨樱环视一周问道。

“不用找了，旁边那两个看起来像是按摩躺椅的就是！”洛青司指着边上的两个黑色的看起来像按摩躺椅的家伙，轻声说。

白雨樱有些不好意思了，也就是说，洛青司是一直和她紧挨着吗？

“你放心，只有我躺在靠窗的那个躺椅之上，你是躺在这里的，只需要将触角拉出来，贴在你的身体上。这些，每天都是护士在帮你，我没有……”洛青司知道她又在想什么了，赶紧解释道。

“没关系的！”白雨樱拉过洛青司的手，看着那张那么熟悉，现在却又有些陌生的脸，有些难过地说，“真的没关系，你做的，我都懂！只是，我该怎么还……”

还？洛青司有点急了，他从未想过让雨樱还任何东西，他从一开始就只是想留在她身边，让她慢慢爱上他！

“我应该怎么叫你才好？雨樱，小羽儿，还是……”洛青司一时之间恍惚了。

“不如你就叫我小雨吧！正好中和了这两个名字，你觉得呢？”

“小雨？也对，雨樱，小羽儿，都有了……”

“洛青司，我说什么你都愿意听吗？”白雨樱神色凝重地说。

“嗯！小雨，你说什么我都听，你现在是病人，你最大。”洛青司赶紧投诚，这种机会太难得。

“好吧！那我现在让你去好好休息！睡不够 24 小时，不准来见我，在这期间，我的室友会来陪我的，你听到了吗？”白雨樱深知在医院陪病人有多么辛苦，看着洛青司脸上的胡茬，浓浓的黑眼圈，还有比初见时更加消瘦的脸说道。

“好！我答应你，不过，你也要答应我，不许再消失！让我找不到！”洛青司心里害怕，他怕睡醒了，就再也看不到她了。

“你觉得，我现在这个样子，还能去哪里？”白雨樱不禁失笑，纵然她想跑，她也得能先站起来再说吧？

“也是！你现在瘦得都不到90斤，而且，只要没有我的同意，怕是你也出不了这个医院的门！”洛青司故作轻松地说，心里却根本不踏实。

白雨樱挥挥手，示意洛青司该走了。

无奈的洛青司勉强一笑，心想，这丫头，是在赶他走吗？算了，就在隔壁的休息室好好睡一觉吧！

看着洛青司离去的背影，白雨樱泪水滑落，她到底欠了他多少？怕是这辈子也无法还清了吧？钱好还，可是他为了救她出来，差点把命搭上，她心里好乱……

151
依妍为兄求二羽

医院。

窗外飘起大雪，来送早餐的孟晓梅在外头一蹦一跳地在雪中放肆，她要许个愿，希望雨樱可以快点好起来，和青司学长有情人成一对！

“同学，你再不进去，怕是饭要凉透了。”吴依妍笑脸盈盈地看着孟晓梅，打心底里感谢她对洛青司和白雨樱做的一切，而且间接帮助了哥哥维护公司形象。

“你是……吴依妍！学姐，你可真好看啊！”孟晓梅看到吴依妍，彻底被吴依妍那美艳而不媚俗的样子给折服了，心想，这样的校花，真是名副其实。

吴依妍笑笑，开口说：“走吧！我们一起上去，你若是喜欢这雪，一会儿出来的时候，我可以帮你拍些照片，你也很好看！”

被学姐这样夸，孟晓梅心里美极了，心想，这个校花绝对是内外都符合标准的第一人……

病房内，暖意正浓，一室的绿萝和外头的雪形成了两个世界。

护工正在给白雨樱的腿部做康复，原本洛青司是想自己亲自来的，可现在他的小雨已经醒过来了，怕是不能再像从前那样了。

“小雨，你好些了吗？”他问道。

白雨樱点点头，回他一笑，轻声说：“好多了，你看！外头都下雪了，真美……”

“想出去看看吗？算了，以你现在的免疫力怕是会生病的，不过，我一会儿可以抱你到窗边看一下。”洛青司也不知道自己怎么了，现在说什么都要前思后想，才敢说出来，生怕小雨会生气。

“早饭来喽！雨樱的小米粥，米少汤多，青司学长的无糖豆浆配上海饭团。”孟晓梅的大嗓门，直接从门外传到门内，她可从来都不管别人怎么看。

“梅子，又辛苦你了！这位是……”白雨樱问道。

“我叫吴依妍，是你们的学姐，也是吴易非的妹妹。这次来是请你们帮忙的，我哥他……”吴依妍的情绪有些绷不住了，眼泪止不住地流。

吴易非！易非？难不成是他的妹妹？可能吗？白雨樱看着哭得梨花落雨的吴依妍，心乱如麻。

“你哥他怎么了？出什么事了？小妍你别光哭啊……”洛青司最怕看到女孩子哭了。

吴依妍一边抽泣，一边哽噎地说：“我哥……我哥他为了让你们摆脱控制，早点回到现实世界来，他……他居然自己也用上了360度传感器！可是，你们都出来了，现在就只有他一个人在里头了……”

“所以……所以你哥哥，就是和我们在一起玩的易非？”白雨樱忍住不哭，小心翼翼地问。

“没错，我来之前，他公司的李岚风让我告诉你们一句话，他说，极风守着易非的身体，可是大脑，只有靠白羽、洛青司……若易非再不醒来，伤害的不只是身体，易非和那个幕后黑手约定的日期也快到了，到时候，整个WM公司都会陷入纷争……”吴依妍说着，走向病床边，坐在椅子上，两手紧紧地握住了白雨樱的手。她极为认真地问白雨樱：“你会救他的，对吧……”

白雨樱没想到，自己的一个意外，竟引发了这么多事情，没想到易非竟会为了救她，也用上了传感器。他，到底是什么时候，以什么角色强行介入关卡的？

“我现在的情况，你也看到了，你想怎么救？我的角色在我醒过来的时候，已经死了……除非，你们再找到新的角色可以切入。”白雨樱其实真的不想重复一次那种悲伤，没有了现代意识，做所有的事，都是角色设定和自己的潜意识在推动。

“角色死了……青司，你呢？”吴依妍只感觉自己的心不断地变凉，没有底气地问道。

洛青司脸露出愁云，这要他怎么回答？他也是在角色死了之后才醒过来的。

看到洛青司不说话，吴依妍已经明白了，怕是没有希望了。

“所以说，我们的角色死了之后，我们就可以醒过来是吗？可是之前我的那个角色死了好多回，怎么都没有醒过来呢？”白雨樱有些寻不到规律。

“之前将我们几个锁进去的时候，那个幕后黑手只是想困住你，以此来要挟我哥将360度传感器的数据全部给他们，自然不会让你轻易出来，可是后来你们三个人都用上了传感器，侵入角色的时候，怕是对方知道了……”吴依妍心里很害怕，害怕哥哥出事！

“你的意思是，现在对方知道这件事情，所以让我们在用传感器的时候，过度沉迷分不清虚实，最后，一个一个地诛心。因为传感器不完善，所以在情绪极度难以负荷时，会伤到人的大脑，对吗？”洛青司此时一定要冷静，因为他的小雨怕是心里已经乱了……

吴依妍点点头，疑惑地看着洛青司，问道：“你是怎么知道的？”

“我就是体验者，在我醒过来的时候，杨医生说我差点连自己也交代进去了。雨樱醒的时候，也是经过大抢救才醒过来的。这个传感器确实存在漏洞，若是易非也经历这些的话，怕是他的公司要乱了！”洛青司终于明白，自己不是身体虚弱，而是沉迷过度之后，心太疼……

“那我们现在该怎么办？我哥他不可以有事！李岚风说，我哥在决定去救你们之前就发现，在游戏里一直针对雨樱的人，就是我们家的世交贾伯伯的女儿贾沁汐。现在她高价收购了公司小股东的股票，还赶走了公司的龙社工作室，把游戏里面搞得一塌糊涂，以此来逼着我哥出现，给她一个交代，就连……就连我妈妈也帮着她！还说，说游戏公司倒了最好，早点回家继承家业……可，这是我哥的心血啊！他要是醒了看到这一切，怕是这辈子也不回家了……”吴依妍哭得更凶了，她从小就和哥哥感情要好，哥哥对谁都冷，唯独对她特别暖。

“依妍，别哭了，总会有办法的。不如你现在和极风视讯，大家一起讨论，总会有办法的，你说呢？”白雨樱轻轻抱着哭得一塌糊涂的吴依妍，轻轻拍了拍她的后背，安慰着。

“你看我，只顾着难过了，差点忘了和李岚风视讯了。”吴依妍也顾不上什么形象了，接过孟晓梅递过来的纸巾在脸上轻轻擦了两下，就打开了手表上的视讯。

“看样子，那两位倒是很安全地被老大给解救出来了！角色死了没有关系，我再入侵新的角色就好了，你们两个的任务就是让他活不下去，早死早超生……”李岚风也不管话好不好听了，没有时间了，老大的安全第一！

“还是我一个人去吧！雨樱才醒过来，她的身体实在太虚弱了，根本承受不起这样的折腾。”洛青司可不敢再让他的小雨冒险了，万一救了情敌，小雨再重伤怎么办。他可不想搭上未来媳妇的安危！

“还是我去，事情可以进展得快些，只是，极风你可不可以将我的角色复活？”白雨樱不想欠易非这样重的一个情……

“其实你的那个角色不应该这么快就死了的！真不知道你是怎么把角色给玩挂了的。不过也好，你们两个一进去，天天秀恩爱，怕是老大气也会气死了！你们都醒了，我也就不必怕对方那只黑手，看我不弄死他们出出气！就那种技术，若不是抓住了我老大的弱点，哼！早就被我打得满地找牙了，偷了公司的资料才做到现在这个样子，真是弱爆了！”李岚风想到自己受的窝囊气，就来火！要不是老大怕白羽，也就是现在的白雨樱受到伤害，他才不用这么畏首畏尾，使不出全力来对付黑手！

“那好，这些就交给你了，极风，你放心，我再也不会想扒了你的虎皮做大衣了！”白雨樱释然一笑，终于可以做一件事来还债了！

“小羽，你终于良心发现，不助纣为虐了！”

“是的！因为我发现你太瘦了，怕是那皮最多只能用来做一个披肩呢！”白雨樱一笑，笑得很无辜，很……

“呵呵——再见！”李岚风说着，心想，最好不见，这个小羽心还是那么黑，而且万一说多了，老大醒来一定会生气！

“太好了！谢谢你们能答应帮我哥，雨樱的医疗费用，我吴依妍全包了。我要给雨樱用最好的药，吃最好的补品……嗯！我先回家，马上让许阿姨做上，我先走了，你们快吃早饭吧！”吴依妍说完，就消失在了门口。

“梅子，今天你所听到的，看到的，不能告诉任何人！不然一定会出人命的，而且，不止一条……”白雨樱看着吴依妍离去的背影，突然发现，自己一开始遇到的是一场意外，可是，这场意外，却变成了一场商战的中心点。这样看来，事情怕是远远比想象中复杂。

游戏公测第一天，玩家出意外住院，360 传感器并不完善却投入了使用！游戏数据被员工窃取，以此困住玩家……

152
明月归来，桀骜生醋意

无极滩。

九辰天蛰眼神哀怨地看着昏迷在地上的明月，他很想将明月抱起来，可是他没有臂膀，他现在只是被罚看守太极滩的一条金蛇而已！他没有想到，明月这么快就知道了这个秘密，更没有想到，她会这么快就来到这里，所以竟然误伤了明月！可明月有青玉凝石，为何还会中毒昏迷不醒？他现在无法离开这里，要怎样告诉汐族之人来这里救她回去……他全身上下都是毒，根本不敢靠近明月，生怕她会比现在还严重，只能远远地看着她倒在地上，任由自己的心疼得像被千刀万剐一般！

“呵呵——想不到汐族新主也会有今天！真是因果轮回，报应不爽！看来，上天真的不会放过谁……”沦为巡海夜叉的迦修世看着眼前的这一幕，虽然上不了岸，还是得意地在明月附近的海边游来游去，嘴角扬起一丝讽刺的笑。九辰天蛰不能说话，眼中的怒气却已达到顶点，他恨不得杀了这怪物！可是，他现在只能忍，不然会伤到明月……

就在这时，手持青玉王冠的少轻和清瞳圣女从法阵中走了出来，虽然周边的毒气很盛，但是整个世间仅有的四颗青玉凝石都在她们身上，毒气根本伤不到二人分毫。二人扶起明月，将王冠戴在她的头上，转头看向巨大的九辰天蛰。她们忍不住流泪，重云，好好的一个英俊少年郎，好好的神子后裔，却是为了五族，为了明月不被天罚，沦落到现在这种境地！她们来此，是因为清瞳打开天眼探知了五族的未来，可惜还是晚了一步。

“清瞳圣女，给她这样戴好就可以了？不用我运功帮她吗？”少轻有些不了解这青玉凝石到底怎么用，开口问道。

“嗯！这样就可以了，你看，明月体内的毒正被这一颗青玉凝石吸收。”清瞳指着那王冠说道。

果然，不光是王冠上的三颗青玉凝石在吸收毒气，就连清瞳颈上做成项链的青玉凝石都在吸收！而且吸收速度很快，怪不得说它是万毒的克星！吸收了毒气的青玉凝石，颜色看起来更加鲜艳了些。

“不公平！为什么她总是能转危为安？你们五族逆天而行，早就应该接受天罚，为什么我被囚禁在这里，你们却还好好地活着！”巡海夜叉面目狰狞，恨不得从结界之中冲出来，杀光这些人！

“哼！你就老实在这里头待着吧！就算是要天罚，也是你先死了，我们才会死！”少轻看着那海里的怪物，鄙夷地说道。

“少轻，我们快点带明月回汐族吧！她的身子看起来很虚弱！”清瞳搭上明月的脉，感觉情况并不是很乐观。

“可是……”少轻看着变成了一条金色巨蛇的重云，心中说不出的悲伤。看到对方也正用悲伤的眼神看着她时，少轻突然明白了，重云很想靠近明月，却又害怕伤害到明月！她于心不忍，问清瞳：“圣女，你可能明白他想说什么吗？”

清瞳看向九辰天蛰，大声喊道："你所想的我都明白，我一定会转告明月，你所做的一切，很让人佩服！若可以，我更希望在这里看守的人是我，可惜，我出身卑微，担不起这个担子……"

巨大的九辰天蛰，向她们点了点头，深情地看着明月，竟像是要落泪一般，叹了口气，转过头不再看她们。

"我们走了，你放心，我们会尽自己一切力量保护明月，不会再让她受伤！你，保重！"少轻也不管对方是不是真的能听懂，也大声地喊着，转头开启法阵迅速消失在了太极滩上。

"少轻，你哭了……"

"我……没有……只是心里难受……"

"少轻，我一直以为，除了你师父，没有人可以引起你情绪的波动！"

"唉……重云和明月，太……为什么这两个人不能在一起呢？"

"少轻，情本就是个毒药，吃得好了两个人相生，吃不好两个人相克。灵主大人和紫陌又何尝有好结局？"

"……圣女说得不无道理……"

鳐风殿。

风桀骜看着迟迟未醒过来的明月，脸色铁青，周身的寒气像是随时都要杀人一般。他的明月好好地出去，却这样回来了，而这一切，却是为了另一个男子！

"七殿下，对不起，我们到的时候，明月已经昏迷了……"少轻心里十分过意不去。

"这和你们无关，若真的要怪，我这个做夫君的更失职！"风桀骜恨不得躺在这里的是自己，守在这里的是明月，至少他是快乐的。

“七殿下，你这又是何苦，清瞳圣女走之前说过了，明月子时之前一定会醒过来。看现在的天色，也快了，不如我在这里守着，你先去歇息一下吧！”少轻想要支走这个七殿下，他在这里，整个鳐风殿都是冷的……

“她不醒，我又如何能安心休息？要说休息，也应该是你先去休息吧！这里有我，你放心就好。”他怎么会离开明月？等了这么久，终于把她给盼回来了，却又是重伤，这个丫头实在是让人不省心……

“那好吧！我就去外头晒个太阳，明月醒了，你让侍女去叫醒我！”少轻不得不妥协，谁叫她是个外人呢？

风桀鹜点点头，看着少轻走出大殿，然后直接坐到明月身边，小心翼翼地将最近刚提高的修为输给明月。他低声说道：“明月，我风桀鹜现在不求可以和你两情相悦，但求你安然无事，我能在你左右护你周全……”

昏昏沉沉中，明月好像被什么催眠了一般，她只记得，她必须要让风桀鹜对她死心。至于为什么，她好像记不太清了，但是必须这么做！

“重云……”明月浑浑噩噩中喊着，好像是有什么指引着她一般。

若心碎有声音，怕是整个鳐风殿内都是琉璃落地的声音。风桀鹜在等明月归来的日子里犹如活死人一般，好不容易盼回了明月，却是守在她的身边听她叫别的男子的名字。

“明月，你说，是不是上苍见我助五族完成轮回逆，故意惩罚我，才会让我娶到你的人，却得不到你的心？”风桀鹜傻笑着问明月，也像是在问自己。

“水……”明月只觉得身体像是被抽干了水分一般,她想喝水，想喝很多的水。

心绪乱成一团的风桀骜，听到这呼唤之后，马上冲到案几旁拿过那珠贝茶杯。他坐下，一手轻轻地将明月扶起，一手用茶杯将明月干得起了褶皱还发白的唇撬开，细心地将水喂到了明月的口中。

渴到极限的明月，恨不得将水一下子全部喝到胃中，一着急，轻咳了起来。

“别急，慢慢喝……”风桀骜将明月的身体倚在自己身上，用手轻拍明月的后背。

“重云——重云——”明月依旧呼喊着重云的名字，她感觉自己做了一个很长的噩梦，梦中，重云变成了一条金色的巨蛇！他不会说话，不能抱人，他身上都是毒……

“明月……醒一醒……”风桀骜有些急，就算他再大方，也无法容忍自己爱的女子，一直喊着另一个男子的名字！

“重云……是你吗？”明月睁开眼睛，看着眼前的人，形象有些模糊，气息却很熟悉。

风桀骜再也受不住，他为了明月能够对他有更多的好感，连熏香的味道都换了和重云一样……若狂风暴雨般的吻落在了明月的脸上、颈上、耳上……

原本听到声音想要进来看看明月怎么样了的少轻，才迈过大殿门槛，硬生生地将还没有落地的那只脚收了回来！啊——好像现在进去很不合时宜……

本就头脑还有些昏沉的明月，一双美眸因中毒太深，根本无法马上恢复视力。再加上这气息同重云如此相似，一时间，她觉得重云回来了，竟是有意无意地回应着。

明月若不回应还好，这一回应，风桀骜心知她是将他当成了重云，怒气更盛！他狠狠地吻上明月的双唇，将明月那原本就有些干裂的唇吻得不小心破了皮，淡淡的蓝色人鱼族特有的血液渗了出来。可风桀骜并没有停下，反而更加疯狂，吻得更深，好像怀中之人的口中有着让人沉迷的毒药一般！他在心里默念："明月，可不可以将心也给我！可不可以给我们一次机会……"

153
假意诛心，尽失所爱

鳐风殿。

自从上次风桀骜失控强吻过明月之后，明月总是躲着他。他知道是自己的错，不应该失态。可是明月这样一直躲着他，他的心每天像是被撕扯一般痛！可惜，明月不知道，风桀骜身为胧族，本是神裔之后，插手世间之事本就不应该。可他却一而再、再而三地明知故犯，只怕留给他的时间不多了，恐怕他等不到天罚了……

明月才进鳐风殿，看到风桀骜背对着她站在前方，下意识地想再次偷偷溜走。

“明月，你真的以为你可以在我的周围来去自如吗？”风桀骜强忍住心痛和怒气，尽量平静地说道。

毫无防备的明月一听更加心虚，可是脑海之中总有个人在不断地提醒她：莫要与他深种情根……

“明月，若你当真如此讨厌见到我，那你也不必遵守约定，我可以现在就回嬴宵城。”风桀骜紧闭双眼，他不想让泪流出眼眶，他不想明月留下他只是因为不忍。

“……”明月很想开口挽留，可是她刚要开口，一阵剧烈的头疼就袭来，有个声音告诉她不可以挽留他，只有这样，才是真的救他!

“你找到他，觉得对不起他，觉得亏欠于他也是情理之中。只是明月，你可否想过，神子之后也好，死神后裔也好，都会万劫不复……”风桀骜始终未曾说出那句:“明月，你可知，我的时间不多了。”他有他的骄傲，他不想要明月的同情心，他想要的只有明月的深情挽留。可是，明月的冷漠深深地刺痛了他，他不明白为何明月醒来之后像是变了一个人一样，对他残忍至极!

明月紧紧握住两侧的裙摆，强忍着，假装很冷漠。心想，已经把他伤害到这种地步，若此时放弃，怕是会前功尽弃。她不敢开口说话，害怕自己一开口就没了底气，直接被揭穿。她长长的指甲深陷在掌心，血全部浸在蓝色的绡绫纱裙摆上，隐匿了踪迹。

风桀骜痛极，转身快步离开了鳐风殿，却并未去找少轻带他回胧族……

待整个大殿之上只剩下自己的呼吸声，明月早就绷不住的泪倾泻而下!颗颗泪滴化成珍珠落在地上，声音却是好听极了，真是讽刺。明月不知为何，失声痛哭，好像失去了心头最重要的东西一般。最后哭到没有力气，跌坐在地上，被一地的珠子硌得生疼都懒得理会。她到底还是将风桀骜伤得体无完肤……

三日后。

狼狈逃离的风桀骜终于到了太极滩，没有了少轻的阵法，他足足用了三日才到了这里。若他不是胧族,怕是七日也到不了吧?

他远远地看着那巨大的金蛇，心想，九辰天蛰?原来在明月的心里，就算那个人变成了这个样子，她的心中也依旧只有他！

“明月，若是我死在他的手上，你此生都不会忘记我了吧？”风桀骜几近疯狂地靠近那重云为魂的九辰天蛰。

九辰天蛰看着这个一步步靠近他的人，害怕地摇动金色的蛇头。不，这个人竟然想死在他的手上！这种事情绝对不可以发生，明月会误会的。

“呵——你竟然也会怕，你有什么可怕的？她心心念念的全是你！你赢了，无论我做什么，都无法走进她心里。可是，若我一死，可以让她解脱，你何不成全我？”风桀骜眼睛猩红。这么说着，他以极快的速度，冲向了不断向后退的九辰天蛰，那是只有胧族夜影才有的速度。他狠狠地撞在九辰天蛰的蛇尾上，瞬间被毒气熏得只剩一丝气息。

这时，明月却从法阵中走出来，拼了命地跑了过来。

“风……桀骜，你到底要……我怎么样！你醒醒，醒醒，我不许你死！你听到没有，听到没有！风桀骜……易非……”明月拼命地摇着倒在九辰天蛰蛇尾上的风桀骜，整个人完全崩溃！

“羽……儿……”奄奄一息的风桀骜在最后一刻，终于恢复了易非的现代意识，却是一切都已来不及。他想要为他的羽儿擦去泪痕，手却停在空中，垂落，闭上了眼睛，只留下嘴角的一丝笑意。

“不——”明月撕心裂肺地吼出，她疯狂地摘下头上的王冠，狠狠地丢向一边，停下了哭泣，冷笑几声，也在毒气的包围之中，倒在了地上。

此时，天空之中聚满了黑云，电闪雷鸣。

伴随着明月和风桀骜的死，天罚竟是提前到来！

“若这才是你的选择，就算守期到了又如何？呵呵——”九辰天蛰闭上双目，等待天罚……

天地之间，一片混沌，没有人知道谁能从这天罚中活下来，没有谁真能赢得这场斗争。就像在爱情之中，没有谁真的可以不伤神……

乱我心者自乱之，回首盼顾，几相思？若是前世已相知，何用此生，度残日！轮回生死明镜台，素妆绡纱，镜中影。君恩难报皆诛心，天怒神罚挥尘世……

WM总部。

“近日，青城警方抓捕了四名敲诈勒索犯。此四人被抓时，皆被绑在椅子上，所有犯罪证据都放在文件袋中。犯罪分子对犯罪事实供认不讳……”

消瘦的吴易非看着新闻，终于露出了久违的笑容。

“老大，贾小姐那边怎么处理？”李岚风看着吴易非的笑容，终于放下心来。

“将所有证据送给她爸妈一份复印件，她所有的股份以原价收购，至于跟她一起逼走了龙城工作室的那些人，哼——他们自己会知道怎么办的！”吴易非对贾沁汐已经厌恶到连名字都不想说。

他想了想，接着说道：“对了，顺便再多做一份，给老爷子和我那老娘送去看看！省得他们天天在我耳边聒噪，让他们看看他们中意的好儿媳多么出色。”

“是！老大，我马上就去办！”李岚风悬着的心终于定了下来。

“等一下！她——还好吗？”

李岚风心想，就知道老大早晚会沉不住气问的，哎！这个问题可比让老爷子看文件可怕多了，他真想不回答，直接跑掉！

“她，不太好……”

“她怎么了！”吴易非直接从座椅上呼一下起身。

“据依妍说，她第一次醒来时本就虚弱，再次进去实属勉强。可她为了救你还是二话没说，同洛先生一起进去了。现在不要说白小姐不好，就连洛先生也不好……”李岚风越说声音越小。

“你说什么？这么重要的事你怎么现在才说！”吴易非要疯了，他只是进去了没多久，出来都悄悄在医院里疗养了好几天！就更不要说小羽了……还有洛青司……

李岚风就知道吴易非会是这个反应，尽量平和地说：“老大，你不要忘了，你也是疗养了好几天的人。更何况公司这么多事，公司这么多人可都指望着你吃饭呢！”

是啊！吴易非总是有这么多的事情困着他，处理不完这些事情，他怎么去面对小羽？

“不过，老大，现在什么事情都解决了。剩下的事情，我都可以代你处理完，你若是不放心，还是亲自去看看她吧！现在，是时候了……”李岚风看着吴易非一脸的失落，实在于心不忍。

“李岚风，等这一切都平息了，我给你放个长假！”吴易非感激地看着李岚风，这个从小玩到大，是发小，是朋友，也是同学的人。

李岚风憨憨一笑，跟吴易非摆摆手，推门走了出去。

吴易非穿上外套，按下车钥匙，走出办公室直奔公司门口，而车已经在等他了。车门自动打开，他坐好之后，车子自动开启了雪地模式，自动行驶了起来。

医院。

“杨医生，我的两个朋友怎么样了？”

“哎！明明那天两个人好了的，我才敢出差，这才几天的工夫？怎么两个人都变成了这样！”杨医生快疯掉了，这一个没治好出院呢，另一个也倒下了，他是招谁惹谁了？

“洛先生他也昏迷不醒了？”

“倒也算不上是昏迷，就是不醒，而且心电图结果也不是很好。不知道是不是太累，或者是心情的缘故……”杨医生不知道应不应该问，这洛先生是不是受什么打击了。

“我另一个朋友呢？怎么样了？”

“白小姐她的状态就真的不好了，哎……”杨医生不知道如何表达他此时的心情，差一点就在他的医院里出了一个昏迷数月苏醒的奇迹，现在奇迹没了不说，昏迷得还比之前更严重了……

“杨医生，将他们转到那个病房吧！”

“那个病房？可那是专属于你的啊！”

“是，那是专属我的，可是这两个人现在这个样子，全是因为我！转过去，对我来说也是件好事，可以方便派人来照顾。”吴易非认真地看着杨医生说道。

不到十分钟，杨医生照着吴易非说的都安排妥当了。

吴易非之所以有个专属房间，是因为吴老爷子是这家私人医院的大股东。房间大约有 60 平方，几乎可以说是个一室一厅两卫的小公寓了。

白雨樱是女生，自然是安排在了那仅有的一室里，而洛青司的病床就摆在了客厅最舒服的角落。

看着洛青司那比一般女孩还要美几分的脸，吴易非笑了，也不管对方是否能听到，轻声说：“若你醒来，我一定给你公平竞争的机会。”

说完，他走到那个他一直魂牵梦萦的人儿的床边，轻轻坐在了边上的椅子上。他仔细盯着白雨樱瞧，见她躺在床上，瘦得让人生怜。这样美的女孩，和在游戏之中以及那个空间见到的那样相像。她黑而修长的眉毛、她黑而浓密的睫毛、她黑而亮滑的发丝都像是无数条挽住他心意的丝线一般。她小巧笔挺的鼻子、她嫣然若花瓣的嘴唇、她因长久未能晒太阳而过于白皙的小脸，还好够饱满才不会显得那样病态。

“小羽，终于真的走到了你身边，不必担心有人伤害你，更不必违心地和你保持距离。只是，你是否还愿意做我的一渠落樱，从此，再也不分彼此……”吴易非说着，将白雨樱的纤细小手握在自己的两掌之间，头低垂下去，他不想让别人看到他流泪。

白雨樱的睫毛抖动，两行清泪滑向那极长的青丝，瞬间隐匿消失……

雪过天晴，阳光洒在三个人的脸上，都是青春的气息。

番外
COS 舞会

珠山脚下。

“穿越时光”360 度传感器终于突破了所有困难，以最完美的状态面市，为了提高玩家对这个传感器的认知度，WM 公司特别定在珠山脚下的花隐悠居举办了一场 COS 聚会。一来可以让玩家有线下相聚的机会，二来也可以让忠实玩家第一批体验 360 度传感器进入游戏世界。大大小小的请柬发了快两百份，还好有人聚会完就离开，不然这花隐悠居还真住不下这么多人。主办方将这古朴的民宿加以美化，看起来更像是游戏中的场景一般，美轮美奂。二楼开着的窗子旁，一个男子看着窗外的一切，眼中尽是期待。他在心中不停地问：“她会来吗？会！不会！会！不会……”

“老大，你放心吧！她一定会来的，她签下了那个合同，就必然会来。”

“这样，她会生气吗？”

“你放心，就算生气，也气不到你头上，我都安排好了，她绝对想不到的。”

“那个人呢？也会来吗？”

“对不起，老大，我拦不住他，你也知道他和依妍的关系，他早就拿到 VIP 票了。”

男子摇摇头叹了口气，转过身去，淡淡地说：“若是依妍喜欢他，就好办了，你说呢？”

“这……老大，好像依妍对他并不怎么感冒，有点难。”

“难吗？我怎么觉得你和你的傻女人在一起，一点也不难呢？”

“老大！我马上想办法，我现在就去……”李岚风逃命似的跑了，老大这明摆着威胁他嘛！哎，真是的，谁让妞妞是白雨樱的好朋友，不然他也不用受威胁啦！

白雨樱为了还洛青司的住院费用，一抓到机会就跟着孟晓梅去打杂赚外快。这不是，赚完这一票，就可以还清了，她亲自帮孟晓梅签下了这个 20 人妆面发型的单子。

“小樱樱，你说说你，干吗要把自己搞得这么累？青司学长都说了一百遍，不让你还了！你倒好，非要偷偷摸摸地赚钱还他！要是让他知道了，一定会怪我的！”孟晓梅用幽怨的眼神看着白雨樱。

“怎么，你不想带我呀！”白雨樱并不想解释，她觉得有些事情就是应该分清楚。

“怎么会！我只是觉得你最近太累啦！”

白雨樱一笑，抱了抱孟晓梅，趴在她耳朵上说：“谢谢你，梅子，你帮了我太多了。”

落樱坊内。

“洛公子，你好了没有啊！我可是发现你的白姑娘了，你若是还没有好，本宫可是要先走了！”妞妞看着还在挑面具的洛青司，有些不耐烦地问。

“你看看你呀！哪里像个女孩子，我这不是好了吗？”洛青司起身，穿上外衣。

妞妞咽了咽口水，不得不承认，这洛青司和游戏中的人物几乎没有什么区别，真的是妖娆祸水……

“收收你的口水，都快掉在地上了，我要去找我的小雨了！”

天渐渐变黑，还好是满月。

“梅子，我不要化啦！我又不参加，晚上还要洗脸……”

“停！今天你要听我的！我都不嫌给你化妆累，你竟然敢拒绝我？再说了，我还没有吃饭，你想饿死我吗？”

“呵呵——怎么敢……”

孟晓梅强行给白雨樱化妆，遭到反抗后，直接威逼其就范，很显然，白雨樱只有投降的份儿。

主会场已一切就绪，聚会马上开始。

“亲爱的六族高手，欢迎大家在这满月之夜来这里参加 WM 公司《完美情缘》‘穿越时光’360 度传感器的体验现场。当然了，今天不仅仅是为了体验 360 度传感器，也是各位大神的线下聚会……”

听到萌萌的小虎所说的开场白，白雨樱吓了一跳！ WM 公司？《完美情缘》？“穿越时光”360 度传感器？怎么签合同的时候没有看到？怎么现场也没有横幅什么的？怎么她好像来错了地方？

看着一脸惊愕的白雨樱，孟晓梅眼神有些尴尬，却什么也没说，假装没有看到，该来的总会来的，反正她的任务完成了……

白雨樱此时只想偷偷溜走，却是还没有走出主会场，就被发现了。

“今天是360度传感器的生日，正好我们中间有一个人是今天的生日，请灯光师找到那个人！”

不偏不倚，那灯光就停在了白雨樱身上，怎么都躲不掉。

“恭喜这位侠士，还请到台上来。”萌萌的小虎做了个请的姿势，很是可爱。

白雨樱脑子里乱极了，她不能上去，这样的场合，她要是上去了，一定会见报。

孟晓梅见白雨樱还是要跑路的样子，赶紧连推带拉地把她给弄到台上去。

“哇！好漂亮的长发小姐姐，小虎好喜欢啊！小虎先祝你生日快乐，再邀请你一起切生日蛋糕好吗？”

萌萌的小虎看起来太可爱，白雨樱有些不太好意思再拒绝他，点了点头。

只见舞台中间，工作人员推过来了一个六层的生日蛋糕，蛋糕上全是3D打印的游戏中最美的场景。

忽然，现场灯全灭，只剩下了淡淡的月光，还有蛋糕上的生日蜡烛。

“祝你生日快乐……”

现场也不知道谁起的头，全场唱起了这首歌。

“小雨！祝你生日快乐，也祝……”游戏扮相的洛青司话还未说完，话筒就被身边戴着半个面具的家伙抢走了。

“小羽！今天是你的生日，因为有你，才会有‘穿越时光’360度传感器现在的完美问世。因为有你，我想让《完美情缘》更加完美。所以今天这个聚会，除了对你说生日快乐，我还想告诉你，你不嫁，我便不娶！你不嫁我，我便终身不娶！”面具男子说完，得意地扬起笑容，看向洛青司。

台下一片掌声和起哄声。

“在一起！在一起！”

“在一起！嫁给他！”

洛青司瞬间脸黑，一把拉过白雨樱，对面具男子说：“易非，我不会让你得逞的！”

台下的观众看到这场景，有些不懂，这是什么情况？抢亲？

“今天是小羽的生日，你确定要搅局吗？不如，你我 PK 一下，让大家欣赏一番如何？”吴易非不拦，说的话却很噎人。

众目睽睽之下，吴易非发起这样的挑衅，由不得洛青司不接受。

“哼——”洛青司冷哼一声，无所谓地说，“有何不可？只是，可有赌注吗？”

吴易非轻笑，心想，果然上钩了，淡定地说：“就赌谁与佳人共进晚餐如何？”

一堆好事的人跟着两个大神去看戏，白雨樱实在觉得尴尬，趁乱拉起孟晓梅就跑到她们两人的休息室。

“说吧！这一切你早就知道了对不对？”

“小樱樱你可不能冤枉我！单子可是你签的，这活计也是你找的，我只不过是后来才知道，没告诉你而已。再说了，就算我告诉你了，也没用啊！合同你都签了，你还能反悔嘛！所以我才没说。”

白雨樱听孟晓梅这样说，气势直接矮了半截。孟晓梅说得没错，合同是她签的，一开始孟晓梅还不想来。哎！真是自作孽！

妞妞没跟过来，这么多好吃的，她可是要先吃饱再说！

“哼，这个女人还真是有手段！勾搭人都勾搭到现实里来了，两个人都为她争风吃醋。有什么了不起的，长得也不怎么样嘛！”火红性感蝴蝶装的女子故意说得很大声。

“哼！说得好像你很美一样！你这么美，怎么没有被台上那两个长得那么好看的小哥哥看上呢？”另一位明艳无比却穿得极为保守的美女毫不留情地怼了回去。

“你——关你什么事！我又没有说你，别没事找事……”

“本来是不关我什么事，可是你这么大声，吵到我，就关我的事了！”

正在这时，一对戴着面具、身形很好看的男女走了过来。

“若蓝，你知道她为什么这样说小羽吗？”面具女子声音清冷，语气中带着玩味。

“为什么啊？”晴天若蓝不解地看着灵舞。

“因为她就是那个到处造谣陷害小羽的美妮子啊！”枫舞轻笑道。

一边吃美食正欢实的妞妞听到这话，直接冲了过去，一把揪住美妮子的衣服。谁知道那衣服的肩带根本经不住这样暴力的拉扯，直接断开！美妮子吓得花容失色，直接双手捂胸，逃离了现场。

灵舞、枫舞、晴天若蓝，三人吃惊地看着刚刚发生的一切，还没有反应过来。

“你们干吗这么看着我？我可是你们的战友！我是妞妞！”妞妞看着自己的小手，很满意地点点头，正好擦擦手了。

“妞妞？”晴天若蓝围着妞妞转了三圈，然后点点头说：“果然和游戏里的你一样暴力，比小羽还要暴力！不过，我非常喜欢！”说罢，晴天若蓝直接抱上了妞妞，开心得像个孩子一样。

“我看，应该说你和她一样暴力，如果不是我和枫舞在场，怕是那美妮子早就被你手撕了吧？”灵舞无奈地摇摇头，这若蓝的性子也是暴力得很。

“老大——你别这样说我嘛！不过，我这里还有个大八卦你们要不要听来乐一乐？”晴天若蓝一脸窃笑。

“什么大八卦？是有关我家小羽的吗？”妞妞好奇到不行。

“哎呀！小羽那还叫八卦吗？整个完美大陆谁不知道两个高富帅为了她抢破头的事啦！”晴天若蓝撇撇嘴，接着说，“我要说的，就是这个美妮子！听说那个西贝离开游戏后，她得罪的人都联合起来要把她杀退游戏！她为了能混下去，不知道用了什么方法，泡到了无上荣耀的冷雨夜。啧啧啧，据说还跑到现实中见了冷大叔，没想到冷大叔的前妻当初是不想离婚的，就把这美妮子给打了！结果不打还好，现在冷大叔觉得对不住美妮子，倒给了她正牌女友的名分！”晴天若蓝喝了口果汁润了润喉咙，接着说道，“可怜的冷大叔哪里知道她的女朋友是，是，哈哈……”晴天若蓝笑到不行，根本停不下来。

“若蓝你别笑了，快说啊！是什么啊？”妞妞听得入迷，哪能让她停下来？扶起笑得弯了腰的晴天若蓝，狠狠地晃她。

“好……哈哈……我说，我说，她是个男儿身！哈哈哈哈……”晴天若蓝都快笑疯了……

“男？男儿身？是男的？”妞妞吓得嘴巴能塞进一个大鸡蛋。

边上好事的人围了一圈，听到这个消息瞬间炸了锅。

一帮之主居然找了个女朋友是男儿身！这个八卦实在够劲

番外 贾沁汐

贾沁汐为了追求心上人吴易非，无所不用其极。从吴易非妈妈那里得知他刚做的新游戏后，她便如获至宝，每天很认真地玩游戏。因为只有在这里头，她和吴易非说话，他才会偶尔回复一下，她很想通过这个游戏慢慢地靠近易非。

她和吴易非两家是世交，可以说是青梅竹马。两家人的长辈看到他们长大，自然是有心撮合。论长相，论身材，论学识，贾沁汐都是一等一的女生。然而，这并不能成为爱情的条件，有时候，从小一起长大，反而少了爱情里应有的一见倾心的心动！她知道，吴易非一直都是冷的，冷得让她无法靠近，可她却从未放弃！

终于，在得知吴易非在玩这个网络游戏后，一向对游戏一窍不通的她，居然玩起了游戏，而且是很认真地在玩，因为她明白，只有认真弄明白这游戏里的一切，才能走近他的心。

天如人愿，在游戏中，易非多少还是会理她的，虽然并不热情，但也好过现实中见了她就走。她不敢告诉易非自己是谁，怕他知道了会再次和现实中一样，对她视若无睹。她不敢赌，也不想赌，不想失去这唯一的一次机会。只是，在亲眼见到易非看白羽的眼神，亲耳听到易非对白羽说话的方式，感受到易非对白羽的情意时，她再也不能像以往那样冷静了。她知道这只是游戏，但是，吴易非的情绪她绝对能感受到！这么多年的相处，纵然从未走进吴易非的心里，她也能很清楚地感受到他对白羽的不同。在修炼升级的地方，在秘境副本中，在流光城里，在龙城高处，她远远地、默默地跟在易非和白羽的后面。她从不知道,这样冷傲的易非，会开玩笑，会说很多话，会为人着想，会温柔，会吃醋……然而，这一切，却都只为一个叫白羽的女孩，跟她无关！

每每看到这些，她都会劝自己不要再跟了，可是到了下次，还是跟了上去！就这样痛完哭，哭完又痛，她都快迷失了自己！每次痛到想要放弃的时候，她总是骗自己说，易非和白羽只是朋友而已，顶多是朋友之上，恋人未满，并未确定关系，而且，就算是确定了恋爱关系又怎样？易非了解白羽本人吗？白羽也未必和游戏中一样美貌！就算是一样，她贾沁汐还有易非的妈妈做后盾，易非的家门，不是谁想进就能进的！

原本这是她能撑下来的最有力的理由，只是，当易非为了白羽使出子牙法剑的时候，在易非为了白羽不顾一切地让帮会卷入江湖争斗的时候，她再也无法骗自己了！易非的这些行为已经暴露了他的内心，他爱白羽，他爱上了一个虚拟的游戏人物！这让她实在意难平，实在无法接受这个事实！易非从小到大，有多少女孩喜欢，可他从未正眼看过一人。这初恋，却是要献给这数据堆起来的虚拟人物！她是应该可怜易非，还是可怜自己呢？若是输给一个活生生的人，她也认了，可输给一个看不到摸不着，也不知是男是女、是美是丑的人，她不甘心！她要做一回内心渴望的自己，做一个可以哭，可以笑，可以骂，可以闹，可以为达目的不择手段的人！只要能和易非在一起，她不在乎！

想到这里，游戏中的贾沁汐，也就是西贝，缓缓站了起来，嘴上带着一抹从未有过的诡异的笑，看看蓝天，又看看大海，心中忽然有了一种从未有过的畅快。有些事情，一旦想开了，也不是那么痛苦，自然也就有了应对的方法，她知道自己应该找一个战友了。她明白那个人一定会帮她的，大家目标一样，那么，应该不会失败，不过事情处理起来有点麻烦呢！

默默跟着白羽和易非那么久，她原本以为自己只得到了痛苦。但现在才发现，她无意之间，发现了好多有意思的事情，而这些事情，只怕是当事人未必能明白。妞妞喜欢极风，晴天若蓝喜欢墨羽，墨羽喜欢白羽，白羽喜欢易非，而易非也喜欢白羽。如此复杂的关系图，她是应该好好理一理，想想怎么做才能做到最好，做到不留痕迹。

西贝的心情第一次这么好，她深深地吸了一口气，又缓缓吐出。看着远方，她暗暗下定决心："白羽，千万不要怪我！易非本来就应该是我的，是你不应该出现，抢了我最爱的人！从今日起，我会想尽一切办法，让易非爱上我！我失去了易非，就失去了一切，可你不同，你们相处时间不长，你还有一个那么爱你的墨羽。"

就这样，她屡屡使计，却次次失败！她恨，她恨白羽。在这条不归路上，她越走越远，最后竟然触犯了法律！

后来一切尘埃落定，白雨樱苏醒后，贾沁汐被家人强制远离游戏，因为吴易非竟把她所做的一切做成了一份很详细的图文，送给了她的爸妈。而且，吴易非的父母也知道了这件事情，从此再也不邀请她去家里做客。若不是两家是世交，她一定会被告到坐牢。从此之后，她的游戏账号再也不能登录，理由竟然是"使用非法软件"……

番外 慕容羽

酒吧。

“沐天哥，你怎么这么久都不出来玩了？是不是有心上人了？”

“就是啊！这可不符合你的风格呀！难不成遇到真爱了？”

“沐天哥——”

一群身材火爆的美女围着贾沐天，让他烦不胜烦。本来他以为到这里可以放松一下，可以暂时忘了她，却不曾想更加思念。他一杯接一杯地喝着，根本不理会周围的人，好像她们根本不存在一样。

从最开始他在游戏里对她进行诱惑失败，到自己对她产生兴趣，再到自己沉沦在她的世界里，最后成了那个求之不得的人，成了自己最鄙视的人，毕竟，他何曾在女人这件事情上失过手？他也曾怀疑自己是不是根本不爱她，只是因为得不到，所以才放不了手。可他心里想的全是她！

自从那天在医院门口见到白雨樱之后，他就更加对她思之如狂，整个人像是疯了一般到处找寻她的踪迹，却是没有任何的消息。这么想着，一瓶酒已经被他一个人喝得见底，周围的美女却没人劝他不要喝了，她们都希望这位公子哥喝多了，能带自己走，因为这个男人实在是太好看了，更何况，他还是贾氏集团的接班人……

终于，贾沐天喝到朦胧了，那些美女却未能如愿，因为保镖们适时出现，扶他离开了酒吧。

酒店房间。

不愿意回家的贾沐天睡在了酒店里，在这里没有人烦他。不知不觉他睡着了，梦里他又回到了游戏中。

“慕容羽，你离我远点！”白羽冷着脸，也不看他。

“小羽，小羽，你还在生我的气吗？我真的没有做任何伤害你们的事，你不能原谅我吗？”

“你是没有做任何伤害我们的事情，可是，我心有所属，不想离别人太近！”白羽依旧嫌弃他，不让他靠近。

“可是，我也喜欢你呀！”慕容羽难过，心有不甘。

“你是她的哥哥！我永远都不会喜欢你！”

“小羽……”慕容羽感觉小羽的身影越来越远，越来越模糊，直到消失……

不知不觉中，又回到了那个特殊的关卡。

“杀了重云！只要杀了重云，我就可以抢到明月姬，那么，小羽就会由我陪伴！”慕容羽早就知道墨羽主控了重云，一心想要杀了他，可是他竟一直失败，最后主控的任冰居然死在了重云手里！他费尽心思才得到了王的信任，成为明月姬的未来夫婿，却死在了重云的手中！他不服！他不服！后来，他好不容易遇到到小羽主控的明月姬，附身战歌精灵陪着她，却又被什么人给换掉了！

最后他不得不又换了一个主控 NPC 翼云扬，虽然这个角色不可以杀掉重云，可是，可以帮到小羽。

他知道，这样一直换 NPC 控制，小羽永远也找不到他。他多想告诉她，他一直都陪在她身边，没有做任何伤害她的事！

小羽……

梦里，化身为慕容羽的他，总是无法接近白羽；梦外，身为贾沁汐哥哥的他，没有勇气让白雨樱和自己在一起！他只是个浪荡公子，竟要只求一人心了吗？可是，白羽也好，白雨樱也罢，已经占满了他的心。自此以后，他休想再若无其事地爱别人……

洛青司结局

1

天罚过后，剑仙城内。

自从汐族的天命之主解开五族之困后，人族之内便流言四起。传言那女子是鲛人之后，能滴泪成珠，价值千金，而且金橙色鱼尾上的鳞片皆是真金，谁能将其活捉便能富可敌国，竟是起了贪念，想要结成团伙，前往无妄海去抓汐族人鱼一脉，企图发一笔横财。只是这些人哪里想到，美梦还没有做完，却迎来了天罚。剑仙城主城周边的大地全部塌陷，剑仙城成了一座孤城。叶孤寒听到这些人的所作所为，嗤鼻一笑，御剑离开剑仙城前往龙城。这样的人不配他守护，不如前往龙城陪着夏将军，终此一生也算有个期盼。

弱水源。

“少主，你的主星已亮起，想必你已渡过难关了。少主，让妍儿助你重登神位……”一袭月牙白衣的妍儿看着星空，脸上的笑意蔓延开来。

妍儿第一次见到还是重云将军的少主，就认出了他，但是她并没有急着和少主相认。因为神子玉清曾交代妍儿的娘亲照顾少主，娘亲在下落不明之前，曾交代过她一定要找到少主，陪着他历完人世，直到他的主星亮起才可以相认。只是妍儿没想到少主在情字上竟然如此执着，执着得让她都想明白情是什么……

胧族。

天罚没有一个族可以幸免，可胧族终究是死神的后裔，天罚过后，众神感念他们也有功劳，派了天女前往重建无幻灿天，将其更名为修灵洲。

只可惜忽然错乱的空间让南陵千月瞬间衰老，她不得不前往汐族。

夜叉族。

漓清听到从汐族传来的师父的死讯，整个人如同被抽空了灵魂一般！他活在这世上几百年，只因为出身不够高贵，从未被任何人高看过一眼。直到明月师父收了他为徒弟，让他成为夜叉族的新王，他的人生才真正完整了，他才真正知道什么叫人生巅峰！她身为两族王女、一族之主，逆天布阵，救世人于水火之中，却如此看重和信任他这样一个小人物，叫他如何能不感谢她的知遇之恩？

“师父，你放心，你交代我做的事，我一定拼尽全力做到最好！我会在这禁咒之海外，守护着你的族人，守护着我对你的承诺！”漓清对着远方的天空说着……

两个月后，白雨樱终于可以自己在医院的花园里散步了。不过，吴易非自然不会允许她自己一个人，总是安排人在后面悄悄跟着。

自从洛青司被带离医院之后，她就再也没有见过他。听孟晓梅说，可能他被家人强行带到国外进修了，也可能他家觉得两家是世交，不允许他和吴易非交恶，把他骗到国外去办画展了。她只想知道洛青司过得好不好……

还好，易非允许她玩一小会儿游戏，不然她真的会被闷死的。孟晓梅虽也总来看她，可是现在还没有放假，孟晓梅也只能一早一晚地来一会儿。

“小樱樱！看我给你带谁来了？”正在这时，孟晓梅带了一个长得圆头圆脸、身材还不错的可爱女生，朝她走了过来。

白雨樱一脸疑惑地摇摇头，她真的没有见过这个人。那个女生忽然用手捂住了白雨樱的眼睛，然后用银风铃般脆爽的声音说：“小羽，这样你能想起来我是谁了吗？”

白雨樱赶紧拉下那双手，有些激动地说：“妞妞，居然是你！可是，你是怎么找到梅子，怎么知道我在这里的呢？”

妞妞一把抱住白雨樱，伏在她耳边悄悄说：“墨羽说你被坏人软禁了，只要是男的就无法靠近你，所以他才让我来看看你。他还让我告诉你，他虽然因为外力无法靠近你，但是，他永远都不会放弃带你走！你答应他的事，还没有兑现呢！”

听完这番话，白雨樱微愣，好像是答应了洛青司一件事，可是他说他还没有想好。

“他现在哪里？还好吗？”白雨樱同样小声地问着。

“他现在被他老爹给控制了,根本脱不了身。因为他老爹说了，只要他敢再来医院捣乱，那他的画就别想要了……”

“捣乱？他没有捣乱啊！难不成是……”

“小羽你想得没错，易非找墨羽的老爹告黑状，说墨羽来医院捣乱，不许墨羽再出现在医院！至于那些画，那可都是墨羽的心血，墨羽一开始竟然不管画的死活也非要来看你不可。只不过……”

“妞妞你就直说吧！”

“只不过，墨羽说他一直都没有花家里的钱，他的钱都是他用画赚来的！若是他一定要来这里，那么家里是一定要断他的钱路的，若他连画都毁了，那他就更加失去了和家里对抗的能力，就必须要娶自己不喜欢的人了，可他心中只有你……”

“这……妞妞，我不值得他这样……”

“傻小羽，你怎么就不明白呢？你觉得怎么样和他没有关系，他还是会做自己想要做的事！我觉得，他让我告诉你这些，一定是怕你误会他不来看你！”

“怎么会？我最难熬的时候，他都一直陪在我身边。”

一边看着的孟晓梅有点急了，拉了拉妞妞的衣角说：“你们能不能快点说，我发现那个人在打电话了，要是不出意外，一会儿易非就要来了！”

孟晓梅一直不太喜欢吴易非的冰块脸，虽然也很好看，但上面明明就写着——请勿靠近！

“妞妞，谢谢你能来看我，要不了几天，我就可以回学校了，到时候，我们就可以好好聚聚了……”

“回到学校，你依旧要听我的安排，否则，我随时都可以将你接回医院！”吴易非适时地出现在了大家面前。

白雨樱和妞妞全都一脸惊恐，心想，他是什么时候出现的？

听到了多少？

孟晓梅更是一身冷汗，刚才只注意那个总是盯着雨樱的女人了，却忘了看身后，连这个吴易非是何时出现的都不知道！

洛青司结局

2

医院门口。

两辆豪车刮擦，堵住了医院的门口。

“贾沐天！你是故意的吧！”吴易非打开车窗，发现对方是贾沁汐的亲哥贾沐天，忍不住吼道。

贾沐天不怒反笑，一副无所谓的样子，极为轻佻地说：“我怎么会和钱过不去？如果一定要和钱过不去，那也是为了我的心上人，白雨——樱！”

白雨樱心里咯噔一下，心想，这人是谁？他故意拉长声音，叫出了她游戏和现实中的两个名字。不过，她本就不情愿上吴易非的车，这要是进了学校，她还要不要做人了，大家肯定会以为她傍了个大款！现下来了这么一个人，真是上天助她。

见对方用疑惑的眼神看着他，贾沐天轻笑，车里那个他朝思暮想的人，竟比想象中更吸引他。就是她在医院里待得太久了，气色并不是太好，脸色有些苍白。

吴易非见贾沐天这样明目张胆地观察他的女人，心中十分不爽，直接关上车窗，打电话让人来处理这事故，顺便再换一辆车来。

“梅子，我想去洗手间，你要不要去？”白雨樱知道这种情况一时半会儿是走不了了，还是先去一下洗手间为妙。

“好啊！我陪你去，你现在可是大熊猫级别的！”孟晓梅非常不想和吴易非这个冰冻人在一起，太不愉快了。

白雨樱用请求似的眼神吴易非，刚想开口，对方却直接点了点头。

两人直接下车走人，剩下吴易非和贾沐天在车内对看……

洗手间。

“梅子，其实我不想上洗手间，但是我更害怕和易非单独相处。我会不知道应该说什么，怕自己说错话。”白雨樱挠挠头，非常无奈地说着。

“你以为我想啊？可有什么办法，谁叫你现在的情况不能让你家里的人知道？”孟晓梅撇着嘴，很自然地打了个冷战。

“我想不到会发生这么多事嘛！倒是连累你了，看这些日子把你给累的！”

“我累什么啊？我只是早晚来看看你，给青司学长送点吃的而已。倒是学长他真的很累，你终于醒了，谁知道他哪里吃了错药，竟然又陪着你去救什么人，结果把人家救好了，自己马上到手的媳妇却被人劫走了……”孟晓梅愤愤不平地说着，她真的很生气，明明青司学长付出了那么多，怎么就半路杀出个吴易非来？

“我知道……所以我现在也特别想逃离啊！这两个人的恩情，我到现在为止哪一个都还不上，不管我和谁在一起，都会伤害另外一个人……”白雨樱小声说着，很是沮丧，她为什么会一直这样左右摇摆不定？她无法接受自己现在的心态……

“什么伤害不伤害的？要我说，若不是因为吴易非，你根本不用像现在这样！你不要以为你不说，我就不知道那个非要做吴易非女朋友的死女人害了你多少回！”孟晓梅很不满白雨樱连这么重要的事都不告诉她，要不是妞妞和她说这些，她怕是永远都不知道！

“好啦！别生气了，我这不是怕你知道以后，看到易非会更不自然嘛！”白雨樱赶紧解释道。

“你们果然在这里！快,跟我走……”妞妞气喘吁吁地跑过来，拉起白雨樱的手就跑。

白雨樱被妞妞拉着跑得飞快，还好现在她已经痊愈了，不然肯定会喘不动气的。

“哎……我说你们……慢一点啊，可不可以考虑一下我的……感受……”孟晓梅跟在她们后面使劲跑。

医院侧门。

“快快……快上车，我们没有多少时间了，贾沐天已经撑不住了。”妞妞拉开车门，直接将白雨樱推了进去，然后示意孟晓梅坐在前面。

一切发生得太快，所有人都还没看清车上那人是谁，车子就发动起来，以极快的速度消失了。只剩下医院正门两个如斗鸡一般的美男子相互对视，看谁先败下阵来。

“老大……我问过保洁阿姨了，她说女洗手间里根本没有人……”李岚风上气不接下气地跑了过来，心里万分恐惧，老大怕是又要原地爆炸了……

果然，吴易非听到这个消息，马上暴怒，大声吼：“两个大活人怎么会找不到？把所有监控都给我调出来，现在！立刻！马上！”他用能喷火的双眼盯着贾沐天看，怀疑是他干的好事。

“你不用看我，若是我想抢人，不会亲自送上门来告诉你！我一定会把她藏起来，让你永远也找不到！”贾沐天无视对方的怒火，心里却在想，那个人还真会算……

洛青司结局

3

滨海大桥。

开车的人可以说水准相当高了，一路上的速度都在限速最大值以内一点。

滨海大桥两侧的风景很美，只是车内之人皆有心事，并没有心情看那海天一片、海鸥展翅飞翔的画卷。

白雨樱不知道该说什么，今天的事让她感觉有点小刺激，好像在逃亡一样。至于目的地在哪里，白雨樱并不关心，因为她相信妞妞。

大约过了半个小时，车子在海洋馆门外停了下来。

“白小姐，你们到了，下车跟我来吧！”开车的人下车，很绅士地为白雨樱打开车门。

三个女生跟着不知名字的高个子美男走进了海洋馆的侧门，平时这个门并不开。

“白小姐，你往前方直走右拐进到表演室，他在那里等你。”高个子美男用修长的手指着前方说道，转头又和另外两个人说，“你们二位跟我走吧！已经准备好了茶歇，就在那边。”

白雨樱有些茫然地看着孟晓梅和妞妞，却发现这两个人已经笑眼弯弯地跟帅哥走了，根本忘了还有个她……

白雨樱叹了口气，转身走向刚才那人说的方向。她走进表演室，发现里面空无一人。她又仔细巡视一周，还是没有看到人。就在这个时候，响起了《人鱼传说》的歌：

半弦月　又在海平面升起
思如影　又跟随几个世纪
深藏的记忆　云上的繁星　那是我不变的痴情
夜色迷　朦胧了你的身影
琴声低　雨落入想念的心
风吹过千山　海深过万里　那誓言我从不曾忘记
月光下　洒满银色回忆
歌一曲　如果能再与你相遇
忧伤会淡去　迷雾将散去　不要再面对别离
海无际　思念渐渐漫溢
歌一曲　如果能再与你相遇
天空会亮起　潮水将退去　我们永远在一起
半弦月　又在海平面升起
思如影　又跟随几个世纪

听到这首歌，白雨樱竟是想起了那些被困在关卡里的日子，心头苦涩微酸，眼眶中清泉满溢，谁说那只是游戏？谁说那只是回忆？谁说虚幻与现实是天与地的距离？曾经那些温暖人心的记忆、那些刻骨铭心的情意，如何装作不经意地忘记？纵然一切如梦醒般消失不见，却又每秒都仿若初见……

“洛青司，是……你吗？”白雨樱哽咽着问出这句话，只是，除了水池中的水声，再也听不到其他。

“洛青司——是不是你！至少，让我知道你安好……”白雨樱控制不住自己快崩溃的情绪，哭着吼了出来，声音在空无一人的表演室内回荡。泪水止不住地流下，白雨樱心头一片冷寂，哭得快没力气，跌坐在地上。

哗——咚——

一只巨大的白鲸从水池中跃起，向白雨樱这边游了过来。

被巨大的水声惊醒的白雨樱，连忙起身看向水池中，却发现是一只很可爱的白鲸！

“呵——”白雨樱破涕一笑，原来是她想多了。

她缓缓地走向那只白鲸，伸手摸摸它可爱的额头，露出了笑容。就在这里，水中却突然出现了一个怪物！吓得她下意识地往后躲，却没有想到，手臂直接被拉住了。白雨樱定了定神，一看，对方居然是个戴着面具的男美人鱼。

“对不起，我在这里等朋友，打扰你们了……”白雨樱赶紧道歉。

那人并不说话，也不松开手，却是下一秒将白雨樱直接狠狠地抱在怀里，生怕她会消失一般。

白雨樱被吓了一跳，好半天才反应过来要推开那人。只是不推还好，一推她整个人都失去了重心，直接被带进了水里，和那个男美人鱼贴在了一起。

这下两个人都懵了，如此近的距离……

“对……对不起，我太不小心了。”

这声音？这声音不是他吗？白雨樱诧异。

看着一脸呆滞的白雨樱，洛青司摘下了脸上的硅胶人鱼面具，露出了他那张盛世美颜，微微一笑，温柔不失阳刚……

“你……真的是？你……”白雨樱竟语无伦次起来。

洛青司那修长的手指抚在白雨樱的脸上，为她擦去那分不清是泪水还是池水的水滴，擦到她的唇畔时，停顿了一下，看着她那让他日夜思念的双眸，径自吻了下去。心想：“小雨儿，你可知道，我有多么思念你？你可知道不能陪在你身边的每一秒我都是煎熬？”

洛青司能感觉到她想逃避，可是他不会让她再逃避，因为他刚刚在水中这么久不出来，就是想听小羽儿亲口承认她的心意，现在，她无法抵赖了！接着，他想起这水中有些冷，终于停了下来，一把抱起她，走进了更衣室。“小雨，对不起，我不是故意躲着不出来的。你来之前我就决定了，若是你不来，那我祝福你和易非。你若是来了，我就再也不会放你走，我没想到你不但来了，还说出了你的心意……”

白雨樱脸上绯红，有些难为情地说：“我要换衣服了，你……还不准备离开吗？”

听到白雨樱这样说，洛青司魅惑一笑，暗笑，这丫头原来是不好意思了。于是说道：“你洗个热水澡吧！免得着凉了。你才刚痊愈，不能大意。我去隔壁换衣服，一会儿我在外面等你。”说罢，他离开，还带上了门。

白雨樱长吁了一口气，想到刚才发生的一切，脸上有些发烫。看着洛青司为她准备好的衣服和洗漱用品，羞赧一笑。她拿起这些走进浴室，心想，自己真的不能再生病了，真的不想再进医院了……

监控室。

“哇！墨羽实在够男人……”

“啧啧啧……没想到啊！洛公子还能这么痴情？”

“嗯——青司学长终于美梦成真了，不过下手，不不不，是下嘴还挺快的！”

妞妞、小秋、孟晓梅，三个人一遍又一遍地重放表演室里刚刚上演的那一幕……三个人一边吃吃喝喝，一边看着，一边还讨论剧情，好不快活！

更衣室。

洗完澡，换完衣服，白雨樱打开了更衣室的门，说道：“我好了，谢谢……”

洛青司回头，看着白雨樱，见她不施脂粉，却更是清丽迷人。他依着手画稿亲手制作的衣服，穿在她的身上，是那样的完美。

见洛青司一直盯着她，白雨樱有些不好意思，弱弱地问：“这套衣服是你买的吗？很好看，你们学画的是不一样……”

洛青司摇摇头，狡黠地看着白雨樱，见她有一点点失落，说道：“这是我为你亲自画稿、亲手制作的衣服，全世界仅此一套！不过……那里头的……额……衣服，是妞妞去买的。”

听他说到这里，白雨樱惊奇地发现，他居然脸红了，难以相信他就是传说中的情场高手。

“你……手真巧！”白雨樱偷笑着低下头，头发还未完全干，滴下细小的水滴。

“你过来，让你看看我的手多么巧。”说完，洛青司推着白雨樱坐在了梳妆台前，拿起吹风机，极为细心地为她吹头发。

“刚才为什么不吹干头发？是在等我来为你吹干吗？”

“我没有，只是不想让你久等……”

“不想让我久等？那你是怕我站着累吗？”

“不……不是，我只是……”白雨樱发现，不管是在游戏里，还是在现实中，她始终无法招架洛青司这接话的能力！

洛青司见她又脸红了，笑得很深，她总是可以让他这样放松地、发自内心地笑。

过了好一会儿，白雨樱那头长发终于吹干了。洛青司细心地为她梳了一个仿古的简易发型，与他亲自为她做的那套重云追月袄裙很相配。梳好后，他说道：“好了，还喜欢吗？”

白雨樱看着镜子中的自己，整个样子好像和游戏中很相近。还好现在汉服很普及，她这个样子走在路上，也不会有什么不妥。白雨樱点点头，嘴上挂着的笑意，好像停不下来。

“喜欢就好，刚才我不是故意让你落水的，你不会怪我吧？”

“我知道，是我自己重心不稳掉进去的。”

“那，你可记得你还欠我一个约定？”

“我……记得。”她能说不记得？

“记得就好，跟我来。”说完，洛青司拉过白雨樱的手，开门想要出去，一开门，却差点被门外的三个人给撞倒。

“嘿嘿——我就是带两个美女过来看看，白小姐有没有什么要帮忙的。”小秋尴尬地笑笑，被抓包的感觉真不好。

“嗯！小羽我看见你掉……唔——”

孟晓梅不等妞妞说完，一把捂住她的嘴，拖着她就往外走。一边走，一边笑，一边说："妞妞说你刚才东西掉了，想来还你，我一看那是我的，不让她来，她非要来……"

"等等，现在真有件事要你们帮忙，一起走吧！"洛青司了然于心，笑了笑，也不说破。

海底水晶宫。

青城最美的风景不在海上，而是在海底！海底之中又以水晶宫最美。

各种各样的海底生物在周围游来游去，像是触手可及，却又真的遥不可及。

围水晶柱一周，仿古的木架之上挂着稀奇百怪的贝壳、螺等制成的风铃，在老式的落地风扇的吹动下，发出悦耳的声音。

"白雨樱，如果说之前的一切是虚幻，那么我愿意用自己的一切向你证明，我，洛青司，是真实的！对你的感情也是真实的！此时此刻的一切都是真实的！所以，你可以答应做我的心上人吗？一辈子不变，带到骨灰里的那种！"洛青司单膝跪地，好像求婚一般，说出他一直想要说的话。

心上人？一辈子不变，带到骨灰里……白雨樱轻咬下唇，努力让自己不哭，可是怎么也止不住泪。洛青司所说的，就是她想要的那一种感情——带到骨灰里的爱情。

没有人出声，只能听到风铃的声音。洛青司像是等待审判的犯人，期待她开口。

"我……我……我答应……"

白雨樱话音一落，三个观众沸腾了！

“哦——”

“成了——”

“傻子，还不快起来，再晚了又要跑了！”

洛青司竟也喜极而泣，起身紧紧抱住白雨樱，这一天，他等太久了。

毕竟周边还有三个观众，白雨樱有些不好意思地推开洛青司。

松开白雨樱，洛青司从口袋中拿出一个长方形的木盒，那木盒看起来很是古朴精美。

“小雨，这是我亲手为你设计的项链，它的名字叫——白羽洛青丝。这是你我独有的，我的是羽毛状，代表你；你的是飘逸的发丝状，寓意青丝，和我的名字同音。从今天起，不管虚幻现实，我都是你的守护！”

白雨樱不语，任洛青司为她系上那条专属于他们二人的项链。

白羽衣袂轻轻一挥

系两人一世情缘

定是前生与你有欠

今生方会历尽曲折

相识，相知，相恋

至今日终可厮守

此后愿贫富生死相依

嚣红尘

携手笑看世间风景

亦思来世

又逢与你未娶时

把酒对桃花

无须相思，双蝶绕，行天涯

易非结局

1

天罚那天，不管是天上的赢宵城，地上的万化城、灵犀城、剑仙城、积羽城，还是海中的惊涛城、夜叉城，无一幸免。

积羽城。

翼云扬站在云树最顶端的平台之上，看着周围因天罚而被毁坏的一切，脸上肃穆，内心却有种无力感。

“将军，属下在无妄海五十里外就发现，无妄海水起了很高的水龙柱，怕是那附近的人都没有什么……”侍卫长不知道应该怎么说才好，他所见到的景象，实在太残酷了。

“你下去吧！我想一个人静一会儿，没什么重大的事情不必来上报。”翼云扬背对着侍卫长，心绪却早已乱成一团。他仰天长叹：“沁心，你当初为何要逃离羽族？若非如此，或许你我不必再见时咫尺天涯，你也不必在海底应此天罚！”

想起往昔那些和沁心一起学习羽族法术的时光，翼云扬不由得心头酸楚。若是他早些向沁心表明心意，她也许就不会离开羽族，更不会爱上一个不应该爱的人……想到沁心成了汐族的圣女，才明白这命运有多捉弄人。汐族之主居然是黄昏国的王女明月姬，而她所钟爱之人重云，居然是杀了众多羽族子民的重云。最可笑的是，胧族王子风桀骜是死神后裔，而重云就是死神后裔的恩人之子！若不是沁心前来求他，怕是他万万不愿意看到这个重云将军，因为他怕自己控制不住想要和对方拼个你死我活，来个痛快！

那天的沁心三句话不离师父，那种眼神，翼云扬看得懂，因为那就是他自己看沁心时的眼神。可是他就不明白了，他到底哪里不如她的师父？就冲她的师父心中住着已亡人，还有两个比沁心小不了太多的公主这两点，这个师父就不值得沁心爱。只是，那一天，沁心回他的话却是："翼将军，我知道他所有的一切，还是深深地爱上了他。他也许知道，也许不知道，但是不管他知不知道，我知道我愿意跟在他身边。"话已至此，他还能说什么？他能做的，只是尽一切可能成全她。

惊涛城。

沁心轻轻打了个喷嚏，有些担忧地看着结界外。

"沁心，你在担心明月？"田彩看着沁心担忧的神情，忍不住问。

"田彩大师，你不担心吗？这孩子用尽自己的修为，才换得你我二人的所爱之人五百年之后归来。可是在这天罚之时，她却不知所踪。"沁心心中难受，那个傻丫头怕是也和她娘亲一样，陷入纠缠不清的爱情里头了。

"她从不相信命运，可是沁心你看看，她的命运和她娘亲何其相似？一个重云将军为了她出生入死多少场？两人患难与共了这么久，本想着这一切结束之后，马上成婚。没想到却是恍如隔世，若不是清瞳圣女前来告知，我们根本不会想到这重云竟是神子之后。他一力承担了汐族的一切天罚，才使我们并未遭受毁灭性的打击！可胧族的王子风桀骜，也为明月舍弃了自己的救命丹药，连带着他师父的那颗都赔上了，这样的男人上哪里去找？为了让我醒来，他假意成婚，只是为了让明月心中不愧对我，再加上之前还借了神器陌切刀救明月。哎！任谁都无法做出选择。”田彩努力捋着头绪，却发现作为一个旁观者都难以抉择……

“我也说不出明月应该选择谁，不过我总是觉得明月虽然嘴上说得很坚决，做事也很绝情。可是她的眼神中还是透露出心中有风桀骜，而且这份感情的分量，好像并不比对重云的轻！我想了很久也没想明白，这到底是什么原因。”沁心总觉得风桀骜和明月看对方的眼神总是怪怪的。

“师父，沁心，有个白发的老妇人自称是风桀骜的姑姑，要见拂香公主。”少轻走了进来，看着八卦的二人，有些想笑。她心想，这两位怕是自己的感情还没有理清楚吧？

“哦？怎么此前没有听说过？”田彩有些疑惑，不知道此人这个时候前来，可是明月有了消息。

“无妨，叫上风昱师父，他一定知道。”沁心淡然一笑，胸有成竹地说道。

三人相视一笑，分工前行。

易非结局
2

鳐风殿。

众人看着那位一头长发及脚踝的老妇人，看得出她年轻时一定极美。

“不知这位长者如何称呼？”拂香公主恭敬作揖，轻声问道。

长者？南陵千月听着极为不高兴，悻悻地说道：“风桀骜的姑姑，胧族的长公主——南陵千月。”

“原来是王婿的姑姑，失礼了。大公主还请见谅！”拂香赶紧扶大公主坐下，却被那纤细苗条的大公主给甩开了。

南陵千月欲哭无泪，这些人真是烦死了，老是将她当成了一个老人家！她无奈地看着她们说：“诸位可否不要将我当成老人家对待？我虽是桀骜的……姑姑，但还未到行动不便的地步。”

“大公主殿下，你当真是桀骜的姑姑吗？”少轻有些疑惑，这个姑姑看起来更像是再长一辈的人。

南陵千月有些不悦，她最讨厌别人说她老，于是反问道：“那你觉得我应该是他的什么人呢？”

“你是……”少轻欲开口。

“少轻，莫要乱说话。大公主殿下，失礼了，我这徒儿不是太懂这世间的规矩，有得罪之处，还请多多见谅！”田彩诚心赔礼，心里发愁自己这徒儿怎么会这样莽撞。

少轻无奈地笑笑，暗道，自己好像又说了不应该说的话。

“算了，也没什么大不了的，胧族也在天罚之内。无幻灿天未能幸免，我的药阁毁于一旦，我才会瞬间衰老到应有的年纪。这个小丫头问得没错，我的确不是桀骜的姑姑，而是还要长一辈。”南陵千月很不情愿地解释道。

“原来竟是大公主救了我，田彩在这里谢恩了！”田彩说罢，双膝跪地，恭敬地行了一个大礼。

“你，便是我那个美若天仙的侄孙媳拼命要救的人？哎！认不出来也很正常，在我那好侄孙媳的口中，我定是看起来是姐姐的最美姑姑。”说到这里，南陵千月心情终于好了些。

“没错，若不是明月，怕是我到现在也不能醒来！不过还是要感谢你的药，不然明月也无法救我。”田彩顺着南陵千月的手势起了身。

“如此也好，我此次前来，只为送这个给你们。”说罢，南陵千月起身，将手中的青玉凝石珠冠递给了身边的拂香公主。

拂香在看到青玉凝石珠冠的一刹那，两眼发昏，险些倒在地上，沉重地闭上双目，她再也无法欺骗自己明月还活着了。

“还请节哀，其实我心中又何尝好受？我的侄孙……也陪着她去了。可是我们又能做什么呢？我们只能庆幸他们终于还是在一起了。只是我不太明白，之前太极滩之上我听闻是有九辰天蛰的，为何我过去之时，没有看到不说，却看到了你们这解毒的神石。”南陵千月收起了之前的不羁，脸上尽是悲伤。

见没人再说话，南陵千月又开口说道:“别再掉眼泪了，我现在可看不得。我这一把老骨头,怕是在路上已经损耗了太多心力。”

沁心的心情虽然跌至谷底，仍示意侍女带着南陵千月先去住处。剩下的人看着拂香公主手中的王冠，再也无法抑制自己的情绪。整个鳐风殿中飘着愁云，每一丝风都透着悲伤。

星栖苑。

“三个人明明已经……他们的星辰却是更亮了？这三个人的命运，竟然让我看不透！这到底是为何？”清瞳看着天空之中的星辰，每一颗都代表着一个人，有些疑惑地问自己。

“灵主大人，别再看星星了，你看你都瘦成什么样子了？这些日子你也耗费了不少心神为他们看将来，再这样下去，纵然你的灵力再高也吃不消啊！”一边的试炼圣女金瞳劝说道。

“金瞳，你说我为何会看不透他们的将来？”清瞳看着星空，失落地问着。

“灵主大人，若实在看不透，就不要看了，虽然金瞳的灵力不如大人高，但是金瞳看一个还是可以的。金瞳也没看透他们的命运，也许正如星辰一般，他们都还活着。”金瞳刚说完就有些心虚了，清瞳师父可是说了好多回不让她看未来。

“你这丫头，为何如此不听话，我说过多少次了！你的灵力还没有达到可以看未来的水准 ，强行看的话，一不小心就会走火入魔的！”清瞳假装生气地说道。

“灵主大人，金瞳不是故意的，可是你实在太累了！师父，你一直看这三个人的星辰，他们三个到底是什么关系啊？”金瞳一直都很好奇。

什么关系？这实在太难回答了！“是爱与被爱的关系吧……”清瞳若有所思地说着。

“那……徒弟想问，师父可曾有过爱的人呀？”金瞳正值少女怀春的年纪，难免会想知道这些事情。不过问完之后，她就有点后悔了，这可是灵主大人啊！

“有……”清瞳没有想到自己会如此痛快地回答了这个小家伙，随后却是释然一笑。

原本以为会被骂的金瞳，没想到师父居然回答了她的问题，还没有说她，实在是难得。

依旧看着星空的清瞳，又陷入了和东方睿初遇的过往……

易非结局

3

病房中，白雨樱安睡的脸依旧撩动着易非的心，他每天都在这里守着，只希望可以补过。

“哎……我说你们要做什么？为什么拖我的病床？”

“对不起了洛先生，洛老先生安排我们前来接你回家休养，还请配合我们。”

“回家？谁告诉你们我在这里的？”

“这我们也不知道，具体的你还是去问洛老先生吧！我们只是按他的意思办事。”

“吴易非！你这个叛徒！你这是乘人之危、背信弃义、抢人所爱！你记住，我一定会报复的……”洛青司恨自己这会儿虚弱得要命，根本无力反抗。

内室里的吴易非不说话，只是轻笑一声，伸手做了一个噤声的动作。

躺在病床上的洛青司，在出门之前恨恨地看了一眼易非，恨不得掐死这个出卖了他还装好人的家伙！

“既然是公平竞争，那么我也应该有权利待在她身边照顾她，不是吗？”吴易非自问自答，脸上尽是得逞的笑。

正在这时，吴易非的手环亮起炫目的颜色。他动作很轻，尽量不打扰到白雨樱，走出内室，然后轻轻地带上门。走到外面那私属于他的走廊之上，他才接起了视讯。

“老大，你让我做的事情，我都做好了。你放心，至少这一两年之内，没有人会逼你娶那个女人了。”李岚风开心地笑着说，露出了一口整齐的大白牙。

“很好，那就辛苦你在公司多看着了！”吴易非终于松了一口气，以后他再也不用担心被那个贾沁汐打扰了，而心上的那个人也再不会受到这个女人的伤害了。

“老大，不辛苦，不过等白小姐彻底好了，你可要给我补休啊！我也是有家有室的人了。”李岚风最近被妞妞催得头都大了，可是他真的走不开啊！老大天天在这里陪着心上人，他又哪有时间！

“你放心，不光是补休假，还会发你奖金，如何？”吴易非知道，这段时间他顾不上公司，公司的一切大小事务都是李岚风在协助完成。

“对了，老大，我在侧面打听到，那个人一直在各个医院找白小姐，好像是受了他妹妹的蛊惑，非要找白小姐道歉，还说什么要重新追求白小姐的话。”

吴易非的眼神顿时变得奇寒无比，用冷到不能再冷的声音说：“看来她自己不能完成的目标，又换了个人来完成！还真是死性不改，若是那个人敢前来骚扰她，我一定不会手软！你让院方把所有资料全部归档到我的邮件，没有我的允许任何人不许问！”

“可是，老大，这合适吗？这样好像不合规矩啊！”

“她现在只是在这里疗养一段时间，并不需要太多的处方药剂。”

“好的，老大，那我现在就去办，绝对不会让对方找到这里来打扰到你和白小姐。”

吴易非满意地点了下头，关掉了视讯。转身走向病房之内，正想打开房门时，却听到了里面传来了轻吭声。他推门走了进去，却刚好看到睁开了双眼、一脸难以置信的白雨樱。

“小羽，你醒了……”

白雨樱试图想开口说话，却觉得自己口中很干，说不出来。

吴易非笑了笑，转身倒了一杯温温的淡盐水，按下病床的遥控器的起升键，端着水坐在了白雨樱的身边，问道：“渴了吧？先喝口水，你心中的疑惑，我会负责给你解答的。”说完，将水杯端到了白雨樱的嘴边。

白雨樱微微张口，小口喝了几下水，心中却是有太多的疑问。这些天吴易非说的话，她都能听到，可是一切实在太不可思议。

“你是……”白雨樱怯怯地开口问道，虽然明知道他是谁，可还是不确定。

“我是！就是你心中想的那个人，小羽，我这样叫你可以吗？”吴易非不想改掉称呼，那是属于他和她之间的称呼。

白雨樱点点头，却不知道应该说些什么。

“小羽，我知道你心中有很多疑问，我现在就慢慢告诉你好吗？”吴易非第一次在现实之中如此笑眼弯弯。

白雨樱依旧点点头，她实在是不知道应该说些什么才好。

“我是你的易非，也是 WM 的吴易非……”

才刚听到这个开场白，白雨樱的眼已经睁得很大，一脸惊愕，忍不住插话:“你居然是吴易非……”怎么会是他，那天在官方网站上，她看到过这个名字，WM的创办人、大股东、CEO……

“小羽,在你面前,我只是易非,属于你的易非,守护你的易非!答应我，不要因为这些而疏远我好吗?”看着白雨樱脸上的神情，吴易非的心中咯噔一下，有些害怕。

“我……我不能答应你，我们之间是天和地的距离。你家族的事，我在学校还是听过一些的，易非，我……”白雨樱心里很明白，就算是谈恋爱也是要门当户对的，她和易非之间有着一道无法逾越的鸿沟。

吴易非手中的杯子险些掉在地上，往衣服上溅了不少水。他定定神,激动地说道:“小羽,我是自己起家,没有用过家里一分钱。我这么努力，就是为了有一天，可以不用受他人左右，可以爱自己想爱的人，娶自己想娶的人！而现在，我只想爱你，只想娶你！这样的我，你都不能接受吗?”

看着如此激动的易非，白雨樱心中有些内疚，低声说:“我不是那个意思，只是易非你太优秀了，你……”

不等白雨樱再说其他的借口，易非以极快的速度将手中的杯子放在桌子上，坐在病床边，眼睛直直地看着被吓到的白雨樱，下一秒却是直接吻了上去，这个吻霸道却又温柔，像是心中的火苗快要控制不住，却又极力控制着，以免伤到怀中的人一样。

吴易非从未想过，有一天自己居然如此冲动。他一直压抑着自己的感情，拼命地压制，却没想到，越是压制，越是相思，越是装作冷漠，越是柔情似火……

图书在版编目（CIP）数据

白羽落青丝 / 青司著. —青岛：中国海洋大学出版社，2019.1
ISBN 978-7-5670-1873-0

Ⅰ.①白… Ⅱ.①青… Ⅲ.①长篇小说—中国—当代 Ⅳ.①I247.5

中国版本图书馆CIP数据核字(2019)第005266号

出版发行 中国海洋大学出版社
社　　址 青岛市香港东路23号　　邮政编码 266071
出 版 人 杨立敏
网　　址 http://www.ouc-press.com
电子信箱 wuxinxin0532@126.com
订购电话 0532-82032573（传真）
责任编辑 吴欣欣
电　　话 0532-85901092
装帧设计 祝玉华
照　　排 光合时代·赵庆扬
印　　制 日照日报印务中心
版　　次 2019年1月第1版
印　　次 2019年1月第1次印刷
成品尺寸 148mm×210mm
印　　张 26
印　　数 1~5000
字　　数 602千
定　　价 72.00元（全两册）